KB092891

김춘수 시론전집 I

김춘수 전집—2

김 춘 수 시론전집

I

현대문학

창간 50주년기념사업도서

전집을 내면서

해방되던 그해 가을부터 나는 경향 각지의 신문 잡지에 시를 발표했다. 나는 신춘문예나 잡지의 추천을 통하여 문단에 나오지 않았다.

40년대 후반 4~5년 동안은 나로서는 아류의 시절이다. 선배 시인들의 시를 모범으로 트레이닝을 하고 있었다는 것이 적절한 표현이 되리라.

50년대에 들어서자 나는 내 시에 대한 반성을 하게 되었다. 그 끝에 나타나게 된 것이 꽃을 소재로 한 일련의 연작시다. 그때 나는 실존주의 철학의 영향을 받고 있었다. 한편 릴케의 시를 다시 읽게 되었다. 왜 다시란 말을 쓰느냐 하면 학생 때 나는 릴케를 탐독했기 때문이다. 이리하여 릴케와 실존주의 철학이 나대로의 허울로 내 시에 나타나게 되었다. 아주 관념적인 시다. 나는 스스로 이 무렵의 내 시를 플라토닉 포에트리라고 부른다. 그러나 60년대에 들어서자 이런 경향에 대하여 또 한 번의 반성과 비판이 일게 되었다.

60년대 중반쯤 해서 나는 새로운 트레이닝을 의도적으로 시도하게 되었다. 시는 관념(철학)이 아니고 관념 이전의 세계, 관념으로 굳어지기 이전의 세계, 즉 결론(의미)이 없는 아주 소프트한 세계가 아닐까 하는 자각이 생기게 되었다. 이 자각을 토대로 시를 추구해간 결과, 나는 마침내 무의미시라는 하나의 시적 입지를 얻게 되었다. 무의미시의 일차적인 과제는 시에서 의미, 즉 관념을 배제하는 일이다. 이 과제를 실천에 옮길 때 얻게 된 것이 서술적 이미지라고 내가 부른 그것이다. 이미지를 서술적으로 쓴다는 것은 이미지를 즉물적으로 쓴다는 뜻이기도 하다. 그러나 이미지는 의미(관념)의 그림자를 늘 거느리고 있다. 이 그림자를 지우기 위하여 나는 탈이미지로 한걸음 더 나가게 되었다. 탈이미지는 결국 리듬만으로 시를 만든다는 것이 된다. 그러나 이것 역시 낱말을 버리지 않는 이상 의미의 그림자가 늘 따라다니게 된다. 그래서 나는 낱말을 해체하여 음절 단위의 시를 시도하게 되었다. 이것은 언어도단의 단계다. 나는 나도 모르게 선적 세계에 들어섰는지도 모른다. 그러나 그 이상 시는 더 나갈 수 없게 되었다. 나의 무의미시는 막다른 골목에 다다르게 되었다. 나는 여기서 또 의미의 세계로 발을 되돌릴 수밖에 없게 되었다. 그러나 물론 무의미시 이전의 의미의 세계로 후퇴할 수는 없다.

나는 일찍(40년대 말) 소설에 대한 관심도 가지고 있었다. 그래서 몇 편의 아주 짧은 습작을 내놓게 되었다. 중학생의 작문 같은 것이다. 90년대에 들어서서야 비로소 나는 그런대로 어디에 내놓을 수 있는 소설(장편)을 한 편 쓰게 되었다. 그것이 『꽃과 여우』라는 제목의 자전소설이다. 일정한 줄거리가 없고 수많은 영화평이나 러시아 19세기의 소설평 같은 것들도 양념처럼 끼여 있다. 나는 물론 소설 분야에서는 아마추어를 자인한다.

나는 또 수많은 에세이를 썼다. 나의 철학적인 사고와 시사 문제를 다룬 것 등 다양하다. 나는 원래 기질적으로 사변적인 데가 있다. 그래서 이런 따위의 글들이 자연스럽게 시도 때도 없이 쏟아져 나온 듯하다.

나의 천착벽은 시론에 대하여도 예외 없이 드러났다. 이리하여 나는 또 많은 양의 시론을 남기게 되었다. 개중에는 교재용으로 쓰여진 것도 있긴 하지만 그렇지 않은 것이 훨씬 더 많다. 나는 60년대에 종합잡지 《사상계》에 상당 기간(일 년 이상) 시의 월평을 맡아 쓴 일도 있다. 월평이란 현장비평(실천비평)은 대단히 중요하다고 생각한다. 작품(시는 작품이다)을 구체적으로 해부하는 작업이기 때문이다.

이번에 전집을 내면서 현대문학사의 양숙진 주간께서 각별한 보살핌을 주셨고 유재혁 출판팀장이 수고를 아끼지 않았다. 고마운 일이다.

전집을 내는 데는 많은 사람들의 수고가 있어야 했다. 자문에 일일이 응해준 조영서, 오규원 두 분께 감사드리고 그 외의 스탭의 수고에 감사한다. 조 시인은 오랜 신문 잡지의 편집 경험을 살려, 오 시인은 80년대 초에 자기가 경영하던 출판사에서 낸 나의 전집에 쏟은 수고와 경험을 살려 많은 도움을 주었음을 이 기회에 사족으로 달아둔다.

2004년 1월

김춘수

일러두기

1. 『김춘수 전집』은 그의 두 번째 전집으로 첫 번째는 1982년에 나온 『김춘수 전집』(문장사)이다. 따라서 전집의 편집과 체계를 충실하게 하기 위해 문장사판 전집을 기획, 편집한 오규원 시인을 편집자문위원으로 하고, 그의 조언을 받았음을 밝혀둔다.

2. 『김춘수 전집』은 제1권 시전집, 제2 · 3권 시론전집, 제4 · 5권 산문전집으로 기획되었다.

3. 『김춘수 시론전집』은 현재까지 발간된 총 7권의 시론집을 모두 수록하였다.

4. 『김춘수 시론전집』은 각 시론집의 발간연대에 따라 수록하였고, 전全 작품을 원전과 대조하여 시인의 확인을 받았다.

5. 주석은 원주와 편집자 주(이후 편주로 통일하여 표기함)로 나누어 표기하였고, 원주는 원주 표기 없이 각주번호만 표기하였다. 덧붙여, 지금까지 간행된 시론집과 대조한 결과 같은 내용이 재수록된 부분에는 편주를 달아 부기하였다.

6. 한자의 경우, 한자 병기가 꼭 필요한 몇몇의 경우만 제외하고 원전에 있던 한자들 대부분을 한글로 표기하였다.

7. 각 시론집 속의 외래어 및 개정 전의 맞춤법 표기 등은 원전의 감각을 살리기 위해 특별한 경우를 제외하고는 수정하지 않았다.

차 례

시론—작시법을 겸한

시론—시의 이해

제2장 한국의 현대시

제3장 시인론

의미와 무의미

김춘수 시론전집 · Ⅱ

시의 표정

I

II

III

시의 위상

김춘수가 가려 뽑은 김춘수 사색사화집

한국 현대시 형태론

1959년 10월 15일, 해동문화사 발행

| 차 례 |

시의 형태를 자연발생적 감성적인 것과 기교적 논리적인 것의 두 갈래로 볼 수 있다. 동서를 막론하고 정형시가 형성되기까지의 시의 형태는 전자일 것이고, 정형시가 형성되면서부터의 시의 형태는 후자일 것이다. 전자의 경우에는 사용되는 언어의 질이 결정적으로 형태를 결정한다. 후자의 경우에 있어서도 물론 사용되는 언어의 질이 중대한 역할을 하지만, 이질의 언어로 된 어떤 진보한 시의 형태가 영향하는 수가 왕왕 있는 것이다. 영향이 언어의 질을 압도할 적에는 그 형태는 부자연스러워지고, 아류가 되는 것이기 때문에 형태로써의 기능을 충분히 발휘하지 못하게 되는 것이다. 소네트sonnet가 한국어나 일본어로 옮겨졌을 적에는 서구의 그것에서 볼 수 있는 바 교향악적이고도 극적인 효과는 도저히 바랄 수가 없다. 겨우 시 행(verse 또는 line)을 외관상 비슷하게 갈라놓은 데 지나지 않은 결과에 그치기 쉽다. 형태가 형성되어진 언어의 심리적 과정이 간과되기 때문이다.

형태발생의 과정에 있어 심리적 과정이 따른다는 것은 쉬이 짐작되는 일이다. 산문이 가진 자연발생적 리듬은 이것이 형태화할 적에 있어 다스려지지 않은 소박한 형태를 낳으리라는 것은 하나의 심리적 현상이다. 한편 운문은 회귀적인 리듬을 가졌는데, 이때의 '회귀回歸'는 다스려진 인위적인 그것이다. 왜 그러면 자연발생적인 은폐된 리듬을 회귀적으로 다스려야 하였던가? 여기에 우리는 운문발생의 심리과정을 볼 수 있는 것이다.

산문이건 운문이건 리듬에 관심關心하는 이상 언어의 음악성을 노리고 있는 것일 것인데, 산문이 보다 자연음의 그것이라고 하면 운문은 자연음을 그 언어의 질에 따라 보다 논리적으로 조직한 메커니즘의 그것일 것이다. 즉 산문보다는 운문은 보다 음악인 것이다. 이렇게 자연음을 보다 세련된 음악에까지 미화하여 그 효과를 즐긴다는 것은 몹시 인간적이다. 산문의 리듬이 자연의 질서라고 하면, 운문의 리듬은 인간의 질서이다.

운문은 산문에 비하여 리듬의 세련화, 질서화, 미화를 꾀한 정신의 소산이다. 이 중 미화라는 심미의식이 물론 압도적이고 근본적이기는 하나, 그것(심미의식) 이전에 시대의 문화양식을 낳은 인간의 체험에서 빚어진 인간에의 이념이 있다. 다시 말하면, 인간 체험에서 빚어진 인간에의 이념이 한 시대의 문화양식을 낳고, 그에서 다시 심미의식이 파생되어 운문을 낳은 것이다. 그러니까 운문의 정신인 산문의 리듬의 세련화 · 질서화란 산문의 리듬의 자연상태를 인간의 이념이 비인간적이라고 배척한 데서 생긴 현상이다.

운문의 질서, 세련, 미는 시의 형태에 그대로 반영된다. 말하자면 정형시는 운문을 토대로 하고 있기 때문에 구성에 있어 보다 질서를 요구하게 되고, 그것(질서)이 언어의 질에 따른 운문의 질을 가장 논리적으로 메커닉하게 구축할 수 있었을 적에 정형시의 구성은 보다 세련과 미를 가지게 되는 것이다. 정형시는 발생 당초에 있어 이런 심리과정을 가졌던 것이다. 절구나 소네트나 시조가 모두 그렇다.

그러나 운문과 정형의 시형태가 타성이 되어 발랄한 생기를 잃게 되면, 이에 대한 회의가 생겨 새로운 산문과 자유로운 형태가 반동으로 나타나게 되는 것이다. 운문의 인위적 리듬은 산문의 자연적 리듬으로 다시 돌아가게 되는데, 운문을 겪은 다음이기 때문에 형태는 운문이 나타나기 이전의 산문이 취한 그것과는 달리 기교적 논리적인 것이 된다. 운문과 정형보다 한층의 시의 효과를 형태에서 얻으려는 심리가 움직이는 것이다. 이 기교적 논리적 태도가 산문에서 전연 리듬을 보려고 하지 않았던 사상파寫像派의 산문관에 부닥칠 때 언어의 의미만을 선명하게 또는 투명하게 나타내기 위한 이미지 본위의 연stanza 무시無視의 형태가 된다. 더 나아가서는 문자의 시각적인 효과를 나타내기 위한 형태주의의 형태가 되고, 더 한걸음 나아가면 언어의 차원을 달리한 의미 이전의 언어상태를 추구하는 새로운 산문문어散文文語를 통한 심리적인 형태가 되기도 한다. 대체로 이상이 자유시 이래의 시형태의 여러 모습인데, 이것들은 장르를 혼란케 하고 있다. 가령 시조와 절구와 소네트는 서정시에만 국한된 형태였는데, 일본에서는 자유시로 넘어가는 과도기에 나타난 신체시를 "신체시는 반드시 서정시라야 된다는 법은 없다. 소위 서경시敍景詩라도 율어律語로써 씌어진 신체의 시는 모두 이것을 신체시의 범주 안에 넣을 수 있기 때문이다"(혼마 히사오本間久雄, 『속명치문학사續明治文學史』)라고 하고 있다. 그들의 고유한 정형시인 와카니 하이쿠니 하는 것은 서정시에 국한되는 형태인데도 신체시에 접어들면서부터 이렇게 시의 형태와 장르에 혼란을 일으키고 있다. 한국의 신체시는 육당의 것이든 춘원의 것이든 간에 서정시에 국한되었는데, 장르와 형태를 고려한 결과라고는 할 수 없다.

현금現今 자유시니 산문시니 하는 형태도 이와 같은 장르의 혼란을 더불고 있다. 자유시나 산문시는 서경시에도 담시譚詩에도 서사시에도 적용되는 형태다. 자유시 이후 형태는 이꼴 장르가 될 수 없게 되었다. 이것은 정형시가 생기기 이전의 상태와 비슷하다. 그리고 낭만주의자들이 19세기 초에 '낭만주의 소설이야말로 모든 문학의 장르를 종합한 것'이라고 한 것과 통하는 것이 있다. 실은 낭만주의자들이 말한 종합은 종합이 아니라 고전주의적 질서를 파괴한 데 지나지 않았던 것이다. 이제 자유시니 산문시니 하는 시의 형태는 창작 포에트리poetry의 모든 분야를 휩쓸게 되었다. 그러나 일부에 있어서는 장르가 파괴되었는데도 여전히 자유시니 산문시니 하는 형태로 서정시를 쓰는 것을 유일한 정통이라고 생각하고 있다.

현금은 질서의 시대가 아니다. 통일된 이념이 문화양식을 규정하고 있는 시대가 아니다. 즉 고전주의시대가 아니다. 그러나 이런 상태 속에서 혼란의 원인을 구명하고, 질서와 세련과 통일된 미를 찾아 나아가야 할 것이다. 이 말은 반드시 운문과 정형의 구태舊態로 돌아가야 한다는 것을 의미하는 것이 아니다. 운문과 산문, 정형과 자유로운 형태를 그 현금에 있어 서로 융합하여 언어의 할 수 있는 한 다방면의 기능을 살려서 보다 건강한 질서있는 형태를 만들어가야 할 것이다.

시는 동양에서는 서정시에 국한된다. 서구의 포에트리는 훨씬 확대된 개념이지만, 서구인들도 서정시를 쓸 적에는 압축된 형태를 가진다. 이 점 동양과 통한다. 압축된 형태와 서정시의 관계—말하자면, 왜 서정시는 압축된 형태를 가지는가?—를 구명해가면 형태와 장르와의 관계를 열 수 있는 열쇠가 잡히지 않을까 생각되는 것이다. 압축된 형태에는 언어의 어떤 요소를 동원하여 어떻게 형성함으로써 더 효과를 거둘 수 있는가 하는 것도 차차 알아질 것 같다.

서문 대신에 이것을 적어둔다.

1957년 6월 3일

저자

서론

—여기서 말하고자 하는 시와 시에 있어서의 형태

1. 시

시에 대하여는 본질론적 입장과 발생학적 입장에서 그 개념을 말해볼 수가 있을 것이다.

아리스토텔레스Aristoteles는 그의 『시학詩學』에서 "역사가와 시인은 한쪽이 산문으로 쓰고, 다른 한쪽이 운문으로 쓴다고 하여 서로 다른 것이 아니다. 왜냐하면, 헤로도토스의 역사는 운문으로 씌어졌다고 해도 한쪽이 사실 있었던 것을 말하고, 다른 한쪽이 있었을는지도 모르는 것을 말하는 데 있다"라고 하고 있는데, 아마 이것은 시를 그 본질에 있어 말한 것 중의 가장 권위 있는 말일 것이다. 이 입장으로 본다면, 시와 비非시는 운문이냐 산문이냐 하는 문장의 종류에 따라 결정되는 것이 아니고, '있었을는지도 모르는 것'을 말했느냐, 그렇지 않았느냐 하는데 따라 결정된다. 즉 내용의 성질에 따라 결정된다. 그런데 아리스토텔레스가 『시학』에서 그렇게 말할 적에 그의 염두에는 시와 역사의 전형으로 호메로스Homeros의 『일리아스』와 헤로도토스Herodotos의 『페르시아전쟁』이 있었던 것이다. 다같이 운문으로 되어 있기는 하나 전자는 '가능세계'를 그려냈다는 점에서, 후자는 '사실'을 그대로 기록했다는 점에서 문학형태상으로는 각자 다른 것(시와 역사)으로 구분되었던 것이다.

발생학적 입장에서 시를 대하면, 아리스토텔레스가 『시학』에서 말한 시에 대한 개념이 그대로 통해오지 않은 것 같다. 즉 시는 반드시 운문으로 되어 있어야만 하지 운문을 떠나서는 성립

될 수 없는 것으로 통해온 모양이다. 적어도 운문이 생긴 이후 19세기 중엽까지의 시는 동서를 막론하고 그러했던 모양이다. 시는 곧 운문이라고 여겨온 시관이 그것이다. 발라드 댄스 이래로 시는 귀를 통하여 듣는 것으로, 즉 음송하는 것으로 통해왔기 때문일 것이다. 서구나 중국에서는 충분히 시의 개념 아래 속할 수 있는 것을 한국에서는 '사뇌가', '향가', '가사' 등등으로 '가歌' 자를 써왔다는 것도 시가 얼마나 창唱이나 음吟과 떨어질 수 없는 관계에 있었는가 하는 한 증좌일 것이다. 창이나 음에 적당한 글은 운문이라고 여겨졌기 때문에 시와 운문은 또한 불가분리의 관계에 있었던 것이다. 그러나 시 곧 운문, 하는 시관은 시사적으로는 전통적 전근대적 시관이다. 왜냐하면 현대의 새로운 시관은 아리스토텔레스의 옛날에 돌아가 시를 문장의 종류로 보고 있지 않기 때문이다. 시는 산문에도 운문에도 다같이 있을 수도 있고, 없을 수도 있다. 오직 시가 되고 비非시가 되는 것은 시인의 성실과 기량에 달려 있다고 하고 있는데, 이것은 현금의 시들이 증명해 보여주고 있는 바다.

까다로운 문제의 하나는 시의 각 종류 구분이다. 이것도 본질론적 입장과 역사적·전개적 입장에서 말해볼 수가 있을 것이다. 아리스토텔레스가 『시학』에서 말한 시의 개념에 따른다면, 시에는 세 개의 종류가 있을 것이다. 서사시, 극시, 서정시가 그것이다. 이것들은 모두 '가능세계'를 그려내고 있는 것들이기 때문이다. 따라서 이것은 시의 종류 구분에 있어서의 본질론적 입장이다. 그런데 R. G. 몰턴R. G. Moulton 교수는 그의 『문학의 근대적 연구』에서 문학을 여섯 개의 종류로 구분하고 있는데, 서사시 속에 근대소설을 '인생의 서사시'라는 명목으로 포함시키고 있고, 극시 속에 근대의 산문희곡을 포함시키고 있다. 이렇게 보면, 아리스토텔레스가 시의 개념 아래 구분한 전기 시의 세 종류는 오늘날 소위 문학이라고 하고 있는 것의 전부를 포함하고 있다. 다시 말하면, 아리스토텔레스가 말한 시는 곧 오늘날의 문학 그것이다.

그러나 보다 미묘한 문제는 시는 항상 시대에 따라 역사적으로 전개해간다는 데 있을 것이다. 오늘날 시라고 하면, 곧 서정시를 의미하게 되는 것도 시대의 한 풍조fashion에 의한 것이다. 오늘날과 같은 시에 대한 개념은 아마 산문이 시의 각 형태를 침범하게 된 이후로 생겨나온 것일 것이다. 왜냐하면 시의 각 종류 중 서사시와 극시는 서정시에 앞서 운문을 버리고 산문을 취하게 되었는데, 산문으로 쓰게 되자 에픽epic은 픽션fiction으로, 드라마틱 포에트리dramatic poetry는 단지 드라마drama로 명목을 달리하여 서사시와 극시는 명목상으로는 그 모습을 감춰버렸기 때문이다. 실상은 서사시와 극시의 새로운 종류인 픽션과 드라마는 서사시, 극시와는 전연 다른 것인 것처럼 행세하게 되었고, 세인도 점점 그렇게 착각하게 되었다. 이 착각은 그대로 하나의 풍조가 되어, 나중까지 운문을 고집해온 서정시에만 시의 명예를 부여하고 있는 것이다. 시의 각 종류에 대한 개념도 운문의 문장 종류에 구애되지 않는 본래의 상태에 돌아가야 할 것이겠으나, 시대의 풍조도 상당히 완고한 것이 있어 좀처럼 그렇게 될 성싶지 않다. 그렇게 될 성싶지 않는 중요한 이유의 하나는 오늘날의 픽션과 드라마가 이전의 서사시와 극시와는 판이한 성격을 띠게 되었다는 것일 것이다. 몰턴 교수가 근대의 소설을 '인생의 서사시' 라고 한 내심은, 근대의 소설이 그 이전의 서사시의 내용이던 민족적 국민적 영웅들의 업적에 대한 찬탄이나 민족신화의 숭고한 이념을 잃은 대신에 근대 시민계급의 현실생활의 희노애락의 실상을 대변해주고 있다는 데 있었을 것이다. 그리고 과학적 실증정신에 밑받침된 근대 시민계급은 보다 냉철한 '보는 눈'을 필요로 하였던 것이다. 하여 역사나 철학에서 보는 바와 같은 사실성과 논리성이 한층 요청되었던 것이다. 이 요청에 따라 나온 것이 텐느Taine의 『예술철학』이고 에밀 졸라Émille Zola의 『실험소설론』인 것이다. 점점 서사시와 극시는 세인의 염두에서 멀어져갔던 것이다. 오늘날 간혹 서사시나 극시를 시험해보는 사람들도 픽션과 드라마와는 딴 것으로 관념하고 있는 모양이다.

오늘날은 서사시만이 용하게 시의 이름을 걸고 있는데, 시를 그 본질에 있어 본다면 기형적 현상이다. 그러나 시대의 풍조를 일조일석에 어찌할 도리는 없다. 그리고 시도 시대에 따라 전개해가는 것이라면, 이 얄궂게 전개해 가면서 있는 현상은 본질을 더욱 살찌게 하기 위한 그것인지도 모른다. 여하간에 본고에서 논하려는 한국의 현대시란 시대의 풍조에 따른 시, 즉 한국의 현대 서정시를 두고 하는 말이다.

2. 시에 있어서의 형태

원래 형태form란 것은 문체style까지를 포함할 수 있는 것이겠으나 여기서는 형태와 문체를 분리하고자 한다. 왜냐하면 문체를 형태 속에 포함시켜놓으면 형태의 부담이 너무 커져서 감당하기 어렵기 때문이다. 하여 문체를 제외한 형태만을 대상으로 하기로 한다.

문체를 제외한 시에 있어서의 형태란? 운율meter의 유무를 우선 가리고, 있으면 어떻게 있는가, 없는가 하는 그 운율의 있고 없는 대로의 시의 청각적, 시각적, 양상이다. 운율, 즉 음성율(평측법), 음위율(압운법), 음수율(조구법) 중 어느 하나를 가지고 있더라도 그 시를 정형시라고 하고 있는 동시에 이 중의 하나도

가지고 있지 않는 시를 자유시 혹은 산문시라고 하고 있는 것이다. 그러니까 정형시의 정형의 양상, 자유시 혹은 산문시의 정형 아닌 각 양상이 시에 있어서의 형태인 것이다. 그런데 정형시에 있어서는 완전한 정형시와 불완전한 정형시의 두 종이 있을 것이다. 서구의 14행시 소네트 같은 것이나 한시의 7언, 5언절구나 율律 같은 것은 전자에 속할 것이고, 한국의 시 조류는 후자에 속할 것이다. 엄격한 입장에서 따진다면, 한국의 시는 한국어의 성격상 음성율과 음위율을 가지기 곤란할 뿐 아니라, 가진다고 하더라도 별다른 효과를 거둘 수가 없을 것이다.

오늘날 시는 완전히 형태의 무정부상태를 이루고 있다. 이것은 형태가 없다는 말이 아니라(형태가 없는 시는 없기 때문에), 한 시대가 능히 시인할 만한 형태가 시에 있어서 해체되어버렸다는 말이다. 이것 역시 모든 가치가 해체되어가고만 있는 시대의 한 풍조일 것이다. 이것은 비단 한국에만 국한된 현상이 아니라 세계적인 현상인데, 세계란 개념은 오늘에 있어 서구란 개념과 직통해버리기 때문에 오히려 시에 있어서의 형태의 해체현상은 한국이 스스로 만들어낸 것이 아니라, 피동적으로 서구에서 받아왔다고 해야 할 것이다. 서구적인 근대 내지 현대시의 전통이 희박한 한국에 있어서는 그러니까 자칫하면 한국적 전통마저 완전히 상실해버릴 우려가 없지 않다. 이런 해체현상 속에서 한국만이 제 홀로 제 전통을 바로 찾아 시의 현대적 형태를 세울 수 있으리라는 것은 오만인지는 모르겠으나, 그에 대한 염원만은 버릴 수 없는 것이다. 그리고 시의 현대적 형태를 바로 세운다는 것은 시 그것을 바로 세우는 데 있어 불가결의 요소가 될 것이다. 현대시 50년에 있어서의 그 형태의 변천상과 해체해간 과정을 더듬어보는 중요한 까닭이 여기에 있다.

제1장 현대시 전야

—창가가사와 신체시

1. 창가가사 시대

3 · 4조나 4 · 4조의 음수율(조구법)을 가진 시조나 가사가 현대시 전야까지의 한국시의 전통적 형태라 하면, 여기 대하여 건양원년 7월 7일 《독립신문》에 게재된 이용우의 「애국가」는 4 · 4조의 음수율을 가지고 있기는 하나, 시조나 가사와는 다른 점이 눈에 비친다.

대조선국 인민들아
이사위한 애국하세
충성으로 님군섬겨
평안시절 항복하세
경사로다 경사로다
상하없이 우리동포
강하가 맑다해도
원원한 우리마음
함께모도 군사되야
경천위지 하야보세
전신이 쇄분해도
나라위해 영광되리
황하수가 여침토록
해륙군을 보충하세
평상집심 여일하기

안팟업이 맹서하세

이상의 「애국가」에서 시조의 초 · 중 · 종의 3장의 행 구분이나 줄글인 가사의 행 체재와는 다른 행의 구분을 볼 수 있다. 4 · 4 · 2구가 1행이 되어 있다. 한시의 절구의 기승전결의 구성법에서 영향되었다고 볼 수 있는 시조와는 다르다. 이 구성법은 보다 더 기독교의 찬송가에서 영향된 것일 것이다. 시의 형태로서는 시조보다 훨씬 자유롭고 가사보다는 산만하지 않다.

같은 건양원년에 같은 《독립신문》에 게재된 김교익의 「신문가」나 이증원의 「동심가」는 전기 「애국가」와 조금도 다름없는 형태를 가졌다.

육당 최남선이 1909년에 《소년》지를 발간하여 스스로 시험해 본 몇 편의 작품들은 음수율에 있어 전통을 깨뜨리고 있을 뿐 아니라, 연 구분을 하고 있다는 점에서도 일보 전진한 새로운 형태일 것이다. 그의 「가을 뜻」이란 작품의 첫째 연은 아래와 같다.

쇠한버들 맑은풀 맑은시내에
배가부른 현돗다라 가난저배야
세상시비 더져주고 어늬곳으로
너혼자만 무엇싣고 도망하나냐

4 · 4조가 7 · 5조로 되어 있을 뿐 아니라, 각 연이 4행의 행 구분을 하고 있다. 일종의 불완전한 정형시인데, 그러나 조금씩 서구의 근대적 시 형태로 접근해가는 과정에 있다고 할 것이다.

2. 신체시 시대

대략 육당부터 주요한까지, 즉 1909년의 《소년》지부터 1918년의 《창조》지 출현까지의 약 10년 간에 나온 시의 태반은 신체시라고 할 수 있을 것이다. 신체시라고 하는 시의 새로운 형태는 일본의 영향 아래 생긴 것인데, 일본에서는 명치 15년에 『신체시초』라는 신체시의 사화집이 처음으로 나오고 있는 데 비하여 한국은 한 20여 년 뒤처져 나온 셈이다.

오쓰키 후미히코大槻文彥의 『대언해』에는 신체시를 "명치시대에 일어난 화가和歌의 한 체, 7 · 5, 5 · 7, 8 · 6 등의 율조가 있고, 용어에 한어 국어를 많이 섞고 장단이 일정하지 않다"라고 하고 있다. 여기서 '화가'라고 하고 있는 것은 물론 일본의 전통시의 한 형태인 와카waka를 가리킨 것이 아니고, '일본의 노래'라는 정도의 뜻일 것이다. 그러니까 신체시라고 하는 것은 세계적인 시의 한 형태가 될 수 없다. 일본과 한국에서만 있었던 과도기적 시의 한 형태라 할 것이다. 그리고 일본에서는 일본어의 성격에 따른 일본의 신체시가 있었다면, 한국에는 한국어의 성격에 따른 한국의 신체시가 또한 따로 있었던 것이다. 일본의 신체시가 전기한 오쓰키 후미히코의 말과 같이 일본 시가의 전통적 음수율인 7 · 5조, 5 · 7조를 파괴한 8 · 6 등의 음수율을 가지고 있기는 하나, 하여간 음수율을 가지고 있었는 데 비하여 한국의 신체시는 일정한 음수율을 가지고 있지 않는 것이 태반이다.

가령 육당이 《소년》지 창간호에 실었다는 「해에게서 소년에게」라는 신체시를 보면,

1.

처—ㄹ썩 처—ㄹ썩 척 쏴—아

따린다 부순다 문허바린다

태산같은 높은 뫼 집채같은 바위들이나

요것이 무어야 요게 무어야

나의 큰힘 아나냐 모르나냐 호통까지 하면서

따린다 부순다 문허바린다

처—ㄹ썩 처—ㄹ썩 척 튜르릉 꽉

2.

처—ㄹ썩 처—ㄹ썩 척 쏴—아

내게는 아모것 두려움없어

육상에서 아모런 힘과 권을 부리던 자라도

내 앞에 와서는 꼼짝못하고

아모리 큰 물건도 내게는 행세하지못하네

내게는 내게는 나의앞에는

처—ㄹ썩 처—ㄹ썩 척 튜르릉 꽉

(이하 생략)

모두 6연으로 되어 있는데, 각 연이 7행으로 일정한 구분을 하고 있다. 그리고 각 연의 첫째 행과 마지막 행에서 같은 말을 반복하고 있다. 그러나 일정한 음수율은 없다. 다만 각 연의 각 행을 그 순서대로 비교해볼 적에 각 구의 음수는 서로 맞춰져 있다. 이를테면, 첫째 연의 둘째 행인 '따린다 부순다 문허바린다'는 둘째 연의 둘째 행인 '내게는 아모것 두려움없어'와 같은 음수다. 즉 양쪽의 각 구는 모두 3 · 3 · 5로 되어 있다. 그리고 좀 자세히 따져보면, 정확하지 않지만, 4 · 4, 3 · 4, 4 · 3, 3 · 3으로 율조가 서 있는 것 같기도 하다.

이상의 상황을 종합하여볼 적에 정형시라고 보기는 곤란하나,

변격적인 정형시 내지 준정형시란 말을 써볼 수 있지 않을까 한다. 좀 다르게 말하면, 기형적인 자유시 내지 준자유시라고도 할 수 있을 것 같다. 다시 말하면, 이 시는 정형시도 자유시도 아니라고 할 수 있을 것 같다. 과도기에 처한 한국의 신체시의 모습이다. 심리적으로는 퍽 불안한 형태라 할 수 있겠고, 역사적으로는 진보적인 형태라고도 할 수 있겠다. 당시의 신체시 작자들에게는 이런 양면(불안과 진보관념)의 상극이 있었지 않았는가 생각된다.

4년 후인 1913년에 《소년》의 후신인 문예잡지 《샛별》에 게재된 춘원 이광수의 「말듣거라」라는 신체시도 같은 형태다.

산아 말듣거라 웃음이 어인일고
네니 그님 손에 만지우지 않었던가
그님을 생각하거드란 울짖기야 웨못하랴
네무슨 뜻 있으료마는 하 아숩어

물아 말듣거라 노래가 어인일고
네니 그님 발을 싯기우지 않었던가
그님을 생각하거드란 느끼기야 웨못하랴
네 무슨 맘 있으료마는 눈물겨워

(이하 생략)

제2장 자유시 초기

1. 한국의 자유시(개관)

우선 이 '자유'란 무엇으로부터의 자유일까? 운율로부터의 자유일 것이다. 즉 음성율(평측법), 음위율(압운법), 음수율(조구법)로부터의 자유일 것이다.

서구나 중국에 있어서는 이 말이 그대로 타당하다. 그러나 한국에 있어서는 이 말만으로는 불충분하다. 왜냐하면 한국에서는 신체시라고 하는, 운율로부터는 비교적 자유로운 연과 행과 구 구분에 있어 비교적 자유롭지 못한 시의 한 과도기적 형태를 가지고 있기 때문이다. 그러니까 한국에 있어서는 자유시 할 적의 '자유'란 신체시의 형태로부터의 자유까지를 포함시켜 생각해야 할 것이다.

다음 이 '자유'란 무엇에로의 자유일까? 산문에로의 자유일 것이다. 즉 음성율, 음위율, 음수율을 포기한 새로운 형태 선택에로의 자유일 것이다. 서구나 중국에 있어서는 이 말이 그대로 타당하다. 그러나 한국에 있어서는 이 경우에도 약간의 설명이 필요할 것이다. 한국의 전통적 시가는 한국어의 성격상 주로 음수율에만 의지해온 불완전한 정형시이기 때문에 음성율, 음위율은 처음부터 고려의 여지가 없었던 것이다. 하여 한국의 자유시는 음수율만의 포기에로의 자유를 가지고 있었을 따름이다. 약간 첨가한다면, 신체시의 연과 행과 구 구분법의 포기에로의 자유가 있었다고나 할까.

이상으로써 한국시가 처음으로 자유로운 형태를 가지게 되었을 적에 서구나 중국의 시들에 비하여 비교적 그 '자유로운 형태'에 대한 정형의 저항을 덜 느끼지나 않았던가 하는 심리적 추측을 해볼 수 있을 것 같다. 다시 말하면, 서구나 중국과 같이 운율이 가지는 구속을 비교적 덜 느꼈기 때문에 그것에서 벗어나는 데 있어서도 비교적 손쉬운 것으로 생각하고 있었지나 않았던가? (엇시조나 사설시조가 훨씬 이전에 평시조의 별다른 저항 없이 생겨나온 것을 본다면.)

만약 그렇다고 하면, 이것은 한국의 이후의 시형태에 커다란 심리적인 맹점을 가져오게 하였을 것이다. (나는 그런 맹점이 있었다고 생각한다. 이에 대해서는 차차로 검토해보기로 하겠다.) 즉 특히 서구에 있어서는 운율을 벗어남으로써 가지는 운율에 비등한, 혹은 그 이상의 시의 효과를 각 방면으로 검토해본 새로운 시형태에의 다각도의 시험이 있었는데도 자유시 이래의 한국시는 설령 약간의 시형태에의 시험이 있었다 하더라도 대개가 서구의 새로운 시형태에의 피상적 모방에 그치지나 않았던가 한다. 한국의 전통시는 운율에 있어 불완전했기 때문에 운율에서 오는 시의 효과를 백 퍼센트 느끼고 있지는 않았을 것이다. 따라서 불완전한 이 운율을 벗어난 한국의 자유시에 비하여 새로운 형태가 시에 주는 새로운 효과를 백 퍼센트 심각하게 느끼고 있지는 않았을 것이다.

서구에 있어서는 서사시와 극시가 훨씬 앞서서 운문을 버렸는데도 서정시가 19세기 말까지 운율을 가지고 있었다는 것만 보더라도 서구에서는 운율이 시(서정시)에 있어서 얼마나 큰 저항이었던가 하는 것을 짐작할 수 있다. 그러나 전통적 한국시의 불완전한 운율은 기회만 있으면 언제든지 무너질 수 있는 자세의 그것이었다고 할 것이다. 향가 이후 시조까지의 표면상의 변천상은 주로 음수율의 변천상이라고 해도 과언이 아닐 것인데, 음수율만의 유지란 시작의 단속적인 흥을 지탱해갈 수는 없을 것이다(음수를 아무리 바꿔보아도 한국어의 성격상 음수율의 음수에는 한도가 있을 것이라는 한 가지 이유만으로도). 그런데도 연선連線 천 수백 년을 음수율만으로 시를 이어왔다는 것은 참 이상하기도 하다.

2. 《창조》 전후

문학잡지 《소년》이 해외문학의 번역 소개를 한 일이 있었다. 그런데 《소년》이 나오고 있을 무렵은 일본 문단은 북구, 특히 러시아문학에 크게 매혹되고 있었다. 하여 일본을 통하여 서구 문학을 섭취하면서 있었던 한국은 춘원 등에 의하여 레브 니콜라예비치 톨스토이Lev Nikolayevich Tolstoi를 위시한 동화작가 한스 크리스티안 안데르센Han Christian Andersen, 극작가 헨리크 입센Henrik Ibsen의 제작품을 번역하여 《소년》에 게재한 일이 있었다. 그러나 이것들은 모두 시(서정시) 이외의 다른 문학 분야였는데, 1918년 9월에 해외문학의 소개를 목적으로 한 《태서문예신보》라는 조간 문학지가 해몽 장두철의 손으로 발간되자 서구 시인들의 시작품도 번역 소개되게 되었다. 프랑스 상징파 시인들의 시를 위주로 러시아 기타의 시인들의 것도 안서 김억 등의 번역으로 소개되었다. 그리고 서구의 시단 경향에 대한 소개문도 더러 실은 일이 있었다.

안서가 번역한 폴 베를렌Paul Verlaine의 유명한 「거리에 나리는 비」의 첫째 연은 다음과 같다.

거리에 나리는 비인듯

내가슴에 눈물의 비 오나니
엇지 하면 이러한 설음이
내가슴에 숨여들었노?

일본에서는 우에다 빈上田敏에 의한 『해조음海潮音』 기타의 번역 시집이 나와서 일본 시단에 큰 영향을 준 바 있었는데, 아마 이런 것들에 암시와 자극을 받았던 것이 아닌가 한다. 연과 행 구분이 비슷한 점 쉬이 짐작된다. 하여 《태서문예신보》에 기고한 젊은 해외문학 연구학도들에게 주로 일본을 통하여 간접으로 서구의 19세기 중·말엽의 시인들의 시 작품이 영향해갔다고 할 것이다.

《태서문예신보》는 4호부터 '산문시' 란을 두어 창작시를 발표해왔는데, '산문시' 라는 말이 어색하다. 정형을 벗어난 일체의 시는 자유시라고 할 수 있다는 의미에서 원래 자유시란 산문시를 그 속에 포함할 수는 있는 것이겠으나, 협의로는 자유시와 산문시는 구별되어야 할 것이 아닌가 한다. 왜냐하면 시의 형태사상으로 봐서 시가 처음으로 정형을 벗어날 적에 자유시보다 산문체에 의한 산문시가 오히려 얼마큼 앞서 나타났는데〔자유시는 아르튀르 랭보Arthur Rimbaud(1854~1891)에 의하여 처음 시험된 것이라고 하면, 산문시는 샤를 보들레르Charles Baudelaire(1821~1867) 이전에 벌써 그 모형이 있어 왔고, 그리고 자유시의 운동이 본격적으로 일어난 것은 폴 베를렌(1844~1916) 등에 의한 1890년대 이후의 일이다〕, 그러나 시대의 풍조로서 자유시가 득세하여 산문시는 한동안 자취를 감춰버림으로써 자유시만이 행세하게 되어, 나중 산문시가 간간이 다시 나타났을 적에는 세인은 자유시와는 따로 보게 되었기 때문이다. 그리고 시대의 풍조를 떠난 시형태의 본질에 있어서 보더라도 역시 이 두 시의 형태는 구별해두어야 할 것이다. 몰턴 교수는 "산문이라는 말은 '일직一直' 이라고 하는 어원적 의미를 가지고 있다. 글의 일직한 서체 속에는 율동에 대한 그 무엇을 말해주는 것은 아무것도 없다" 라고 하고 있는데, 자유시에 있어서의 내재율은 그것이 율인 이상 원칙으로는 적당한 행 구분을 하고 있는 것이다. 산문체로 된 산문시에는 행 구분이 있을 수 없다.

사족—여기서 사용한 '산문체' 란 운율을 떠났을 뿐더러 '일직' 으로 된 소위 줄글을 말한 것이다. 자유시도 문장으로는 '산문' 을 쓰고 있지만 '산문체' 는 산문시만이 쓰고 있다.

가사는 음수율을 가지고 있기는 한데 줄글이다. 즉 '산문체' 다. 하여 가사작자들은 가사가 시조 같은 서정시와는 다른 것으로 관념하고 있었다는 것을 추측할 수 있다.

이상으로 가령 《태서문예신보》의 9호에 실린 안서의 「봄은 간다」는 다음과 같은데, 산문시라고는 할 수 없다.

날은 빠르다
봄은 간다

깊은 생각은 아득이는데
저 바람에 새가 슬피 운다

검은 내 떠돈다
종소리 빗긴다

(이하 생략)

각 행이 대구로 되어 있는 각 연 2행의 이 시는 오히려 전기한 준정형시에 더 가까운 느낌이다. '산문시' 란에 이런 시를 실었다는 것은 산문시 곧 자유시라는 생각에서였을 것인데, 설령 산문시 곧 자유시라고 하더라도 이런 시를 '산문시'에 넣었다는 것은 여간 어색하지 않다.

1918년 12월에 《창조》가 창간되자 주요한이 「불노리」라는 시를 발표하고 있는데, 그는 1924년 《조선문단》 창간호에 이 시에 대하여 "그 형식 역시 아주 격을 깨뜨린 자유율의 형식이었습니다. 자유시라는 형식으로 말하면 당시 주로 불란서 상징파의 주장으로 고래로 내려오던 타입을 폐하고, 작자의 자연스런 리듬에 맞추어 쓰기 시작한 것입니다"(상점은 필자)라고 하고 있다. 이렇게 말하고 있는 그의 시 「불노리」는 다음과 같다.

아아 날이 저문다. 서편 하늘에 외로운 강물 위에 스러져가는 분홍빛 놀…아아 해가 저물면 날마다 살구나무 그늘에 혼자 우는 밤이 또 오건마는 오늘은 사월이라 파일날 큰 길을 물밀어가는 사람소리는 듣기만 하여도 흥성스러운 것을 왜 나만 혼자 가슴에 눈물을 참을 수 없는고?

(이하 생략)

줄글의 형태를 가졌다. 그런데 이것을 요한이 자유시라고 하고 있는데 대하여는 두 방면의 해석이 가능하다. 즉 산문체로 된 산문시의 형태와 행 구분을 하고 있는 자유시의 형태와의 구별을 충분히 알고 있으면서도 그것이 다같이 산문으로 되어 있다는 이유로 산문시 곧 자유시라고 할 수 있다고 생각하지나 않았는가 하는 것이 그 하나이고, 다른 하나는 산문시를 전연 모르고 있지 않았는가 하는 그것이다. 후자는 그러나 이미 서구의 시들을 많이 대하고 있었던 요한으로서는 있을 수 없는 일일 성도 싶으나 모르겠다.

요한은 그 후 산문시의 형태를 버리고, 4 · 4조 내지 3 · 3조의 정형으로 후퇴하고 있다. 이것을 보더라도 「불노리」와 같은 것은 글자 그대로의 한갓 시작試作에 그친 것이라 하겠다.

푸른물 모래를 비치고 흰돛대 감돌며
들 건너 자줏빛 봄안개 시름없이 울적에
서산에 꽃 꺾으며, 동산에 님 뵈오려 가고 오는
흰 옷 반가운 아아 그 땅을 바라 그대요 함께 가볼거나

—「그 봄을 따라」의 첫째 연

파격이기는 하나 3 · 6의 정형율을 느낄 수 있다. 「부끄러움」이라고 하는 다음과 같은 시도 4 · 4의 정형율을 세우고 있는데, 이런 현상들을 볼 적에 《창조》 이후에까지 신체시적 형태가 꼬리를 물고 있었다고 할 수 있겠다.

뒷 동산에 꽃 캐러
언니 따라 갔더니
솔가지에 걸리어
당홍 치마 찢었읍네.

누가 행여 볼가하야
지름길로 왔더니
오늘 따라 새 베는 님이
지름길에 나왔읍네.

뽕밭 옆에 김 안매고

새 베러 나왔읍네.

안서도 《창조》의 기고가였는데, 역시 요한과 같이 정형율을 세운 시를 쓰고 있다.

오다 가다 길에서
만난이라고
그저보고 그대로
예고 말는가.

산에는 청청
풀잎사귀 푸르고
해수는 중중
흰 거품 밀려든다.

산새는 죄죄
제 흥을 노래하고
바다에는 흰 돛
옛길을 찾노란다.

자다 깨다 꿈에서
만난이라고
고만 잊고 그대로
갈줄 아는가.

십리포구 산너먼
그대 사는 곳

송이송이 살구꽃
바람에 논다.

수로십리 먼길을
왜 온줄아나.
옛날 놀던 그대를
못잊어 왔네.

—「오다 가다」

제1연은 7 · 5 7 · 5이고, 제2연은 5 · 7 5 · 7이고, 제3연도 5 · 7 5 · 7이고, 제4연부터 제6연까지는 다시 7 · 5 7 · 5로 돌아와 있다. 중간에 약간의 변화를 주어 음율의 단조로움을 피하려고 하고 있는 점, 기교를 부리고 있기는 하나 근본적으로 요한의 상기 시의 형태와 다른 것은 아니다.

대체로 육당 등의 신체시에서보다 시의 내용이 부드러워졌고, 문장이 세련되어 있고, 형태도 어색함을 어느 정도 면하고 있기는 하나, 대담하게 발을 자유시의 분방한 형태에로 내어 디디지 못하고 제자리에 머물고 있는 느낌이다. 간혹 대담한 것이 있는가 하면, 전기 「불노리」처럼 엉뚱하여 왜 이런 것이 나왔는가 싶은 정도의 그것이다.

3. 《폐허》, 《백조》 시대

연대적으로는 《창조》와 《폐허》는 거진 같은 때에 나왔으나 (《폐허》는 1920년 7월 창간이다), 그러나 형태상으로는 이 양지는 한 선을 그어놓고 봐야 할 것이다. 자유시가 《폐허》지의 몇 시인들에 의하여 어색하지 않을 정도의 모양을 갖추게 되었다. 안서나 요한이 《창조》에 발표한 시들은 대개 신체시적인 것이 아니면 율적산문prose rythm이다.

사족—요한의 「불노리」는 전기한 바와 같이 산문체의 형태를 가졌으나, 지금 보아 산문시라도 하기에도 좀 어떨까 한다. 왜냐하면, 산문시poem in prose는 산문으로 씌어진 시poem일 것인데, 「불노리」는 외계의 인상을 사생한 산문에 지나지 않다. 그리고 이때의 산문은 운율의 법칙을 파괴하고 있기는 하나, 음율에 관심이 있는 것만은 곧 알 수 있다. 하여 「불노리」는 율적산문이라고 할 수 있을 것이다. 『송강가사』가 역시 여기 해당할 것이다. 다름은 운율을 법칙대로 지키고 있다는 것뿐이다. 이것들은 시라고 부를 수 없는 것들이기 때문에 문학의 장르genre를 따로 해야 할 것이다. 수필이라고 함은 어떨는지?

그럼 시와 산문은 어떻게 구별할 것이냐? 이것을 구별하는 눈은 시대의 풍조라고 생각한다. 「불노리」나 『송강가사』도 그 당시에 있어서는 시로서 통했을 것이다. 그러나 오늘날은 이런 산문 내지 운문을 시라고 인정할 수 없는 오늘날의 풍조가 있다. 시대의 풍조를 초월한 시라는 것을 아무도 말할 수는 없다. 영원한 시라는 것은 한갓 공허한 수사에 지나지 않는다. 시를 희구하는 인간의 영원한 정신이 있을 따름이다.

시를 형태로서만 율律 하려는 입장이 있다. 가령 시조라는 형태를 두고 말하면, 그것(시조 형태) 속에 담긴 것은 모두 시라고 한다. 그러나 이미 형태의 전통을 벗어난 「불노리」는 이 입장으로서도 시라고 할 수 없다.

율적산문은 요한 이후 한국의 신시에 '시'의 이름으로 이따금 출몰한다.

이들에 비하면 《폐허》의 동인인 상아탑 황석우는 시사적으로 보다 중요한 위치에 서는 시인이 아닌가 한다. 한국의 자유시는 상아탑에 와서 비로소 정착되었다고 할 것이다. 《폐허》 창간호에 실린 「벽모의 묘」라는 다음과 같은 시는 그 세기말적 시의 분위기와 함께 시 형태상으로도 획기적인 것이었다.

어느날 내 영혼의
낮잠 터 되는
사막의 위 숲 그늘로서
파란털의
고양이가 내 고적한
마음을 바라다 보면서
「이애 네의
왼갖 오뇌 운명을
나의 끓는 샘 같은
애愛에 살적 삶어주마
만일에 내 마음이
우리들이 세계의
태양이 되기만하면
기독이 되기만하면」

율이 안으로 숨어버린 산문이다. 행 구분에 있어 의식적인 배려가 눈에 띈다. 첫째 행의 '내 영혼의' 의 조사 '의' 에서, 넷째 행의 '파란털의' 의 조사 '의' 에서 끊은 점이 그렇다.

자유시에 있어서의 행 구분이란 정형시나 신체시에 있어서의 운율이나 음율에 대적하고도 남음이 있어야 할 것이다. 자유시에 있어서의 행 구분이란 동시에 그 시인의 개성의 직접의 반영인 것이다. 대체로 상아탑은 이후 일관하여 이 태도를 견지하고 있는데, 시형태에 대한 자각이 서 있었다고 할 것이다.

1921년 《신민공론》에 발표된 월탄 박종화의 「헤어진 갈색의 노래」라는 시는 다음과 같은데, 자유시의 호흡을 충분히 섭취한 것이라 하겠다.

무주룩한 음울은 왜옥에 돌고
시대고의 신음은 지주강에 떨리다
거치른 흑발은 풀려 흩어져
험상마진 적종은 풀려 흩어져
성性의 타올으는 큰 눈망울은
주린 짐승의 아가리인가?

고풍한 정형시를 쓰고 있던 안서도 1923년 시집 『해파리의 노래』를 내면서 일신된 시형태를 보여주고 있다. 《폐허》 무렵에 와서 한국의 자유시는 형태를 갖추게 되었다고 할 것이다.

이래 1921년 발간된 《장미촌》, 동년 발간인 《백조》, 1923년 발간된 《금성》 등 몇몇 시 중심의 문예지를 통하여 자유시의 터전이 견고해져갔음을 볼 수 있다. 《백조》의 유력한 동인이던 상화 이상화의 「나의 침실로」는 다음과 같다.

「마돈나」 지금은 밤도 모든 목거지에 다니노라 피곤하여 돌아가련도다
아 너도 먼동이 트기 전으로 수밀도의 네 가슴에 이슬이 맺도록 달려오너라

「마돈나」 오려무나 네 집에서 눈으로 유전하던 진주는 다 두고 몸만

오너라

빨리가자 우리는 밝음이 오면 어덴지 모르게 숨는 두 별이어라

「마돈나」 구석지고도 어둔 마음의 거리에서 나는 두려워 떨며 기다리노라

아 어느덧 첫닭이 울고 뭇 개가 짖도다 나의 아씨여 너도 듣느냐

(이하 생략)

각 연마다 '마돈나'로 시작되는 연 구분은 어색하다. 연 구분은 행 구분과는 또 다른 배려가 있어야 할 것인데, 여기서는 터져나오는 감정이 일단 연으로 정리되지 않고, 단지 너무 가쁜 숨을 잠깐 돌이키는, 휴식의 역할밖에는 더 못하고 있다. 시가 산만해진 소위다.

시구성의 단위를 구분하면,

① 단어word ② 구phrase(단어와 단어와의 연합. 혹은 단어) ③ 절clause(구와 구의 연합. 혹은 단어) ④ 행line(단어가 행을 이룬 경우와 구가 행을 이룬 경우와 절이 행을 이룬 경우) ⑤ 연stanza(행 하나가 동시에 연인 경우가 있을 것이다. 단어가 동시에 연인 경우도 있을 것이다) ⑥ 시편poem의 여섯 단계로 나누어볼 수가 있을 것이다. 이 중 연은, 상想을 정리하여 머무는 단락의 역할을 하고 있는 동시에 연과 연은 서로 독립하되 서로 견인하면서 있어야 할 것이다.

한시의 절구의 기승전결의 구성은 그것이 자연스럽게 이루어졌을 적에 시의 효과를 돋우게 되는 것이 아닌가 하는 입장에서 시의 연 구분으로서는(한시의 기승전결의 구 구분은 실은 서구적 현대시에 있어서는 연 구분에 해당할 것이다) 거진 이상적인 그것이 아닌가 한다.

『백조』 무렵의 시들은 대체로 너무 심한 웅변과 능변이 눈에 뜨이는 반면에 연에 대한 자각이 희미했던 것 같다. 공초 오상순의 「아시아의 마지막 밤 풍경」은 다음과 같은데 이것 역시 그러하다.

아시아는 밤이 지배한다 그리고 밤을 다스린다
밤은 아시아의 마음의 상징이요 아시아는 밤의 실현이다
아시아의 밤은 영원의 밤이다 아시아는 밤의 수태자이다
밤은 아시아의 산모요 산파이다
아시아는 실로 밤이 나아준 선물이다
밤은 아시아를 지키는 주인이요 신이다
아시아는 어둠의 검이 다스리는 나라요 세계이다.

아시아의 밤은 한없이 깊고 속 모르게 깊다
밤은 아시아의 심장이다 아시아의 심장은 밤에 고동한다
아시아는 밤의 호흡기관이요 밤은 아시아의 호흡이다
밤은 아시아의 눈이다 아시아는 밤을 통하여 일절상을 뚜렷이 본다
올빼미 모양으로──
밤은 아시아의 귀다 아시아는 밤에 일절음을 듣는다.

(이하 생략)

아직도 연이 열 개나 더 계속되는데 대단한 웅변이다. 쉴사이 없이 쏟아져나오는 웅변인데도 시의 인상은 선명하지 않다. 읽은 다음에 남는 것은 '밤' 이란 말과 '아시아' 란 말뿐이다. 각 연마다 첫머리에 '밤' 과 '아시아' 란 두 낱말을 지치지도 않고 되풀이하고 있다. 연은 무엇 때문에 끊었는지 모르겠다. 연에 대한 자각이 있었더라면 웅변이 안으로 감춰지고, 상이 정리되고 압

축되어 시로서의 인상이 좀더 뚜렷해졌을 것이 아닐까?

한용운의 「님의 침묵」과 같은 시는 억지로 연을 구분하지 않았기 때문에 시의 어느 정도의 통일을 유지하고 있다. 연을 끊지 않음으로써 얻는 상이 어느 정도의 통일이란, 연 구분에 대한 자각이 뚜렷하지 않은 시 작자에게 있어서는 퍽 심리적인 미묘한 현상이라 할 것이다.

「님의 침묵」은 다음과 같다.

님은 갔읍니다 아아 사랑하는 님은 갔읍니다
푸른 산빛을 깨치고 단풍나무 숲 향하여 난 적은 길을 걸어서 참어 떨치고 갔읍니다.
황금의 꽃같이 굳고 빛나던 옛 맹서는 차디찬 띠끌이 되어서 한숨의 미풍에 날아 갔읍니다.
날카로운 「키쓰」의 추억은 나의 운명의 지침을 돌려 놓고 뒷걸음쳐서 사라졌읍니다.

(이하 생략)

제3장 이상한 현상 하나

—김소월의 시형태

1. 민요적 운율의 시

1917년대의 중말기에 걸쳐 이상한 현상이 하나 나타났다. 김소월의 출현이 그것이다. 자유시 내지 산문시의 방향으로 발전해갈 수밖에는 없는 듯이 보인 대세에 있어 소월은 홀로 전통적 정형율로 정형시를 썼다. 그 정형율의 다양한 시험을 1956년판 정음사의 『소월시집』에 의하여 몇 개의 유형으로 나눠보면 다음과 같다.

① 7 · 5조

그대가 바람으로 생겨 났으면
달돋는 개여울의 빈들 속에서
내 옷의 앞자락을 불기나하지

—「개여울의 노래」 첫째 연

7 · 5 1행, 각 연이 3행으로 일정한 행 구분을 하고 있다. 평범한 통상의 7 · 5조 구성이다.

② 변격(행 구분을 통한) 7 · 5조

당신은 무슨 일로
그리합니까?
홀로히 개여울에 주저앉어서

—「개여울」 첫째 연

그립다
말을 할까
하니 그리워

—「가는 길」 첫째 연

바드득 이를 갈고
죽어 볼까요
창 가에 아롱아롱
달이 비친다

—「원앙침」

「개여울」에서는 7·5를 첫째 행과 둘째 행으로 끊었다. 셋째 행에서는 다시 7·5 1행으로 돌아와 있다.

「가는 길」에서는 7·5를 3·4·5로 3분하여 3행으로 구분하고 있다.

「원앙침」에서는 7·5 7·5로 7과 5를 2분하여 4행으로 행 구분하고 있다.

이상은 심서心緖의 묘미를 운율에 담는 데 있어 구성(행 구분)의 입체적 설계에 의하여 한층의 효과를 내고 있다 할 것이다. 가령 「가는 길」을 들어 말하면, '그립다' 에서 끊고 '말을 할까' 를 항 행으로 따로 놓으면, 이럴까? 저럴까?(말을 할까? 말까?) 망설이는, 그러면서 아니할 수 없는 미묘한 심서의 일단이 미묘하게 부조된다. 예로 든 세 편의 시의 운율에 의탁된 작자의 심서를 선으로 그려보면 다음과 같을 것이다.

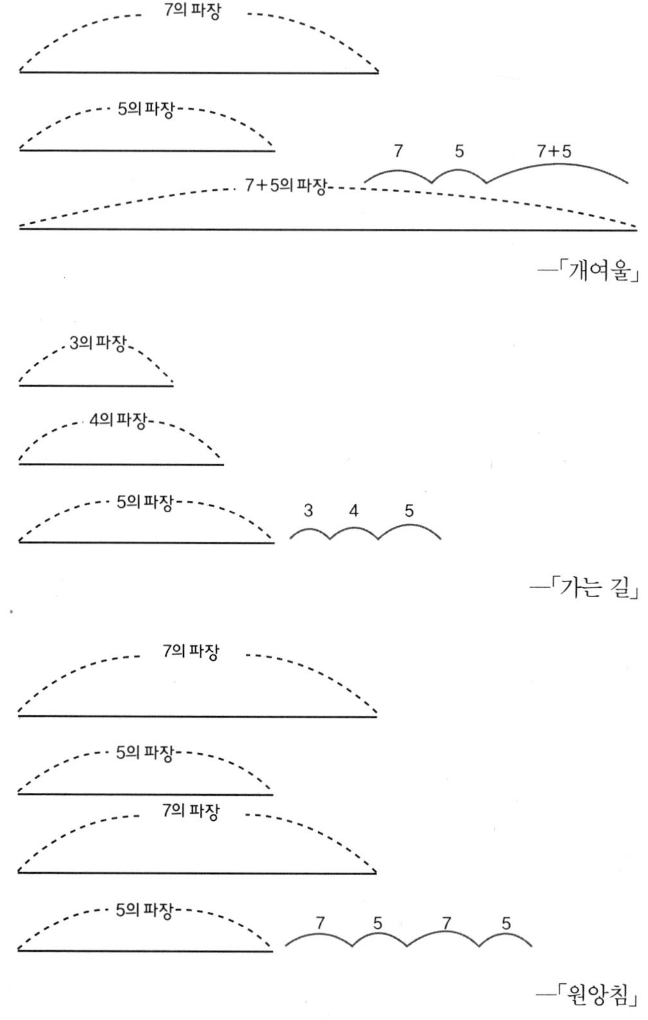

한국어의 희미한 악센트나, 사성四聲을 가지지 못한 단조로움을 어느 정도 보충하여 입체감을 내고 있다 할 것이다. 자유시의 호흡이 충분히 적용되었다.

③ 3 · 3 · 4조

먼 훗날 당신이 찾으시면
그때에 내 말이 「잊었노라」

—「먼 후일」 첫째 연

각 연이 2행으로 고정된 행 구분을 가지고 있다. ①의 경우와 함께 평범하다.

④ 3 · 4조(4음 중심의)

산에는 꽃피네
꽃이 피네
갈 봄 여름없이
꽃이 피네

—「산유화」 첫째 연

산에
산에
피는 꽃은
저만치 혼자서 피어있네

—「산유화」 둘째 연

첫째 연에서는 3 · 3, 4, 3 · 4, 4행으로 구분되었다. 시조나 가사에 비할 적에 훨씬 분방하면서도 치밀한 구성을 볼 수 있다.

둘째 연에서의 첫째 행의 2와 둘째 행의 2는 4를 2분한 것이다. 이 파장은

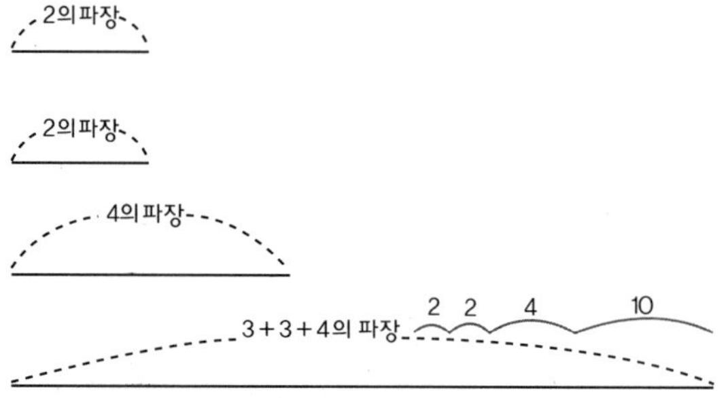

인데, 첫째 둘째 셋째는 한꺼번에 몰아서 넷째 행에 다시 반복시키고 있다. 끊어졌다가 끊어졌다가 그것들이 한뭉치가 되어 다시 연이어 울렁인다.

산유화야 산유화야
저꽃피어 농사일 시작하야
저꽃 지더락 필여할세
얼얼널널 상사뒤
어여뒤여 상사뒤

민요 「산유화가」인데 이와 같이 표기한다면 소월의 운율에 비해 같은 음수율인데도 몹시 단조롭다.

김소월에 와서 한국시의 전통적 율조는 새롭고도 보다 완미한 그것으로 지양되었다고 할 것이다. 아직껏 시의 형태미에 있어 소월을 넘어설 만한 것이 한국의 신시에는 나타나지 않고 있다고 생각된다. 시사상으로는 의의 있고, 실험적인 형태들이 가끔 보이기는 하지만.

2. 김소월의 시와 시형태에 대한 약간의 비판

안서가 그의 「김소월의 추억」이라는 문장에서 “중앙문단에 지기가 적은 소월이외다”라고 하고 있는 것을 보면, 소월은 서울에 나가서 중앙의 시인들과 어울리기를 싫어했는지도 모른다. 김소월이라는 한 시인을 두고 생각할 적에 이것은 어떤 중요한 문제가 될 것 같다. 그것을 나는 다음과 같이 생각해본다.

당시는 《창조》 이후 잇달아서 문예잡지가 발간되어 청소년들의 문예열이 몹시 왕성해 있던 때다. 세전의 전답을 팔아서까지 문학청년들은 서울에 나가고 싶었을 것이다. 이것이 예나 지금이나 다름없는 문학청년들의 보통의 심정일 것이다. 그런데 소월은 그러하지 않았다. 소월은 홀로 고향에 묻혀서 이따금씩 시 한두어 편을 스승인 안서를 통하여 중앙의 잡지에 발표해왔을 따름이다. 이때의 소월의 심정을 서정주는 그의 「김소월론」에서 “우리들이 서구를 통해서 내어다본 문화의식과 가치와 인간성의 제상을 우리만큼도 보지 못했으리라고는 상상할 수가 없습니다. 외국어와 수학의 능력까지도 어느 정도 갖추었던 이 상과대학을 임의로 자퇴해버린 사람이……(중략)……서구의 르네상스가 형성한 입상의 의미도 그것이 해방한 ‘아我’의 가치도 그의 사회적 혹은 심미적 가치도, 희랍적이니 의미의 인간성도, 헤브라이즘이 연역한 사람의 뜻……도 독일인의 이상인 문화인도, 불란서의 양식과 명지明知도, 영국적인 공리성도, 소비에트 혁명도, 우리만큼은 알았을 뿐만 아니라 이것들을 훨씬 넘어다보고 있다가 머언 후면에서 들리는 고향의 부르는 소리에 쏜살과 같이 돌아온 것이라 상상하는 것이 적당할 것입니다. 고향이 부르는 소리…… 우리의 태반이 외래조류의 잡음 속에서 귀머거리가 되었을 때”라고 하고 있는데, 수긍된다. 청소년들 간에 문학열이 왕성해지고, 많은 문학잡지가 쏟아져나올수록 그의 눈에는 한국의 문학과 시가詩歌가 '외래조류의 잡음 속에서 귀머거리'가 되어가고 있는 것으로만 비쳤던 것이리라. 의식적으로 그는 이 조류에 귀를 막고 돌아앉아버렸다고 할 것이다. 이것이 소월을 대할 적의 우리의 문제의 하나가 아닌가 한다.

소월은 고향이 부르는 소리에 귀를 기울였다. 시인인 소월에게는 시조의, 가사의, 「동동」의, 「가시리」의, 「청산별곡」의 가락이 구비이는 물결이 되어 울려왔던 것이다.

다른 하나의 문제는, 온갖 잡음에 귀를 막아버린 소월의 시형태가 동시에 그의 시정신마저 귀막아버렸다는 그것일 것이다. 그의 귀에는 잡음이 잡음으로만 들렸던 것이다. 역사의 한 단계를 실념했던 것이다. 이 잡음은 아직도 계속되고 있기는 하나, 그러나 소월이 당시에 벌써 잡음을 잡음으로서만 듣고 귀막아버렸다는 것은 어떨까? 당돌한 말 같지만 우리는 여기서도 인내와 사랑이 필요한 것 같다. 움직여 가면서 있는 역사에 등한, 아니 의식적으로 귀를 막고 아득한 과거세에만 귀를 기울이고 있었기 때문에(소월은 그것을 '영원'이라고 생각하였는지 모른다) 현실에 돌아오지 못하고 있는 것이 소월의 시며 시형태다. 소월은 왜 잡음 속에서 무슨 소리(새로운 소리)를 들으려고 하지 않았던가? 그 잡음은 실은 한국의 신시가 세계의 시로 나가려는 한 당황상과 혼란상이라고 왜 그는 보려고 하지 않았는가?

한국의 신시사에 소월의 시가 높이 솟아 있는 것을 느낄 적에 괴롭다. 소월의 시와 시형태 속에는 역사의 흐름을 독단에 의하여 의식적으로 막으려는 외고집 같은 것이 있다. 그것이 선의에서 나온 것이라 하더라도 그 태도를 일방적으로 시인하는 것은 어떨까?

이질적인 것이 이질적이라는 그 이유로 버림받아야 마땅하다고는 생각되지 않는다. 이질적인 것도 인간성에 근원을 가지고 있는 이상은 우리는 그것마저 내 것으로 해야 할 것이다. 세계는 광대하지만, 근본에 있어 인간은 한가지라고 생각하기 때문이다.

현대란 개념은 그대로 서구란 개념과 직통해버리지만, 우리가 그들을 직시하고 있는 한 그들은 만만히 우리를 삼켜버리지는 못할 것이다. 시와 시형태에 있어서도 이 말은 타당할 줄 안다.

소월은 이런 의미에서는 비겁했다고 하면 심한 말이 될까? 그들을 직시할 수 없었다는 의미로서는 소월은 오히려 그의 입장의 고집으로 하여 그들에게 심리적으로는 삼켜버려진 것이나 아닐지?

제4장 사족으로써의 부언

창가가사부터 육당 등의 《소년》지를 거쳐 《창조》, 《폐허》, 《백조》에 이르기까지 한국의 현대시(신시)는 그 시형태의 바탕에 있어서나 그 시형태에 있어서나 서구의 현대시에 비할 적에 아직 충분히 현대에 들어섰다고 할 수 없을 것이다. 서구와 같은 근대의 전통이 없는 한국에 있어서는 우선 근대적 서구의 세례를 받아야 했던 것이다.

《태서문예신보》와 《창조》 무렵에 와서 비로소 서구의 시운동의 일단이 한국에 밀려왔다. 《태서문예신보》가 안내 역할을 하여 《창조》, 《폐허》의 몇 시인들이 받아들였다고 하는 프랑스 상징주의와 《백조》의 몇 시인들이 스스로 선언한 낭만주의가 그것일 터이다. 그러나 명목만 상징주의고 낭만주의지 서구의 그것들과는 그 성질에 있어 판이한 것들이었다. 서구에서는 19세기 초에 낭만주의 운동이 일어났고, 19세기 말에 상징주의 운동이 일어났다. 한국에서는 낭만주의에 대한 반동으로서 일어난 상징주의 운동에 대한 그 시운동으로서의 시사적 음영을 모르고, 퍽 기분적으로 거진 동시에 이 두 이질의 주의를 받아들였던 것이다. 옳은 상징주의와 옳은 낭만주의가 한국에 정착하지 못한 것은 당연하다. 낭만주의에서 상징주의에로 다리를 놓아주었다는 보들레르가 그 시작법에 있어 얼마나 낭만주의의 시작법의 맹점을 철저히 분석 · 해부하여 비판하였는가 하는 점은 한국에서는 간과되어 있었는 듯하다. 발레리도 그의 「보들레르론」에서 "보들레르가 낭만파의 시인들의 걸작을 자기의 시인으로서의 존재를 걸고 검토하여 그 장점에 대하여는 단념하고, 그 단점에 대하여는 완벽을 기함으로써 독자의 수법을 가지게 되었다"는 의미의 말을 하고 있는데, 자유시와 산문시의 시험자로서의 보들레르의 시인됨을 짐작할 수 있다. 독창적인 시인이란 새로운 미의 창조자를 두고 하는 말이라면, 한국의 조기 신시작자들은 모두 피상적 모방에 그쳤다고 할 것이다.

창가가사에서부터 《백조》 무렵까지는 한국의 신시는 한두 시인의 예외를 제쳐놓고는 대개가 시형태의 전통으로부터의 자아해방의 열광적 일로를 달렸던 것이라고 할 것이다.

상징주의 시운동이 서구에 있어서는 현대시의 황야에 던져진 첫 봉화였다고 하면, 그 상징주의는 방법에 대한 자각에서부터 출발하였던 것이다. 그러나 한국의 신시는 창가가사를 거쳐 육당의 《소년》지에 이르러 전통의 시형태를 어느 정도 벗어나기는 하였으나, 안서 등의 《태서문예신보》에 와서 시형태에 대한 조각이 표면화함으로써 시의 새로운 형태에 대한 여태까지의 피상적 관념이 드러났던 것이다(신체시를 산문시라고 본 그것). 요한 등의 《창조》에서도 이 태도는 그대로 계승되어(율적산문을 자유시라고 본 그것) 한국시의 전통적 형태는 해체해가기만 했지, 이것을 대신할 만한 충분히 자각된 형태는 나타나지 않았던 것이다. 《폐허》의 상아탑에 와서 어느 정도 자각된 자유시의 형태가 나타났는데, 백조파 시인들의 안이로 말미암아 시형태는 방종으로 흐르려는 경향이 점점 농후해지려는 무렵, 소월이 나타나 일신으로 이 경향에 버티었다고 할 것이다.

한국과 같은 풍토에 있어서는 시의 현대사적 흐름은 한국의 모든 면의 현대사적 흐름과 함께 혼탁을 면할 수는 없었다. 여기에 우리는 역사의 흐름을 일면 긍정하고, 일면 부정하는 비판적 태도가 필요했던 것이다. 소월은 너무나 제 주관을 고집한 것 같다. 역사의 혼탁기에 있어 소월과 같은 사람은 응당 있을 수 있는 일이겠으나, 그것이 유일한 태도라고 착각할 적에 혼탁보다도 더 따분한 것이 온다. 정체라고 하는 고요하고 외로운 수면상태가 그것이다. 역사의 선에 따라 저항은 해야 할 것이다. 그러나 한국의 신시에 있어서 소월의 시(시정신의 바탕과 시의 소재와 시형태)는 한 영원이다. 왜? 소월은 역사의 테 밖에 일단 물러섰기 때문이다. 그러나 역사의 선에 따라 저항은 해야 되는 한국의 현대시는 소월의 그 애틋한 눈짓에 괴로워하면서도 그를 저버릴 수 있어야 할 것이다. 시도 인간과 함께 역사의 안(시간)과 밖(영원)에서 살아야 하는 이면성을 가지고 있기 때문이다.

소월에 와서 한국의 신시는 한 반성기에 들어섰다고 할 것이다. 소월을 경계로 하여 한국의 신시는 그 형태에 있어서도 훨씬 음영을 가지게 되었다고 할 것이다.

제5장 시문학파의 자유시

1. 시에 대한 인간적 태도와 비인간적 태도(하나의 전제로써)

시를 대하는 태도에 두 가지가 있을 것이라고 생각된다. 시를 내용의 면에서 보는 태도와 형식 즉 방법의 면에서 보는 태도가 그것일 것이다(물론 이들의 종합적인 제3의 태도가 있겠으나 그것은 이념이고 현실적으로는 그 비중이 전기 두 가지 태도의 그 어느 쪽에든 더 많이 기울어져 있음을 본다).

시를 내용의 면에서 보는 태도는 보다 시를 두고 '느끼는' 그것이라고 하면 형식 즉 방법의 면에서 보는 태도는 보다 시를 두고 '생각하는' 그것이라고 할 것이다. 전자를 낭만주의적 태도라고 하면, 후자는 고전주의적 태도라고 할 것이다. 『시경詩經』의 「시삼백사무사詩三白思無邪」나 『서경書經』의 「시언지가영언詩言志歌永言」은 시를 '느끼는' 면에서 말한 것이라고 할 것이다. 즉 시를 형식이나 방법을 떠나서 말한 것이라고 할 것이다. 보들레르가 "시간의 관념 없이 시계점의 시간의 바늘이 제각기 다른 것을 보는 것처럼 귀찮다"고 형태에 대한 관심 없이 남이 만들어준 형태를 무자각하게 틀에 박은 듯이 그대로 빌려서 제각기 제 감회를 토로하고 있는 시들을 공박하면서 새로운 시의 형태(산문시)를 내세우려는 태도는 시를 '생각하는' 면에서 말한 것이라고 할 것이다. 즉 시를 내용을 떠나서 말한 것이라고 할 것이다.[1)]

내용 편중의 낭만주의적 태도는 '무엇을 느꼈느냐?' 혹은 '무엇을 그답게 느꼈느냐?'에 관심의 대부분이 집중되는 것이라고 할 것이다. 형식 편중의 고전주의는 '무엇을 어떻게 그리는 데 대하여 얼마만큼 깊이 생각하였느냐?' 혹은 '무엇을 어떻게 그려내었느냐?'에 관심의 대부분이 집중되는 것이라고 할 것이다.

'느끼는' 태도는 주정적主情的이라고 하겠고, '생각하는' 태도는 주지적主知的이라고 하겠다. 그리고 '느끼는' 주정적 태도는 인간의 일반적 태도라고 하겠다. 왜냐하면, 이때의 '느끼는'은 인간만사나 우주 삼라만상에 대하여 '느끼는' 일 것인데, 시인뿐만이 아니라, 학자도 정치가도 상인도 노인도 소년도 남자도 여자도 다 '느끼는' 인간이기 때문이다. '생각하는' 주지적 태도는 이와는 다르다. 왜냐하면, 이때의 '생각하는'은 예술에 대하여 '생각하는' 일일 것인데, 예술을 또한 시의 형식이나 방법이라고 생각하고 있기 때문에 그 아무나 이 '생각하는'에 참여할 수는 없기 때문이다. 형식이나 방법을 '생각하는' 사람은 그 방면의 전문가에 국한된다. 그뿐만 아니라, 이 형식이나 방법을 기술적으로 구축하는 태도는 전자처럼 인간성이 직접적 제1의적으로 관계할 수는 없다. 보다 비인간적인 태도라고 하겠다. '느끼는'은 '느끼는' 인간의 일반적 태도 위에서 보다 깊게 보다 그답게 '느끼는' 그것이기 때문에 여기에는 항상 뜨거운 인간적인 온도가 있다. 그러나 '생각하는'은 '느끼는' 인간의 일반적 태도를 일단 의식적으로 포기한 태도이기 때문에 싸늘한 비인간적인 온도가 있을 따름이다. 전자가 보다 논리적이라 하면(허무에 대하여 뭐라고 설령 말하고 있더라도 어디까지든지 그것은 허무에 대하여서인지 그 자신 허무로서 있지는 않다. 청마의 시를 보면 그것을 느낄 수 있다), 후자는 보다 허무로서 있음을 알 수 있다. 형식이나 방법에의 사고는 논리가 개재할 틈이 없다. 그것

---

1) 『시론—작시법을 겸한』(문장사, 1961)에서 재인용되면서 추가된 부분은 다음과 같다.
"소위 비평적 문자로서는 전자를 두고 개성personality에 치중했다고 이르고, 후자를 두고 독자성originality에 치중했다고 이르는 모양이다." 이 책 248쪽에 인용됨.(편주)

은 사고의 논리를 통하여 기술로써 기계화할 수밖에 없는 것이다. 스테판 말라르메Stèphane Mallarmé, 폴 발레리, 장 콕도Jean Cocteau 등의 시작태도에서 그들의 지성의 시작 이전의 허무상태를 역설적으로 볼 수 있다는 것은 흥미 이상의 그 무엇이다. 그들은 인간으로서는 허무를 살고 있었던 것이 아닌가? 한국에서는 1931년 《시문학》이 나타나므로 시에 있어서는 형식(형태를 포함한)에 대한 자각이 한층 뚜렷해졌다고 할 것이다. 그 형식도 주로 언어를 중심한 문체에 기울어진 감이 없지 않으나 정지용, 영랑 김윤식과 같은 시인들에게서 퍽 의식적인 시형태에 대한 '생각하는' 태도를 볼 수 있다. 물론 이 양 시인이 모두 의식 무의식으로 서정주의의 입장에 서 있기 때문에 그 테 안에서의 형태에 대한 '생각하는' 태도를 볼 수 있다는 것이지만, 그러나 한국의 신시에 '기술하는 태도'를 보여주었다는 것은 그들의 공적이 아닐 수 없다.

2. 정지용의 시형태

넓은 벌 동쪽 끝으로
옛 이야기 지즐대는 실개천이 휘돌아 나가고
얼룩백이 황소가
해설피 금빛 게으른 울음을 우는 곳

── 그 곳이 차마 꿈엔들 잊힐 리야

질화로에 재가 식어지면
비인 밭에 밤바람 소리 말을 달리고

엷은 졸음에 겨운 늙으신 아버지가
짚벼개를 돋아 고이시는 곳

── 그 곳이 차마 꿈엔들 잊힐 리야

흙에서 자란 내 마음
파아란 하늘빛이 그리워
함부로 쏜 화살을 찾으려
풀섶 이슬에 한초름 휘적시던 곳

── 그곳이 차마 꿈엔들 잊힐 리야

전설 바다에 춤추는 밤 물결 같은
검은 귀밑머리 날리는 어린 누이와
아무렇지도 않고 예쁠 것도 없는
사철 발 벗은 아내가
따거운 햇살을 등에 지고 이삭 줍던 곳

── 그곳이 차마 꿈엔들 잊힐 리야

하늘에는 썩은 별
알 수도 없는 모래성으로 발을 옮기고
서리까마귀 우지짖고 지나가는 초라한 지붕
흐릿한 불빛에 돌아앉아 도란도란거리는 곳

── 그곳이 차마 꿈엔들 잊힐 리야

정지용의 「향수」라고 하는 널리 알려진 이 시는 5연의 연 구분과 각 연이 제4연을 빼놓고는 모두 4행의 행 구분인데, 각 연의 끝에 '——그곳이'로 시작되는 '반복'을 가지고 있다. 평범하다면 극히 평범하다고도 할 수 있는 이 외모는 그러나 시인 지용의 비범한 주지에 의하여 이루어진 것임을 시작詩作하는 입장에 서서 바라볼 적에 짐작할 수가 있다.

우선 하필 왜 5연에서 끊었을까? 그리고 각 연은(제4연만 제외하고) 왜 하필 4행의 행 구분을 하였을까? 이것이 모두 우연이다. 이유는 없다. 아무런 이유도 없는 우연이 이유가 있는 필연처럼 되어버린 거기에 지용의 솜씨를 본다. 각 연은 영화의 한 컷이라고 보면 될 것이다. 컷과 컷과는 아무런 관련도 없다. 그런대로 그들은 우연이다. 우연이 필연이 되려면 여기 몽타주가 있어야 한다. 컷과 컷을 몽타주하여 이을 고리〔煥〕는 전혀 '——그곳이 차마 꿈엔들 잊힐 리야'이다. 열쇠는 이것이 잡고 있는 셈이다(더 진보된 형태에 있어서는 이것이 필요 없을 것인데, 아직 거기까지는 미달이다). 연수와 행수는 전혀 우연이기 때문에 4연이든 각 연이 5행이든 상관없다. 시의 효과는 전혀 몽타주의 솜씨에 달렸다.

시조에서나 한시에서 보는 바와 같은 기승전결의 드라마를 볼 수 없는 것은 자유시의 두드러진 한 특징을 이 시가 지니고 있다는 증좌일 것인데(이 시에는 고저 내지 강약의 시간적 굴곡이 없고, 장면의 변화뿐이다), 이것은 이미지즘이 고조한 점으로 상징주의적 혼돈을 피하고 영상의 명확을 중시한 것이다(이미지즘에 와서 서구의 자유시도 완전한 자리를 잡게 되었다는 것은 주지의 사실이다. 그리고 지용과 이미지즘을 결부시켜 생각해보는 것은 그리 우스운 일은 아닐 것 같다). 《폐허》와 《백조》의 혼돈주의에서 한번 밝은 햇빛을 우러러 보게 된 셈인데, 그 형태도

퍽 시각적으로 되었다는 것을 알 수 있다.

'—— 그곳이 차마 꿈엔들 잊힐 리야'를 한 칸 떼어 연인 것처럼 안배한 것은 또 하나 지용의 비상한 손재주다. 이것은 아마 한 칸의 공간과 한 칸의 공간이 지닌 시간(호흡이 휴식할 시간)이 몽타주에 있어서의(이때의 몽타주는 독자에게 있어서의 몽타주일 것이다) 시각적 청각적 효과에 대한 계산에서 된 것일 것이다.

이상 분석해보면 이렇게 될는지는 모르나, 그러나 이 시에 대하여 이런 말들을 한다는 것은 지용에 있어서는 진부한 일일는지도 모르겠다. 왜냐하면 지용은 이미 그의 지성 이전에 그의 시인적 직감으로써 이미 이 상태(이 시형태의 구성)를 예민하게 감득하고 있었고, 하여 그의 지성은 이 시의 형태구성에 있어서 몹시 적은 부분만을 차지하고 있었을는지도 모르기 때문이다. 이런 의심은 다음의 「바다」와 같은 그의 이후의 시를 대할 적에 한층 심해진다.

바다는 뿔뿔이
달어날랴고 했다.

푸른 도마뱀떼처럼
재재 발렸다.

꼬리가 이루
잡히지 않았다.

(이하 생략)

한 컷 내에서의 변화임을 짐작할 수가 있다. 장면의 변화라고 하기보다는 영상의 시간적인 체계다. 체계가 3연에 와서 일단 완결된 셈이다. 2연은 1연의 연장이고 3연은 2연의 연장이다. 거기 드라마가 있는 것도 아니다. 세균이 현미경 속에서 점점 확대되어가는 그것이다. 연을 끊을 필요를 느끼지 않는다. 1 · 2 · 3연은 뭉쳐서 제4연인

한발톱에 찢긴
산호보다 붉은 슬픈 상채기!

를 말하기 위한 전주에 지나지 않는다. 1 · 2 · 3연은 4연을 위하여 있는 셈이다. 진부하다.

대체로 이 시에서 빛나는 것은 그의 투명한 문체뿐이다. 형태주의자formalist에서 스타일리스트stylist로 변한 것 같지만(형태form와 스타일style을 분리해서 시작한다는 것은 그만큼 미달의 스타일리스트란 것을 알 수 있지만), 실은 지용은 그의 지성을 암만해도 문체의 쪽에 더 많이 쏟은 것 같다. 「호수 · 1」이라고 하는 시는 다음과 같다.

얼굴 하나야
손바닥 둘로
폭 가리지만

보고 싶은 마음
호수만 하니
눈 감을 밖에

기지로써 된 이 시는 행 구분과 연 구분을 무시해도 좋았을 것이다. 기지를 눈앞에 보여주기만 하면 될 것이다. 시는 짤막하게

행 구분을 해야 된다는 막연한 관습, 음율에서 떠나는 것이 시에서 떠나는 것 같은 막연한 불안, 이런 것들이 이런 얄궂은 형태를 낳았다면 지용의 서정주의가 상당히 완고하게 그의 속에 자리하고 있었음을 알 수 있겠고, 그의 지성이 또한 일면적이었다는 것도 알 수 있겠다. 시가 이만큼 시각에로 옮겨져갔는데도 산문시(줄글의) 형태를 가지지 못했다는 것은 이상하다 하겠다.

훨씬 나중에 쓴 그의 「백록담」이란 산문시편들은 그 자신에 있어서나 한국의 신시사상에 있어서나 이상의 그것과 함께 획기적인 것이 아닐까 한다.

3. 김영랑의 시형태

지용이 서정주의의 바탕에서 보다 영상이 명확한 이미지즘의 쪽에 더 많이 고개를 돌리고 있다고 하면(시형태상으로는 더 많이 산문시의 쪽으로 갈 가능성을 가졌다), 영랑의 시는 보다 이미지즘의 바탕에서 서정주의의 쪽에 오히려 머리를 개웃거리고 있다고 할까(시형태상으로는 더 많이 정형시의 쪽에 기울어질 가능성을 가졌다).

지용과 영랑이 고개와 머리를 두고 있는 방향이 그들의 의식의 방향이라고 할 수 있겠는데 이 의식의 방향은 뚜렷한 전망이 트여 있지 않기 때문에 왕왕 그들의 시인적 바탕으로 하여 몹시 흐려져 있음을 본다. 이제 영랑의 경우를 살펴보면,

내마음의 어딘듯 한편에 끝없는 강물이 흐르네
도처오르는 아침날빛이 빤질한 은결을 도드네
가슴엔듯 눈엔듯 또 핏줄엔듯

마음이 도른도른 숨어있는곳
내마음의 어딘듯 한편에 끝없는 강물이 흐르네

—「동백잎」

영랑의 시의 언어는 비단 이 시에서 뿐만이 아니라, 퍽 시각적 촉각적이다. 설명적 개념적인 것을 되도록 피하고, 구체적 감각적인 것을 사용한다. 사용한다고 하기보다는 그런 언어로 되어 있다. 그가 예민한 감각을 가졌다는 증좌일 것이다. 이 시에서의 '빤질하다' 는 형용사와 '도른도른' 이라는 부사는 언어로서는 한층 빛난다. 이 언어들의 빛나는 감각성이 그러나 시 한편의 의미에까지 깊이 관련을 못 맺고 있다. 영랑이 스타일리스트가 아닌 증좌다. 제4행의 첫머리의 '은결' 은 '은' 의 '결' 인 동시에 '은물결' 이다. 시각과 청각의 두 쪽에 걸린다. 그러나 이것 역시 시의 의미에까지 무슨 영향을 주고 있지는 않는 것 같다. 수사에 그친 감이 없지 않다.

감각적 언어에 예민한 감각을 가진 그의 시가 공간적으로 펴져가는 형태를 가지지 못하고(산문시의 형태를 가지지 못하고), 되려 음율을 중심한 유동하는 정형시에 더 가까운 형태를 가졌다는 것은(이 시는 3 · 3, 3 · 4, 4 · 3 등 3음을 중심한 율이 서 있다), 모순인 것 같지만 그것만으로서는 얼마든지 빛날 수 있는 언어들이 한 편의 시 속에서 반만 죽어 있다는 그것으로 이 모순은 설명될 수 있는 것이 아닌가 한다. 즉 처음부터 영랑은 율에 더 많은 관심이 있었던 것이다(제3연과 제4연과 마지막 연에 '반복' 을 쓴 것도 그 한 증거다). 의식이 더 많이 그쪽(음율의 쪽)에 있었기 때문에 언어를 통한 그의 감각적 즉물적 바탕은 간헐적으로밖에는 나타날 수가 없었던 것이다. 시의 의미와 분위기에 큰 도움이 될 수 없는 찬란한 언어들이 간헐적이나마 나타날 수 있었다는 것은 그의 의식의 방향이 되기도 하지만, 이런 상태가 시를 우습게 하고 있는 경우는 그의 「꿈밭에 봄마음」에서 더 완연하다.

굽어진 돌담을 돌아서 돌아서
달이 흐른다 놀이 흐른다
하이얀 그림자
은실을 즈르르 돌아서
꿈밭에 봄마음 가고 가고 또 간다

이런 선연한 영상을 산문시로 썼으면 어떨까? 3 · 3의 율이 언어와 상을 한꺼번에 희화화하고 있다.

사족—《시문학》 동인은 물론 지용과 영랑 둘만이 아니지만, 이 두 시인이 《시문학》 동인들의 시형태상의 장점과 단점과 진보적인 면과 보수적인 면을 가장 뚜렷하게 가지고 있었다고 할 것이다. 가령 박용철의 「너의 그림자」를 들어보더라도 그 형태상의 인상은 희미하다.

하이얀 모래
가이 없고

적은 구름 우에
노래는 숨다

아즈랑이 같이 아른대는
너의 그림자

그리움에

홀로 여위여간다

간결한 문체와 톡톡 부질러 끊은 행 구분에 약간의 특색을 볼 수 있을 뿐 지용의 산문시처럼 산문시에의 가능성이라든가, 영랑의 경우처럼 운율에의 접근이라든가 하는 성패는 고사하고 그들의 시형태에의 독자성이 눈에 보이는데, 용철의 경우는 《시문학》 이전보다 어떻다고 말하기가 곤란하다.

영랑보다는 지용이 시형태상으로는 앞으로 개척할 수 있는 많은 가능성을 암시해주었다고 생각된다. 그리고 대체로 《시문학》 동인 중 특히 이 양 시인에 대하여는 그들의 시형태보다는 그들의 시 언어나 시의 문체에 대하여 다져볼 점이 더 많지 않을까 한다. 문체와 형태는 원래 떼어서 볼 수 없는 것이겠으나 한국과 같은 특수한 사정 아래선 한 시인에 있어 그것들(문체와 형태)이 정상의 관계를 맺지 못하고 있는 경우가 얼마든지 있을 수 있기 때문에(지용과 영랑의 경우가 그렇다고 생각한다) 이것과 저것을 떼어서, 이것은 이것대로 저것은 저것대로 따져가면서 그것의 정상의 종합을 꾀해볼 수도 있지 않을까 한다.

제6장 1927~1937년의 아류 모더니즘

1. 구미의 모더니즘과 한국의 그것

a. 구미의 모더니즘

모더니즘modernism의 성격과 그 시사적 시기를 규정하는 것은 몹시 곤란한 일인 것 같다. 미국의 F. V. 캘버턴F. V. Calverton의 1931년판 『십자로에 선 미국문학』이란 것을 보면, 20년대의 미국의 모더니즘을 '예술에 의한 현실에의 반항의 시대'라고 하고, 그것을 더 구체적으로 '광폭한 개인주의, 전통에 대한 부조리한 경멸, 신념의 부인'이라고 설명하면서 다다Dada나 초현실주의surrealism 계통을 모더니즘이라고 하고 있다. 이어 그는 새로운 30년대의 문학은 '전통에의 복귀'로 나아가야 한다고 시사하면서 전통은 개인을 해방하기보다는 오히려 개인을 훈련하는 그러한 가치를 강조하는 것이라고 하고 있다.

캘버턴이 말한 30년대의 미국문학의 이념이 그대로 장 콕토나 T. S. 엘리엇T. S. Eliot의 모더니즘에 해당한다고 할 것이다. 콕토의 에스프리 누보esprit nouveau나 엘리엇의 정통주의orthodoxy란 것은 주지하는 바와 같이 '전통에 대한 부조리한 경멸'이 아니라, 예술상의 오랜 전통을 새로운 시대감각으로 정통화한다는 입장인 것이다. 자크 마리탱Jacques Maritain은 다다나 초현실주의 계통의 모더니즘과 콕토, 엘리엇 등의 모더니즘을 구별하기 위하여 전자를 과격현대주의ultra modernism라고 하였던 것이다. 마리탱은 과격파를 "이지理智와 이성에 절망하여, 진리를 의지, 본능, 감정 또는 행동에 찾기 때문에 반이지주의라고 불리워진다"

라고 하고 있다. 유형으로 나누어보면 이것은 낭만주의다. 즉 예술보다는 인간이 앞선다. 다르게 말하면, 방법이나 기술보다는 내용이 앞선다. 방법이나 기술이 무시된다는 것이 아니라, 반항적 정열이 형성적 이지보다 선행한다는 말이다. 콕토나 엘리엇의 입장은 이에 비하면 고전주의다. 이지가 선행하고 있다고 할 것이다. 반정열적이라는 의미로는 그만큼 전자의 인간적인 데 대하여 비인간적 · 주지적 · 예술적이라고 할 것이다. 영국의 라우라이딩Lauraiding과 로버트 그래브스Robert Graves는 그들의 공저인 『모더니스트 시의 전망』에서 이 입장을 옹호하면서 다음과 같이 말하고 있다. "순정한 모더니스트라는 의미는, 시인에 대하여보다는 시에 대하여 적용되어야 할 것이다." 즉 일단 '시인'이라고 하는 인간의 입장을 떠나서 '시'라고 하는 예술(방법, 기술)의 입장에서 모더니스트를 보고 있다.

모더니즘의 경향을 대별하여 이상의 두 갈래(반항적 정열로서의 인간적 태도와 형성적 이지로서의 예술적 방법)로 보아왔는데, 시사적 시기로 이것을 구분해보면, 1900년대 하반기의 미래파futurism와 입체파cubism 운동, 1910년대 하반기의 다다이즘 운동, 1920년대 상반기 이래의 초현실주의 운동(초현실주의는 여상의 제운동의 총결산이라 할 것이다. 즉 초현실주의에 와서 여상의 제운동의 반항적 제요소가 일단 정착되었다 할 것이다) 등은 과격현대주의에 속한다고 할 것이다. 이들 운동의 중심은 프랑스였는데, 전기한 바 캘버턴의 견해처럼 20년대의 미국문학이 모더니즘을 주류로 하고 있었다는 것은 파리에서 영문의 잡지를 내면서 젊은 미국 시인 작가들의 지도자적 역할을 담당한 제르트루드 스타인Gertrude Stein 중심의 초현실주의 운동을 두고 한 말일 것인데, 이것이 미국의 현대문학사에 적지 않은 저력이 되었던 그만큼 미국도 프랑스 다음으로 이 경향의 중요한 위치에서는 나라라 할 것이다.

미국 출신의 시인 에즈라 파운드Ezra Pound가 T. E. 흄T. E. Hulme의 소설所說을 따서 1913년 3월호의 시지 《포에트리Poetry》에 근본원칙을 선언하면서 출발한 사상주의(寫像主義, imagism)는 반反상징주의의 기치를 선명히 하였다. 파운드의 선언 중에는 '고전주의적 조형성을 중히 여기고' '표상에 기여하지 않는 말을 절대로 쓰지 않을 것' 이라는 말들이 보인다. 주지주의의 현대적 모체를 여기서 볼 수가 있다. 파운드의 말을 빌리면, 19세기까지의 노래하는 시, 즉 언어의 음율에 치중한 자연발생적인 시(그는 이런 시를 메로포에이아melopoeia라고 하고 있다), 이에 대하여 투명한 이미지의 시(그의 조어에 의하면 이런 시를 패노포에이아phanopoeia라고 하고 있다), 더 나아가서는 시의 효과를 위한, 차원이 다른 새로운 언어논리를 획득한 시, 문체의 시, 즉 그의 조어에 의한 로고포에이아logopoeia의 3단계로 시를 보고 있다(파운드는 이 3단계가 시의 발전 내지 진보의 3단계라고 하고 있는 것 같으나, 항상 상대적으로만 가치판단을 하는 서구의 전통을 가진 그로서는 응당 할 수 있을 법한 말이기는 하나 만약 우리가 절대적 입장에 선다면 이 가설은 '시' 라고 하는 본질 속에 용해되어버리고 말 것이다. 그러나 역사의 흐름을 체계 세워 보는 입장으로서는 이런 구분법은 편리하고 유익하기도 할 것이다). 이 3단계 중 제2단계인 패노포에이아에 해당하는 것이 사상주의의 시다. 제3단계의 로고포에이아에 해당하는 것은 엘리엇과 파운드의 1920년대 이후의 시들일 것이다. 1920년대 이후 엘리엇과 파운드의 시들은 예술(방법, 기술)의 입장에 서서 전통의 새로운 현대화를 꾀한 것이기 때문에 과격현대주의와는 다르다.

1930년대에 들어서면서 영국에서는 좀 색다른 경향이 생겨났다. 주지하는 바 뉴컨트리파에 속하는 일군의 젊은 시인들의 사회참여에의 정열이 그것이다. 20년대의 선배시인들에게서 물려받은 실험적 방법을 존중하면서 인간적 정열을 시의 전면에 내세운 그들은(시로서는 분열된 모순 그대로 인간으로서는 정직한 세대의식에 살려고 한 그들의 입장은) 인간과 예술을 동가치로 취급하였다는 의미에서는 모더니즘의 양극이 일단 접근해진 것이라고도 하겠다.

b. 한국의 모더니즘

1927년대의 하반기로 접어들면서부터 한국에서도 주지니 모더니즘이니 하는 것들이 본격적으로 논의되었던 것 같다. 이것을 담당하여 가장 활발히 발언한 사람은 평론가 최재서와 시인 김기림인 것 같다. 양인이 다 영문과 출신이다. 모더니즘과 주지를 늘 결부시켜서 생각한 점 파운드나 엘리엇의 계통이라 할 것이다. 백철의 『신문학사조사』에는 「모더니즘의 시」라는 항목이 있는데, "모더니즘은 외국의 선험시인인 에즈라 파운드 등의 것을 받아들인 것이며, 그 특색은 주지적인 창작태도이다. 여기 모더니즘 시운동의 뜻이 있었다. 종래의 우리 시단이란 예의 백조파 이후 그 모두가 자연발생적인 경향이었다는 것, 즉 시는 되어지는 것이요, 만드는 것이 아니다!고 해온 데 대하여 모더니즘은 시는 만드는 것이요, 되어지는 것이 아니라고 하여 그 시작의 태도를 뒤집어놓은 것이다"라고 하고 있다. 여상의 내용을 당사자의 한 사람인 김기림 자신의 글에서 직접 들어보면, 그의 『사상과 기술』이라는 에세이 중에서 다음과 같은 말들이 눈에 비친다. "사상만 있으면 시가 된다든지, 시적 영감만 있으면 시가 된다든지 하는 편리한 생각은 어느 시기의 우리 시단을 풍미한 법전이었다. 그러나 남은 것은 시가 아니고, 감정의 생경한 원형이거나 관념의 화석인 경우가 많았다.

이 나라의 기술주의의 대두는 이러한 원시적인 소박한 풍조에 대한 안티 테제로서 제출된 것이다. 정서와 감흥과 영감의 만능에 대한 반역이었다. 아주 기술의 문제를 잊어버릴 뻔한 판에 그것을 다시 불러일으키기 위하여는 기술주의는 과격하기조차 하였다."(상점은 필자) 원시적인 소박한 풍조에 대한 '안티 테제로서 제출된 것'이 기술주의임에는 백철의 소론을 보더라도 틀림없는 것 같은데, 문제는 이 기술주의와 모더니즘과의 관계에 있다. 기림보다 조금 앞서 지용, 영랑 등의 기술주의가 있었지만 지용, 영랑을 모더니스트라고 볼 수는 없다. 그러니까 이 주지주의로서의 기술주의는 구미의 현대와 결부될 적에 한하여 모더니즘이란 것이 표면에 비로소 떠오르게 되는 것일 것이다. 1900년대 이래의 구미의 온갖 실험적인 방법이 적용되어 실천될 적에 비로소 모더니즘이란 말을 써볼 수 있을 것이다. 기림은 그럼 어떠한가? 시인으로서의 기림은 세계시의 입장에서 본다면 모더니스트라고 할 수 있을 것 같기도 하고, 할 수 없을 것 같기도 하다. 단시短詩의 시험이라든가 장시長詩의 시험이라든가 하는 시형태의 시험자로서의 일면과 몇 편의 단시에서 보여준 문체의 시험자로서의 일면을 제외하고는 기술주의로서의 모더니즘과는 깊은 인연은 없는 것 같다. 적어도 '기술주의는 과격하기조차 하였다'는 말은 기림 자신에게는 타당하지 않을 것 같다. 그러나 기림이 모더니스트로서 스스로 자처하고, 남도 그렇게 인정한 것은 그의 시의 주제와 소재에 원인하는 것이 아닐까 한다. 그의 시가 그대로 서구어에 번역되어 조금도 어색함이 없을 것 같은 느낌을 주는 것은 그 주제와 소재에서일 것이다. 그 중에서도 그의 시의 척수가 되어 있는 문명 비평적 비평 태도에서일 것이다.

기림은 전기한 『사상과 기술』에서 "기술적 혁명과 생활에서 우러나온 사상의 혁명이 함께 있는 예술혁명이야말로 진정한 예술혁명의 이름에 해당할 것이다"라고 하고 있다. 이것은 그의 시에 대한 이념인데, 그는 영국적(파운드, 엘리엇과 같은) 주지주의(기술주의)를 받아들였음에도 이렇게 주제에 대한 관심으로부터 떠날 수가 없었던 것이다.

최재서는 1934년 8월 《조선일보》의 지상문화강좌에서 "주지파의 문학의 타도코자 하는 전통은 인생관에 있어서 인본주의요, 예술에 있어서 자연주의요, 문학에 있어서 낭만주의다. 그들이 이제부터 수립하려고 하는 신전통은 각각 과학적 절대태도와 기하학적 예술과 및 고전주의적 문학이다"라고 하고 있는데, 사상파 이후 1920년대까지의 영국의 경향을 두고 하는 한에 있어서는 수긍된다. 그러나 모더니즘 일반과 결부시켜볼 적에 수긍되지 않는다. 초현실주의로 일단 정착된 프랑스를 중심으로 한 전위적 시 내지 문학운동을 유형으로 나누어 그 태도는 오히려 낭만주의라고 할 수 있을 것 같다. 그 반항적인 정열이라든가 단절(전통과의) 의의라든가 한계의식의 상실(낭만주의에 있어서는 이것은 신비로 가는 길이었으나 초현실주의에 있어서는 이것은 순수심리의 심저로 침하하는 길이었다. 다같이 혼돈과 비非 내지 초합리의 세계다)이라든가 하는 것들은 낭만주의의 속성이 아닌가 한다. 강좌의 이념만은 수긍되나 그러나 한국에서는 대단히 힘드는 일이 아니던가 한다. 특히 시가에 있어서의 한국의 전통적 입장은 소박한 낭만주의의 그것이 아닌가 하기 때문이다. 그러니까 이 이념은 이념 그것으로서는 전통에 대립하는 한국의 모더니즘이 될 수는 있을 것이다.

1933년에 조직된 '구인회'의 후기 회원의 한 사람인 이상은 유일한 한국의 국제적 모더니스트라 할 것이다. 기림의 주저와 양식을 전혀 무시해버린 시가 이상의 시다. 기림이 보다 계몽적 또는 매니페스트manifeste적(분명한) 역할을 하였다고 하면, 상은 훨씬 시 그것을 통한 실천인이었다고 할 것이다. 기림이 시에 관하여 많은 글을 썼는데도 상은 시에 관한 일언반구의 글도 쓰지 않았다. 상에 있어서는 시 그것이 바로 반항이고 저주고 동시에 비판이었기 때문이다. 상은 시인된 바탕으로서는 다다의 계통이다. 그는 시작에 있어서 로트레아몽(본명은 이시도르 뤼시앵 뒤카스Isidore Lucien Ducasse)의 권태를 가지고 있었지나 않았던가 짐작된다. 인간이 지구상에서 밥을 먹고 생식하면서 살아간다는 사실에 심한 혐오를 가졌던 그가 제 시작행위에 대하여 선선할 수가 없었을 것이 아닌가? 하여 그는 초현실주의의 방법인 자동기술법automatism을 제멋대로 사용했던 것이다. 정상이 아닌 행 구분, 띄어쓰기의 무시, 독특한 언어배치 등 그의 인간과 함께 한국 시사상의 한 이단인 동시에 한 위관偉觀이기도 하다. 여타의 시인들은 기림, 상의 그 또 오류라고 생각한다.

2. 김기림의 시형태

a. 단시

1927년대에는 일본에서 니시와키 준사부로西脇順三郎, 기타가와 휴유히코北川冬渦彦, 하루야마 유키오春山行夫 등이 단시 운동을 전개하였다. 일본의 단시 운동은 산문시 운동과 결부되어 있었다. 이 산문시 운동은 또한 사상주의적인 면과 결부되어 있었다. 이미지가 순수성을 유지하려면 단형의 시라야 한다는 것이다. 흄의 시가 그 좋은 예다. 이미지는 또한 시각적인 것이기 때문에 언어의 음의 요소를 되도록 배제해야 한다는 것이다. 단시 운동이 곧 산문시 운동과 동의어가 된 까닭이 여기에 있다.

기림의 단시가 이런 데서 영향되었는지 어쩐지 하는 데 대하여는 그 자신은 물론 아무도 언급한 사람이 없기 때문에 말하기 곤란하나, 암암의 어떤 암시는 있었던 것이 아닌가 추측해본다. 다른 시에서보다 단시에서 기림은 훨씬 사상주의에 접근하고 있기 때문이다.

일본의 단시는 대개 1행뿐인데 기림의 그것은 1행뿐인 것은 없다.

오후 두 시……
머언 바다의 잔디밭에서
바람은 갑자기 잠을 깨어서는
휘파람을 불며 불며
검은 호수의 떼를 몰아 가지고
항구로 돌아 옵니다.

「호수」라는 제목의 시다. 시에 등장된 것은 바람과 호수 단 둘뿐이다. 등장인물이 간단할 뿐 아니라 배경도 사건도 간단하다. 자칫하면 인상에 떨어질 우려가 농후하다. 이미지만으로 이 시는 간신히 시로서 서 있는 것이다.

연 구분이 없기 때문에 각 행은 다음 행에 걸려 가면서 마지막 한 행에서 끊어진다. 행 구분은 문장의 호흡상 필요로 한 것이 아니라, 장면의 전환과 등장인물의 교체를 위하여 한 것임을 알 수 있다. 이미지의 순간적 움직임의 고속촬영의 시적 편집이다.

대합실은 언제든지 튜우립처럼 밝구나.
누구나 거기서는 깃발처럼
출발의 희망을 가지고 있다.

「대합실」이란 제목인데 「호수」보다는 실패작이다. 기지가 이미지를 대신하고 있기 때문이다. 훨씬 정적이다. 이미지의 시간적 흐름(유동)이 없기 때문이다. 둘째 행은 셋째 행의 수식에 지나지 않는다. 첫째 행은 그대로 종결이다(문장으로나 시로나). 행 구분의 필요를 느끼지 않는 시다. 둘째 행, 셋째 행은 없어도 좋을 것 같다. 기지로서도 오히려 없애는 것이 더 암시적인 효과를 울릴 것 같다.

진홍빛 꽃을 심어서
남으로 타는 향수를 기르는
국경 가까운 정차장들.

「따리아」라고 하는 이 시에선 다시 움직임이 느껴진다. 그러나 이 움직임은 이미지의 그것이 아니라, 감상적인 정서의 그것이다. 이 시는 정서가 승하기 때문에 이미지가 승한 시에 있어서의 장면전환과 같이 첫째 행과 둘째 행을 끊어 시에 울렁이는 물결을 주고 있다.

기림의 각각 음영이 다른 단시 세 편을 뽑아보았으나, 그러나 이런 단시는 지용에 있어 더 미묘한 시적 음영을 가진 것이 있다.

b. 온건형태주의

1900년대 하반기 필리포 톰마소 마리네티Filippo Tommaso Marinetti가 '미래파선언'을 한 이후 비로소 시의 형태주의가 비롯되었다고 할 것이다. 미래파보다 좀 뒤처져 입체파 운동이 파급되자 시의 형태주의는 요원의 불처럼 번져갔던 것이다. 1920년대 하반기에는 일본에서도 이것이 상당히 논의되고 실지로 실천되기도 하였다.

형태주의의 중심인물들이 화가이거나(마리네티의 경우) 회화에 많은 관심을 가지고 있었던(기욤 아폴리네르Guillaume Apollinaire의 경우) 그만큼 회화와의 공동전선에 의하여 퍼져갔던 것이다. 형태주의의 관심이 두 방향에 있었는데, 그 하나는 시각적인 그것이다. 한 편의 시를 두고 3, 4종의 다른 빛깔의 잉크를 사용한다든가, 활자의 체나 호수號數를 여러 종으로 바꿔가면서 사용한다든가, 실제의 물체의 형을 방불케 하기 위하여 활자를 그 형과 근사하게 배열해본다든가 하는 따위다. 이것들은 모두 시의 의미와는 직접의 아무런 관계가 없다. 가령 연기를 FUMEL이라고 활자배열을 한다고 하면, 연기가 연돌에서 상공으로 퍼져가는 실감을 사실적으로 느낄 수 있다고 한다. 그러나 감각이나 정서나 이미지의 실감을 사실적으로 느낄 수가 없을 것이다. 언어보다는 문자(활자)를 더 중요시한 입장이라고 하더라도 문자가 언어의 기호에 지나지 않는다는 점은 몹시 등한시된 것 같다. 언어는 또 사회적인 역사적인 '의미'로서의 존재라는 것도 등한시된 것 같다.

형태주의의 관심의 또 한 방향은 청각적인 그것이다. 전통시에 있어서는 언어의 음은 의미와 깊은 관계에 있었다(단어에 있어서의 어감이라든가, 문장에 있어서의 음율이라든가 하는 것은 모두 의미와 밀접한 관계가 있다). 그러나 형태주의는 의미를 고려하지 않기 때문에 음 그 자체의 순수미를 즐기려고 한다. 그들이 어감이니 음율이란 말을 쓰지 않고, 음향이란 말을 쓰는 까닭이 여기에 있다. 니시와키 준사부로의 시에,

我がシシリアのパイプは秋の音がする

라는 것이 있는데, 'シシリア'란 음향이 시에 주는 효과를 노린

것이다.

그들은 즐겨 의성음을 쓴다. 박두진의 시 「묘지송」에 '삐이 삐이 배배종! 배종!' 하는 멧새 울음소리가 나오는데, 이 부분만은 형태주의라 할 것이다. 조이스의 「율리시즈」의 유명한 뇌명, 'badagharghtakamminarronnkonbronntonnerronntuonnthunntrouorthounawnskawntoohoohoordenenthunrunuck!' 는 물론 음향이다.

형태주의는 그러나 전기한 바와 같이 비교적 회화에 더 접근했기 때문에 시각적인 형태에 더 많이 기울어졌다 할 것이다. 기림 역시 그러하다.

월
　화
　　수
　　　목
　　　　금
　　　　　토
하낫 둘
　하낫 둘
일요일로 나가는 "엇둘" 소리……

「일요일 행진곡」이라고 하는 기림 시의 첫째 연이다. 월화수목금토의 요일을 비스듬히 좌에서 좌로 눕혀서 활자배열한 것은 형태주의의 그것이다. 아득한 불안과 곤비지대(월요일)에서 차츰 든든하고 푸근한 안정지대(일요일)에로 경사진 계단을 내려온다. 토요일까지 내려오면 일요일은 차라리 없어진다. 글자 그대로 공일이기 때문이다. 토요일에서 일단 곤비상태는 마치는 것이기 때문이다. 그런 심리적인 추이를 활자배열을 통하여 시각적으로 그려보았다고 할 것이다.

이 시의 마지막 연은 다음과 같다.

우리들의
유쾌한
하늘과 하로
일요일
　일요일

끝에 가서 '일요일'을 한 칸 아래로 낮춘 것은, 시각적인 그것보다도 청각적인 그것이라 할 것이다. 일음계 낮추어 반복케 하는 것은 가곡에 있어서는 상투의 수단이다. 이것은 형태주의라고 할 수는 없다. 의미와 관계하기 때문이다. 여운을 살리기 위한 진부한 수법이다.

　　　대기는
　　　프리즘
나의 가슴을 막는
햇볕은 7색의 테에프
유리 바다는
푸른 옷 입은 계절의 화석이다.

「스케이팅」이라는 그의 시의 첫째 연과 둘째 연이다. 기지와 이미지가 교차된 주지가 눈에 비친다. 그러나 첫째 연을 4음계나 낮추어버렸다는 것은 이상하다. 첫째 연 '대기는 프리즘'은 시 「스케이팅」의 부제로 봐달라는 것일까? 만약 이것을 낭송한다고 하면 들릴 듯 말 듯한 낮은 목소리를 내어야 할 것이 아닌가? 연으로 독립시키고는 있으나 물론 연의 구실은 못하고 있다. 다른 연과는 관계 없이 퍽 자유로운 입장에 놓여 있다. 기림은 종종 이런 것을 시에 삽입하고 있는데, 서사시에 있어서의 에피소드적 역할을 하고 있다고나 할까?

이상으로 기림은 형태주의자로서는 퍽 소박하고 온건하다 할 것이다.

c. 장시

기림 이전에 파인 등의 장시가 없었던 것은 아니나, 기림의 「기상도」와 파인의 「국경의 밤」은 문학의 장르를 달리하고 있기 때문에(「국경의 밤」은 서사시다) 서정시로서는 기림의 「기상도」가 처음의 장시일 것이다. 처음으로 기림이 서정시로서 장시를 썼다는 것도 있고, 또 그의 시인으로서의 바탕이 좋건 궂건 간에 그대로 집대성되어 있음을 볼 수 있다는 점에서 「기상도」는 기림과 그 아류의 모더니즘을 살피는 데 좋은 자료가 되는 것이 아닌가 한다.

장시 「기상도」는 「세계의 아침」, 「시민행렬」, 「강풍의 기침시간」, 「자최」, 「병든 풍경」, 「올빼미의 주문」, 「쇠바퀴의 노래」 등 7항목으로 구분되어 있다. 첫째 번 「세계의 아침」이 5연 32행으로 되어 있고, 둘째 번 「시민행렬」이 연 구분 없이 39행으로 되어 있고, 세째 번 「강풍의 기침시간」이 4연 62행으로 되어 있고(중간에 「제1보」 「제2보 · 폭풍경보」 「시의 게시판」 등 고딕 활자로 좌우의 행과 구별하고 있는데, 이것들을 중간제목으로 본다면 8연 59행으로 될 것이다), 네째 번 「자최」가 13연 102행으로 되어 있고, 다섯째 번 「병든 풍경」이 3연 40행으로 되어 있고, 여섯째 번 「올빼미의 주문」이 13연 79행으로 되어 있고, 일곱째 번 「쇠바퀴의 노래」가 6연 62행으로 되어 있다(중간에 「폭풍경보해제」, 「시의 게시판」 등 고딕 활자로 좌우의 행과 구분하고 있는데, 이것들을 중간제목으로 본다면 9연 60행으로 될 것이다). 총합 44연 416행이 되어 있다(중간의 고딕 활자를 중간제목으로 본다면 51연 411행으로 될 것이다). 서정시로서는 일대 장편이라 할 것이다. 이것의 형태상의 특징을 살펴보면 아래와 같은 것이 되지 않을까 한다.

우선 일관된 주제 아래 계산된(단순하기는 하나) 구성을 가지고 있다는 것을 알 수 있다. 시의 제목이 암시하고 있듯이 일촉즉발의 세계 정세를 '김기림'이라는 기상대에서 붙잡아 '천기예보' 해보려는 것이 이 장시가 의도하는 바 주제인데, 이 주제를 전개시키는 데 드라마를 쓰고 있다. 7항목 중 「세계의 아침」, 「시민행렬」 등 처음 두 항목은 사건의 전개다('원인'은 생략되어 있다). 「강풍의 기침시간」의 끝머리에 와서 사건은 절정에 달한다(「제1보」, 「제2보 · 폭풍경보」, 「시의 게시판」 등 퍽 자극적인 중간제목(?)을 삽입하여 절정에 급속도로 끌고온 셈이다. 너무 조급하다). 그 뒤에 계속되는 23의 항목은 너무 급격히 절정에 달한 데 대한 설명의 부분이다. 마지막 항목 「쇠바퀴의 노래」는 대단원인데 해피엔드다. 희극이다. 〔간간이 '십자가'니 '파우스트'니 '헤겔'이니 하는 말들이 시 중에 나오는데, 장시 「기상도」의 주인공을 서구로 보고, 서구의 과오(?)로써 지구는 저기압에 싸여 있다고 기림이 보고 있기 때문에, 그것들은 기림의 서구문명에 대한 풍자의 도구로 사용되고 있는 듯한데, 그러나 충분한 풍자도 되지 못하고, 다만 시의 분위기를 자아내는 데 어느 정도의 도움이 되고 있을 따름이다. 또한 희극이다.〕

비늘
돛인

해협은

배암의 잔등

처럼 살아났고

아롱진 〈아라비아의 의상〉을 두른 젊은, 산파들

—「세계의 아침」의 첫째 연

이토록 부질러 끊은 행 구분도 희극이라고 생각한다. '비늘'과 '돛인'과 '해협'은 '배암의 잔등'에 걸리는(내용하는) 말들이다. 이것들이 '처럼'에 다시 걸릴 적에 직유simile가 되는데, 직유는 비유하는 것과 비유되는 것의 관계가 명료하기 때문에 영상의 음영을 들추어낼 필요가 없다.

비눌

돛인

해협은

이라고 끊으면 영상에 음영이 생기고(영상이 세분되어 그 부분이 선명해지고), 호흡에도 미묘한 굴절이 생겨나기도 하겠으나, 이 경우에는 영상이 분열되고, 호흡이 부자연해진다.

비눌

돛인

해협은

배암의 잔등

에서 끊어버리고, '처럼 살아났고'를 없애버린다면(즉 암유가 되었다면), 훨씬 영상이 선명해지고, 호흡도 자연스러워질 것 아닌가?

마지막 행의 젊은 밑에 ','를 찍고, '산맥들'이라고 한 것은 그 의도를 알 수 있으나('젊은' 밑에 ','를 찍고 잠깐 호흡을 끊은 것은 회화에 시처럼 의미에 함축을 주기 위해서일 것이다), 그러나 이렇게 꼭 해야 될 곳이 4백여 행의 장시에 있어서 하필 여기 뿐이겠는가? 그리고 '처럼'을 '배암의 잔등'에 붙여 쓰지 않고, 한 행 떼어서 쓴 것도 효과적인가 싶지 않다. 회화의 호흡을 적용한 것인데(회화의 경우에는 청자에게 상당한 기대를 줄 겸, 말하는 사람으론 입 속에서 이미 발언해버린 그 말을 되씹으며 회상할 적에 말이 중간에서 부질러지는 것이다), 「세계의 아침」의 마지막 연인 제5연의 제5행에도 이것이 나온다.

……〈스마트라〉의 동쪽…… 5킬로의 해상…… 1행 감기
도 없다.

'도 없다'의 '도'는 그러나 보다 효과적이다. '도' 대신에 생각되는 조사로 '는', '가', '마저' 등등이 있기 때문이다. 조사 하나로 전 연의 의미가 전혀 딴 것이 될 수 있기 때문이다. 청자(여기서는 독자)의 그에 대한('는'일까? '가'일까? '마저'일까? '도'일까?에 대한) 기대를 주고 있다.

장시 「기상도」에 있어서는 이 제1항목인 「세계의 아침」에서 형태상의 신기를 볼 수 있는 대신 다른 여섯 항목들은 그저 평범한 자유시다.

3. 이상의 시형태

이상의 시의 문장은 통사적이 아니고 해사적이다. 띄어쓰기와 구독점 무시, 문자 대신 숫자를 쓰고, 문장 대신 수식을 나열하고 있는 것 등이 그 예다. 이런 해사적인 문장은 그대로 시의 형태에 야릇한 해사적인 심리의 음영을 던진다. 이하 형태의 현상면으로부터 그 현상(형태)의 저편에 은거한 이상이라고 하는 한 시인의 정신상태(병들었다고 하는)를 타진해볼까 한다.

a. 다다(현상)

이상의 시 형태를 유형으로 묶어보면 대략 다음의 4종으로 나눠질 것 같다.

① 띄어쓰기와 구독점을 무시한 것.
② 삽입구(소활자)를 가진 것.
③ 수식으로 된 것(혹은 수식을 삽입한 것).
④ 도표를 삽입한 것.

①의 예로 「시 제2호」를 든다.

나의아버지가곁에서조을적에나는나의아버지가되고또나는나의아버지의아버지가되고그런데도나의아버지는나의아버지대로나의아버지안에어쩌자고나는자꾸나의아버지의아버지의 아버지의……아버지가되나나는왜나의아버지를껑충뛰어넘어넘어야하는지나는왜드디어나와나의아버지의아버지의아버지와나의아버지의아버지의아버지노릇을한꺼번에하면서살아야하는것이냐

②의 예로 「내과」를 든다.

——자가용복음

——혹은 엘리엘리 라마싸박다니——

하이한천사 이수염이난천사는규핏드의조부님이다.
수염이전연(?)나지아니하는천사하고흔히결혼하기도한다.

나의늑골은2떠—즈(ㄴ). 하나하나에녹크하여본다. 그속에서는해선에젖은더운물이끓고있다. 하이한천사의펜네임은성피—타—라고. 고무의전선 똑똑똑똑 버글버글 열쇠구멍으로도청.

(발신) 유다야사람의임금님 주므시나요?

(반신) 찌—따찌—따따찌—찌—(1) 찌—따찌—따따찌—찌—(2) 찌—따찌—따따찌—찌—(3)

흰뺑끼로칠한십자가에서내가점점키가커진다. 성피—타—군이나에게세번식이나아알지못한다고그린다 순간 닭이활개를친다……

어이크 더운물을 엎질러서야 큰일날노릇

(원작 일문 · 임종국 옮김)

③의 예로 「시 제4호」를 든다.

환자의용태에관한문제.

```
• 0 9 8 7 6 5 4 3 2 1
0 • 9 8 7 6 5 4 3 2 1
0 9 • 8 7 6 5 4 3 2 1
0 9 8 • 7 6 5 4 3 2 1
0 9 8 7 • 6 5 4 3 2 1
0 9 8 7 6 • 5 4 3 2 1
0 9 8 7 6 5 • 4 3 2 1
0 9 8 7 6 5 4 • 3 2 1
0 9 8 7 6 5 4 3 • 2 1
0 9 8 7 6 5 4 3 2 • 1
0 9 8 7 6 5 4 3 2 1 •
```

진단 01

26. 10. 1931

이상　　　　　책임의사 이 상

④의 예로「시 제5호」를 든다.

전후좌우를제하는유일의 흔적에있어서

익은불서 목불대관

반왜소형의신의안전에아전락상한고사를유함

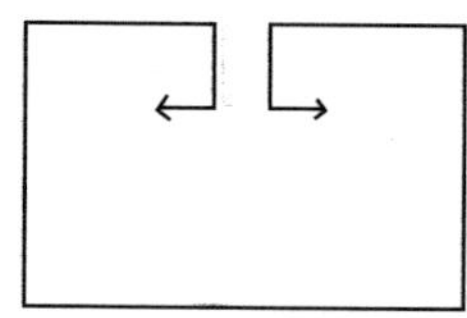

장부라는것은침수된축사와구별될수있을런가

①의 경우의 띄어쓰기와 구독점의 무시는 보다 문체에 관계되는 것이기는 하나, 형태로서 시각에 주는 영향이 없다고는 할 수 없다. 하나, 시신경의 피로. 둘, 냇물같이 잇따라 흐르는 의식의 흐름을 눈으로 볼 수 있음. 전자 '시신경의 피로'라는 괴로움을 줌으로써 속중의 잠든 관습을 냉소하면서(다다의 심리다) 그러나 후자 '의식의 흐름'을 기술하는 데에는 필요한 체재다.

②의 경우의 삽입구는 일종 에피소드다. 수법으로는 영화의 몽타주에 가까우나, 보다 설명적이다. 주제 발전에의 보조역을 맡는다. 시의 새로운 전개다. 도저한(음율에 완전히 무관심한) 산문으로 시를 구성하는 데 가능한 한 시험이다. 이것을 시라고 써놓고 상은 속중을 냉소한다.

① ②까지는 상 이전에 비하면 신기하기는 하나, 그래도 문자만은 떠나지 않고 있는데, ③ ④는 시의 유일한 표현도구인 문자마저 버리고 있다.

③의 경우의 수식은 시형식(문체와 형태)의 완전한 왜곡이다. 문자와 숫자가 기호라는 입장으로서는 동류이지만, 기호로서의 성질은 다르다. 상이 문자 대신 숫자를 쓰고, 문장 대신 수식을 쓰게 된 까닭이 제 의식상태를 설명할 어휘를 발견할 수 없었다는 데에도 있었을는지 모르나, 시를 언어나 문자 속에 가두어두어야 할 까닭을 발견할 수 없었다는 데 있다. ① ②의 경우보다 보다 발전한 것이요, 동시에 니힐리즘이다.

④의 경우의 도표는 숫자나 수식에도 머무를 수 없는 더 한층 철저한 니힐리즘이다. '만약 신이 없다면 뭘 해도 좋다' 는 킬리로프처럼 '만약 절대의 권위가 없다면 뭘 해도 좋다' 고 상은 권위 없는 시대에 모험을 시도한다.

에드거 앨런포Adger Allen Poe의 추리소설에서처럼 상의 도표는 추리를 강요한다. 도표의 수수께끼가 풀릴 적에 비로소 어떤 상황이 영상된다. 무슨 연역적 방법인 것 같기도 하다.

시형태라고 하는 현상을 밑받침하고 있는 시인의 정신상태라고 하는 굴을 들여다보기 전에는 전기 네 종의 형태의 연유를 알 수는 없을 것이다.

b. 역설—현상의 저편 1

소설 「단발」에서 상은 말하고 있다. "가령 자기가 제일 싫어하는 음식물을 상 찌푸리지 않고 먹어 보는 거 그래서 거기두 있는 '맛' 인 '맛' 을 찾어내구야 마는 거, 이게 말하자면 '파라독스' 지……" 그러면 상이 '제일 싫어하는 음식물' 은 무엇이었던고? 아니, '제일 싫어하는 음식물' 보다도 제일 싫어하는 것은 무엇이었던고? 그것은 '해가 들지 않는' (「날개」) 방이다. 이미 아다시피 이는 상의 자의식의 세계다. 온갖 시도(먹어보는 거) 끝에

(거기두 있는 '맛' 인 '맛' 을 찾어내구야 마는 거) 상이 그처럼 빠져나오고 싶어한("날개야 다시 돋아라. 날자. 날자. 날자. 한번만 더 날자꾸나." 「날개」) 것을 보면 알 수 있다. "왜오에게만저런강력한것이있나."(「지주회시」)고 부러워해보았자 어쩔 도리는 없다. 그 방으로 돌아가 '제일 싫어하는 음식물' (자의식)을 "거기도 있는 '맛' 인 '맛' "을 억지로라도 '찾어내구야' 마는 것이다. 도리는 없다. 왜?

"이런 경우—즉 '남편만 없었던들' , '남편이 용서만 한다면' 하면서 지켜진 안해의 정조란 이미 간음이다. 정조는 금제가 아니요 양심이다. 이 경우의 양심이란 도덕성에서 우러나는 것을 가르치지 않고 '절대의 애정' 그것이다"(「정조」)는 청교도의 양심을 상은 지녔기 때문이다. " '간음하는 아내는 내어쫓으라' 는 철칙에서 헤어나지 못하는"(「정조」) "곰팡내 나는 도덕성"(「정조」)을 지녔기 때문이다.

이 '곰팡내 나는' 청교도의 양심 때문에 그는 "모른 체하고 모이만 주어먹는" (「공포의 기록」) 암탉이 될 수는 없었던 것이다. 날자하니 날개는 없고, 그렇다고 암탉도 될 수 없는 그는 어쩔 수 없는 처지에서 아내가 간음하고 있는 "해가 들지 않는" 방을 뒹굴 수밖에는 없었다.

제가 "제일 싫어하는 음식물"을 먹듯 '절대한 애정' 인 한 양심은 '절대한 애정' 이 없는 사람들의 눈앞에 괴상한 언어와 수식과 도표로써 된 시 형태를 펴놓았다.

c. 비밀—현상의 저편 2

"계집의 얼굴이란 다마네기다. 암만 베껴 보려므나. 마즈막에 아주 없어질지언정 정체는 안내놓으니."(「실화」)

자의식의 과잉에 허덕인다는 것은 "나의 아버지의아버지의아버지의……"(「시 제2호」) 아버지의 비밀을 알려는 데 지쳤다는 말이다. 플라톤의 이데아니 상기니 하는 말과 어떤 관계가 있을는지 모른다. 상은 비밀을 가졌다. "아버지의아버지의아버지의……" 비밀을 알려는 비밀을 가졌다. 상은 이 비밀을 생각할 적에는 "천하를 놀려먹을 수 있는 실력을 가진 큰 부자일 수"(「비밀」) 있었다. 그는 그러나 절망한다. 비밀은 영원히 비밀이기 때문이다. '절망은 죽음으로 가는 병'(키에르케고르)인데, "절망은 신앙에의 계기"(「비밀」)가 되기도 한다. 상은 절망은 가졌으되 신앙은 못 가졌다. "신 앞의 내"(「비밀」)—"피조물의식"(「비밀」)—는 기독자는 못 되었다. 될 수도 없었다. 여기 비밀을 가진 채 절망한 사람의 시니컬한 웃음이 새어나온다. 베드로의 비밀과 유다의 비밀을 함께 다 알고 있었지만 상은 예수가 아니었다. 비밀을 가진 부자였던 상은 비밀을 가지지 못한 빈자인 속중보다도 제 재산의 무게 때문에 오히려 더 괴로워야 했다. 그의 시형태는 수면상의 몇 괴塊의 빙산에 지나지 않는다.

제7장 1937년대의 양상

1. 낭만주의적 주정 내지 주의의 질풍

a. 한국의 낭만주의

한국의 낭만주의는 《백조》에 와서 한국다운 개화를 보았다고 하고 있는 것 같다. 《백조》 동인들이 또한 스스로 이를 자부하고도 있다. 그들의 수많은 흥분된 에세이들이 증언하고 있는 바지만 그 과장된 자부에 비하여 그 논조는 몹시 흐리다. 낭만주의를 견강부회하고 있을 뿐 아니라, 인식부족으로 말미암은 착오와 혼란이 도처에 산견된다. 그 예를 하나 들면(얼마든지 예증할 수 있다), 1933년 9월 《조선일보》에 게재되었다는 회월 박영희의 「백조 화려한 시절」이란 회고문 중에는 다음과 같은 대목이 있다. "로맨틱 · 무브맨트 개척자 심볼리즘의 부대는 반드시 심볼리즘 시인이 소유하여야 하며 노력하여야 하는 언론의 미적 선택, 치밀한 감정의 표시, 미묘한 기분의 감염…… 등에 주력하였던 것이다. 그 내용은 퇴폐적이었다…… 이러한 사람들의 시운동은 확실히 문예사상의 심볼리즘시대였다. 데카단이즘과 심볼리즘이란 흔히 뽀드레르의 예와 같이 병행함으로써 그 심각화를 꾀하였다. 와일드의 화사 베를레누의 퇴폐 포우의 기괴 뽀드레르의 방종 등의 종합적 기질의 별형은 백조시대가 그의 특색으로서 소유하였다."(상점은 필자)

《백조》 동인들이 낭만주의를 상징주의와 혼동하고 있고, 퇴폐주의와도 혼동하고 있다. (퇴폐주의라는 것을 나는 문학예술의 한 유파를 가리키는 말로서는 이상한 언표라고 생각한다. 퇴폐란 세기말 시대정신의 일반적 분위기를 지칭한 것이 아닌가 하기 때문이다. 『러시아문학사』를 쓴 엘리아스베르그Eliasberg도 "사실주의의 말류야말로 참다운 퇴폐파라고 할 수 있을 것이다"라고 하고 있다. 사실주의와 낭만주의라고 하면, 문학예술의 유파로서는 그 성격을 또렷이 구분지을 수 있는 것인데도 둘을 함께 퇴폐파라고 하고 있는 것은 그만큼 퇴폐란 것이 초유파적으로 저류한 시대 분위기였기 때문이 아닌가? 퇴폐는 논리의 상실을 밑받침하고 있는 것일 것이다. 역사상으로는 서구 근대의 붕괴와 기독교 신의 죽음을 밑받침하고 있으면서 새로운 가치의 세계를 발견하지 못한 서구인의 방황하는 한 정신 분위기라고 할 수 있지 않을까 생각되는데; 이런 정신 분위기는 더 심각하게 현재에 계속되고 있다고 할 것이다.) 반세기 이상의 거리를 두고 일어난 서구의 사조들이 그것들을 받아들여 소화할 수 있을 만한 바탕도 되어 있지 않는 곳에 거진 때를 같이하여 들어왔기 때문일 것이다.

낭만주의는 적어도 시에 한하여는 상징주의와 구분되는 것이고, 더구나 퇴폐주의(주의를 붙이는 것이 이상하기는 하나, 회월의 소론을 따른다면)와 낭만주의와는 차원이 다르지 않을까? 《백조》의 낭만주의는 당시 한국 지식인의 개념에 대한 혼란상을 여실히 보여준 것이라 하겠고 그만큼 사가史家들과 《백조》 동인들이 말하고 있는 바 낭만주의의 한국다운 개화라고 하기보다는 낭만주의의 한국다운 착란이라 하겠다.

어느 모로 보나 《백조》는 《폐허》의 연장이다. 《폐허》가 가진 퇴폐적(도피적 · 자학적 혹은 병적 취미 등의 말을 쓰는 것이 더 알맞을는지도 모른다) 분위기를 그대로 지니고 있기 때문이다. 《백조》 동인들이 즐겨쓴 '흙비' 니 '무덤터의 선향' 이니 '조상의 종소리' 니 '흑혈의 하늘빛' 이니 하는 비유들은 오히려 더 탐미적이고 병적인 '피묻은 동굴'이니 '화주'니 '월광으로 짠 병실'이니 '수밀도의 네 가슴'이니 하는 비유로 농후해져간 인상까지 주기도 한다. 이런 비유들이 자아내는 분위기는 김동인 기타의 소위 자연주의 소설에서도 볼 수 있는 것인데, 한국의 자연주의는 그만큼 왜곡된 자연주의고(적어도 에밀 졸라 계통의 정통의 자연주의는 아닌 것 같다), 그만큼 어떤 분위기(자연주의에 있어서도 역시 퇴폐적 분위기다)를 분위기로써 즐기고 있는 것 같다. 이 점 한국의 자연주의 소설은 《백조》, 《폐허》 동인들의 시를 소설형태로 연역하고 있는 느낌이다. 병을 의사의 입장에서 다루는 태도와 병을 병의 분위기로 즐기는 혹종의 환자의 태도는 다를 것이다. 전자는 주지의 입장에 서 있고(객관의 입장에 서 있다 해도 좋다), 후자는 주정의 입장에 서 있는 것이다(주관의 입장에 서 있다 해도 좋다). 그 한限에 있어서는 전자는 사실적 realistic이라고 하겠고, 후자는 낭만적romantic이라고 할 것이다(한국의 자연주의는 전도된 낭만주의라고 한다면 지나친 말이 될까?). 후자는 더 심화되면, 앓는 영혼의 상태로서의 포의 낭만주의가 된다. 그러나 《백조》는 거기까지는 훨씬 미달이다. 한국은 서구가 발굴한 근대적 자아에의 각성이 희미했기 때문이다. 그리고 또 하나, 깊이 영혼을 앓을 만큼 한국에 거창한 종교의 밑받침이 있었던가? 하여 《백조》의 낭만주의는 세기말 정신의 일반적 분위기인 퇴폐(3 · 1운동 직후의 한국의 청년층의 정신상태는 충분히 이 분위기만은 받아들일 소지가 되어 있었다)를 정신의 한 분위기로서 숨쉬고 있었음에 지나지 않았던 것 같다. 윤락 여인이 발산하는 체취를 체취로 즐기고 있는 상태였다고나 할까? 윌리엄 워즈워스William Wordsworth와 새무얼 테일러 콜리지Samuel Taylor Coleridge를 거쳐 조지 고든 바이런George Gordon Byron, 퍼시 비셰 셸리Percy Bysshe Shelley, 존 키츠John Keats 등에 이르는 그들 반항의 열정이라든가, 휴고의 형식주의(특히 극에 있어서)의 파괴 내지 루소적 인도에의 이념이라든가 특히 요한 고트프리트 폰 헤르더Johann Gottfried ron Herder와 청년 요한 볼프강 폰 괴테Johann Wolfgang ron Goethe의 질풍노도 운동Strum Und Drung을 거쳐 슐레겔 형제와 노발리스Novalis에 이르러 원圓을 그린 경건주의적 깊은 종교의식과 형이상학적 신비주의 등 서구의 초기 낭만주의나 더욱 사실주의 자연주의 이후의 신낭만주의와는 인연이 멀다 할 것이다. 퇴폐주의를 주의로서 낭만주의에 덧씌운 것은 과학(그것이 발견한 근대적 자아)과 종교(기독교 신)를 아울러 가지지 못한, 따라서 그것들을 상실함으로써 눈앞에 볼 심연을 볼 수도 없었던, 근대의 출발에 있어서 아직도 어린 한국이 범할 수 있는 외래사조의 음영에의 맹목이라 할 것이다. 《백조》의 낭만주의를 낭만주의라고 한다면 그만큼 분위기적이다. 《폐허》, 《백조》의 1917년대에 비하면 1937년대는 짧다고는 할 수 없다. 그동안에 속성으로나마 서구의 근대를 어느 정도(적어도 《폐허》 때보다는 월등으로) 습득하였다고 할 것이다. 외래사조의 음영에도 훨씬 눈이 떠 있었다고 할 것이다. 하여 서정주, 유치환과 같은 시인들이 서구 낭만주의의 핵심에 접근해 갔던 것이다. 《폐허》, 《백조》에 있어서는 정신의 한 분위기뿐이던 것이 이제 한 정신으로서 나타나게 되었다.

해와 하늘빛이
문둥이는 서러워

보리밭에 달 뜨면
애기 하나 먹고

꽃처럼 붉은 울음을 밤새 울었다

—서정주, 「문둥이」

이때의 정신은 목숨과 동의어다. 불치의 몹쓸 병(문둥이)을 앓는 서정주라는 이 세상에 단 하나밖에 없는 목숨. 그것은 그대로 '생의 철학'으로 표현된 니체의 퇴폐주의다. 그러나 니체처럼 초인에의 의지는 보이지 않는다. 시집 『화사집』에는 힘에 겨운 목숨을 목숨으로서 앓고 있는, 혹은 호소하고 있는, 혹은 고발하고 있는 그것뿐이다. 『화사집』의 세계는 디오니소스적으로 혼돈하여 멀미가 난다.

유치환은 보다 초인이다. 서정주의 혼돈의 주변을 곁눈질하면서 그래도 입을 악다물고 걸어가고 있기 때문이다. 적어도 걸어가려는 내심의 뜻은 충분히 품고 있기 때문이다. 그의 「바위」라는 시에는 다음과 같은 말이 있다.

두 쪽으로 깨뜨려져도
소리하지 않는
바위가 되리라

유치환은 그래도 무엇이 되고 싶었던 것이다. 시집 『청마시초』는 전기 『화사집』과 아울러 1937년대의 한국시의 서정의 깊이를 비쳐준 이면경이다. 서정의 깊이로서 거기 비친 것은 겨우 도달한 곳에 도달한 한국의 낭만주의다.

사족—서정주와 유치환에 대하여 미사여구만 늘어놓고 그들의 정신을 치밀하게 분석 아니한 것은 그들의 정신상태보다는 그들의 시형태에 대한 관심의 정도를 검토해보려는 마당이기 때문에 그에 밑받침이 될 수 있는 정도의 극히 개괄적 · 암시적인 그것에 그치고 더 이상 나아가지 않았다.

b. 형태에의 무관심

낭만주의적 심정은 형식에의 주지를 등한하기 쉽다. 서정주와 유치환이 그렇다고 하겠다. 그들에게는 인생이 예술보다 앞섰던 것이다(서정주는 반드시 그런 태도로 일관하여 현재에 이르렀다고는 할 수 없으나, 『화사집』 무렵은 그러했다고밖에는 할 수 없다).

『생명의 서』의 서문에는 "나는 시인이 아닙니다. 초식동물이 어찌 제 의지로 풀을 먹게 되겠습니까? 풀을 먹지 않을 수 없는 운명에 의하여 먹게 된 것입니다"(상점은 필자)라는 의미의 말이 있다. '나는 시인이 아닙니다' 라는 말은 역설이다. 그러니까 이 말 속에는 풍자와 부정이 있다. 자신을 초식동물에 비유하고 있는 시인이 풍자하고 부정하는 대상은 쉬이 짐작된다. 자기의 지로서 풀을 먹고 있는 초식동물 아닌 초식동물(유치환의 입장에서 본다면)이다. 즉 시를 주지로서 제작하고 있는 시인 아닌 시인(유치환의 입장에서 본다면)이다. 하여 시인 유치환은 시인으로서는 반反주지에 서 있다는 자신의 입장을 표명한 셈이다. 그에게 있어서는 인생에의 희구가 곧 시였던 것이다. 반反순수주의며 반反예술지상주의다. 목적이 인생에 있었던 그만큼 그의 시는 자연발생적이다. 전기한 서문에서처럼 제작하는 태도를 포기한 그는 방법과 기술을 고려하지 않고 있기 때문이다. 그가 인생에 희구하는 의지의 질량에 따라 그만한 질량의 형식(문체와 형태)이 절로 빚어져나온 것이다.

홍안령 가까운 북변의

이 광막한 벌판 끝에 와서
죽어도 뉘우치지 않으려는 마음 위에
오늘은 망나니에 본 받아
화투장을 뒤치고
담배를 눌러 꺼도
마음은 속으로 끝없이 울리노니

—「광야에 와서」의 일부

《폐허》 이래의 자유시의 형태에서 더 어떻다는 점을 찾아볼 수가 없다. 기존의 형태에 안심하고 시(시심)를 의탁시키고 있다. 쉬이 종지부가 오지 않은 문장의 호흡에 특색을 볼 수 있기는 하나, 배려 끝에 이런 호흡의 문장을 가지게 된 것은 아닌 것 같다. 정감을 되도록 죽이고, 의지의 자세를 취하는 그의 시가 그러나 정감의 혼돈을 곁눈질하면서 하는 그것이기 때문에 정감의 분위기가 분위기로서 꼬리를 물고 있다. 문장의 호흡이 쉬이 끊어지지 않는 까닭이라고 할까? 그러나 그의 시가 움직이려는 (의지하려는) 쪽에 서 있기 때문에 문장에 음영과 암시가 희박하다. 직정적이라고 할 것이다. 그는 미묘와 복잡을 일부러 죽이려고 했다. 시의 효과를 미묘 복잡하게 내는 것보다는 인생에의 이념을 의지하는 것이 시인으로서의 그의 각오였기 때문에. 그러나 그가 정감의 미묘와 복잡을 자신이 뜻한 몇 분의 일도 죽일 수 없었기 때문에 그의 시에서 오히려 의지와 정감의 상극에서 빚어지는 다른 음영을 본다. 만약 그가 완전히 정감을 죽일 수가 있었더라면 내용 형식(주로 문체) 아울러 너무 단조로워 보기에도 딱한 것이 되었을 것이다.

『화사집』의 시편들에서는 문장에 훨씬 함축을 느낀다. 서정주의 정감의 혼돈이 빚어내는 음영이라 할 것이다. 시 「화사」의 첫째 연은 다음과 같다.

사향 박하의 뒤안길이다
아름다운 배암
얼마나 커다란 슬픔으로 태어났기에 저리도 징그러운 몸뚱아리냐

유치환의 시의 시계가 직유적인 데 비하여 훨씬 암유적이다. 유치환에 있어서는 '화투장'은 그냥 화투장이고, '담배'는 그냥 담배에 지나지 않지만, 이 시의 '사향 박하의 뒤안길'은 그대로의 의미가 아니다. 암유다. 그리고 상징이다. 암유가 절실하면 할수록 상징은 한층 암시에 충만된다.

서정주의 시에서는 품사 하나가 능히 문장을 대신할 수가 있다.

가시내두 가시내두 가시내두 가시내두

—「입맞춤」에서

입설이 저……잇발이 저……

—「고을군의 딸」에서

'두'라는 조사나 '저'라는 대명사는 적절한 심서를 보다 미묘하게 암시해준다. 그러니까 이때의 '두'와 '저'는 탄사의 구실을 하고 있다고 할 것이다. 탄사가 전개된 것이 음율이라고 발레리는 말하고 있는데, 음율이 심서의 미묘함을 암시해주는 기능을 가졌다면 서정주는 음율의 원형인 탄사를 가장 효과적으로 사용했다고 할 것이다. 그러나 이것들은 모두 그의 정감의 문장과 언어에 반영된 음영에 지나지 않는다. 왜냐하면 문장과 언어에 이만한 효과를 거둘 수 있는 시인이라면 그에 알맞은 형태를 가져

야 할 것인데 그렇지 않기 때문이다. 그의 시형태는 흔들리고 있다. 일정한 자리를 잡지 못하고 있다. 그가 방법을 주지하지 않았기 때문이다. 방법을 주지하는 시인이었더라면, 형태가 먼저 정해지고 그에 따른 언어와 문장이 올 것이다. 그도 유치환과 함께 시의 장르에 대하여 무관심하다.

복사꽃 피고, 복사꽃 지고, 뱀이 눈 뜨고, 초록 제비 묻혀 오는 하늬바람 우에 혼령 있는 하늘이여, 피가 잘 돌아……아무 병도 없으면 가시내야 슬픈 일좀 슬픈 일좀 있어야겠다.

—「봄」

내 너를 찾아 왔다. 너 참 내 앞에 많이 있구나. 내가 혼자서 종로를 걸어가면 사방에서 네가 웃고 오는구나 새벽닭이 울 때마다 보고 싶었다.

—「부활」의 일부

이 두 편의 시는 모두 줄글(산문체)이다. 그러나 음율이 표면에 들나 있다. 일정한 음수는 아니지만, 운문의 근본정신을 가진 것만은 사실이다. 이것을 산문시라고 할 것인가? 왜 줄글의 형태를 가져야 하였던가 이해하기 곤란하다. 가사나 요한의 「불노리」와 같이 율적산문이 아닌 것은 확연한데, 그렇다고 산문시가 되기에는 너무나 문장이 울렁이는 물결을 가졌다. 한 호기에 지나지 않는다고 하면 지나친 말이 될까?

2. 산문시로서의 「백록담」

시집 『백록담』 중의 시편 「백록담」은 1937년대에 있어 시형태에 대한 새로운 암시를 보여준 유일한 것이 아닌가 한다. 「백록담」 중에서 2, 3, 4, 5를 들겠다.

2

암고란, 환약같이 어여쁜 열매로 목을 축이고 살아 일어 섰다.

3

백화 옆에서 백화白樺가 촉루가 되기까지 산다. 내가 죽어 백화처럼 흴 것이 숭없지 않다.

4

귀신도 쓸쓸하여 살지 않는 한 모퉁이, 도체비꽃이 낮에도 혼자 무서워 파랗게 질린다.

5

바야흐로 해발 6000척 우에서 마소가 사람을 대수롭게 아니 여기고 산다. 말이 말끼리 소가 소끼리 망아지가 어미소를 송아지가 어미말을 따르다가 이내 헤어진다.

음율에 완전히 무관심한 도저한 산문이다. 산문시의 형태를 갖추었다. 그리고 이것은 단순한 서경이나 사생이 아니다. 함축하고 있는 이미지가 도처에서 언어의 몇 배나 되는 양의 세계를 전개시키고 있다. 산문시의 조건이 모여졌다 할 것이다.

지용의 「백록담」은 이상의 것과 함께 한국에서는 처음으로 산문시라는 장르를 개척한 것이라 할 것인데, 향가 이래의 한국시는 여기서 새로운 전개에의 사고를 경험하여야 하였던 것이다. 왜냐하면 이미 지적한 바와 같이 산문과 줄글(산문체)로서의 시

형태와 내용으로서의 이미지즘이 이전의 시에서는 볼 수 없었던 결합을 일단 보여주었기 때문이다. 그리고 산문시와 이미지즘과의 관계는 서구의 자유시 운동 이래 일본에서도 활발히 논의되었다는 것은 전기한 바이다. 그런데 지용이 「백록담」을 내어놓고도 지용 자신은 물론 아무도 이 새로운 현상에 대하여 말하고 있는 것 같지 않다(이상의 산문시에 대하여도 그 시형태와 장르와의 관계를 말한 사람은 없다).

산문시 할 적의 산문에는 두 방면의 의미가 있다. 몰턴 교수는 말하고 있다. "산문이라는 말은 이중의 임무를 다하지 않으면 안 되었다. 운문에 대한 산문이 있고, 또 시(창작문학—필자 주)에 대한 산문이 있다." 그러니까 산문은 형식과 내용의 양쪽에 걸린다. 하여, 산문은 '존재하는 사물에 관한 창조적이 아닌' 즉 토의적인 내용의 문학이란 성격을 가진다.

산문시는 형식으로 산문과 산문체라는 시형태를 가지는 동시에 내용으로 보다 토의적, 비평적이어야 된다는 말이 성립될 것 같다. 정신의 방향으로서는 산문시는 주지적, 객관적, 고전주의의 쪽에 서는 것이라고 할 수 있을 것 같다. 만약 그렇다면 시(서정시) 할 적의 서정은 어떻게 되는 것일까? 서정은 보다 주정적, 주관적, 낭만주의적이기 때문이다. 산문시의 제창자 하루야마 유키오도 '산문으로 서정시를 쓰지 말 것'이라고 하고 있는데, 그렇다면 시(서정시)의 장르가 근본적으로 해체될 위험에 놓이게 된다. 그렇다. 산문시라고 하는 시(서정시)의 한 장르는 시(서정시) 그것의 장르의 위기에 나타난 현상이라 할 것이다. 시대의 경향이 주지적, 토의적(사변적)인 데서 오는 시의 비극이다. 산문시가 문체로써 시 아닌 것과 구별하기 위하여 역설, 반어, 기지를 사용하고 내용으로서 보다 영상적이라고 할 것인데, 산문시가 난해해진 까닭이 이런 데에 있다 할 것이다.

지용이 「백록담」을 1, 2, 3, 4, 5, 6, 7, 8, 9까지 번호를 붙여 하나하나를 독립시켜놓은 것은 이유가 있을 것 같다. 아마 이전의 그의 시(행을 구분한 것)에서처럼 컷의 전환을 기민하게 하여 재주를 부리기에는 이 형태는 쉽게 말을 들어주지 않았기 때문이 아닌가? 이 형태로는 암만해도 호흡의 속도가 늘어진다.

사족—기타가와 휴유히코 등의 산문시 운동은 전기한 바 이미지와 관련되어 있는데, 이미지를 감각과 구별하려고 하고 있다. 이미지가 실지에 있어 감각과 구별될 수 있을까? 가령 기타가와 휴유히코의 산문시 「군권軍港」을 예로 들면,

軍港は內臟を包臟してゐる

라고 되어 있는데, 감각적이다.

1+1=2는 그 한限에 있어서는 이미지가 아닌데, 임금1+임금1=임금2 할 적에는 이미지가 되는 것은 시각 경험의 대상이 될 수 있는 것이 참가했기 때문이다. 하여 감각적, 경험적, 즉물적이 될 적에 시는 보다 이미지를 요구하게 되는 것이고, 보다 공간적으로 퍼지는 산문시의 형태를 요구하게 되는 것이나 아닌지?

지용은 이런 의미에 있어서의 이미지즘에 서 있기는 하나, 더 이상 극단의 산문(형식 내용 아울러)주의로는 못 나가고 있다. 상에 비하여 지용의 문체와 형태는 통사적이고 건강하다.

3.《문장》 추천 시인군의 시형태

《문장》 추천 시인으로 당시 물망에 오른 것은 박두진, 박목월, 조지훈, 박남수, 이한직 5인이다. 시의 소재와 주제에 있어 제각기 일가를 개척했다고 할 수 있는 그들의 시형태(그 중에는 문체와 언어까지도)에는 그러나 각기 계보가 있다.

송화가루 날리는
외딴 봉우리

윤사월 해 길다
꾀꼬리 울면

산지기 먼외딴집
눈 먼 처녀사

문설주에 귀 대이고
엿듣고 있다

—박목월,「윤사월」

7·5의 율이 서 있다. 소월과 민요에 연결된다.

정지용에 있어서는 율이 표면에 떠 있는 것, 안으로 숨어버린 것, 연 구분이 있는 것, 없는 것, 줄글로 된 것 등 퍽 다채로우나 어떤 한 면을 개척했다고는 보이지 않는다. 소재별로 보면, 회고적인 것이 비교적 율이 안으로 숨어 있고, 자연을 읊은 것이 율이 밖으로 들나 있다.

벌레 먹은 두루기둥 빛 낡은 단청 풍경소리 날러간 추녀 끝에는 산새도 비둘기도 둥주리를 마구쳤다.

—「봉황수」 일부

외로이 흘러간
한송이 구름
이 밤을 어디메서
쉬리라던고

—「파초우」 첫째 연

한시와 민요의 음율이 「파초우」 계열의 시에서는 의식 하에 잠재하고 있었던 것이나 아닌지?

박남수, 이한직도 그들의 문체와 언어에 독특한 음영을 볼 수 있으나, 형태에는 별로 이렇다 할 것이 없는 것 같다.

아랫도리 다박솔 깔린 산 너머 큰 산 그 너멋 산 안 보이어, 내 마음 둥둥 구름을 타다.

우뚝 솟은 산, 묵중히 엎드린 산, 골 골이 장송 들어섰고, 머루 다랫넝쿨 바위 엉서리에 얽혔고 살살이 떡갈나무 윽새풀 우거진 데, 너구리, 여우, 사슴, 산토끼, 오소리, 도마뱀, 능구리 등 실로 무수한 짐승을 지니인,

박두진의 시 「향현」의 첫째 연과 둘째 연이다. 율이 밖에 들나 있다는 점 도저한 산문이 아닐 뿐 아니라, 줄글(산문시)로 되어 있다는 점과 아울러 가사나 서정주의 「부활」, 「봄」과 통한다. 가

사나 서정주의 그것들과 다른 점은 박두진에 있어서는 연 구분이 되어 있다는 그것이다.

박두진에 있어 연은 문장의 호흡을 조정하기 위한 수단인 성하다. 연이 시 분위기의 드라마틱한 효과를 올리지 못하고 있는 이유가 여기에 있다. 비교적 다변한 그의 시의 호흡은(더구나 음율이 표면에 나타나 있는), 적당히 끊어야 말을 하는 편으로나 듣는 편으로나 주의가 지속될 수 있다. 같은 말을 두 번 세 번 되풀이함으로써 얻은 음율의 효과를 통하여 시의 분위기를 지탱해 나가는 그의 시에 있어서는 꼭 연이 필요하기는 할 것 같다. 가사나 서정주의 문장의 산문체에 비하여 섬세한 느낌이긴 하다. 그러나 시의 장르에 대한 의식이 투명하지 않기 때문에 역시 형태는 혼란되어 있다.

박목월은 그들 중에는 가장 형태주의자라고 하겠다. 「도화」라는 그의 시편에는 다음과 같은 것이 있다.

경상북도 경주군 내동면 조양리
경상북도 경주군 내동면 마동리
그리고
경상북도 경주군 내동면 하양리

시의 의미와는 직접의 관계 없이 시의 분위기를 돋우기 위한 음향이다.

흰달빛
자하문

달안개

물소리

대웅전
큰보살

바람소리
솔소리

부영루
뜬그림자

흐는히
젖는데

흰달빛
자하문

바람소리
물소리

「불국사」라는 이 시는 이미지와 음향의 교차로 된 것이다(음향은 그 음향에 따른 이미지로써 분위기를 자아낸다). 퍽 지용적인데, 지용과 다른 점은 소재의 선택에 있다. 그리고 3음을 중심한 정형율은 소월의 민요조와도 관련이 된다.

제8장 8 · 15 해방 후 한국전쟁까지

1. 전언

1946년 2월 8일 '조선문화건설중앙의회' 와 '프로문학동맹' 은 합동하여 '문학가동맹' 으로 재출발하였는데, 동일 그 결성식에 따른 전국문학자대회를 열고 결정서를 발표하였다. 그 중에는 다음과 같은 말들이 보인다.

"2. 본 대회는 조선문학의 기본 임무가 민족문학 수립에 있음을……"(상점은 필자)

"5. 그러나 조선의 민족문학 수립과정에서……"(상점은 필자)

한편 동년 3월 13일에 결성된 '전국문필가협회' 의 간부의 한 사람인 월탄 박종화는 「민족문학의 원리」란 글에서 다음과 같이 말하고 있다('전국문필가협회' 의 입장을 대변하고 있다 할 것이다). "약소민족은 민족적 독립을 획득하기 위하여 민족주의의 깃발을 들고 민족운동을 일으켜 강대민족과 투쟁하고 몸부림치고 반항하는 것이다. ……(중략)…… 우리들의 2세에게 충무공의 소설을 지어 읽혀 주자, 우리들의 딸에게 논개의 희곡을 써서 읽혀 주자……."

이상 인용문은 1946년 『해동공론』에 발표된 김동리의 「문단 1년의 개관」에서 뽑은 것이데, 각 문장에서 동리는 자신의 「순수문학의 진의」란 글의 일부를 들어 1947년 4월 4일에 결성된 '한국청년문학가협회' 의 문학적 입장을 대변하고 있다.

"순수문학이란 한마디로 말하면 문학정신의 본령 정계正系의 문학이다. 문학정신의 본령이란 무론無論 인간성 옹호에 있으며 인간성 옹호가 요청되는 것은 개성 향유를 전제한 인간성의 창조의욕이 신장되는 때이니만큼, 순수문학의 본질은 언제나 휴머니즘이 기조되는 것이다. ……(중략)…… 이와 같이 민족정신을 민족 단위의 휴머니즘으로 볼 때, 휴머니즘을 그 기본 내용으로 하는 순수문학과 민족정신 그 자체가 기본되는 민족문학과의 관계란 본질적으로 이미 별개의 것일 수 없다." 더 많은 사람들이 더 많은 글을 인용해볼 수도 있지만, 그럴 필요를 느끼지 않는다. 왜냐하면 8 · 15 해방 이후 1948년 8월 대한민국정부가 수립되기까지의 문학의 움직임은 그 표면상의 이념이 몇 개의 유형으로 갈라지게 되었고, 유형은 유형끼리 감정적으로 첨예화되어 시시비비해왔는데, 그 몇 개의 유형은 전기 인용문에 그 원형이 간단명료하게 들나 있기 때문이다. 「문동」이 내세운 '민족문학'의 이념과 '전문협'의 그것은 다같이 문학 외의 문제가 문제의 전부를 차지하고 있다. 즉 '민족문학'이라고 하면 그것이 문학인 이상은 당연히 문학이 논의의 중심을 잡고 있어야 할 것인데, 여기서는 증인으로 불려온 법정에서의 그것처럼 된 대신 민족이 제1의적인 자리를 차지해버렸다. 문학에는 억지로 입마개를 씌우고 필요할 때에 어느 편에서든지 유리한 증언을 얻기 위해서만 이따금 입마개를 떼어줄 따름인데, 문학의 입에서 옳은 증언이 나올 수나 있겠는가? 문학은 질려 있지 않은가? 「문동」의 전기 결정서 중에 들어 있는 '일본제국주의', '봉건주의', '국수주의'란 말들이나 월탄의 전기 글 중의 '민족주의', '민족운동', '강대민족과의 투쟁' 특히 '충무공' 운운의 말들은 문학과는 차원이 다른 곳에서 논의되어야 할 것이 아닌가? 말하자면 '민족문학'이란 보다 더 민족의 언어에 대하여, 민족의 구상정신의 전통에 대하여 검토와 전개에 관심하여야 하지 않을까?

그리고 그들의 민족에 대한 해석과 신념이 서로 다르기 때문에 논리가 영원한 철로의 평행선을 달리고 있다. 논리상의 교차는 불가능이다. 여기에 동리의 '순수문학'은 이 측면에서 제창되었다.

동리의 '순수문학' 전기한 그의 글에서와 같이 '휴머니즘'과 '민족문학'을 결부시킨 점, 문제의 핵심을 잡았다 할 것이다. 문학이 '휴머니즘'에 근거하고 있는 이상 인간행위의 다른 모든 부문과 한가지로 정치가 앞선다거나 민족이 앞선다거나 하는 것은 우스운 일이다. 정치와 민족은 '휴머니즘'이 문학과는 다른 방향으로 발로된 것이라면 문학은 민족이나 정치와 상호관련하면서(민족과 정치와 문학은 그 발로된 근원이 한가지이기 때문에), 그러나 자유로워야 할 것이다. (민족과 정치와 문학은 다같이 절대적이 아니다. 절대적인 것은 인간성이다. 하여 절대적이 아닌 민족과 정치가 문학을 절대적으로 제약할 수는 없는 것이고 문학 역시 그러하다. 다만 절대적인 인간성만이 절대적으로 민족과 정치와 문학을 제약할 수 있다.) 이 간단명료한 원리를 새삼스럽게 내세운 사람이 동리인데, 그는 어디까지나 문학의 입장(문학의 근원인 '휴머니즘'의 입장이라 함이 더 적절할 것이다)에서 민족과 정치를 보고 있기 때문에 민족과 정치는 제2의적이 된다(그것들이 깊은 관련 속에 있기는 하지만). 그러나 그도 역시 거기에서 더 구체적으로 치밀하게 문제를 전개시키지는 못한 것 같다.

대한민국 정부가 수립되고 정세가 차차 안정되어가자 심한 대립(감정적으로 첨예화된)은 가시어지고 실질적인 작품행동으로 들어갔다 할 것이다. 1949년 7월 창간인 《문예》의 창간사에는 다음과 같은 말이 보인다.

"해방 이후 이 땅에 족출簇出된 모든 문화단체 또는 개인들의 예외 없는 슬로건은 민족문화(또는 민족문학)를 건설하자는 일어에 지나지 않았다. 아무리 많은 문화단체 또는 문화인들이 아무리 거리마다 골목마다 민족문학을 건설하자고 외쳐봐야 그러한 슬로건의 되풀이만으로써 민족문화 민족문학이 건설되는 것은 아니다. ……(중략)…… 소설가는 소설을 쓰고 시인은 시를 쓰는 것만이 민족문학 건설의 구체적 방법의 제1보가 되리라고 우리는 믿어야 한다."

그러나 민족문학의 구체적인 성과를 그다지 보지도 못한 채 1950년 6월 25일의 동란을 겪어야 했다.

2. 시의 내용(주제와 소재)의 장르에의 무관심

8 · 15 해방은 일찍 보기 드문 시의 홍수시대를 불러왔다고 할 것이다. 시에의 이념이 서로 다르고 세대와 기량이 서로 다른 그대로 제각기 고조된 흥분상태를 제멋대로 외치고 울부짖었다고나 할까? 그것이 시라고 할 수 있는 것이건 할 수 없는 것이건 간에 시의 형태나 문체에 대하여는 생각이 미쳐갈 겨를도 없었던 것 같다. 당시의 시에 관한 글들을 보면 모두가 흥분 속에서 감정적으로만 달리고 있었다는 것을 알 수 있다. 시에 관하여 가장 활발한 발언을 하였다고 보여지는 몇 사람의 글을 인용하여 그 흥분상과 내용 편중(형식에의 무관심)의 상태를 예시하면 다음과 같다.

"시건 소설이건 경제건 과학이건 그 어느 것 할 것 없이 오늘의 우리에게 있어서는 모두 다 국가적 이성과 감정의 앙양과 귀일에 전심하지 않을 수 없으며……"(1946년 김광섭의 「시의 당면한 임무」)

"국치기념일날 밤 문학가동맹 주최로 종로 청년회관에서 열린

문예강연회에서 두어 사람이 시를 낭독하였다. ……(중략)…… 문예강연회 같은 분위기는 조금도 없고, 무슨 정치강연회에 가까운 삼엄한 공기에 충혈되었었다. 맨 앞줄에 앉아 듣고 있던 나의 등줄기에 땀도 같고 바람과도 같은 것이 선득하였다." (1946년 김광균의 「문학의 위기」)

이 무렵의 시의 주제와 소재가 편정치적 편현실적 편사건적인데 이것을 다루는 태도는 자연발생적, 배설적이다. 시가 장르 의식에서 떠나 있었다.

대사회적 정열(흥분)이 선행하여 시의 주제 내지 소재가 현실적인 사건적인 성격을 띠게 되었는데 시의 이런 내용이란 다른 어떤 내용의 경우와 한가지로 시의 어떠한 장르의 형태로서도 제약해버릴 수는 없다. 말하자면 시에는 꼭 어떠한 장르의 형태로서만 꼭 어떤 종류의 내용을 담을 수 있다는 제약은 없다. 시 앞에는 몇 개의 가능한 장르의 형태가 있다. 정형시, 자유시, 산문시 등등. 그러니까 이 무렵의 시가 그 주제와 소재를 담는 데 자유시의 형태를 빌렸다는 점, 이 무렵의 시인들의 자유이긴 하나 이 경우의 자유는 자유라고 하는 선택에의 적극적인 의지가 극히 희미하다. 몇 개의 형태 중에서 먼저 눈에 띈 것을 빌렸다고 할 것인데(선택한 의지와 시간의 여유가 아울러 없었다), 그것이 당시 유일한 시의 형태로서 행세하고 있었던 자유시였다는 것뿐이다.

자유시는 법칙을 싫어하는 발랄한 개성들이 만들어낸 형태인데, 그러니까 개성이 개성으로서 생동하고 있을 때는 자유시는 시의 형태로써 생동하는 개성을 볼 수 있겠으나, 개성이 생동하는 힘을 잃고 추락할 적에 다시 개성은 몇 개의 유형으로 정형성을 띠게 된다. 이 무렵의 시들이 대개 개성(자유시)에 대한 반성(어떤 주제와 어떤 소재를 어떻게 다루기 위한 어떤 유형의 자유시가 있어야 할 것인가에 대한)이 없었기 때문에 타성으로 시작詩作하였다 할 것이다. 시형태의 방종이 극단화되었다.

정부수립 이후 한국전쟁까지는 조지훈, 박목월, 박두진 등 소위 '청록파' 시인들의 활동기인데, 8·15 해방 이전보다 시형태에 있어 어떻다 할 점은 눈에 띄지 않고, 윤동주, 김윤성, 한하운 등 8·15 해방 이후에 나와서 문제된 시인들의 시도 그 형태에 있어서는 들내어 어떻다 할 점은 없는 것 같다. 일반적으로 극단화된 방종상태가 어느 정도 가시어지고 다시 개성의 음영을 볼 수 있게 되었다는 그만큼의 진전은 있었다고 할까.

《문예》의 추천을 통하여 나온 시인들의 시도 장르의 새로운 발전을 볼 수 있었다거나 그 가능성이라도 암시해준 것은 없었던 것 같다.

제9장 한국전쟁 이후

1. 혼미기에 나타난 현상

a. 상황

1950년 6월 25일 돌발한 동란으로 시작활동은 혼란을 면할 수가 없었다. 1953년 7월 휴전이 성립되기까지 이 혼란은 계속되었다. 시인들은 뿔뿔이 흩어진 채로 연락이 두절되었다. 주로 부산, 대구, 대전, 광주 등지에 피란살이를 하게 되었는데, 각 지방들에 전부터 거주하고 있던 시인들과 어울려 제각기 소시단小詩壇들을 형성하여가면서 있었다. 이 현상은 시단 질서를 파괴한 원인이 되기도 하였고, 시단에 신풍을 불어넣는 데에도 일역을 담당하였다. 1952년 11월(거진 그 소시단들의 윤곽이 또렷해졌을 때다)에 각지의 소시단들의 움직임을 구상은 《시와 시론》지에 「시단 분포도」라는 제목으로 공개하고 있는데, 지명과 시인명을 들면 다음과 같다.

부산—공초, 수주, 김광섭, 이하윤, 모윤숙, 노천명, 조향, 김경린, 박인환, 김규동, 김구용, 김광균, 이한직, 조병화, 이정호, 홍두표, 홍원, 박영환, 공중인, 양명문, 박남수(양, 박은 한국전쟁 후 월남), 이숭자

대구—조지훈, 박목월, 박두진, 이효상, 이윤수, 김동사, 박양균, 이설주, 이호우, 장만영, 박귀송, 이상로, 김윤성, 박훈산, 김종문, 김요섭, 신동집, 이덕진, 최광렬, 전봉건, 구상, 오란사

대전—성기원, 정훈

광주—서정주, 서정태
전주—신석정, 김현승, 박협
목포—이동주
마산—이원섭, 김수돈, 김세익, 김춘수
진주—설창수, 이경순, 최계락, 이형기, 이종두
통영—유치환, 이영도, 김상옥
진해—김달진

이 중 시작활동이 비교적 계속된 곳은 부산, 대구, 마산, 광주, 진주 등지인데, 부산에서는 일간신문 기타를 통하여 움직임을 보였고, 속간된 《문예》가 산발적으로 나오게 되어 약간의 시들이 발표되었다. 대구에서는 《전선문학》(육군에서 발행), 《코메트》(공군에서 발행), 기타 일간신문 등을 통하여 상당한 양의 작품이 발표되었다. 마산에서는 《낙타》, 진주에서 《영문嶺文》, 광주에서는 《신문학》 등이 약간의 시들을 발표케 하였으나 지속되지는 못하였다(《낙타》가 3집, 《영문》이 2회, 《신문학》이 3호).

이 이외에 몇 지방에서 몇 개의 동인지들이 나왔는데, 이후의 시단에 한 저력이 되었다. 부산에 《시조》, 《신작품》, 마산에 《청포도》, 강릉에 《청포도》, 목포에 《시정신》 등.

이상과 같은 시적 상황 속에서 몇을 제외하고는 대개의 시인들은 그저 타성으로 시를 써왔다고 하겠으나 여태까지 시단에서 무명이었던 보다 젊은 세대가 의욕적인 일들을 하였다. 그러나 그 의욕에 비겨 성과는 별로 있었던 것 같지 않다. 중에서는 부산에서 조직된 후반기 동인들이 얼마만큼의 논의대상이 되어왔다고 할 것이다. 여타는 1986년 이후에 오히려 진전된 시작을 보여주고 있다.

b. 일군의 모더니스트

김경린, 김규동, 박인환, 이봉래, 조향 5인은 후반기 동인인데 모더니즘을 표방하였다. 1930년대의 영국에서의 모더니즘의 중심인물이던 스테판 헤럴드 스펜더Stephen Harold Spender가 제2차 세계대전 후 발표한 「모더니스트 운동에의 조사」란 글에서 "우리의 지도적 작가들이 존경할 만한 권위의 전통성을 획득함에 따라 현세기의 가장 대담한 실험의 온상이 되었던 몇 개의 소평론지들이 거의 전멸하다시피 되었다는 것은 의미심장하다"라고 하였는데 새삼 한국의 신세대가 모더니즘을 들고 나온 데는 이유가 있다. 그 하나는 그들 지성의 바탕(일제 말기에 중 · 대학을 다녔고 다시 해방 후의 정치적 혼란과 불안 속에서 성장해온)을 들겠고, 그 둘로 그들 야심을 들겠고, 그 셋으로 사회 분위기를 들겠다. 사회 분위기가 그들 지성의 바탕(회의적이고 현상에 민감한)과 야심이 발로될 기회를 양성해주었다고 할 것이다. 전란중의 부산은 스펜더의 '가혹할 현대의 현실—기계, 도시, 아부산주 혹은 매음부'를 상징하고 있었기 때문이다.

그들은 전기한 바 사분오열된 시단 현상의 틈에 끼여 다소의 조직력(동인적)으로 응분의 활동을 하였다.

오늘도
성난 타자기처럼
질주하는 국제열차에
나의
젊음은 실려 가고

보라빛
애정을 날리며

경사진 가로에서
또다시
태양에 젖어 돌아오는 벗들을 본다

김경린의 「국제열차는 타자기처럼」이란 시편의 첫째 연과 둘째 연이다. 온건한 자유시다. 상의 시에서처럼 해사적인 심리의 음영을 볼 수가 없다. 거진 직정적이기까지도 하다. '오늘도', '나의', '보라빛', '또다시'에서 끊은 점, 속도의 동적 쾌감을 느낄 수는 있다. 형태에 대한 배려가 이 정도로 그치고 있다.

낡은 아코뎡은 대화를 관뒀읍니다.

——여보세요?

폰폰따리아
마주르카
디이젤 엔진에 피는 들국화

왜 그러십니까?

　　　　모래밭에서
수화기
　여인의 허벅지
　　　　　　낙지 까아만 그림자

조향의 「바다의 층계」라고 하는 시편의 상반부다. '——여보세요?'와 '왜 그러십니까?'를 각각 한 연으로 끊은 의도는 쉬이 짐작된다. 정적의 효과, 침묵의 음성 그런 것일 것이다. 말하자면 행간(여기서는 연간)의 시 그것일 것이다. 말라르메는 언어는 언어의 음악적 암시에서 오는 시의 효과를 생각하였던 것인데, 여기서는 보다 시각적인 것, 이를테면 동양화의 여백을 노린 것이 분명하다. 이 10행의 글 중에 동사는 '됐읍니다'와 '피는' 둘뿐이고 대개가 명사에서 끊어져 있는데, 이것을 증명하고 있다 할 것이다. 그리고 그 명사들은 또한 모두가 구상명사다.

다섯째 연에서 이 시는 지나친 기교를 부리고 있다. 첫째 행 '모래밭에서'를 2단 낮추고 있고, 셋째 행 '여인들의 허벅지'를 1단 낮추고, 넷째 행 '낙지 까아만 그림자'를 4단 낮추고 있는 것은 그 단의 높이의 순위대로의 농담으로써 그런 물체들이 암시하는 상의 세계가 의식 속에서 명멸한다는 것일 것이다. 형태를 통하여 시에 입체적인 양감을 주고 있다. 그러나 시의 새로운 형태전개(산문시)를 유도해낼 수는 없을 것 같다. 너무 시형태가 심미주의에 기울어진 감이 있기 때문이다. 철저한 산문시는 자유시의 형태상의 온갖 미를 일체 거부해버린 데서 시작되는 것이기 때문이다. (이것의 구체적인 예로 한국에서는 김구용의 시를 들 수 있을 것이다. 여기에 대하여는 나중에 검토하기로 하겠다.)

아무 잡음도 없이 멸망하는
도시의 그림자
무수한 인상과
전환하는 년대의 그늘에서
아 영원히 흘러가는 것
신문지의 경사에 얽혀진
그러한 불안의 격투

박인환의 「최후의 회화」라고 하는 시편의 첫째 연이다. 경린에서와 같이 경쾌한 속도감을 느낄 수 있을 따름이고, 형태에 대한 배려는 언어선택이나 소재에 대한 관심에 비하면 훨씬 미흡하다.

조향 외는 별로 형태에 신기를 볼 수는 없으나, 현대시의 피부감각을 건드리는 풍속언어(시정용어)의 재치 있는 구사와 가볍고 어딘가 간지럽기까지 한 경쾌한 음율은 거진 매일같이 일간신문의 문화란이라고 하는 거리(가두)에서 다소 감상적인 휘파람을 날리고 있었다. 그것은 낡은 양복(형태) 속에서 선연 날을듯이 퍼덕거리는 신조 넥타이 빛깔(언어와 음율)의 순간의 매력이라고나 할까?

c. 도저한 해체현상—김구용의 경우

혼란의 와중에서 용감한 기사 한 사람이 나타났다. 김구용이다.

지용이 시편 「백록담」에서 보여준 산문시를 그 내용의 면에 있어 더 한층 철저하게 파헤쳐놓았다.

열 마리, 백 마리, 천 마리, 제비들이 막막한 해면 위로 물의 향훈을 꿈꾸며, 이 공포를 횡단하고 있다. 나의 어지러움이 어느 바다에 부심하는 제비의 유해와 같은 숙명이라 해도 좋다. 그러나 단 한 송이의 장미와 녹음과 첨하를 삽입할 여백도 없이, 말아 오르는 노도의 위를 제비들이 날으며 있다. 그것은 노력이 반요하는 무형의 바탕에서, 나의 제비가 날으는 힘이라고 하자.

—「제비」

시(서정시)의 장르의 한계를 넘어선 느낌인데, 시대의 경향이 그를 여기까지 끌고왔다 할 것이다.

다시 몰턴을 들지 않더라도 사실주의 이래의 소설이 주제 본위의 경향을 띠게 되자(로맨스로 대표되는 사건 본위의 소설에 비하여), 소설에 에세이적인 요소가 다분히 가미되어왔다는 것은 주지의 사실이다. 시에도 이 요소가 가미되어왔던 것이다. 문명비평이라는 것이 그 한 예다. 그리고 에세이는 원래 토의적인 것이기 때문에 사실주의 이래의 소설이 토의문학(산문문학—몰턴은 철학, 역사, 웅변이 이에 속한다고 하고 있다)에의 경향을 띠게 되었다고 할 것이다. 구용의 시는 내용으로서보다 인생과 문명을 비판(토의)하고 있다는 의미에서 토의문학적 성격이 농후하다.

싯뻘겋게 타 오르는 체내에 하얀 세균들이 불가해한 뇌를 향연하고 있다. 신음과 고통과 뜨거운 호흡으로 자아의 시초이었던 하늘까지가 저주에 귀결되고 그 결화의 생명에서 이즈러지는 눈! 피할 바 없는 독균의 지상이 시즙屍汁으로 자라난 기화가 요초로써 미화되고, 구름을 뚫는 황금빛 안정과 울창한 향수가 해저처럼 만목滿目되어 절규도 구원도 없다.

—「뇌염」 일부

무수한 주의들에 의하여 실체가 여러 가지 색채로 나타났다. 제각금 유리한 직감의 중첩과 교차된 초점들로부터 일제히 해결은 화염으로 화하였다. 이러한 세력들은 규각은 분별로 구렁으로 모든 걸 싸느랗게 붕괴시켰다.

—「탈출」 일부

더 예를 들 것도 없이 그의 모든 시편들에서 느낄 수 있는 것은 현실적이고 상황적인 분위기다. 그리고 그것들을 비판하고 해부하고 있는 정신의 주지성이다.

형태로써의 산문과 내용으로서의 비판적 현실적 주지적 등등의 요소를 화합한다면 시(서정시)라고는 할 수 없는 것이 빚어져나올 것은 필연이다. 사실주의 이래의 소설이 토의적인 요소를 띠게 되었다 하더라도 사실주의, 자연주의까지는 그래도 소설형태의 골격(인물, 행위, 환경)이 있었으나, 심리주의, 표현주의에 와서는 이 골격이 해체되었다. 남은 것은 그 골격의 형해뿐이다. 환상적 우화를 통한 내면의 고발(표현주의의 경우)이나, 내적 독백을 통한 순수기억의 탐험(심리주의의 경우)이 인간의 행동성(서사성)을 일단 말살했기 때문이다. 그러나 이러한 요소들은 그대로 시와 통한다. 소설형태가 도저한 해체를 보자 시에로 접근해갔다는 것은 흥미 이상의 그 무엇이다. 시형태가 새롭게 산문시로 전개되자 시의 내용이 토의적이 되었다는 것 또한 흥미 이상의 그 무엇이다. 서정시보다는 보다 객관적, 주정적, 표출적인 문학형태인 서정시와 서로 넘나들게 되었기 때문이다. 문학의 장르로서의 개성을 상실하게 되었기 때문이다.

여기서 다시 한번 아리스토텔레스를 상기해볼 필요가 있을 것 같다. 그는 시(협의의 문학—몰턴이 창작문학이라고 하고 있는 그것) 속에 서정시와 서사시와 극시를 포함시켰는데, 서사시에는 소설이 포함될 것이고, 극시에는 산문희곡이 포함될 것이다(아리스토텔레스는 운문, 산문 하는 문장의 형식으로 시를 보고 있지 않기 때문에). 이것을 거꾸로 보면, 서정시, 서사시(소설 포함), 극시(산문희곡 포함)는 모두 시에로 환원되는 것이다. 시는 더 나아가서는 발라드 댄스에 환원되는 것이다. 발라드 댄스는 또한 인간성에 환원되는 것이다. 하여 모든 문학형태의 원형은 인간성에 있다 할 것이다. 이것이 분화하여 그 기능이 세련되어감에 따라 각 문학형태는 그 구실을 하게 되었지만, 다시 그 분화작용이 위기를 만나 붕괴하게 되면 각 형태는 넘나들게 되고, 원형으로 보다 복잡미묘하게 얽혀서 돌아가는 변증법적 과정을 밟는 것이나 아닐지? 그러니까 문학형태의 해체현상을 통하여 우리는 한번 문학형태의 근원으로 돌아가게 되는 것이나 아닌지?(해체현상을 해체현상으로서만 슬퍼할 필요는 없지 않을까?)

또 하나의 문제는 몰턴이 창작문학(시)과 토의문학(역사—아리스토텔레스에 있어서의)을 갈라놓고, 토의문학은 창작문학에서 전개된 것이라고 하고 있는데, 이 토의문학과 창작문학도 근원에의 환원과정에 있어서는 서로 넘나든다는 그것이다. 즉 철학은 서정시와, 웅변은 극시(산문희곡 포함)와, 역사는 서사시(소설 포함)와 넘나들면서 근원으로 환원하는 것이나 아닌지?

장르의 위기에 구용의 시가 서 있다. 그것(장르의 위기)을 가장 솔직하게 반영하고 있다. 다시 운문형태로 그것의 도저한 사고를 통하여 시(서정시)가 그 순수를 지키면서(발레리의 경우처럼) 돌아가야 하는 것인가? 그렇잖으면 도저한 장르의 해체로부터 시(서정시)의 보다 확대된 개념을 획득하면서 전개해나아가야 하는 것인가?

구용은 자신이 의식하든 못하든 간에 자신의 시가 그런 처지에 놓여 있다고 나는 생각한다.

2. 잡거지대

한국전쟁 이후 형태상의 전개를 보인 시인 몇을 들면 다음과 같다. 서정주, 조지훈, 박목월, 박남수 등.

한국전쟁 이후에 작품활동을 해온 신인 중에서는 전봉건이 형태상의 특색을 보여주었고, 유치환은 그의 『수상록』이란 저서를 통하여 약간의 문제를 남겼다고 하겠다.

꽃밭은 그 향기만으로 볼진대 한강수나 낙동강 하류와도 같은 융융한 흐름이다. 그러나 그 낱낱의 얼굴들로 볼진대 우리 조카딸년이나 그 조카딸년의 친구들의 웃음판과도 같은 굉장히 즐거운 웃음판이다.

—서정주, 「상리과원」 첫째 연

어두운 세상에 부질없는 이름이 반딧불같이 반짝이는 게 싫다.

불을 켜야 한다. 내가 숨어서 살기 위해서라도 불은 켜져야 한다.

찬란한 빛 속에 자취도 없이 사라질 수는 없느냐, 아니면 빛이 묻은 칼로라도 나를 진니겨다오.

—조지훈, 「어둠 속에서」 일부

저 흙데미 위에서 어제까지는 웃음 소리가 들렸고, 노래 소리가 들렸고, 울음 소리가 들렸고, 분명 저 흙데미 위에서 어제까지는 어떤 한 사람이 전쟁 이야기를 하였고, 또 다른 어떤 한 사람이 전쟁 이야기를 들었고, 서로 걱정도 근심도 나노며, 분명 흙데미 위에서 어제까지는 조반을 먹었고, 술을 마셨고, 잠을 잤고 그랬을 저 흙데미 위에는 분명 기화집이 서 있었을 터이고……

—박남수, 「원죄의 거리 · 2」 첫째 연

서정주의 경우는 율이 들나 있지 않는 것은 아니나, 이전에 비해서는 훨씬 잠재적이다. 물결의 울렁임이 대번에 눈에 뜨이지는 않는다. 줄글(산문체)의 형태를 요구할 수 있는 경지다. 시심의 변화가 그대로 율에 반영되었다 할 것이다.

조지훈에 있어서는 한층 율이 안으로 숨어버렸다. 응당 줄글을 가질 수는 있게 되어 있다. 그런데도 연을 자주 갈라놓은 것은 이해키 곤란하다. 율이 밖에 들나게 되면, 움직임이 표면화하기 때문에 드라마틱한 효과를 내기 위하여 연 구분이 필요하겠으나, 이 경우에는 연을 그렇게 많이 낼 필요는 없을 것 같다. 짐작컨대 활자배열에서 오는 시각적인 인상을 선명히 해보려는 일종 형태주의적인 배려가 있었다고나 할까?

박남수에 있어서는 박두진의 시형태에서 느낄 수 있는 바를 그대로 느낄 수 있다. 같은 말의 되풀이에서 오는 율(두진에 있어서는 단어의 되풀이였던 것이 여기서는 센텐스의 되풀이다. 그렇기 때문에 움직임이 한층 느리다)을 의식적으로 꾀하고 있는 것 같다. 줄글로서는 역시 어색하다. 여기서도 연을 갈라놓고 있는데, 인용한 부분만으로도 짐작될 수 있으리라고 생각되나, 이 시는 서사성(사건성)을 가지고 있기 때문에 그것을 선명히 하기 위한 드라마의 전개를 꾀한 것 같기도 하다.

이상은 그들 자신들에 있어서는 전개현상이라고 하겠으나, 일반적인 입장으로는 별다른 의의를 찾아내기는 어렵다.

그는
앉아서
그의 그림자가 앉아서

내가
피리를 부는데
실은 그의

흐느끼는 비오링 솔로

눈이
오는데
옛날의 나즉한 종이 우는데

—박목월, 「폐원」 일부

이
개미들을 위하여

유월은
연분홍
잠옷 속에 있은 소녀의
이마 위에서 푸른
유월은
총살되고.

—전봉건, 「개미를 소재로 하나의 시가 쓰여지는 이유」 일부

박목월은 3 · 4조의 정형률을 써왔는데, 여기서는 그것을 버리고 새로운 율의 시험을 하고 있는 것 같다. 보다 자연스런 호흡을 발견한 것 같다. 그것은 회화에 있어서의 호흡이다. 조사와 용언의 어미의 연체형에서 끊어지는 그것이다. 여운을 살리는 동시에 시가 한층 발랄한 생기를 띠게 된다. 대신에 양감이 희박해지는 것은 어쩔 수 없을 것이다. 가벼운 소품에 적당하다. 민요의 새로운 변형이라고나 할까?

전봉건도 대체로 목월과 비슷한데, 다름은 소재에 있다.

이

개미들을 위하여

....

유월은

총살되고.

'이' 라는 대명사 하나로 한 행이 되어 있다. '이' 이하에 올 것들이 생략되어 있는데, 이것은 회화의 호흡을 이용한 것이다.

회화에서는 이런 경우가 얼마든지 있다. 상대가 이미 말하려는 대상을 알고 있을 적에는 적당히 생략하여 암시만을 주는 것이 더 효과적이다. 이것이 문장일 경우에는 소위 간결문이니, 단문이니 하는 것이 된다. 테오도르 칼레프스키Theodor Kalepsky는 말하고 있다. "한 표현은 그것이 주어진 입장에 있어서—임시로 음성의 가락이나 표정, 몸짓, 등과 협력하여—말하는 사람의 생각을 완전히 청자에게 전달할 수 있을 때에……"(『국어국문학』 13집 이인모 씨 글에서 재인용).

그러니까 상황을 같이하고 있을 적에는 품사 하나가 충분히 문장이 되는 것이다. 이 시에서는 또 동사의 어미의 연체형에서 끊고 종지부를 찍고 있는데. 문법상으로는 문장이 미결이나 심리상으로는 완결되었다는 표시다. 역시 회화의 호흡인데, 난발하면 싫증이 나기 쉽다.

오히려 그의 귀가 절벽 같이 닫혀졌으므로 하여 똑바로 바라보는 눈, 다물은 입, 철사같이 엉크러진 머리칼 하나 하나가 들어 천지가 잠형하는 노호로부터 하잘 것 없는 눈물의 적은 기쁨과 슬픔의 흐느낌에 이르기까지 오직 소리만으로 이루어진 우주의 무궁한 음악을 빠짐 없이 가리어듣고 있도다.

눈을 감을수록 귀는 닫을수록 신을 가까이 맞을 수 있나니, 그를 통하지 않고는 믿으려 않는 우리의 그 오관五官인즉 실상 그지없이 무딤을 이 사람에게서 새삼 깨닫는도다.

—박인환, 「이 사람을 보라」, 『수상록』

수상록은 문학 장르로서는 에세이나 아포리즘에 속하는 것일 것이다. 이것은 물론 토의문학이다. 그러나 유치환의 수상록은 개념적이 아니고 보다 형상적(정상적情象的)이다. 구용의 경우처럼 여기서도 토의문학과 창작문학, 즉 시와 에세이와의 관계에 부닥치게 된다. 장르 설정에 곤란을 느껴 『수상록』이라고 한 것 같으나, 수상을 내용으로 한 형상적인 문장(산문이고 동시에 산문체인)이다. 산문시와 어떻게 다른가?

이상 예로 든 외에 몇 현상이 보인다. 특히 동인지를 통하여 시작하고 있는 시단권 외에 젊은 세대들에게서 흥미있는 현상이 없는 바는 아니나 아직 자리잡은 것이 아닌 것 같고, 수시로 흔들리고 있는 것 같기도 하다. 그 중에 간혹 어떤 자세를 세운 것이 설령 있다고 하더라도 지금 뭐라고 말하는 것은 그 시기가 아닐 것 같다.

일부 신기한 형태주의가 있는가 하면, 전통시로써의 시조를 운위하는 경향도 보이기는 하나, 극히 부분적이고 또 기분적인 느낌이다. 대체로 시단의 경향으로서는 아직도 자유시가 압도적인데, 그 중에서 조금씩이나마 전기한 산문체의 형태와 도저한 산문시가 섞여서 별다른 불편을 느끼지 않고 행세하고 있다. 그러나 양으로 많은 자유시보다는 산문시가 형태로서는 인상적이다. 그리고 자유시도 판에 박은 듯한 행 구분이나 연 구분을 하고 있는 것보다는 훨씬 시험적인 것이 인상적이다.

상당한 시일 동안 한국시단은 시형태의 잡거상태를 면할 수는 없을 것이다.

제10장 사족으로써의 부언

육당의 《소년》지로부터 주요한의 《창조》지 전까지가 한국 신시의 제1기라고 하겠다. 신체시 시대다. 제2기는 자유시 시험시대인데, 초기에 있어서는 신체시의 요소가 다분히 잔재하고 있었다. 《창조》지 이후 김소월까지가 이 기간이라고 하겠다. 제3기는 소월 이후 현재에 계속되고 있다고 할 것이다.

제3기의 제기 시인들 중에서 지용, 기림, 상, 목월, 구용 등은 형태의 전개에 기여하였다고 생각된다. 그러나 이들의 형태상의 배려는 투철한 장르의식에서 나온 것이 아닌 것 같은 인상이다. 만약 그렇다면, 그것은 전혀 그들의 역사고찰에의 정열흠핍情熱欠乏의 결과라 할 것이다.

정신의 방향과 사적 위치를 증명하는 구체적인 대상은 양식 외에 아무것도 없다. 로코코, 고딕 등은 무엇을 말하는가? 시도 문화의 양식을 밑받침으로 한 형태가 정신의 방향과 사적 위치를 증명하는 것이라는 것은 두말할 여지가 없을 것 같다. 1920년 조지 페레George Ferre가 "시인들은 왜 안이한 운문으로 쓸까—그 이유는 3세기를 스스로의 조직에 소비한 운문이 제3세기째의 초엽에 있어서 일약 그 최후의 성질과 가치와의 총체에 도달해 버렸기 때문이다. 휴고 이후 운문에 대하여는 아무것도 할 일이 없어졌기 때문이다. 왜냐하면, 영혼의 오저奧底에서 인간적인 원시적인 원소적인 오저에서, 한말로 말하여 본능에서, 다시 말하면 동물성에서 솟아나온 리릭시즘lyricism이라는 것이 최후의 진화에 있어 세련과 섬세와 병적인 예민의 최고도에까지 이르렀기 때문이다. 그 이상은 퇴폐 이외는 없기 때문이다"라고 운문가를 야유하고는 곧이어 "그러므로 산문으로 쓰지 않으면 안 된다. 운문은 이 이상 완전해질 수는 없기 때문이다"라고 하였을 때, 그는 제 자신의 사적 위치를 밝힌 셈이다.

장르는 시(서정시) 안에서의 그것에 그치지 않고, 시 외의 서사시(소설 포함)와 극시(산문희곡 포함)와의 관계에서 또한 서로 자극하고 흡수하고 반발하고 한다. 더 나아가서는 창작문학은 토의문학과 서로 자극하고 흡수하고 반박한다. 문학의 각 장르가 그 장르대로의 전개를 해가다가 어느 시기에 해체의 위기에 놓이게 됨으로써 새로운 반성이 생기고, 거기서 다시 장르 이전의 원시상태에 눈이 뜰 기회를 가지게 되는 것이나 아닌가 하는데, 만약 그렇다면 이 변증법적 과정은 항상 문학을 보다 살찌게 하기 위한 섭리라고 봐야 할 것이다.

한국의 시(서정시)도 장르의 위기를 경험하기에 이르도록 아득히 전개하여왔다. '산문으로 서정시를 쓰지 말 것'—여기서 전연 이질의(종전의 음율 중심의 형태와 그에 적당한 내용에 대하여) 시로 진화(진보 내지 발전에 대하여)하여야 할 것인지, 반동으로 전통적 음율의 새로운 소생을 꾀할 것인지는 한국 시인들의 성실한 지성에 달려 있다 할 것이다.

해체현상은 그것을 슬퍼할 것이 아니라, 오히려 여기서 한층의 용기와 시작詩作하는 보람을 느껴야 할 것이다. 정형시 무렵의 시인들(예를 들면, 이조의 시조 시인이나 한시 시인 등)은 시에 대한 회의(사고)를 아니 가져도 좋을 만큼 행복하였다. 그러나 현대의 시인들은 시에 대한 회의를 아니 가질 수 없는 그만큼 시인의 짐은 무겁고, 시인은 행복하지 못하다고도 하겠으나, 시인이 어찌 제 짐의 무게와 제 불행에 눈 감음으로써 선선할 수가 있겠는가? 저항(짐의 무게와 불행) 없는 곳에는 자유도 없다.

인간의 자유의지가 높고 치밀한 지성에 밑받침되어 종횡으로 발원되어야 할 때를 한국의 시(서정시)는 바야흐로 맞이하면서 있다.

부록
시인론을 위한 각서

김소월

1. 이력

본명 정식.

1903년에 평안북도 곽산군에서 출생하여 1936년에 평안북도 구성군 남시에서 사망. 향년 33세.

오산학교(평북 정주군 갈산면 익성동 오산촌 소재. 남강 이승훈 창립) 중학부 졸업. 배재고등보통학교(서울 소재) 졸업. 동경상과대학(일본 동경 소재) 중퇴.

대학 중퇴 후 상업에 종사. 《동아일보》지국을 경영한 일도 있다.

오산학교 시절의 그의 스승인 시인 안서 김억의 「소월의 추억」이란 글에 의하면, 그는 스승에게 서간으로 다음과 같이 적어 보냈다고 하고 있다.

"제가 구성 와서 명년이면 10년이옵니다. 10년도 이럭저럭 짧은 세월이 아닌 모양이옵니다. 산촌 와서 10년 있는 동안에 산천은 별로 변함이 없어 보여도 인사는 아주 글러진 듯하옵니다. 세기는 저를 버리고 혼자 앞서서 달아난 것 같사옵니다. 독서도 아니하고 습작도 아니하고 사업도 아니하고 그저 다시 잡기 힘드는 돈만 좀 놓아 보낸 모양이옵니다. 인제는 또 돈이 없으니 무엇을 하여야 좋겠느냐 하옵니다."

만년은 실의 속에 있었던 모양이다.

안서의 글에는 다음과 같은 말이 보인다.

"소월이는 순정의 사람은 아니외다. 어디까지든지 이지가 감정보다 승한 총명한 사람이외다. ……(중략)…… 동경 가서 문과에 들지 아니하고 상과를 택한 것도 또한 그것의 하나외다."

이 두 인용문에서 그의 시의 일면에 관한 암시를 얻을 수 있다(전자에서는 「돈타령」과 같은 후기의 그의 시의 소재, 후자에서는 그의 시형태, 특히 민요조).

그의 죽음에 대하여 안서는 저다병이라고 하고 있고, 시인 오 모는 자살이 아닐까고 하고 있다. (안서는 그가 죽기 얼마 전부터 죽음에 대하여 자주 말하더라고 하고 있고, 오 모는 그가 다량의 수면제를 먹고 죽은 것은 고의로 한 짓이 아닐까고 하고 있다. 오 모에 의하면, 그의 죽음의 직접원인은 수면제의 양이라고 한다.)

처녀작은 「못잊어」(18, 19세). 처음 발표작은 「진달래꽃」(1922년). 마지막 발표 논문은 「시혼」(1934년). 미발표 마지막 시는 「차 안서선생의 삼영갑산운」(1925년 그가 안서에게 보낸 서간 속에 삽입한 것).

2. 시의 내용—주제와 소재

a. 자연친근

소월은 보다 많이 자연을 노래하고 있다.

소월은 자연에 친근해간 심정을 보다 부조해내기 위하여는 한두 시인을 예증하여 비교해보는 것이 좋겠다.

예1) 워즈워스

『서정적 발라드Lyrical Ballads』의 서문에는 다음과 같은 말이 보인다.

"참다운 미는 자연에 있으니 그것을 그려야 한다."

예2) 괴테

인간주의적으로 해석된 자연감정(자연 해택에 의한 인간주의인 계몽주의에 대하여).

코르프의 「괴테 시대의 정신」을 참고로 할 것. 파울 크럭크혼 Paúl Kluckhohn의 「독일낭만파」도 참고로 할 것.

예3) 도잠陶潛

「……유연견남산悠然見南山」「귀거래사歸去來辭」

이상 시인들에 있어서는 소재로서의 자연이 아니고, 문제로서의 자연이다. 즉 시에 있어서는 주제가 선행한다(그 면을 되도록 치밀하게 검토할 것).

소월에 있어서는 소재가 선행한다. 소재로서의 자연이다. 문제로서의 자연은 그 다음에 온다.

이의 예증으로 일련의 그의 시제를 보면 된다. 「진달래꽃」, 「삭주구성」, 「접동새」, 「산유화」, 「꾀꼬리」, 「개여울」, 「삼수갑산운」 등등.

이것들은 워즈워스, 괴테, 도잠 등의 자연에 비하면 특수화한 자연이다. 고유의 한국정서(생활감정)가 깃들어 있는 자연이다. 소월은 자연에게서 자연을 보려고 한 것이 아니라, 자연에게서 고유의 한국정서(그것의 원형까지도)를 본 것이다. 고려가요 이래의 그것이다(향가까지는 소급하지 못한다).

실은 소월의 자연친근은 한국의 고유정서에의 친근이었다. 정서의 소재로서의 자연을 떠나서는 소월에게는 자연은 의미없는 자연이다.

「산유화」를 예외로 볼 수는 없다.

산에
산에
피는 꽃은
저만치 혼자서 피어 있네

이때의 '저만치'라는 거리는 존재자의 양식(인간과 꽃과의)의 그 거리라고 하기보다는 인사의 무상과 자연의 항구와의 거리. 자연의 항구 속에 고요히 깃을 펴고 있는 고유한 한국의 정서와 가변적인 세태와의 그 거리. 소월은 이러한 자연을 이러한 태도로서 보고 있다.

「산유화」는 민요 「산유화가」와 관련 없다고는 할 수 없다. 산유화, 즉 메나리는 진달래와 함께 한국 산야에 흔한 꽃이다.

b. 애의 미학

소월은 이별 내지 이별적 심정을 보다 많이 주제로 한 노래를 불렀다. 그의 일련의 시를 들면 이의 예증이 된다. 「가는 길」, 「진달래꽃」, 「삭주구성」, 「접동새」, 「무심」, 「산」, 「고적한 날」, 「먼 후일」, 「못잊어」 등등 실로 무수하다.

이것들은 「가시리」, 「청산별곡」, 「만전춘」, 「이상곡」 등 고려가요로부터 이조민요, 황진이의 시조에 이르는 한국 시가의 주제의 뿌리다.

이별은 슬픔이다. 이별은 한국에 있어서는 여인이 그 심정을 대표한다. 여기 한국의 고전적 여인상이 설 수 있다. 이것은 그대로 한국정서의 족보다. 한국정서의 족보는 여인으로 하여 이어져왔다(소월의 노랫소리는 남성의 목청이 아니다).

소월은 이 이별의 각 상(고려, 이조를 통한) 위에 이별 일반

(슬픔 일반)이란 것을 세웠다. 즉 미학을 세웠다. '임'이 그것(미학)으로 가는 다리(교량)였다. 고려가요와 이조민요와 황진이의 '임'들은 육체를 가진 '임'들이었으나, 소월의 '임'은 에로스 그것으로 화한 육체가 없는 '임'이었다. 에로스를 통하여 ('임'을 부름으로써) 현전하는 것은 한국정서(그것의 원형) 그것이었다.

설은 임 보내옵노니
가시는 듯 도셔 오쇼서

의 「가시리」의 '임'은 돌아올 수 있는 '임'이지만 소월의

나 보기가 역겨워
가실 때에는
죽어도 아니 눈물 흘리우리다

하는 「진달래꽃」에서의 대상은 보다 확대되어 구상을 잃고 있다. 실상 「진달래꽃」에서는 '임'이란 글자는 생략되고 없다. 그러나 '임'은 「진달래꽃」의 도처에 있다. 말하자면, 애절한 에로스는 도처에 있다. 그것은 시의 형태와 문체 속에 감춰져 있다.

그러니까 '죽어도 아니 눈물 흘리우리다'는 어떤 직접의 대상에게 한 것이 아니다. 이별이라는 것(이별 일반)이 그러한 것이라는 것을 우리에게 보여주고 있을 따름이다. 속에서는 울고 있으면서 밖으로는 죽어도 눈물을 아니 보이는 것이 한국 여인들의 슬픔의 고전적 모습이었을까? 정서의 한국적 원형이었을까?

소월의 그것보다 한층 소급하여, 보다 소박하고 건강한(슬픔

에 보다 젖지 않은) 한국정서의 신라적 원시형을 찾고 있는 시인에 서정주가 있다. 정주에 와서 한국의 정서는 한 원을 그을 것인가?

c. 서정주의

소월의 서정주의는 한국의 전통시가가 서정주의였다 하는 입장에서의 서정주의다.

서정은 주정적, 주관적이다. 제 자신의 모습으로서 자연을 본다. 소월에 있어서는 한국정서(소월 자신)가 깃들어 있는 자연으로서 자연을 본다.

서정주의는 감상주의를 더분다.

감상의 내적 파악을 위하여 프리드리히 폰 실러Friedrich ron Schiller의 『감상문학과 소박문학』을 참고할 것.

실러는 감상은 근대적 성격이고 소박은 고대적 성격이라고 했다. 감상은 현실 부정에서 오는 것이고, 소박은 현실 긍정에서 오는 것이라고도 했다.

소월 당시의 일반 경향을 물리치고, 과거를 모범으로 하여 한국의 고유정서를 거슬러올라간 것은 시 이전에 벌써 현실에 대한 불만이 있었을는지도 모른다. 하여 그의 감상은 고유의 서정주의에로 달렸다.

한국 시가의 원래적 성격인 서정주의는 인간 소월이 기대고 살아갈 수 있는 힘이 될 수 있었을까?

d. 다른 일면(소재의)

요 닷돈을 누를 줄꼬? 요 마음
닷돈 가지고 갑사댕기 못끊갔네
은가락지는 못사갔네 아하!

마코를 열 개 사다가 불을 옇자 요 마음.

되려니 하니 생각.
만주 갈까? 광산엘 갈까?
되갔나 안되갔나 어제도 오늘도
이러 저러 하면 이리저리 되려니 하는 생각.

후기 시 「돈타령」이다. 안서에게 보낸 서간 속의 생활상을 반영한 것이다. 소재가 현실적이다. 그러나 소재를 다루는 태도는 객관적, 비판적이 아니고 주관적, 자조적이다. 돈이 그대로 자기의 모습인 것이다. 서정적이다.

리얼리즘이 아니다. 그 반대다. 그에게 이런 류의 생활호소의 시가 약간 있다.

소월로서는 방계에 속하는 것들이다.

3. 시의 형태

소월의 시형태는 시의 내용과 불가분리의 관계에 있다.

정서의 한국적 원형을 보여준 그는 시형태의 한국적 원형을 또한 보여주었다. 한국의 전통적 시가의 형태는 음수율에 있다. 고려가요의 3 · 3, 3 · 4, 3 · 2 등 3음을 중심한 것. 시조의 3 · 4조. 민요의 7 · 5조. 가사의 4 · 4조.

형태의 구체적인 예는 생략한다(「형태상으로 본 한국의 현대시」 김소월조 참조).

한국 시가의 고전적 형태미는 소월에 와서 한 극을 이룬 감이다. 그의 시가에의 이념의 결실을 볼 수 있다.

안서의 말에 의하면, 그는 시작에 있어 세심한 주의를 다하였던 모양이다.

"시고詩稿의 수정에 대하여 여간 고심하지 아니하던 것이외다. 그야말로 횟덕 써버리지 아니하고, 어디까지든지 세심의 주의를 다하여 고쳤다 지었다, 지었다 고쳤다, 하기를 여러번 하고하고 곱하던 것이외다."(김억, 「소월의 추억」)

인야人也로서의 그의 이지의 발현이다.

4. 시사상 위치

a. 나의 견해의 방향

향가 이래의 전통시의 입장에서 소월의 위치를 말할 수도 있고, 전통시와는 일단의 결별에서부터 출발한 신시의 입장에서 그의 위치를 말할 수도 있다. 그러나 전통시건 신시건 간에 시의 재료인 언어가 한국어라는 점을 생각할 적에 신시라고 해도 언어상의 제약을 벗어날 수가 없을 것이기 때문에 이것들(전통시와 신시)을 순전히 다른 것으로는 볼 수가 없다.

전통시의 계승자로서의 소월과 신시에의 영향으로서의 소월의 양면에서 그의 위치를 설정해야 되겠다.

소월이 자신의 위치를 설정하는 것은 그 자신의 자유고 임무인 거와 같이 내가 소월의 위치를 설정해보는 것은 내 자신의 자유고 임무인 것이다. 소월에게서 발견되는 '문제'가 곧 내가 설정해보는 그의 위치인 것이다. 다시 말하면 그의 위치는 곧 나의 '문제'인 것이다.

b. 반反서구주의(전통주의)

시의 내용(주제와 소재)으로나 시의 형태로나 소월은 한국의 전통에 서 있다. 이것은 그의 시 이념의 방향이다.

서정주는 다음과 같이 말하고 있다.

"이 상과대학을 임의로 자퇴해버린 사람이 ……(중략)…… 서구의 르네상스가 형성한 위상의 의미도, 그것이 해방한 '아我' 가치도, 그의 사회적 혹은 심미적 가치도, 희망적인 의미의 인간성도, 헤브라이즘이 연역한 사람의 뜻도, 독일인의 이상인 문화인도, 불란서의 양식과 명지도, 영국적인 공리성도, 소비에트 혁명도 우리만큼은 알았을 뿐만 아니라, 이것들을 훨씬 넘어다보고 있다가 머언 후면에서 들리는 고향이 부르는 소리에 쏜살과 같이 돌아온 것이라 상상하는 것이 적당할 것입니다. 우리의 태반이 외래조류의 잡음 속에서 귀머거리가 되었을 때,"(서정주, 「김소월론」)

《소년》, 《청년》, 《태서문예신보》, 《창조》, 《폐허》, 《백조》 등 제 문예지는 서구근대의 문예사조를 열심히 전도하여왔다. 한국 고유의 감상의 해체에의 역할을 해왔다고도 하겠다.

소월은 이에의 반성의 위치에 서게 되었다. 하여 일단 역사의 진행에서 물러섰던 것이다. 역사사적 입장이다.

남들이 거진 맹목이 되어 앞만을 바라고 저돌하고 있을 적에 그는 눈을 뜬 채 뒤를 바라고 한 걸음 한 걸음 거슬러올라갔다.

소월은 그의 반성으로 하여 한국의 신시에 한 선을 그었다. 한국의 신시가 전통시와 어느 모로든지 관계지어져 있는 이상은 소월을 무시하고 나갈 수는 없다. 그러다가는 암초에 부닥칠 것이 필연이다. 물론 거기(소월에) 머물러 있어서도 안 된다. 소월을 곁눈질하면서 조심성있게 나아가야 한다. 소월은 한국정서의 밑바닥을 헤쳐본 사람이기 때문이다.

소월은 파수병이다. 이 파수병에게 한번은 경례를 하고 지나가야 한다. 몹시 괴로운 부담이다. 그러나 이 부담을 치러야 한다.

한국시의 세계 시에로의 전개. 이 옥토 위의 접목(서구시와 한국시의)에 있어서는 소월이라는 가녀린 가지〔枝〕가 한몫 볼 날이 올는지도 모른다. 그러나 그것(소월이라는 가지)은 너무 연약하여 이질의 힘 속에 흡수되어버릴는지도 모른다. 그때는 한국이 원시의 생명력을 도로 찾는 날이거나 그렇잖으면 한국이 말살되는 날일는지도 모른다.

소월의 시는 한국의 밑바닥을 지금도 흐르고 있다.

보충—소월의 이력 및 경력에 대하여 더 자세한 재료를 수집할 것.

소월과 동세대인의 소월에 관한 글들을 되도록 많이 수집하여 참고로 할 것. 소월 세대의 시관을 보다 치밀하게 이해하기 위하여.

될 수 있는 대로 소월을 부정하는 사람들의 글을 많이 수집하여 검토할 것. 소월의 어떤 면을 부정하고 있는가?

이상

1. 레몬이 상징하는 것

레몬을 갖다 달라고 하여 그 향기를 맡으면서 이상은 죽어갔다고 한다. 그것은 이상의 짧은 생애에 있어 일찍 가져보지 못한 소박하고 건강한 생명에의 마지막 향수의 눈짓이라고 하겠다.

이상은 1936년 10월에 동경으로 건너가서 이듬해인 1937년 4월에 죽었으니까 만 5개월 동안 거기 있었던 셈이다. 그의 약력을 보면, 1937년 2월 중순에 사상혐의로 일본 경찰에게 피검되어 건강이 극도로 악화됨으로써 3월 중순에 보석되었다고 하고 있다. 그리곤 곧이어 입원생활이고 죽음이다. 그러니까 그가 동경에서 자유로이 생활할 수 있었다고 볼 수 있는 시일은 불과 3개월밖에는 더 되지 않는다. 그럼 이 3개월 동안에 이상은 동경에서 무엇을 보았으며, 어떤 감회를 가졌던가? 동경에서 벗들에게 보낸 그의 사신私信 몇 장에서 우리는 그것을 짐작해볼 수가 있다(동경 간 이후로는 시와 소설을 별로 쓴 것 같지 않다).

11월 14일(1936년)자 K형에게 보낸 것 중 "기어코 동경 왔오. 와보니 실망이요. 실로 동경이라는 데는 치사스런 데로구려!"라는 말이 보인다. 상은 동경 가서 한 달이 채 될까 말까 하여 왜 이런 소리를 하게 되었을까. 11월 29일(1936년)자 K대인에게 보낸 것 중에서 그 까닭을 알아볼 수가 있다. 그는 말하고 있다. "어디를 가도 구미가 땡기는 것이 없오그려! 기자나 표피적인 악취의, 말하자면 그나마도 그저 분자식이 겨우 수입이 되어서 홈모노행세를 하는 꼴이란 참 구역질이 날 일이요.

나는 참 동경이 이따위 비속 그것과 같은 시로모노인 줄은 그래도 몰랐오. 그래오 뭐이 있겠거니 했더니 과연 속 빈 강정 그것이요."

같은 글월 중에는 "나도 보아서 내달 중에 서울로 도루 갈까 하오. 여기 있댔자 몸이나 축이 가고 겸하여 머리가 혼란하여 불시에 발광할 것 같소"라는 말도 보인다. 또 "소생 동경 와서 신경쇠약이 극도에 이르렀오!"라고도 하고 있다. 이러한 동경에 대하여 상은 거기 건너가기 전에는 상당한 기대를 가지고 있었던 모양이다.

1936년 8월경의 K형에게 보낸 글월 중에 "고맹膏盲에 든 이 문학병을—이 익애溺愛의 이 도취의……이 굴레를 제발 좀 벗고 표연飄然할 수 있는 제법 근량 나가는 인간이 되고 싶소. 여기서 같은 환경에서는 자기부패작용을 일으켜서 그대로 연화할 것 같소. 동경이라는 곳에 오직 나를 매질할 빈고가 있을 뿐인 것을 너무 잘 알고 있지만 컨디션이 필요하단 말이오. 컨디션, 사표, 시야, 아니 안계, 구속, 어째 적당한 어구가 발견되지 않소그려!"라고 하고 있는데, 상은 동경을 그의 갱생의 땅으로 머릿속에 그리고 있었지나 않았던가 생각되는 것이다. 이듬해(1937년) 일본 경찰에 피검되기 조금 전 H형에게 보낸 것 중의 "살아야겠어서, 다시 살아야겠어서 저는 여기를 왔읍니다"라는 강렬한 표현을 볼 때 더욱 그러하다.

이렇듯 사표를 찾아, 또는 새로운 시야나 안계를 찾아, 보다는 제가 절대적으로 복종할 수밖에는 없는 어떤 가치에의 구속을 찾아 기대에 부풀어 지옥의 서울을 탈출하여왔으나(여기서 내가 지옥이란 말을 쓴 것은 소설 「날개」의 서문에서 그가 말한 "육신이 흐느적 흐느적 하도록 피로했을 때만 정신이 은화처럼 맑소"라든가, "'박제가 되어 버린 천재'를 아시오?"라든가 하는 글에서 볼 수 있는 바 육신 즉, 생활과 정신 즉 의식과의 언밸런스로 말미암은, 소위 그가 말하는 '자기부패작용'을 두고 한 것이다.

이 소설이 1936년 9월호의 잡지 《조광》에 발표되었으니까, K형에게의 사신과 함께 동경 건너가기 얼마 전의 그의 심경이 추측되는 것이다), 모든 것은 환멸이었다. 상은 더한 심신의 초조에 사로잡혀갔던 것이다.

상이 사상혐의로 일본경찰에 피검된 까닭을 우리는 대강이나마 짐작을 해볼 수가 있다. 고려대학교 문학회에서 낸 이상전집 제1권의 서문에서 조용만(상이 1934년에 입회한 문학동인회 구인회의 회원인) 씨는 이상의 사람됨을 "상에게는 세상의 도덕이라든지, 상식이라든지, 예의라든지 모두 쑥스럽고, 우스꽝스럽게만 보였다"라고 말하고 있다. 그리고 그의 외모를 말하여 "이상이란 사람은, 평생 빗질을 해본 일이 없는 텁수룩한 머리와, 양인 같이 창백한 얼굴에, 숱한 수염이 창대같이 뻗치었고, 보헤미안 넥타이에 겨울에도 흰 구두를 신고, 언뜻 보아 생활사진 변사 같은 어투로 말하는 것이 구마단의 요술쟁이 같을 것이고……"라고 하고 있다. 동경의 번화가를 배회하는 이러한 모습의 이상(동경에 대한 환멸로 하여 오히려 더 한층 시니컬한 태도를 지녔으리라고 상상되는)을 일본 경찰이 고운 눈으로 가만히 보고만 있을 리가 있겠는가. 감방에서 그는 다시 일어설 수 없을 만큼 완전히 몸마저 망쳐버렸던 것이다.

이러한 그의 모든 부여의不如意는 그가 말하는 그 '고맹에 든 문학병'에 원인하고 있는 것이라고 하겠다. 이 문학병을 깨끗이 청산하고, '살아야겠어서, 다시 살아야겠어서'라고 외쳐는 보았으나, 끝끝내 숙제를 풀지 못한 채 죽어간 이상에게 있어 한 개의 레몬이 풍겨주는 향기란 표현을 절한 아쉬움이었을 것이다. 1939년 잡지 《중앙》 6월호에 실은 소설 「지주회시」에서 그는 "장하다. 힘. 의지—? 그런 강력한 것—그런 것은 어디서 나오나. 내—이런 것만 있다면 이 노릇 안하지—일하지—하여도 잘 하지"라고 호소하였던 것이다. 그에게서 힘과 의지를 거세해버린 것은 역시 그의 '고맹에 든 문학병'일 것이다. 그리하여 그는 죽을 때까지 제 전신에 밴 그 몹쓸 놈의 문학병을 어쩌지도 못했던 것이다.

이상이라고 하는 30년대의 한국의 한 청년의 생애를 완전히 망쳐버린 이 '고맹에 든 문학병'이란 괴물의 정체는 어떠한 것일까?

2. 의식의 비극

이상은 제 자신(또는 제 시대)을 환자로 보고 있는 것 같다. 한 예에 지나지 않지만 그의 시 「시 제4호」는 '책임의사 이상'의 서명으로 환자로서의 자신(또는 제 시대)의 용태를 다음과 같이 진단하고 있다.

이것을 시라고 하고 있는 그의 태도 자체가 이미 병이다. 시의 형태상의 우리의 건전한 상식을 벗어나 있기 때문이다. 숫자를 거꾸로 엎어서 배열한 형태를 통하여 우리가 느껴볼 수 있는 이미지는 가치가 전도된 이상(또는 제 시대)의 심리세계다. 이 상태를 병이라고 진단하고 있는 이상, 책임의사인 이상은 정상의 세계에 서 있는 것이다. 이 입장에서 보면, 이상(또는 제 시대)은 자신이 시인하고 있는 바와 같이 확실히 병자다. 그런데 이상한 것은 정상의 입장에서 자신(또는 제 시대)을 병자라고 진단해놓고 있으면서 그것을 진단하는 방법(시의 형태)이 정상을 떠나 있다는 것은, 정상 그것에 대하여 몹시 시니컬한 태도를 그가 지니고 있었다는 것을 알 수 있게 하는 것이 아닐까? 나는 그렇게 생각한다.

• 0 9 8 7 6 5 4 3 2 1
0 • 9 8 7 6 5 4 3 2 1
0 9 • 8 7 6 5 4 3 2 1
0 9 8 • 7 6 5 4 3 2 1
0 9 8 7 • 6 5 4 3 2 1
0 9 8 7 6 • 5 4 3 2 1
0 9 8 7 6 5 • 4 3 2 1
0 9 8 7 6 5 4 • 3 2 1
0 9 8 7 6 5 4 3 • 2 1
0 9 8 7 6 5 4 3 2 • 1
0 9 8 7 6 5 4 3 2 1 •

이렇듯 상은 모순 속에 있었던 것이다. 즉 자신의 병을 자신이 진단하고 있으면서 한쪽에서는 그런 책임의사로서의 정상인 자신을 비웃고 있는 것이다. 그렇다면 그는 정상인이면서(적어도 자신의 병을 진단할 수 있을 정도로는) 병자이고, 병자이면서(적어도 자신의 정상을 비웃을 수 있을 정도로는) 정상인이었다고나 할 수 있을는지? 다시 말하면, 보다 높은 차원에 있어서는 정상인도 병자도 아니었다고 할 수 있지나 않을까 생각되는 것이다.

a. 의식의 악순환

"가령 자기가 제일 싫어하는 음식물을 상찌푸리지 않고 먹어보는 거, 그래서 거기두 있는 '맛' 인 '맛' 을 찾아내구야 마는 거, 이게 말하자면 '파라독스' 지……"라고 상은 그의 사후(1939년) 잡지 《조선문학》 제17집에 실린 소설 「진단」에서 말하고 있다. 여기서 말하고 있는 상이 '제일 싫어하는 음식물' 이란 구체적으로는 어떤 것일까? 「시 제15호」라는 그의 시 속에 나오는 '거울속의내왼편가슴을겨누어권총을발사' 하여 보는 그 '거울 속의 내' 일 것이다. 얼마나 싫었기에 권총을 발사하여 보는 것인가. 이 '거울 속의 내' 는 이미 많은 사람들이 말하고 있는 바 이상의 일상적 자아라는 것이다. 소설 「날개」에 나오는 '아내' 라는 것도 다 말하고 있다시피 바로 이것이다. 이상의 의식은 창부인 '아내'가 구역질이 나도록 싫으면서 '아내' 곁을 떠나지 못하는 것이다. 소설 「지주회시」에서 그는 '아내에게서그악착한끄나풀을끌러던지고훨훨줄다름박질을쳐서달아나버리고싶었다'고 말하면서 여전히 '그 악착한 끄나풀'에서 벗어나지 못하는 자기를 비웃고 있다. 이렇듯 제 의식이 일상적 자아를 완전히 어쩌지도 못하면서 의식의 비약을 날개로 비유하여 '날개야 다시 돋아라. 날자. 날자. 한번만 더 날자꾸나'라고 소설 「날개」의 말미에서 속으로 외쳐보는 모순 속에 함입하는 것이다. 즉 싫은 것을 억지로라도 먹어야 하며, 마침내 상찌푸리지 않고 먹어보려는 패러독스를 되씹으면서 종내 의식이 그 패러독스를 또한 감당하지 못하는 비극의 경지에까지 함입하는 것이다.

이상은 일상적 자아를 항상 '아내'라는 말로써 상징적으로 표현하고 있는데, 이 '아내'가 등장하는 그의 소설과 수필들을 참작컨대 이 '아내'라는 것을 이상은 본능, 충동, 욕망…… 이런 것들을 충족시키기 위한 인간의 간사, 교활 내지는 철면피 같은 것으로 보고 있는 것이나 아닌가 생각된다. 그렇다고 하고 얘기를 한다면, 그런 것들을 감시하고 처형하고 하는 또 하나의 '내'가 바로 의식이란 것일 것이다. 그런데 의식은 의식을 다시 의식하는 것이기 때문에 이상에 있어서는 일상적 자아를 반성하는 의식을 다시 반성하는 다른 또 하나의 의식이 어쩔 수 없는 악순환으로 처음의 의식의 대상이던 일상적 자아(인간의 간사, 교활 내지는 철면피)로 다시 돌아가서 이번에는 그것들을 부러워하고, 오히려 갈망하게 되는 모순에 빠지게 되는 것이다. 의식의 이런 이율배반성을 상은 뼈저리도록 체험하였던 것이다.

1937년 《매일신보》에 실린 「불행한 계승」이란 수필에는 "수탉이 딱해 죽겠다. 공연히 성이 대밑둥까지 나서 모가지 털을 벌컥 일으켜 세워 가지고는 숨이 헐러벌떡 헐러벌떡 야단법석이다.

제딴은 그 가운데 막힌 철망을 뚫고 이쪽 암탉들 있는 데로 가고 싶어서 그리는 모양인데 사람 같으면 그만하면 못 넘어갈 줄 알고 그만둠직하건만 이놈은 참 성벽이 대단하다. ……(중략)…… 나는 그만 그놈의 근기에 진력이 나서 못생긴 놈, 미련한 놈, 못생긴 놈, 미련한 놈, 하고 혼자서 화를 벌컥 내어 보다가도 또 그 놈의 그런 미칠 것 같은 정열이 다시없이 부럽기도 하고 존경해야 할 것 같이 생각키기도 해서 자세히 본다"라는 대목이 있다. 수탉의 행동을 미련하다고 인정하는 의식이 다시 그 같은 행동을 부러워하고 존경하는 의식으로—말하자면 부정을 부정하고 있는 것이다. 일일이 예를 들어 말하지 않더라도 이상의 의식은 이러한 의식의 악순환을 되풀이하곤 하였던 것이다.

이상의 의식은 일상적 자아를 내성內省하는 데에서부터 출발하였는데, 그 의식이 마침내 주체의 자각에까지 비약을 못하고, 의식의 악순환에서 헤어나지 못한 것은 그 까닭이 내변奈邊에 있는가? 나는 그 까닭의 주요한 일면을 다음과 같이 생각해보는 것이다.

이상은 의식 하에 있어서는 여전히 동양인이었겠지만, 의식으로는 이미 동양인이 아니었다. 설명을 붙일 필요도 없이 불교도 유교도 그의 의식과는 관계 없는 것이었다. 그의 약력이 말하는 바 그의 교양은 서구적인 것이다. 그것도 근대에 국한된다. 고등공업학교에서 서구 근대의 기술을 배운 그가 1939년 잡지 《문장》 5월호에 실린 「동경東京」이라는 제목의 수필에서 "'마루노우찌' 라는 빌딩 동리에는 빌딩 외에 주민이 없다"라고 동경을 야유한 것은, 동경에서 보다 더한 서구 근대 기술문명에 대한 야유이기도 하다. 나아가 그것은 서구 근대의 기술문명의 모태인 합리주의 정신에 대한 야유이기도 하다. 이 점에 있어 그는 세기말 시인들과 프로이트파 심리학에 통하고 있다. 하여간 그는 시대를 구가할 수 있는(더구나 후진사회에 있어) 기술을 버리고, 시대를 야유할 수 있는 문학으로 달렸던 것이다. 그런데 세기말 시인들과 프로이트파 심리학은 서구 근대의 합리주의 정신의 실제의 대변자인 서구 근대의 시민계급의 낙천적 진보주의를 조소하고, 그 도덕의 기만성을 폭로하기는 하였으나, 기술문명이 저질러놓은 인간성의 여지없는 파괴에 대한 책임 있는 만회책은 강구를 못했던 것이다. 세기말 시인들의 감정과 프로이트파 심리학의 지성은, 말하자면 근대 시민계급의 낙천적 진보주의마저 다시 파괴해버리고, 그 터전에 비관주의의 허무적 분위기를 퍼뜨렸던 것이다. 1930년대의 조선이라고 하는 일본의 식민성에서, 서구 근대의 기술문명을 야유한 이상이 기술 대신 섭취한 서구 근대는 주로 이러한 분위기였다고 할 것이다. 해결을 얻지 못하고(또는 혈로를 찾지 못하고) 악순환만을 되풀이한 이상의 의식의 한계가 보다 많이 여기에 원인하고 있는 것이나 아닌가? 서구 근대의 파탄이 어디서부터 나온 것이고, 그 파탄을 서구인들은 어떻게 무엇으로 극복해갈 수 있는 것이며, 그들은 그들의 주체를 어떻게 다시 세워갈 수 있는 것인가? 하는 서구인의 갱생에의 열쇠는 오히려 근대 이전의 서구에 있는 것일는지도 모르는데, 그런 데에 관심이 적극적으로 미쳐가기도 전에 그의 건강이 이미 쇠했고, 설령 건강이 좀더 유지되었다고 하더라도 서구에 접촉(간접으로)한 지 얼마 안 되는 당시 한국에 있어서는 난사 중의 난사였을는지도 모른다. 이렇듯 이상은 서구 근대 말기의 데카당스를 예민하게 체험하기는 하였으나, 제가 체험한 그 체험은 끝끝내 제 자신을 망쳐버리는 데 주요한 원인이 되기도 하였던 것이다. 이상으로 이상의 의식의 질이 또한 어떠한 것이었던가를 나대로 말해본 셈이다. 1934년 《조선일보》에 실린 그의 시 「오감도」 중의 「시 제2호」에서 볼 수 있는 "왜드디어나와나의아버지와나의아버지의아버지와나의아버지의아버지의아버지노릇을한꺼번에하면서살아야하는것이냐" 하는 말도 잠재의식의 세계에서가 아니라, 다소라도 어떤 종교의식(말하자면 죄의식과 같은)에서 나왔다고 하면 그에게 새로운 안계가 열렸을는지도 모르는 일이다. 전기한 고려대학교 문학회 간 이상 전집의 편자의 의견에 따르면, 이상에게 키에르케고르를 애독한 흔적이 있다고 하고 있는데, 키에르케고르를 길잡이로 하여 기독교 세계에 적극으로 접근해갔다면 어찌 되었을까? 한번 생각해볼 일이 아닌가 한다.

b. 절망할 수 없는 데서 오는 절망

이상을 말하는 사람들은 대개 절망을 말하고 있는 것 같지만 최근(1957년 4월호 《문학예술》) 고석규 형이 「시인의 역설」이란 글에서 흥미있는 말을 하고 있다. "사실 그는 무엇에 대하여 절망할 수 있었다는 것인가"라고 고형은 반문하고 있다. 이 물음에 나도 동감이다. 왜냐하면 절망은 하나의 의지다. 절망은 궁극으로는 인간에 대한 절망이냐? 신에 대한 절망이냐?의 의지일 것이다. 아까도 말한 바와 같이 이상의 의식은 악순환의 단계에 머물러 있을 뿐, 더 이상 나아가지 못하고 있는 것이다. 악순환을 거듭하고 있는 의식이 인간과 신에 대하여 무엇을 할 수 있다는 것일까? 이상은 무엇에 대하여 절망한 것이 아니라, 무엇에 대하여 절망할 수 없는 절망을 살았다고나 할 것이다. 말하자면 그는 꼭 절망하고 싶었으나, 절망할 수 없었던 한국의 지성인의 한 전형이었다.

1937년 《조선일보》에 실린 수필 「권태」에서 "내일. 내일도 오늘 하던 기적의 일을 해야지 이 끝없는 권태의 내일은 왜 이렇게 끝없이 있나?"라고 하고 있는데, 특별한 의식도 없이 땀 흘리며 그날 그날을 노동하는 사람들의 소박은 물론이고, 그에게는 무의미한 권태의 인생에 주체의 결단에 의한 새로운 의미를 부여해갈 능력도 없었던 것이다. 기껏해봤자 '권태'를 붓으로 미화하는 키에르케고르가 말하는 소위 제1단계의 실존인 미적 실존이 있었다면 있었다고나 할 것이다. 절망할래야 절망할 수가 없었던 사람의 눈물나게도 서글픈 모습이다.

그러나 그에게는 안이하게 타협하지 않으려는, 아니 못하는 양심이 있다. 1937년 잡지《삼사문학》4월호에 실린 수필「정조」에서 "정조는 금제가 아니오 양심이다. 이 경우의 양심이란 도덕성에서 우러나온 것을 가르치지 않고 '절대의 애정' 그것이다"라고 이상은 말하고 있다. 이러한 청교도의 양심을 가진 이상이 절망할래야 절망할 수도 없는, 말하자면 절망에 대한 절망을, 회피하지 않고 끝까지 제 한몸에 안은 채 비통 속에 죽어갔다는 사실은 가상타 할 것이다.

이상이 회피도 할 수 없고, 타협도 할 수 없었던 이러한 종류의 절망상태에서 마지막 바랄 수 있었던 것은 완전한 허탈뿐이었다. 아까도 인용한 수필「권태」속에서 그는 말하고 있다. "나는 왜 최서방의 족하足下처럼 아주 영영 방심상태가 되어 버릴 수가 없나? 이 질식할 것 같은 권태 속에서도 사세한 승부에 구속을 받나? 아주 바보가 되는 수도 없나? 내게 남아 있는 이 치사스러운 인간 이욕利慾이 다시 없이 밉다. 나는 이 마지막 것을 면해야 한다. 권태를 인식하는 신경마저 버리고 완전히 허탈해버려야 한다."

이런 심정은 마치 욥이 의식의 긴장상태에서 풀려나와 차라리 아귀가 되고 싶어한 것과 흡사하다. 그리고 보들레르가 세기말 간두干頭에서 노래한 다음과 같은 심정과도 그 심정이 또한 서로 통하는 것이라 하겠다.

나를 잠 재워다오.
그런대로 잠을 잠 재워다오.

그러나 구약의 욥도 19세기 프랑스의 보들레르도 1930년대의 한국의 이상도 제각기 무거운 의식 때문으로 하여 '그대로의 잠' (바보 천치의 상태)을 잘 수는 없었던 것이다.

사족—시인 릴케는 그의 유서 속에 적었다. "내가 세상에 남기는 초상 중에서 가장 나에게 진실한 것은 벗들의 한 사람 한 사람의 감정과 추억 속에서 되살아나는 사라지기 쉬운 나의 모습뿐이라고 말해두겠읍니다"라고.

이상의 죽음은, 그 지나친 양심의 결백과 그 의식의 비극적인 양상과 함께한 사람의 벗으로 이제 후배들의 감정 속에 그 초상이 새겨져가면서 있는 것이다. 요 2, 3년 내로 부쩍 많아진 이상 연구니, 이상 문헌이니 하는 것들을 두고 하는 말이다. 애정 없이는 이런 것들은 이루어질 수는 없는 것일 것이다. 그러나 이상에 대한 우리의 애정은 악몽과 같은 그것이다. 이상의 의식세계를 극복하여 우리가 보다 건강해질 적에 그의 수난(이렇게 말할 수 있을까 한다)의 생애는 더욱 우리에게 잊지 못할 것이 될 것이다.

유치환

1. 감정의 압살자

『청마시초』의 시편들은 걷잡을 수 없는 감정의 울화와 동시에 보다 감정의 안타까움을 지니고 있다.

오늘은 바람이 불고
나의 마음은 울고 있다——
일찌기 너와 거닐고 바라보던 하늘 아래 거리언마는
아무리 찾으려도 없는 얼굴이여
바람 센 오늘은 더욱 너 그리워
진종일 헛되어 나의 마음은
공중의 기旗빨처럼 울고만 있나니
아 너는 어디매 꽃같이 숨었나뇨

—「그리움」

영원한 인간의 노스탤지어를 노래한 시에는 수작 「기旗」가 있다. 『청마시초』 중의 다른 또 하나의 걸작 「동해안」은 어디다 터뜨릴 수 없는 울혈된 감정의 심부를 노래하고 있다. 씨氏의 초기의 우수작들은 모두 이렇게 감정의 깊은 페이소스에 잠겨 있다. 이것은 결코 씨의 최근의 시에서도 가시어지지 않은 백본의 하나가 되어 있는 것이기는 하지만, 그리고 서정시가 전연 이것을 거세해버릴 수 있는 것일까 의심되는 바이지만—그러니까 씨는 일찍 상한 감정을 가진 센티멘털의 서정시인이었다. 그러나 씨는 너무나 서정시인이 되는 것을, 될 수 있는 기질과 생리를 가진 것을 경계하고 그것에 저항하지 않으면 안 되겠다는 막연한 불안이 있었다.

그래서 씨는 몸소 씨의 심장을 눌렀다. 감정을 압살하려고 했던 것이다.

a. 의지의 내면 풍경

심리학에서는 감정이 궁하는 곳에서부터 의지가 시작된다고 하는데, 씨는 감정이 궁하기도 전에 성급히도 몸소 감정을 눌러 버리려고 했다. 여기에는 반드시 무슨 이유가 있을 것이다.

씨는 언젠가 이런 말을 한 적이 있다. "시는 나에게 있어 버릴래야 버릴 수 없는 고질이다"라고. 이렇게 씨는 속시원하게 버릴 수만 있으면 시를 버렸으면 하는 심정을 『청마시초』의 그 무렵부터 늘 가지고 있었다고 생각된다. 감정이 상함으로써 받는 형벌은 무서운 것이리라 하는 공포와 함께 가난하고 암담한 현실에 얽매여 사는 많은 사람들을 볼 적에 상한 감정으로 인한 서정의 치기가 부끄러웠을 것이기 때문이다. 씨는 행동하는 사람들의 힘이 부러웠을 것이다. 그러나 시는 씨에게 있어 고질처럼 붙어 떨어지질 않았다. 씨는 씨의 기질과 생리에 저항하기 위해서 씨 속에 들어앉아 있는 서정시인을 압살하려고 했던 것이다. 시인의 비극이다. 그리하여 의욕하는 의지보다는 저항하는 의지로서 씨의 시에 굵은 의지의 선이 또렷이 자리를 잡게 되었다.

내 죽으면 한개 바위가 되리라
아예 애련에 물들지 않고
희노에 움직이지 않고
비와 바람에 깎이는 대로
억년 비정의 함묵에
안으로 안으로만 채찍질하여

드디어 생명도 망각하고
흐르는 구름
머언 원뇌
꿈 꾸어도 노래하지 않고
두쪽으로 깨뜨려져도
소리하지 않는 바위가 되리라

—「바위」

이런 비정의 세계를 의욕한 것이 아니라, 실은 센티멘털한 감정에 저항하기 위해서 이 시는 지어진 것이다. 마침내 극기하는 행자처럼 씨의 시가 의지의 고행을 치르고 있는 광경은 징그럽기까지 하다.

내 너를 내 세우노니
끝없는 박해와 음모에 쫓기어
천체인양 만년을 녹쓸은
곤륜산맥의 한 골짜구니에까지 탈주하여 와서
드디어 영악한 달단의 대상마저 버리고
호올로 인류를 떠나 짐승같이 방황타가
마지막 어느 빙하의 하상 밑에 이르러
주림과 한기에 제 분뇨를 먹고서라도
너 오리려 그 모진 생명욕을 버리지 않겠느뇨

—「내 너를 내 세우노니」

씨의 의지의 내면 풍경은 이렇게 처절해졌다. 왜 이렇게 되었는가? 정情의 센티멘털을 씨는 씨의 경험을 통한 씨의 일방적인 각오로서 인간의 약화 내지 퇴화라고 생각했다. 따라서 씨는 애련을 의식적으로 증오하게끔 되었기 때문이다. 씨는 마침내 자신의 비소를 인간 일반에까지 확대하여 의지를 분노에까지 끌고 갔다.

내 일찌기
호올로 슬프기를 두려하지 않았나니

일모에 하늘은 음한히 설의를 품고
사람들은 오히려 우럴어 하늘을 증오하건만

아아 산이여 너는 높이 노하여
그 한천에 굳이 접어주지 않고 있으라

—「노한 산」

여기에 있어서는 의식적인 과장의 무리가 가시어지고, '음한히 설의를 품은 한천' 과 같은 분노하는 의지로서의 한 풍격이 생겨져 있다.

그러나 이것은 어디까지나 구원할 수 없이 비소한 것으로 취급한 씨 자신에 대한 씨의 분노인 것이다.

b. 정의의 상극

씨는 감정을 압살할 수 있었는가? 없었다. 당연한 일이다. 억지로 압살하려고 한 곳에 이미 무리가 있었다. 그 증거로 시집 『생명의 서』에는 감상하려는 감정과 저항하려는 의지가 상극하고 있다.

시집 『생명의 서』의 시편에는 정의의 상극으로 시의 전일성을 죽이고 있는 것이 많이 눈에 뜨인다. 그런데 표현의 예술적 위험성은 그 의지를 지향하는 쪽에 있다. 씨의 시가 불모의 독산을 보는 인상을 줄 적에 나는 씨의 의지가 미워지는 것이다.

사족—그러나 뭐라해도 씨의 공적은 한국의 서정시에 의지를 도입하여 서구적인 의지하는 정신의 바탕을 닦아주었다는 데 있다. 그러나 씨의 서정시에는 사상은 없다. 비판하고 재구성하는 지성이 결여되어 있기 때문이다.

2. 반反시인

a. '나는 시인이 아닙니다' 에 대하여

시집 『생명의 서』의 서문에 이런 말이 있다.

"나는 시인이 아닙니다. 만약 나를 시인으로 친다 하면 그것은 분류학자의 독단과 취미에 맡길 수밖에 없는 것이요, 어찌 사슴이 초식동물이 되려고 애써 풀잎을 씹고 있겠읍니까?"

이것은 씨의 유일한 시론인 동시에 시와 시인에 대한 각오인 것이다. 시를 쓰고 있으면서 '나는 시인이 아닙니다' 라고 단언할 수 있는 씨에게 있어 시란 어떠한 것이었던가? 그것은 초식동물에 있어서의 풀과 같은 것이다. 초식동물이 자기의지에 의해서 풀을 먹게 된 것이 아닌 거와 같이 씨에 있어서 시는 피할래야 피할 수 없는 운명이었던 것이다. 이렇게 씨에 있어서 시는 선취특권이었던 것이다. 씨의 이런 태도는 씨가 곧 천성의 시인이라는 것을 말해주고 있는 것이다. 그리고 그렇게 믿고 양보하지 않는 점에서 씨는 누구보다도 오만하다. 그런데도 씨가 스스로를 '나는 시인이 아닙니다' 라고 하는 것은 오직 시의 인공적 예술면만을 중요시하는 언어의 의상가들과 직업시인에 대한 경멸 외의 다른 것이 아닌 것이다.

씨의 시가 내면의 심상을 추출하는 표현주의적인 태도를 일면 가졌음에도 그 표현된 언어들이 직정적으로 단순 소박한 것은 그 원인이 여기에도 있다 할 것이다.

b. '참의 시는 시가 아니어도 좋다' 에 대하여

시집 『보병과 더불어』에 후기를 쓴 조지훈 씨의 말에 의하면, 유치환 씨는 이런 말을 하였다고 한다. '참의 시는 마침내 시가 아니어도 좋다' 라고.

이 말을 나는 톨스토이의 「예술이란 무엇이냐?」에 나타난 정신과 같은 높이의 것이라고 해석하고 싶다. 톨스토이의 상기 논문은 예술을 빙자한 시간과 재물의 낭비를 미워한 것이라고 하면, 씨의 '참의 시' 운운은 예술을 빙자한 정신의 낭비와 사치를 미워한 것이라고 생각한다. 이 정신은 나아가 구약의 시편이나 인도교의 찬가가 가진 바 높은 단순을 동경하는 정신이 되는 것이다. 그러나 씨가 이런 정신에 격해 있을 적에 씨의 시 언어들은 서리맞은 꽃잎처럼이나 딱딱해지고, 폼과 스타일의 예술미를 잃게 되는 것이다. 그러니까 시인이 언어를 떠날 수 없는 이상은 예술을 거부할 권리는 없다.

3. 동양인과 서구인

a. 인생의 관조

시인이 시에서 휴식을 한다는 것은 시인이 본래의 그의 생리로 돌아간다는 것을 의미하는 것이다. 최근의 씨의 5행시는 모든 어깨에 얹힌 무게를 떨어버리고 그냥 주저앉아버리려는 휴식의 자세를 가지고 있다.

심심 산골에는 산울림 영감이
바위에 앉아
나 같이 이나 잡고
홀로 살더라

—「심산」

이 무슨 깊은 세계가 있는 듯한 시에 우리는 현혹되지 말자. 이 시에서 우리는 시인의 의지의 좌절만을 예민하게 감득해버리면 그만인 것이다. 이 시는 단지 방심한 의지의 의미없는 방성이라고 보면 되는 것이다. 이 말에 권위를 세우기 위해서는 시집 『청령일기』에 있는 5행시 전부를 에로 들 수도 있으나, 그럴 수도 없으니 그 중 아무것이나 하나만 뽑아 보더라도,

눈물나게 눈부신 백금빛 구름이
멎고 안 가는 날이 많은 거리는
행결 오전이 찔러지고
사람들은 서글펴
발자죽마다 설은 목금 소리가 울리었다

—「추양」

허심한 상태에서 인생을 관조하고 있다. 도사리고 앉은 이 정신의 슬픈 광경은 현대인이라고 해도 빠지기 쉬운 우리의 전통의 모습이다. 이것은 깊게는 슬픔으로 하여 자비에까지 가는 것이겠으나, 이것이 정신의 세계에 들어와서는 고려의 가요가 되고, 이조의 민요와 시조가 되었던 것이다.

씨가 이러한 적멸의 서정에 주저앉게 된 것은 곧 씨의 의지의 일시 좌절을 말해주는 것이고, 또한 이것이 씨뿐만 아니라 한국 내지 동양인의 생리의 잠재적 심부였던 것이다.

앞에서 말한 씨의 저항하는 의지는 실은 이런 동양인에 대한 것이었던 것이다.

b. 하나의 숙제

의지로서 정에 저항해온 서구적 정신의 소유자이던 씨는 그러나 씨의 한 바탕으로서의 동양적 주정의 서정시인을 끝끝내 죽이지는 못했다. 이것은 앞에서 비교적 자세히 말했다. 그런데 이 서구의 주의적 정신과 이 동양의 또한 한국의 전통으로서의 주정적 서정정신과의 결부 내지 조화는 한국 시인에게 주어진 유일 최대의 과제일 것이다.

씨는 동양인으로서는 인생을 관조하는 5행시와 같은 시를 쓰면서 또 한편 서구인으로서는 인생을 의지하는 『수상록』과 같은 아포리즘을 쓰고 있다. 씨에게는 지금 이것들을 정리하는 이념이 서야 한다. 어떻게 할 것인가?

서정주

고석규, 조영서 양 형! 여러 번 편지를 받고 했으나 요즈음 심경으로는 글을 쓰기가 퍽 곤란합니다. 변명이 아닙니다.

약속한 이래로 생각은 늘 하고 있습니다. 제목까지도 마음속에 정해놓고 있었습니다. 「서정적 인간」이 그것입니다. 이 제목으로 현대가 가질 수 있는 서정의 의미와 서정시인으로서의 서정주 씨의 도저한 해부를 해볼 생각이었습니다. 그러나 붓을 대기도 전에 지금의 심경으로선 그것이 불가능하다는 것을 깨닫게 되었습니다. 그렇다고 다른 방면으로 서정주 씨를 말해보고 싶은 흥은 또 일어나질 않았습니다. 쓰겠다고 약속은 해놓고 미안합니다.

그동안 내 머릿속을 왕래한 몇 개의 생각을 적어보면 다음과 같습니다.

현대인은 소박한 생활신앙을 상실하고 있다. 그것을 가장 심각하게 시로 표현한 현대인이 한국에 있었다면 『화사집』의 시인 서정주가 아닌가.

생활신앙의 상실은 그것을 다시 찾아야겠다는 초조감으로 하여 현대인을, 특히 서정주 씨와 같은 현대의 심연을 들여다본 시인을 불안케 한다. 『화사집』에서 지독한 니체적, 낭만주의적 데카당을 노래한 심정이 그것이다.

실러가 그의 「소박문학과 감상문학」에서 말한 의미에 있어서의 감상의 현대적 한 숙명을 적어도 감각할 수 있었던 사람이 서정주 씨다. 휘페리온의 애절한 통곡은 그대로 『화사집』의 시인의 울음인 것이다.

끊임없는 생명에의 갈망. 낭만주의적 자연주의. 생활신앙의 상실에서 생명신앙의 회복으로—「석굴암 관세음의 노래」—생명에의 길은 서정시인 서정주 씨에 있어서는 그대로 신으로 가는 길이었다. 씨의 신은 무엇인가?

씨의 정신은 가장 현대적이면서 씨의 시 표현은 너무도 낭랑하고 당당하여 고전적이다. 씨의 시 표현이야말로 현대인으로서의 소박과 건강에의 끝없는 갈망을 여실히 말해주고 있다. 하나의 모범적인 역설. 하나의 커다란 아나크로니즘을 몸소 실천하지 못하는 시대인은 그것은 참으로 시대인이 아닐지도 모른다. 시인 서정주 씨는 누구보다도 현대를 체험한 사람이다.

적당한 때에 이상의 것들을 정리하여 나대로의 서정주론을 쓸 것입니다. 그것은 언제인지 내 자신 모르고 있습니다만……성의가 없었던 것은 아니지만 퍽 내 원고를 기다리고 있었는데도 이런 편지를 드리게 되어 미안합니다. 거듭 사과합니다. 종종 편지 주십시오. 《신작품》의 다른 동인들에게도 미안하게 되었습니다.

후기

『한국 현대시 형태론』이라고 하였는데, 1955년 8월호부터 익년 4월호까지 《문학예술》에 9회 연재한 「형태상으로 본 한국의 현대인」을 개제한 것이다.

잡지 인쇄시 교정자의 잘못도 있고, 내 자신의 착오도 있고 하여 늘 마음에 걸리던 것이 한두 군데가 아니었는데 이 기회에 약간 손을 보게 된 것을 기쁘게 생각한다.

이 방면의 연구가 옅은 나로서 이런 책을 내게 되는 것을 두렵게 생각하는 한편 이것이 혹 이 방면에의 관심거리라도 될 수가 있다면 하는 생각도 없지 않다.

부록으로 첨가한 「시인론을 위한 각서」는 《문예》, 《현대문학》, 《사상계》, 《신작품》(동인지) 등에 발표한 일이 있는 것들이다. 「한국 현대시의 시정신」이란 가제 아래 내가 생각하고 있던 몇 시인 중에서 우선 소묘해본 시론인데, 이것 역시 발표된 그대로가 아니고, 문장에 있어 어색한 부분은 다소 줄였다. 만약 「한국 현대시의 시정신」이 그대로 정리가 된다면, 형태론과 아울러 나대로의 「한국현대시론」이 될 것으로 생각한다.

시론—작시법을 겸한

1961년, 문장사 발행

| 차 례 |

머리말

옛부터 많은 사람들이 시를 어떻게 읽을 것인가(시의 감상)? 그리고 시를 어떻게 지을 것인가(시의 작법)? 하는 데 대하여 얘기하여왔다. 그 많은 사람들의 말에는 제각기 일리가 있었다. 그러나 그것은 어디까지나 그런 것들을 말한 그 사람들이 살고 있었던 시대에 있어 일리가 있었다는 것이지, 지금에 있어서는 그러한 일리가 그대로는 통할 수 없게 된 것도 있는 것이다. 시는 많이 발전하여 옛날과는 모습이 많이 달라졌기 때문이다. 나는 시를 의복에 비교하여 생각해보는 것이다. 천 년 전 신라 시대의 사람들이 입었던 의복이 설령 지금 보아 아직도 아름답다고 하더라도 그것을 그대로 입을 수는 없는 노릇이다. 그 아름다운 점을 지금에 맞도록(입고 거리에 나가서 어색하지 않을 뿐 아니라, 주위의 건물들과 도로와 자동차나 전차들과도 잘 어울릴 뿐만 아니라, 활동에도 지장이 없도록) 다시 고안을 해야만 실지에 있어 그 아름다움이 아름다움으로 사는 것이다. 이렇게 의복에 때에 따른 유행fashion이 있듯이 시에도 그것이 있는 것이다. 만약 시가 한 상태에서만 머물러 더 이상 변화하지 않는다면, 꼭 같은 모양과 빛깔의 의복을 언제까지나 입어야 하는 것과 한가지로 우리는 따분해질 것이다. 많은 사람들은 그러한 따분한 시를 지어볼 흥미조차 잃을는지도 알 수 없는 일이고, 언제까지나 똑같은 모양의 그러한 시를 또한 나중에는 읽기조차 권태로워 할는지도 알 수 없는 일이 아닌가?

시가 시대에 따라 달라진다고 하였지만, 달라질 만한 이유가 있어 달라져야지 무턱대고 달라져서는 곤란하다. 그런 것은 얼마 만큼 시일을 지내놓고 보면 곧 짐작되는 것이다. 무턱대고 달라진 시는 무턱대고 공기를 불어넣은 고무풍선과 같아서 다음 순간에는 제 물에 터져 흉한 꼴을 드러내게 마련이다. 이유가 있어 달라진 것은 반드시 뭔가를 역사에 남기는 것이다. 우리는 이미 50년의 이른바 신시의 역사를 가지고 있는 것이다. 이 50년 동안에 우리의 시가 어떻게 달라져갔는가 하는 것을 더듬어가면서 시를 어떻게 읽을 것인가? 또는 시를 어떻게 지을 것인가를 나는 지금의 내 처지에서 나대로 얘기해볼 작정이다. 그런데 시는 흘러 움직이는 물처럼 흘러 움직이는 것이기는 하지만, 물은 물이라야 할 것인 것과 시는 시라야 할 것이기 때문에 부단히 유동하고 있는 현상을 통하여 시와 시 아닌 것을 식별하는 데에도 나대로의 주의를 다할 작정이다.

1961년 5월 16일

김춘수 씀

1. 형태

(1) 시는 형태만이 아니다

시는 어떤 시든 간에 형태를 가지고 있다. 그렇다고 형태가 바로 시가 되는 것은 아니다. 시가 정형으로 씌어졌을 적에는 형태가 바로 시라고 생각되었을 것이다. 시조의 경우가 그렇다고 하겠으나, 엄격히 따진다면 시조라는 형태 속에 담긴 것이 모두 시라고는 할 수 없을 것이다. 형태에만 너무 의존하면 시가 되는 다른 조건들이 죽기 마련이기 때문이다. 1909년 육당 최남선 씨는 잡지 《소년》에 다음과 같은 신체시를 내고 있는데, 지금 읽어보아도 좋은 시가 아님은 물론 이런 것을 시라고 할 수 있을까도 의심스럽다.

우리는 아모것도 가진 것 없오,
칼이나 육혈포나――
그러나 무서움 없네.
철장 같은 형세라도
우리는 웃지 못하네.
우리는 옳은 것 짐을 지고
큰 길을 걸어가난 자-ㄹ세.

우리는 아모것도 가진 것 없오,
칠수七首나 화약이나――
그러나 두려움 없네.

면류관의 힘이라도
우리는 웃지 못하네.
우리는 옳은 것 廣耳 삼아
큰 길을 다사리는 자-ㄹ세.

우리는 아모것도 든 물건 없오,
돌이나 몽둥이나——
그러나 겁 아니 나네.
세사 같은 제물로도
우리는 웃지 못하네.
우리는 옳은 것 칼해 잡고
큰길을 지켜보는 자-ㄹ세.

이 시는 그 형태에 있어 가곡의 가사와 비슷하다. 각 연이 7행씩의 구분을 하고 있고, 각 연의 각 행을 그 순서대로 비교해볼 적에 그 음수가 서로 맞춰져 있다는 것을 알 수 있다. 이것은 작가가 의식적으로 그렇게 한 것이다. 이러한 형태 자체가 우선 대단히 부자연스럽다. 지금에 있어 우리는 그 부자연함을 느낄 수 있지만, 그 당시의 사람들에게는 시조나 가사에 비하여 신선한 느낌을 주었을 것이다. 역사의 과도기에 있어 흔히 볼 수 있는 현상이다. 여기서 우리는 다음과 같은 사실을 알게 되는 것이다. 형태가 새로워진다고 반드시 질적으로 우수해지는 것은 아니다. 신체시는 시조보다는 새로운 형태이긴 하지만 그 질에 있어서는 시조가 형태로서 월등히 우수하다. 그러나 아무리 시조가 형태로서 우수하다 하더라도 한 시대는 그 시대의 요청이 있어 앞 시대의 형태에 싫증을 느껴 변화를 찾는 것이다. 이렇게 하여 차차 시의 형태도 발전하고 달라져가는 것이다. 이러한 역사적 과정이 시에 있어서도 꼭 필요한 것이다.

이 시의 형태의 구성면의 어색함을 지적해보겠다. 이 시는 3연으로 연이 구분되었는데, 꼭 3연으로 구분하여 시를 구성해야 할 아무런 이유도 발견 안 되는 것이다. 연stanza은 이탈리아말로 방房을 의미한다고 한다. 방이란 아다시피 제각기 독립한 자리를 차지하고 있되, 서로 서로 유기적 관련을 가지고 집을 이룬다. 시에 있어서도 연은 집에 있어서의 방과 같은 구실을 하는 것이다. 그런데 이 시에서는 연이 제각기 독립되어 있질 못하고, 방 위에 방이 포개지고, 그 위에 또 방이 포개져 똑같은 방만으로 3층을 이룬 것과 같은 이상한 집을 이루고 있는 느낌이다. 각 연은 조금씩 어휘만 바꿔놓았다는 것뿐이지, 똑같은 내용을 세 번이나 되풀이하고 있는 데 지나지 않는다. 이런 모양으로 구성된 시는 별다른 감명을 독자에게 줄 수는 없을 것이다. 한 말을 또 하고 또 하고 하는 사람에게서 싫증을 느끼는 것과 같은 느낌을 가질 것이다. 이런 모양으로 연을 구분해간다고 하면 3연이 아니고, 30연도 가능할 것이다. 그러나 그것이 얼마나 무의미한가는 이미 말한 바와 같다. 이런 모양의 신체시라고 하는 형태가 시를 파괴하기 쉬운 형태라는 것도 짐작될 것이 아닌가?

(2) 시가 형태를 만든다

형태가 먼저 있어 가지고 시가 되는 것은 정형시 외는 없다. 시가 되는 여러 가지 조건이 모여서 마지막에 형태를 이루는 것이다. 요즘의 자유시는 모두 그렇다. 언어, 소재, 주제 등이 먼저 있어 가지고 서서히 서서히 형태가 이루어지면서 한 편의 작품이 탄생하는 것이다. 실지가 그렇기도 하지만 심리적으로도 그래야 할 것이다. 형태를 먼저 염두에 두고 시를 만들어간다면 아까의 육당 최남선 씨의 경우처럼 형태를 위한 시가 되어, 시 그 자체를 죽이기 쉽다. 일반적으로 정형으로 시를 쓰면 그렇게 되기 쉽다.

형태를 먼저 생각할 것이 아니라, 소재와 주제와 그에 따른 언어와 시에 관한 교양과 이런 것들이 서로 합의하여 어떠한 형태를 선택하게 되면, 그 형태는 비교적 자연스럽고 효과적일 것이다. 우리는 소월 김정식 씨의 시에서 그것을 볼 수 있는 것이 아닌가 한다.

먼 훗날 당신이 찾으시면
그 때에 내 말이 「잊었노라」

당신이 속으로 나무라면
「무척 그리다가 잊었노라」

그래도 당신이 나무라면
「믿기지 않아서 잊었노라」

오늘도 어제도 아니 잊고
먼 훗날 그 때에 「잊었노라」

각 연이 2행씩의 행으로 구분되었고, 각 행은 3 · 3 · 4의 음수율을 가진 정형시다. 그러나 시조와 같은 정형시보다는 그 구성에 있어 훨씬 자유롭게 되어 있다. 아까 말한 바와 같이 이 시는 김씨의 시에 관한 교양이나 소재나 주제나 언어가 형태와 잘 어울리어 빈틈이 없다. 음수율이나 2행씩의 행 구분이 응분의 분위기를 자아내고 있다. 다음과 같은 것에서는 그것을 더 잘 느낄 수 있을 것이다.

그립다
말을 할까
하니 그리워

그냥 갈까
그래도
다시 더 한 번……

저 산에도 까마귀, 들에 까마귀,
서산에는 해 진다고
지저귑니다.

—「가는 길」

7 · 5의 음수율인데 이것을 제1연에서는 3 · 4 · 5의 3행으로 구분하고, 제2연에서는 4 · 3 · 5로 역시 3행으로 구분하고, 제3연에서는 제1행이 4 · 3 · 5로 역시 3행으로 구분하고, 제3연에서는 제1행이 4 · 3 · 5고, 다음은 4 · 4 · 5로 제2행 제3행을 구분하고 있다. 그 심정이 훨씬 절실하게 울려오는 것이다. 일종의 정형시이긴 한데 그 7 · 5의 음수를 적절히 행 구분하여 미묘한 분위기를 자아내고 있는 점, 자유시의 호흡을 잘 섭취하고 있다고 할 것이다. 김씨가 자기대로 생각하고 있었던 시 그것이 이러한 형태를 만들어간 것이다. 형태가 먼저 있어 가지고 그에 맞추어 된 시가 아님을 알 수 있지 않은가?

이상 씨의 시를 어렵다고들 한다. 사실 그렇다. 문장의 리듬을 의식적으로 죽이고 그 대신에 언어의 새로운 의미나 또는 이미지에 중점을 두고 시를 쓰고 있기 때문에, 문장의 리듬에 중점을 두고 언어 자체는 평범한 것을 쓰고, 이미지에도 특별한 관심이 없었던 시들을 주로 보아온 사람들에게는 더욱 어렵게 보였을 것이다. 그러나 이씨는 문장의 리듬을 억지로 죽임으로써 오히려 언어의 다른 일면과 이미지를 효과적으로 나타낼 수 있다고 생각했기 때문에, 말하자면 그러한 곳에 오히려 더 시를 느꼈기 때문에 소위 줄글로 된 행 구분 없는 산문시를 쓰게 된 것이다. 산문시라는 형태는 이씨에게 있어 불가피의 형태였다고 할 것이다. 다음과 같은 것을 보면 그것이 짐작되지 않을까 한다.

> 캄캄한공기를마시면폐에해롭다. 폐벽에그을음이앉는다. 밤새도록나는몸살을앓는다. 밤은 참많기도하더라. 실어내가기도하고실어들여오기도하다가잊어버리고새벽이된다.
>
> —「아침」의 일부

(3) 인식이 부족한 자유시는 형태를 파괴하는 수가 있다

자유시는 문장이 산문이고 구성이 자유롭다. 그러나 자유시의 산문은 그것이 시인 이상 형식상 운문이 아니라는 것뿐이지, 보통의 산문과 다르다(여기 대하여는 나중에 언어를 얘기할 적에 자세히 언급될 것이다). 그리고 구성에 있어서도 그것이 자유롭다는 것뿐이지, 아무렇게나 해도 된다는 것은 아니다. 자유는 방종과는 다르다. 자유에는 그의 앞에 저항물이 있다. 시에 있어서는 언어가 저항물이다. 새도 나는 데 있어서는 공기의 저항을 필요로 하는 것이다. 자유시가 시로써 행세하려면 언어의 저항이 필요한 것이다. 다만 언어의 저항을 어떻게 처리할 것인가 하는 문제는 시인 각자의 개성에 달렸다는 것뿐이다. 언어의 저항을 통하여 시를 만들어가는 데 있어 형태는 또한 그가 언어의 저항을 어떻게 처리하느냐 하는 기교와 방법에 따라 각양으로 이루어지는 것이다. 이만 정도의 자각도 없을 적에 형태는 필연성을 잃고 부자연해지면서 형태이자 동시에 형태가 아닌 모순을 드러내는 것이다. 한국에서는 1920년대의 자유시 초기에 있어 그런 현상을 많이 볼 수가 있지만 지금이라고 아주 가시어진 것도 아니다. 춘성 노자영 씨의 다음의 시를 보면 알 것이다.

장미가 곱다고
꺾어 보니까
꽃포기마다
가시입되다.

사랑이 좋다고
따라가 보니까
그 사랑 속에는
눈물이 있어요……

그러나 사람은
모든 사람은
가시의 장미를 꺾지 못해서
그 눈물 사랑을 얻지 못해서
설다고 설다고 부르는구려.

자유시의 구성에 있어서는 행 구분이 대단히 중요하다. 행은 원래가 음율metre과의 관계에서 생긴 것이다. 우리말로 된 시의 경우에는 3 · 4조라든가 4 · 4조라든가 하는 음수율과 밀접한 관계를 가지고 있었다. 이를테면 시조를 예로 말해본다면,

초장, 3 4 3(4) 4
중장, 3 4 3(4) 4
종장, 3 5(11까지) 4 3

이렇게 된 것이 보통인데, 이때의 초장의 3 · 4, 3 · 4라는 것은 음보의 한 단위인 것이다. 영시 같은 경우에는 악센트 실라블accent syllable과 언악센트 실라블unaccent syllable이 합해져서 한 음보foot를 이루는데, 우리말은 말의 성격상 음수가 음보를 이루는 것이다.

영시에는 음보가 몇 개 합해지면 행line을 이루는데, 이것을 버스verse라고 한다. 이때 이 버스이자 행은 운율을 나타내고 있는 것은 물론이거니와 의미의 한 단위나 구분이기도 한 것이다. 시조의 경우에는 3 · 4라는 음보가 두 개 합해져서 한 행을 이루고 있는데, 이것은 시조가 나타내고 있는 운율의 모습인 동시에 그것은 또한 시조에 의한 구성에 있어서의 한 단락이기도 하다. 이 입장으로 본다면 시조의 한 장은 연에 해당된다고 할 것이다. 하여간에 정형시에 있어서는 행은 이러한 구실을 맡고 있는데, 자유시라고 이러한 구실이 가지는 근본정신에서 벗어나 있는 것은 아니다. 자유시에 있어서의 행은 정형시에서와 같이 문장의 리듬과 의미의 깊은 관계를 가지고 있다. 자유시에서는 또 하나 이미지의 교체와 관계가 적다고는 할 수 없다. 한국에서도 특히 최근의 시에서 그것을 더 많이 볼 수 있는 것이다. 그럼 노씨의 아까 인용한 시를 보기로 하겠다.

리듬이나 의미를 전연 염두에 아니 둔 것이 아닐 뿐 아니라, 상당히 그것들을 염두에 두고 있는 것 같다. 우선 제1연을 보더라도 '장미가 곱다고' 에서 끊고 '꺾어 보니까' 로 행을 따로 내고 있는데, 호흡(리듬이라고 할 수 있는)의 속도가 급해지고 의미가 부질러져 의미의 구분을 세밀히 보이고 싶은 심정이 짐작된다. 다음 '꽃포기마다' 에서 끊고 '가시입되다' 로 행을 따로 내고 있는데, 역시 앞의 두 행에서와 같은 것들을 느끼게 된다. 이렇게까지 의미와 리듬을 기계적으로 세분해놓으면 오히려 부자연해져 어색한 기교가 기교로서만 눈에 뜨이게 된다. 그리고 의미에 음영과 함축이 전연 보이지 않는 언어들이고 정감도 미묘하여 여운을 남기는 그런 것이 아니고, 따라서 문장도 형식논리를 그대로 취하고 있는데 지나지 않기 때문에 그 행 구분의 기계적인 부자연성이 시의 미를 많이 어색한 것으로 하고 있다. (연의 전개도 형식논리의 줄에 따라 기계적이다. 이러니까 이렇고, 그러니까 그럴 수밖에는 없다 하는 식으로 연이 전개되어 있다.) 시인으로서의 노씨의 자질에도 많이 관계가 있겠지만, 자유시의 참다운 기능과 아름다움을 아직 자각하지 못하고 있었다고 할 것이다. 그러나 요즘의 시에서도 더 어색한 행 구분을 볼 수가 있다. 되는 대로 행을 끊어 무엇 때문에 그렇게 아니하면 안 되었는지 막연해지는 때가 있다. 자유시란 행을 짤막하게 끊어놓으면 되는 것이니라 하는 정도의 막연한 생각에서 된 것이 아닌가 싶은 시들이 이따금 눈에 뜨이는 것이다. 이런 것도 물론 자유시라고 하면 할 수 있을는지는 모르나, 말의 옳은 의미에서 따진다면 이런 것들은 자유시도 아니고 정형시도 아니고 따라서 시도 아닐 것이다. 비교적 자유시로서의 구성을 잘 이해하고 있고 특히 자유시에 있어서의 행의 기능을 잘 이해하고 만들어진 것이라고 보여지는 시를 한 편 들어볼까 한다. 박목월 씨의 것이다.

눈이
오는데
옛날의 나즉한 종이 우는데

아아

여기는
명동
성니코라이사원 가까이

하얀
돌층계에 앉아서
추억의 조용한 그네 위에 앉아서

눈이 오는데
눈 속에
돌층계가 잠드는데

—「폐원」 일부

'눈이' 에서 끊고 '오는데' 로 행을 따로 내고 있는데 눈이 펑펑 쏟아지고 있는가?(혹은 있었던가? 이 시는 과거를 추억하는 것인데, 그 정경이 현재의 그것과 엇갈리면서 전개된다. 그러니까, 지금 오고 있는 눈은 과거에 오던 눈과 서로 포개지는 것이다. 영화의 오버랩과 같다고 생각하면 된다.) 또는 눈보라가 휘몰아치고 있는가?(또는 있었던가?) 하는 데 대하여 한숨에 말해버릴 수 없는 망설이는 심정이 잘 나와 있다. '눈이' 란 말은 그만한 심정의 함축을 지녔다는 말이다.—그러나 눈은 펑펑 쏟아지고 있는 것도 아니고(또는 있었던 것도 아니고), '눈이' 조용조용히 지금 오고 있는 것과 같이 그때에도 오고 있었다는 정경을 행을 짧게 부질러놓음으로 잘 보여주고 있다. '오는데'를 '눈이'에서 끊지 않고 달아서 한 행으로 하였다면 '오는데'의 의미나 이미지나 많이 약해졌을 것이다. 여태까지 말해온 바와 같이 '오는데'를 강조하여야만 정경이 한층 살아나는 것이다. 행으로 끊는 까닭이 여기에 있다. 만약 이것이 회화의 경우라면, '눈이'에서 말을 쉬고 얼굴 표정을 통하여 과거를 더듬는 듯 망설이는 기분을 상대편에 알리고, 다음 좀 소리를 세게 내든지 어쩌든지 하여 '오는데'란 말을 절실하게 감동적으로 전달시키려고 할 것임에 틀림없을 것이다. 그러나 '눈이'와 '오는데'의 두 행의 미묘한 정경에 비한다면 다음 행인 '옛날의 나즉한 종이 우는데'는 그대로(절로) 잇달아나와야 할 한 토막의 정경이다. 이미지로서도 한 토막으로 충분하다. 여기서 연이 끊어지면서 '아아'라는 감탄사가 그것만으로 한 연을 차지한다. 자유시에서는 이런 경우가 얼마든지 있을 수 있는 것인데, 실상 이 감탄사는 많은 의미와 이미지를 속에 지니고 있는 몇 개의 월의 구실을 하고 있는 것이다. 우리가 어떤 절박한 입장에 서게 되면 긴 얘기가 입에서 나오지 않고, 단 하나의 낱말, 더 나아가서는 단 한 번 소리내는 감탄사로써 제 심정을 나타내는 수가 있다. 앞뒤의 사정이 그렇게 함으로써 오히려 더 절실하게 제 심정을 전달하게도 되는 것이다. 이러한 사정을 옆에서 보고 있는 사람에게는 낱말 하나, 감탄사 하나가 많은 양의 의미를 지닌 채 울려오는 것이다. 이 시의 경우에는 과거와 현재를 분간하기 어려운 미묘한 심정에 한때 놓였다가 꿈 속에서 풀려나온 사람처럼 현실로 돌아서려는 순간의 심정이기에 긴 말을 늘어놓을 수도 없거니와 '아아'라는 감탄사의 한 마디로 절박한 심정을 잘 보여주고 있다. 앞뒤에 배치된 연들을 통하여 독자인 우리에게는 짐작되는 것이다. 그러니까 다음 연에서는 현실에 차츰 돌아가는 심정이 여실히 나타나 있구나 하는 것도 충분히 짐작되는 것이다. '여기는' 하면서 깜짝 놀라며 눈을 비비고 보니까 '명동'이다. 명동의 어디쯤인고? '성니코라이사원 가까이'다. 이렇게 필름의 한 시인 한 시인이 돌아가듯이 선명하게 작자의 심정이 파악되는 것이다. 한 연을 사이에 두고 다시 '눈이 오는데'라고 하고 있다. 여기서는 행을 둘로 내지 않았다. 이미 그럴 필요가 없어진 것이다. 작자의 심정도 그렇거니와 독자들도 다 알고 있는 사실인데 새삼 아까와 같은 짓을 되풀이할 필요가 있겠는가? 만약 여기서 또 다시 행을 두 개로 부질러놓았다면 너무 기계적이 되어 우리는 싱거워질 것이다. 이런 데까지 세심한 주의를 다하고 있다. 빈틈이 없다.

자유시에 있어서 그 형태의 특색은 행이 주로 보여주고 있다는 것을 알리기 위한 박씨의 시를 예로 든 것이다. 이런 데 대한 인식이 부족하거나 착오가 있을 때는 자유시라는 형태는 시의 형태를 파괴하여 시를 죽이는 것이다. 영국의 시인 T. S. 엘리엇이 "글자 그대로의 자유로운 시란 아무데도 없다. 시는 제약이 있어 비로소 시가 되는 것이다"라는 의미의 말을 하였는데 귀담아둘 만한 일이다.

2. 언어

(1) 언어는 문화적 기능이다

미국의 유명한 언어학자 에드워드 사피어Edward Sapir는 『언어Language』라는 저서에서 "언어는 생물학적으로 유전된 기능이 아니고, 문화적 기능이다"라고 하고 있다. 예를 들어 말하면, 어린애를 낳자마자 서울에서 뉴욕으로 이사를 갔다고 하자. 그때 이 어린애가 장성함에 따라 걸음걸이(보행)에는 서울에서와 마찬가지로 별다른 이상이 없을 것이나, 말은 서울에 있었다고 하면 한국어를 쓸 것인데 거기서는 전연 딴 말(영어)을 쓸 것이라는 것이다. 이리하여 사피어는 걸음걸이는 생리적 개인적인 기능이라고도 말하고, 언어활동은 사회적 관계적 기능이라고도 말하고 있는 것이다. 말하자면 걸음걸이는 세계 어디를 가나 인간인 이상 마찬가지겠으나, 언어는 각 민족의 여러 가지 생활양식과 함께 오랜 사회적인 습관으로 말미암아 제각기 다른 성격을 지니게 된 것이라는 것이다. 시가 언어를 떠나서는 있을 수 없다는 것을 생각할 적에 자기가 사용하고 있는 언어의 성격을 잘 파악해두어야 할 것임은 두말할 나위도 없다.

아시다시피 영시에서는 소리의 강약의 한 단위를 음보라고 하고, 이 음보가 몇 개 합쳐져서 행 또는 버스를 이루는데, 한국의 시는 음수 중심으로 운율이 이루어지는 것은 언어의 성격이 서로 다르기 때문이다.

살으리 살으리 랏다

청산에 살으리 랏다
머루랑 다래랑 먹고
청산에 살으리 랏다

이 「청산별곡」은 3 · 3 · 2의 한 음보가 그대로 한 행을 이루고 있다. 이 경우에는 더 이상 늘어뜨리면 리듬도 맥이 풀어질 뿐 아니라, 의미의 단위를 알리는 데에도 이만 정도 (3 · 3 · 2 한 행)가 알맞기 때문에 그렇게 한 것이다.

성불사 깊은 밤에 그윽한 풍경 소리
주승은 잠이 들고 객이 홀로 듣는구나
저 손아 마저 잠들어 혼자 울게 하여라.

이은상 씨의 이 시조의 첫 장은 3 · 4, 3 · 4로 두 개의 음보가 하나의 행을 이루고 있는데, 시조는 반드시 이런 행 구분을 해야 한다는 것은 아닐 것이다. 같은 이은상 씨의 시조 중에도 3 · 4 한 음보로 행을 구분한 것도 있는 것이다.

대신라 산 아이가
님이 되어 계시도다

이 얼굴 이 맵시요
이 정신에 이 솜씨를

누구서 숨 있는 저를
돌부처라 하느뇨.

한 음보로 끊는 것이 리듬이나 의미로 봐서 좋겠다고 여겨질 적에 이렇게 할 수가 있을 것이다. 그리고 시조의 각 장은 한 연으로 볼 수도 있지 않을까 생각되기 때문에 이런 모양의 장 배치도 재미가 있다. 그러나 영어로서는 이런 모양의 행 구분과 연 구분을 하여 운율을 제대로 살리면서 정형시로서의 기능을 잘 발휘할 수 있을까 어떨까가 의문이다.

아시다시피 우리 언어는 교착어이기 때문에 말 꼬리에 의미없는 접미어가 붙어야만 말로서의 구실을 다하게 된다. 체언에 조사가 붙어야 하고, 용언의 어간에 어미가 붙어야 한다. 그런데 우리 언어는 또한 체언에 조사가 붙고, 용언의 어간에 어미가 붙으면 대개 3음 아니면 4음이 된다. 적어도 3음 아니면 4음이 되는 수가 제일 잦다고 할 수 있다. 그러니까 한국시의 음수율은 3 · 4 아니면 4 · 4가 되는 것이 제일 자연스럽다 할 것이다. 반드시 운문을 쓸 생각을 않더라도 리듬을 염두에 두고 시를 쓰면 3 · 4, 4 · 4에 가까워지는 것을 알 수 있다. 이러한 음수가 리듬을 어떤 모양으로 만들 것인가, 그 리듬이 또한 시에 얼마만큼 영향을 미칠 것인가 하는 점 잘 생각해봐야 할 일이다.

(2) 언어 기능의 두 가지 면

사피어는 아까 든 그 저서에서 "언어란 임의로 만들어진 기호의 체계에 의하여 관념, 정서 또는 욕망을 전달하기 위한 순전히 인간적이고 또 비본능적인 방법이다"라고 말하고 있다. 그런데 '관념', '정서', '욕망' 등등을 언어로써 전달하는 데에는 두 가지 방법이 있다. 비평가이자 언어학자인 I. A. 리처즈I. A. Richards는 기술(記述, statement)과 의기술(擬記述, pseudo speech)이라고 하고, 언어학에서는 현세어(顯勢語, kinetic speech)와 잠세어(潛勢語, potential speech)라고 하고, 의미론에서는 표시(表示, denotation)와 함축(含蓄, connotation)이라고 한다. 모두 비슷한 내용을 가진 말들이다. 이 중 얘기하기에 편리한 '현세어'와 '잠세어'를 들어 말을 하겠다.

'현세어'니 '잠세어'니 하는 말은 원래 물리학에서 사용된 '현세력'과 '잠세력'에서 빌려온 말이라고 한다. 이를테면 꽃불을 하늘로 터뜨렸을 때 그것이 하늘의 어느 지점에서 폭발한다면 그 폭발로 말미암아 꽃불이 터져 밖에 나타난 힘은 '현세력'일 것이고, 아직 폭발하기 이전의, 하늘의 어느 지점까지 도달하기까지의 숨어 있으나 장차 폭발할 적에 그 힘이 충분히 밖에 나타날 수 있는 가능성을 지닌 힘은 '잠세력'일 것이다. 언어에도 이런 것이 있다. '냉전冷戰'이란 말이 처음 나타났을 때는 아직 그 내용이 충분히 일반화되질 못했던 것이다. 이 말이 너무나 참신하여 일반인들의 언어 습속에는 없었던 말이었기 때문이다. 그러나 지금 이 말은 누구나 알 수 있는 말로 일반화된 것을 보면, 그 당시에 벌써 충분히 일반화될 수 있는 힘을 자기 속에 지니고 있었다고 할 것이다. 그만큼 이 말은 함축이 있는 말이었는데, 그 당시는 많은 사람들이 그것을 모르고 있었다는 것뿐이다. 시는 이러한 말들을 많이 발견하여 언어에 새로운 내용을 불어넣어야 할 것이다. 다르게 말하면 우리의 '관념', '정서', '욕망' 등등을 전달하는 데 있어 보다 함축성이 있고, 보다 음영이 짙어야 할 것이다. 왜냐하면 시는 단순한 '관념', '정서', '욕망'의 전달이 아니라, 절실한 '관념', '정서', '욕망'의 전달이 되어야 하겠기 때문이다. 몇 해 전에 어느 외국 신문에서 다음과 같은 글을 본 일이 있었다.

다섯 살쯤 난 소녀와 그녀의 오빠인 여덟 살쯤 난 소년이 둘이

서 뜰을 거닐다가 소녀가 제 오빠더러 외치는 것이다. "아, 꽃이 웃고 있네!" 이때 소년은 제 누이에게 타이르는 것이다. "꽃은 웃는다고 하지 않고 피었다고 하는 거야."

이럴 때 소녀의 말을 우리는 시적이라고 할 수 있다면, 소년의 말은 산문적이라고 할 수 있을 것이다. 소녀의 말에서는 신선하고도 많은 그 무엇이 함축되어 있는 것을 느끼지만, 소년의 말에서는 단지 어떤 것을 설명하고 있다는 것을 알 수 있을 따름이다. 한 사물을 두고 말을 하는데 이와 같이 두 가지의 전달 방법이 있다. 한쪽은 미묘하게 실감을 구체적으로 느낄 수 있도록 전달하고 있는데 다른 한쪽은 그냥 이렇다 저렇다로 개념적으로 의미만을 전달하고 있는 데 그치고 있다. 다섯 살의 어린 소녀가 의식하지 않고 시적인 표현을 하였다고 하면 시인은 의식적으로 이런 표현을 해야 한다. 지성이란 것은 언어의 이러한 시적 기능을 잘 식별하여 언어로써 새로운 세계를 만들어가는 것을 뜻하는 것이지, 까다로운 개념을 캐고 그것을 논리적으로 전달하는 것을 뜻하는 것은 아니다. 그런 것은 시를 두고 말하는 지성과는 아무런 관련도 없다. 소위 사상시니 철학시니 하는 것도 있지만, 사상이나, 철학이 사상이나 철학으로서만 전달되어 오는 데 그친다면 그것은 시가 아니다.

우리는 '관념', '정서', '욕망' 등등을 함축성 있게 음영이 짙게 미묘하게 실감을 갖도록 전달하는 데 있어서는 언어의 여러 속성을 다 동원해야 할 필요를 절실히 느끼는 것이다.

(3) 비유란 비유가 다 시가 될 수는 없다

비유에는 아시다시피 직유와 암유가 있다. 직유를 명유明喩라고도 하고, 암유를 음유라고도 한다. 먼저 직유부터 보기로 한다.

직유similar는 '처럼', '마냥', '와(과)', '같이(은)', '보다', '망정' 등등의 보조형용이 중간에 끼여 뭣을 뭣에 비교하여 말하고 있는가를 밝게 알 수 있도록 되어 있다. 그런데 이러한 직유에도 두 가지가 있다. 그 하나를 단일직유라고 한다. 단일직유는 낱말과 낱말이 서로 비교되어 있는 것을 말한다.

아 강낭콩보다도 더 푸른
그 물결 위에
양귀비꽃보다도 더 붉은
그 마음 흘러라

수주 변영로 씨의 「논개」라고 하는 이 시에서 '물결'이라는 한 낱말을 '보다도'라는 보조형용을 매개로 하여 '강낭콩꽃'이라는 한 낱말에 비교하고 있는 것을 본다('마음'을 '양귀비꽃'에 비교하고도 있다). 단일직유인 것이다. 그런데 이 경우 읽어보아 알 수 있다시피 단순히 '물결'의 뜻을 강조하기 위하여 '강낭콩꽃'을 말하고 있는 데 지나지 않는다. 다시 말하면 '강낭콩꽃'은 '물결'을 수식하고 있는 데 지나지 않는다. 이런 것을 시적 비유라고 할 수는 없다. 산문에서도 얼마든지 볼 수 있는 현상에 지나지 않는다.

해와 하늘빛이
문둥이는 서러워

보리밭에 달 뜨면
애기 하나 먹고

꽃처럼 붉은 울음을 밤새 울었다.

서정주 씨의 이 시에서 보듯 '울음'을 '꽃'에 비교하고 있는 단일직유는 시적 비유가 되어 있다. 단순한 울음이 아니라 열정적인 격렬한 울음인데, 그러한 심정을 '꽃처럼 붉은'이라고 비유함으로써 그 심정이 한층 생생하게 호소되어온다. 이런 경우 주의할 점은 비유의 부분만 볼 것이 아니라, 시 전편의 분위기를 통하여 비유를 봐야 될 것이다. 「문둥이」라는 제목의 이 시는 시 전편의 분위기로 봐서 비유가 시적으로 살아 있음이 짐작되는 것이다. 이렇게 같은 단일직유를 써도 시인에 따라 시가 되고 시가 덜 되고 하는 것이다. 언어는 그러니까 순전히 그것을 사용하는 시인의 손에 따라 이렇게도 되고 저렇게도 되는 것임을 알 수 있다. 어떤 낱말이 월과 비교된다든가, 어떤 월이 다른 어떤 월과 비교되는 경우 중간에 보조형용이 끼이면 확충직유라는 것이 된다.

옥안을 상대하니 여운간지명월이요,

「춘향전」에 나오는 이 대목은 '옥안'을 '운간지명월'에 비교하고 있는 확충직유다. 여기서도 아까의 단일직유 때와 마찬가지로 '옥안'의 뜻을 강조하기 위하여 수식의 역할밖에 못하고 있는 것이 '운간지명월'이란 월임을 알 수 있다.

어름우희 댓닙자리 보와 님과 나와 어러주글만뎡
정둔 오낤밤 더듸 새오시라 새오시라

고려가요인 「만전춘」의 이 대목은 '만뎡' 을 매개로 월과 월이 비교되어 있는 확충직유인데, 그 애타는 심정이 시로서 잘 살아 있다. 시적 비유로 성공하였다고 할 것이다.

비유가 시에서 많이 쓰인다는 것은, 시는 미묘한 세계를 미묘한 그대로 절실히 전달코자 하는 것이기 때문에, 비유를 통하여 상징적으로 전달하지 않고는 별로 전달할 방법이 없는 경우가 많기 때문이다. 그러니까 일상 때의 언어의 의미 그대로를 가지고는 안 된다. 언어가 이중 삼중의 의미를 가지고 미묘 복잡한 빛깔을 내야만 한다. 비유는 이렇게 하여 시가 되는 것이다.

암유metaphor는 직유와는 달라 보조형용이 전연 끼이지 않는다. 이렇게 되면 한층 상징성이 짙어진다.

눈에 봄을 담은 소녀여 뉴우케아여,

빰 부비며 열려 있는 꽃봉오리

앞의 것은 내 자신의 「우계」라는 시의 한 대목이고 뒤의 것은 서정주 씨의 「밀어」라는 시의 한 대목이다. '소녀' 란 말 위에 '눈에 봄을 담은' 이란 말을 얹어놓아 어떤 상태를 암시하고 상징하려고 한 것이다. 그 '어떤 상태' 란, 밝고 건강하고 아름다운 그런 상태인 것이다.

'꽃봉오리' 위에 '빰 부비며 열려 있는' 이란 말을 얹어놓고 역시 어떤 상태를 암시하고 상징하려는 것이다. 그것은 정답고도 황홀한 그런 상태인 것이다. 이때 '정답고도 황홀한 꽃봉오리' 라고 해서는 꽃봉오리들의 모습에 대한 설명은 되겠으나, 꽃봉오리들이 빚는 정서와 그 정서가 빚는 암시적이고도 상징적인 세계의 빛깔을 도저히 나타내질 못한다. 여기서 또 한 번 사피어의 말을 인용해보겠다.

"언어는 우리에게 있어서 사유이행의 방법에 그치는 것이 아니다. 그것은 우리의 정신이 걸치는 눈에 보이지 않는 옷인데, 그 표현이 이상한 의의를 가질 적에 그것을 문학이라고 부른다."

이 말 중의 '문학'을 '시'라고 보면 한층 이 말이 절실해질 것이고, '그 표현이 이상한 의의를 가질 적에'라고 한 부분에 해당하는 것 중의 하나가 '비유'라고 하면 될 것이다.

사족으로 암유에 대하여 한두어 마디 더 하면 원래 메타포 metaphor란 말은 메타meta와 프레인phrein이란 말들의 합성어라고 한다. 메타는 초월한다는 말이고, 프레인은 운반한다는 말이라고 한다. 즉 어떤 말과 다른 어떤 말이 합해져서 (그와 동시에) 본래 있었던 그들의 자리를 옮기면서(운반되면서) 본래 그들이 가졌던 의미를 떠나(초월하여) 새로운 의미의 세계를 만들어내는 것이다. 암유란 그러니까 새로운 세계의 창조다. 시poetry가 '창조'를 의미하고도 있다는 것과 연관시켜 생각할 적에 시에 있어서 암유의 중요성을 짐작케 될 것이다.

현대의 시인 중에는 그 무엇의 상징으로서 사용되어온 암유를 상징을 생각하지 않고 암유 그것을 그것으로서만 즐기려는 사람들이 있다. 이것을 일러 '암유의 소멸'이라고 한다. 순수하고 절대적인 입장으로는 이런 태도가 충분히 성립될 수 있는 것이다. 가령 우리가 가을 벽공에 열린 사과 알을 바라볼 적에 그 빛깔의 아름다움이 빛깔의 아름다움으로서만 우리의 눈에 비칠 때 그것은 이미 상징성을 잃고 있는 것이다. 누구의 볼의 아름다움과 관련을 시켜본다든가, 신의 섭리의 오묘함을 생각해본다든가 하는 것이 아니라, 사과 알의 빛깔을 빛깔 그 자체로 무조건으로 즐기고 황홀감을 맛본다면 거기에는 '메타포'는 이미 소멸되고 없는 것이다. 이러한 태도는 그러나 윤리적인 문제와 관련되기 때문에 그것을 얘기할 적에 얘기를 좀더 자세히 해볼 작정이다.

(4) 리듬에 지나치게 관심하면 '넌센스 · 포에트리'가 된다

언어의 일상적인 의미를 보다 미묘하게, 오히려 암시적으로 말함으로써 일상 때에는 맛볼 수 없었던 언어의 상징성을 느껴 보려는 의도에서 리듬(언어의 음악성)을 중요시하게 된 것이다. 19세기 말 프랑스의 상징파 시인들에 의하여 이런 태도가 한층 짙어졌다고 할 것이나, 그 이전에도 미국의 에드거 앨런 포와 같은 시인에게서 이런 태도는 볼 수 있었던 것이다. 그는 "인간 영혼이 시적 감상에 흥분될 때에 도달하고자 설레이는 위대한 목표에 가장 접근할 수 있는 것은 아마 음악 외는 없을 것이다"라고 말하였다. '음악'을 너무 중시한 나머지 그는 시에서 언어의 의미를 희생시키고도 리듬의 아름다움을 좇았다고 한다. 이렇게 되면 무의미한 시nonesence poetry가 되기 쉽다. 이탈리아의 미학자 크로세는 『예술의 기원The Origins of Art』라는 저서에서 "가장 정도가 낮은 문명에 놓인 서정시는 주로 음악적 성질을 가지고 있고, 시적 의미는 다만 제2차적으로 가짐에 지나지 않는다는 결론에 도달하지 않을 수 없다"라고 하고 있다.

하늘에는 별도 많다 어기야 친친 나아세

남도(경상도)에서는 요즘도 여럿이서 땅을 고를 때 누가 이렇게 선창을 하면 따라 합창을 한다. 그런데 '하늘에 별이 많다'는 것과 '땅을 고르는' 노동과는 아무런 관계도 없기 때문에 이 말은 넌센스인 것이다. 그러나 가락을 붙여 이런 무의미한 말을 간간이 부르면 일의 능률이 오르는 모양이고, 다소 피로도 덜어주는 모양이다. 말 자체는 무의미하지만 그만한 효험은 있다고 하겠다. 주문이 말 그것으론 뭐가 뭔지 알 수 없는데도 어떤 가락을 붙여 되풀이함으로 사람의 정신에 얼만큼이나마 영향을 미치는 것인데, 일종 리듬의 힘이라 하겠다. 프랑스 상징파 중의 한 사람인 베를렌과 같은 시인은 「작시」라는 시에서 시에는 음악(리듬)적 요소가 절대적임을 다음과 같이 말하고 있다.

무엇보다도 먼저 음악을, 그리고
아직 가락 고르지 않은 그것을 즐겨라,
다만 아련풋이 녹아내리듯
무겁게 덮누르는 것 없이

'다만 아련풋이' 란 말에서 우리는 이른바 상징파의 '몽롱설' 이란 것을 보는 것이다. 같은 프랑스 상징파의 한 사람인 말라르메는 "시는 설명하면 그 재미의 4분의 3은 죽는다. 시는 암시해야 한다"는 의미의 말을 한 일이 있었다. '암시' 는 리듬을 통한 몽롱한 분위기를 말하는 것이다. 시의 세계는 명확한 의식상의 세계가 아니라 분간하기 힘든 의식상의 세계인지라, 이것은 어떤 분위기를 통하여 암시할 수밖에 없다는 것이 그들의 시를 대하는 태도인 것이다. 시는 영혼의 상태와 같은 것이라고 보는 것이다. 그리고 그들의 공적의 하나는, 반드시 정연한 운문의 리듬만을 생각하지 않고, 오히려 베를렌의 앞에 든 시에서처럼 '아직 가락 고르지 않은' 산문이 가진 정연하지 못한 리듬에서 음악적인 분위기를 빚으려고 한 데 있다. 자유시가 그들에 의하여 시험된 것이다. 그건 그렇다 하고, 이상으로도 언어의 음악적 요소(리듬)로써 시의 일면을 나타내 보여줄 수 있는 것이라는 것을 알았는데(그 한에 있어서 리듬은 필요하다), 그러나 이것을 너무나 절대시할 적에는 이미 말한 바와 같이 시가 무의미해질 위험이 있다는 것을 명심해두어야겠다. 언어의 의미성이 다치지 않을 한도 내에서 리듬을 중시해야 할 것이다.

은하와 농하
뱀인지 새끼줄인지
그리고 한강가에
날라라 날라며
영감과 대감이며

송욱 씨의 「하여지향 · 9」라는 시의 대목을 평론가 이어령 씨가 다음의 속요와 비교하고 있는데 수긍되는 것이다.

오전五錢이란 무엇이요
점심먹기 전이 오전午前이지
육전六錢이란 무엇이요
고깃간이 육점肉店이지

이 둘이 다른 점은 속요는 '오전五錢'을 '오전午前'에 걸리게 하고, '육전六錢'을 '육점肉店'에 걸리게 하여 음의 같음을 통하여 순전히 장난하고 있는 데 비하여, 송씨의 것은 '은하'와 '농하', '날라라'와 '날라', '영감'과 '대감'으로 음의 같음을 통하여 리듬(이 경우는 압운으로 말미암은)을 즐기면서 한편 사회를 풍자하고 있는 데에 있다 할 것이지만, 자칫하면 넌센스에 떨어질 우려가 없지 않다.

여기서 한마디 덧붙여야 할 것은 운문이 가진 정연한 리듬이 시에 미치는 영향의 문제다. 영국의 19세기 초 낭만주의 때의 시인 콜리지는 "운율의 기원은 정신 내부에서 열정의 발동을 억제하려는 의지적인 노력으로 말미암아 결과되는 평형상태에 있다"라고 하였다. 운율이 생긴 심리적인 면을 잘 통찰한 말이다. '열정'을 그대로 내버려두면 무질서한 상태가 벌어지기 쉬우니까 이것의 '발동'을 '억제'하려는 '의지적인 노력'의 결과가 운율로 나타나는데, 그리고 이것은 시에 질서와 균형을 줄 것이지만, 언어의 성격에 따라서는 질서는 서지만 너무 단조로워 따분해지는 수가 있을 것이기 때문에 한국어를 사용하는 한국의 시에서는 영국인이 말한 이 말을 액면 그대로 받아들여서는 의미가 없다. 영어는 음의 여러 요소를 다각도로 배합해가면서 다양한 움직임 속에서 질서와 균형을 가지게 되니까 이루어진 포엠이 훨씬 다채롭고 웅장한 느낌이 있다. 그러나 한국어는 그 언어의 성격상 제약으로 여태껏 주로 음수만으로 운율을 즐겼는데, 그 운율이 이루어놓은 포엠을 보면 빈약하고 단조로웠다. 영시의 경우를 교향악에 비긴다면, 한국시는 독주 정도의 느낌이었다. 암만해도 아쉬운 정을 금할 수가 없다.

언어의 성격이 다른 언어 전통에서 자란 어떤 외국의 고명한 시인이 제 나라의 언어를 염두에 두고 한 말을, 그 말이 아무리 원칙으로 봐서 타당하다고 그대로 받아들여서는 안 될 것이다. 그대로 받아들였기 때문에 시를 망치는 일이 왕왕 있었을 줄로 생각한다.

(5) 음향은 시의 분위기를 돕는다

어감이라고 하면, 의미를 염두에 두고 어떤 언어의 의미를 소리(음)를 통하여 보다 절실하게 알리려고 할 적에 쓰이는 말이 된다. 음향은 이와는 좀 다르다. 의미를 염두에 두지 않고 어떤 소리가 자아내는 분위기를 통하여 정서나 기분을 보다 절실하게 알리려고 할 적에 쓰이는 말이 된다. 에드거 앨런 포가 「헬렌에게」란 시를 쓴 일이 있지만, 호메로스의 『일리아스』에 나오는 그 '헬렌'을 말한 것은 아니다. 포는 끝에 'n' 소리가 나는 말을 좋아했다는 얘기도 있지만, 이 시에서도 '헬렌'이란 소리가 가지는 부드럽고 품위있는 울림(響)을 통하여 부드럽고 품위있는 한 여인을 독자에게 연상케 하기 위하여 선택된 것에 지나지 않는다. 그리고 독자들은 『일리아스』에 나오는 '헬렌'을 고대 희랍의 대표적 미인으로 생각하고 있기 때문에 그러한 연상도 아울러 환기케 하기 위하여 선택된 음향인 것이다. 그러니까 '헬렌'이란 말은 어떤 여인의 이름이면서 의미는 없는 것이다. 독자들은 읽어가면서 '헬렌'이란 말이 나올 적마다 부드럽고 품위있는 고대 희랍의 미인을 연상할 수 있으면 되는 것이다. T. S. 엘리엇 같은 시인도 제 시에 소설 모양으로 자주 가공의 인물을 내세우는데, 그런 인물들의 이름이 시의 분위기에 알맞은 음향을 가지고들 있다. 서정주의 「부활」이라고 하는 시에,

순아, 네 참 내 앞에 많이 있구나.

하는 대목이 있는데, 순이라는 음향은 몹시 순박하고 대단히 흔하다 하는 느낌을 준다. 작자는 그것을 생각하고 쓴 것이지 특정의 어떤 인물을 염두에 두고 있었던 것은 아니다. 박두진 씨의 「향현」이라고 하는 시에는,

삐이 삐이 빼 빽종 빽종

하는 멧새 울음소리를 그대로 삽입한 부분이 있는데, 음향을 통하여 보다 절실한 분위기를 전달하기 위해서라고 하겠다. 멧새가 어떻게 울었다고 설명이나 묘사를 하는 것보다는, 멧새의 울음소리를 실지 그대로 적음으로 한층 정감이 생동해지는 수가 있다. 그러니까 의성음은 시의 분위기를 돕는 데 잘 쓰기만 하면 효과를 얻게 되는 것이다. 의성음은 언어(의미) 이전의 잠재적인 부분의 신비까지를 우리에게 전해주는 것이다. 제임스 조이스가 유명한 소설『율리시스』에서,

badalgharaghtakamminarronnkonbro……

이렇게 뇌성을 표현한 것은, 음향(의성음)울 통하여 복잡 미묘한 잠재의식의 세계를 보여주려고 했기 때문이다.

이러한 예에서와 같이 음향을 적절히 이용한다는 것은 시를 퍽 유리하게 할 것임에 틀림없다.

(6) 새로운 문어文語를 만들어야 할 경우도 있다

이조시대의 문장은 대개가 문어다. 시조나 가사는 물론이요 소설도 운문인 것이 많다. 이것은 문장과 회화를 딴 것으로 생각하고 있었기 때문이라고 생각된다. '흥속부동興俗不同' 이라고 한 동양인의 문장관의 반영이라고도 볼 수 있다. 글은 속된 일상의 회화와는 한가지로 봐서는 안 되고, 역시 우아하고 때론 장엄해야 할 것인데, 일상의 회화의 말을 그대로 옮겨서는 우아와 장엄의 기품을 나타내기가 어렵다고 생각했는지도 모른다. 이리하여 이조시대의 문장은 대개가 운문이고, 그리고 한문체의 문체를

가지고 있는 것이다.

이조시대의 문장 중 운문 아닌 것도 있지만, 한문체의 문체를 안 가진 것은 극히 소수에 지나지 않는다. 이렇게 운문과 한문체를 사용한 것은 그만큼 구어를 문장에 있어 꺼렸다는 것이 되겠다.

숙종 때의 문호인 서포 김만중은 송강 정철의 가사를 가리켜 "지금 우리 나라의 시인은 제 나라 말을 버리고 남의 말을 배워 그것으로 작시하지만, 설사 충분히 남 나라 것과 닮았다 하더라도 앵무새가 사람 말을 모방하는 것에 지나지 않는다. 그런데 우리 나라의 참다운 문장은 단지 세 편뿐이다"라고 하였다.

이 세 편이란 「관동별곡」, 「사미인곡」, 「속사미인곡」을 두고 한 말이다. 그가 말한 바와 같이 이 세 편은 한문이 아닌 것만은 사실이나 그렇다고 완전한 구어체의 우리 글이 되었느냐 하면 그런 것이 아님을 우리는 잘 알고 있는 것이다. 역시 일종의 한문체인 것이다.

이런 상태가 육당이나 춘원이 시를 쓰기 시작한 1910년을 전후한 시기부터 가시어졌다고는 하지만 그런 것도 아니다. 육당의 「해에게서 소년에게」라고 하는 유명한 신체시—잡지 《소년》 창간호에 실렸음—도 우선 그 제목인 「해海……」에서 바다 해 자를 그대로 썼다는 것부터 한문체를 완전히 벗어난 것은 아니다. 현재 보는 바와 같은 산문의 구어로 된 자유시가 완전한 터전을 잡게 된 것은 1920년을 전후해서 잡지 《창조》, 《폐허》 등이 나타남으로 말미암은 것이다. 그런데 운문은 모두 문어가 되지만, 문어는 모두 운문이라고는 할 수가 없다. 산문도 때로 문어가 될 수 있다. 산문 문어는 현대시에서는 왕왕히 보는 바다. 조향 씨의 시에,

비비비비비비비비비비비

이런 부분이 있는데, 회화에서는 비가 한 줄로 내리고 있는 모양을 이렇게는 말하지 않는다. 이런 것은 새로운 문어라고 할 것이다. 아까 예로 든 박두진 씨의 멧새 울음소리나 제임스 조이스의 뇌성 같은 것도 일종 색다른 문어라고 할 것이다.

이 산문 문어도 그것이 문어인 이상 속된 일상적인 언어 습관을 무시하고 있는 것은 두말할 나위가 없지만, 이 경우는 고전문학에서 보는 바와 같은 문어의 정신과는 달라, 조향 씨는 하나의 형태주의formalism를[1] 보여준 것이고, 박두진 씨도 형태주의적인 면이 없는 것은 아니나 언어 이전의 어떤 기분을 보여 준 것이라 하겠고, 제임스 조이스는 잠재의식의 세계를 들추어낸 것이다. 이렇게들 함으로 시에 새로운 매력과 새로운 세계를 우리에게 비쳐 보여주게 되는 것이다.

언어는 의미 전달에서 출발하여 의미를 넘어서 의미 이전의 세계(기분이나 심리)와 글자의 형태를 통한 정경의 제시 등으로 나아가게 된 것이다. 시는 일상인의 눈으로는 포착 안 되는, 또는 감지 안 되는 미묘한 데까지 들어가보려는 정열을 가지고 있기 때문이다.

랭보는 '투시하는 사람'이란 말을 제 자신에 대하여 쓴 일이 있다. 시인은 보통 사람이 보지 못하는 것을 보고 그것을 언어로 표현해야 하기 때문에 보통 때의 언어의 사용법을 무시하는 수가 있게 되는 것이다.

---

1) 졸저『한국 현대시 형태론』(해동문화사, 1959)에 언급되어 있음.

3. 영감

(1) 영감은 우연과는 다르다

고대 희랍에서는 시인은 특별한 영감inspiration을 받은 사람이라고 생각하였던 모양이다. 보통 때는 보통 사람들과 다름없는 생각을 가졌지만, 어떤 경우에 그에게 영감이 깃들어 보통 때의 그와는 전연 딴 사람이 되어 영묘한 생각을 품으며 그것을 표현한다는 것이다. 그러나 그 한동안이 지나고 나면 본래의 자기로 다시 돌아간다는 것이다. 그래서 보통 때의 그 사람됨을 잘 알고 있는 친지들은 그가 만든 시는 그 자신의 순전한 창작이 아니라, 신탁으로 그렇게 된 것으로 믿었다는 것이다. 이로써 고대 희랍에서는 시와 그 작자를 따로 보았다고도 한다. 이상으로 미루어 시의 작자는 신잡힌 사람과 같다고 하겠으나 따져보면 그런 것은 아닐 것이다. 우선, 아무에게라도 영감이 깃들었느냐 하면 그렇지는 않고, 특정한 몇 사람에게만 이따금씩 깃들었을 것인데, 그러니까 그 몇 사람들은 남몰래 영감이 깃들 수 있을 만한 무슨 원인을 암암리에 가져왔는데, 그것이 어느 한동안에 시를 낳게 하는 힘으로 나타나게 되었다고 할 것이다. 영감이란 이런 것이 아닌가 한다. 릴케가 그의 여자 친구에게 보낸 편지에 "2월 11일 여섯 시 나는 펜을 놓았읍니다. 마지막 완결된 「비가」, 제10번 비가의 배후에…… 생각해보십시오! 나는 거기에 도달하기까지 가만히 머무르고 있을 수밖에는 없었읍니다. 모든 것을 관철하여, 기적, 은총…… 모든 것이 2, 3일 동안에……"라고 적은 일이 있다.[2] 이 중 '가만히 머무르고 있을 수밖에는 없었읍니다'는 말은 영감을 대기하는 자세라고 할 것인데, 이 동안 시인 릴케의 전신경이 무엇을 모색하고 있었을 것임은 물론, 부단한 그의 체험과 사색이 하나의 시를 낳기 위하여 진통하고 있는 모습을 우리는 알 수 있는 것이다. 태풍이 일기 전의 저기압 상태와도 같은 것이다. 이리하여 '기적, 은총……모든 것이 2, 3일 동안에……' 질풍의 속력과 흥분으로 시는 탄생하는 것이다. 이러한 영감은 강력하기는 하지만, 릴케 외의 딴 사람에게는 깃들 수 없는, 말하자면 그런 강력한 영감이 깃들기까지의 릴케의 오랜 노력의 시일이 있었던 것이다. 결코 우연이 아니다. 손도 까딱 않고 가만히 있었는데도 영감이 그를 찾아온 것은 아니다. 릴케는 자기의 어느 시에 대하여는 끝끝내 서명을 거부한 일이 있었다는데, 그만큼 영감이 초인적인 힘으로 그가 우연이라고 생각할 만큼 습래했던 모양이다. 릴케는 앞에 든 「비가」의 마지막 한 행을 끝마치고는 그 자리에 실신한 사람처럼 쓰러졌더라는 얘기가 있다. 강렬한 영감은 정신의 그만한 긴장을 더부는 것이다.

(2) 영감은 시인 자신이 뿌린 씨의 결과다

영감의 원인은 시인 자신에게 있는 것이다. 우리의 감각생활, 정신생활의 그 모든 것은 영감을 위한 씨가 되는 것이다.

영감을 알기 위해서는 우리는 아득한 추억의 세계 '그 어두운 미명의 세계'에까지 내려가야 한다. 우리는 유년 시절에 갖가지의 체험을 하였다. 그 시절의 체험들은 대개 감각적인 것이다. 우리의 어머니들이 아직도 젊었을 때, 어머니의 많은(혹은 적은) 친지들 중에는 특별히 살결이 희고 고왔다든가, 눈망울이 남

---

2) 라이너 마리아 릴케, 「두이노의 비가」를 말함.

의 눈에 뜨일 만큼 윤이 나고 맑았다든가, 혹은 말소리가 듣기에 몹시 인상깊었다든가 한 분들이 있었다. 그때 그분들의 살결과 눈망울을 바라보는 것은 마음 흐뭇하고, 그 분들의 음성을 듣는 것은 한편 뭔지 부끄럽고도 즐거운 일이었다. 그분들이 무슨 모임에 보이지 않을 때는 어쩐지 서운하곤 했는데 이런 체험들은 귀중한 것이다.

어느 때(봄날 잘 개인 대낮이라고 하자) 조용한 주택가를 걷는데, 누가 곁에서 내 이름을 부르는 것 같은 느낌이다. 뒤를 돌아봐도 물론 행인은 없다. 이상하다. 선연 누가 부르는 것 같다. 왼쪽 귀에 쟁쟁하다. 그쪽으로 고개를 젖혔더니 어느 집 대문이 빠쭈룩이 열렸는데 그 틈으로 내다뵈는 그 집 뜰에는 무슨 꽃일까? 진홍의 탐스러운 꽃송이가 이쪽을 빤히 보고 있는 것이 아닌가. 저놈이군! 나를 부른 것은, 하는 생각이 순간 드는 것이다. 이런 것도 귀중한 체험이다. 이런 일들을 통하여 우리는 감정이 성장해가는 것이기 때문이다. 하나하나의 감각적 체험은 심각하면 심각한대로 심각하지 못하면 못한대로 우리의 내부 깊이 잠겼다가 어느 시기엔가 슬픔이나 기쁨으로 재생하는 법이다. 즐거운 체험이 많은 민족은 즐거운 서정시를 많이 쓸 것이고, 불쾌하고 괴로운 체험이 많은 민족에게는 또한 슬픈 서정시가 많을 것이다. 개인에게 있어서도 마찬가지다.

무수한 체험이 감정을 빚고, 감정은 독 안에 든 술처럼 우리의 속에 깃드는 것이다. 이것이 어느 때 한 뭉치의 힘으로 나타날 적에 우리는 이것을 영감이라고 한다. 영감은 그러니까 잠재의식의 세계에서 오는 것이다. 이것이 시를 낳게 하는 발상의 동기가 되는 것이다. 아까도 말한 바와 같이 영감은 우리가 보다 체험을 쌓고, 보다 관심을 기울이고 있는 방향으로 나타나는 법이다. 돈벌이에 종일을 몰두하고 있는 사람에게 애련한 사랑의 영감이 솟아나기는 어려운 일이다. 이런 의미로서는 고대 희랍 사람들이 생각한 만큼은 시와 시인은 다른 것이 아니다.

(3) 영감이 그대로 좋은 시가 되는 일은 극히 드물다

(1), (2)에서 말해왔지만 영감은 시와 시인에 있어 대단히 귀중한 것임에는 틀림이 없다. 그렇다고 이것만을 너무 소중히 생각하는 것은 탈이다. 영감을 좀 얕잡아 말하면 흥이라고도 할 수 있을 것인데, 흥에 따라 절로 나온 시를 즉흥시라고 한다면, 흥을 가지는 시인 자신의 체험이나 인격이나 감수성이 위대하지 못할 적에는 그 즉흥시는 제일급의 좋은 시가 될 수는 없다. 릴케 정도의 시인이 되면 위대한 영감이 그대로 위대한 시를 낳을 가능성이 많아지겠지만, 릴케라고 처음부터 영감만을 믿고 시작의 수련을 등한한 것은 절대로 아니다. 우리는 왕왕 시의 동기가 되는 영감(체험의 잠재적인 내용)을 보다 중히 여기고, 그것의 순수한 상태를 되도록 다치지 않게 하기 위하여 즉흥적인 것을 존중하려는 사람들을 보는데, 일률적으로 배척할 수는 없지만(그렇게 생각하고 시를 쓰는 사람들의 시 작품을 보고 얘기할 수밖에는 없지만) 대개의 경우 좋은 시를 기대할 수는 없을 것이다. 흥이나 영감은 시인 아닌 사람도 가질 수는 있으나, 시는 시인만이 가질 수 있는 것이다. 이 말은 시인은 보통의 경우 너무 영감에만 의뢰하지 말고, 영감을 영감으로 빛을 내는 기술에 많이 관심을 가져야 한다는 말이 되겠다. 그러나 흥이나 영감을 풍부히 가지면 가질수록 좋은 시가 될 가능성이 많을 것임은 새삼 말할 나위도 없다.

영감을 시에서 그다지 중요하게 취급하지 않으려는 시인도 많다는 것을 우리는 또한 알아두고, 왜 그런 시인들이 그런 생각을 가지느냐 하는 데 대한 이해를 가지는 것이 시작에 도움되는 바 적지 않을 것이다. 폴 발레리는 다음과 같이 말하고 있다.

"시를 만드는 데 제일 단순한 방법이 하나 있다. 그것은 영감을 받기만 하면 그것으로 만족하는 그것이다. 그것은 우리들의 소원이기는 하지만 그 결과를 한번 검토하여보자. 이것에 만족하는 사람은 시적 생산이란 것은 전연 우연의 결과가 아니면, 일종의 초자연적인 전달에서 생기는, 그 둘 중의 어느 것일 것이다. 그러나 그 어느 쪽도 시인이라는 것을 불쌍하게도 수동적인 역할에로 축소시켜버릴 것이다. 그리하여 불행한 작자는 이미 작자가 아니라 단지 서명자에 지나지 않게 되는 것이다."

발레리가 영감을 우연이나 초자연적인 힘과 같은 것으로 생각한 것은 좀 지나친 감이 없지 않으나, 시를 정신의 노작이라고 생각하는 그로서는 있을 법도 한 얘기다. 정신을 주로 지성의 쪽으로만 생각한 것 같은 발레리는 시를 만들어가는 과정에 있어서의 지성의 많은 노력을 가장 소중히 여긴 사람이기 때문에, 영감 그것만을 믿는 태도를 시작의 과정에 있어서의 필연성을 등한했다는 의미에서 배척하고 있다고 보면 될 것이다. 그러나 발레리가 릴케를 찬양하는 「릴케 송」을 쓴 것을 생각한다면 위대한 영감을 배척한 것은 아니다. 따라서 발레리의 아류들이 그의 말을 액면 그대로 받아들여 신성불가침한 것으로 융통성 없게 생각하는 것은 유치한 일이다.

1930년대의 한국에서도 이른바 '모더니스트'라고 하는 사람들에 의하여 시작의 주지주의를 완고하게 고집한 일이 있다. 지금 보아 그들의 시가 그다지 좋은 것이라곤 생각되지 않으나, 시를 너무 안이하게 자연발생적인 것으로 생각한 태도에 대한 반발로 하나의 역사적인 의의는 충분히 있었다. 백철 씨의 『신문학사조사』에는 다음과 같은 말이 보인다.

"종래의 우리 시단이란 예의 백조파 이후 그 모두가 자연발생적인 경향이었다는 것, 즉 시는 되어지는 것이요 만드는 것이 아니다!고 해온 데 대하여, 모더니즘은 시는 만드는 것이요 되어지는 것이 아니라고 하여 그 시작의 태도를 뒤집어놓은 것이다. 자연 이 파의 시인이 시작에 있어서 기교를 중시하게 되어 그 시인들은 말하되, 시인은 요술쟁이라고 자처하게 되었다."

'시인은 요술쟁이'라고 자처하였다는 것은 경망하고 우습기조차 한 말이다. 그런데 그 '요술쟁이'는 좀 어색한 '요술쟁이'가 아니었던가 싶다. 김기림 씨의 「일요일 행진곡」이라고 하는 시를 예로 들겠다.

월
　화
　　수
　　　목
　　　　금
　　　　　토

하낫 둘
　하낫 둘
일요일로 나가는 「엇둘」 소리……

자연의 학대에서
너를 놓아라
역사의 여백
영혼의 위생 데이……

일요일의 들로
바다로……

우리들의
유쾌한
하늘과 하루
일요일
일요일

제1연에서 형태주의를 볼 수가 있다. 그 당시의 사람들의 눈에는 일종 신기한 감을 주었을 것이나, 지금의 우리의 눈에는 우스꽝스런 느낌 외는 아무런 자극이나 암시도 주질 못할 것이다. 재주(기교)를 부리고 있긴 있으나, 그 재주가 이런 모양으로 경박해질 적에 얼마 안 가서 어색한 것이 되기 쉽다는 한 본보기가 되지 않을까 한다.[3)]

같은 때에 시를 쓴 김광균 씨는 특별한 재주를 부렸다는 흔적은 나타나 있지는 않으나 역시 주지주의의 한 사람으로 취급된 것으로 보아 자연발생적으로 시작하지는 않았을 것이다.

차단—한 등불이 하나 비인 하늘에 걸려 있다
내 호올로 어딜 가라는 슬픈 신호냐.

긴—여름해 황망히 나래를 접고
늘어선 고층 창백한 묘석같이 황혼에 젖어
찬란한 야경 무성한 잡초인양 헝클어진 채
사념 벙어리 되어 입을 다물다.

—「와사등」

3) 졸저 『한국 현대시 형태론』(해동문화사, 1959)에 언급되어 있음.

도시의 우수라 할까 뭔가 명랑하지 못한 정경이 그려져 있다. 《백조》나 《폐허》 무렵의 시인들 같으면 심한 감상에 흘렀거나 과장된 포즈를 취하였거나 하였을 것인데, 차분히 가라앉은 리듬과 함께 그림처럼 정경을 펼쳐 보여주려는 노력을 기울이고 있다. 우선 이런 태도에서 지성을 느끼는 것인데, 흥이 흥 그대로 소박하게 토로되지 않았다는 것은 겨우 제2연째의

늘어선 고층 창백한 묘석같이……
찬란한 야경 무성한 잡초인양……

과 같은 대구에서 기교상의 주지성을 엿볼 수가 있다. '고층건물'을 '묘석'에 걸리게 한 것, '야경'을 '잡초'에 걸리게 한 것—이러한 연상을 통하여 니힐한(허무한) 심상을 효과적으로 알려주고 있다. 그렇다고는 하지만 이만 정도의 기교는 요즘은 예사로 볼 수 있게 되었다. 때문에 지금 우리가 이 시를 대할 적에는 진부한 느낌이 없지 않다. 그리고 니힐을 오히려 미화하고 있는 것 같은 시인의 심정 그것에 우선 반발을 느낀다. 그 당시에는 참신한 시로서 많이 논의의 대상이 되기도 하였던 모양이나 세월의 흐름이란 무서운 것이다. 이렇게 볼 때 세월의 흐름을 견디어낼 시란 여간한 힘을 가지지 않는 한 어림도 없다는 것을 짐작케 한다.

일본 시인 무라노 시로오村野四郎는 "영감 그 자체에서는 아무런 시도 생겨나지 않는다. 그것에 따르지 않으면 안 되는 것은 인간의 어떤 정신적 노력인 것은 두말할 나위도 없다"라고 하였다. 가장 온건한 말이라고 생각된다. 어떠한 주지의 시에도 발상의 동기가 되는 영감은 있을 것이니까 이것을 무시할 수는 없을 것이다. 그렇다고 영감만을 시라고 착각할 적에는 시를 망치게

될 경우가 많을 것이다. '어떤 정신적 지성-기교-노력' 이 필요한 것이다.

4. 상상

(1) 상상은 관념을 구체화한다

존 러스킨John Ruskin은 "상상은 이지의 법칙에 따르는 것이지만, 공상은 사고를 형성한다든가 창조하는 힘이 없는 열등한 기능이다"라고 말하였다. 이 말을 좀더 잘 알기 위하여 콜리지의 "상상은 이성을 감각적인 심상과 합체케 한다"는 말로 보충해보면 될 것이다. 가령 서정주 씨의 「밀어」라는 시의 일절에 다음과 같은 것이 있는데(전에도 든 일이 있다.)

빰 부비며 열려 있는 꽃봉오리

이 대목에서 '빰'과 '꽃봉오리'라는 어떤 관념을 구체적인 사물에 의탁하여 말하고 있음을 알 수 있다. 이때의 '빰'이나 '꽃봉오리'는 심상(image 또는 imagery)인 것이다. 심상은 그러니까 "언어가 사람들의 마음에 그리는 심적형상을 가리킨 것이다"(무라노 시로오)—그런데 이때에 '빰'과 '꽃봉오리'라는 두 개의 심상은 이지의 힘으로 서로 결합되어 통일된 하나의 정경을 빚어내면서 관념을 구체화하고 있는 것이다. 이 경우에 우리는 또한 연상작용이란 말을 쓸 수 있는 것이다. 연상이란 그러니까 퍽 이지적인 기능인 것이다. 그 무엇을 말하기 위하여 다른 무엇을 빌려오는 것인데, 이때에 빌려온 것이 효과를 한층 더 낼 수 있는 것이라야만 한다.

'꽃봉오리'를 말하기 위하여(실은 '꽃봉오리'를 통하여 어떤

'관념' 을 말하려는 것이지만, '빰' 을 빌려왔다면 '꽃봉오리' 를 한층 효과적으로 나타낼 수 있다고 생각되었기 때문인 것이다. 이때에 과연 효과를 낼 수 있을까 없을까, 다른 것을 빌려오는 것이 더 좋지 않을까, 등등의 비교와 검토를 한 끝에 '빰' 을 빌려오게 된 것이니까 상당한 이지의 힘이 거기에는 작용하고 있는 것이다. 존 러스킨은 또 "관념들의 무한한 집단 속에서 두 개의 관념(서로 떨어지면 부적당하지만 결합되면 정당해질 수 있는 두 개의 관념)이 선택된다"라고 하였다. '빰' 과 '꽃봉오리' 는 두 개의 관념의 구체화라 할 것이니까 이것들이 서로 결합되어 보다 통일된 효과를 나타내었다면 이 시의 이 대목은 '정당해' 질 것이지만, 만약 이것들이 서로 떨어져 결합이 되지 못했다면, 그리고 결합이 안 되었기 때문에 그만큼 효과를 거둘 수 없었다면, 이 시의 이 대목은 통일이 파괴되고 '부적당' 한 것이 된다. 따라서 상상은 시를 보다 구체적으로 하면서 시에 통일을 주는 힘이라고 하겠다. 이상적인 짝을 찾는 것이 상상이라고도 하겠다. 즉 관념을 구체화하는 데 있어 적절한 심상을 찾고, 또 심상과 심상과를 적절히 결합시켜 가는 힘이 상상이라 하겠으니 상상이란 어떤 작용의 결과가 아니라 적용 그 자체인 것이다. 영어의 이미지네이션imagination은 시작에 있어서는 그러니까 상상력이라고 번역해야 할 것이다. 상상력을 통하여 나타난 결과는 심상이고, 또 여러 심상들의 질서인 것이다. 상상력이 시에 필요한 정도는 사람에게 심장이 필요한 그만한 정도다. 상상의 힘이 약한 시는 그것만으로 이미 시를 태반은 죽이고 있다고 해도 과언이 아니다.

깊은 산곡
외딴 초가집

사뭇 외롭다

김태오 씨의 「산가」라고 하는 시의 제1연인 이 대목은 '산곡'과 '초가' 위에 각각 '깊은'과 '외딴'이란 형용사를 얹어 '외롭다'는 '관념'을 구체적으로 보여주려고는 하고 있으나, 그렇게 하고 있다는 것뿐이지 '산곡'이니 '초가'니 하는 심상들이 상식적이고 따분하여 통속적인 느낌까지 주고 있기 때문에 시로서 지금의 우리에게 호소해오는 힘이 거의 없다. 상상의 힘이 약했던 결과라 할 것이다.

수술대 위에 에테르로 마취당한 환자처럼
저녁 노을이 하늘에 퍼지거든……

(김종길 옮김)

T. S. 엘리엇의 「J. 앨프레드 프루프록의 연가」라고 하는 시의 첫머리인 이 대목은 그 심상들이 참신하고, 상징적인 효과를 내고 있다. '저녁 노을'을 '수술대 위에 에테르로 마취당한 환자'와 결합시켜 말한다는 것은 기상천외의 느낌이 없지 않다. 보통의 경우에는 연상하기 쉬운 것들끼리 결합시켜 효과를 내는 법인데, 이 경우는 연상에 있어 몹시 거리가 먼 것들이다. 쉬이 연상되지 않는 것들을 결합시키고 있는 것이다. 그런데 이 두 심상(저녁 노을과 환자)은 현대 문명이 병들어 가사상태에 있는 모양을 말하는 데 참신한 효과를 거두고 있는 것이다. 상상의 힘이 강하고 치밀했기 때문이다.

(2) 공상을 적극적으로 내세우는 사람도 있다

아까 이미 말하였듯이 상상의 힘에 비하여 공상의 힘이 열등한 것임을 존 러스킨은 "공상은 사고를 형성한다든가 창조하는 힘이 없는 열등한 기능이다"라고 하였다. 그리고 대체로 낭만주의 때의 시인들은 '무책임하게 뻗어가는 동물적 감정'이라고 공상을 열등한 것으로 보았다. 그런가 하면 T. E. 흄과 같은 20세기의 이론가는 "정서의 왕국에 전시된 것을 말할 때 당신은 상상을 얻을 것이고, 한정된 사물의 관조 속에 나타난 성질을 얻을 때 그것이 공상이다"라고 하였다. 상상과 공상을 '정서'와 '한정된 사물의 관조'로써 전연 다른 기능으로 보려고 하고 있는 것이다. 어느 것이 어느 것보다 열등하다든가 안 하다든가를 문제하는 것이 아니라 너무나 학대받고 있었던 공상을 두둔하게 대접해줌으로써 상상과 대등하게 보려는 것이다. 뿐 아니라 공상의 편이 되어 그것에 새로운 의미부여를 하려는 것이다. 공상을 적극적으로 내세움으로써 흄은 자기 자신의 시를 대하는 입장을 또한 내세운 것이다.

가을밤의 싸늘한 감촉——
밖을 나섰더니
얼굴이 붉은 농부처럼
불그레한 달이 울타리를 넘어다보고 있었다.
나는 말은 걸지 않고, 고개만 끄덕였다.
주위에는 생각에 잠긴 별들이 있어
도회의 아이들처럼 얼굴이 희었다.

(김종길 옮김)

T. E. 흄의 「가을」이라는 시의 전부다. '한정된 사물의 관조' 란 이런 것을 두고 한 말이라고 생각하면 될 것이다. 우리의 생활 주변에서 얼마든지 볼 수 있는 평범한 사물, 즉 구체적인 현실을 명확하고 참신한 심상을 통하여 새롭게 보여주려는 것이 그의 의도인 것이다. 낭만주의의 시인들이 초현실적인 또는 비현실적인 세계를 많이 노래한 데 대하여 그는 그러한 과장된 세계를 배척한 것이다. 그러나 상상이건 공상이건 그 기능에 있어서는 제각기의 입장에 따라서 얼마든지 어느 쪽을 유리하게 말할 수 있는 것이니까, 우리는 뭣 때문에 그 사람들이 어느 한쪽을 특별히 강조하는가를 이해해두면 되는 것이다. 콜리지는 '이성을 감각적인 심상과 합체케' 하는 기능으로서 상상을 중요시한 것이고, T. E. 흄은 '한정된 사물의 관조' 를 중요시한 나머지에 공상을 말하게 된 것이다. '한정된 사물의 관조' 에 있어 '감각적인 심상과 합체케' 하는 힘이 약해서도 안 될 것이고, '감각적인 심상과 합체케' 하는데 '한정된 사물의 관조' 가 있어서 나쁘다는 것도 아닐 것이다. 좀 말이 까다롭게 되기 하였지만, 요는 상상이면 상상, 공상이면 공상을 두고 누가 어떻게 말하였는데 그 말 중 어느 부분이 그럴싸하게 생각되면 그것을 취하면 되는 것이지, 상상이니 공상이니 하는 말에 사로잡혀서는 안 되겠다는 것을 이해해두면 될 것이다.

낭만주의 때의 사람인 레이 헌트Leigh Hunt는 "그것(공상)은 상상의 경쾌한 유희다. 다시 말하면 엄숙성에까지 도달하지 못한 감정이다. 시인은 그가 애호하는 대상에 화려한 요정의 옷을 입혀 그와 더불어 웃으며 즐긴다"라고 하였다. 이러한 말을 통하여 수사를 위한 수사가 공상인 것 같은 인상을 받게 되는 것인데, 공상이란 말을 쓰지 않더라도 열등한 시에서는 얼마든지 이런 현상을 보게 되는 것이다. 문장의 수식이 시적 감동을 일으키지 못하고 있는 경우 말이다. 이상으로 우리는 상상이니 공상이니 하는 낱말들을 찬양한다든가 배격할 것이 아니라, 그 말들 속에 담긴 어떤 내용을 어떻게 받아들이고, 또 내쫓고 하여 내 시작에 활용할 것인가를 염두에 둘 것을 되풀이 얘기해두는 바다.

5. 감성과 지성

(1) 감성과 지성을 철학에서는 어떻게 해석하고 있는가?

감성과 지성은 흔히 얘기들을 하고는 있지만 이것들이 원래 시를 위하여 생긴 것들이 아니고, 인간을 알기 위한 철학적 요구로 생긴 말들이기 때문에 그 방면에서의 해석을 먼저 짐작해두고, 그럼 시에서는 어떻게 취급되고 있는가 하는 데로 차츰 나아가는 것이 좋을 것 같다.

먼저 감성을 보겠다. 내가 가진 철학 사전이나 몇 철학가의 말을 요약하면 감성sensitive faculty은,

① 오성과 이성에 대하는 능력,

② 지식의 재료를 지공하는 감각, 지각 등의 총칭,

③ 도덕상으로는 인간의 자연성을 의미하는 것으로 본능이라든가 충동과 같은 주로 육체와 관계를 가진 것,

등으로 되겠는데, 이 중 우리가 시를 두고 말하는 감성은 어느 쪽인가 하면 얼른 어느 쪽이라고 하기가 어려울 것 같다. 우리는 시를 두고 말하는 한 감성이란 말을 막연하게 쓰고 있다는 데에 새삼 놀라지 않을 수 없다. 보통 우리는 감정feeling, 정서emotion, 감상sentiment 등의 말들과 혼동하여 쓰고 있는 것이다. 또는 이들 전부를 합한 막연한 어떤 것으로 생각하고도 있는 것이다. 그런데 여기서 내가 감성이란 말을 아무리 정확하게 해석한다고 하더라도 그것은 시의 감상과 시를 짓는 데에는 아무런 도움이 되지 않을는지도 모른다. 아까 상상을 말할 적에 얘기하였듯이 낱말이란 그 자체로선 아무것도 아닌 것이다. 누가 어떻게 의미

부여를 하여 어떻게 그 내용을 활용하였는가가 문제인 것이다. 우리는 앞에 든 감성에 대한 몇 가지의 해석 중 어느 것을 취해도 좋고 아니 취해도 좋다. 다만 취하고 아니 취하는 데 있어 우리 자신의 책임 있는 태도가 필요한 것이다. 감성을 내 자신의 생각으로 말한다면, 영어가 보여주고 있는 바 그대로 '감수의 능력'이라고 하면 되지 않을까 한다. 감성도 하나의 능력인 것이다. 그러니까 풍부하다든가 빈약하다든가 하는 차이가 사람에 따라 생기는 것이다. 쉽게 말하여 감성은 '느끼는 능력'이라고 할 것인데, 느낌이란 외계로부터의 자극에 응하는 능력이라 할 수 있다면 이것은 다분히 체험과 상관한다 할 것이다. 더 좁게 더 일반적인 말을 쓴다면 우리의 생활과 상관한다 할 것이다. 감성이란 내가 알기로는 '생활에서 무엇을 얼마만큼 느끼느냐 하는 능력'이라고도 할 것이다.

다음 지성intellect은

① 사고하는 능력,

② 지성이 궁극적 통일적으로 활동할 때에 이성이라고 하고, 비교, 대조 등의 작용을 할때 오성이라고 함,

③ 잡다한 현실을 정리 정돈하는 힘,

등으로 철학에서는 해석하고 있는 것 같다. 시를 두고 지성을 얘기할 적에 우리는 주로 ②의 후반부에서 말하고 있는 것, 즉 오성을 염두에 두고 있는 것 같다.

어느 시인은 '아이 오트 투 필 디플리I ought to feel deeply'에 대하여 '아이 오트 투 필 디플리 어바웃 아트I ought to feel deeply about art'란 말을 하였다. 이런 말을 한 그 시인은 자기를 지성적이라고 하였다. 이렇게 지성을 시를 두고 말할 적에 '아트art' 즉 기술에 치중하는 경우가 있다. 말하자면 어떻게 쓸 것인가 하는 데에 주로 지성을 기울인다는 말이다. 그러나 '비교, 대조 등의

작용' 이 기술에만 국한되어 움직여지는 것은 아닐 것이다.

(2) 감성에만 치우쳐도 안 되고, 지성에만 치우쳐도 안 된다

그대가 바람으로 생겨났으면
달 돋는 개여울의 빈 들 속에서
내 옷의 앞자락을 불기나 하지.

—「개여울의 노래」 제1연

바드득 이를 갈고
죽어 볼까요
창가에 아롱아롱
달이 비춘다.

—「원앙침」 제1연

김소월 씨의 이들 시 중 앞의 것은 7·5조를 한 행으로 끊었고, 뒤의 것은 같은 7·5조를 두 행으로 끊고 있다. 여기서 우리는 이렇게 행 구분을 시험하고 있는 소월 씨의 기술, 즉 지성을 볼 수가 있다. 동시에 이들 시에 담긴 정서를 통하여 소월 씨의 감성을 볼 수가 있다. 이들 시에 감성만이 있고 지성이 없다고는 할 수 없다. 지성을 기술을 두고 하는 말이라면, 7·5조 정형의 새로운 시험을 행 구분을 통하여 하고 있는 데도 지상이 없다는 것은 말이 안 된다. 그런데 무라노 시로오가 "원래 서정시의 본질은 감정의 이상적인 자연적 유로에 있으니까 흥이 일어남에 따라 생리적으로 '노래하는' 형식을 취하여, 여기에 서정시라고 하는 한 양식이 생겨난 것 같다. 그러니까 노래하지 않으면 배길 수 없는 감정의 생리적 상태가 제일 좋은 동기가 된다. 이러한 마음의 상태의 제일 통속적인 것은 감상이라고 하는 망아의 상태인 것이다. 그리고 이러한 시에 있어서는 그 성질상 그 세계는 개인적인 감회에 그쳐, 그 위에 황홀한 넋 빠진 생태가 이상적이라고 하겠으니까 각성한 주지의 존재는 금물인 것이다"라고 하였는데, 이 말 중 '감정의 이상적 자연적 유로'란 부분은 그 다음 "홍이 일어나면 생리적으로 '노래하는' 형식을 취하여"라고 계속되어 있는 것을 보면, 홍을 그대로 노래해버리는, 즉 즉홍시의 태도를 말하고 있는 것 같은데, 소월 씨의 시들은 즉홍적으로 보일 뿐이지 실은 상당한 기교와 추고를 하고 있다는 것을 알 수 있기 때문에 '자연적 유로'의 시들은 아니라는 것은 확실하지만 '개인적인 감회'에 그치지 말고 좀더 객관세계에 눈을 뜨고 현실의 또한 역사의 움직임에 관심하여, 그것을 비판하는 태도가 지성의 태도의 또 하나의 중요한 부분이란 것을 알게 되는 것이다. '개인적인 감회'에 그치지 말고 인간의 내부를 깊이 파고 분석하며 반성하는 태도도 물론 지성적이라고 할 수 있다.

순전히 감성적인 시라고 하는 것은 보기 어렵기는 하나 있기는 있다. 민요 같은 것은 처음 생겨날 적에는 비교적 순 감성적인 것이라 하겠다.

새야 새야 파랑새야
녹두밭에 앉지 마라
녹두꽃이 떨어지면
청포장수 울고 간다

여기에 상당한 양으로 알레고릭한 요소가 설령 있다고 하더라도 그것은 한민족이 오랜 생활의 체험을 통하여 절로 습득하게 된 그것일 것이고, 특별한 지성의 움직임이 작용하였다고는 볼 수 없다. 거진 자연적으로 유로되어 나온 것이라 하겠다. 생활에서 무엇을 느끼면 그것이 그대로 '감회'로 토로될 적에 우리는 이런 것을 순감성적인 시라고 할 수 있을 것이다. 만약 이러한 시가 지금도 있다고 하면, 그 시의 작자가 완전무결한 시의 도에 통달하여 일거일동이 시가 될 수 있는 사람이 아닌 이상 우리의 눈에 좋은 시로 비칠 수는 없을 것이다. 그러니 비교적 감성의 쪽에 기울어진 시인도 있을 것이고, 같은 시인의 시라고 하더라도 어떤 때는 지성의 쪽에, 어떤 때는 비교적 감정의 쪽에 더 기울어진 것도 있을 것이다. 그건 그렇다 하고 우리는 감성을 등한해서도 안 될 것으로 안다. 그것은 우리의 생활(체험)을 등한시하는 것이 되기 때문에 시가 생생한 생명력을 잃기 쉽다. 지성의 일면에 지나지 않는 기술의 쪽에만 기울어지면 시가 또한 내용이 없는 백치상태에 빠지기 쉽다.

월
화
수
목
금
토

하낫 둘
하낫 둘
일요일로 나가는 「엇둘」 소리……

이러한 시가 그 부려진 기교에 비하여 얼마나 무의미한가? 지성은 그 다른 한 부분인 현실과 역사를 비판하고 인간의 내부를 분석하여 반성하는 방향으로도 움직여져야 할 것인데, 이 방향으로 기울어지고 기술을 등한할 적에 또한 무슨 논문이나 수필 비슷한 것이 되기 쉽다. 우리는 요즘 지성의 이름으로 이러한 사이비 시들을 많이 보고 있는 것이다. 지성의 양면이 다 갖추어졌더라도 시는 지성만으로 되는 것이 아니다. 그리고 지성의 쪽에 너무 치우치게 되면, 감성의 쪽으로만 치우친 경우와 한가지로 시는 온전한 것이 못된다. 생활에서 느끼는 느낌이 활발할 적에 이것이 시를 낳게 하는 원동력이 되는 것이다.

(3) 천성의 시인이 없는 동시에 시인을 조작할 수도 없다

시를 쓰는 데에는 지성이 필요함은 더 이상 말할 필요는 없을 줄로 안다. 지성은 '비교하고 대조하는 작용'이기 때문에, 우리는 과거의 많은 시들을 읽으면서 그것들을 현재의 시들과 '비교하고 대조'해봄으로써 자기가 취해야 할 태도를 찾아야 할 것이다. 흔히들 말하는 '역사의식'이 필요하다는 말이다. 이럴 적에 우리는 천성의 자질만으로는 좋은 시인이 될 수는 없음을 알게 된다. 시에 관한 교양은 물론이요 되도록 시와 밀접한 관계가 있는 많은 부분에 관한 교양을 쌓도록 해야 할 것이다. 그렇게 함으로써 우리의 지성을 닦아가야 할 것이다. 그렇다고 시인을 조작해낼 수 있느냐 하면 그런 것도 아닌 것 같다.

교양 이전의 문제, 이런 것들이 시를 낳게 하는 중요한 원인이 된다고 하면 자연과 성격과 환경 같은 것을 우리는 또한 살피고, 제 개성을 발견하여 그에 따른 시를 쓰도록 노력할 것이 또한 잊어서는 안 될 일의 하나가 아닌가 한다. 우리는 아류를 싫어하지만, 자칫 잘못하면 아류가 되기 쉬운 것이 아닌가도 한다. 어느 시기에 제 자신에게 물어보면 대개는 아류 여부를 당자만은 알 수 있는 것이 아닌가? 우리가 교양을 너무 믿거나 시대의 유행에 너무 민감하거나 할 적에 아류라는 함정에 빠져버리는 것이다. 교양이나 유행을 시인 자신이 잘 컨트롤해야만 할 것이지만, 그것이 안 될 적에는 차라리 시를 쓰지 않는 것이 더 나을 것이다.

콜리지의 「수부행」이나 T. S. 엘리엇의 「불모의 땅」과 같은 유명한 작품들이 이 시인들의 독서에 많이 힘입고 있다고 하는 비평가나 학자가 있다고 하여 이 말을 너무 순진하게 받아들여서는 안 될 것이다. 독서를 컨트롤할 만한 자질과 능력이 있었기 때문에 시로서 성공한 것이지, 독서 그것이 시를 낳은 것은 아니다. 그러나 능력있는 시인에게는 독서는 나중에 시작의 많은 도움이 될 것임은 물론이다. 독서는 그때의 인상적인 부분이 의식하에 잠재하였다가 시인의 상상력이 발동할 적에 훌륭한 심상을 제공해주는 수가 얼마든지 있을 것이다. 생활에서 실지로 경험하는 때보다 더 한층 독서에서 우리는 생생한 것을 느끼는 수도 있다.

콜리지가 바이런을 "시인으로서는 천재지만, 사상가로서는 어린애다"고 한 유명한 말도 있지만, 시인은 이상적으로는 사상가를 겸하는 것이 좋을 것임은 물론이다. 사상은 연구와 사색을 통하여 얻어지는 동시에 경험에 부딪쳐 빛을 내는 것이 아닌가? 동서고금의 위대한 시들은 모두 훌륭한 사상과 시적 재능에 의하여 된 것이라는 것은 새삼 말할 나위도 없다. 그렇다고는 하지만 사람마다 다 이런 시를 쓸 수 있는 것은 아니니까 훌륭한 사상은 못 가졌더라도 시인인 이상 누가 봐도 시라고 할 수 있는 것은 내놓아야 할 것이 아닌가? 이 말은 최소한 제 체험(감성)을 기술화할 수 있어야 된다는 말이다. 즉 시인은 천성의 바탕 위에 후천적 시작의 노력을 게을리해서는 안 될 것이란 말이다.

6. 제재

(1) 제재는 곧 시가 아니다[4)]

"시인이 경험한 것은 시가 아니고 시의 재료다"라고 T. S. 엘리엇은 말 한 일이 있다. 우리는 시와 우리의 경험을 착각하여 말하는 수가 흔히 있다. 아름다운 자연을 대하면 감탄하고, 좋은 음악을 들으면 감동하고, 훌륭한 행동에는 감격하고 하는 등등의 우리의 경험은 그대로는 시가 아니다. 시는 포엠이라는 형식을 빌려서 되는 것이다. 보통 우리는 감격적이고 열정적이고 다감한 사람을 두고 '저 사람은 시인이다'는 말을 쓰는 수가 흔히 있지만, 엄격한 의미에 있어 그런 사람을 시인이라고 할 수는 없다. 포엠을 이루는 기술을 습득하여 형식을 마련할 수 있는 사람만이 시인이라고 할 수 있다. 그러나 어떤 사람들은 우리의 경험을 소중히 생각하는 나머지에 경험 그것을 되도록 다치지 않고 그대로 솔직하게 문자화하는 것을 시의 순수한 상태라고 하고 있는 것이다. 이런 사람들에게 있어서는 흥이 나면 그 자리에서 곧 시가 되어져야(즉 즉흥시가 되어야만) 속이 시원할 것이다. 따라서 이런 사람들은 기술을 부린다든가 오랜 시일을 두고 시를 뜯어고쳐가며 개작하는 태도를 제일 싫어하는 것이다. 그러나 만약 우리의 감동이나 흥이 곧 시가 되어야 하는 것이라면 극단적으로는 '아!', '오!' 하는 감탄사만이 제일 순수하다 할 것이다. 글자로 적는다는 행동 자체가 벌써 순수하지 못할는지도

4) 이 항목은 〈3. 영감〉과 비교하여 볼 것.

모르는 일이다. 그러니까 시를 쓰지 않고 예민하게 사물을 느끼고만 있을 것이나, 시가 '언어의 예술' 이란 점을 염두에 둘 적에 이미 말하였듯이 이런 사람은 시인이 아닌 것이다. 그렇다고는 하지만 우리는 시인들의 시를 대하는 태도에 두 갈래의 형을 볼 수가 있는 것이다. 우리가 경험한 소재를 더 중요시하는 쪽과 그 소재를 다루는 방법이나 기술을 더 중요시하는 쪽이 있다. 전자는 소재의 새로움이라든가 심각함이라든가 하는 것을 많이 문제시하겠고, 후자는 방법이나 기술의 독자성을 문제시할 것이다. 위의 말은 그러나 비교상 그렇다는 것이지, 소재를 중요시하는 사람이 기술을 전연 돌보지 않는다든가 기술을 중요시하는 사람이 소재를 전연 돌보지 않는다든가 하는 것은 아닐 것이다. 기술만으로 시가 안 되는 것과 같이 소재만으로도 시는 안 되는 것이다.

T. S. 엘리엇은 또 "시를 쓰는 것은 그에게 있어 하나의 새로운 경험인 동시에 그것을 읽는 것은 작자에게 있어서나 또 다른 사람에게 있어서나 다른 또 하나의 경험이다"라고 하였는데, 시를 쓴다는 행동과 그것을 읽는다는 행동의 심리적인 미묘한 상태를 잘 통찰하고 있다 하겠다. 우리가 경험한 어떤 소재가 우리가 시를 써가고 있는 동안 어딘지 모르게 약간씩은 달라져가고 있는 것이 아닌가 하는 것을 경험하는 수가 있다. 바꿔 말하면 시를 써가는 동안에 언어나 이미지가 처음 생각보다는 다른 방향으로 우리를 이끌고가는 수가 있는데, 그러니까 언어나 이미지는 그것들대로의 질서가 있어 소재에 다소간의 변동을 주는 수가 있다고 할 수 있을 것이다. 자기가 쓴 시를 자기가 읽는 경우에 있어서도 시를 쓰고 있을 때와는 또 다른 암시와 의미를 받는 수가 있는데, 하물며 작자 외의 독자에 있어서랴. 그리고 우리가 남의 시를 읽는다는 것은 시를 쓴다는 행동과는 다른 경험의 세계에 들어가고 있다는 것을 경험하는 일은 비일비재가 아닌가 한다.

(2) 제재는 무궁무진하다

어떤 것들은 시의 제재로 적당하고 어떤 것들은 시의 제재로서 적당하지 못하다는 일은 있을 수가 없다. 보통 우리는 시조의 제재가 화조풍월에 있었다는 말을 잘 하지만, 시조의 제재가 그런 데에만 있었던 것이 아님은 시조를 조금만 주의 깊게 읽어본 사람이라면 다 알고 있는 사실이다. 우주의 삼라만상이 다 시의 제재가 될 수 있고 인사의 백반이 다 시의 제재가 될 수 있다. 시는 좁고 답답한 것이 아니다. 넓고 큰 것이다. 자연만이 또는 자연 중의 어떤 부분만이 시의 제재가 될 수 있다든가, 인간의 내면세계의 어떤 부분만이 시의 제재가 될 수 있다든가 하는 구속은 원래 없는 법이다. 돌멩이와 같은 무기물에서부터 하루살이와 같은 미물에 이르기까지 다 시의 제재가 될 수 있는 것이다. 그리고 제재로써 시의 우열을 따지려는 태도도 편협하다—그럴 수는 없을 것이다. 베르길리우스와 같은 로마의 시인이 『농경시』라는 그의 네 권이나 되는 시집 속에 취급한 소재는 대개가 농사에 관한 것이지만, 인생의 심각한 문제를 다룬 시들과 비교하여 시로써 그 우열을 간단히 이야기할 수는 없을 것이다. 그러나 시의 소재는 시대에 따라 변동할 수도 있겠고, 독자도 시대에 따라 소재의 종류에 대한 호오가 달라질 수는 있을 것이다.

(3) 시대에 따라 제재의 종류에 대한 호오好惡는 달라질 수 있다

한국의 신시 50년에 있어 그 제재가 각 세대에 따라 일반적으로는 어떻게 달라져왔는가를 살펴보도록 하겠다.

우리는 아모것도 가진 것 없오,
칼이나 육혈포나——
그러나 무서움 없네.
철장 같은 형세라도
우리는 웃지 못하네.

육당 최남선 씨가 1900년대의 말에 발표한 「구작3편」이란 시편들 중의 첫째 번 시의 첫째 연이다. 이 시에서 우리는 적에 저항하는 애국심이 제재가 되어 있음을 곧 짐작할 수 있다. 춘원 이광수 씨의 이 무렵의 시도 대부분 비슷한 제재를 택하고 있는데, 육당이 1955년《현대문학》지 창간호에 실은 「한국문단의 초창기를 말함」이란 다음의 글을 보면 그러한 제재를 택하게 된 심정들을 짐작할 수가 있다. "그때만 하더라도 시대성이라 할까, 문학이니 예술이니 하는 분야가 뚜렷한 게 아니었고, 젊은 사람이라면 또 뜻있는 사람이라면 모두 조국이 망하는 데 가만 있을 수 있느냐는 게 세대정신이었던 만큼…… 모두 애국정신에 불탔던 것만은 사실이었다."

약 10년 후인 1910년대의 말에 나타난《태서문예신보》라는 잡지에 실린 「봄은 간다」라는 제목의 안서 김억 씨의 다음과 같은 시를 보면,

날은 빠르다
봄은 간다

깊은 생각은 아득이는데
저 바람에 새가 슬피 운다

검은 내 떠돈다
종소리 빗긴다

(이하 생략)

이전의 편偏애국적 제재를 벗어나 보다 보편적인 정감세계를 택하고 있는 것이다. 그만큼 서정의 대상의 폭이 넓어졌다고는 하겠으나, 애국심은 시의 제재에서 멀어져간 만큼 시인들은 체념하고 있었거나 현실에서 도피하고 딴 것에 관심이 쏠려 있었다고 하겠다. 그런가 하면 곧 이어 1920년대의 초기에는《폐허》,《백조》와 같은 잡지들이 나와 그때의 일반적인 경향으로 다음과 같은 시들이 나타난 것이다.

어느날 내 영혼의
낮잠터 되는
사막의 위 숲 그늘로서
파란털의
고양이가 내 고적한
마음을 바라다보면서
「이애 네의
왼갖 오뇌 운명을
나의 끓는 샘 같은
애愛에 살적 삶어 주마
만일에 네 마음이
우리들의 세계의
태양이 되기만 하면
기독이 되기만 하면」

—「벽모의 묘」

「마돈나」 지금은 밤도, 모든 목거지에, 다니노라 피곤하여 돌아가려는도다,

아, 너도, 먼동이 트기전으로, 수밀도의 네 가슴에, 이슬이 맺도록 달려오너라.

「마돈나」 오려무나, 네 집에서 눈으로 유전하던 진주는, 다 두고 몸만 오너라,

빨리 가자, 우리는 밝음이 오면, 어댄지 모르게 숨는 두 별이어라.

「마돈나」 구석지고도 어둔 마음의 거리에서, 나는 두려워 떨며 기다리노라.

아, 어느덧 첫닭이 울고——뭇개가 짖도다, 나의 아씨여, 너도 듣느냐.

—「나의 침실로」 일부

앞의 것은 상아탑 황석우 씨의 《폐허》에 실린 시고, 뒤의 것은 상화 이상화 씨의 《백조》에 실린 시다. 둘 다 이 세상의 권태와 그것을 잊기 위한 관능적이고 탐미적인 세계가 시의 제재가 되어 있다. 상화 씨의 것이 한층 더한 느낌이긴 하지만.

그때는 3 · 1운동의 직후라 청년들의 심정이나 정신이 몹시 피로해 있었을 때요, 현실에 희망을 잃고 있을 때요, 덧붙여 한편에서는 서구의 퇴폐적 경향의 문학이 많이 도입되어 영향을 끼치고 있었던 것이다. 이 무렵의 청년들의 심정이나 정신을 알리는 글로 《폐허》에 실린 공초 오상순 씨의 「시대고와 그 희생」이란 것이 있는데, 그 한 부분을 여기 적어보겠다. "우리 조선은 황량한 폐허의 조선이요, 우리 시대는 비통한 번민의 시대이다. 이 말은 우리 청년의 심장을 삭히는 듯한 아픈 소리다. 그러나 나는 이 말을 아니 할 수 없다. 엄연한 사실이기 때문에, 소름이 끼치

는 무서운 소리나 이것을 의심할 수 없고, 부정할 수도 없다. 폐허 속에는 우리들의 내적 외적 물적의 모든 불평, 결핍, 결함, 공허, 울분, 한숨, 걱정, 근심, 슬픔, 아픔, 눈물, 멸망과 사의 제약이 스며 있다."

1939년에 《문장》이란 문예지가 나와 몇 시인이 추천을 통과하여 시단에 나타났다. 그 중 소위 '청록파'라 불리어지는 박목월, 박두진, 조지훈 제씨는 그 제재 선택에 있어 서로 통하는 일면이 있었다.

산이 날 에워싸고
씨나 뿌리며 살아라 한다
밭이나 갈며 살아라 한다

어느 산자락에 집을 모아
아들 낳고 딸을 낳고
흙담 안팎에 호박 심고
들찔레처럼 살아라 한다
쑥대밭처럼 살아라 한다

—박목월, 「산이 날 에워싸고」 일부

산아 푸른 산아 네 가슴 향기로운 풀밭에 엎드리면 나는 가슴이 울어라. 흐르는 골짜기 스며드는 물소리에 내사 줄줄줄 가슴이 울어라. 아득히 가버린 것 잊어버린 하늘과 아른아른 오지 않는 보고 싶은 하늘에 어쩌면 만나 도질 볼이 고운 사람이 난 혼자 그리워라. 가슴으로 그리워라.

—박두진, 「청산도」 일부

7. 이해의 방법

(1) 유형학적 방법으론 시를 옳게 이해하지 못한다

시를 이해하는 데 편리한 방법이란 있는 것이 아니다. 흔히 유형학적 분류에 따라 시를 이해해보려는 사람들이 있지만, 대단히 편리한 듯한 이 방법은 그러나 대단히 불편할 뿐 아니라, 시를 이해하는 데는 거진 무용지물이란 것을 알게 될 것이다.

고전주의와 낭만주의라는 말의 해석은 그것들을 말하는 사람들의 수만큼이나 많지 않을까 한다. 1920년대에는 한국에서도 《백조》 동인들을 중심하여 낭만주의란 말을 쓰게 되었고, 1930년대에는 몇 사람의 이론가가 고전주의를 말한 일이 있었다. 그 말들이 제각기 발언자로서는 일리가 있었을 것이라고 생각이 되지만, 결국은 어느 것이 어느 것인지 종잡을 수가 없었던 것이다. 그 말들 중 서로 통하는 점만 추려서 낭만주의와 고전주의를 이해해두고, 또 한편으로는 우리가 읽을 수 있는 대로의 고금의 외국 석학이나 비평가들의 견해를 섭렵하여 서로 통하는 점만 추려서 또한 이해해두고, 외국인의 견해와 한국인의 견해를 비교하여 그 차이점을 염두에 두고 한국의 시를 이 분류에 따라 이해해본다고 하더라도 시의 옳은 이해는 어려울 것이다. 월탄 박종화, 상화 이상화, 양씨의 시만 하더라도 그런 방법으로는 갈수록 미로에 빠질 수밖엔 없을 것이다. 편석촌 김기림, 우두 김광균 양씨의 시도 마찬가지다.

시를 회화적이니 음악적이니 하는 것으로 그 시대적 전개상을 이해해보려고 한 노력도 이론가들이 이론에서 말하고 있는 만큼은 석연치가 않은 것이다.

바람은 내 귀에 속삭이며
한 자욱도 섰지 마라 옷자락을 흔들고
종다리는 울타리 너머 아가씨같이 구름 뒤에서 반갑다 웃네.

고맙게 잘 자란 보리밭아
간밤 자정이 넘어 나리던 고운 비로
너는 삼단 같은 머리털을 감았구나 내 머리조차 가뿐하다.

—이상화 「빼앗긴 들에도 봄은 오는가」 일부

오후 두 시……
머언 바다의 잔디밭에서
바람은 갑자기 잠을 깨어서는
휘파람을 불며 불며
검은 호수의 떼를 몰아가지고
항구로 돌아옵니다.

—김기림, 「조수」 일부

앞에 든 것은 상화 씨의 「빼앗긴 들에도 봄은 오는가」라는 시의 일부고, 뒤에 든 것은 편석촌 씨의 「조수」라는 시인데, 상화 씨보다 편석촌 씨의 시가 얼마만큼 더 회화적인가를 분간하기 힘들다.

(2) 가장 높은 단계의 시가 어떤 것인가를 식별하기란 쉬운 일이 아니다

서정주 씨가 한때, 감각, 정서, 예지를 시의 발전의 3단계로 보고, 이상적으로는 이 순서를 밟아 발전해가야 하지 않을까 하는 말을 한 일이 있다.[5] 그럴싸한 말이기는 하나 실지에 있어 가능한 얘기가 아니다. 요행히 이 코스를 밟아 발전해간 시인이 있다고 하더라도 그것은 희귀한 경우일 것이고, 사람은 시대의 상황이나 연소했을 때는 남으로부터의 영향에 상당히 좌우되는 것이니까 이 3단계를 그대로 밟아가기란 어려운 일이다. 평생을 어느 한 단계에서 머무는 수가 있는가 하면 이와는 반대의 코스를 걷는 수도 많을 것이다. 이것으로 시의 전개현상을 이해할 수도 없을 뿐 아니라, 시가 가장 높은 단계에서는 반드시 예지를 보여줘야만 하는 것인지 어쩐지도 의문인 것이다.

(3) 철학비평(내용비평)에 치우쳐도 시는 이해 안 된다

시를 이해하는 데 철학의 힘을 빌리는 일이 필요할 경우가 있겠지만 철학만으로 이해하려고 하는 것은 심리학이나 언어학이나 또는 사회학만으로 이해하려고 하는 것과 같이 무모한 짓이라고 생각한다. 이 말은 시에서 내용상의 어떤 문제성만을 보려

---

5) 참고한 부분은 다음과 같다.
"그러나 이상하게도 우리의 현시단에는 여상한 바 삼단계 중의 최초의 단계—즉 감각적 표현의 단계도 충분히 경과하지 못한 사람이 엉뚱히 명령하고 서뿔리 '입법' 하려는 유치한 현상이 많이 전개된다……
꽃잎사귀 하나, 춥고 더운 것 하나 똑바로 표현할 능력도 없는 사람들이 단숨에 시의 최상의 각자로서 행동하려 한다."

는 것이 시를 이해하는 데 있어 무모한 짓이란 말과 같다.

가을 밤의 싸늘한 감촉——
밖을 나섰더니,
얼굴이 붉은 농부처럼
불그레한 달이 울타리를 넘어다보고 있었다.
나는 말은 걸지 않고 고개만 끄덕였다.
주위에는 생각에 잠긴 별들이 있어
도회의 아이들처럼 얼굴이 희었다.

(김종길 옮김)

T. E. 흄의 이 시에서 내용상의 문제성을 볼 수 없다고 실망할 것인가? 지금의 우리의 눈에는 1910년경의 영국에서와는 달라 불만이 많기는 하겠지만, 아직도 우리에게 어떤 즐거움은 줄 수 있지 않을까 한다. 우리가 한 40년이나 이전에 이 시를 보았다고 하면 당시 한국의 어떤 시인에게서도 볼 수 없었던 새로운 미감을 가지게 되었을는지도 모른다. T. E. 흄은 「낭만주의와 고전주의」라는 논문의 허두에서 "나는 주장하고자 한다. 낭만주의가 백 년을 계속한 후, 지금 우리는 고전 부흥을 맞이하게 되었다고"라고 하였지만, 이 시는 새로운 고전주의를 작품으로 보여준 것이라 하겠는데 그 이전의 시들에 친숙해 있었던 독자들의 눈에 혼란을 일으켰을 것이다. 그건 그렇다 하고, 작자는 왜 직접으로 제 사상이나 인생관을 시에서 말하지 않았을까? 시에서 인생관이나 사상을 보고 싶어하는 독자는 실망할 것이나 T. E. 흄은 자기의 고전주의를, 인생관이나 사상을 시에서 직접으로 말하지 않는 것으로 생각하고 있었기 때문이라고 하겠는데, 그러니까 감수성이 예민하지 못한 독자가 있어 이 시를 보다 이해해

보고 싶을 적에 작자의 철학이나 문학관을 말한 논문을 읽을 필요가 생기는 것이다. 그러나 시는 그런 것이 아니고 어떠한 선입관이나 편견에서도 자유로운 것이라고 할 수 있으니 언제나 매개 없이 독자와의 직접의 교섭을 요구하는 것이다. 이 시를 읽고 사물에 대한 관습적 편견이 해방된 듯한 기분이었다고 한다면 사상파[6]의 이론을 읽지 않아도 시의 새로운 전개를 예측할 수 있었을 것이다. 이 경우 이 시를 두고 고전주의나 신고전주의 전반을 이해한 것처럼 생각한다면 그건 오산이다. 고전주의나 또는 T. E. 흄은 자신이 신고전주의란 말을 썼다고 하더라도 그런 말로써 이 시의 옳은 이해를 다하였다고는 할 수 없을 것이다. 그런 말이 도움은 되겠지만 역시 허심하게 직접으로 받아들일 수 있을 적에 옳은 이해가 성립될 것이다. 이 시는 물론 몹시 회화적이다. 그러나 그것만이 전부는 아니다. 그렇지만 회화적인 데 치우쳐 있기 때문에 시대의 모습은 볼 수가 있을는지 모르나 그 이상의 것은 좀더 다른 요소가 더 첨가되어야만 하지 않을까 한다. 밝고 투명하기는 하나 시는 그 이상의 무엇을 바라고 있는 것이 아닐까? 암시와 상징의 힘에 있어 약하다는 말이다.

그런데 이상한 것은 서정주 씨가 말한 시의 3단계 중 '시의 최상의 각자'가 할 수 있다는 '예지'의 단계, 즉 '입법'의 단계, 다시 말하면 '이렇게 살아야 한다'는 '명령'의 단계를 T. E. 흄은 자기의 철학이나 문학에 관한 논문에서 다 말을 해버리고는 시에서는 직접으로 그런 말은 비쳐보지도 않는 것이다. 이럴 때 그의 시에는 '예지'가 없다고 할 것인가? '예지'의 단계에 있는 시는 반드시 그 '예지'를 시에 직접으로 토로해야 할 것인가? 이런 투의 물음은 퍽 진지한 듯하면서 실은 우문에 속할 것이다. 왜냐면 시는 '예지'를 직접 토로해도 좋고 안 해도 좋으나 시는 시라

6) 이미지즘. T. E. 흄의 영향으로 영국을 중심으로 하여 1910년대에 일어났다.

야만 할 것이기 때문이다. 여기서 우리는 시만이 아니라 시인의 세계와 인생에 처하는 태도를 볼 수 있는 것이다.

죽음은 위대하다.
우리는 웃고 있는
그의 입이다.
우리가 생명의 복판에 있다고 생각할 때,
그것은 우리의 한복판에서
감히 울기를 한다.

(구익성 옮김)

릴케의 이 시는 '예지'를 직접으로 토로하고 있다. 우리가 감동하는 것은 그 인생관적 문제성에 많이 힘입고 있는 것이다. 릴케와 같은 시를 느낄 수가 있다. 상징적인 태도라고 할까? 이에 비하여 T. E. 흄과 같은 시인의 시를 대할 때 시를 직접으로 느끼게 되는 것이다. 상징성이 없는 대신 시 그것이 눈앞에 있는 것을 알게 된다.

(4) 테마의 강약으로 시의 우열을 판별할 수도 없다

T. E. 흄의 아까 든 「가을」이라는 시에는 테마thema가 없을까? 우리는 테마라고 하면 심각하다든가 강렬하다든가 하는 것을 곧 생각하게 된다. T. E. 흄에 있어서는 테마의 심각성은 작품 이전에 이미 검토되어버리고 그 결과만이 작품에 나타나 있기 때문에 테마를 두드러지게 느낄 수가 없다. 그런데 "최저급의 문명에 있는 서정시는 주로 음악적 성질을 가지고 있고, 시적 의미는 다만

제2차적으로 가짐에 불과하다는 결론에 달하지 않을 수 없다"라고 크로세(현대 이탈리아의 철학자)는 말하였는데, 이렇게 되면 테마는 전연 볼 수 없게 된다. 어떤 무드가 있을 뿐인 것이다.

누구일까
벽에 걸린 데드 · 마스크!
어디서 많이 본 얼굴이다.
분명히 눈에 익은 얼굴이다.
그런데도 모르겠다.
누구일까, 생각이 나질 않는다.

그래도 떠날 때는 손을 흔들어 주어야지.
너의 얼굴에 눈물이 고인들, 웃음이 꽃핀들,
돌아서면 모두가 보지 못한 얼굴인 것을.
벽에 걸린 데드 · 마스크!
오직 너를 중심으로 무수한 표정들이 파문을 이룰 뿐
눈앞에 있을 때나 눈앞에 없을 때나
내가 아는 너의 얼굴은
벽에 걸린 데드 · 마스크!

김윤성 씨의 「데드 · 마스크」라는 이 시에는 테마 의식이 또렷함을 알 수 있다. 주로 테마를 통하여 시를 느끼게 해주고 있는 것이다. 테마가 선명히 드러남으로써 그것이 특이하다든가 순결하다든가 진지하다든가 예민하다든가 중후하다든가에 따라 독자에게 주는 감동이 다르겠지만, 하여간에 테마에서 독자는 감동을 받는 것이다. 릴케의 시가 이런 종류의 시일 것이다. 이런 경향은 대체로 동양의 시인들의 시에서 많이 볼 수 있는 것이 아닌가도 한다. 그런데 테마가 선명하느냐 그렇지 않느냐에 따라 시의 우열을 판별할 수는 없을 것이다. T. E. 흄의 시가 테마 의식이 또렷하지 않고, 실지로 이렇다 할 테마를 느낄 수 없다고 하여 테마 의식이 또렷하여 실지에 테마를 선명히 느낄 수 있는 김윤성 씨의 시보다 열등하다고는 할 수가 없다. 다만 시를 쓰는 데 있어 무엇을 쓸 것인가에 관심이 많이 기울어지는 사람이 있을 것인데 어느 쪽이냐 하면 T. E. 흄은 어떻게 쓸 것인가에, 김윤성 씨는 무엇을 쓸 것인가에 보다 관심이 기울어져 있었다 할 것이다. 이 문제에 대하여는 졸저 『한국 현대시 형태론』에 얼마만큼 언급이 되어 있는데 참고삼아 여기 인용해보겠다.

"시를 대하는 태도에 두 가지가 있을 것이라고 생각된다. 시를 내용(테마)의 면에서 보는 태도와 형식 즉 방법(형태와 문체)의 면에서 보는 태도가 그것일 것이다(물론 이들의 종합인 제3의 태도가 있겠으나, 현실적으로는 그 비중이 두 가지의 태도의 그 어느 쪽에든 더 많이 기울어져 있음을 본다).

시를 내용의 면에서 보는 태도는 보다 시를 두고 '느끼는' 그것이라고 하면, 형식 즉 방법의 면에서 보는 태도는 보다 시를 두고 '생각하는' 그것이라고 할 것이다. 전자는 낭만주의적 태도라고 하면 후자는 고전주의적 태도라고 할 것이다. 『시경』의 '시삼백사무야詩三百思無邪'나 『서경』의 '시언지가영언詩言志歌永言'은 시를 '느끼는' 면에서 말한 것이라고 할 것이다. 즉 시를 형식이나 방법을 떠나서 말한 것이라고 할 것이다. 보들레르가 "시간의 관념 없이 시계점의 시계의 바늘이 제각기 다른 것을 보는 것처럼 귀찮다"고 형태에 대한 관심 없이 남이 만들어준 형태를 무자각하게 틀에 박은 듯이 그대로 빌려서 제각기 제 감회를 토로하고 있는 시들을 공박하면서 새로운 시의 형태(산문시)를 내세우려는 태도는 시를 '생각하는' 면에서 말한 것이라고 할 것이다. 즉 시를 내용을 떠나서 말한 것이라고 할 것이다.

내용 편중의 낭만주의적 태도는 '무엇을 깊이 느꼈느냐?' 혹은 '무엇을 그답게 느꼈느냐?'에 관심의 대부분이 집중되는 것이라고 할 것이다. 형식 편중의 고전주의는 '무엇을 어떻게 쓰는데 대하여 얼마만큼 깊이 생각하였느냐?' 혹은 '무엇을 어떻게 그답게 그려내었느냐?'에 관심의 대부분이 집중되는 것이라고 할 것이다. 소위 비평적 문자로서는 전자를 두고 개성personality에 치중했다고 이르고, 후자를 두고 독자성originality에 치중했다고 이르는 모양이다.

'느끼는' 태도는 주정적이라고 하겠고, '생각하는' 태도는 주지적이라고 하겠다. 왜냐하면 이때의 '느끼는'은 인간만사나 우주의 삼라만상에 대하여 '느끼는' 일 것인데 시인뿐만이 아니라 학자도 정치가도 상인도 노인도 소년도 남자도 여자도 다 '느끼는' 인간이기 때문이다. '생각하는' 주지적 태도는 이와는 다르다. 왜냐하면, 이때의 '생각하는'은 예술에 대하여 '생각하는' 일 것인데 예술을 또한 시의 형식이나 방법이라고 생각하고 있기 때문에 그 아무나 이 '생각하는'에 참여할 수 없기 때문이다. 형식이나 방법을 생각하는 사람은 그 방면의 전문가에 국한된다. 그뿐만 아니라 이 형식이나 방법을 기술적으로 구축하는 태도는 전자처럼 인간성이 직접적 제1의적으로 관계할 수는 없다. 보다 비인간적인 태도라고 하겠다. '느끼는'은 '느끼는' 인간의 일반적 태도 위에서 보다 깊게 보다 그답게 '느끼는' 그것이기 때문에 여기에는 항상 뜨거운 인간적인 온도가 있다. 그러나 '생각하는'은 인간의 일반적 태도를 일단 의식적으로 포기한 태도이기 때문에 싸늘한 비인간적인 온도가 있을 따름이다. 전자가 보다 논리적이라 하면(허무에 대하여 뭐라고 설령 말하고 있더라도 어디까지든지 그것은 허무에 대하여서이지 그 자신 허무로서 있지는 않다. 유치환 씨의 시를 보면 우리는 그것을 느낄 수가 있다), 후자는 보다 허무로서 있음을 알 수 있다. 형식이나 방법에의 사고는 윤리가 개재할 틈이 없다. 그것은 사고의 논리를 통하여 기술로써 기계화할 수밖에 없는 것이다."

(5) 유일한 방법이 있을까

시를 이해하는 데 유일한 방법이 있을까? 있다고도 할 수 있고 없다고도 할 수 있을 것이다. 일반적으로 누구에게나 통할 수 있는 방법은 있을까 싶지 않지만 각자 각자에게 있어 어떤 유일한 방법은 있을 것 같다. 그것은 상당한 기간 동안 각자가 몸소 겪은 체험을 통해서 얻을 수 있을 것 같다. '시를 어떻게 읽고 어떻게 지을 것인가?' 하는 이 거창한 문제를 말하는 내 자신부터 나대로의 체험에 따라 하는 것이다. 여기서 나는 이 항목에 국한한 나대로의 체험을 얘기하면서 내가 시를 이해하는 내 자신의 유일한 방법을 적어볼까 한다. 다소의 참고가 되면 다행이다.

나는 처음에 어떤 시가 좋은지 나쁜지 하는 분간을 전연 못하였다. 내 나이 20이 되도록 그랬다. 그러나 그때에도 내 마음에 드는 시가 있었다. 나는 그것들을 읽고 싶을 때 읽고 혼자서 뭔가를 느끼곤 하였다. 일본 시인 몇 사람의 시와 릴케의 번역된 초기 시들이었다. 한국의 시인들의 것은 그때까지 거진 모르고 지냈다. 이 무렵 나는 주로 일본어로 습작을 하는 것을 즐겼다. 누구에게 보일 생각도 없었고, 다만 하고 싶어서 한 습작인데 이것이 시의 이해에 많은 도움이 되었다고 생각한다. 내가 직접 해봄으로써 시작의 비밀 같은 것이 부지중에 짐작되어져갔던 것이 아닌가 한다. 시의 이해에 있어 몸소 시작을 해본다는 것은 유익한 일이 아닐 수 없다. 시인이 되고 안 되고는 고사하고 대학에 들자 경험의 세계도 다소 넓어지고, 문과에 적을 둔 동창들과도 자주 문학 얘기를 주고 받고 하는 동안 다소는 시의 좋고 나쁜 것을 판별하게 되었다고 생각되었는데 지금 돌이켜보면 실은 그런 것이 아니고, 내 취미와 호오가 차츰 자리를 잡으려고 한 것이 아니었던가 한다. 취미나 호오와 시의 좋고 나쁨의 판별은 다른 것이다. 그때 나는 이것을 착각하고 있었다.

대학 몇 년 동안 나의 독서 범위는 넓어지고 나의 욕망과 정열도 비교적 구체적인 대상을 가지게끔 되었다. 이 무렵에 나는 한국의 몇 시인들의 시를 알게 되었고, 폴 발레리, 보들레르, 베를렌 등을 일본어 번역으로 탐독하였고, 릴케의 『로댕론』을 열심히 읽었다. 이러한 사람들의 나에게 끼친 영향에 따라 나는 시를 바라보게 되었다. 나의 시를 이해하는 태도는 많이 치우쳐 있었다고 생각된다. 그것을 깨닫게 된 것은 내가 차차 이론에 대하여 관심을 가지기 시작한 이후라고 하겠다. 대체로 해방을 전후한 내 나이 26, 7세 되던 때라고 기억한다. 이 무렵 나는 또 철학과 문학의 다른 장르에 대하여도 많은 관심을 기울였다. 시에 대한 보다 넓은 시야를 얻게 되었다고 생각된다. 이때에 나는 T. S. 엘리엇을 알게 되어 시는 언어의 예술이란 걸 다소나마 생각해보게 되었다. 이미 이전에 폴 발레리의 글을 통하여 언어의 문제를 막연히 계시받은 일이 있었던 것이다. 그러나 실지에 있어 한국의 시를 보다 많이 대할 수밖엔 없을 것이라 외국어보다는 한글의 뉘앙스를 먼저 이해해두어야 하겠다는 짐작이 들자 시조와 현대시를 연대순으로 착실히 읽게 된 것이다. 이것을 계속하는 동안에 이조가사와 고려속요에까지 관심이 뻗어간 것이다. 나이 40이 다 된 지금에 있어 나의 인생경험과 함께 이상의 것들이 쌓이고 쌓여 나의 시에 대한 이해를 형성한 것이다. 물론 앞으로 변할 수도 있겠으나 내가 쓰고 있는 이 글 전부가 그대로 내가 가진 지식까지를 합한, 내가 시를 두고 나대로 생각하고 경험한 결과인 것이다. 내 이 글 전체가 그대로 나의 시에 대한 이해의 정도를 말한 것이고 동시에 나의 유일한 시 이해의 방법인 것이다.

제각기 지식과 체험을 쌓아가는 동안 제 나름의 이해의 방법을 얻을 수밖에는 없지만, 괴테와 같은 위대한 인격은 남으로부터의 영향을 늘 고맙게 받아들였다고 하는데, 시를 보다 잘 이해하기 위하여도 남의 말에 귀를 기울이고 받아들일 것을 고맙게 받아들이는 마음의 준비가 꼭 있어야 할 것이다. T. S. 엘리엇이 '개성으로부터의 도망'이란 유명한 말을 하였지만, 너무나 제 개성과 제 소견만을 언제까지나 외고집하는 것은 시를 폭넓게 이해하는 데 있어 장애가 될 것임은 물론이다.

부단한 관심과 넓은 도량이 치밀하고 풍부한 이해를 마련해줄 것이다. 또 하나 명심할 것은 너무 바삐 서두르지 말자는 그것이다. 지금 이해가 안 가더라도 경험과 시에 관한 교양이 더 쌓이게 되면 나중에는 이해가 되는 것이다.

8. 제목

(1) 제목과 테마는 관계가 있다

시를 쓸 적에 제목에 대한 세 가지의 태도가 있지 않을까 한다. 그 하나는 제목을 미리 정해놓고 붓을 대는 그것이고, 그 둘째는 시를 다 써놓고 난 다음에 제목을 정하는 그것이고, 그 셋째는 처음부터 제목이 염두에 없는 그것이다. 이 셋째 번 것은 그러니까 제목이 없다. 작품 몇 번이라든가 혹은 편의상 시의 허두 한 귀를 제목으로 하는 수도 있다. 폴 발레리가 시에 제목을 붙일 필요가 없다고 말한 일이 있는데, 시를 내용보다는 형식, 즉 시를 만들어가는 기술에 보다 관심하게 되면 이런 말을 하게 되는 것이 아닌가 한다. 음악의 절대악과 같이 언어를 우리의 경험의 세계와 차단하여 추상화해놓고 보면 언어는 우리의 경험과는 상관없이 언어 그 자체로서의 실재를 엄연히 가지고 있다는 것을 알게 된다. 음 그 자체의 고저 장단 강약을 잘 다스려 질서를 세운다면 거기 음 그 자체만의 미가 음악을 빚어낼 수 있듯이, 언어도 언어의 속성의 어느 부분을 잘 살려 질서를 세운다면 순수한 언어예술인 순수시를 빚어낼 수 있는 것이다. 폴 발레리 같은 시인은 언어의 음에 보다 관심하여 음악적인 순수한 상태의 시를 생각하고 있었다. 이런 경우에는 제목이 크게 문제가 안 된다. 제목은 그러니까 내용과 많이 관계한다고 할 것이다. 어떤 내용인가 하는 것을 대체로 우리는 제목을 통하여 알 수 있게 되는 것이다.

흰 식기
꽃
스픈
봄의 하오 3시
희다
희다
붉다

이 시도 일종의 순수시다. 폴 발레리와는 달라 순수한 시각적인 세계를 전개시켜놓은 것이다. 인생은 슬프다든가 외롭다든가 혹은 즐겁고 아름답다든가 하는 식의 경험의 세계가 논리적 질서로 표현되어 있지 않다. 이 시의 제목은 「기호설」이라고 되어 있지만 실은 이 제목을 읽고 우리는 이 시의 내용을 짐작해볼 수는 없기 때문에 제목이 있으나마나다. 다만 어떤 경향으로 시를 쓰고 있는가 하는 것을 어렴풋이 알 수 있을 따름이다. 참고 로 이 시를 감상한 어느 시인의 글을 여기 적어두겠다.

"이 시 속에 논리적인 의미나 스토리를 찾는다는 것은 헛된 일이다. 왜냐하면 이 시는 그런 것을 거절하는 데에서 출발하고 있기 때문이다. 만약 그런 것이 찾아진다고 하면 이 시는 작자에게 있어서는 실패의 결과인 것이다. 이 시에는 특별히 이렇다 할 의미가 있는 것이 아니다. 다만 안구의 수정체에 비친 빛깔과 형상의 배치에 지나지 않는다. 그러나 그들 빛깔이나 형상이 개념에 의하여 때묻지 않고 원소적인 순수함으로 일종의 미의 세계를 이루고 있는 것을 느끼며 감상할 수 있으면 그만일 것이다."

그러나 대부분의 시는 제목을 가지고 있고 또 제목을 염두에 두면서 시를 쓰는 것이다. 아까 두째 번의 경우로 시를 다 쓰고 제목을 정하는 수도 있다고 하였지만 실은 이런 경우란 제목을 미리 정할 만큼 쓰고 싶은 내용이 또렷하지가 못했다든가 혹은 쓰고 싶은 내용은 또렷하지만 좋은 제목이 생각나지 않았다든가 또는 쓰는 도중에 약간 처음 생각한 내용과는 딴 방면으로 흘렀다든가의 어느 쪽이었을 것이다. 시를 써보면 다 알 수 있는 일이지만 도중에서 내용이 처음과는 다소 딴 방향으로 달리는 수가 있다. 그래서 T. S. 엘리엇도 "시가 이루어지기 전에는 시는 아무데도 없다"고 하였다. 마음속에 미리 한 편의 시를 만들어놓고 그것을 그대로 문자화하는 경우는 드물 것이다. 하여간에 제목이 미리 정해졌건 나중에 정하건 간에 제목에 관심한다는 것은 그만큼 내용에 관심한다는 것이 된다. 이것은 또한 무엇을 쓸꼬 하는 테마에 관심한다는 말이 된다는 것은 두말할 나위도 없다. 그러니까 제목은 내용을 가장 암시할 수 있는 것이어야 할 것이다. 동시에 스타일(문체)이나 감각의 예둔銳鈍이나 하는 것들을 남에게 알리게 되는 것이다. 제목을 보면 그 시인의 경향이나 시에 대한 이해의 정도, 나아가서는 시의 숙·미숙까지를 예민한 독자는 점칠 수 있을는지도 모른다. 그러나 제목에 끌려 읽어가다가 실망하는 수도 있다. 제목이 내용과 잘 어울리지 않았거나 하였을 적에 그렇다.

(2) 제목이 정해져야만 쓸 수 있는 사람은 내용에 결백한 사람이다

좋건 궂건, 깊건 얇건, 혹은 폭이 넓건 좁건 간에 자기 체험을 음율이나 이미지나 혹은 의미를 통하여 남에게 전달하는 것을 시라고 생각하고 있는 사람들이 있다. 이런 사람들은 인생론이 시를 만들게 하는 가장 중요한 원인이 된다고 생각한다. 인생론을 떠나서 시가 어떻게 성립되느냐고 반문할 것이다. 이런 사람들을 우리는 휴머니스트라고 한다. 이러한 휴머니스트인 시인들은 제목에 많은 관심을 기울일 것이다. 철저하고 결백한 휴머니스트면 휴머니스트일수록 그렇다고 할 것이다. 슬픈 체험을 하고, 기쁜 체험을 하고, 외로운 체험을 하고, 혹은 억울한 일을 당하고 하는 인생의 온갖 체험이 시를 쓰게끔 재촉할 적에 그가 철저하고 결백한 휴머니스트일수록 그러한 인생의 온갖 체험을 체험 그대로 거짓없이 표현하여 전달코자 노력할 것이다. 그때 그 인생의 온갖 체험은 두말할 나위도 없이 시의 내용이 될 것인데, 시의 내용이 이미 정해져야 이러한 휴머니스트들은 시를 쓸 수가 있을 것이고 그와 같이 내용을 상징하여 한눈에 알리게 하는 제목이 정해져야 붓을 댈 것이다. 내용과 제목을 비교하는 얼마만큼의 동안이 시를 쓰기 전에 필요해질 것이다.

물론 이런 경우의 시인들에 있어서도 미리 정한 제목이 마음에 안 드는 수가 얼마든지 있을 수는 있다. 따라서 나중에 혹은 시작 도중에 제목을 고치는 수도 있을 것이다. 그렇다고는 하지만 영 엉뚱한 것이 될 수는 없는 일이다. 만약 영 엉뚱한 제목으로 제목이 고쳐진다면 시작 도중에 내용이 상당히 다른 방향으로 빗나갔다는 것을 증명하는 것이 되겠는데, 철저한 휴머니스트들은 이러한 내용의 빗나감을 허용할 수는 없을 것이다. 따라서 이런 경우에는 내용이 아직 설익었다든가(시가 될 만큼) 내용에 불충실했다든가 하는 이유로 자기 자신을 시인으로서 불쾌하게 생각하는 이상으로 시작을 일단 포기하고, 다른 내용(인생 체험)으로 방향을 돌리거나 적당한 내용이 생길 때까지 기다리거나 할 것이다.

휴머니스트인 시인들의 일반적 경향으로 '아이 오트 투 필 디플리' 라는 것이 있다. 이러한 경향으론 표현에 있어서도 고루한 태도를 취하는 경우가 많다.

나그네 주인이여 설기도 허이
속 깊은 이 한잔을 누구와 마셔
동해 바다 다 켜도 시원ᄒᆞ지 않은
끝없는 나그넷길 한 깊은 설음
꿈인 양 달래보는 하염없는 잔
꿈 같은 나그넷길 멀기도 하다.

—오상순, 「한잔 술」 마지막 연

나는 왕이로소이다. 나는 왕이로소이다.

어머님 가장 어여쁜 아들 나는 왕이로소이다. 가장 가난한 농군의 아들로서……

그러나 십왕전에서도 쫓기어 난 눈물의 왕이로소이다.

「맨 처음으로 너에게 준 것이 무엇이냐?」 이렇게 어머니께서 물으시며는

「맨 처음 어머니께 받은 것은 사랑이었지요마는 그것은 눈물이더이다」 하였나이다. 다른것도 많지요마는……

—홍사용, 「나는 왕이로소이다」 첫째 연과 둘째 연 일부

앞의 것은 음율에 기대어 자기의 심정을 토로하고 있다고 하면 뒤의 것은 음율에도 별로 관심없이 자기 생각을 그대로 진술하고 있는 데 지나지 않는다. 이런 경우 이 두 작자가 시라고 하는 형태를 취했다는 것은 전연 우연이다. 인생의 어떤 체험을 단지 알리는 데 관심의 대부분이 쏠려 있기 때문이다. 시의 기능이라든가 시가 가져야 할 형태의 필연성이라든가 하는 데 대한 자

각이 엿보이지 않을 뿐 아니라, 언어의 기능에 대하여도 극히 상식적이고 일반적인 인식의 테를 벗어나지 못하고 있음을 알 수 있다. 언어의 의미성만을 논리적으로 겨우 보여주고 있는 데 지나지 않는다. 무슨 말을 하려고 한 것인가를 충분히 알 수는 있되 그 이상의 시적 감동을 느껴볼 수는 없다.

좋지 못한 예를 들었는지는 모르나 대체로 내용(인생 체험)을 시의 가장 중요한 부분이라고 생각하는 시인들은 언어의 의미 이외의 기능이나 시의 형태에 대하여는 맹목인 경우가 많다. 스타일(문체)이나 폼(형태)에도 별로 큰 관심이 없을 뿐 아니라 스타일이나 폼이 시와 어떠한 관계에 있는가 하는 데에도 별로 자각이 없기 때문에 스타일을 수사상의 문제에 국한하여 생각하는 폐단이 있다. 어떻게 문장을 꾸밀까 하는 수사는 산문에서도 문장법의 초보에 속하는 문제다. 앞에 든 두 편의 시(?)가 그 부자연한 형태를 떠나서는 산문(수필 등속)과 다를 것이 없지 않는가? 오씨의 것은 음율에 관심하고 있긴 하지만 옛날에는 소설도 운문으로 쓴 것을 생각한다면 틀에 박은 듯 고루한 이런 식의 음율이란 시의 기능으로는 현대에 있어서는 거진 무의미에 가깝다.

물론 휴머니스틱한 시인들의 전부가 다 그렇다는 것은 아니다. 우수한 시인이란 휴머니스트이건 그 반대이건 시의 기능과 언어의 시적 미를 잘 파악하고 그것을 구사하는 능력을 가지고 있는 법이다.

제목이 정해져야 시를 쓸 수 있는 사람은 내용에 결백한 나머지에 시의 기능의 중요한 여러 면을 돌보지 않는 일이 왕왕 있을 수 있다는 것을 염두에 두고, 시를 내용의 희생물로 바치지 않을 것을 경계하면 될 것이다.

(3) 형태주의의 경우

낡은 아코오뎡은 대화를 관 뒀읍니다.

——여보세요?

폰폰따리아
마주르카
디이젤 엔진에 피는 들국화

——왜 그러십니까?

　　모래밭에서
수화기
　여인의 허벅지
　　　　낙지 까아만 그림자

비들기와 소녀들의 랑데뷰
그 위에
손을 흔드는 파아란 깃폭들

나비는
기중기의
허리에 붙어서
푸른 바다의 층계를 헤아린다

이것은 조향 씨의 「바다의 층계」라고 하는 시의 전부다. 이 중의 다섯째 연은 형태주의다. 각 행의 어휘들을 혹은 높게 혹은 낮게 배치하고 있다. '모래밭', '수화기', '여인의 허벅지', '낙지 까아만 그림자' 등이 이 시에서 배치되어 있는 높이대로 혹은 강하게(짙게) 혹은 약하게(희미하게) 작자의 의식의 흐름 속에서 명멸하는 것을 시각적으로 활자배열을 통하여 보여준 것이다. 이런 경우 이들 네 개의 이미지에는 인생론적 의미성은 아무데도 없다. 순수하게 이런 네 개의 이미지를 받아들여 '개념에 때묻지 않은' 어떤 상태를 느낄 수 있으면 되는 것이다. (1)에서 인용한 시의 경우와 같다. 조씨 자신이 이 시에 대하여 화가 조르주 브라크Georges Braque의 말을 다음과 같이 인용하여 해설하고 있다.

"아름다운 레뗄이 붙은 통조림이 아직 부엌에 동안은 그 의미는 지니고 있으나, 일단 쓰레기통에 내버려져서 그 의미와 효용성을 잃어버렸을 때 나는 비로소 그것을 아름답다고 생각한다."

앞에 든 네 개의 이미지는 '그 의미와 효용성을 잃어버린', '쓰레기통에 내버려진', '통조림통'과 같은 것이다. 통조림통의 의미와 효용성은 물론 식료품, 즉 미각과 영양에 있는 것이지만, 이 시의 네 개의 이미지의 의미와 효용성은 일상적인 논리성, 즉 인생의 어떤 상태를 말해주었는가 하는 데 있다. 그런데 쓰레기통에 내버려진 통조림처럼 이 네 개의 이미지는 일상적인 논리성으로부터 멀리 떠나 있는 것이다. 여기서 합리적이 아닌 순수한 이미지만의 차원이 다른 가치세계가 나타나게 된다. 이러한 순수상태를 형태주의로써 보여준 것인데, 형태주의의 시에는 제목이 있다 하더라도 회화의 경우처럼 기껏해봤자 내용의 설명에 그치니까 제목을 일부러 붙이지 않아도 될 것이다. 이 시의 제목은 「바다의 층계」라고 하였지만, 내용을 상징하는 의미는 없다. 제목이 필요가 없지만 독자를 위하여 붙인 친절에 지나지 않는다.

형태는 내용(인생 체험)과 관계가 없기 때문에 형태주의는 제목에 별로 관심하지 않는다. 인생 체험과 관계가 없다는 것은 인생의 희로애락과 관계가 없다는 것을 의미하는 동시에 희로애락을 어떻게 처리하며 살아야 할 것인가 하는 윤리 문제와도 관계가 없다는 것을 의미한다. 그 한에 있어서는 반反휴머니즘의 입장인 것이다.

어떻게 살아야 할 것인가를 염두에서 떼어버릴 수 없는 휴머니스트의 쪽에서 바라볼 적에 형태주의적 무의미성은 우스운 장난으로밖에는 보이지 않을 것이다. 그리고 형태주의가 언어의(또는 글자의) 다른 중요한 요소들을 희생으로 하고 비로소 탄생할 수 있었던 그만큼 시로서도 불구임을 면할 수는 없을 것이다.

(4) 제목을 통해 본 김소월과 이상

한국의 현대시에 있어 가장 문제될 수 있는 시인 중에 김소월 씨와 이상 씨가 있다. 김씨를 통하여 전통과 서정의 문제를, 이씨를 통하여 서구 근대와 의식의 문제를 가장 전형적으로(한국에 있어서는) 볼 수가 있지 않을까 한다. 이 두 시인을 비교하여 검토함으로 한국 현대시의 나갈 바 자세를 암시받을 수 있는 것이 아닌가도 한다. 우선 이 두 시인이 택한 제목을 얼마만큼 제시해보고 그 서로 이질적인 풍모가 어떠한 것인가를 구체적으로 보기로 하겠다.

김씨의 시제

「진달래」「접동새」「꾀꼬리」「산유화」「삭주구성」「산수갑산운」「가는 길」「산」「고적한 날」「못 잊어」「무심」 등등.

이씨의 시제

「오감도」「수인이 만들은 소정원」「골편에 관한 무제」「신경질적으로 비만한 삼각형」「운동」「흥행물천사」「파첩」「이상한 가역반응」「▽의 유희」「선에 관한 각서」 등등.

김씨의 시제는 대개가 자연이나 지명으로 되어 있다. 그렇지 않으면 남녀간의 슬픈 사연을 알리는 그런 것으로 되어 있다. 한국의 고전시가가 대개는 자연을 읊었거나(관조적으로) 정한을 노래하였거나 그 어느 쪽이었던 것을 생각할 적에 소월의 관심이 어디에 있었던가 하는 것을 곧 알 수 있다. 제목이 내용의 상징일 경우(소월의 경우는 특히 그렇다) 우리는 내용을 보지 않고도 시의 내용을 짐작할 수가 있다. 소월의 시는 제목과 내용이 부즉불리의 밀접한 관계에 있다. 소월의 시를 보고 그 제목을 다시 볼 때 다른 제목을 붙이면 어색하지 않을까 싶을 정도로 제목이 적절하다.

여기 비하여 이씨의 시제는 적절한 것도 있으나 딴 제목으로 바꿔도 무방하지 않을까, 혹은 제목을 붙이지 않아도 되지 않았을까 싶은 것도 있다. 그래서 「시 제1호」니 「시 제2호」니 하는 제목 아닌 제목을 붙인 것도 있는 것이 아닌가 한다.

이씨는 한 편 한 편의 시를 완전한 것으로 내놓으려는 노력보다는(김씨에게는 훨씬 이런 노력이 있었다고 생각된다) 일군의 시를 통하여 제 특색을 보여주는 형의 시인인 것도 있고, 일일이 어떤 구체적 내용을 붙들고 쓴 것이 아니라, 대체적인 커다란 테마가 있어 그때그때 단편적으로 한 조각씩 써간, 그러한 형의 시인이 아니었던가 하는 것을 그의 시와 제목을 비교하여 짐작해 보는 것이다. 따라서 그의 시는 한 편 한 편 떼어서 따로따로 음미하는 것보다는 난해한 부분에 구애되지 말고 전체적인 그의 이데아Idea와 표현의 방법을 이해하고 대체적으로 음미하는 것이 좋을 듯하다.

그리고 그가 시에서 어떤 성질의 것을 말하려고 하고 있는가 하는 것을 알기 위하여는 그의 시제를 자세히 음미해보면 많이 도움이 될 것이다. 가령 「오감도」라는 제목을 자세히 음미해보면 난해한 시로 알려진 「오감도」 중의 「시 제1호」의 내용이 대강이나마 짐작될 수 있는 것이 아닌가 한다.

13인의아해가도로로질주하오.
(길은막다른골목이적당하오.)

제1의아해가무섭다고그리오.
제2의아해가무섭다고그리오.
제3의아해가무섭다고그리오.
제4의아해가무섭다고그리오.
제5의아해가무섭다고그리오.
제6의아해가무섭다고그리오.
제7의아해가무섭다고그리오.
제8의아해가무섭다고그리오.
제9의아해가무섭다고그리오.
제10의아해가무섭다고그리오.

제11의아해가무섭다고그리오.
제12의아해가무섭다고그리오.
제13의아해가무섭다고그리오.
13인의아해는무서운아해와무서워하는아해와그렇게뿐이모였소.

(다른사정은없는것이차라리나았소.)

그중에1인의아해가무서운아해라도좋소.
그중에2인의아해가무서운아해라도좋소.
그중의2인의아해가무서워하는아해라도좋소.
그중에1인의아해가무서워하는아해라도좋소.

(길은뚫린골목이라도적당하오.)
13인의아해가도로로질주하지아니하여도좋소.

퀴즈를 풀 듯 이 시의 이모저모를 분석하여 검토한다고 하더라도 이 시의 내용이 잘 파악될까 싶지 않다. '13인의 아해'는 '최후의 만찬' 때의 예수와 그 제자를 합한 수와 같다. 그러니까 이 시는 인류의 종말적인 불안과 절망을 우의한 것이다. 이렇게 말하는 사람이 있는가 하면, 13인은 일제 때의 13도를 말한 것이니 13도의 전 한민족의 일제하의 절망적인 상태를 그린 것이라고 말하는 사람도 있다. 이같이 제각기 편리한 대로 13이란 숫자를 풀이해본댔자 아무에게나 납득되는 시의 감상이 성립되는 것이 아닐 뿐 아니라, 이런 식으로 풀이해가다가는 이씨의 시는 우리를 영영 미로에 빠뜨려버릴 우려가 없지 않다. 그보다는 「오감도」라는 제목이 무엇을 의미하고, 왜 하필 그런 야릇한 제목을 붙이게 되었을까를 곰곰이 생각해볼 때, 보다 이 시의 내용을 감득케 되지 않을까 한다. 까마귀 오烏 자가 풍겨주는 죽음의 기운이 감도는 흉한 분위기를 생각해보라. 제목을 붙일 때 시인은 여러 모로 내용을 생각하고 붙이는 것이다. 이 시가 논리적인 일관된 의미를 거부하고 있다고 하더라도 제목 「오감도」는 이 시를 이해하는 데 도움이 될 뿐 아니라 시인 이씨를 이해하는 데도 적잖은 도움이 될 것이다. 대체로 이씨의 시제는 까다롭다. 그만큼 그의 시도 까다롭다.

틈나는 대로 육당 이후 현재까지의 시인들의 시제를 비교하여 검토해보면 시의 여러 경향을 짐작하는 데 도움이 되지 않을까 한다.

9. 행의 기능

(1) 산문시 외의 모든 시는 다 행 구분을 하고 있다

『청구영언』이나 『해동가요』나 간에 옛날의 사화집 등을 보면 시조란 시조는 모두 줄글로 되어 있다. 이것은 음악을 염두에 두고 편찬한 것이기 때문이다. 시의 형태를 고려하지 않았기 때문이다. 그런데 요즘에 나오고 있는 많은 고시조집들을 보면 모두 초장 중장 종장으로 구분을 해놓고 있다. 이 경우는 시의 형태를 고려하여 편찬을 해놓고 있기 때문이다. 다른 항목으로 이미 얘기한 일이 있지만 시조는 초장 중장 종장으로 행을 세 개로 구분할 것이 아니라, 시조의 3장 구성은 세 개의 연으로 보는 것이 시의 형태로서는 보다 타당하지 않을까 한다. 그리고 장마다 구가 두 개로 나누어지는데 이것들은 또한 두 개의 행으로 볼 수 있다. 따라서 시조는 3연 6행의 형태로 볼 수가 있지 않을까 한다. 이렇게 보는 것이 보다 타당하지 않을까 한다. 하여간에 시조는 시조대로의 행 구분이 반드시 있는 것이다. 고려가요나 신라향가도 또한 그들대로의 행 구분이 있다. 현재의 자유시는 자유시대로의 독특한 행 구분이 반드시 있다. 그런데 요즘의 자유시 중에는 뭣 때문에 행 구분을 했는지 도무지 그 까닭을 알 수 없을 만큼 행 구분에 대하여 무자각한 것들이 더러 눈에 뜨인다.

행을 구분하는 것은 그만한 이유가 있기 때문이다. 시란 짤막하게 행을 구분하는 것이더라 하는 막연한 짐작이나, 행을 구분하는 것이 보기가 좋을 듯하니까 한다는 그런 것이 아니다. 산문시는 줄글로 쓰는 것이지만(산문시를 줄글로 쓰는 데에는 또한 그만한 이유가 있다. 여기 대하여는 나중에 잠깐 얘기를 할 생각이다), 산문시 외는 모두 행 구분을 하고 있는 것이다. 그렇다면 행 구분은 왜 하는 것일까?

(2) 행 구분을 하는 데에는 몇 가지의 중대한 이유가 있다

먼저 리듬을 들 수가 있다.

삭풍은 나모 끝에 불고 명월은 눈 속에 찬데
만리변성에 일장검 짚고 서서
긴파람 큰한 소리에 거칠 것이 없에라

김종서 장군의 유명한 이 시조는(모든 시조가 다 그렇듯이) 2구(2음보) 1행으로 리듬을 이루고 있다. 이 시조의 각 행은 리듬의 한 단락을 보여준다. 리듬의 단락을 알림으로써 리듬과 리듬 사이의 미묘한 연결상이 미묘하게 전달되어오는 것이다. 이것을 다음과 같이 고쳐보면 그 미묘한 느낌은 한층 치밀해질 것이 아닌가?

삭풍은 나모 끝에 불고
명월은 눈 속에 찬데

만리변성에
일장검 짚고 서서

긴파람 큰한 소리에

거칠 것이 없에라

이렇게 고쳐놓고 이 시조의 각 행을 보면 각 행은 각 행대로 조그마한 의미의 단락을 또한 이루고 있음을 알 수 있고, 각 연은 각 연대로 좀더 큰 의미의 단락을 이루고 있음을 알 수 있다. 여기서 행 구분은 의미의 한 단락을 표시하는 것이라고도 말할 수 있게 되었다. 그렇다. 행 구분은 의미의 단락도 표시하는 것이다.

나의 내부에도
몇 마리의 새가 산다.
은유의 새가 아니라,
기왓골을
쫑,
쫑,
쫑,
옮아 앉는
실재의 새가 살고 있다.

박남수 씨의 「새」라고 하는 시의 이 부분에서는 물론 리듬과 의미의 단락을 전연 느낄 수 없는 것은 아니지만, 보다도 이미지의 움직임(이행)을 선명히 하기 위하여 행이 구분되어 있는 듯하다.

쫑
쫑
쫑

을 '쫑 쫑 쫑' 으로 가로로 배열하지 않았다는 것도 이미지의 움직임을 생각하고 한 일이 아니었던가 한다. 이처럼 세로로 배열하면 세로로 늘어진 '기왓골' 을 조금씩 조금씩 동안을 두고 '옮아 앉는' 새의 동작이 눈에 선해지고, 동시에 작자의 정신(내부) 속에 가볍고 무구하고 사랑스럽고 자연스런…… 그러한 것들이 움직이고 있다는 비유로서도 적절해진다. 이처럼 행 구분은 이미지의 단락(움직임)도 보여주어야 하는 것이다. 기다조노 가즈에北園克衛는 "시의 행 구분에 있어서 각 행은 각 행 속에 있는 사상의 분량에 따라 결정되어 균형을 취한다고 하지만, 사상의 분량이란 의미의 분량이고, 의미의 분량이란 심상의 분량이나 형태와 같은 것이다"라고 하였다. 그의 시를 한 편 우리말로 옮겨놓고 행의 독특한 구분법을 검토해보도록 하겠다.

뼈
그 절망
의
모래
의
손잡이

구멍
이 있는
돌
의
가슴

또는 구멍
이 있는
돌
의 팔

우상
의
밤
에 의지
된 고독
의 입
의
뼈

하나
의
눈에
의
하나의
거북의
지혜

또는
살찐 구멍
의 속
의
사랑

의
영원
을 거절
하는
사랑에
의
도형

우수
의
진흙
의
꿈
을 깨뜨리는
애인
의
음모
의
밤
그
암흑
의
환영
의
불
의
그

환영
의
죽음
의
도취
의
검은 모래
또는
그
검은 도취
의
검은 모래
또는
그
검은 도취
의
뼈의 손잡이

기다조노 가즈에, 「밤의 요소」 전문

좀 지루한 느낌이 없지 않으나 이미지의 움직임을 영화의 화면을 보듯 선명하게 행 구분을 통하여 보여주고 있는 전형적인 예로서 여기 전문을 옮겨본 것이다. 이 시에 대하여는 무라노 시로오가 적절한 해설을 하고 있는데 그것을 여기에 그대로 옮겨 보겠다.

"이 시에 상세하고도 적절한 해설을 할 사람은 아마 없을 것이다. 그 자신(기다조노 가즈에)으로도 독자를 납득시킬 만한 해설을 할 수는 없을 것이다. 원래 그 의미를 '잘라 말하면 이러이러한 내용이다' 라고 설명할 수 있는, 미묘한 것이 없는 시는 대단찮은 시라고 밖에는 할 수 없을 것이다. 시는 포고문과는 달라 읽지 않으면 안 된다는 성질의 것도 아니고, 이 작품도 억지로 판독하여 음미할 책임이 독자에게 없다면 읽지 않더라도 조금도 지장은 없을 것이다.

이 찢어진 시구에 의한 형식은 형식만으로 본다면 E. E. 커밍스(미국의 현대시인) 등에 의하여 이미 채용된 것이다(그는 이에 대하여 형식은 비슷하지만 그 의도는 전연 다르다고 말했다—그건 그러함에 틀림없을 것이다). 이 시의 제목을 「밤의 요소」라고 한 것은 그로서는 보기 드물게 솔직하고 또한 친절하다.

이 시는 실로 그가 말한대로 밤의 요소의 심상적 몽타주(편집)인 것이다 라고 해석하면 될 것이다. 밤은 죽음과 삶, 신성과 추잡에 관한 모든 것들의 복합체인 것이다. 그리고 그러한 것들의 환영이 충만하여 도량하고 퇴적되는 밀방인 것이다. 독자는 '모래의 손잡이' 를 '입의 뼈' 를 '거북의 지혜' 를 '음모의 밤' 을 그것들이 도대체 무엇일까, 어떠한 관련에 의하여 결합되고 있는가를, 사회관적 또는 인생관적 논리로써 무리하게 따지고 들 필요가 없다.

다만 민감한 사람이 있어서 이들 시구 중에서 현대의 밤의 양상을 감득하고 거기에 결론을 붙인다면 붙여도 무방할 것이다. 일반인들은 이 시의 물상이 밤의 도깨비에 가장 알맞고, 그것들이 불러일으키는 심상적 영상이 얼마나 밤의 내부의 새로운 표현에 이바지하고 있는가를 느끼게 된다면 그것으로 되는 것이다.

수사상으로 말하면 이 시에 쓰이고 있는 이상한 위치에 놓인 '의' 는 그에게 있어서는 실은 없애버려도 좋았을 정도로밖에는 생각 안 하고 있을 것이다."

역시 좀 지루한 인용이긴 하였으나 '이미지의 분량' 에 따라

행이 구분되고, 각 행은 서로 그 '이미지의 분량'에 있어 균형을 취해야 한다는 점에서 이 시는 하나의 본보기가 될 것이다.

(3) 산문시가 행을 구분하지 않는 데에도 이유가 있다

산문시는 영어로는 포엠 인 프루즈poem in prose라고 하는 모양이다. 동양(중국을 중심한 극동)에서는 옛부터 문文이라고 하면 곧 산문을 뜻하였다. 누구누구의 문집 하면 그것은 곧 산문집을 뜻했던 것이다. 시는 반드시 운문으로 씌어졌던 것이다. 이 점은 서양도 마찬가지다. 운문은 리듬을 염두에 두고 씌어지는 것이기 때문에 시의 형태에 있어서는 행의 구분이 필연적으로 생기게 마련이다. 영시에 있어서 행이 그대로 버스가 된다는 것은 이미 말한 일이 있다. 그런데 문장이 산문이 되면 왜 행의 필요를 그다지는 느끼지 않게 될까?

산문 할 적의 산散 자는 탄誕 자와 통한다. 탄 자는 방사放肆하다는 의미를 가지고 있다. 그래서 중국에서는 옛날부터 사육문四六文[7]에 대하여 일정한 규칙을 가지지 않고 제멋대로(제 개성으로) 쓰는 문장을 산문이라고 했던 것이다. 그런데 산문은 영어로 프로즈prose라고 한다는 것은 다 잘 알고 있는 일이지만, 이 프로즈란 말은 어원적으로는 일직一直, 즉 똑바르다는 의미를 가지고 있다고 한다. 똑바르다는 것은 문장의 체제로서는 줄글을 의미하게 되는 것이다. 석학 R. G. 몰턴 교수는 "글의 일직한 표기에 있어서는 리듬을 의식적으로 나타낼 아무런 필요도 없어졌다"라는 의미의 말을 하고 있다. 이리하여 우선 산문시는 산문이

7) 사육문은 사육병려문四六騈儷文이라고도 한다. 육조시대에 발달한 문체인데 넉자 여섯자 단위로 대구를 이루고 있다.

라고 하는 규칙을 밟지 않는 방자하고, 또 한편 리듬을 생각할 필요가 없는 줄글로 써야 하기 때문에 행 구분을 하지 않는다고 말할 수가 있다. 유명한 보들레르의 산문시집 『파리의 우수』 서문에는 다음과 같은 말이 보인다. 즉 "리듬이나 운이 없어도 마음속의 서정의 움직임이나 몽상의 물결에 의식의 비약에 순응할 수 있는 유연하고도 강직하고 시적인 산문……."

산문시에 행 구분이 필요하지 않은 이유로서는 리듬을 생각할 필요가 없어졌다는 것만을 들 수 없다. 행 구분은 이미 말하였듯이 의미와 이미지의 단락을 보여주기 위하여서도 필요한 것이다. 그런데 산문시는 의미와 이미지의 단락을 자유시나 정형시처럼 그다지 세세하게 혹은 치밀하고도 미묘하게 보일 필요가 없어진 것이다. 여기 대하여는 좀 까다로운 얘기를 해야만 되겠다.

시와 산문은 원래가 문장의 체재를 두고 한 말이 아니라 내용의 성격 여하를 두고 한 말이다. 아리스토텔레스가 유명한 『시학』에서 "있을 법한 이야기를 적은 것이 시고, 이미 있었던 이야기를 적은 것이 역사다"라고 하였는데, 이 말은 시와 산문(역사로써 아리스토텔레스는 산문을 대표케 하고 있다고 생각하면 된다)을 내용의 성격 여하에 따라 말한 것이다. 아리스토텔레스가 시를 '있을 법한 이야기를 적은 것'이라고 한 것을 다르게 말하면, '시는 상상력을 통하여 이루어진 것이다'라고도 할 수 있을 것이다. '있을 법'하다는 것은 현실적으로는 백 년 천 년, 아니 인류가 이 지구상에 살고 있는 동안은 영원히 실현될 수가 없을는지는 모르나, 심리적으로는 지금 당장에도 있을 수가 있는 그런 것을 말한 것이다. 호메로스의 『일리아스』에 나오는 이야기는 현실적으로는 거짓말이 많으나 그 거짓말 속에 우리를 감동케 하는 힘이 있다면 그것은 '있을 법한 이야기'이기 때문인 것이다. 여기 비하여 헤로도토스의 『역사』는 희랍과 페르시아가

싸운 것을 사실에 따라 그대로 기록한 데 지나지 않는다. 만일 그의 『역사』에 상상력이 가미되어 실지로는 있을 수 없는 이야기가 섞여 있었다고 한다면 그것은 역사라 부를 수는 없는 것이 되었을 것이다. R. G. 몰턴 교수는 이리하여 시를 창작문학이라 부르고, 산문을 산문문학, 또는 토의문학이라고 불렀던 것이다. 산문문학, 또는 토의문학은 '이미 있었던 사실을 적는' 동시에 검토하고 분석하고 비판하는 그러한 지적인 힘을 많이 필요로 한다. 이런 경우에는 의미나 이미지의 비약이라든가 많은 생략을 통한 암시를 필요로 하지 않을 뿐 아니라, 그런 것이 있어서는 오히려 더 지장이 생긴다. 따라서 의미와 이미지의 단락을 보다 치밀하고 미묘하게 하는 행 구분이 필요하지 않게 되는 것이다.

나는거울없는실내에있다. 거울속의나는역시외출중이다. 나는지금거울속의나를무서워하며 떨고있다. 거울속의나는어디가서나를어떻게하려는음모를하는중일까.

이것은 이상 씨의 「시 제5호」라는 산문시의 제1장이다. 이 시는 정서나 감각보다는 내부 즉 의식을 분석하고 비판하고 있는 그러한 시다. 시가 퍽 토의적 성격을 띠게 되었다 할 것이다. 이런 경우에는 아까 말한 바와 같이 의미나 이미지의 치밀하고도 미묘한 단락을 통한 암시보다는 보다 논리적 연결을 구와 구, 절과 절이 요구하게 되니까 행 구분이 불필요해지는 것이다. 이 시에서 우리는 몇 개의 낱말이 주는 의미와 이미지를 잘 파악할 수만 있다면 이 시는 그다지 이해하기에 어려운 시는 아니다. 그 낱말들이란 '나', '실내', '거울', '외출', '음모' 등이다.

(4) 행의 구조는 일정한 것이 아니다[8)]

보통의 경우 행은 몇 개의 낱말로 구phrase가 합해진 절clause인 것이다. 시조나 소네트 같은 것의 행은 그 대표적인 예라고 하겠다. 그러나 다음의 김소월 씨의 「가는 길」이라는 시의 첫째 연은 좀 다르다.

간다고
말을 할까
하니 그리워

이 경우는 한 낱말이 행을 이루고 있기도 하고(제1행), 한 구가 행을 이루고 있기도 하다(제2행과 제3행). 이렇게 함으로써 의미나 리듬에 미묘하고도 절실한 효과를 내고 있다. 그러니까 아까 말한 절이 행을 이룬다는 것은 원칙이 아니라는 것을 알 수 있다. 행의 구조는 일정하지가 않고, 경우에 따라서 얼마든지 새로운 행 구분을 해볼 수가 있는 것이다. 김소월 씨가 시험한 7·5조는 행 구분을 그렇게 함으로써 새로운 맛(내용에까지)을 주고 있는 것이다. 행 구분을 그렇게 한 것은 김소월 씨가 자유시의 구조를 이해하고 있었기 때문이라고 생각한다.

낱말 하나가 행이 될 수 있다는 것은 낱말 하나가 연도 될 수 있다는 것이 되고, 낱말 하나가 시편 포엠poem이 될 수 있다는 것도 된다. 왜냐하면, 행 하나가 그대로 연이 될 수가 있고, 연 하나가 그대로 시편이 될 수가 있기 때문이다. 이렇게 볼 때 하나하나의 낱말이 얼마나 귀중한 것인가 하는 것을 또한 알 수 있다. 폴 발레리가 "시는 무용이고 산문은 보행이다"라고 한 것은

8) 이 항목은 〈1. 형태〉를 참고할 것.

시에 있어서 낱말 하나하나가 얼마나 귀중한 것인가를 알리고 있는 말이라 할 것이다. 무용은 보행과는 달라서 일순 일순의 움직임이 귀중한 것이다. 만약 어느 한순간의 움직임에 착오가 있었다면 그 무용은 실패인 것이다. 시편에 있어서 하나하나의 낱말은 무용에 있어서의 일순 일순의 움직임에 해당한다고 할 것이다.

10. 아류

(1) 우리는 모두 한때 아류가 되게 마련이다

처음으로 우리가 시에 관심을 가지게 된 동기 중에 여러 가지가 있겠지만, 어느 시인의 시를 읽고 감동했다는 것이 대부분의 경우가 아닌가 한다. 남의 시를 읽고 감동했을 때 우리는 한때 남에게 사로잡힌 것이라 해도 좋을 것이다. 우리가 나이 어리면 어릴수록 특별한 천재가 아닌 이상은 숭배하는 시인의 시를 흉내내는 것이 또한 보통인 것이다. 이런 일은 피해야 할 일이 아닐 뿐 아니라 불가피한 일인 동시에 필요하기까지 한 일이 아닌가도 한다. 우리는 자기의 재능이나 기호나 개성을 쉽게 알아낼 수는 없는 법이다. 누구의 강력한 개성에 처음에는 끌려가기가 보통이다. 우리는 이러는 동안에 시작에 대한 흥미와 시에 친근해가는 길을 스스로 열게 되는 것이다. 처음부터 남의 영향을 두려워하고 남을 배척하고 편협한 제 울 안에 들앉아버릴 것이 아니다.

남으로 하여 열린 시작에 대한 흥미와 시에 친근해가는 길은 결국은 어느 시기엔가 자기의 힘으로 보다 넓고 깊고 독자적인 길을 발견하게끔 되는 것이다. 그때까지는 우리는 남의 영향을 순순히 받아들여야 하지 않을까 한다.

(2) 비판력이 생겨야 할 것이다

어느 시기엔가 우리는 자신의 시작과 남의 작품을 비교하여 제 입장을 생각해보는 비판력이 생겨야 할 것이다. 이때에 우리는 우리의 고전이나 현대 작품은 물론이고, 어학력이 있으면 딴 나라의 고전이나 현대 작품도 되도록 광범위로 읽어둬야 할 것이다. 읽으면서 점점 자기의 처할 위치 같은 것을 생각해둬야 할 것이다. 이때에 되도록이면 시에 대한 중요한 이론서는 물론이고, 딴 방면의 교양도 쌓아둬야 할 것이다. 이렇게 하여 서서히 서서히 자기가 자기를 발견해가야 할 것이다. 언제까지나 남을 배척만 하고 있는 것도 좋지 않지만 언제까지나 남의 영향의 그늘 아래 태평치고 있다는 것도 안 될 일이다. 그렇다고는 하지만 우리가 한 사람 몫의 시인이 되어 제가 처할 바 제 위치를 찾을 수 있었다 하더라도 늘 겸허한 마음을 버려서는 안 될 것이다. 우리가 쓰고 있는 말 한 마디라고 하더라도 수천년 동안의 유명 무명의 헤아릴 수 없이 많은 우리 겨레의 입김과 손때와 땀과 피가 묻어 있다는 것을 잊어서는 안 될 것으로 생각한다. 실상 우리는 수천년 동안의 유명 무명의 우리 겨레와 심지어는 남 나라의 사람들로부터도 도움을 받고 있는 것이다. 언어란 종적으로도 구적으로도 관련하고 있는 것이다. 괴테도 "개성이 얕은 사람일수록 남의 영향을 두려워한다"고 한 일이 있지만, 우리는 항상 남으로부터 받는 영향을 두려워할 것이 아니라 그것을 어떻게 소화하여 내 것으로 할 것인가 하는 데에 마음을 써야 할 것이 아닌가 한다.

(3) 아류는 스타일과 소재를 쫓아다닌다

아류는 언제나 스타일을 쫓아다니는 법이다. T. S. 엘리엇이면 T. S. 엘리엇, 서정주 씨면 서정주 씨가 어찌하여 그러한 스타일을 가지게 되었는가의 근본을 따지지 않고, 나타난 현상인 스타일만을 흉내내는 것이다. 누가 불안이란 말을 쓰면 덩달아 불안을 말하고, 심각한 듯한 표정을 곧잘 짓곤 하는 사람을 우리는 아류라고 하는 것이다. 이런 사람들은 어느 독창적인 시인의 뒤만 쫓아다니면서 세상에 남이 입고 있다가 낡아서 벗어버린 헌옷을 주어다가 헐값으로 팔아서는 퍼뜨리는 사람들이다. 말하자면 일종의 건달들이다. 어느 정도의 시작 수련을 쌓은 후에까지도 이러한 건달이 되어서야 되겠는가? 그렇지만 이러한 건달들이 실상은 어느 나라의 시단을 막론하고 상당한 수로 있는 것이다.

다음은 남이 취급하는 소재를 슬금 훔쳐서 어울리지도 않는 차림을 차려보는 사람들이 있다. 이것 역시 아류가 하는 버릇이다. 남이 신라를 얘기하면 덩달아 자기도 신라를 말하지만, 그 덩달아 말하는 사람에게는 그것을 말할 만한 필연적인 경로가 있었던 것은 아니다. 그저 그렇게 해본다든가, 그렇게 해보는 것이 멋이 있어 보인다든가 하는 경박성이 이들이 가진 바 특징이라면 특징이라고 하겠으나, 교양과 비판력을 쌓게 되면 이런 일은 어느 정도 가시어질 수 있는 일이다.

부록
시의 전개[9)]

앤솔로지 운동의 반성

(1) 무엇 때문의 이 앤솔로지 사태인가

앤솔로지antholog, 사화집詞花集 또는 사화집詞華集은 그 편집에 있어, 여러 가지 이유와 또 방법이 있다. 『시경』 서문에 '시삼백일언이폐지왈사무사詩三百一言以蔽之曰思無邪' 라고 한 것은 『시경』 편자의 편집 이유의 일단을 말한 것이라고 한다면, 풍아송風雅松의 분류는 편집 방법을 말한 것이라 하겠다. 우리 선인들이 가집歌集을 편집하는 데도 여러 가지 이유와 방법이 있었다. 작가별, 내용별, 곡조별 편집이 그 방법이다. 제1의 것은 작가 위주이니 작가를 알리기 위한 것이 편집의 주된 이유라 하겠고, 제2의 것은 내용을 알리기 위한 것이, 제3의 것은 곡조를 알리기 위한 것이 각각 편집의 주된 이유라 하겠다. 이상 예를 든 현상들은 그

---

9) 이 논문은 『시의 표정』(문학과 지성사, 1979)에 같은 제목으로 전문 재수록되었다.

이 중 필자 자신이 재수록시 삭제한 부분은 다음과 같다.

"문예작용의 깊이를 가진 시인을 지성적이라고 한다. 그리고 지성이란 것을 무슨 새로운 내용의 술어처럼 말하는 사람들이 있다.

과연 그럴까? 경기체가를 처음 시험해보고, 시조를 처음 시험해본 사람들은 지성적이었다고 할순 없을까? 의식적으로 어떤 형태를 시도한다는 것은 충분히 지성적이다. 새로운 형태에 맞는 언어의 사용법을 생각해야 한다는 뜻에서도 그렇다. 포엠을 대하는 지성적 태도란 이와 같이 낡고 오랜 것이다. 그런데도 이 말에 새로운 내용을 느끼는 사람책이 많다고 하면, 상당한 기간 우리의 시가 지성을 등한하고 있었다는 증거일 것이다."

러나 협의의 시 운동과는 별로 관계가 없는 것들이다. 물론 시의 효용을 널리 알려 민중을 정서적으로 계몽하고, 과거와 현재의 시가를 한곳에 모아 동호인의 편리에 도움됨과 아울러 멀리 후대에까지 전하고자 하는 열성들이 광의의 시 운동이 안 될 바는 아니지만, 가령 말라르메가 『현대 고답파 시집』에 걸작 「반수신의 오후」를 보냈는데 게재를 거부당한 일은 그 전에 두 번이나 동시집에 말라르메의 시가 게재되어온 일을 생각해볼 때 그의 「반수신의 오후」가 고답파의 비위에 거슬렸다든가, 그의 시작태도가 고답파의 눈에 났든가 어느 쪽이든 간에 자파의 이념을 고집하고 있다는 데서 『현대 고답파 시집』은 협의의 시 운동인 것이다. 이와 같이 앤솔로지 운동은 그것이 시 운동을 자인하고 나선 이상은 협의의 시 운동이 되어야 할 것이다(편의상 여기서는 산문의 앤솔로지를 제외하고 하는 말이다). 앤솔로지를 발판으로 시 운동을 전개한 일은 19세기 이래로 흔히 있어왔다. 우리도 《장미촌》 이래 현재까지의 온갖 시의 동인지들이 앤솔로지 형식을 많이 따르기는 하였지만 겨우 한두어 개의 일시적이나마 '에콜'을 이룰 뻔한 일이었던 동인지가 있었을 뿐이다.

그런데 해방 이루 십여 년 간 이루 헤아릴 수 없이 무수한 앤솔로지가 쏟아져나왔고 지금도 쏟아져나오고 있는 이 앤솔로지 사태는 어찌된 일일까? 『현대시인 전집』만 하더라도 손꼽을 수 없을 정도로 나왔고, 『가집』 중에서도 『시조집』은 고대 현대를 통하여 방대한 수효가 나왔다. 여기에 각국의 번역 시집이나 경향에서 나온 동인 시집까지 가산한다면 엄청난 양이다(산문의 앤솔로지는 그만두고라도). 이 중 한둘을 제외하고는 문헌적 가치조차 별로 찾아볼 수 없는 것들이었다고 하면 그것들의 편집의 이유를 새삼 묻고 싶은 것이다. 무엇 때문에 이 앤솔로지 사태인가(그러나 이것들은 협의의 시 운동을 목적으로 한 것들이 아니니까 논외로 돌린다)? 앤솔로지 운동이 시 운동으로 전개되려면 여러 가지 조건이 구비되어야 할 것이다. 앤솔로지 운동이 마땅히 협의의 시 운동이 되어야 할 것인데도 실지에 있어 그렇지가 못했던 것은 협의의 시 운동이 될 만큼 조건이 구비돼 있지 못했기 때문이다. 최근에 나온 시 운동(협의의)을 목적으로 했다고 볼 수 있는 한둘의 앤솔로지를 중심으로 이 점을 얼마큼 검토해볼 생각이다.

(2) 앤솔로지 『평화에의 증언』의 경우

재작년 세모(12월 15일 발행)에 앤솔로지 『평화에의 증언』이 나왔다. 필자도 여기에 시를 내긴 하였지만 원고청탁을 받고 수삼 차 사양한 것이다. 멤버를 보니 필자가 끼일 자리가 아니었다. 멤버는 김종문, 이인석, 김춘수, 이상로, 임진수, 김경린, 김수영, 김규동, 이홍우(이상 목차순) 등인데, 명단만 보고도 독자 중에는 무리한 인선이란 걸 곧 알 수 있는 분도 있을 것이다. 그때까지 필자는 임, 이(홍) 양씨의 시는 물론, 한 번의 대면도 없었다. 이 중 몇은 시작 태도나 교양이나 취미로 보아 서로 통하는 데도 있었으나 몇은 누구하고도 통하지 않는 제 고독한 자리를 제각기 호젓이 자리하고 있을 뿐이었다. 한뜰에 핀 몇 종의 이질의 꽃을 대하는 느낌이다. 그렇다고 별로 다채로울 것도 없다. 수가 몇 안 되니까.

시집명이 『평화에의 증언』으로 되었는데 수록된 시들에 혹간 시집명과 같은 의지들이 움직이고 있지 않은 것은 아니나 그렇게 상징해버리기에는 더 많이 그렇지 않은 의지들이 움직이고 있었다. 기껏 소재면의 일부 공통점을 그대로 앤솔로지 자체의 의도인 것처럼 내세운 것은 이 이외에 9인의 시인을 한자리에 묶어둘 이유가 발견 안 된 것이 아닌가 싶어 편자의 고충이 느껴졌다. 앤솔로지 『평화에의 증언』을 엮는 이유와 인선에 무리가 있었다고 생각한다. 신중을 결했다고 생각한다. 앤솔로지는 무엇 때문에, 무엇을 위하여 엮는가? 여기 대하여는 1910년대의 영국에서 이미지스트들이 그들의 앤솔로지를 엮었을 때의 일을 상기하면 될 것이다.

① 우리에게 이념이 있는가? 그것은 어떤 종류의 이념인가?

② 지금이 적당한 시기인가?

③ 누구 누구가 동지인지 아닌지 충분히 식별하고 있는가?

우선 이 정도로 검토를 하고 앤솔로지 운동은 시 운동(협의)으로서 전개되어져야 할 것이 아니었던가?

앤솔로지 『평화에의 증언』은 인선부터 해놓고 각자 자선의 시를 얻어 편집을 한 것인데 그만큼 인선에는 자신이 있었는지는 모르나 앤솔로지 자체의 이념이 한 선을 그을 만큼 뚜렷한 게 아니었던 것이 아닌가 하기 때문으로 결과에 있어 인선이 실패였다고 생각한다. 그러나 그런대로 이 앤솔로지가 계속하여 몇 번쯤이라도 더 나올 수가 있었더라면 그동안 반성이 생겨 시 운동다운 움직임으로 전개되어갔을는지도 모른다.

대체로 우리는 어떤 기회에 특지가의 원조를 얻어 책을 낸다든가 출판사의 호의로 기회를 얻어 책을 낸다든가 하는 것이 고작이기 때문에 앤솔로지 운동이 뻗어가기에 여간한 힘이 들지 않는다. 처음 한 번이 거진 결정적인 역할을 하기 마련인 것이다. 앤솔로지 『평화에의 증언』은 주위로부터의 이렇다 할 반향도 들어보지 못한 채 1957년 세모의 우리 시단에 물거품처럼 떴다가 사라졌다. 혹 호사가의 서가를 장식한 일은 있었겠지만…… 비단 『평화에의 증언』뿐이랴? 수록된 시들 중 몇 편을 추려 약간의 사족을 덧붙이겠다.

나는 시방 위험한 짐승이다.
나의 손이 닿으면 너는
미지의 까마득한 어둠이 된다.

존재의 흔들리는 가지 끝에서
너는 이름도 없이 피었다 진다.

눈시울에 젖어 드는 이 무명의 어둠에
추억의 한 접시 불을 밝히고
나는 한밤내 운다.

나의 울음은 차츰 아닌밤 돌개바람이 되어
탑을 흔들다가
돌에까지 스미면 금이 될 것이다.

……얼굴을 가리운 나의 신부여,

—김춘수, 「꽃을 위한 서시」

벌써
정화될 대로 되어 버린
언어만이 남아 있는 풍습 속에서

거리의 소음을
모조리 할 수 있는
나의 청막은
불행한 제라늄인가

어느 날
까닭 모를 시위가
은가루처럼 부서지는
페이브멘트 위에
적은 미련을 남기고 간 병사여

아직도
우리들에게는 절망보다는
한마디의
젊은 회화가 남아 있기에

바다가 보이는
언덕 위에서 흘린
눈물은 서정이 아니어도 좋았다.

끊임 없이
유동하는 좌표 속에서
검은 생리가
활자의 비중에
너무나 큰 거리를 가져왔을 때

투명한
나의 녹음기는
역시
불행한 제라늄에 불과한가

—김경린, 「나는 불행한 녹음기인가」

전자는 관점이 내부(의식)를 향하고 있고, 후자는 외부(사회)를 향하고 있다. 관점이 다르다. 그 이상으로 언어나 작시(이미지 구성) 태도에 상당한 차질을 느낀다. 뿐 아니라 이런 시들이 『평화에의 발언』이란 강렬한 저항(사회참여)의 의지와 어떠한 관계가 있다는 것인가? 한 가지 통하는 점이 있다면, 필자와 김씨가 같은 세대(연령적으로)에 속하고, 순전(재래적인)한 리리시즘의 입장을 떠나 있다는 정도일 것이다. 다시 다음의 시를 보면 더 잘 알 것이다.

애타도록 마음에 서둘지 말라
강물 위에 떨어진 불빛처럼
혁혁한 업적을 바라지 마라
개가 울고 종이 들리고 달이 떠도
너는 조금도 당황하지 마라
술에서 깨어난 무거운 몸이여
오오 봄이여

한없이 풀어지는 피곤한 마음에도
너는 결코 서둘지 말라
너의 꿈이 달의 행로와 비슷한
회전을 하더라도
개가 울고 종이 들리고
기적소리가 과연 슬프다 하더라도
너는 결코 서둘지 말라
서둘지 말라 나의 빛이여
오오 인생이여

재앙과 불행과 격투와 청춘과
천만인의 생활과
그러한 모든 것이 보이는 밤
눈을 뜨지 않는 땅 속의 버레같이
아둔하고 가난한 마음은 서둘지 말라
애타도록 마음에 서둘지 마라
절제여
나의 귀여운 아들이여
오오 나의 영감이여

—김수영, 「봄밤」

이 시는 또 다르다. 이러한 잠언적 교훈시는 수록된 시들 중 독보의 경지다. 통히 어울리지가 않는다.

이상 3인의 3편의 시가 물론 그들의 대표작이라고 할 수도 없고 늘 그런 경향으로만 작시하고 있는 것은 아니라고 하더라고 대체로 그들의 시풍은 짐작되는 작품들이다. 그렇다면 앤솔로지 『평화에의 증언』은 한 세대(연령적인)의 몇 경향의 시를 묶어놓았다는 것이 되겠는데 편집의 의도가 마땅히 『평화에의 증언』이란 답답한 테를 벗어나 있었어야 할 것이었다. 만약 그렇게 되었더라면 편자는 각 시인의 보다 특색있는 작품만을 추려 문헌적 의의는 남길 수 있었던 것이 아닌가 한다. 물론 앤솔로지 『평화에의 증언』을 그 시집명에서 오는 무슨 '에콜' 같은 것을 염두에 두지 말고(시 운동이란 것을 염두에 두지 말고) 바라볼 적에 문헌적 의의가 전연 없다고는 할 수가 없을 것이다.

(3) 앤솔로지 『신풍토시집 1』의 경우

앤솔로지 『신풍토시집 1』은 금년 초여름 (6월 15일 발행)에 나왔다. 『평화에의 증언』보다는 배 이상의 인원이 동원되었다. 『신풍토』란 시집명이 가리키고 있듯이 신세대(연령적인)에 속한다고 생각되는 시인들 중에서 인선한 것 같다. 그런데 이 인선이 역시 문제다. 대체로 해방 후 현재까지를 인선의 범위로 잡은 모양인데 해방된 지 금년이 15년째다. 15년이라면 요즘과 같은 빠른 템포의 시대에 있어서는 능히 한 세대가 교체되고도 남을 만한 기간이다. 물론 전후세대(제2차 세계대전 후 세대)라는 말이 있기는 하다. 그러나 해방 직후부터 시를 발표해온 시인들은 대체로 40대 전후라고 한다면 이 세대는 20대 세대와는 그 교양과 처해온 환경이 상당히 다르다. 우선 일제교육과 학병과 해방이란 것이 있다. '청록파'를 대표로 하는《문장》추천 시인들과 해방과 함께 나온 시인들은 연령적으로 같은 세대에 속한다. 다만 후자는 일제 말 몇 년 동안을 여러 가지 사정으로 세상에 나오지 못했다는 것뿐이다. 왕왕 해방을 한 선으로 그 이전과 이후를 갈라보는(시작 경향상으로가 아닌) 태도는 온당치가 않다. 앤솔로지 『신풍토』가 역시 왕왕 있는 바와 같은 이런 과오를 범한 것이다. 수록시인의 명단을 보니 연령적인 밸런스가 잡혀져 있지 않다. 그만큼 네임 벨류로도 신선한 느낌을 못 주고 있는 것이다.

흔히 얘기되고 있는 것이지만 연령적으로 신세대에 속한다고 시풍까지가 새롭다고는 할 수 없는 경우가 있다. 앤솔로지 『신풍토』는 이 점을 다소는 고려했겠지만 아까의 그 연령문제에 착오가 있었던 것과 같이 여기에도 엄격한 기준을 못 세우고 있는 것 같다. 시의 뉴페이스란 것이 배우의 얼굴처럼 성명 세 자가 새롭다고 신선한 것은 아니다. 작풍이 신선해야 할 것이다. 이렇게 보면 앤솔로지 『신풍토』는 그 『신풍토』를 형성할 만큼 연령적으로나 작풍에 있어서나 성격이 별로 뚜렷하지가 못한 것 같다. 어느 쪽이냐 하면 구세대라고 생각되는 세대에 대하여 뚜렷이 할 말을 가진 세대들이 뭉쳐 작품으로 신풍을 들고 나섰을 때에만 그것이 『신풍토』가 될 것이다. 이때에 관계인의 연령의 차이는 별로 문제가 될 수는 없다(그러나 이것은 희귀한 일이다). 시 운동은 작풍으로 전개되어야 하고, 앤솔로지 운동도 그렇게 전개되어야 할 것이다. 앤솔로지 『평화에의 증언』보다 앤솔로지 『신풍토』는 시집명이 가리키고 있듯이 이념의 폭이 보다 넓었다고 할 수 있으니까 수록시인들의 경향이 같지 않더라도 좋으나 각기 신풍의 아이디어를 지니고 있어야 할 것만은 불가결의 요소가 아니었던가? 여기에 『신풍토』 편자의 네임 벨류와 작풍을 동시에 고려치 않을 수 없었는 듯한, 앤솔로지 운동 그 자체와는 딴 고충을 느끼게 되는 것이다.

앤솔로지 『신풍토』는 계속하여 나올 모양이니까 앤솔로지 운동으로서의 성과를 차츰 거둬갈 것으로 생각은 되나 앞으로는 『신풍토』란 말에 알맞은 연령상, 작풍상의 기준을 엄격히 세워가야 할 것이다. 심한 말이 될는지는 모르나 습작 과정도 아직 치르지 못한 듯한 작품들도 간간이 눈에 뜨인다. 수준을 엄격히 할 필요도 아울러 느낀다.

앤솔로지 『신풍토』의 서문에는 "의욕적인 많은 시인들은 자기의 작품들을 발표할 충분하고 적당한 지면을 갖고 있지 못한 현상입니다. 거기에는 출판애로에도 많은 원인이 있기는 하겠지만 사실 한 권의 시 전문지가 없다는 사실 자체가 부끄러운 일이 아닐 수 없습니다.

그래서 『신풍토시집』이란 이름으로 계간시집을 간행하기에 이른 것입니다. 물론 이것이 시단의 욕구를 완전히 충족시킬 수는 없겠지만 그런대로 얼마간의 역할을 할 수 있을 것으로 믿습니다"라고 하고 있다.

시 전문지를 가지지 못했다는 것은 항간에서 말하고 있는, 시인이 너무 많다, 시 독자가 점점 불어간다는 말과 비교할 때 섭섭한 일이 아닐 수 없다. 『신풍토』가 여기 착안하여 앤솔로지로 대번에 수편씩의 시를 발표케 했으니 어느 정도 시인들과 독자들의 욕구를 채워줄 수는 있었을는지 모르겠다. 그러나 앤솔로지 운동이란 누구의 뜻에 영합하는 형식으로 나타나서는 운동의 성격이 죽기 마련인 것이다. 그러나 시인들과 독자의 욕구를 떠나서는 앤솔로지가 나올 수는 없는 것이니까 이 욕구를 최대한 선용해야 할 것이다. 『신풍토』는 『신풍토』의 이념을 가다듬어가는 동시에 그 이념에 명실상부한 신인의 발굴에 힘써야 할 것이다. 시사에 시기를 획한다는 것, 이것이 앤솔로지 운동의 사명이라면 사명일 것이다. 그렇잖은 경우 기껏해봤자 문헌적 가치 외의 가치를 우리는 바랄 수가 없게 될 것이다. 앤솔로지 『신풍토』를 보면 발상이나 구성이나 이미지나 언어의 사용법이나 어휘에까지 유형이 많이 눈에 뜨이는 반면 언어질서가 과도기적 혼란을 여실히 드러내고 있다.

저 꽃을 무어라 이름하면 좋을까
어느 날 나의 딸, 그 딸의 이름만큼이나
꼬옥 맘에 앵기는 착한 여운으로 그렇게 지어 불러보면……
그 꽃이 시들어, 철따라 변해 버린
어느 과원의 문지기에게도
마른 눈물의 회상이 남아 흐르고 보면

—권일송, 「과목주변」 일부

실은 기억 밖에도

너는 없을 터인데
한, 천년쯤 살다 가는
수목들의
호사스런 죽음 때문에
　너는 있다.

변신을 거듭하는
곤충의 변덕은
생성의 극한으로 하여

—김광림, 「메아리」 일부

둥우리는 새로운 승천을 향하여
동 터 오는
죽지의 사원
안으로만 빚어 가기엔
너무나 비좁은 그 아득한 통로에서
비로소 숨결 돋구는
새의 시음……

—김종원, 「소巢」 일부

꽃들은
살로 터져서 웃고들 있고
물오른 가지와 엽맥들보다
그늘들의 밀도 위에
이슬들은 응결, 여회,
추락을 계속하고……

바람도 아퍼하는
무수한 가지 끝에
꽃들은 소리없이
살로 터져서 웃고들 있고

—박성룡, 「정원」 일부

이상 몇 편은 모두 서정을 그대로 유로시키지 않고 일단 대상을 내면화하여 내면의 아날로지로서 대상을 서정화하고 있다. 형이상적 의미를 시가 지니게 된다. 요즘 상당한 세로 이런 시들이 젊은 세대들에 의하여 한 풍조를 이루면서 있는데 이전에는 서정이 입체감을 못 가지고 표면에 유출해버렸다면 이 경향은 서정의 새로운 일종 형이상학적 처리 방법으로 신풍이라 할 수가 있다. 그리고 '과원', '회상', '기억', '수목', '변신', '생성', '극한', '승천', '사원', '통로', '시음', '엽맥', '밀도', '응결', '여회', '추락' 등등의 번역 내지는 신조 한자어들을 자주 사용하는 것도 이들의 특색인데, 시에 형이상적 의미를 부여하는 데는 당분간(어색한 것이 많이 눈에 뜨이더라도) 불가피한 일일 것이다. 그래도 이 정도는 온건하다 하겠으나 전연 우리말 어법을 파괴한 구절도 더러 보인다. 새로운 소재나 소재를 새로운 각도에서 다루려는 의도는 보이나 아직은 파괴 작업에서 자기형성을 못하고 있는 시들 중에 그런 구절이 있다. 앤솔로지 『신풍토』에는 경향별로 보면 비교적 안정된 스타일로 새로운 서정을 시도하고 있는 것, 전연 새로운 스타일로 소재를 전연 다르게 파악하려는 두 경향이 두드러지게 눈에 뜨이기는 하나, 보다 온고적 알카익한 것도 있다. 경향별로 한 묶음으로 하든지, 책을 따로 하여 적당한 사람의 해설을 붙였으면 좋을 뻔하였다. 이 점 앞으로는 『신풍토』 편자에 꼭 고집하여 내세우고 싶은 아이디어가 없다면 경향을 세밀히 분류해주는 노력만이라도 다해주었으면 싶다.

사족—앤솔로지 운동은 과거 어느 때보다도 지금이 필요한 때가 아닌가 한다. 왜냐하면 서구 근대 이래 현대까지의 잡다한 시풍이 밀려와 지금처럼 시에 질의 혼란을 일으키고 있는 때는 일찍 없지 않았던가 하기 때문이다. 실은 각자가 저마다 제가 쓰고 있는 시가 어떠한 종류의 시인가 하는 데 대한 확실한 파악을 못하고 있는 것이 아닌가도 한다. 적어도 그런 사람들이 많이 있는 것이 아닌가 한다. 이럴 때 제 입장을 선명히 자각하기 위해서라도 앤솔로지 운동은 필요할 것이다. 앤솔로지 중심으로 만약 '에콜'이 형성된다면 적어도 우리 시단에는 4, 5개의 '에콜'은 생길 것이다. 이것들이 각자의 진영을 지키면서 시를 위하여 노력한다면 장관이자 우리 시사에 보탬이 반드시 있을 것이다. 『청록집』이 앤솔로지로서 성공했다면 그 원인은 '에콜'을 이룰 수 있을 만큼 세시인의 상통한 이념과 적당한 시기에 그것이 나왔다는 데 있을 것이다.

이미 말한 바와 같이 해방 이후 무수한 앤솔로지와 유사 앤솔로지가 나왔지만 기억에 남을 만한 것은 불과 다섯 손가락에 꼽을 만한 정도로 그 중에서도 시사에 선을 획할 만한 것은 하나나 둘 정도가 있을까 말까 하다. 15년이란 결코 짧지 않은 세월을 돌아볼 때 섭섭한 일이다. 일반적으로는 특히 기교면에 있어 장족의 진전이 있었다고는 하지만 위대한 운동은 고사하고 힘차고 줄기찬 운동도 별로 없었다는 것은 섭섭한 일이다. 지금도 경향에서 나오고들 있는 동인지들의 한층의 분발을 바라 마지않는다.

시 운동을 염두에 두고 나온 앤솔로지 『현대의 온도』가 있었지만 전기 한두 개의 앤솔로지와는 좀 딴 점도 있고, 이미 소정의 매수도

다 되고 하여 다른 기회에 언급하기로 하고 여기서는 할애하지 않는다.

(1) 모든 시인은 다 모럴리스트일까

플라톤이 그의 『공화국』에서 시인을 추방한 이래로 시인이 '모럴리스트'가 돼야 하느냐 안 돼도 좋으냐 하는 데 대한 논의는 지금에 이르도록 거듭되어왔다. 호왈 문학(시) 교훈론자와 문학(시) 쾌락론자 사이의 시비라는 것이 그것이다. 플라톤 이래로 거듭되어온 이 논의와 시비는 모럴을 협의의 입장(이것이 일반적인 입장이기도 하다)에서 왈가왈부해온 것이다. 이런 것과는 성질이 좀 다르지만 프랑스의 17세기 루이 왕조 때에 '모럴리스트'라고 불리어지는 일군의 문필가들이 있었다는 것을 우리는 잘 알고 있다. 그들은 스트로우스키 교수의 말처럼 "우리나라의 모럴리스트는 항상 개인적인 모습을 빌려서 그것으로 인간성정의 보편적인 형태를 짐작케 하는 기술을 지니고 있다. 그 위에 그들은 절대로 현실을 망각하지 않는다. 그들은 인간의 추상적인 조건을 원리라고는 보지 않는다. 인간의 일반적인 정의라고 하는 그러한 방향으로는 나가지 않는다. 현실생활 속에서 분석하고 일상생활의 세부 속에서 붙든 개개 인간에 대한 실제적이고 실증적인 인식 위에 그 철학을 앉히려고 한다". 요는 제 개인의 체험을 통하여 현실의 생활 속에서 인간을 관찰하여 인간이 어떤 것인가를 각종의 글로 보여주는 사람들을 일컬은 것이다. 잠깐 이것을 토대로 루이 14세 당시의 프랑스 모럴리스트를 볼 것 같으면 좀 특수하기는 하나 한갓 문필가에 그친 감이다. 말하자면 관찰한 결과를 글로 보여주면 모럴리스트로 불리어졌던 것이다. 그러나 플라톤의 고대 희랍은 문제가 다르다. 그의 『국가론』에는 선한 행위를 모방할 뿐 아니라 자신(시인)이 또한 선한 행위자라야 한다는 것을 강조하고 있는 듯하다.

우선 이쯤 전제하고 볼 적에 현 한국 시단에서 루이 14세 때의 프랑스식 모럴리스트를 찾아내기란 그리 쉬운 일이 아닐 것 같다. 플라톤식 '모럴리스트'는 조사하면 약간 눈에 뜨일 것 같기는 하나 구태여 들추어낼 필요까지는 없을 것 같다. 그럼 왜 그런 전제를 내놓았으냐 하면 내가 한국의 현 시단을 두고 말하고자 하는 모럴리스트란 그런 것이 아니라는 것을 미리 알리기 위한 조치를 해둬야 했기 때문이다.

결론부터 먼저 말하면, 한국의 현 시단의 모든 시인들은 다 모럴리스트일까 하는 물음에 대하여 나는 그렇다고 답을 하겠다. 여기서 나는 앞으로 내가 사용해야 할 모럴리스트란 말에 대하여 해명을 해야 할 의무를 느낀다. 간단히 말하여 시에 제 생활 체험과 인생론적 어떤 이념을 그대로 반영시키려고 하는 사람은 물론이고(매슈 아놀드식으로 말하면 시를 '인생의 비평'이라고 생각하고 또 우열의 차는 있으나 그렇게 실천하고 있는 사람), 시가 인생에 어떤 직접적인 효용을 미칠 것이라고 생각하고 있고, 그렇기 때문에 제 시작에 어떤 제한을 가하고 있는 사람은 모두 내가 여기서 말하고자 하는 모럴리스트인 것이다.

천의 입, 만의 입은 부르짖는다.
깃발이 아니라
실물을!
채색을 핑계 말고
순백의 장미를 달라!

《새벽》 3월호에 권두시로 실린 유치환 씨의 「하늬바람의 노래」라는 시 첫머리의 한 연인데 시인의 인생론적 이념이 그대로 토로되어 실지 그런 상태가 이루어지기를 희망하고 있는 열에 뜬 호흡이 전달된다.

> 토박하고 뽕나무가 여윈 지방의
> 그들은 정생원을 부르듯
> 산과 얘기하고,
> 앓으면 아랫마을 최약국을 부르듯
> 산과 얘기하고,

1959년 1월호 《자유공론》에 실린 「산 · 소묘」라는 박목월 씨의 시의 한 부분이다. 인생에서 얻은 체험이 서정의 금선을 타고 하소연하듯 토로되어 우리의 공감을 손짓하며 부르고 있다. 제 인생론과 제 인생을 어떤 어휘와 이미지와 음율을 통해서든지 말하고 싶어하고 그러한 내용들에 독자를 붙들어두고 싶어하고 있는 듯한 점으로 보아 이 두 시인은 다 함께 모럴리스트인 것이다. 말하자면 생활의 체취가 그대로 시에 번져나 있는 것이다. 나는 일부러 이런 시들을 골라서 뽑은 것은 아니다. 정도의 차이는 있겠지만 한국의 현 시단의 시인들은 거의 예외를 볼 수 없을 정도로 이러한 종류의 광의의 모럴리스트인 것이다. 생활시—이것은 동양의 전통이기도 하다. 우리는 이것을 환영해야 할 것 같다. 생활을 존중하는 한 우리는 과도의 심미주의에서 시를 백치화하는 우를 면할 수 있겠기 때문이다.

그런데 그 모럴리스트가 몇 개의 유형으로 갈라지는 것은 각자의 교양과 취미와 역사의식에 달린 것 같다. 서정주 씨가 모두를 말하고 있듯이 이조와 고려를 거쳐 신라에 많은 관심을 기울이고 거기서 뭔가를 가져오려는 노력을 하고 있는 것은 하나의 유형을 대표하고 있다고 하면, 전후에 나온 시인 중 이인석, 김규동, 전봉건, 송욱, 김구용 등 제씨와 전영경, 신동문, 민재식, 허만하, 정공채 등 제씨가 그 호소하고 싶은 내용에 있어 한 유형을 이루고 있는 것 같고, 김윤성, 신동집, 박양균, 한성기 등 제씨와 박성룡, 김광림, 송영택, 권일송, 박봉우, 조영서, 신기선, 주문돈 등 제씨가 역시 내면을 들여다보고 있는 점에서 또한 한 유형을 이루고 있는 것 같고, 신석초, 김현승, 장만영, 박두진, 조지훈, 유치환, 박남수, 박목월, 김수영, 유정, 정한모 등 제씨는 각각 따로따로 독보하고 있는 느낌이다.

이상과 같이 묶어보면 시의 입장으로는 그러나 무리가 있다. 왜냐하면 시는 말하고 싶어하는 시인의 인생이나 인생론이나 현실이나 또는 내면세계만 가지고는 다 말할 수 없는 것이기 때문이다. 여기에 각 시인의 심미의식이 문제가 된다. 포엠에 대한 관심이라고 해도 좋다. 여기에 또한 방법과 기술이 따르게 되는 것이다.

(2) 심미의식이 유형을 만들까

표제의 물음에 대하여는 전항의 끝머리에서 이미 나는 답을 한 셈이다. 심미의식이 유형을 만든다고. 그것을 구체적으로 보기로 하겠다.

마음도 한 자리 못 앉아 있는 마음일 때
친구의 서러운 사랑 이야기를
가을햇볕으로나 동무삼아 따라가면
어느새 등성이에 이르러 눈물나고나.
제삿날 큰집에 모이는 불빛도 불빛이지만
해질녘 울음이 타는 가을강을 보것네.

1959년 2월호《사상계》에 실린 박재삼 씨의「울음이 타는 가을강」의 일부다.

이것은 꽃나무를 잊어버린 일이다.

그 제각 앞의 꽃나무는 꽃이 진 뒤에도 둥치만은 남어
그 우에 꽃이 있던 터전을 가지고 있더니
인제는 아조 고갈해 문드러져 버렸는지
혹은 누가 가져 갔는지,
아조 뿌리채 잊어버린 일이다.

역시 1959년 2월호《현대문학》에 실린 서정주 씨의「무의 의미」의 일부다. 그 어휘선택이나 문장구조가 많이 닮았다. 특히 오래 우리 생활에 때가 묻어온 어휘들을 적소에 배치하여 새삼 빛을 내고 있는 모양이 많이 통한다. 박씨는 서씨가 시도하다 지나쳐버린 우리의 전통적 서정의 일면을 치밀히 잘 보여주고 있다. 이 시에서도 보는 바와 같이 서씨는 요즘 상당히 관념적으로 시가 흘러가고 있는 것 같다. 너무 이념을 쫓고 있기 때문일 것이다. 서정이나 감각이 약간 뒤쳐져 있는 듯하다. 박씨는 서씨의 한번 해볼 보람있는 일면을 붙들고 착실히 노력하고 있는 것 같으나 박씨 외의 수많은 서씨 추종자 중에는 글자 그대로의 아류에 머물러 있는 느낌들이 없지 않다. 아류란 소재나 스타일의 모방이 고작인 것이다. 이동주 씨가 박씨와 함께 이 그룹에서는 빛을 내고 있다.

Neant——

No
노怒한다
박꽃으로 더불어 초가집들이
UN빌딩을 두루 날으다가
Cogito를 포격하고 항시 아리랑!
고개만을 넘으면 일전一錢 같은
일심一心으로 낱담배를 피워 물고

1959년 1월호 《사상계》에 실린 송욱 씨의 「하여지향 · 11」의 일부다. 이 시는 또렷한 방법론을 밑받침하고 있다. 따라서 심미의식과 포엠에 대한 자각이 투철하다. 압운의 시험과 재미나는 '패러디', 시정어市井語의 활용을 통한 이러한 시도는 시에 새로운 드라이한 미감을 주는 것인데 송씨는 영시에 조예가 있는 만큼 그쪽의 시에서 작시의 방법을 배웠으리라고 생각한다.

송씨에 비하여 말하고 싶어하는 내용에 있어 서로 통하는 점이 보이나 그 심미의식에 있어 상당한 거리를 느끼는 시인들이 있다.

각하의 말씀을 빌리면 깃발에 만세 소리에 살아 온 백성들, 각하의 말씀을 빌리면 아우성에 어깨동무에 옳소에 생존과 멸망을 같이하는 가난한 슬픔과 고독, 그리고 설교 비슷한 애국 애족과 울분 아닌 무엇과 무엇이 본의 아닌 옳소에
손바닥이 결딴이 나도록 박수와.

1959년 2월호 《사상계》에 실린 전영경 씨의 이 시는 송씨와는 전연 딴 것이다. 별로 심미적으로 치밀한 실천방법을 못 가지고 있는 것 같기도 하다.

사랑하는 여자와 남자의 아름다움,
아름다움을 위하여서 다하는 목숨엔
아무런 후회도 회한도 없는 것이라고
노래한 시인 「벨하아렌」의 나라,
당신은 「베르기」의 사람.

당신이 태어난 「디낭」은
불란서말로 생활하는 「므즈」강반의
도시라는데——
어쩌면 세계에서 가장
아름다운 시인 「벨하아렌」도
불란서말로 노래를 하였던 것인가.

〈……평화여〉

아까 내가 모럴리스트로서는 앞의 두 시인과 같은 유형으로 묶어보았지만 심미적으로는 앞의 두 시인의 누구와도 다르다. 시가 드라이하지 않고 퍽 서정적으로 처리되었다. 그 선택된 언어들과 '센턴스'도 모양이 앞의 두 시인들 것과는 다르다. 1959년 11월에 나온 시집 『사랑을 위한 되풀이』에 수록된 「평화」의 첫머리 몇 연이다. 작자는 전봉건 씨다.

그는 편의한 백화점 앞에 이르렀다. 그러나 공기는 이상스레도 축축한 거리의 풍경을 암회색으로 응광시키었다. 그는 분잡한 피로와 고독을 느끼고 잠시 가각에서 걸음을 멈추었다. 푸른 잎들 사이로 길 건너편 건물의 상하 할 것 없이 전면에 늘어 붙어 있는 다방 미장원 당구장

양장품 등의 간판들은 무슨 개성들을 전람시킨 벽과 같았다.

1959년 1월호《현대문학》에 실린 김구용 씨의「꿈의 이상(중)」의 첫머리다. 그 풀어헤친 형태와 산문이 잠깐 보아 전영경 씨와 같은 점이 있기는 하나 어휘의 선택과 수사에 있어 많이 다르다. 전씨는 시정어를 그대로 구사하고 있는데 김씨는 독특한 현학적인 한자를 자주 사용할 뿐 아니라 조어까지 서슴지 않고 쓰고 있는 것이다. 의미에 참신한 뉘앙스를 내기 위한 시도인 듯한데 성공하고 있는 경우도 있지만 난삽하여 얼른 의미가 파악 안 되는 경우도 많은 것 같다.

이상의 송, 전(영), 전(봉) 김 4씨를 두고 다시 말하면, 전(봉)씨를 제외한 3씨는 심미의식이 퍽 과격하다. 종래의 일반적인 시의 개념을 해체해버린 느낌이다. 그 철저한 파괴적인 모양으론 김씨가 으뜸이다. 산문에 거의 굴복하고 있는 느낌인데 이 점에 있어 전(영)씨도 같은 비판을 받아야 할 것 같다. 송씨는 과격하긴 하나 여태까지의 통념에 대하여 그렇다는 것이지 이미 일별한 바와 같이 새로운 포엠을 치밀한 방법으로 시도하고 있는 그만큼 파괴적이 아닐 뿐 아니라 건설적이다. 동시에 현대적인 조건 하에서 최대한의 시의 산문화 경향에 대한 반항을 하고 있는 듯이 보인다. 전(봉)씨는 보다 온건하다. 종래적인 시의 개념에 동요를 주지 않고 있다. 여기에 김종문 씨를 넣어서 생각할 때 심미적인 면으로 본 한국 현대시의 파괴적 요소와 건설적 요소가 짐작될 것이 아닌가 한다.

김규동, 김차영, 김경린, 이봉래, 조향 등 제씨가 한때 새로운 시를 시험해보겠다고 한 일이 있었지만 불과 몇 년을 경과하지 않았는데도 지금 보아 소재나 어휘 선택에 신풍의 유형을 보여주었을 뿐 조씨 외는 포엠 그 자체의 새로운 가치 있는 진전은 없었다고 하겠다. 그러나 선도자는 희생자가 되기 쉬운 것이라면 후독부대들에게 유형무형의 거름이 되었지 않았는가 하는 점에서 무의미한 시험은 아니었다고 생각한다. 이상로, 고 박인환, 임진수, 이흥우, 제씨가 이 그룹에 속할 것이다.

눈을 내면으로 돌리고 있는 시인들은 그 내면세계를 처리하는 방법이 서정적이고 온건하다.

눈 먼 날개는 부딪쳐
나의 흉벽에 부서지고
침몰하는 시간의 등덜미에
숫하이 꽃들의 의미는 떨어져 내린다.

1959년 1월호《사상계》에 실린 신동집 씨의「눈을 위한 시(5)」의 한 부분이다. 다음의 동년 3월호《현대문학》에 실린 한성기 씨의「밤」의 한 부분과 비교하여 그 내면세계의 처리 방법이 비슷함을 짐작할 수 있을 것이다.

등을 밝히고
수목과 더불어 안으로 수렷이 밝는 밤
멀리 떠나 있는 너와같이
혹은, 낱낱이 반딧불같이
환한 날빛 속에서는 서로 분간 못했던 빛들,
그 빛들을
스스로의 내부에 밝혀 놓는다.

어휘들이 평범하면서 그러나 내면을 응시하는 시력만큼은 의미의 세계를 발굴하고 있다. 수사도 기奇를 노린 데가 없다. 차분하다. 리듬을 많이 견제하고 있는 느낌인데 의미(언어의)가 빚는 뉘앙스에 관심이 기울어져 있기 때문일 것이다.

모든 것이 멸렬하는 가을을 가려 그는 홀로
황홀한 빛깔과 무게의 은총을 지니게 되는
과목에 과물들이 무르익어 있는 사태처럼
나를 경악케 하는 것은 없다.

——흔히 시를 잃고 저무는 한 해, 그 가을에도 나는 이 과목의 기적 앞에 시력을 회복한다.

1959년 6월에 나온 앤솔로지 『신풍토시집 1』에 실린 박성룡 씨의 「과목」의 한 부분이다. 리듬보다도 의미를 더 많이 살리기 위하여 한자가 주는 뉘앙스를 고려하여 씌어졌다는 것을 알 수 있다. 서정에 내면적 뉘앙스를 주어 참신한 맛을 내고 있다.

잎 피기를 기다리는 당신이
급작스레 드리닥치는 바람을
산정에 배를 깔고 능청스럽던 구름의 소행으로
수월하게 정의하지만——

그러나 보시오.
한참을 나무와 당신이 흔들리우고 나서
나무는
참다라운 잎사귀들로 하늘 한 언저리에 이론을 체계화하고,
당신은
자갈들을 어루이는 바다의 진수를 보시지 않는가.

1959년 3월호《사상계》에 실린 주문돈 씨의「잎 핀 날에」의 일부다. '수월하게 정의하지만', '한 언저리에 이론을 체계화하고', '바다의 진수' 등등 실로 참신한 미감을 자아내고 있다. 이러한 심미안이 얼마만큼 도저한 인생관과 종합되어 오묘한 시의 세계를 발전시켜갈 것인가, 한편 기대도 되고 불안하기도 하다. 인생관의 밑받침이 옅은 적에 모처럼의 심미안審美眼도 머지않아 흐려지기 마련이기 때문이다.

내용면에서는 많이 다르지만 수사나 한자의 뉘앙스 캐치에 있어 예민하고 풍부한 센스를 지닌 젊은 시인에 허만하 씨를 들 수 있다. 한편 전통에 서서 선인들이 못다 한 뉘앙스를 빚어낼 뿐 아니라, 서정주 씨의 경우처럼 거창한 관념체계까지를 거기서 추상해보려는 노력이 하나의 경향으로 눈에 뜨인다. 이 그룹에 속하는 시인들의 심미의식은 서씨의 선에 따라 뻗어가고 있는 것인데 그렇게밖에는 할 수가 없을 것이다. 한국의 전통적 서정의 질과 그것의 도저한 발현을 위하여 그렇게 함으로써 우리에게 우리가 정서적으로 어떤 민족인가를 재인식시켜줄 수가 있을 것이라는 데서 이러한 노력이 한쪽에서는 마땅히 있어야 하리라고 생각한다.

역사라든가 또는 현실을 염두에 두고 시작하고 있는 듯한 시인들 중에는 그 심미의식이 고르지 않는 것 같다. 대체로는 과격한 시험적 태도가 우세하기는 하나 그 과격함에 있어 아까 2, 3인의 시인을 예로 하여 얘기했듯이 질적으로 상반되는 것을 볼 수가 있는 것이다.

심미의식이 비교적 온건하면서도 참신한 미감을 잃지 않고 있는 한 그룹도 있다는 것을 예시까지 하였지만(심미적 면으로는 전봉건, 김수영, 박남수 등 제씨도 여기 소속된다), 인생론적 입장과 함께 이 그룹이 가장 밸런스가 취해져 있고 인생관과 심미안, 즉 내용과 형식(시작방법)의 괴리가 그다지 눈에 뜨이지 않는다. 무리와 부자연함이 별로 안 보인다.

(3) 남은 말 몇 마디

신석초 씨와 김현승 씨는 전전세대戰前世代로서는 가장 균형이 잡힌 시인들이다(내용과 형식의). 특히 신씨의 경우 주제면에 많은 의욕을 가지고 있는 것 같다. 주제면에 많은 의욕을 가지고 있더라도 방법에 대한 관심이 그에 못지않을 때 시는 난산을 면할 수가 없을 것이 아닌가? 씨는 진통하며 모색하고 있는 것 같다.

조지훈 씨는 그 딜레탕트적인 취미의 세계에서 벗어나 현실이나 역사의 악과 대결하려는 자세를 취하기도 하고, 한편 잠언적인 기지의 시를 시도하여 보여주기도 한다. 씨로서는 이러한 방면에서 신경지를 개척해볼만도 한 일이다.

박남수 씨는 시작방법의 모색을 수년래로 거듭하여왔다고 생각되는데 최근에는 당분간 정착할 수 있는 것을 붙들게 된 것이 아닌가 한다. 그것은 1959년 3월호 《신태양》에 실린 「새」의 제3장에서 이미 볼 수 있었던 생략할 대로 생략을 한 침묵이 주는 함축과 암시라는 방법 말이다.

──포수는 한 덩이 납으로
그 순수를 겨냥하지만,
매양 쏘는 것은
피에 젖은 한 마리 상한 새에 지나지 않는다.

어딘가 멍하니 뚫린 구멍 속에서 무형의 음성이 울려오는 듯하다.

김수영 씨는 발달한 심미의 촉각을 가진 시인이다. 이 점에 있어 한국의 현 시단에서 씨를 따를 사람이 몇이나 될까?

내 몸은 아파서
태양에 비틀거린다
내 몸은 아파서
태양에 비틀거린다

1959년 2월호 《사상계》에 실린 「동맥」의 첫머리 한 연인데 평범하다면 이처럼 평범한 것도 없을 것 같은데 그것을 알고도 일부러 이런 허술한 구절을 그것도 첫머리에 내놓는 것이다. 마지막 연까지 읽어가면 우리는 첫머리의 허술한 구절이 새삼 되돌아보는 것이다. 처음과는 딴 인상으로 호소해옴을 느끼는 것이다. 시에는 이런 부분도 때에 따라서는 필요하다는 걸 계산에 넣고 있는 것이 아닐까? 쉬이 흉내를 낼 수 없는 독보의 경지다. 씨의 시에는 도시 소시민의 비애와 체념, 또는 자학도 보인다.

박목월 씨는 생활의 뉘앙스와 함께 서정에 가벼운 체념의 빛깔이 차츰 스며들고 있는 것 같다. 언어를 자기 나름으로 길들이는 데는 당대 일급의 시인이다. 어떤 언어든 박목월 씨의 손이 닿으면 박목월 씨의 손때가 안 묻어나오는 것이 없다.

정한모 씨는 이상하게도 아직껏 소박성을 잃지 않은 서정시인이고, 김관식 씨는 한적에서 얻은 교양을 적당히 요리하여 행문에 영초 비단을 깔 수 있는 시인이다.

후기

《신문예》에 재작년 6월부터 7회를 연재한 것이 이 「시를 어떻게 읽고 어떻게 지을 것인가?」라는 글이다. 나는 나대로의 시의 감상과 시작법에 대한 평소의 생각을 정리하여 주로 대학 문과 학생들을 대상으로 적어본 것이다. 친절을 베푼다고 말을 되도록 쉽게 하고 보다 전문적인 문제는 피하는 대신 꼭 필요할 듯싶은 것들은 비교적 상세히 말을 했다고 생각한다.

부록으로 덧붙인 「시의 전개」(《신태양》 1959년 6월호와 8월호에 실었음)와 「앤솔로지 운동의 반성」(《사상계》 1960년 3월호에 실었음)과 「시단풍토기」(《새벽》 1960년 4월호에 실었음)는 시의 감상과 시작에 다소의 참고가 되지 않을까 생각한다.

1961년 5월 말

저자 씀

시론—시의 이해

1971년, 송원문화사 발행

| 차 례 |

자서自序

시를 쓰는 사람은 따로 있고 시를 연구하여 시에 대한 이론을 세우는 사람은 또한 따로 있다고(혹은 따로 있어야 한다고) 생각하는 사람들이 있다. 이런 사람들은 곧잘 아리스토텔레스와 고대 희랍의 시인들을 예로 든다. 그러나 꼭 그렇다고 볼 수 없는 것이 훌륭한 시를 쓰면서도 시에 대한 제1급의 훌륭한 이론을 전개한 사람들도 있다. 특히 현대의 훌륭한 시인들 중에는 그런 사람들이 많다. T. S. 엘리엇은 그 대표적인 예일 것이다. 그는 시작이 왕성한 시대는 비평(시에 대한 이론)이 성할 수 없고 그 반대로 비평이 왕성한 시대는 시작이 빈약하다는 로만주의 시대의 통념을 부정하고 있다. 시작과 비평은 공존하는 것이 이상적일 뿐 아니라, 시작이 왕성했던 시대는 언제나 비평도 왕성했다고 하고 있다.

시를 쓰면서 그동안 시의 비평(시에 대한 이론)에도 관심을 가지고 그 방면의 글도 써온 내 입장을 옹호하기 위하여 T. S. 엘리엇의 권위를 등에 업으려는 것은 아니다. 나에게 있어서도 시작에 못지않게 시에 다한 이론적 구명은 하나의 자연스런 욕구로써 다가온 것이다. 나는 시를 버릴 수 없는 거와 같이 시에 대한 이론적 구명도 나의 뇌리에서 씻어낼 수가 없다. 이것을 나는 잘 알고 있다.

여기 수록된 몇 개의 글은 그때그때의 저널리즘의 요구에 응하여 씌어진 것이기는 하나 쓰기 싫은 것을 억지로 쓴 것은 아니다. 내가 써보고 싶었던 것을 남의 요구에 응하여 썼다는 것뿐이다. 이외에도 시에 관한 글은 상당히 많다. 그러나 여기서는 우선 원론적인 것과 한국의 현대시를 시대순으로 개관한 것과 시인론 중 몇 개를 뽑아본 데 지나지 않는다. 미흡한 점은 두고두고 기워갈 작정이다.

저자 씀

제1장 운율 · 이미지 · 유추

1. 운율과 장르

A. 운율의 의의

운율에는 음성율(평측법), 음위율(압운법), 음수율(조구법) 등이 있다.

음성율의 예로는 다음과 같은 것들이 있다.

(1) 평기식平起式

백운사막시추白雲猶似莫時秋(◦ 표는 낮은 자)

위의 시구처럼 제1구 제2자가 평平(낮은 자)이면 평기식이라고 한다.

(2) 측기식仄起植

월락조제상만천月落鳥啼霜滿天(◦ 표는 높은 자)

위의 시구처럼 제1구 제2자가 측仄(높은 자)이면 측기식이라고 한다.

이와 같이 음의 고저(평측)를 규칙적으로 되풀이하는 것을 평측법이라고 한다. 이것은 주로 한시에만 쓰인다. 중국어의 사성, 즉 평성, 상성, 법성, 입성 중 평성이 평이며 그 이외의 것은 측이 된다.

옥편에 보면 괄호 안에 동東, 동冬, 홍紅, 지支, 미微, 어魚, 우虞, 제齊, 가佳, 회灰, 진眞, 문文, 원元, 한寒, 산刪, 선先, 소蕭, 효肴, 호豪, 가歌, 마麻, 양陽, 경庚, 청靑, 증蒸, 우尤, 담覃, 감監, 성成 등 30

자가 쓰인 것은 평자다.[1]

× 〈 × 〈 × 〈 × 〈
My heart leaps up when I behold

× 〈 × 〈 × 〈
A rainbow in the sky,

—윌리엄 워즈워스, 「무지개의 노래」

위의 경우처럼 구미시의 강약음의 규칙적인 되풀이도 이에 속한다.

음위율에는 다음과 같은 것이 있다.

峨眉山月半輪秋
影入平姜江水流
夜發淸溪向三峽
思君不見下兪州

—이태백

위의 7언절구에 있어 제1구(기구)는 추秋로 제2구(승구)는 유流로, 제4구(결구)는 주州로 끝나고 있다. 모두 같은 소리인 'ㅜ'를 배치하고 있다. 절구에 있어서는 제3구(전구)는 브랭크로 한다. 이처럼 각 구의 끝에 같은 소리를 배치하는 것을 각음rhyme이라고 하고, 각 구의 첫머리에 같은 소리를 배치하는 것을 두음alliteration이라고 한다.

돌담에 속색이는 햇발같이

1) 홍영선, 『한시작법』(창원사, 1963) 참조.

물아라 웃음짓는 샘물같이

—김영랑, 단시에서

이의 경우는 'ㄹ', '는', 'ㄹ같이'와 같이 첫머리와 끝은 물론, 중간에도 같은 소리를 배치하고 있다. 중간에 같은 소리를 배치하는 것을 요운腰韻이라고도 한다.

음수율에는 다음과 같은 것이 있다.

天際歸來雲一尺
地面春回梅吐白
玄鳥歸來社前後
黃花百酒流時興
宇宙雲回千里雨
宙宇茫茫同萬古
洪恩罔極三春雨
荒庭雨過苔痕滑

—김시습

위의 시는 1구가 7자로 되어 있다. 이와 같이 각 구의 자수가 일정한 것을 음수율이라고 한다.

살으리 살으리 랏다
청산에 살으리 랏다
머루랑 다래랑 먹고
청산에 살으리 랏다

—「청산별곡」에서

위의 「청산별곡」은 3 · 3 · 2의 자수가 1구를 이루고 있다. 교착어인 한국어는 용언의 어간에 어미가 붙고, 체언에 조사가 붙으면 대개 3자 아니면 4자가 된다. 그리고 월의 중축은 체언과 용언이기 때문에 한국어로 음수율을 가지려고 하면 3 · 4 1구가 가장 자연스럽다. 시조는 1구가 대개 3 · 4로 되어 있다. 이러한 운율에 대하여 콜리지는,

> 운율의 기원은 정신내부에서 열정의 발동을 억제하려는 의지적인 효력으로 말미암아 결과되는 평형상태에 있다.[2]

라고 그 기능을 말하고 있다. 운율이 시에서 어떠한 힘을 발군하였는가에 대하여 잘 통찰한 말이다.

B. 행과 연

영어의 경우에는 액센트 음절과 언액센트 음절이 합해지면 그것을 음보라고 한다. 이 음보가 또 몇 개 모여서 행을 이룬다. 이때 이 행은 리듬의 한 단락을 나타내는 동시에 의미의 한 단락을 나타내기도 한다. 이런 일은 한국의 시가에 있어서도 마찬가지다.

> 성불사 깊은 밤에 그윽한 풍경소리
> 주승은 잠이 들고 객이 홀로 듣는구나
> 저 손아 마저 잠들어 혼자 울게 하여라
>
> —이은상

위의 시조가 각 장을 행으로 보면 각 행이 모두 리듬과 의미의

2) Samuel Taylor Coleridge, 《Biographia Literaria》.

단락을 보여주고 있음을 알 수 있을 것이다.

이
개미들을 위하여

유월은
연분홍
잠옷 속에 있는 소녀의

이마 위에서 푸른
유월은
총살되고.

—전봉건, 「개미를 소재로 하나의 시가 쓰여지는 이유」에서

위의 시에서 '이', '육월은', '연분홍' 등을 각각 끊어서 한 행으로 배치한 것은 보통의 산문에서는 보기 드문 일이다. 특히 '이'라는 대명사 하나가 한 행을 이루는 일은 거의 없다. 알베르 세시에Albert Sechehaye는 이것을 간결문monorème이라고 하고 있다. 단어 하나, 감탄사 하나가 월의 구실을 하는 수다 있다. 가령 이 시의 경우처럼 '이'라는 대명사 하나가 그 다음에 배치된 행과 비길 만한 의미의 중량을 가지고 있을 때도 하나의 간결문의 구실을 한다. '이'를 작자는 강조하고 싶었던 것이다.

그리고 '연분홍'이라는 수식어는 단어이지만, 다음 행의 월과 맞먹는 중량을 가지고 있다. 이 경우에는 의미보다는 '연분홍'이라는 빛깔의 이미지가 그것만으로 중량이 크고 작자는 이 빛깔의 이미지를 강조하고 싶었던 것이다. 이리하여 행은 또 이미지의 단락도 나타내 보여준다는 것을 알 수 있다.

연을 스탄자stanza라고 하고 있지만, 이것은 원래 이탈리아어로 '방'을 의미한다. 방은 하나하나 독립돼 있으면서 서로 유기적인 관계를 가지며 한 채의 집을 이룬다. 이때의 집이 한 편의 시가 될 것이다.

넓은 벌 동쪽 끝으로
옛 이야기 지즐대는 실개천이 휘돌아 나가고
얼룩백이 황소가
해설피 금빛 게으른 울음을 우는 곳

——그 곳이 차마 꿈엔들 잊힐 리야

질화로에 재가 식어지면
비인 밭에 밤바람 소리 말을 달리고
엷은 졸음에 겨운 늙으신 아버지가
짚벼개를 돋아 고이시는 곳

—— 그 곳이 차마 꿈엔들 잊힐 리야

흙에서 자란 내 마음
파아란 하늘빛이 그리워
함부로 쏜 화살을 찾으려
풀섶 이슬에 한초름 휘적시던 곳

—— 그 곳이 차마 꿈엔들 잊힐 리야

전설 바다에 춤추는 밤 물결 같은

검은 귀밑머리 날리는 어린 누이와
아무렇지도 않고 예쁠 것도 없는
사철 발 벗은 아내가
따가운 햇살을 등에 지고 이삭 줍던 곳

—— 그 곳이 차마 꿈엔들 잊힐 리야

하늘에는 썩은 별
알 수도 없는 모래성으로 발을 옮기고
서리까마귀 우지짖고 지나가는 초라한 지붕
흐릿한 불빛에 돌아앉아 도란도란거리는 곳

—— 그 곳이 차마 꿈엔들 잊힐 리야

—정지용, 「향수」 전문

위의 시의 각 연은 서로 독립하고 있다. 한 장면 한 장면 각기 장면을 선명하게 드러내고 있다. 만약 '—— 그 곳이 차마 꿈엔들 잊힐 리야'라는(이것 역시 독립한 한 연이지만) 부분이 중간 중간에 삽입이 안 되었다고 하면, 이 시의 각 연은 제각기 다섯 개의 단시로 취급될 수밖에는 없다. 이러한 이 시의 연들을 유기적으로 관계지어주고 있는 부분이 역시 '그 곳이 차마 꿈엔들 잊힐 리야'라는 이 부분이다.

따라서 이 시는 연의 기능을 잘 살리고 있다고 하겠다.

눈이
오는데
옛날의 나즉한 종이 우는데

아아

여기는
명동
성 니코라이 사원 가까이

—박목월, 「폐원」에서

위의 시에서는 '아아' 라는 감탄사 하나만으로 한 연이 되어 있는 특별한 경우다. 이것 역시 간결문이다. 그러니까 이 하나의 감탄사 속에는 몇 개의 월이 될 만한 양의 내용이 함축되어 있다고 봐야 한다.

이 시는 제목이 가리키고 있듯이 과거의 한때를 회상하면서 현재의 쓸쓸함을 한층 강조하여 드러내고 있는 그러한 시다. 여기서 연의 구실을 하고 있는 감탄사의 앞뒤에 배치된 연들을 생각해보라. 앞의 연은 과거의 회상에서 아직 깨어나지 못하고 있다. 그런데 뒤의 연은 완전히 현실의 어느 지점이 각성되고 있다. 즉 이 두 개의 연은 '아아' 라는 감탄사를 사이에 하고 회상에서 현실로 완전히 각성하는 그 대목들이다. 그러니까 이 '아아' 는 감개무량과 가벼운 경탄을 나타내는 '아아' 인 것이다. 그것은 이 시의 주제로 보아 충분히 하나의 연을 차지할 만한 중량을 지니고 있다.

시구성의 단위를 구별해보면 다음과 같이 되지 않을까 한다.

① 단어

② 구(단어와 단어의 연합, 혹은 단어)

③ 절(구와 구의 연합, 혹은 단어)

④ 행(단어가 행을 이룬 경우와 구가 행을 이룬 경우와 절이

행을 이룬 경우)

⑤ 연(행 하나가 동시에 연인 경우와 단어가 동시에 연인 경우)

⑥ 시편

그러니까 이론상으로는 단어가 동시에 한 편의 시가 될 수도 있다.

C. 정형시, 자유시, 산문시

(1) 정형시

정형시가 되는 제1의 조건은 운문 내지는 율문에 있다. 말하자면 문장이 운율을 가지고 있어야 한다. 가령 다음과 같은 경우를 생각해보라.

우리는 아무것도 가진것 없오,
칼이나 육혈포나——
그러나 무서움 없네.
철장 같은 형세라도
우리는 웃지 못하네.
　　우리는 옳은 것 짐을 지고
　　큰 길을 걸어가난 자-ㄹ세.

우리는 아무것도 든 물건 없오,
돌이나 몽둥이나——
그러나 겁 아니 나네.
세사 같은 제물로도
우리는 웃지 못하네.

우리는 옳은 것 칼해 잡고
큰 길을 지켜보는 자-ㄹ세.

—최남선, 「구작삼편」에서

각 연이 7행으로 구분되고 각 연의 각 행을 그 배열의 순서에 따라 비교하면 서로 자수가 맞춰져 있다. 그러나 위의 시의 문장에는 음수율이 없다. 물론, 음위율, 음성률도 없다. 말하자면 이 시의 문장은 산문이다.

일견 정형시 같기도 하나 정형시가 아니다.

정형시가 되는 제2의 조건은 구조다. 즉 일정한 행 구분(또는 구 구분)과 연 구분이 되어 있어야 한다.

솔 숲 짙은 그늘 바위에 누워도 보고
물을 손으로 웅켜 귀를 씻어도 보고
괴롭던 시름도 더위도 갑자기 다 잊었다.

—이병기

名花傾國兩相歡
長得君王帶笑看
解釋春風無限恨
沈香亭北倚闌下

—이백, 「청평조사淸平調詞」

(대의—고운 목단과 절세미인 양귀비를 서로 관상하면서 현종 황제는 마음이 퍽 즐겁다. 이 둘만 있으면 언제나 황제는 기분이 좋은 것을 나는 볼 수가 있다. 양귀비는 두터운 총애를 받고 있기 때문에 봄이 오면 느끼는 한도 사라지고, 침향의 훈향 드높은

북란에 몸을 기대고 황제에게 미태를 보이고 있다.)

The day is gone, and its sweets are gone,
　　Sweet voice, sweet lips, soft hand, and softer breast,
Warm breath, light whisper, tender semi-tone,
　　Bright eyes, accomplish' d shape, and lang' rous waist:
Faded the sight of beauty from my eyes.
　　Faded the shape of beauty form my arms,
Faded the voice, warmth, whiteness, paradise—
　　Vanish' d unseasonably at shut of eve,
When the dusk holiday or holinight
　　Of fragrant-curtain' d love begins to weave
The woof of darkness thick, for hid delight;
　　But, as I' ver ead love' s missal through to-day,
He' ll let me sleep seeing I fast and pray

—John Keats, 「The Day is Gone」

(대의—그날은 가고, 또 그 달콤한 모든 것은 다 갔다. 달콤한 소리와 달콤한 입술과 부드러운 손과 그보다 더욱 부드러운 가슴도 갔다. 따뜻한 입김, 가벼운 속삭임, 정다운 노랫소리, 빛나는 눈, 완미한 모습, 하늘하늘한 그 허리도 갔다. 시들어졌다. 꽃과 몽우리의 아름다움도 모두 시들어졌다. 아름다운 빛깔도 내 눈으로부터 시들어졌다.

아름다운 모습도 내 팔에서 시들어졌다. 그 소리도 따뜻하고 새하얀 그 살결도 상원桑園도, 때 아닌 저녁에 사라졌다. 향기로운 장막 드리운 사랑의 신의 어두운 잔칫날 아니 오히려 잔칫날 밤이 비밀한 즐거움을 위하여 짙은 어두움의 올을 짜기 시작했을 때 그러나 오늘 사랑의 신의 시중드는 일을 끝마쳤을 때, 사랑의 신은 나를 잠들게 하소서, 내가 단식하며 기도드리는 것을 굽어보시고.)

위의 시들은 각각 시조와 7언절구와 14행시 소네트다. 시조는 3장 6구로 7언절구는 1구 7언 4구로 14행시는 4연 14행으로 각각 일정한 구분, 즉 구성을 가지고 있다.

의미는 전개에 있어서도 기승전결의 극적인 움직임을 나타낸다. 특히 절구와 시조는 그렇다.

다음과 같은 경우는 정형시의 새로운 변형이라고 할 것이다.

당신은 무슨 일로
그리합니까?
홀로히 개여울에 주저앉아서

파릇한 풀포기가
돋아 나오고
잔물은 봄바람에 해적일 때에

가도 아주 가지는
안노라시던
그러한 약속이 있었겠지요

—김소월, 「개여울」에서

정형시는 2음보 이상이 한 행(시조의 경우에는 장)을 이루는 것이 보통이다, 그런데 앞의 시에서는 7 · 5 2음보를 각 연의 제1행과 제2행으로 각각 이분하고 있다. 이것은 한국어의 운율의 결함을 커버하기 위하여 자유시의 기능(행 구분에 있어서의)을 채용한 것이다.

(2) 자유시

자유시를 영어로 프리 버스라고 고쳐놓고 보면, 그 성격이 잘 드러난다.

시는 원래 운문이나 율문으로 씌어졌다. 이것은 동서를 구별할 것 없이 다 그랬다. 그래서 시라고 하면 그대로 운문이나 율문을 연상하게끔 되었다. 그러니까 자유시 할 적의 시를 운문이나 율문으로 생각하면, 자유시라는 말은 영어의 프리 버스와 같은 것이 된다.

자유시라는 말에 해당하는 영어는 이리하여 글자 그대로 순전히 문장의 종류, 즉 '자유로운 운문'(산문)을 뜻하게 되는 그만큼 자유시가 되는 제1조건은 문장이 산문으로 되어 있어야 한다는 그것이다. 이것은 정형시가 문장이 운문으로 되어 있어야 한다는 것과 같이 불가결의 조건이 된다.

그립다
말을 할까
하니 그리워

그냥 갈까
그래도
다시 더 한 번

저 산에도 까마귀, 들에 까마귀,
서산에는 해 진다고

지저귑니다.

—김소월, 「가는 길」에서

앞의 시는 일견 자유시 같기도 하지만 정형시다. 각 연이 3행씩의 일정한 행 구분을 하고 있다는 것도 있지만 문장이 운문(7·5조)으로 되어 있기 때문이다. 그러나 이 경우에는 자유시의 호흡을 채용하고 있음을 본다. 정형시를 말할 때에 이미 소월의 「개여울」을 통하여 잠깐 지적해두었지만 이 시에서도 7·5 2음보를 보통의 정형시가 하지 않는 배치를 하고 있다. 제1연과 2연은 7·5 2음보를 3행으로 구분하고 있다. 이렇게 함으로써 심정의 치밀함이(이럴까 저럴까, 순간마다 동요하는) 여실히 드러난다.

이것은 자유시에서의 행의 기능을 빌린 것이다. 자유시에서는 다음과 같이 행을 구분함으로써(행 구분에 있어서의 구속을 제거함으로써) 미묘한 분위기를 자아낼 수 있는데, 전형적인 정형시에 있어서는 물론 볼 수 없는 현상이다.

나의 내부에도
몇 마리의 새가 산다.
은유의 새가 아니라,
기왓골을
쫑,
쫑,
쫑,
옮아 앉는
실재의 새가 살고 있다.

—박남수, 「새」에서

이 경우에

쫑
쫑
쫑

으로 세로로 배열함으로써 작자가 전달하고 싶은 내면의 어떤 풍경이 보다 잘 드러난다. 이것을 한 행으로 '쫑쫑쫑' 이렇게 배열하면 그 인상이 훨씬 달라진다. 이러한 행 구분법은 일종 형태주의[3]에 속할 것이지만, 자유시에서는 이런 일이 더러 있다.

이와 같이 자유시는 행의 구분을 자유자재로 할 수가 있다. 따라서 의미의 전개에 있어서도 일정한 움직임을 가질 필요가 없다.

매화꽃 다진 밤에
호젓이 달이 밝다

구부러진 가지 하나
영창에 비춰나니

아리따운 사람을
멀리 보내고

---

3) 글자는 음과 형과 의미와 이미지를 가지고 있다. 형태주의에서는 이 중에서 음과 형을 중요시한다.
음과 형은 의미와는 아무런 관계가 없다. 벽공을 碧空으로 쓰는 것은 이런 뜻으로는 형을 중요시하고 있는 일종의 형태주의라고 하겠다. 벽공으로 쓰거나 碧空으로 쓰거나 의미에는 관계가 없지만 벽공과 碧空과는 심리적으로 독자에게 주는 영향이 다르다. 형태주의의 창시자는 이탈리아의 마리네티와 프랑스의 아폴리네르이다.

빈방에 내 홀로
눈을 감아라

비단옷 감기듯이
사늘한 바람 결에

떠도는 맑은 향기
암암한 옛양자라

아리따운 사람이
다시 오는 듯

보내고 그리는 정도
싫지 않다 하여라

—조지훈, 「매화송」

위의 시는 각 연이 2행씩 일정한 행 구분이 되어 있지만 정형시가 아니다. 문장이 산문이기 때문이다. 이렇게 자유시는 또한 일정한 행 구분을 할 수도 있다.

자유시에 있어서의 행의 기능은 「행과 연」을 말할 때 이미 말한 바 있다.

(3) 산문시

산문시도 영어로 포엠 인 프루즈라고 고쳐놓고 보면 그 성격이 잘 드러난다. 영어를 그대로 번역하면, '산문으로 된 시 작품'이 될 것이다. 그런데 산문, 즉 프루즈에는 두 가지 뜻이 있다. 그 하나는 운문이나 율문에 대하는 그것이요, 다른 하나는 시와 산문 할 때의 그 산문이다. 이때의 산문은 시, 즉 포에트리에 반대되는 개념으로서의 그것이다. 그러니까 포에트리에 창조, 즉 크리에이션과 같은 뜻이 있는 한 포에트리는 창조적 문학이 될 것이고, 이에 반대되는 개념으로서의 산문은 비非창조적 문학이 될 것이다. 아리스토텔레스가 『시학』에서 시에 반대되는 것으로 역사를 말하고 있는데 역사는 시가 현실에 없는 것까지를 창조해내는 것이라면 현실(사실)을 그대로 분석 검토하여 기록한 것이 된다. 이리하여 산문시는 산문으로 된 분석 내지는 토의적인 성격의 것이라고 할 것이다.

싯뻘겋게 타 오르는 체내에 하얀 세균들이 불가해한 뇌를 향연하고 있다. 신음과 고통의 뜨거운 호흡으로 자아의 시초이었던 하늘까지가 저주에 귀결되고 그 결화의 생명에서 이즈러지는 눈! 피할 바 없는 독균의 지상이 시즙屍汁으로 자라난 기화가 요초로써 미화되고, 구름을 뚫는 황금빛 안정과 울창한 향수가 해저처럼 만목되어 절규도 구원도 없다.

이 때에 뇌염환자는 운명하는 것이다 곁에는 처자도 없이 다못 송장 위에 송장이 누적될 뿐이다. 위대한 인류의 지뇌智腦는 균에 의하여 완전히 정복되고, 균들은 보이지 않는 무용과 소리없는 환소로 그들의 주조를 교차하며 정을 이룩한다.

그들의 신! 그들이 발생한 인체는 가속도로 백골이 된다. 감미로운 부육은 공기로 변하고 고혈마저 맑은 빗발이 되어 폐허를 씻고 매몰된 문화의 파편을 축일 때 병균은 멸할 것이다. 사람은 두골을 집어 들고 아내에게 말하겠지. 보라! 이건 우리가 고문에서 흔히 읽을 수 있는 그러한 뇌염으로 사망한 자는 아니다. 그 증거엔 이 구멍이 있다. 이것은 탄혈이다. 이것은 인간의 지뇌智腦에 의하여 인간이 인간을 서로 죽인 생명의 투쟁이었다. 그 부뇌에서 염균은 퍼졌을 것이다 라고 순수한 영역에 검붉은 파상을 일으키며 헤엄치는 세균들은 그들 각자의 순수한 빛의 완성에 대한 지향이었다. 생명이 존재하는 생명을 침식하며 번식하고 있다. 싸움은 가장 열려한 승리의 반기를 펴는 동시 그것은 그대로 부란하는 형국의 수저였다.

—김구용, 「뇌염」

위의 시는 산문으로 되어 있는 동시에 분석된 토의적인 성격을 띠고 있음을 알 수 있다. R. G. 몰턴은 다음과 같이 말하고 있다. 산문이라고 불리어지는 문학은 그러한 창조의 행위는 보여주지 않는다. 산문은 이미 존재하는 것의 논의에 한정되어 있다.

만약 철학자 혹은 역사가 현실의 세계를 논하는 저작에 있어서 사실 존재하지 않았던 일소사까지도 존재하는 것으로서 말했다고 하면 그는 그 점에서는 역사가 혹은 청학자인 것을 그만두고 시적 창조의 영역으로 들어간 것이 된다.

산문시가 행 구분을 하지 않는 이유도 산문시의 이 토의적(논의적) 성격에 있다. 행 구분은 이미 말한 바와 같이 리듬과 의미와 이미지의 단락을 위한 것이다. 즉 이런 것들의 단락을 통하여 음악적인 무드나 의미의 비약 내지 암시와 이미지의 회전 등을 치밀하게 또는 미묘하게 함으로써 형식논리적인 문장구조를 극복하려는 것이다. 이와 반대로 행 구분이 없는 것은 보다 형식논리적 구조를 가지게 된다. 센턴스와 센턴스의 연결이 보다 합리적으로 된다.

산문시의 토의적인 성격이 이러한 문장을 요구하게 된 것이다.

산문은 행으로 분할되어 그 행은 유사한 행들끼리 비슷한 각인이 찍힌다고 하는 원칙에 따라 순환하는 율동을 보여준다. '산문' 이라는 언어는 이에 반하여 '일직一直' 이라고 하는 언어적 의미를 가지고 있다. 글의 일직한 서식 속에는 율동에 대한 그 무엇을 지시하는 분단은 없다.

위의 R. G. 몰턴의 말처럼 산문은 어원적으로 미루어보아 줄글로 되어야 한다는 것을 또한 알 수가 있다.

그러니까 산문, 즉 프루즈에는 또 하나의 뜻이 첨가되어 세 가지의 뜻이 있게 된다.

형식상으로는 이미 말한 바와 같은 운문 내지 율문에 대한 산문이 그 하나고, 줄글이라는 것이 그 둘이다. 내용상으로는 이미 말한 바와 같은 창조적 문학에 대한 비창조적 문학을 뜻한다.

이리하여 산문시라고 하는 시의 한 장르는 가장 비시적非詩的인 요소를 가지고 있다고 하겠다. 자유시와 산문시의 발생을 다음과 같이 비교하고 있는 경우가 있다.

> 자유시는 원래 음성률 음위율 음수율에 의하여 엄밀히 규제된 시구가 시인의 내정의 보다 자유분방한 유로를 바라는 요구에 의하여 그 율격을 늦추게 된 데에 생긴 것이고 한편 산문시는 산문이 그 내용이나 가락의 고양의 결과로서 점점 시구의 순수함에 접근해지려는 것이다.

위와 같이 보면 결국 자유시와 산문시의 구별이 없어지게 된다. 자유시가 운율을 늦추게 된 데에서 생긴 현상이고, 산문시가 산문을 운문의 그것처럼(운율은 안 가졌다 하더라도) 가락을 고양시키는 데 있다면, 어느 지점에서 자유시와 산문시는 마주치게 되고 하나로 동화되어버릴 것이기 때문이다.

자유시와 산문시의 관계를 순전히 발생학적 견지에서 볼 적에는 전기 인용문이 타당할는지도 모르나 현재 씌어지고 있는 산문시를 대상으로 심리적 본질적 견지에서 볼 적에는 산문시는 자유시보다는 형식 내용 아울러 보다 철저한 산문화의 과정에서 생긴 현상이라고 해야 할 것 같다.

2. 이미지론

A. 의의

이미지는 보통 심상, 사상, 영상 등 여러 가지 말로써 표현되고 있다. 어느 쪽이든 말이 사람들의 가슴에 그려내는 심적 형상을 가리킨다.[4)]

비유적으로 쓰이든 직접적으로 쓰이든 간에 명확한 사물을 제시하는 단어 또는 구.[5)]

앞의 것은 '형상'에, 뒤의 것은 '단어 또는 구'에 중점을 두고 말을 하고 있으나 '심적 형상'(앞의 문장에서) '명확한 사물을 지시'(뒤의 문장에서) 등을 말하고 싶어한다는 것을 곧 알 수 있다. 이것들을 더 줄이면, '형상'과 '사물'이 된다.

다시 이것들을 풀이해서 말하면 '구체적인 것' 이렇게 될 것이다.

아시아는 밤이 지배한다 그리고 밤을 다스린다
밤은 아시아의 마음의 상징이요 아시아는 밤의 실현이다
아시아의 밤은 영원의 밤마다 아시아는 밤의 수태자이다
밤은 아시아의 산모요 산파이다
아시아는 실로 밤이 낳아준 선물이다

---

4) 村野四郎, 『今日の詩論』.
5) S. L. Bethell, 『Shakespeare's Imagery, The Diabolic Images in Othello』.

밤은 아시아를 지키는 주인이요, 신이다
아시아는 어둠의 검이 다스리는 나라요, 세계이다.

—오상순, 「아시아의 마지막 밤」에서

위의 시는 설명적이기는 하나 '밤', '수태자', '산모', '산파', '어둠' 등의 단어는 구체적이다. 따라서 이런 단어들은 제각기 하나의 이미지라고 하겠다. 그러나 구나 절이 이미지를 보이고 있는 부분은 이 시에서는 눈에 뜨이지 않는다.

산아 우뚝 솟은 푸른 산아 철철철 흐르듯 짙푸른 산아
숱한 나무들 무성히 무성히 우거진 산 마루에 금빛 기름진 햇살은 내려오고
둥둥 산을 넘어 흰 구름 걷는 자리 씻기는 하늘 사슴도 안 오고
바람도 안 불고 넘엇골 골짜기서 울어 오는 뻐꾸기……

—박두진, 「청산도」에서

위의 시에서는 단어들은 물론이요 구와 절까지가 '명확한 사물을 지시' 하고 있고 우리의 '가슴에 그려내는 심적 형상' 을 가지고 있다.

이리하여 T. E. 흄은 다음과 같이 말하고 있다.[6)]

시에 있어서의 심상은 한낱 장식에 불과한 것이 아니고 직관적 언어의 본질 그 자체인 것이다.

이와 같이 이미지는 시에서 중요한 구실을 한다. 그리고 이러한 이미지를 낳게 하는 힘이 상상력imagination이다.

---

6) T. E. 흄 지음, 김용권 옮김, 『낭만주의와 고전주의』.

이 상상력에 대하여서는 존 러스킨이 다음 세 가지로 분류하고 있다.[7)]

직관적 상상력imagination penetrative · 연합적 상상력imagination associative · 해석적 상상력imagination contemplative.

이 중 직관적 상상력에 대하여는 "직관적 상상력은 외면적인 형상에 관심하지 않고 내면적인 정신에 관심한다. 그것은 결코 사물의 껍질이나 재나 겉모양에 머물지 않는다. 그런 것들을 밀어뜨리고 그것은 바로 중심의 불 같은 심장부로 뛰어 들어간다. 아무것도 그의 정신성을 만족시키지는 못한다. 그 주제가 어떤 비슷한 모양이나 또는 다양한 외관과 면상들을 가졌다 할지라도 그런 것들은 통용되지 않는다.

그는 울타리를 넘어 들어가 나무 뿌리 밑까지 잘라서 그 주제의 진액을 빨아먹고야 만다. 그 기능과 능력은 사물의 근저에 도달하는 데 있으며, 그 성질과 위엄은 사물의 심정을 파악하는 데 있다.

그것은 눈으로 보는 것이 아니며 목소리로 판단하는 것이 아니며 얼굴을 그리는 것이 아니다. 그것은 내면으로부터 긍정하고 판단하고 묘사한다"라고 하고 있다.

연합적 상상력에 대하여는 "연합적 상상력은 인간지성이 갖는 중 최대한 기계적 능력이다. 그 작용으로 말미암아 관념들의 무한한 집단 속에서 두 개의 관념! 서로 분리하면 부적당하지만 결합되면 정당해질 수 있는 두 개의 관념!이 선택된다. 그러므로 그들의 통일에 대한 새로운 이념이 그 즉석에서 발견되어야 한다. 그 통일 속에서만 두 관념은 정당할 수 있고 따라서 통일의 개념만이 그들의 선택을 결정하기 때문이다"라고 하고 있다.

해석적 상상력에 대하여는 최재서 씨가 "상상적 체험 속에서

---

7) 최재서, 『문학원론』(춘조사, 1963)에서 재인용.

정서가 작용할 때에 가장 뚜렷이 나타나는 특색은 그 통일적 색채다. 즉 워즈워스가 평범한 사물들 위에 독특한 색채를 던져준다고 말한 바로 그러한 현상이다.

상상은 셰익스피어가 적절하게도 말한 것처럼 마음의 눈the mind' s eye이다. 푸른 안경을 쓰고 보면 세계가 푸르게 보인다. 그러나 푸른 것은 안경 자체가 아니라 안경을 덮는 정서의 막이다. 정서가 사라지면 상상은 도로 투명한 안경으로 돌아간다.

체험이 상상력으로 통일될 때에 물론 단일한 감정상태—기분, 정서, 센티멘트—가 체험 전체에 침투된다. 그래서 이를테면 비애, 멜랑콜리, 아누이ennui, 환희, 애국심 등 감정상태가 지배한다.

정서는 각기 독특한 색조tone-colour를 가지기 때문에 상상적 체험은 각기 특유한 색채를 띠게 된다. 상상은 이리하여 우리의 의식에다 투명한 시야를 마련해주는 반면에 통일적인 색채를 던져준다"라고 하고 있다.[8]

상상력을 이렇게 세분하여 말하고 있는 이가 이 밖에도 간혹 있지만 요컨대 그것은 이미지를 낳는 힘이라고 할 수 있으니까, 하나의 체험이고 과정이지 결과는 아니다. 결과는 이미지고, 이미지는 언어로서 표현된다. 『상상력』의 저자 잔느 베르니스 Jeonne Bernis는 다음과 같이 말하고 있다.

상상력은 일반적으로 심상을 낳는 정신의 능력으로서 정의된다.[9]

이와 같이 상상력의 능력을 말하고는 다시 상상력의 기능이 애매함을 다음과 같이 말하고 있다.

---

8) 최재서, 『문학원론』(춘조사, 1963).

9) 잔느 베르니스 지음, 원형길 옮김, 『상상력 서설』.

심상이란 어떤 경우에는 감각을 환기한 대상이 이미 존재하지 않는 데에서의 그 감각의 단순한 재생물을 뜻하고, 또 어떤 경우에는 우리의 환상이 마음대로 낳는 창조물을 뜻한다. 이것은 말하자면 상상력에 두 개의 형식이 구별된다는 것으로 하나는 우리의 지각과 직접적인 관계에 있는 것, 다른 하나는 감각계로부터의 이탈이라는 것을 본질로 하는 것이다. 상상기능의 애매함은 여기에 벌써 드러나 있지만 이 애매함은 온갖 철학체계가 인식의 형식에 있어서 이 기능에 주는 위치에 붙어다닐 것이다. 이리하여 우리는 심상일랑 어느 때는 감각의 충실한 복사로써 즉 신체에 깊이 의존하고는 있으나 대뇌에의 의지의 작용에 의하여 재빠르게 생겨나는 감각의 충실한 복사로 이것을 볼 수 있고, 또 어느 때에는 이미 감각계가 아니라 거기로부터는 상황이라든가 하는 관계만을 보존하는 그러한 일실재 속으로의 감각의 일종의 전위로서 이것을 볼 것이다. 심상은 지각으로부터 멀어지고 지성화된다.

위에서와 같은 심상과 상상의 두 개의 형을 우리는 시에서 얼마든지 볼 수가 있다.

I saw the first pear
As it fell——
The honey-seeking, golden-banded
The yellow swarm,
Was not mose fleet than I.
(Spare us from loveliness!)
And I fell prostratt,
Crying:
You have flaved us with your blossoms.
spare us the beauty

Of fruit-trees!

—H. D, Orchard

〔대의—나는 처음 연 배가 떨어지는 것을 보았다. 벌꿀은 요구하는 것 금빛 줄무늬가 있는 것 황색의 벌떼도 나보다 덧없지는 않았다. (애잔한 아름다움으로부터 우리를 구해주소서!)

그리고 나는 납작하게 엎드려 외친다. 당신은 당신의 꽃으로 우리의 모든 것을 빼앗아갔다. 과수의 아름다움을 우리에게 남겨주소서!〕

이 시의 각 행은 감각의 환기고 복사임을 곧 알 수가 있다. 그러나 다음과 같은 시의 경우는 어떨까?

Who
Are you
Who is born
In the next room
Those to my own
That I can hear the womb
Opening and the dark run
Over the ghost and the dropped son

Behind the wall thin as a wren' s bone?
In the birth bloody room unkown
To the burn and furn of time
And the heart print of man
Bows no baptism
But dark alonee

The wild

Child.

—Dylan Thomas, 「Vision and Prayer」

(대의—옆 방에서 출산하려고 하는 당신은 누군가? 내 방까지 소리 높이 자궁이 열려 암흑이 정령과 잉태한 어린애를 짓밟는 것이 들린다. 굴뚝새의 뼈처럼 엷은 벽 저쪽에서 시간의 연소와 회전, 또 사나이의 마음의 자욱에는 인록이 없는 탄생의 피에 젖은 방에서는 다만 어둠 외는 세례로 축복하는 것은 없는 그 사나운 아이.)

위의 시는 크리스트의 탄생을 말하고 있는 동시에 사람은 크리스트의 희생에 알맞은 값어치가 없는 것이니까 크리스트는 자기가 나온 자궁womb으로 다시 돌아가야 한다는 것을 말하고 있다.

이러한 이 시의 주제idea를 위하여 상상력이 움직이고 있다. 이러한 상상력의 결과로 나타난 심상들은 단순한 감각의 복사가 아니다. 이 시에서의 자궁은 '우리의 환상이 마음대로 낳는 창조물'이다.

이럴 때 이 자궁은 '감각의 일종의 전위'가 되고 '지각으로부터 멀어지고 지성화'되는 것이다.

B. 제상

이미지를 대별하여 서술적descriptive인 것과 비유적metaphorical인 것으로 볼 수 있을 것이다. 비유적 이미지에는 또 직유, 암유, 상징simbol, 풍유allegory 등이 있다. 여기 대하여는 다음에 언급하기로 한다.

(1) 서술적 심상

서술적 심상이란 심상 그 자체를 위한 심상을 두고 하는 말이다. 가령 다음과 같은 시를 보라.

I touch of could in the autumn night—
I walked abroad,
And saw the ruddy moon lean over a hedge
Like a red-faced farmer.
I did not speak, but nodded,
And round about were the wistful stars
With white faces like town children

—T. E. Hulme, 「Autumn」

(대의—가을밤의 감촉이 싸늘해서 밖으로 나왔더니, 얼굴이 붉은 농부처럼 불그레한 달이 울타리 너머로 보고 있었다. 나는 말은 건네지 않고, 고개만 끄떡그떡 하였다. 가장자리에는 생각에 잠긴 별들이 있는데 도회의 아이들처럼 얼굴이 창백했다.)

위의 시에서의 '얼굴이 붉은 농부' 는 글자 그대로의 말이고, 이 말을 통하여 다른 무엇을 말하기 위하여 수단으로 사용된 말이 아니다. '불그레한 달' 이나 '도회의 아이' 나 모두 마찬가지다.

지리교실 전용지도는
다시 돌아와 보는 미려한 칠월의 정원.
천도열도 부근 가장 짙푸른 곳은 진실한 바다보다 깊다
한가운데 푸른 점으로 뛰어 들기가 얼마나 황홀한 해학이냐?
의자 위에서 다이빙 자세를 취할 수 있는 순간 교원실의 칠월은 진실한 바다보담 적막하다.

—정지용, 「지도」

위의 시 중의 '지리교실', '지도', '정원', '바다', '의자' 등은 모두 그 자체를 말하기 위한 심상들이다. 우리는 이러한 심상들이 모여서 빚어내는 선명한 정경을 그려봄으로써 신선한 감각적 체험을 할 수만 있다면 그만이지, 더 이상 이러한 심상들의 배후에 있는 관념이나 사상을 탐색할 필요는 없다.

그런 것들을 이 시는 처음부터 거부하고 있기 때문이다.

이 시는 또 아주 비근한 심상을 등장시키고 있다. 낭만주의 시인들에게서는 볼 수 없는 현상이다. 말하자면 낭만주의 시인들에 있어서는 시가 될 수 없다고 생각된 심상들을 등장시키고 있다.

화가 존 컨스터블John Constable은 다음과 같이 말하고 있다.

추악한 것이란 없다. 나는 생애를 통하여 추악한 것을 본 일이 없다. 그렇다고 하는 것은 가령 어떤 사물의 형태가 어떠한 것이었다고 하더라도 빛이나 그늘이나 전망이 그것을 아름답게 해주기 때문이다.

정지용의 아까 인용한 시에서의 '지리교실'이라든가 '지도'라든가 '의자'라든가 하는 것은 그 자체로서는 따분한 것들이다.

그러나 이런 것들에 어떤 '빛이나 그늘이나 전망'을 줌으로써 보통 때와는 전연 다르게(신선하게) 비친다. 이렇게 서술적 심상은 그것을 다루는 각도에 따라 생기를 띠기도 하고, 아주 폐물이 되어버리기도 한다.

밤은 마음을 삼켜 버렸는데
개구리 울음 소리는 밤을 삼켜 버렸는데

하나 둘…… 등불은 개구리 울음 소리 속에 달린다
이윽고 주정뱅이 보름달이 나와 은으로 칠한 풍경을 토한다

—김종한,「고국의 시」

The white moon is setting behind the white wave.
　And Time, O! is setting with me.

—Robert Burns,「Open the Door to ME, O!」

(대의—흰 달이 흰 물결 뒤로 떨어지고 있다. 그리고 아 내 목숨도 지금 다하면서 있다.)

앞의 전원풍경은 밝고 명랑하다. 뒤의 정경은 어둡고 침통하다.

마치 화가들의 마티엘을 통하여 그 빛깔의 명암을 통하여 화가들의 정신상태를 보는 거와 같다. 가령 다음과 같은 시를 보면 그 빛깔이 보다 미묘한 무늬를 짜고 있는 것을 볼 것이다.

낡은 아코오뎡은 대화를 관뒀읍니다.

——여보세요?

폰폰따리아
마주르카
디이젤 엔진에 피는 들국화

——왜 그러십니까?

　모래밭에서

수화기
  여인의 허벅지
        낙지 까아만 그림자

비들기와 소녀들의 랑데뷰
그 위에
손을 흔드는 파아란 깃폭들

나비는
기중기의
허리에 붙어서
푸른 바다의 층계를 헤아린다

—조향, 「바다의 층계」

'디이젤 엔진' 과 '들국화' 의 결합은 당돌한 느낌을 준다. 그만큼 독자로서는 당황해질 것이다. 기계문명과 전원풍경의 대조. 여기서 독자는 어떤 언밸런스와 불안 같은 것을 느낄 것이다.

'수화기' 와 '여인의 허벅지' 와 '낙지 까아만 그림자' . 이 3자의 결합도 당돌한 느낌을 준다. 메커니즘과 에로티시즘의 결합이다.

현대문명의 이미지다. 그것은 그로테스크하다. '낙지 까아만 그림자' 가 그것을 말하고 있다.

'나비' 와 '기중기' 의 결합도 마찬가지다. 이 마지막 연은 하나의 해학인 듯도 하다.

나비가 기중기의 허리에 붙어서 푸른 바다를 내려다보는 것이다. 기계에 정복당한 서정에 대한 향수 비슷한 것이 서려 있는 듯도 하다.

이와 같이 이 시의 빛깔은 그 명암이 미묘하다. 그러면서 이미지들은 순수하다. 말하자면 이미지가 관념의 도구로서 씌어져 있지 않고 이미지가 그 자체를 위하여 동원되고 있다. 이런 뜻으로는 일종의 순수시가 되고 있다. 그 빛깔(순수의)이 보다 단일하고 명결한 시를 들면 다음과 같은 것이 있다.

흰 달빛
자하문

달안개
물소리

대웅전
큰보살

바람소리
솔소리

부영루
뜬 그림자

흐는히
젖는데

흰 달빛
자하문

바람소리
물소리

—박목월, 「불국사」

위의 시에는 심상과 심상과의 충돌이 없다. 그러니까 시의 분위기가 미묘하지 않고 단색이다.

이 시의 각 행은 대부분 명사(주어)에서 끊어지고 있다.

빈사(술어)가 생략되고 없다는 것은 이 시의 대부분의 행들이 심상의 제시에만 그치고 있다는 증거가 된다.

영화의 한 장면 한 장면을 보는 느낌이다.

시나리오의 지문도 이와 같이 심상을 제시만 하면 될 것이다.

의미론적으로는 빈사(술어)가 생략되고 없다는 것은 판단중지를 뜻하게 된다. 심상을 보이기만 하면 되는 것이지 그것(심상)이 어떻다고 설명할 필요가 없지 않느냐고 이 시는 그렇게 반문하고 있는 것이다.

(2) 비유적 심상

비유적 심상은 관념을 말하기 위하여 도구로서 쓰여지는 심상을 두고 하는 말이다. 이렇게 비유적 심상에 있어서는 심상은 관념에 봉사하는 역할을 하고 있기 때문에 심상이 불순해진다.

거룩한 분노는
종교보다도 깊고
불 붙는 정열은
사랑보다도 강하다.

아 강낭콩 꽃보다도 더 푸른

그 물결 위에
양귀비 꽃보다도 더 붉은
그 마음 흘러라

—변영로, 「논개」

위의 시에서 '보다도' 라는 보조형용을 매개로 하여 '물결' 이 '강낭콩 꽃' 에 비교되고 있고, '마음' 이 '양귀비 꽃' 에 비교되고 있다.

이렇게 비교됨으로써 전자에 있어서는 '물결' 의 푸르름을 후자에 있어서는 마음의 정열적인 상태를 각각 구체적으로 말하고 있다.

그런데 이 시의 '물결' 은 글자 그대로의 물결이 아니다. 짙푸르게 영원히 흐르는 강물 같은 민족의 맥박 또는 역사, 이런 것을 말하고자 한 것이다. 그러니까 이 경우의 '물결' 은 '마음' (정열)과 함께한 관념이요 추상이다. 이것들을 구체적으로 보여주고 있는 것이 '강낭콩 꽃' 이라는 심상이요 '양귀비 꽃' 이라는 심상이다, 그러니까 이 시에서는 '물결' (민족의 맥박, 역사)과 '마음' (정열)이 작자가 말하고 싶었던 상idea이 될 것이고, '강낭콩 꽃' 이나 '양귀비 꽃' 은 그것들을 구체적으로 보여주는 서술적 심상이 된다.

이렇게 비유적 심상은 두 부분으로 나누어지는데, 전자, 즉 주상을 본의라고 하고, 후자, 즉 서술적 심상의 부분을 유의라고 한다. 본의와 유의에 대하여는 다음과 같이 설명되고 있다.[10)]

본의와 유의는 서로 다르면서 그러나 그 사이에 유사성이 있다. 지금

10) 村岡勇, 『英詩のすがた』.

예로써 말하면[11] 어둠 속으로 사라져가는 아도니스와 밤의 하늘을 흐르는 별과의 사이에는 아름답게 빛나면서 재빠르게 어둠 속으로 사라져 간다고 하는 공통성이 있다.

이 유사성, 공통성을 연속성continuum 또는 공통영역commonterritory 등으로 부르는 수도 있다. 본의와 유의의 유합은 이 연속성을 매개로 하여 진행되는데 유의에 함축되어 있는 온갖 요소 중 본의에 어울리는 요소가 본의 쪽으로 이행하여 본의와 결합함으로써 유합이 완성된다.

비유적 심상이 본의와 유의로 나누어진다고 하였지만, 본의가 감추어지고 표면에 나타나지 않는 경우가 있다. 가령 다음과 같은 시를 보라.

순이야. 영이야. 또 돌아간 남아.

굳이 잠긴 잿빛의 문을 열고 나와서
하늘ㅅ가에 머무른 꽃봉오릴 보아라.

한 없는 누에실의 올과 날로 짜 늘인
채일을 두른 듯, 아늑한 하늘ㅅ가에
뺨 부비며 열려 있는 꽃봉오릴 보아라

11) Look! how a bright star shootehn from the sky
So glides he in the night from Venu' s eye
(대의—빛나는 별이 하늘을 흐르는 것처럼 아도니스는 베누스의 눈으로부터 밤의 어둠으로 사라져 버렸다.)

순이야. 영이야. 또 돌아간 남아.

저,
가슴같이 따뜻한 삼월의 하늘ㅅ가에
인제 바로 숨쉬는 꽃봉오릴 보아라

—서정주, 「밀어」

위의 시는 해방민족의 환희와 희망을 상想으로 하고 있다고 볼 수 있다. 그런데 이 시에서는 아무 데에도 보조형용을 쓰고 있지 않다. 그러면서 이 시는 이미 지적한 그러한 상을 구체적인 심상으로 알리고 있다.

이리하여 얼른 보아 이 시가 서술적 심상으로만 되어 있는 듯 하지만 실은 이 시에서의 심상들은 해방민족의 환희와 희망이라고 하는 이 시의 상인 관념을 위한 도구로서 쓰여지고 있음을 알 수 있다. 그러니까 비유적 심상들인데 본의(주상—즉 이 시의 관념)는 감춰져 있다.

빰 부비며 열려 있는 꽃봉오릴 보아라

위의 대목을 예로 하더라도 그렇다. '빰'은 '꽃봉오리'에 연결되는 빰이니까 아주 신선하고 생기발랄한 그런 빰이다.

여기서는 환희를 표상하고 있다 '꽃봉오리'는 장차 꽃잎을 벌릴 가능성을 충분히 지니고 있다는 점에서 희망을 표상하고 있다. 이리하여 이 대목은 이 시의 상의 핵심이 되고 있다.

그런데도 표면으로는 그러한 주상(환희, 희망)이 나타나 있지 않다. 이렇게 되면 그런 것이 아님은 물론이다.

비유적 심상에 있어 모든 비유적 심상이 다 시적 심상이 되고 있느냐 하면 그런 것이 아님은 물론이다.

가령 여기 인용한 두 편의 시를 비교해보더라도 그렇다. 「논개」에 있어서의 비유적 심상은 단순한 의미 강조나 수식에 그치고 있는 데 비하여 「밀어」에 있어서의 비유적 심상은 단순한 의미 강조나 수식에 그치고 있는 것이 아니라, 보다 대상(관념)에 밀착돼 있다.

'강낭콩 꽃보다도 더 푸른 그 물결' 이라고 할 때 물결의 푸르름(민족의 맥박, 역사의 창창함)을 말하는데 하필이면 강낭콩 꽃이냐 하는 느낌을 준다. 즉 강낭콩 꽃이 아니더라도 더 절실한 느낌을 주는 말이 있을 것이라는 느낌을 준다.

말하자면 대상(관념)과 표현된 언어 사이에 어떤 틈을 느끼게 한다. 여기 비하여 '뺨 부비며 열려 있는 꽃봉오리' 라고 할 때는 다른 말로 대치할 도리가 없겠다는 느낌을 준다.

즉 대상(관념)과 표현된 언어 사이에 어떤 틈을 주지 않는다. 후자가 이리하여 시적 심상이 되고 있다. 그런데 시적 심상이 되고 있느냐 안 되고 있느냐 하는 것을 식별하는 능력은 독자의 시를 감수하는 능력 여하에 달렸다고밖에는 할 수 없다.

사족—정서적인 그것과 지적인 그것

본의와 유의는 서로 다르면서 그 사이에 유사점이 있는데 이것을 연속성이라고 한다는 것은 이미 말한 바 있다. 그런데 연속성의 범위가 넓어질 적에는 그 비유적 심상의 효과는 정서적이 되고 좁아질 적에는 지적이 된다고 할 수 있다.

가령 시 「밀어」를 다시 예로 하여 생각해보면 뺨은 생기발랄하다, 신선하다, 쾌감을 준다 등으로 그 속성을 가려낼 수가 있다. 이러한 속성은 '환희' 의 속성에 연속된다. '꽃봉오리' 는 볼록하다, 뭔가 황홀한 것을 간직하고 있다, 기대어 싸여 있다 등으로 그 속성을 가려낼 수가 있다. 이러한 속성은 '희망'의 속성에 연결된다. 이리하여 이 대목은 본의와 유의와의 연속성에 있어 그 범위가 상당히 넓다고 할 수 있으니까 비유적 심상의 효과는 보다 정서적이라고 할 수가 있다. 여기 비하여 다음과 같은 경우는 다르다.

Let us go then, you and I.
When the evening is spread out against the sky
Like a patient etherised upon a table;
—T. S. Eliot, 「The Love Song of J. Alfred Prufrock」

(대의—그러면 우리 갑시다. 수술대 위에 에테르로 마취당한 환자처럼 저녁 노을이 하늘에 퍼지거든.)

위의 시 중의 '환자'와 '저녁 노을' 사이에는 거의 연속성이 없는데도 이 두 개를 연속시키고 있다.

'저녁 노을'이 본의고 '환자'는 유의가 된다. 이렇게 되면 본의와 유의 사에의 유사성을 찾는 데 있어 독자의 지성을 요구하게 된다. 즉 독자의 지성에 호소하게 된다. 이러한 지적인 비유적 심상은 또한 우스꽝스럽고 희극적이다.

올슨은 정서적인 그것을 복합비유complex metaphor라고 하고 있고 지적인 그것을 단순비유simple metaphor라고 하고 있다.[12)]

12) William Empson, 『Contemporary Criticism and Poetic Diction』.

C. 변 천

(1) 이미지의 발생(심리적 면으로 본)

외계를 모방하는 기술을 예술이라고 생각한 것은 그리고 그것을 명확하게 글로써 기록해둔 것은 고대 희랍인들이다. 그 대표적인 예로 우리는 플라톤과 아리스토텔레스를 들 수가 있다. 모방은 동서양을 통하여 고대, 특히 원시인의 사회에 있어서는 예술의 대표적인 패턴이었다고 할 것이다.

원시적 심성에 있어서는 자아는 외계로부터 또렷하게 떨어져 있지 않다. 외계의 인상과 그 성질의 포로다. 따라서 자발성을 배제하고 외계의 인상과 그 성질과를 기계적으로 재현하게 된다.

서술적 심상은 이러한 사정 속에서 발견되어져야 할 것이다.[13]

이러한 원시적 서술적 심상이 차차 자아와 피아의 구별이 생기고 주관과 객관이 의식 내부에서 분간이 된 뒤에까지도 시에 나타나게 되었는데, 원시적인 그것이 보다 자연발생적 기계적 본능적인 그것이라고 한다면 이것은 보다 의식적, 창조적, 지적인 그것이라고 할 것이다.

뼈
그 절망
의
모래
의
손잡이

---

13) 村岡勇, 『英詩のすがた』.

구멍
이 있는
돌
의
가슴
또는 구멍
이 있는
돌
의 팔

—기다조노 가즈에, 「밤의 요소」에서

위의 시에 등장하고 있는 서술적 심상들은 단순한 자연의 모방—그 기계적 재생이 아니다.

여기에는 자각된 방법론에 의한 기술과 시에의 이념이 밑바닥에 깔려 있다.

사상파imagism[14]의 시인들이 "표상에 기여하지 않는 말은 일절 쓰지 말 것"이라고 한 것은 두말할 것 없이 심상을 의식적으로 시에서 활용해야 한다는 시에 대한 이념의 표백이다.

한편 원시인의 사회에 있어서는 외계는 그대로 인격이었다.

말하자면 원시인의 의식에서는 아직 지知와 정情이 분화되지 않고 있었다. 오히려 외계의 모든 현상을 온갖 표정으로 정적으로 받아들였다. I. A. 리처즈가 '마술적 세계관'[15]이라고 부른 것이 바로 이러한 원시적 정적 태도를 두고 한 말이다.

---

14) 에즈라 파운드, 리처드 앨드닝턴Richard Aldnington, 힐다 두리트Hilda Doo-litte 등이 1912년에 선언문을 작성했다. 영미 양국이 이 유파의 중심지였다.

15) I. A. Richards, 『Science and Poetry』, 49쪽 「The Magical View of the World」(The Eihosha LTD).

이러한 태도는 의식내부에서 지정과 주객관이 분간된 뒤에도 보다 미묘한 상태로 계승되고 있다. 현대시에서는 그것이 고도의 상징적 암시성을 띠고 있다.

This break was once the oat,
This wine upon a foreign tree
Plunged in its fruit;
Man in the day or wind at night
Laid the crops low, broke the grape' s joy.
Once in the wind the summer blood
Knocked in the fesh that decked the vine.
Once in this bread
The oat was merry in the wind;
Man broke the sun. pulled the wind down
This flesh you break, this blood you let
Make desolation in the vein
Were oat and grape
Born of the sensual root and sap;
My wind you drink, my bread you snap.

—Dylan Thomas, 「This bread I break」

(대의—내가 찢은 이 빵은 일찍 귀리였다.
이국의 나무에 여는 이 포도주는 그 열매 속에 뛰어들었다.
한낮에는 사람이 또 밤에는 바람이 곡물을 쓰러뜨렸다.
포도의 기쁨을 부수었다. 일찍 바람 속에서 여름의 피는 포도나무를 장식하는 살 속으로 파고들었다. 일찍 이 빵 속에서 귀리는 즐겁게 바람에 속삭였다. 사람은 태양을 부수고, 바람을 끌어

내렸다. 당신이 찢는 이 살. 당신이 혈관 속에서 거칠게 소모하는 이 피. 그들은 관능의 뿌리와 수액에서 생겨난 귀리와 포도였던 것이다. 당신이 마시는 나의 포도주는 당신이 찢는 나의 빵은.)

위의 시는 복잡 미묘한 의인법을 쓰고 있다.

제2연을 보라. '바람 속에서 여름의 피가', '살 속으로 파고 들었다' 고 하고 있다. 이러한 의인법은 물활론(物活論, animism)적인 세계관에서 파생한 일종 마술적magical인 그것이라고 할 것이다.

산문문학에서는 이러한 모양으로 글을 쓰지 않는다.

이 시는 성서의 기록에서 취재한 것이다.

빵과 포도주는 최후의 만찬 때의 장면을 연상케 한다.

이 시는 이리하여 고도의 상징성을 띤 비유적 심상들로 되어 있다.

이 시는 인생의 기쁨과 정열과 정력을 축제적으로 표현하고 있다.

(2) 래디컬 이미지

심상과 심상과의 연결에 있어 비유적 심상의 경우에는 본의와 유의의 유합에 있어 공통성이 많은 것을 선택한 것이 보통이지만 17세기 영국의 형이상 시인metaphysical poet들이나 그들의 영향을 받은 현대 시인들의 시에서는 공통성이 적은 것들을 선택하여 결합시키는 일이 있다.

즉 이미 말한 바와 같이 본의와 유의와의 연속성에 있어 그 범위가 좁은 것이 있다.

이렇게 되면 독자에게 지적 추리를 강요하게 되는 동시에 어떤 놀라움의 감정을 주게 된다.

이러한 심상의 사용방법은 과격한radical 그것이라고 할 수 있다. 현대시에서는 하나의 방법론으로 체계화되어 실천되고 있다.

If they be too, they are two so
　　As stiffe twin compasses are two
Thy sowe the fixt foot. makes no show
　　To move, but doth, if th' other doe.
And though it in the center sit.
　　Yet when the other far doth rome
It. leanes. and harkens after it,
　　And growes erect, as that comes home,
Such wilt thou be to mee, who must
　　Like th' other foot, obliquely runne
Thy firmnes drawes my circle just
　　And makes me end, where I begunne.

—John Donne, 「A Valediction ; Forbidding Mourning」

(대의—당신과 나의 영혼은 둘로 나눠졌지만 딴딴한 컴퍼스가 두 개의 다리를 가지고 있듯이 둘인 것이다. 당신의 영혼은 고정된 다리라 움직이는 것 같지는 않지만, 다른 쪽의 다리가 움직이면 움직이는 것이다. 중심에 고정되어 있더라도 다른 쪽의 다리가 멀리 헤매는 경우에는 그쪽으로 몸을 기울이고 귀를 기울이고 돌아오면 똑바로 선다. 당신은 나에게 있어서는 그와 같은 것이다. 그러한 나도 다른 쪽의 다리와 한가지로, 비스듬히 옆으로 움직이지 않으면 안 된다. 나의 원은 당신이 든든하게 고정되어 있음으로써 바로 그려지는 것이고, 시작한 곳에서 끝나는 것이다.)

이 시에 대하여는 다음과 같이 해설하고 있다.[16)]

'당신과 나의 영혼' 을 컴퍼스에 비유하고 있지만 양자 사이에는 거의 공통영역—즉 유사성이 없는 듯이 보인다. 있더라도 너무나 하잘것없는 유사성처럼 보인다. 그러한 점으로는 앞에 인용한 기상에 가깝다.[17] 그러나 읽어감에 따라 상상도 미칠 수 없었던, 그 위에 뜻의 깊은 공통영역이 제시되어 독자는 놀라움의 기분으로 과연 그렇다고 감탄하지 않을 수가 없다.

이 공통영역은 단순한 범주에 기초를 두고 있는 것이 아니다. 적어도 사중의 범주에 기초를 두고 있다. 첫째 질의 범주가 있다. 당신과 나의 영혼은 컴퍼스처럼 둘이지만 하나다. 둘 능동의 범주가 있다.

당신은 컴퍼스의 고정된 다리처럼 고향에 얌전하게 머물러 있고, 그러나 마음속으로는 여행하고 있는 내 몸을 생각하는데 나는 컴퍼스의 다른 쪽의 다리처럼 멀리 대륙을 여행한다.

당신이 내가 여행하고 있는 동안 줄곧 내쪽으로 몸을 기울이고 귀를 기울이고 내가 돌아오면 똑바로 몸을 일으켜 즐겁게 마중하는 것도 컴퍼스의 고정된 다리와 같다. 그리고 당신이 얌전하게 고향에 머물러 있었기 때문에 내가 서둘러 고향으로 돌아

---

16) 村岡勇, 『英詩のすがた』.

17) O! if the streets were paved with thine eyes.
her feet were too much dainty for such tread.
—Shakespeare, 「Love' s Labour' s Lost IV」
(대의—길거리가 그대의 눈으로 포장되고 있다고 하더라도 거리를 걷는 데에는 그녀의 발은 너무나 아름답다.)
'길거리가 그대의 눈으로 포장되어 있다고 하더라도' 라고 하는 것은 '길거리가 얼마나 귀중한 것으로 되어 있다고 하더라도' 하는 것으로, 눈과 귀중한 포장 재료가 비교되어 있다는 것은 귀중함과 모양(벽돌의 모양이 눈을 연상케 한다) 즉 성질이라고 하고 유일한 범주를 기초로 하고서이다. 그리고 눈과 벽돌이라고 하는 전연 닮지 않은 것에 유사점을 발견하여 양자를 결합하고 있는 데에 이 비유의 기상인 이유가 있는 셈이다.

가는 것이니 그러한 점도 한쪽 다리가 고정되어 있으므로 비로소 바로 원이 그려지는 컴퍼스를 닮았다. 셋째로 상태의 범주가 있다. 이것이 성적인 뜻을 가진다. '딴딴한 컴퍼스', '몸을 기울이고 귀를 기여 돌아오면 똑바로 선다'는 표현에 유의하고 원이 여성의 성기의 상징임을 생각할 때 그 이면의 뜻을 알 수 있을 것이다. 마지막으로 또 하나의 범주가 있다.

플라톤은 원을 원만함의 상징으로 하고 있는데, 그렇다면 시인은 여기서 우리 두 사람의 관계는 원처럼 완전무결하다고 말하고 있는 것이 된다. 이렇게 시인은 컴퍼스의 비유로 시인과 그의 아내와의 관계의 제상을 밝히고 있는데 그것이 숫자의 연구에 쓰이는 컴퍼스의 비유로 되고 있기 때문에 한층 명확해지고 있는 느낌이다.

이러한 기상(奇想, conceit)은 현대시에서도 자주 눈에 뜨이는 현상이다.

Sir no man' s enemy, forgiving all
But will his negative inversion, be prodigal:
Send to power and light, a sovereign touch:
Curing the intolerable neural itch,
The exhaustion of weanrng, the liar' s quinsy,
And the distortions of ingrown virginity.
Prohibit sharply the rehearsed response
And gradually correct the cowards stauce;
Cover in time with beams those in retreat
That, spotted they turn though the reverse were great;
Publish each healer that in city lives
Or country houses at the end of drives;

Hanow the house of the dead : look shining at
New styles of architecture, a change of heart.

—W. H. Auden,「제목」

(대의—그 누구도 미워하지 않는 당신은 모든 것을 용서하면서 우리의 의지의 소극적 도착을 용서하지 않는 당신은 아낌없이 주소서. 빛과 힘을 우리에게 보내주소서. 탁효 있는 접촉을, 신경이 몹시 가려워서 배겨날 수가 없습니다. 이유기의 초조함을 거짓말쟁이들의 편도선을 고쳐주십시오.

비뚤어진 처녀의 수정증을 고쳐주십시오. 낡아빠진 반응의 복습을 날카롭게 금지하소서. 겁쟁이의 O형의 다리는 참을성 있게 교정해주소서. 도망가는 녀석에게는 어느 서슬에 전파를 씌워주소서. 과녁을 맞힌 녀석을 뒷걸음질, 귀로는 혼이 날 것이오.

거리의 엉터리 의사는 손닿는 대로 폭로하소서. 자동차도로의 종점의 별장도 그 솜씨로 부탁드립니다. 사자의 집을 깨끗이 해주소서. 우리의 마음을 완전히 바꿔놓아주소서. 최신형의 건물을 빛나는 눈으로 바라보소서.)

W. H. 오든W. H. Auden 이 시에 대하여 클리언스 브룩스Cleanth Brooks는 그의 책『현대시와 전통Modern Poetry and the Tradition』의 제1장「은유의 전통」에서 다음과 같이 말하고 있다.

이 '탁효 있는 접촉sovereign touch' 이란 말이 임파선의 만성종기에 왕의 손이 닿으면 낫는다는 속담에의 언급이란 것을 알았다 하더라도 그 말을 시인이 쓴 동기에 대하여는 역시 독자는 놀랄 것이다.

현대의 노이로제를 왕의 손이 닿아서 낫는 병에 비유하는 것은 지나치게 재치가 있어 불유쾌하게 보일는지도 모른다.

시는 고상장대해야 할 것이 아닌가. 그 위에 'sovereign' 은 하마터면

펀pun[18]에 떨어질 뻔하고 있다.

독자도 아시다시피 펀은 유머의 최저의 형식이다. 그래도 이 시는 엄숙한 것인 모양이다. 마지막 행 같은 것은 또렷이 엄숙한 톤을 나타내고 있다.

'거짓말쟁이들의 편도선the liar' s quinsy' 도 까다롭다. 왜 거짓말쟁이는 편도선을 앓는 사람으로 꾸며지지 않으면 안 되는가. 왜 겁쟁이는 O형의 다리를 교정하지 않으면 안 되는가. 겁쟁이는 멋쩍은 운동선수에 비유되고 있을까. 그렇다면 왜 그럴까.

그 위에 '과녁을 맞힌spotted' 이 '붙들려서' '서치라이트의 빛에 붙잡혀' 의 뜻으로 씌어진 데에 독자는 깜짝 놀랄는지도 모른다.

이 말의 사용법은 거의 속어라고 해도 좋지 않을까.

속어는 엄숙한 시 속에서 어떠한 역할을 맡는가. 너무 깊숙이 관여했기 때문에 빠져나올 수 없는 동안에 서치라이트에 포착된 퇴각병이라고 하는 비유는 무엇일까. 시인의 준비는 충분했을까. 독자에게 이 시가 이해되리라고 생각하는 것은 착각이 아닐까. 설령 이해할 수 있다고 하더라도 잘 들여다보면 기원의 형식이라고 짐작되는 시로서는 이러한 비유가 가지는 연상으로는 분위기에 어울리지 않는 것이 아닐까. 19세기의 시에 길들여온 독자라면 다음과 같이 결론을 내리는 것도 당연할 것이다. 시인은 엄숙하게 쓰지 않고 독자를 희생으로 하여 남에게는 통하지 않는 농담에 열중하고 있다고.

위의 글에서 보는 바와 같이 래디컬한 심상은 19세기의 시에서는 보기 드문 일이다. 20세기에 들어서자 이러한 심상을 쓰게 된 그 선도자는 T. S. 엘리엇이지만 이론상으로는 이미 흄이 암시를 던져주었다고 할 것이다. 그는 다음과 같이 말하고 있다.

---

18) T. E. 흄 지음, 김용권 옮김, 『낭만주의와 고전주의』.

정서의 왕국에 전시된 성질을 말할 때 당신은 상상을 얻을 것이고 한정된 사물의 관조 속에 나타난 성질을 얻을 때 그것이 공상이다.[19]

흄은 새로운 고전주의의 입장으로 '한정된 사물의 관조'와 그것을 처리하는 수단(방법)인 '공상fancy'을 내세웠다. 이것은 '정서'와 '상상'을 강조한 낭만주의에 대립하는 입장이다.

'한정된 사물의 관조'와 '공상'에 대하여는 J. 애디슨J. Addison이 《더 스펙테이터The Spectater》지에서 말하고 있는 것을 들어보면 그것이 바로 흄의 입장을 앞질러 대변해주고 있다는 느낌이다.

이미지가 적확한 표현만 주어진다면 똥무데기의 묘사도 즐거운 것이 된다. 그러나 이것은 상상의 기쁨이라고 하기보다는 이해력의 기쁨이라고 부르는 것이 적당할는지도 모른다. 왜냐하면 우리는 묘사에 포함된 이미지를 즐긴다고 하기보다는 이미지를 환기케 하는 묘사의 적확함을 즐기는 것이니까.[20]

위의 글 중에서 '똥무데기'와 '적확한 표현'이란 말들은 그대로 흄의 '한정된 사물'과 '공상'에 해당한다고 할 수 있다.

이미 인용한 오든의 시에서처럼 엄숙한 내용(기원)이면서도 비근한 사물들을 동원하여(그러니까 시가 우스꽝스럽고, 희극적이 된다) 심상과 심상을 과격하게 결합시킴으로써 오히려 애매함이 배제되고 있다. 그리고 독자에게는 훨씬 지적인 흥미를 북돋우고 있다. 이것이(의식적으로 심상과 심상을 과격하게 결합시키는 것) 공상의 힘이라고 하겠으니, 공상은 기지 위트wit와 같은 성질의 것이라고 할 것이다. 콜리지는 코울리Cowley의 비

19) Cleanth Brooks, 『Modern Poetry and the Tradition』에서 재인용.
20) Cleanth Brooks, 『Modern Poetry and the Tradition』에서 재인용.

유를 말하는 글에서 다음과 같이 적고 있다.

기지 즉 순전한 의지의 작용이고 사상과 감정의 여유와 냉정을 뜻하는 것이다.

영국의 20년대와 30년대의 시를 두고 고전주의니 주지주의니 하는 말을 쓰는 것은 이러한 흄적인 이념이 뒷받침이 되어 있다.

즉 심상들이 비낭만주의적으로 속되고 그것들을 처리하는 방법에 있어 기지를 중요시하고 있기 때문이다. 이것은 이미 말한 바 17세기 형이상 시인들이 남긴 전통이 20세기에 와서 부활된 것이라고 할 것이다.

심상과 심상의 결합에 있어 래디컬한 예는 현대에 있어 또 구라파대륙 특히 프랑스에 있어서도 볼 수 있다.

프랑스에서는 초현실주의 시인들의 시에서 그것을 볼 수가 있다.

일목의 길 그 기로에서의
한 사내
주위에 사람들은 원을 그렸다
암탉 주위에서처럼
장속에 끊임없이 쌓인
푸른 상보의 반사 속에 살아 파묻힌
낙조의 아래
꿰맨 머리를 가진
손은 생선상자인 사내

—앙드레 브르통, 김현 옮김, 「모든 걸 달리라」 일부

위의 앙드레 브르통Andre Breton의 시에서 '암탉 주위'와 '푸른 상보'의 결합 '손'과 '생선상자'의 결합 등 유사성을 전연 찾아볼 수 없는 것들끼리 연속성을 이루고 있다.

이것들은 역시 래디컬한 심상의 결합방법이다. 아니 폭력적 강제적 결합방법이기도 하다.

이것은 소위 초현실주의자들이 말하는 데빼이즈망depaysement인 것이다. 여기 대하여는 다음과 같이 설명되고 있다.[21]

거기엔 아무런 현실적인 일상적인 의미면의 연관성이 전연 없는 동떨어진 사물끼리가 서슴없이 한자리에 모여 있다. 이와 같이 사물의 존재와 현실적인 합리적인 관계를 박탈해버리고, 새로운 창조적인 관계를 맺어주는 것을 '데빼이즈망'이라고 한다.

그 움직씨 '데빼이제depayset'는 '나라'(혹은 '환경', '습관')를 바꾼다는 뜻이다.

이러한 래디컬 이미지들은 전자 영국의 경우는 17세기의 과학사상에 의한 기독교 세계관의 동요에 기인한 17세기의 형이상시의 전통을 계승한 데서, 후자 프랑스에서는 합리주의 사상의 위기에서 각각 나타나게 된 현상이다. 어느 쪽이든 단순 소박하고 단색인 경험세계를 솔직하게 받아들일 수 없는 데서 그 심상의 빛깔이 미묘복잡해지고 있다. 그러나 전자는 시의 구조상의 합리성을 더욱 치밀하게 추구하고 있는 데에 비하여 후자는 그것을 배제하고 있다.

서술적 심상으로만 된 시는 일종의 순수시라고 말한 적이 있다. 다음과 같은 경우도 그렇다고 하겠다.

---

21) 조향, 『데빼이즈망의 미학』.

옛날에 시를 읽는 사람은 시의 세계를 시의 세계로서 보지 않고 그 시의 세계가 무엇을 나타내고 있는가 하는 의미를 찾는다. 옛날의 시인이 시를 만들 적에는 시의 세계에 의하여 무엇인가를 의미하려고 했다. 은유를 만들 적에도 무엇인가를 나타내기 위하여 사용하는 상징적 형태가 있었다. ……(중략)…… 그런데 우리들은 은유라고 하는 그 자체를 시의 대상으로 하고 있다.

그 때문에 이미 은유는 소멸하고 없다고 할 것이다.[22)]

은유가 은유로서의 기능을 상실한다면 그것은 이미 은유라고는 볼 수가 없다. 은유 그 자체가 목적인 경우 은유는 배경되는 관념을 잃고, 하나의 심상으로서만 머무르게 된다. 말하자면 서술적 심상으로 변질하고 만다. 따라서 시는 순수해진다.

어느날 새벽. 일찍 일어났을 때
들창에는 이슬처럼 맺히는 여러 개의 사건들이 있었다
금시 눈감을 벽면에
나체와 같이 벗고 있을 시간
살아 있는 부분들이 서두는 나의 손끝에 와 닿는다
메마르고 꺽꺽한 사지에 매여 달린 이 오랜 푸르름.
맨살로 뒤 업는 채과의 뒤 끝
나의 서가에 가늘고 긴 무명의 겨울이 머물듯이
몸을 비비고 다시 누워 있는
원서의 첫장에는 언제나 전원을 통해 오는 사건들이 있었다.

—이동연, 「새벽」

위의 시에서의 '이슬처럼 맺히는 여러 개의 사건들', '메마르

---

22) 西脇順三郎, 『T. S. Eloit』.

고 껙껙한 사지', '무명의 겨울' 등이 무엇을 말하려고 한 것인가고, 그 배경되는 것을 천착할 필요가 없다. 그것들은 그것들대로의 심상에 머무르고 있다. 이 시는 그 배경되는 사상이나 관념을 캐고 들면 들수록 우스운 것이 될 것이다. 그냥 그러한 '새벽'이 그려져 있을 따름이다. 그 심상들이 빚어내는 빛깔의 명암을 그 미묘함을 파악하면 될 것이다.

도마 위에서
번득이는 비늘을 털고
몇 토막의 단죄가 있은 다음
숯불에 누워
향을 사르는 물고기

—김광림, 「석쇠」

위의 시에서 '단죄'와 '향을 사르는'은 비유로 쓰이고 있는 것이 아니다. 그것들이 만약 비유라고 한다면 '물고기'는 우스운 것이 된다. '물고기'를 두고 종교적인 결단(단죄)과 그 양식 '향을 사르는'을 생각한다는 것은 이치(외연으로서의 의미)에 닿지 않기 때문이다. 여기 동원된 심상들은 그러니까 서술적이다. 시를 낳게 하는 관념체계가 없고, 단지 언어와 심상에의 미감이 있을 뿐이다.

그런데 이 시에서는 묘한 뉘앙스를 느낀다. '단죄'와 '향을 사르는'이란 두 심상의 연결을 일단 비유로서 받아들였다가 나중에야 그것의 잘못임을 알게 된다. 이리하여 이 두 심상은 새로운 차원의 시적 리얼리티를 획득하게 된다.

현대시에서는 심상이 그 자체로서 배경을 배제해버리고 독립하여 한 편의 시 속에서 제 구실을 하는 때가 많다. 우리(독자)

는 심상들이 빚는 빛깔의 명암을 통하여 작자의 사상이나 관념을 느껴볼 수가 있다. 다음과 같이 말하고 있는 경우도 있다.

엘리엇은 단테를 읽는 재미라는 것은 은유의 세계만의 재미로써 충분하다고 한다. 풍유의 대상이 되고 있는 단테의 사고나 사상이 어떠한 것인가를 아는 것은 필요하지 않다고 하고 있다.[23)]

은유를 단테의 사상을 떠나서 '은유의 세계만의 재미로써' 읽는다는 것은 결국은 은유를 심상으로서만 즐긴다는 것이 된다. 과연 그렇게 하여 단테를 옳게 이해할 수 있는 것인지 없는 것인지는 고사하고, 이러한 태도가 현대의 가장 중요한 시인(엘리엇)의 입에서 발언되고 있다는 거기에 심상이 현대시에서 어떠한 역할을 하고 있는가를 짐작해볼 수가 있을 것이다.

3. 유추

A. 직유

(1) 단일직유

직유는 보조형용 '보다도', '마냥', '인 듯', '과 같은', '와 같은 등을 매개로 어떤 상태를 보다 구체적으로 알릴 때 쓰인다. 직유는 본의와 유의가 표면에 또렷이 나타나 있다는 것은 이미 말한 바와 같다.

이러한 직유에는 두 가지가 있다. 그 하나는 단일직유고, 그 둘은 확충직유다. 단일직유는 단어와 단어가 보조형용을 매개로 하여 비교됨으로써 어떤 상태를 보다 구체적으로 알리고 있는 그러한 경우를 두고 일컬은 것이다.

---

23) 西脇順三郎, 『T. S. Eloit』.

지금은 남의 땅—— 빼앗긴 들에도 봄은 오는가?
나는 온몸에 햇살을 받고
푸른 하늘 푸른 들이 맞붙은 곳으로
가르마 같은 논길을 따라 꿈속을 가듯 걸어만 간다.
입술을 다문 하늘아 들아
내 맘에는 내 혼자 온 것 같지를 않구나
네가 끌었느냐 누가 부르더냐
답답하다 말을 해다오.
바람은 내 귀에 속삭이며
한 자욱도 섰지 마라 옷자락을 흔들고
종다리는 울타리 너머 아가씨같이 구름 뒤에서 반갑다 웃네.
고맙게 잘 자란 보리밭아
간밤 자정이 넘어 나리던 고운 비로
너는 삼단 같은 머리털을 감았구나 내 머리조차 가쁜하다.
혼자라도 가쁘게나 가자
마른 논을 안고 도는 착한 도랑이 젖먹이 달래는 노래를 하고
제 혼자 어깨춤만 추고 가네.
나비 제비야 깝치지 마라 맨드라미 들마꽃에도 인사를 해야지
아주까리 기름을 바른 이가 지심매던 그 들이라 다 보고 싶다.
내 손에 호미를 쥐어다오
살찐 젖가슴과 같은 부드러운 이 흙을 발목이 시도록 밟아도 보고
좋은 땀조차 흘리고 싶다.
강가에 나온 아이와 같이
잠도 모르고 끝도 없이 닫는 내 혼아
무엇을 찾느냐 어디로 가느냐 우스웁다 답을 하려무나.
나는 온몸에 풋내를 띠고

푸른 웃음 푸른 설움이 어우러진 사이로 다리를 절며 하루를 걷는다
아마도 봄 신명이 지폈나보다.
그러나 지금은 ──들을 빼앗겨 봄조차 빼앗기겠네.

—이상화, 「빼앗긴 들에도 봄은 오는가」

위의 시에서 '가르마 같은 논길', '아가씨같이……웃네', '삼단 같은 머리털', '젖가슴과 같은 부드러운 이 흙' 등은 모두 '같은' 이란 보조형용을 매개로 한 단일직유다.

그여이 제 걸음과 익히고 있는
만생
막동이가
이쁘다가
장하다가
웃음 소슬하게 굳어지던 어머니의 구각과도 같은
선, 사선, 침, 바늘
거부 거부 까칠은……역광

—이수복, 「밤 문의 습작」에서

위의 시에서 '구각과도 같은 선, 사선, 침, 바늘' 은 '과도 같은' 이란 보조형용을 매개로 한 단일직유다. 그런데 이 시에서의 단일직유는 먼젓번의 그것보다 훨씬 난해하다. 여기서도 본의와 유의 사이의 공통영역의 범위를 생각하게 된다.

이 시의 경우는 그 범위가 좁기 때문에 이해난이 되고, 독자의 지성을 요구하게 된다. '구각', '선', '사선', '침', '바늘' 등과의 연결은 지나치게 과격하여 폭력적, 강제적인 느낌이다.

따라서 의미가 불투명하여 잘 납득이 안 되고 있는 것도 사실

이다.

그리고 먼젓번의 시에서는 서로 비교되고 있는 인상들이 토속적이요 고루하다. 그러나 이 시에서의 심상들은 물론 피지컬하기는 하면서도 기하학적이고 예각적이다.

빼앗기다 찾았다가 하는 땅에서
봄이 겨울 같아
《GMC》처럼
구공탄 같은 인심을 억누르는데
타향 같은 인심을 억누르는데
그래도 고향은 고향이 아니냐고,

—송욱, 「하여지향 · 5」에서

위의 시에서 '봄이 겨울 같아', '구공탄 같은 인심', '타향 같은 고향' 등은 각각 '같아' '같은' 등의 보조형용을 매개로 한 단일직유다. 이 경우도 본의와 유의 사이의 유사성이 적기 때문에 우스꽝스럽고 희극적이면서 지적 이해를 요구하고 있다. 그러나 먼젓번 것처럼 난해하지는 않다.

이 시에서처럼 '봄'과 '겨울', '타향'과 '고향' 등 반대 개념을 서로 결합시킴으로써 시니컬한 맛을 내고 있다.

그리고 'GMC'니 '구공탄'이니 하는 심상들을 '인심'에 결부시킴으로써 역시 시니컬한 맛을 내고 있는 동시에 현실적인 분위기도 아울러 자아내고 있다. 피지컬하고 풍자적인 현대시의 한 견본처럼 보인다.

(2) 확충직유

보조형용을 매개로 하여 단어와 문文(월) 또는 월과 월이 서로 비교됨으로써 어떤 상태를 보다 구체적으로 알리는 것을 확충직유라고 한다.

비가 옵니다
밤은 고요히 깃을 벌리고
비는 뜰 우에 속삭입니다
몰래 지껄이는 병아리 같이

이즈러진 달이 실낱 같고
별에서도 봄이 흐를 듯이
따뜻한 바람이 불더니
오늘은 이 어둔 밤을 비가 옵니다

비가 옵니다
다정한 손님같이 비가 옵니다
창을 열고 맞으려 하여도
보이지 않게 속삭이며 비가 옵니다

비가 옵니다
뜰 우에 창 밖에 지붕 우에
남 모를 기쁜 소식을
나의 가슴에 전하는 비가 옵니다

—주요한, 「비소리」

위의 시에서 '몰래 지껄이는 병아리'는 '같이'를 매개로 하여 '비는 뜰 우에 속삭입니다'와 연결되고 있다. 즉 월과 월이 서로 비교됨으로써 어떤 상태(비소리)를 보다 구체적으로 알리고 있다.

제3연 제2행의 '손님같이 비가 옵니다'는 '같이'를 매개로 단어와 월이 비교됨으로써 어떤 상태(비오는 모양)를 보다 구체적으로 알리고 있다.

이 시의 확충직유는 너무 상식적이다. 말하자면 본의와 유의와의 유합에 있어 그 연속성이 너무나도 넓다. 그러니까 이해하기에도 쉽다. 그 대신 참신한 느낌이나 놀라움을 주지 못하고 있다.

And that a slight companionable ghost
Wild with divinity
Had so lit up the whole
Immense miraculous house
The Bible promised us
It seemed a gold-fish swimming in a bowl.

(대의—날씬하게 생긴 사랑스런 유령은 거룩함에 탐닉하여 성서가 약속한 무한한 신비의 집에 불을 켰다. 그것은 어항에서 헤엄치는 금붕어처럼 보였다.)

위의 시에서 'It'는 'seemed'를 매개로 하여 'a gold-fish swimmimg in a bowl'과 비교됨으로써 어떤 상태를 보다 구체적으로 알리고 있다. 이 경우에는 먼저의 시와는 달라, 본의와 유의와의 유합에 있어 그들의 유사성이 적기 때문에 지적인 노력이 이 구절의 이해에 있어 독자에게 필요해진다. 단일직유에 있어서와 마찬가지로 확충직유에 있어서도 이 후자인 경우가 보다 현대적임은 두말할 나위도 없다. 현대는 그만큼 경험세계가 복잡해졌다고 할 것이다. 경험세계가 단순할수록 본의와 유의와의 유사성은 그 범위가 넓어진다고 일반적으로 말할 수 있을 것이다.

B. 은유

보조형용을 매개로 하지 않고 어떤 사물이나 관념이 다른 어떤 사물(심상)과 비교됨으로써 보다 구체적으로 어떤 상태를 알릴 때 이것을 은유라고 한다. 따라서 은유는 본의와 유의의 구분을 얼른 찾아볼 수 없는 경우도 있다.

나의 마음은 고요한 물결
바람이 불어도 흔들리이고
구름이 지나도 그림자 지는 곳

돌을 던지는 사람
고기를 낚으는 사람
노래를 부르는 사람

이 물가 외로운 밤이면
별은 고요히 물 위에 나리고
숲은 말없이 잠드나니

행여 백조가 오는 날
이 물가 어지러울까
나는 밤마다 꿈을 덮노라

—김광섭, 「마음」

위의 시에서, '나의 마음은 고요한 물결'은 은유다. '마음'이 본의고 '고요한 물결'이 유의가 된다. 이 경우의 은유는 별로 래디컬한 느낌이 들지 않는다. '마음'과 '고요한 물결'은 유사성의 범위가 넓기 때문이다. 따라서 우리의 지성을 동원하여 은유를 천착할 필요없이 정서로서 그대로 받아들여진다. 그러나 다음과 같은 경우는 다르다.

고독의 부둣가에서
그치지 않고 불어오는 식민의 바람을 맞으며
소금에 저린 손으로
포도송이처럼 알진 포말을 문지르고 있었다.
난리에 시달려 풍화한 저 얼굴들을
왜 어제까지도 다정하던 저 시가의 황혼을
무너진 현실의 오브제를
나는 보이지 않는 철조망 너머로만 바라봐야 하는가
산의 요부
그리고 노을에 물든 수평
가령 스피노자가 닦던 고독한 렌즈
아니면 문득 눈에 스며드는 저 오랑캐꽃
이런 아름다운 것들이 원경으로 용암하고
투명하게 자라온 시야를 횡으로 절단하는
왜 초점은 이 가시넝쿨에만 멎는가.
역사의 손이 뿌린 씨앗이라 하자
퉁구스의 대륙에 매달린 시든 유방 같은 나라라 하자.
식민의 거름 속에 떨어진 혜지라 하자.
왜 자학의 술잔을 들이키면서
두 대전 사이
바람이 때리치는 이 음참한 회의의 계곡을
나 시의 낙엽들은 일산해 갔던가.
마지막 잎사귀처럼 매달려 떨던 서정을 위해
파토스의 무구를 지키기 위해서라도

나는 왜 이 사랑하는 이데아의 파편들을
목쉰 갈매기의 절규같이 격한 바람에
한 잎, 두 잎, 결별해야 했던가.

—허만하, 「낙엽론」

위의 시에서 '고독의 부둣가', '식민의 바람', '역사의 손', '식민의 거름', '자학의 술잔', '회의의 계곡', '시의 낙엽' 등은 모두 은유다. 이상하게도 이 시에서는 은유가 소유격 조사 '의'를 매개로 하여 본의와 유의를 구분짓고 있다. 본의는 각각 '고독', '식민', '역사', '자학', '회의', '시' 등이다. 이것들을 구체적으로 풀이하고 있는 심상들은 각각 '부둣가', '바람', '손', '거름', '술잔', '계곡', '낙엽' 등이다. 이러한 은유들 중에는 얼른 받아들여지지 않는 것들이 있다. '식민'과 '바람', '식민'과 '거름', '시'와 '낙엽' 등의 결합이 그렇다. 이런 것들은 래디컬한 맛을 내고 있다. 이것 역시 경험세계가 단순하지 않음을 보여준 것이라 하겠다. 이 시에서의 경험내용은 먼젓번 것보다는 훨씬 복잡하지만 시의 구조는 질서정연하다.

은유가 현대시에서 하는 역할의 중요성을 다음과 같이 말하고 있다.

현대란 시의 메타포 속에 압축되며 존재가 메타몰포즈하는 전장이며, 다시 정신의 메타피직한 초월의 시대라는 것을 어찌 부인할까.[24]

위의 글에서처럼 시인이 한 개의 은유를 얻는 순간이란 그것을 고속촬영을 하면 그의 존재가 변신하는 순간이요, 그의 정신이 형이상학적으로 초월하는 순간임을 볼 수 있을 것이다. 그러

24) 고석규, 『현대시의 전개』.

니까 언어의 은유는 존재의 변형metamorphosis이고 동시에 또 정신의 형이상학metaphysics이라고 할 것이다.

삼자가 모두 초월mata로써 시작되고 있는 것은 우연이 아니다. 현재를 뛰어 넘으려는 운동인 것이다. 궁극으로는 시가 그런 것일는지 모른다.

사족—은유의 어의

은유, 즉 메타포metaphor는 희랍어의 메타meta(~를 지나서, ~을 초월하여)와 프레인phrein의 합성어가 그 원래의 모양이다.

가령 '냉전' 이란 말이 있으면, 이 말은 원래 냉冷(싸늘하다)과 전戰(싸움)이 결합된 말인 데, '싸늘한 싸움' 이란 있을 수 없다. 그러니까 냉전冷戰이란 말은 '냉' 의 뜻이 자기 원래의 뜻을 초월meta하여 다른 차원으로 운반phrein된 것이라고 할 것이다.[25)]

25) 고석규, 『현대시의 전개』.

제2장 한국의 현대시

1. 딜레탕티즘

1908년 11월 잡지 《소년》의 권두시로 게재된 육당의 「해에게서 소년에게」를 두고 신시의 기점으로 삼는 것이 통설로 되어 있다. 그리고 신시라는 명칭을 처음으로 쓴 이도 육당인 듯하다.

정미의 조약이 체결되기 전 삼삭에 붓을 들어 우연히 생각한 대로 기록한 것을 시초로 하여, 삼사삭 동안의 십여 편을 얻으니, 이 곧 내가 붓을 시에 쓰던 시초요 아울러 우리 국어로 신시의 형식을 시험하던 시초다.

1909년 4월 잡지 《소년》에서 육당은 이와 같이 말하고 있다. 이후 1918년에 잡지 《태서문예신보》가 나오기까지 《샛별》, 《청춘》 등의 잡지를 통하여 신시를 쓴 대표적인 사람은 육당과 춘원이다. 이 무렵의 육당, 춘원의 신시에 대하여는 그 형태 면에 있어 아직도 오해가 있는 듯하다. 그 예를 들어보면 다음과 같다.

일본에서도 소위 신체시라 하여 과거의 전통적인 자유시가 대두유행하고 있었으므로 곧 그에 영향을 받아 조선에도 신시 운동이 융희년 간에 일어나게 되었다.

이조 말기로부터 그 싹을 보이기 비롯하여 현금에 이르는 선한문혼용 내지 순한글로 씌어진 모든 자유시 세칭 신시……

전자는 1949년판 조윤제 박사의 『국문학사』에서 인용한 것이고 후자는 역시 1949년 잡지 《문예》에 게재된 서정주의 「조선의 현대시」에서 인용한 것이다. 조박사는 확언을 하고 있는 것은 아니지만 문맥상 신시가 그 출발 시에서부터 자유시였다는 것을 말하려고 하고 있는 듯이 보인다. 육당과 춘원이 쓴 1918년까지의 시형태를 보면 대체로 다음 세 가지의 유형으로 가를 수 있을 듯하다.

산아 말듣거라 웃음이 어인일고
네니 그 님 손에 만지우지 않았던가
그 님을 생각하거드란 울짖기야 웨못하랴
네 무슨 뜻 있으료마는 하 아숩어

물아 말듣거라 노래가 어인일고
네니 그 님 발을 싯기우지 않았던가
그 님을 생각하거드란 느끼기야 웨못하랴
네 무슨 맘 있으료마는 눈물겨워 ①

나는 꽃을 질겨 맛노라
그러나 그의 아리따운 태도를 보고 눈이 어리여
그의 향기로운 냄새를 맛고 코가 반하야
정신없이 그를 질겨 마심이니라
다만 칼날같은 북풍을 더운 기운으로서
인정없는 살기를 깊은 사랑으로써
대신하여 바꾸어 ②

한 방울 한 방울씩 돌틈을 뚫고
떨어지는 샘물이 제 스스로는
어데 가는 샘인지 모르지마는
멀고먼 그의 앞에는 바다가 있네 ③

①은 춘원의 「말듣거라」의 두 연이고, ②는 육당의 「꽃두고」의 일부고, ③은 역시 육당의 「앞에는 바다」의 한 연이다. 이들 중에서 ②만이 완전한 자유시다. ①은 산문으로 되어 있기는 하나 각 연의 행이 4행씩으로 일정한 구분을 하고 있는 점, 각 연의 각 행을 그 순서에 따라 비교할 때 자수가 서로 같은 점 등은 정형성을 탈피하지 못한 증거다. ③은 7 · 5 2음보 1행 각 연 4행씩 구분의 정형시다. 이들 세 가지 유형 중 ①의 유형이 수적으로 우세인 듯하다. 이러한 신시 외에 창가가사를 동시에 쓰고 있기도 하다. 8 · 6, 8 · 5, 7 · 5 등 새로운 음수율을 쓰고 있으나, 이들 창가가사는 모두 운문 정형이다. 그러나 이들 창가가사를 시로 취급할 수는 없다.

전게前揭한 ①과 ③의 시들에서도 어느 정도 짐작이 되다시피 육당과 춘원의 이 무렵의 시들은 아주 개념적이다. 말하자면 사상이나 정서에서 시적인 밀도나 개성을 보지 못한다. 한 시대의 풍조를 아주 개념적으로 대변해주고 있는 데 지나지 않는다. 이조의 선비들이 시에서 자기의 목청을 가지지 못했던 것과 별로 다를 바가 없다. 말하자면 육당과 춘원도 시와 시인을 의식하고 시를 쓴 이들이 아니다. 이조의 선비들과 다른 점은 그들은 역사의 한 과도기에 있어 계몽가로서의 의식에 사로잡혀 있었다는 그것이다. 특히 육당의 「신문가」, 「철도가」 등 많은 창가가사를 통하여 신문물을 구가하고 있는 것은 이것의 단적인 예라고 할 것이다. 그의 유명한 「해에게서 소년에게」도 이러한 그의 계몽가로서의 의식을 잘 반영하고 있는 그런 것이다.

육당과 춘원이 그때에 있어서 새롭다는 것도 역시 그들의 계몽가로서의 의식과 떼어놓고 생각할 수 없다. 그들의 시야가 이조의 선비들에 비하면 아주 넓다. 특히 시조에 반영된 이조의 선비들의 시야가 거의 충군과 음풍영월에 갇혀 있었다고 하면, 이들의 시야에는 신문물(서구 문물)에 대한 의욕과 새로운 애국감정과 생에 대한 새로운 서정적 감동 등이 들어오고 있다. 전게한 「말듣거라」를 보더라도 춘원의 애국감정은 이조선비들의 그것과는 다르다. 충군의 감정을 아무 데에서도 찾아볼 수가 없다. 춘원은 이미 그러한 시대에 살고 있었던 것이다. 그리고 전게한 「꽃두고」의 후반부는 다음과 같다.

> 뼈가 서린 어름 밑에 눌리고
> 피로 어린 눈구덩에 파무쳐 있던
> 억만 목숨을 건지고 집어내어 다시 살리는
> 봄바람을 표장함으로 나는 그를 질겨 맛노라

이 부분을 전반부로 연결시켜보면 그 의도가 이조선비들의 시조에서보다 훨씬 활달하고 구애되지 않는 싱싱함을 풍겨주고 있다. 이조선비들이 음풍영월을 할 적에도 유교적인 도덕체계가 은연중 연결되어 있었다는 것을 짐작한다. 그런데 이 시에서는 그러한 도덕체계는 물론이고, 계몽가로서의 의식 같은 것도 볼 수 없다. 생에 대한 육당 자신의 새로운 감정이 솔직하게 드러나 있을 뿐이다. 이러한 낭만적인 감정은 우리 신시의 출발에 있어서 바람직한 그것이 있는데도 잠깐 나타났다가는 곧 사라지고 만다.

2. 서구시에의 접근 — 이즘의 혼란을 겪으면서

우리의 신시가 처음으로 19세기 서구시에 의식적으로 접근하기 시작한 것은 20년대에 들어서서의 일이지만 1918년에 잡지 《태서문예신보》를 통하여 김억이 이미 프랑스 상징주의시인들의 시를 번역 소개하고 있었다. 이런 일이 도화가 되어 1919년 창간한 《창조》에 이어 쏟아져나온 《폐허》, 《백조》, 《영대》, 《금성》, 《장미촌》 등 동인지들은 상징주의, 낭만주의, 퇴폐주의 등을 들먹이게 되었고 그러한 이즘들을 닮으려는 경향이 주된 흐름을 이루었다.

《창조》를 대표하는 시인은 주요한이다.

그 형식도 역시 아주 격을 깨뜨린 자유시의 형식이었습니다. 자유시라는 형식으로 말하면 당시 주로 프랑스 상징파의 주장으로 고래로 내려오던 타입을 폐하고 작자의 자연스런 리듬에 맞추어 쓰기 시작한 것입니다.

그는 《창조》 창간호에 게재된 자기의 「불놀이」에 대하여 1924년 잡지 《조선문단》에서 이렇게 말하고 있다. 자기의 시가 자유시라는 것이고 그것은 프랑스 상징파의 주장을 따른 것이라는 것이다. 「불놀이」의 첫째 연과 끝 연은 다음과 같다.

아아 날이 저문다. 서편 하늘에 외로운 강물 위에 스러져가는 분홍빛 놀…… 아아 해가 저물면 날마다 살구나무 그늘에 혼자 우는 잠이 또 오건마는 오늘은 사월이라 파일날 큰 길을 물밀어가는 사람소리는 듣기만 하여도 흥성스러운 것을 왜 나만 혼자 가슴에 눈물을 참을 수 없는고?

(중략)

저어라 배를 멀리서 잠자는 능라도까지 물살 빠른 대동강을 저어 오르라. 거기 나의 애인이 맨발로 서서 기다리는 언덕으로 곧추 너의 뱃머리를 돌리라. 물결 끝에서 일어나는 추운 바람도 무엇이리오. 괴이한 웃음소리도 무엇이리요. 사랑 잃은 청년의 어두운 가슴속도 너에게 무엇이리요. 그림자 없이는 밝음도 있을 수 없는 것을──오오 다만 네 확실한 오늘을 놓치지 말라…….

프랑스 상징파를 별로 몰랐는 듯한 육당과 춘원이 1900년대에 이미 자유시를 쓴 일이 있다. 그러나 그의 「불놀이」는 산문시다. 《태서문예신보》에도 이와 같은 오해가 있다. 이 잡지는 산문시라는 란을 두어 다음과 같은 시를 게재하고 있다.

날은 빠르다
봄은 간다

깊은 생각은 이득이는데
저 바람에 새가 슬퍼 운다.

검은 내 떠돈다
종소리 빗긴다.

김억의 「봄은 간다」의 일부다. 산문시라고 할 수는 없다. 자유시와 산문시가 다 함께 산문을 쓰고 있다는 점으로는 같지만 행 구분의 유무에 있어 다르다. 행 구분의 유무에 따라 시의 미학은 달라진다.

주요한은 김억과 함께 민요조의 시에 특색을 보이고 있다. 프랑스 상징파와는 먼 거리에 있다.

강남제비 오는 날
새옷 입고 꽃 꽂고
처녀 색씨 앞뒤 서서
우리 누님 뒷산에 갔네.
가서 올 줄 알았더니
흙 덮고 금잔디 덮어
병풍 속의 그린 닭이
우더라도 못 온다네.

섬돌 우에 복사꽃이
피더라도 못 온다네.

이 「가신 누님」은 고유의 4 · 4조를 밟고 있다.

프랑스 상징파의 특색(특히 보들레르의 그것)에 피상적으로나마 접근한 것은 《폐허》(1921년 창간)와 《백조》(1922년 창간) 이후의 일이다.

흙비같이 탁한
무덤터의 선향내 나는 저녁 안개에 휩새인
끝없는 광야의 안으로
바람은 송아지의 우는 것 같이
적상의 종소리 같이
그윽하게 불어오며
나의 영은 사의 번개 뒤번치는
흑혈의 하늘빛

활문산에 기도하는 기독같이
업디어 운다.
「애인을 내라고」라고
아아 내 영은
날 때 데리고 온 단 하나의
애인의 간 곳을 찾으려
여름의 울도한 구름 안 같은
끝없는 광야를 헤매이는 맹인이로다 ①

우주룩한 음울은 왜옥에 돌고
시대고의 신음은 지주강에 떨리다
거츠른 흑발은 풀려 흩어져
험상마진 적종은 풀려 흩어져
性의 타오르는 큰 눈망울은
주린 짐승의 아가리인가? ②

①은 황석우(《폐허》 동인)의 「애인의 인도」이고 ②는 박종화(《백조》 동인)의 「헤어진 갈색의 노래」의 일부인데, 보들레르의 퇴폐를 볼 수 있다. '흙비', '무덤터의 선향', '적상의 종소리' '흑혈의 하늘빛', '거츠른 흑발', '험상마진 적종', '주린 짐승', '성의 눈망울' 등 새로운 어휘군은 보들레르의 영향인 듯하다. 프랑스 상징파의 영향 중에서 가장 두드러진 것은 이 보들레르적 퇴폐적 경향이다.

퇴폐는 데카당스 라틴decadance latin 이란 말이 가리키고 있듯이 문화의 쇠퇴기에 나타난 어떤 현상을 두고 하는 말이다. 그것은 도덕적인 불안 동요를 기반으로 한 현상같이 보인다. 한 문화가 쇠퇴기에 들어섰다는 것은 그 문화를 지탱하게 한 이념의 힘이 쇠퇴해졌다는 것을 뜻하는 것이 된다. 이 경우의 이념이란 도덕감각을 전제하지 않을 수 없는 그것이기 때문에 문화의 쇠퇴기는 동시에 도덕감각의 위기 내지는 전환기이기도 하다. 그런데 로마문화의 쇠퇴기가 보여준 바와 같이 한 문화의 쇠퇴기에는 대체로 관능적 유물적 경향이 득세하는 것 같다.

20년대 상반기의 우리 시단을 두고 퇴폐적이란 말을 쓸 적에는 문화의 쇠퇴와 관련된 그것이라고 하기보다는 정치와 시인들의 기질과 외래의 문예사조 등과 더 깊은 관련을 가지고 있는 것이 아닌가 한다. 왜냐하면 지금도 그렇지만 특히 20년대 상반기는 시인을 포함하여 서구 근대문화를 동경하면서 근대화에의 포즈를 서슴지 않고 보이고 있었다. 보들레르나 오스카 와일드를 두고 퇴폐적이라고 할 적에 거기에는 서구 근대문화에 대한 권태와 반발이 있다. 그들은 서구 근대사회의 기수인 시민의 생활신조나 도덕관을 그대로 받아들일 수가 없었다. 그들의 생활과 문학이 관능적이고 탐미적인 것은 표면적으로는 시민사회의 생활신조나 도덕관에 대한 반동인 듯하지만 실인즉 서구 문화의 쇠퇴현상(?)에 대한 아주 냉소적인 고발이기도 하였다. 그리고 그것은 도덕감각에 대한 전환을 내포하고도 있었다. 이런 뜻으로는 그들은 모럴리스트였다.

20년대 상반기의 우리의 젊은 시인들의 퇴폐적 경향도 표면적으로는 보들레르나 와일드와 비슷하다. 그러나 문화의식이나 도덕감각이 둔감했거나 아주 소박했기 때문에 보들레르나 와일드와 같은 차원의 모럴리스트가 될 수는 없었다. 따라서 시인으로서는 하나의 포즈에 그친 느낌이 없지 않다. 그렇다고는 하지만 포즈로라도 보들레르와 와일드에게로 그들을 접근시킨 것은 첫째는 정치의 힘이다. 일제의 통치와 3·1 운동의 실패가 퇴폐로 가는 데 구실을 만들어주었다. 다음과 같은 글들이 있다.

우리 조선은 황량한 폐허의 조선이요, 우리 시대는 비통한 번민의 시대였다.

이 말은 우리 청년의 심장을 삭이는 듯한 아픈 소리다. 그러나 나는 이 말을 아니 할 수 없다. 엄연한 사실이기 때문에, 소름이 끼치는 무서운 소리나 이것을 의심할 수 없고, 부정할 수도 없다. ①

데카당스는 지나식支那式의 은사적隱士的 심정과는 다르다. 그들에게는 고원한 이상, 현실세계의 명리가 한갓 쓸쓸한 환영에 지나지 못한다. 그들은 너무도 권태하였다. 찰나 찰나의 자기를 한갓 속이려고 모든 인공을 더하였다. 압산트와 캇슈의 강렬을, 자극을 주는 방향에 모든 인공적 취醉를 주는 자극에 우수를 잊으려고 했다. ②

①은 1921년《폐허》창간호에 게재된 오상순의 「시대고의 희생」에서, ②는 동지 동호에 게재된 김억의 「스핑쓰의 고뇌」에서 각각 인용한 것이다. 둘 다 과장이 없지는 않으나 3·1 운동 직후의 젊은 시인들이 우리의 현실에서 무엇을 보고 느꼈으며 그 보고 느낀 것을 어떻게 처리하려고 하였던가를 알 수 있다.

둘째는 그들의 기질과 외래의 문예사조의 영향이다. 1918년 9월에 《태서문예신보》가 창간되자 김억이 프랑스 상징파시인들의 시를 번역 소개한 일이 있었다는 것은 이미 말한 바 있지만, 기질적으로 다감한 청년들이 현실에 불만일 때, 그리고 그 현실이 불가항력의 그것으로 보일 때, 프랑스 상징주의시인들이 보인 관능적이고도 탐미적인 경향, 특히 보들레르에서 볼 수 있는 바 추醜나 그로테스크한 것에 대한 취향 등에 자극과 매력을 느꼈을 것임은 쉬이 짐작할 수 있는 일이다. 그러나 보들레르의 시세계의 형이상적 면은 거의 건드리지 못하고 만 것이 실정인 듯하다. 기독교의 구제의 문제, 미지의 세계에 대한 탐구(견자의 정신)—이것은 랭보에서처럼 신비의 세계에 대한 탐구가 되기도 하고 되기도 하고, 보들레르의 시 「교감」에서처럼 플라톤적인 이데아의 세계에 대한 탐구가 되기도 한다—작시에 있어서의 주지적 태도 등은 간과한 것 같다. 그렇다고는 하지만 소재나 어휘의 신개척과 내면에 대한 관심으로 시의 관심을 돌리게 한 점 등은 신시사에서 20년대 상반기의 공헌이라 할 것이다. 한편 이 무렵에 있어 낭만주의적 혼동상을 전형적으로 반영하고 있는 시의 예를 들면 이상화의 「나의 침실로」일 것이다.(작품 인용 생략)

이 시는 퍽 극적으로 내용이 전개되고 있다. 육체와 영혼, 순간과 영원 등의 대립이 결국은 하나로 승화되는 과정을 보여준다. 육체는 영혼으로 순간은 영원으로—그리고 마지막에는 영혼과 영원은 하나가 된다. 그러나 이러한 이 시의 의도가 충분히 납득이 갈 만큼 잘 표현되어 있는 것은 아니다. 기교의 미숙도 미숙이지만 주로 이 시의 발상의 미묘함에서 오는 것이다. 이 시에서는 '수밀도의 네 가슴', '몸만 오너라?', '네 손이 내 목을 안아라' 등의 관능적인 표현이 있는 한편, 그것들이 아이러니컬하게도 발상법에 의하여 컨트롤되고 있다. '뉘우침과 두려움의 외나무 다리 건너 있는 내 침실', '내 침실이 부활의 동굴임을 네가 알련만' 등 이 시의 의도를 여는 열쇠의 역할을 하고 있다고 보이는 부분 위에 전기 관능적인 표현이 포개지면서 이 시의 의미를 전개시키고 있다. 마돈나와 아씨와 마리아는 동일인인데 이렇게 다르게 부르고 있는 것도 이 시의 의도와 발상법으로 말미암은 것이다. 크럭크혼이 『독일낭만파』라는 책에서 그려보인 하아반이란 인물의 초상과 이 시에서의 '나'의 초상은 흡사한 데가 있다.

강렬한 관능생활 현상세계에의 몰입과 경건주의에서 양성된 종교적 각성을 지나 생활의 직접적 의식이 된 깊은 신비적 체험과를 한몸에 겸전하고 있다. 이 상반하는 두 요소의 결합에서 현세적인 입장에서 리얼리스틱한 세계파악에 보이는 감성존중과 생명감을 보여주는 동시에 종교적 침잠의 깊은 의식도 공유하는 인간이라고 하는 새로운 인간상이 가능해졌다.

크럭크혼의 이 글에서처럼 「나의 침실로」는 이러한 초기 독일 낭만주의적 감정에 흥건히 젖어 있다. 그러나 낭만주의와 상징주의와 퇴폐주의는 식별할 수 없을 정도로 서로 뒤섞여 있었던 것이 20년대 상반기의 일반적 경향이다. 「나의 침실로」만 하더라도 그 관능적인 체취에 있어 보들레르와, 그 탐미적인 빛깔에 있어 와일드와 무연하다고는 할 수 없을 것이다. 다음에 인용하는 이상화의 「말세의 희탄」은 보들레르와 베를렌의 아류인 것이 곧 짐작된다.

저녁의 피묻은 동굴 속으로
아 밑없는 그 동굴 속으로
　　끝도 모르고
　　끝도 모르고
나는 꺼꾸러지련다
나는 파묻히련다

가을의 병든 미풍의 품에다
아 꿈꾸는 미풍의 품에다
　　낮도 모르고
　　밤도 모르고

나는 술취한 집을 세우련다.
나는 속 아픈 웃음을 빚으련다.

철학적 명상을 또는 사회현실에 대한 저항을 상징적으로 표현하여 독특한 상징시를 남긴 20년대의 시인에 한용운이 있다. 그는 상징주의라고 하는 이 무렵의 시단의 일반적인 관심에서는 오히려 멀리 떨어져 있었다. 시단의 동향과는 별로 관계가 없었다. 그것이 오히려 시로서도 건강을 유지할 수 있게 하였다.

나는 당신의 눈썹이 검고 귀가 갸름한 것도 보았읍니다.
그러나 당신의 마음은 보지 못하였읍니다.
당신이 사과를 따서 나를 주랴고 크고 붉은 사과를 따로 쌀 때에
당신의 마음이 그 사과 속으로 들어가는 것을 분명히 보았읍니다.

「당신의 마음」의 첫째 연이다. 여기에서는 유의만이 있고 본의는 없다. 얼른 보기에 '당신'이 본의인 듯하지만 실은 그것 또한 하나의 유의에 지나지 않는다는 것을 알 수 있다. 이러한 상징적 표현에 있어 능한 것도 능한 것이지만 그 명상의 오묘하고 절실함에 있어 신시사에서도 하나의 경지를 개척해주고 있다.

우리는 만날 때에 떠날 것을 염려하는 것과 같이 떠날 때에 만날 것을 믿읍니다.
아아 임은 갔지마는 나는 임을 보내지 아니하였읍니다. 제 곡조를 못 이기는 사랑의 노래는 임의 침묵을 휩싸고 돕니다.

「임의 침묵」의 끝 부분이다. 인연과 윤회사상의 비극성을 잘

드러내고 있다. 불교의 이러한 통찰은 우리의 신시가 계속 개화시키고 부연해가야 할 문젯거리가 아닐까?

또한 20년에 등장하여 활동한 시인은 변영로, 오상순, 이장희, 남궁벽, 홍사용, 백기만, 박재윤, 양주동, 김해강, 김동명, 김동환, 김소월 등이다. 김동환의 「국경의 밤」은 신시 이후 최초의 서사시라는 점으로 의의가 있다.

3. 애哀의 미학—김소월의 감상

김소월의 시에는 세상을 수동적으로 사는 사람의 자탄이 있다. 이러한 자탄이 절실한 표현을 얻었을 적에 여기에는 감미로움이 스미게 마련이다. 욕구불만을 해소시킬 방도를 갖지 못하는 대중들에게는 이것은 하나의 유혹이다. 그의 시가 많은 독자를 계속 가질 수 있는 비밀의 하나는 여기에 있다.

그는 자연을 대할 때마다 현실을 대할 때나 그들과의 일정한 거리를 두지 못한다. 곧 대상 속으로 감장이 이입된다. 그의 감정은 인생을 수동적으로 사는 사람의 자탄 그것이기 때문에 언제나 명랑하지 못한 것이 그 특색이다. 그러나 이러한 특색은 한 민족의 오랜 감정의 질적 특색이기도 하기 때문에(고려 이래의 수많은 시가가 이것을 실증하고 있다) 여기에 대한 어떤 반성이 없을 경우, 특히 서정시인에게 있어서는 이 상태는 가장 자연스런 것이 된다.

흰 눈은 한 잎
또 한 잎
령 기슭을 덮을 때

짚신에 감발하고 길삼 매고
우뚝 일어나면서 돌아서도……
다시금 또 보이는
다시금 또 보이는

그의 시의 도처에 이러한 이별의 감정이 깔려 있다. 그것은 슬픔이지만 그 슬픔은 또한 스스로를 달래는 즉 자탄하는 사람의 슬픔이다. 이처럼 하나의 감정이 한 사름의 개체 속에서만 맴돌다가 감미로운 여운과 함께 사라져갈 적에 이것을 일러 감상이라고 할 수 있을 것이다. 김소월의 시가 그러나 언제 어느 때나 이러한 감상에만 주저앉아 있었던 것은 아니다. 그도 때로 투철한 인식과 감정의 몸부림을 치는 때가 있다.

산에는 꽃 피네
꽃이 피네
갈 봄 여름 없이
꽃이 피네.

산에서 우는 작은 새여
꽃이 좋아
산에서
사노라네.

산에
산에
피는 꽃은
저만치 혼자서 피어 있네

산에는 꽃이 지네
꽃이 지네
갈 봄 여름 없이
꽃이 지네. ①

떨어져 나가 앉은 山 우에서
나는 그대의 이름을 부르노라.

설움에 겹도록 부르노라.
설움에 겹도록 부르노라.
부르는 소리는 빗겨 가지만
하늘과 땅 사이가 너무 넓구나.

선채로 이 자리에 돌이 되어도
부르다가 내가 죽을 이름이여!
사랑하던 그 사람이여!
사랑하던 그 사람이여! ②

①은 「산유화」고 ②는 「초혼」의 후반부다. ①에서는 투철한 인식을 볼 수 있다. 제1연과 끝 연에서는 자연의 변전하는 모습을 보이고 있다. 그것을 그는 긍정하고 있다. '네' 라는 어미는 작자의 감정을 잘 알리고 있다. 제3연 끝 행의 '저만치 혼자서 피어 있네' 의 '네' 에서도 같은 감정을 알리고 있다. '저만치' 는 거리감이다. 자연과의 거리, 그것은 메울 수 없는 거리다. 그것을 또한 그는 긍정하고 있다. 이러한 투철한 인식은 어디서 오는 것일까? 이 시는 김소월에게 있어 의의있는 시일 것일 뿐 아니

라, 우리의 서정시가 나갈 수 있는 가능성의 일면을 시사하고 있다고 하겠다.

②는 낭만주의적 감정의 핵심에 육박하고 있는 감정표출이라고 하겠다. 그것은 무한에 대한 동경이다. 이 감정은 수동적, 패배적 감정에서 능동적, 진취적 감정으로 전신할 수 있는 그런 성질의 것이다.

4. 모더니즘—주지주의적 전신

20년대까지의 일반적인 경향으로 두드러진 것은 감정처리가 아주 자연발생적이라는 그 점일 것이다. 감정을 지성의 여과를 거쳐 일정한 거리를 두고 처리하지 않았기 때문에 이미저리가 흐려져 있는 경우가 많고 구조 또한 아주 유약하여 세부texture끼리 조화가 잘 합하지 않고 있는 경우가 많았다. 30년대로 접어들자 여기에 많은 수정이 가해졌다.

정지용은 감정의 자연발생적 처리에 수정을 가하면서 지적 통제로써 시를 구제하려던 최초의 시인이다. 그의 시에서는 감정이 최대한 억제되고 있음을 본다.

유리에 차고 슬픈 것이 어린거린다.
열없이 붙어 서서 입김을 흐리우니
길들은 양 언 날개를 파다거린다.
지우고 보고 지우고 보아도
새까만 밤이 밀려 나가고 밀려 와
부딪치고
물 먹은 별이 반짝 보석처럼 박힌다.

밤에 홀로 유리를 닦는 것은
외로운 황홀한 심사이어니
고운 폐혈관이 찢어진 채로
아아 늬는 산새처럼 날아 갔구나!

「유리창」이라는 시다. 어린이의 죽음을 말하는 시인데도 감정을 나타내는 말은 겨우 제1행의 '차고 슬픈'과 제8행의 '외로운 황홀한' 두 군데뿐이다. 거의 대부분이 밤과 유리의 묘사로 되어 있다. 그 묘사 속에도 감정은 완전히 배제되고 있다. 끝의 두 행이 겨우 감정의 어떤 파동을 알리고 있으나 이것 역시 수중의 파동일 뿐이다. 이러한 엄격한 지적 훈련은 비정할 만큼 차가운 객관주의에 이르고 있다.

골짝에는 흔히
유성이 묻힌다.

황혼에
누리가 소란히 쌓이기도 하고,

꽃도
귀향 사는 곳,

절터ㅅ더랬는데
바람도 모이지 않고

산 그림자 설핏하면
사슴이 일어나 등을 넘어간다.

—「구성동」

설명이 완전히 배제되고 장면의 묘사뿐이다. 이미지가 서술에 그치고 있다. 관념이나 감정과 같은 인간적인 요소가 완전할 정도로 배제되고 있다. 이미지즘의 극단의 경우라고 할 것이다. 이러한 정지용의 경향을 다소 통속화하고 훨씬 서정성을 노출시키고 있는 것이 김광균의 시다.

낙엽은 포오란드 망명정부의 지폐
포화에 이즈러진
도룬시의 가을 하늘을 생각케 한다.
길은 한 줄기 구겨진 넥타이처럼 풀어져
일광의 폭포 속으로 사라지고
조그만 담배 연기를 내어 뿜으며
새로 두 시의 급행열차가 들을 달린다.

「추일서정」의 전반부다. 제목이 가리키고 있듯이 이 시는 한 편의 리리시즘의 시라고 해도 좋을 듯하다. 그러나 이미지가 지적인 여과를 통하고 있는 점이 보통의 리리시즘 시와는 다르다. '낙엽'을 '포오란드 망명정부의 지폐'와 '도룬시의 가을 하늘'에 비교하고 있고, '길'을 '넥타이'에 비교하고 있는 것 등이 그렇다. 이 시는 제1행에서 제3행까지 하나의 이국 풍조를 보여주고 있다. 이런 대목에서 정지용에 비하여 통속성을 느낄 수 있다. 따라서 그의 시가 정지용보다도 훨씬 경박해지고 있다는 것도 알 수 있다.

김광균의 재치와 이국 풍조를 흥건히 지니고 있으면서, 날카로운 비판정신을 시에서 보여준 시인이 김기림이다. 김기림은 또 새로운 시의 이론적 계몽가이기도 하다. 그는 「사상과 기술」

이라는 논문에서 다음과 같이 말하고 있다.

시는 어떠한 사물에서 받는 영감에서 또는 우연한 영감 그곳에서 향기와 같이 피어오르는 것이라는 생각은 로맨티시스트의 시론의 중심이었다. 이렇게 영감에서 천재적으로 발견하는 시에 있어서 기술의 문제는 따로이 고려될 필요가 없다. 그러한 한도 안에서 19세기의 로맨티시즘과 그 후예는 범박하게 말하면 내용주의에 속한다. 그런데 19세기의 로맨티시즘은 영감의 원천을 감정 속에서 찾았지만, 20세기에 유행한 네오 로맨티시즘들은 대개는 사상 속에서 그것을 찾으려 했다. 엄밀하게 말하면 사상의 흥분 속에서 그것을 찾으니까 역시 크게는 감정을 존중하는 전통에 귀속한다고 해도 무방하다. 둘 다 기술을 무시또는 경시하는 경향에서 똑같은 편향에 흘렀다.

사상만 있으면 시가 된다든가 시적 영감만 있으면 시가 된다든가 하는 편리한 생각은 어느 시기의 우리 시단을 풍미한 법전이었다. 그러나 남은 것은 시가 아니고 감정의 생경한 원형이거나 관념의 화석인 경우가 많았다.

이 나라에서의 기술주의의 대두는 이러한 원시적인 소박한 풍자에 대한 안티 테에제로서 제출된 것이다.

이 글 속에 그의 근본태도가 잘 드러나 있다. 첫째, 그는 로맨티시즘에 반대하고 있다. 그의 해석에 따르면 로맨티시즘일 감정의 자연발생적 유로나 사상의 흥분상태가 그 특색이 된다. 여기에 대하여 그는 기술주의를 내세운다. 그의 기술주의는 T. S. 엘리엇이 「전통과 개인의 재능」에서 말한 다음과 같은 구절을 그 나름으로 부여한 것이다.

문제가 되는 중요한 일은 그의 구성 재료인 정념의 위대함이라든가 깊이가 아니라 재료가 결합하고 융합하기 위하여 주어져야 할 말하자면 압력이 되어야 할 예술과정의 깊이인 것이다.

김기림은 요컨대 기술을 통하여 새로운 시를 보여주려고 한 것이다. 그것은 처음에는 서정성을 바랠 대로 바래버린 다음의 김광균의 시와 흡사한 그런 것이었다.

도무지 아름답지 못한 오후는 구겨서 휴지통에다 집어 넣을까?

그래도 지문학의 선생님은 오늘도 지구는 원만하다고 가르쳤다니 갈릴레오의 거짓말쟁이.

「오후의 꿈은 날 줄 모른다」의 일부다. 그러나 그는 한걸음 나아가 현대사회의 어지러운 '기상'을 진단하며 비판할 생각으로 장시 「기상도」를 내놓았다. 시에서 문명비평을 시도한 시인으로는 그가 이 땅에서는 최초의 사람이라고 할 수 있다. 그러나 이 장시는 내면성의 결여로 하여 결국은 하나의 시사만화가 되어버린 감이 없지 않으나, 그 의도와 의욕은 고무적인 사실이었음에 틀림없다.

5. 다양한 전개—30년대의 기타 시인들

30년대의 특색의 하나는 시가 아주 다양한 전개를 보여주었다는 그것이다. 말하자면 시인들의 관심의 폭이 훨씬 넓어졌고, 유형을 벗어나 아주 개성적인 빛깔이 차츰 짙게 드러난 그러한 한 시기라고 할 것이다. 그리고 이 시기의 어떤 경향은 해방 이후 현재까지 영향을 미치고 있다는 점에서 20년대 이전과는 다른 새로운 하나의 전통—신시의 전통—에의 가능성을 보여주기도 했다.

《시문학》의 동인인 정지용, 김영랑, 신석정, 이하윤, 박용철, 《시원》에 관계한 오일도, 김광섭 그리고 김달진, 김대봉, 성기원, 오화룡, 장서언, 성형수, 윤곤강, 박기원, 이설주, 이상, 김현승, 장만영, 모윤숙, 노천명, 김용호, 이육사, 신석초, 김상용 등은 그러한 가능성을 위하여 길을 터주었다.

이상은 영미 계통의 모더니즘이라고 하기보다는 유럽대륙 특히 프랑스 계통의 현대시를 이 땅에 이식한 최초의 시인일 것이다. 그의 시의 문체나 구조에는 다다이즘과 형태주의의 입김이 짙게 스며 있는 듯하다.

> 죄를품고침상에서잤다. 확실한내꿈에나는결석하였고의족을담은군용화가내꿈의백지를더럽혀놓았다.
>
> —이상, 「시 제15호」의 1

이상의 시작 증상으로는 경미한 편이지만 그래도 그 띄어쓰기의 무시나 아주 건조한 문체는 독특하다. 그는 또 시에서 수식을 나열한다든가 도표를 그려넣는 등의 괴벽을 부리기도 한다. 이 시에서도 보는 바와 같이 그의 관심은 의식 즉 내부현실에 있었는 듯하다. 그 점으로는 초현실주의를 닮고 있는 듯도 하나 그의 의식을 추출하는 방법은 초현실주의의 경우와는 사뭇 다른 것 같다. 그는 어떤 의식상태의 자동기술을 하고 있는 것이 아니라 그러한 반反지적 방법을 취하지 않고 냉정한 계산 위에 그의 방법은 서 있다. 그의 사고도 아주 논리적이다. 불연속의 연속이라고 하는 사고상의 도약이 없다. 초현실주의에는 지적 억압이 없다. 초현실주의에는 지적 억압으로부터 사람을 해방시켜보려는 만만찮은 의도가 있었다고 하면 그러한 초현실주의와는 오히려 반대의 방향으로 가고 있는 듯하다. 그의 시가 초현실주의를 닮고 있는 듯한 인상을 주는 것은 그의 그 관심의 방향과 그의 괴벽 때문이다.

같은 세대에 속하면서도 신석정 혹은 김광섭, 모윤숙 등을 이상과 비교하면 전연 판이한 세계에 발을 들여놓은 느낌이다.

바람 잔 밤 하늘의 고요한 은하수를 저어서 저어서
별나라를 속속들이 구경시켜 주실 수가 있읍니까?
어머니가 만일 초승달이 된다면……

—신석정, 「나의 꿈을 엿보시겠읍니까?」 제3연 ①

날마다 밤마다
그대로 더불어 가는 화원이 있다
끝없는 마음
한없는 생각
추상된 세계가 현실을 얻지 못하는 밤이기에
나의 꿈은 항상 청춘이다

—김광섭, 「꿈」 ②

너를 생각할 때는 나는 세상에서 가장 가난한 여인이 되어 가장 외로운 마음이 되어 가장 보람없는 애기가 되어 네 옷깃에 매달려 영원한 삶을 물어보노라.

—모윤숙, 「너를 생각할 때는」 ③

인용한 시들은 비슷한 주제(꿈)를 다루고 있다. 그러나 그 방법과 주제를 바라보는 각도는 모두 다르다. 여기서 어떤 시적 포즈의 다양함을 느낀다. 30년대가 시적 유형을 벗어나고 있다는 것을 구체적으로 알 수 있다. 특히 1900년대에서 10년대까지의 신시나 이조의 시조나 한시와 비교하면 더욱 뚜렷하다. 그 무렵의 시들은 시의 교졸이 있었을 뿐이지 시의 세계관적 방법론 및 전개의 다양성은 없었다.

①은 아주 환상적이면서 소박한, 따라서 동화적인 서정을 본다. 그 표현도 아주 소박하다. 감정이 자연스럽게 유로하고 있는 점 전형적인 리리시즘을 느낄 수 있다. 그러나 그런 것들만이 아니고 한용운의 경우처럼 초월적인 것까지 느끼게 하지만 이쪽이 훨씬 더 심미적이다. ③도 소박한 품으로는 한가지지만 훨씬 현실적인 호소력을 지니고 있는 듯하다. 휴머니스틱한 면이 훨씬 강하게 드러나 있다. 거의 산문에 가까운 서술이다. ②는 훨씬 사고의 지적 통제를 보이고 있다. 끝의 두 행은 논리의 지적 뒤틀림이 뚜렷하다. 역설로서 이 시에 논리적 긴장감을 주는 데 이바지하고 있다. 사고의 조형성을 보인 시다.

김현승, 장만영도 각기 다른 개성을 드러내고 있을 뿐 아니라 전기 시인들과도 또 다른 국면을 터놓고 있다.

나의 선은
어제보다 오늘.
그보다는 명일에 피는 꽃들을 위하여

오늘은 싸움으로 가는 길 위에
수많은 모국어와 제목들

—김현승, 「명일의 노래」 제1연과 제3연 ①

새파란 초여름을
분수처럼 뿜어 올리는
프라탄의 어린 잎새들……

태양은
정원에 나려가
편물을 하기 여념이 없다.

—장만영,「풍경」제1연과 제2연 ②

①은 김기림에 가깝고 ②는 김광균에 가깝기는 하다. 그러나 메탄트리가 훨씬 가시어져 있다. ①에서는 모럴리스트로서의 풍모가 뚜렷하다. 그리고 그것이 감상에 흐르지 않고 지성의 뚜렷한 통제 위에 서 있다. 시의 방법으로서도 조형성을 노리고 있는 점, 시의 새로운 전개에 따르고 있음을 본다. ②에서는 인생론을 완전히 거세해버린 순전한 감각의 세계를 보이고 있다. 그 빛깔은 김광균보다는 훨씬 밝고 단순하다.

뿔뿔이 헤어진 고개 위 쌍갈래 길
찢어진 고무신 뒤축이 무거워
서린 눈알을 돌려 나려보는 고향은 잘 가란 말도 없이

—김용호,「고개」제1연

나의 무덤 앞에는 그 차거운 비돌을 세우지 말라.
나의 무덤 주위에는 그 노오란 해바라기를 심어 달라.
그리고 해바라기의 긴 줄거리 가이로 끝없는 보리밭을 보여 달라.

—성형수,「해바라기 비명」전반부

①은 일제하의 현실의 한 단면을 리얼하게 묘사하고 있다. 제3행의 후반부는 감상이 지나치게 노출된 느낌이지만 이러한 현실에 대한 관심은 이른바 참여시의 소박한 샘플이라고 할 것이다.

②는 잘 다듬어진 수사와 함께 그 선열한 이미지는 반 고흐의 그림을 보는 느낌이다. 강렬한 것이 있다. 인생파의 비장취미를 잘 극복하고 있는 점 시적 교양을 짐작케 한다.

김용호, 성형수는 전기 시인들과는 또 다른 개성과 관심의 방향을 보이고 있다. 대체로 이 항목에서 언급한 시인들은 해방 이후에 보다 뜻있는 활동을 한 것이 아닌가 한다.

해와 하늘빛이
문둥이는 서러워

보리밭에 달뜨면
애기 하나 먹고
꽃처럼 붉은 울음을 밤새 울었다. ①

십이월의 북만 눈도 안 오고
오직 만물의 가각하는 흑룡강 말라 빠진 바람에 헐벗은
이 작은 가성 네거리에
비적의 머리 두 개 높이 내걸려 있나니

(중략)

이는 사악이 아니라
질서를 보전하려면 인명도 계구와 같을 수 있도다.
혹은 너의 삶은 즉시

나의 죽음의 위협을 의미함이었으리니
함으로써 함을 제함은 또한
먼 원시에서 이어온 피의 법도로다.
내 이 각박한 거리를 가며
다시금 생명의 험열함과 그 결의를 깨닫노니
끝내 다스릴 수 없었던 무뢰한 넋이여 명목하라! ②

①은 서정주의 「문둥이」고 ②는 유치환의 「首」의 일부다. 모더니즘의 시에 비하면 판이한 세계다. 외부세계에 대한 관심에서 생 그 자체 속으로 깊이 몸을 담그고 있다. 시로서는 ①이 훨씬 더 육화되어 있으나 생의 모순과 비극성이 처절하게 드러나 있는 점으로는 서로 통하고 있다. 비로소 우리의 신시가 30년대의 후반기에서 체험의 깊이에 적절한 형상을 얻게 되었다. 류 현상을 벗어난 데에서 서구적 생의 비극을 우리의 신시가 체험하게 되었다. 서정주의 시집 『화사집』과 유치환의 시집 『청마시초』에 수록된 시편들은 모두 이러한 것들이다. 이것은 하나의 기념비적인 사건이라고 하겠다.

30년대의 시인 중에서 운율법에 특별한 관심을 기울여 한국어의 운율적 가능성에 대한 새로운 진단을 내린 시인은 김영랑이다. 압운이나 일종의 평측법의 시험 같은 것은 신시사상 그가 처음이 아닌가도 한다. 그의 시험을 토대로 이 방면의 개척과 진전이 있어야 할 것이지만 아직도 그의 뒤를 이으려는 시인이 나타나지 않고 있다.

1939년 이래 《문장》의 추천제를 통하여 시단에 소개된 시인들 중 박두진, 박목월, 조지훈 등이 있다.

박두진의 시는 관념적platonic이라고 할 수 있는 그런 것이다.

산, 산, 산들——. 누거만년 너희들 침묵이 흠뻑 지리한 즉하매

산이여! 장차 너의 솟아난 봉우리에
엎드린 마루에
확확 치밀어 오를 화염을 내 기다려도 좋으랴?

「향현香峴」의 일부다. 알레고리가 대상에 밀착되어 있지 않고 알레고리의 수단성이라 할까 알레고리가 어떤 목적을 위하여 봉사한다는 알레고리 본래의 기능에 머무르고 있다. 따라서 이 시에는 관념을 알려야 하겠다는 의지가 두드러지게 작용하고 있음을 본다.

여기 비하면 박목월의 시는 거의 서술적 이미지로 되어 있다.

송화가루 날리는
외딴 봉우리

—「윤사월」

술익는 마을마다
타는 저녁놀

—「나그네」

갑사댕기 남끝동
삼삼하고나

—「갑사댕기」

산수유꽃 노랗게
흐느끼는 봄마다

—「귀밑사마귀」

청석돌담 가으로
구구구 저녁 비둘기

—「가을 어스름」

이런 예들은 또 많이 있다. 「갑사댕기」를 제외하고는 모두 명사에서 끝나고 있다. 빈사의 생략은 의미론에서는 판단의 보류를 뜻한다. 정경묘사가 엄격한 객관성을 드러내지 못하고 있는 점을 빼고는 정지용과 비슷하다.

조지훈은 회고 취미의 일면과 선禪 감각을 아울러 보여주고 있다.

얇은 사 하이얀 고깔은 고이 접어서 나빌레라.

파르라니 깎은 머리 박사 고깔에 감추오고
두볼에 흐르는 빛이 정작으로 고와서 서러워라.

「승무」의 첫머리다. 승무가 암시하는 상징의 세계에까지 부분적으로 파고 들어가고 있으나, 시 전체로서는 여전히 민속적 분위기가 지배적이다.

성긴 빗방울
파초잎에 후두기는 저녁 어스름
창 열고 푸른 산과
마조 앉아라.

「파초우」의 일부다. 한시를 대하듯 간결하고 여운이 있는 문체다. 마지막 두 행은 도잠의 「음주飮酒」의 '유연견남산悠然見南山'의 선미와 흡사한 데가 있다.

이들 시인은 일제 말 우리 시단의 마지막 등불이었다. 그것은 태양처럼 훤한 것은 아니었으나 포근한 안식은 줄 수 있는 그런 것이다.

《문장》의 추천을 통하여 등장한 기타의 시인으로는 박남수, 이한직, 김종한, 김수돈 등이 있다. 그리고 일본 복강에서 옥사한 윤동주가 있다. 정진업도 30년대 말의 신인이다.

박남수는 이미지즘에 아주 접근한 터치를 보이고 있고, 김종한 역시 그렇다. 이한직과 김수돈은 훨씬 더 리리시즘에 충실하다. 그러나 어느 쪽이든 확실한 문맥과 선명한 이미지, 그리고 견고한 구조 등은 30년대의 말에서 40년대 초까지의 우리 시의 일반적 수준을 높이고 있다.

윤동주는 그 심각한 내적 체험을 통하여 일제 말에 있어 누구도 쓰지 못한 가장 처절한 저항의 시를 남겨놓고 있다.

괴로웠던 사나이
행복한 예수 그리스트에게처럼
십자가가 허락된다면
목아지를 드리우고
꽃처럼 피어나는 피를
어두어가는 하늘 밑에
조용히 흘리겠읍니다.

「십자가」의 후반부의 이러한 구절은 일제 말의 시기를 살았던 청년들에게는 하나의 상징적인 발언이 될 것이다. 증언 이상이요 또는 시를 넘어선 경지일는지도 모른다.

6.『청록집』

사화집『청록집』이 나온 것은 1946년 6월이다. 좌우의 알력과 미소美蘇의 독립으로 사회가 혼란을 극하고 있을 무렵이다.[26] 이러한 사회상과는 거의 외면을 하고 있는 듯한 작품들이 이 사화집에는 수록되고 있다. 김동리는 다음과 같이 말하고 있다.

김영랑, 정지용, 박용철 등의 연약한 기교주의에 대한 반감은 유치환, 서정주, 오장환 등의 반발적 실천에 의하여 다소 완화될 수 있었으나 김기림 등의 메커니즘에 대한 멸시는 유, 서, 오에 못지않게 치열하였다. 그리하여 '기교보다 정신을 기계보다 영혼을 시에서 찾아야 한다'는 명제는 그들에 와서도 의연히 지지되었다. 그러므로 그들은 유, 서, 오 등이 몸으로써 지키고 있는 세기적 심연에 대하여 촌보도 회피할 수는 없었다. 그들은 어떠한 해답이든 손에 들지 않고는 이 심연을 통과할 수 없었다. 왜? 거기엔 유, 서, 오들에 의하여 그들의 육체로써 다리가 놓여져 있었기 때문이다.

그들은 이 심연이 이미 기독교와 및 18세기 이전의 모든 제신을 삼킨 데서 온 것 임을 짐작하였고, 그리고 이제 이와는 다른 성격의 새로운 신이 심연에 의하여 요구되고 있다는 것을 깨달았다. 그들은 동양 사람이었다. 그리하여 그들의 심안은 어느덧 '자연'으로 기울어졌다.

오늘날 정치문학청년들이 '화조풍월' 운운하고 애써 무시하려는 '자연'의 발견도 이와 같이 남이 몸으로써 지키는 세기적 심연에 직면하여

26) 5월 6일 제1차 미소공위 결렬. 5월 15일 미군정 위조지폐사건 발표. 6월 29일 남한자율정부운동을 위하여 민통 결성 등등.

절대절명의 궁지에서 불려진 신의 이름이었던 것이다.[27)]

이 인용문으로 보면 조지훈, 박목월, 박두진 등 『청록집』의 시인들은 그 인생론적 입장에 있어 유치환, 서정주, 오장환 등을 계승하고 있을 뿐 아니라 (그것은 인용문 중의 괄호 안에 든 '기교보다 정신……' 과 같이 다분히 낭만주의적인 그것이라고 한다) 그들의 심연에서 하는 물음에 답을 내고 있다는 것이다. 그 답은 구제의 새로운 신은 자연이라는 그것이다. 이만한 거창한 문제를 이 사화집의 작품들이 지니고 있는지는 의문이지만, 그리고 시를 이러한 인생론으로 다루는 것도 어떨까 하지만 당사자들의 말은 좀더 겸손한 것 같다.

내가 처음 발을 붙였는 시 세계는 「고풍의상」, 「승무」를 쓰면서부터 일변하였다. 이 시기는《문장》지의 추천을 받을 무렵이니 내 자신의 시를 정립하기 위한 발판은 이때에 이루어졌던 것이다. 제5부 「고풍의상」의 시편들이 그것이다. 사라져가는 것에 대한 아쉬움의 애수, 민족정서에 대한 애착이 나를 이 세계로 끌어넣었던 줄로 안다.

그 다음이 곧 내가 오대산 월정사로 들어간 시기이다. 주로 소품의 서경시, 선미禪味와 관조에 뜻을 두어 슬프지 않은 몇 편을 이 때에 얻었으니 제3부 「달밤」에 수록한 것이 그것이다.[28)]

나는 그 무렵에 나대로의 지도를 가졌다. 그 어둡고 불안한 시대에서 다만 푸근히 은신하고 싶은 '아수룩한 천지' 가 그리웠다. 그러나 한국의 천지에는 어디에나 ……(중략)…… 강원도를 혹은 태백산을 생각해 보았다. 그러나 그 어느 곳에도 우리가 은신할 한 치의 땅이 있는 것 같

27) 김동리, 『문학과 인간』(청춘사, 1952) 참조.
28) 조지훈 , 『조지훈 시선』(정음사, 1956) 「후기」 참조.

지 않았다. 그래서 나 혼자의 깊숙한 산과 냇물과 호수와 봉우리와 절이 있는 '마음의 자연'—지도를 간직했던 것이다.[29)]

이때의 다른 대부분의 작품들이 그렇듯이 나는 이상스러울이만치 정치적 상념에서 생활했고, 모든 충동이 일제로부터 오는 피압박적 굴욕적인 현실에 대한 반발이나 의분이나 울분이 아님이 없었다.[30)]

'민족정서에 대한 애착', '선미와 관조'(조지훈)를, '내 혼자의 깊숙한 산'(박목월)을, '반발이나 의분'(박두진)을 말하려던 것이 그들의 의도다. 이 사화집의 작품들이 거의 해방 전에 씌어졌다는 것을 생각할 때(박두진의 작품 「향현」은 1939년 4월에 《문장》의 추천을 받고 있다) 짐작이 가는 일이기는 하나, 시인이 자기의 과거의 작품을 추의식하면서 말하는 작품 속의 의도를 액면 그대로 받아들이는 것은 어떨까 한다. 그러니까 독자는 독자대로 작품의 의도를 작자와는 다르게 받아들일 수가 있다. 요는 작품이 어떤 모양으로 구성되어 있고, 의도가 어떻게(어떤 빛깔로) 전달되고 있느냐가 문제일 것이다. 가령 다음의 두 편을 비교해보라.

하늘로 날을듯이 길게 뽑은 부연 끝 풍경이 운다.
처마 끝 곱게 느리운 주렴에 반월이 숨어
아른 아른 봄밤이 두견이 소리처럼 깊어가는 밤
고아라 고아라 진정 아름다운지고
파르한 구슬빛 바탕에 자주빛 호장을 받힌 호장저고리
호장저고리 하얀 동정이 환하니 밝도소이다.

—조지훈, 「고풍의상」에서

29) 박목월, 『보랏빛 소묘』(신흥출판사, 198) 「자작시 해설」 참조.
30) 박두진, 『시와 사랑』(신흥출판사, 1960) 「자작시 해설」 참조.

서양 비낀 해에
호올로 박물관 창 앞에 서다.
하이얀 자기
이조의 병아
빛깔 희고도 다사로웁고
소박하면서 꾸밈없는 솜씨야
진실로 진실로
아버지와 할아버지
산림처사
무명도포다.

—박종화, 「백자적」에서

두 편이 다 '사라져가는 것에 대한 아쉬움의 애수'를 다루고 있다. 그러나 월탄의 경우는 관조의 눈이 훨씬 흐려져 있어 거의 소박한 감탄에 그치고 있다. 이에 비하면 지훈의 경우는 관조의 눈이 보다 맑게 개여 있고, 수사가 또한 훨씬 세련되어 있다. 반복을 통한 리듬은 독특한 메로포에이아를 보이고 있고, 세트의 배치도 치밀한 배려가 엿보인다. 지훈의 이러한 제작의식은 다른 소재로 옮아갔을 때도 잘 드러난다.

성긴 빗방울
파초잎에 후두기는 저녁 어스름
창 열고 푸른 산과
마조 앉아라.

—조지훈, 「파초우」에서

간결하고 절도있는 고전적 문체의 한 전형을 본다. 그리고 극적인 구성(장면전환이 극적이다. 파초잎에서 산으로 이동하고 있으나 원근의 처리는 심리의 움직임까지 잘 드러내고 있다)은 한시의 소양이 많이 작용하고 있는 듯하다.

박목월은 김소월과 비교하면 그 특색이 잘 드러난다. 필자는 "피지컬한 시는 보편성을 잃을 염려가 있다. 소월의 경우가 특히 그렇다. 피지컬한 시에서는 오브제는 시인이 특별히 의식하고 쓰지 않는 이상 시인 자신의 감각과 친숙한 것이 등장할 가능성이 많아진다. 물론 현대인의 감각에 친숙한 오브제는 개별성 내지는 고유성을 잃고 있는 것이 사실이니까 현대시에서는 피지컬한 경향의 시라고 하더라도 훨씬 보편성을 띠고 있다. 그러나 소월과 같이 시인 자신의 감각이나 정서가 의식적으로 개별적이고 고유한 물질들을 선택할 적에는 사정은 달라진다. 이럴 때 시가 전통과는 연결이 될는지 모르나 전통에 어떤 변화를 줄 수는 없을 것이다. 따라서 시가 고정된 세계에 답답하게 밀폐된다. 소월의 많은 작품들이 그렇다.

소월에 있어서는 그러나 피지컬한 것이 지용이나 목월의 경우처럼 선명하게 또는 투명하게 드러나지 않고 다소 흐려져 있다. 그는 피지컬한 것을 감상으로 대하고 있기 때문이다. 목월의 경우는 이와는 다른 것 같다. 피지컬한 것이 감상을 촉발케 하고 있는 것 같다. 이 점에 있어 소월이 보다 근대적인 감성의 소유자라고 할 수 있을 것 같고, 목월은 보다 소박한 감성의 소유자라고 할 수 있을 것 같다. 유파적으로 보아 소월은 낭만주의에 속할 것이고, 목월은 사상파에 가까울 것이다.

송화가루 날리는
외딴 봉우리

—「윤사월」에서

술 익는 마을마다
타는 저녁놀

—「나그네」에서

갑사댕기 남끝동
삼삼하고나

—「갑사댕기」에서

산수유꽃 노랗게
흐느끼는 봄마다

—「귀밑사마귀」에서

청석돌담 가으로
구구구 저녁 비둘기

—「가을 어스름」에서

목월의 이미지는 이처럼 투명하다. 오브제가 그 자체의 고유한 빛깔을 그대로 드러내놓고 있기 때문이다. 소월의 「초혼」에서처럼 이미지나 의미가 멜로디 때문에 흐려지고 격한 절규가 되어버린 시를 목월은 쓰지 않고 있다. 「산유화」나 「진달래꽃」과 같은 승화된 경지의 시나 「차안서선생산수갑산운次岸曙先生山水甲山韻」과 같은 개인적인 장탄의 시를 쓰고 있지도 않다. 어떤 경우에는 전연 표상암시에만 그쳐버린 시행들도 있다.

머언 산 청운사
낡은 기와집

(2연 생략)

청노루
맑은 눈에
도는
구름

—박목월, 「청노루」

마지막 연 제1행 외는 각 행이 모두 명사(주사)로 끝나고 있다. 빈사의 생략은 의미론의 입장으로는 판단의 보류 내지는 포기를 뜻하는 것이 된다. 독자로서는 표상암시를 받을 뿐이다. 그러나 목월이 선택한 피지컬한 세계가 고유한 그것에 국한되어 있다는 점에서 소월의 계보를 잇고 있는 동시에 소월과 함께 시가 보편성 내지는 국제성을 잃고 있다"라고 말한 일이 있다.[31)]

박두진에게도 계보가 있다. 그 인생논의 바탕은 서로 다르지만. 시를 대하는 태도에 있어 오상순과 비슷한 데가 있다.

밤은 아시아의 마음이요 오성이요 그 행이다.
아시아의 인식도 예지도 신앙도 모다 밤의 실현이요 표현이다.

—오상순, 「아시아의 마지막 밤 풍경」에서

산, 산, 산들! 누거만년 너희들 침묵이 흠뻑 지리함즉 하매,

산이여! 장차 너의 솟아난 봉우리에 엎드린 마루에, 확확 치밀어 오

31) 김춘수, 「청록집의 시세계」(《세대》, (1963년 6월호).

를 화염을 내 기다려도 좋으랴?

—박두진, 「향현」에서

공초의 경우는 거의 진술(설명)에 그치고 있어 산문과 구별이 잘 안 된다. 비유를 통하지도 않고 혹은 이른바 객관적 상관물을 통하지도 않고 있다. 여기 비하면 두진의 경우는 알레고리가 되고 있다. 필자는 "그러나 이 경우 알레고리의 수단성이라고 할까 알레고리가 어떤 목적을 위하여 봉사한다는 알레고리 원래의 기능에 머무르고 있다. 따라서 이 시에는 관념을 알려야 하겠다는 의지가 제일의적으로 작용하고 있다고 해야 할 것이기 때문에 이 시는 의지의 시poetry of the will(앨런 테이트Allen Tate)라고 할 수 있을 것이다"라고 말한 일이 있다.[32] 김동리도 여기 대하여 다음과 같이 말하고 있다.[33]

한마디 경고해 두고 싶은 것은 두진의 시가 앞으로 점차 증가하여올 관념의 세계다.

관념이 유치하거나 시(알레고리)가 관념을 어느 정도라도 감당을 못할 때 공초의 경우과 같은 결과를 낳게 할 것이지만, 두진의 경우에는 그것은 한갓 기우에 지나지 않았다.

이상과 같이 『청록집』의 세 시인은 하나의 에콜로 묶을 수 없을 만큼 우선 그 시인으로서의 자질과 소재를 대하는 태도가 서로 다르다. 그런데도 이 3시인을 묶어 청록파라는 이름을 붙이게 하고, 반발과 옹호의 대상이 된 데에는 다음과 같은 이유를 발견할 수가 있다. 그 하나는 소재의 공통성—자연을 다루고 있

32) 김춘수, 「청록집의 시세계」(《세대》, 1963년, 6월호).

33) 김동리, 『문학과 인간』(청춘사, 1952) 참조.

다—을 들 수 있겠고, 그들은 혈통이 바른 한국어를 쓰고 있다는 것 등이다. 소재에 대하여 반발하는 쪽은 '화조풍월'은 시대적이 아니라는 것이고, 옹호하는 쪽에서는 전기前記한 김동리와 같은 특수한 해석도 하고는 있으나 특히 목월의 토속적으로 윤색된 자연에 공명한 것 같다. 더러는 지훈의 소재의 일면인 우아한 풍속도에 흥미를 가져보기도 하였으나, 그의 이른바 '선미'로 관조된 자연은 간과한 것 같고, 두진의 의인화된 자연 역시 그런 것 같다. 언어에 대하여 반발하는 쪽은 그 폐쇄적 국수적 시대착오를 들어서 말했고, 옹호하는 쪽은 국어의 발굴과 순화를 들었다.

7. 「귀촉도」 기타

1945년 8월 15일 해방 이후 1950년 6월 25일의 사변 발발까지 약 5년 동안에 출간된 중요한 개인집은 다음과 같다.

『생명의 서』·『울릉도』(이상 유치환 저), 『해』(박두진 저), 『귀촉도』(서정주 저), 『피리』(윤곤강 저), 『석초시집』(신석초 저), 『소연가』(김수돈 저), 『한하운시초』(한하운 저), 『버리고 싶은 유산』·『하루만의 위안』(이상 조병화 저), —그리고 이 시기에 등장한 시단의 신인은 다음과 같다.

이상로, 이정호, 김윤성, 김종길, 서정태, 이경순, 김경린, 설창수, 구상, 조영암, 최재형, 이설주, 박화목, 한하운, 조향, 조병화, 김수영, 박인환, 김규동, 김차영, 이봉래. 1949년 7월에 창간된 문예지《문예》의 추천을 통하여 등장한 신인은 이원섭, 김성림, 이병기, 전봉건, 송욱, 이동주 등이다.

개인시집들은 각기 특색을 보이고는 있으나 서정주의 『귀촉도』가 그의 이후의 시세계의 전개와 영향으로 볼 때 가장 문제가 될 것 같다. 유치환의 『생명의 서』와 박두진의 『해』와 한하운의 『한하운시초』도 그 자체로서는 우수한 시집들이라고 하겠으나 시사의 전개에 기여한 흔적은 희미하다. 특히 청마와 두진의 몇 편들은 가작으로 오래 남을 것이 예측되나 그것들은 시사의 중심과제에서는 당분간 떨어져 고독한 제자리를 지키고 있을 수밖에는 없는 것 같다.

시집 『귀촉도』에 수록된 작품들은 해방 이전의 것과 이후에 씌어진 것들이 섞여 있다. 서정주로서는 제2시집이 되는 셈이다. 제1시집 『화사집』 이후의 그의 모색을 보인 것이다. 『화사집』에서는 희미하게밖에는 보이지 않았던 새로운 모색이 여기서는 뚜렷이 그 윤곽을 드러내면서 현재의 그의 지향까지를 암시해주고 있는 듯하다.

해와 하늘빛이
문둥이는 서러워

보리밭에 달 뜨면
애기 하나 먹고

꽃처럼 붉은 울음을 밤새 울었다.

—「문둥이」

바보야 하이연 밈드레가 피었다.
네 눈섭을 적시우는 용천의 하늘밑에
히히 바보야 히히 웃읍다.

사람들은 모두다 남사당파와 같이

허리띠에 피가 묻은 고이안에서
들키면 큰일나는 숨들을 쉬고

그 어디 보리밭에 자빠졌다가
눈도 코도 상사몽도 다 없어진 후
소주와 같이 소주와 같이
나도 또한 날아가서 공중에 무릅리라

—「밈드레꽂」

「문둥이」는 『화사집』에 수록된 작품이고, 「밈드레꽂」은 『귀촉도』에 수록된 작품이다. 이 두 작품은 비슷한 내용을 비슷한 어법으로 표현하고 있다. 거의 새로운 모색이 눈에 뜨이지 않는다. 『귀촉도』에는 이와 같이 『화사집』의 세계의 연장으로밖에는 볼 수 없는 작품들도 몇 편 수록되어 있다.

그러면 이 두 편의 작품이 보여주고 있는(그 속에 담긴) 내용이란 어떤 것일까? 그것은 김동리가 다음과 같이 말하고 있는 그러한 것이다.[34]

중세적 신앙이나 실증적 문명이 이미 인간과 유리된 사실을 인정하고 나서도 그들(유치환, 서정주, 오장환—필자 주)은 생에 대한 구의적 의욕을 포기하려 하지는 않았다. 그들은 어느덧 그들의 눈앞에 가로놓인 것의 깊이에 대하여 눈치채었다.

그것은 니체적인 생체험이라고 할 수 있는 그런 것이다. 그것은 서구 근대의 퇴폐적인 생체험이기도 하고 시구 근대적 허무주의의 체험이기도 하다. 그러면서 거기에는 작품 「밈드레꽂」에

34) 김동리, 『문학과 인간』(청춘사, 1952) 참조.

서 특히 보는 바와 같은 짙은 빛깔의 마조히즘이 있다. 이 마조히즘은 인사이더가 될 수 없었던 1940년 전후의 한국적 현실에 그 주된 원인이 있었는지도 모른다. 시인이 어떤 내적 현실을 창조한다는 것은 시인이 처한 시대의 현실 속에서 그 현실의 가장 깊이 은폐된 부분을 열어 보여준다는 뜻이 된다. 서정주는 그러한 뜻으로 볼 때 한 시대의 처절한 생의 참모습에 육박하여 그것을 상징적으로 부각시킬 수 있었던 시인이다.

일찍 한국의 시에서는 볼 수 없었던 이러한 심각한 생체험을 시로 보여주면서 그의 언어는 순혈의 한국어요 사투리까지 자유롭게 구사하고 있되 그러한 언어들이 시인의 체험과 한 치의 틈도 없이 밀착돼 있다. 장면설정이나 배경이나 소도구에 이르기까지 토착의 그것이 아닌 것은 거의 없다. 그의 작품에서 사변취가 완전히 배제되고, 체험을 통한 인식의 완전한 육화를 볼 수 있는 것은 이 때문이다.

그러나 서정주가 퇴폐와 허무주의부터 구제되기 위한 모색에 있어 그 첫 몸부림은 약간 우리를 당황케 한다. 왜냐하면 그는 그 흔한 일절의 권위를 버리고 고유한 한국의 서정, 그 궁상맞은 한국인(이조인 내지는 고려인)의 심정세계로 고개를 뻗고 있기 때문이다. 『귀촉도』에 수록된 몇 편이 저간의 소식을 알리고 있다.

누님
눈물겨웁습니다

이 우물 물같이 고이는 푸름 속에
다수굿이 젖어있는 붉고 흰 목화꽃은

누님

누님이 피우셨지요?

—「목화」에서

이러한 발상 속에는 거의 천년의 한국 여성의 심정세계가 압축되어 있다. 김소월의 발상과 많이 통하고 있다. 그러나 한동안 그가 여기에 머문 일이 있다 하더라도 그것은 잠시 전망하기 위해서고 그는 곧 고개를 더 멀리 뻗었다. 신라가 그의 안전에 열렸다. 여기까지 오면 소월은 물론 아무도 그와 비슷한 발상을 할 수 없게 되었다. 그러나 그것은 『귀촉도』 이후의 일이다.

하여간 한국인의 심정의 원형, 혹은 이상형을 찾는 것이 한국의 시인으로서의 서정주의 필생의 사업이 되었다고 한다면, 한 시대의 내적 현실을 부각시킬 수 있었던 이 시인에게 우리는 충분한 시간을 주어보는 것이 어떨까?

『청록집』의 시인들처럼 서정주의 경우도 그의 의도가 오해 속에서 반발을 사기도 하고 옹호되기도 한 것 같다. 시인의 내면을 흐르는 시간은 역사의 시간과는 다른 경우가 있다. 시인은 항상 미래를 내다봐야 하는 것이겠지만 역사를 소급하면서도 그렇게 할 수가 있는 것이 시인이다. 서정주가 역사의 과거에 관심하고 있다는 것은 한갓 회귀 취미로 그리고 있다고는 할 수가 없다. 시인으로서뿐 아니라 사회인으로서도 어떤 모럴을 미래에 설정하고 있는지도 모르는 일이고, 설령 그러한 원대한 포부까지는 없다 하더라도 한민족의 심정의 실상과 당위상을 탐색하고 모색하는 일은 민족의 미래를 위하여 충분히 의의 있는 일이다.

서정주가 걷고 있는 과정이 허망하다면 그것은 동시에 우리(한국인)의 정신사가 허망했다는 것을 뜻하게 되는 것인지도 모른다. 서구근대의 퇴폐와 허무주의에서 헤어나는 데 있어 우리가 한갓된 사변으로서가 아닌 육화된 몸부림을 친다면 과연 어떠한 권위에 매달려 그것을 할 수 있다는 것일까? 그러니까 서정주의 모색도 하나의 모색일 수 있다는 결론이 나온다고 하면, 시대착오라는 폭언으로 반발하는 일은 시야의 근시를 말하는 것은 아닐까? 그러나 이보다 더 딱한 것은 그의 옹호자들의 일부가 하고 있는 경솔함이다. 남이 피나는 과정을 통하여 얻게 된 어떤 결과를 혹은 취미적으로 혹은 감상으로 안가하게 어법이나 소재를 따라가서는 항간에 퍼뜨리는 일이 있는 것이 그것이다. 글자 그대로 서정주는 독보의 경지를 가고 있다. 재능도 없고 성실하지도 못한 데다가 경험까지 미숙한 자가 접근하기란 어림도 없는 난공사일는지 모른다.

잔치는 끝났드라. 마지막 앉아서 국밥을 마시고
빠알간 불 사루고,
재를 남기고.

포장을 걷으면 저무는 하늘.
일러서서 주인에게 인사를 하자
결국은 조끔ㅅ식 취해 가지고
우리 모두 다 돌아가는 사람들.

목아지여
목아지여
목아지여
목아지여

멀리 서있는 바다ㅅ물에선
난타하여 떨어지는 나의 종ㅅ소리

—「행진곡」

이러한 작품에서 볼 수 있는 바와 같은 하나의 생을 끝마친 뒤의 신생의 몸부림이 또한 『귀촉도』의 중요한 일부를 차지하고 있다. 해방의 환희와 함께 그 신생의 움은 트기 시작한 것이다. 현실이 시인에게 무엇을 줄 수 있는가를 이것으로 짐작할 수가 있다.

그리움으로 여기 섰노라
호수와 같은 그리움으로

이 싸늘한 돌과 돌 새이
얼크러지는 칙넌출 밑에
푸른 숨결은 내것이로다

—「석굴암 관세음의 노래」에서

이런 모양으로 그가 그 자신의 구제와 그의 시대를 위하여 느낀 '푸른 숨결'은 한민족의 에토스였는지도 모른다. 이 작품은 『귀촉도』에서 수록된 것들 중 해방 후에 씌어진 것이다.[35]

이 시기에 있어 신풍을 보여준 시인들을 들면 다음과 같다.

김윤성, 조병화, 김경린, 김수영, 박인환—후 3자는 1949년에 공동시집 『새로운 도시와 시민들의 합창』을 내어 이른바 모더니즘으로 불려졌으나 본격적인 활동은 사변 이후에 전개되고 있다.

——의자에서 일어나
빛나던 눈동자를 가지면
내 가슴 무한한 가능을 품고

---

35) 서정주, 『서정주시선』(정음사, 1956)의 목차 참조.

창이 열린다.

—김윤성, 「실내」에서

이러한 추상적 세계는, 그리고 이러한 유추의 시는 폴 발레리의 소품이나 라이너 마리아 릴케의 연작시 「창」을 연상케 한다.

귀가 커서 내가 슬픈가보다
산토끼의 귀를 가져 놀래길 잘 하나보다
갈나무 잎새가 지는 소리에도
산머루 가지에 눈 뜨는 소리에도
웨 가슴은 이리 안정할 줄 모르나

—조병화, 「귀가 커서」에서

이러한 서정은 경기병파적輕騎兵派的이다. 서정주 류의 심각성이나 조지훈 류의 풍류나 선미, 또는 소월 류의 애상과는 다르다. 샹송을 들을 때와 같은 가벼운 애수에 젖어 있는 것이 특색이다. 자연발생적인 발상을 하고 있으면서 무드를 빚고 있다. 무드의 시—그만큼 또한 대중성을 띠고 있다.

《문예》를 통하여 등장한 신인들은 겨우 시단에 선을 보였다는 것뿐으로 사변 후에 비로소 바탕을 드러내게 되었다. 특히 전봉건, 이동주, 송욱은 그렇다. 그리고 김윤성, 조병화도 전자에 있어서는 과도한 고담취미枯淡趣味로 후자에 있어서는 작품의 과도한 남발로 충분한 발전을 못하고 보다 실험적인 경향들이 흡수된 느낌이다.

8. 후반기 동인회 기타

'후반기' 동인회는 전시의 임시수도 부산에서 결성되었다. 김경린, 김규동, 박인환, 이봉래, 조향이 그 멤버다. 기관지를 가지지 못하여 자기들의 입장을 공동으로 또는 공적으로 선언한 일은 없지만, 모더니즘의 부활인 것은 확실하다.

30년대에 김기림, 김광균, 이상 등이 《시문학》 중심의 서정주의에 반발하여 영불英佛의 모더니즘을 도입한 것과 같은 현상이 나타났다. 이번에는 청록파라고 불리는 『청록집』의 3시인이 그 반발의 직접현상이 되었다. 『청록집』은 도피적 서정주의라는 것이었다. 박태진은 다음과 같이 말하고 있다.[36)]

한국시는 전통적으로 자연에 대한 시였다. 그리고 그 시성은 인생의 허무감으로 하여 앙양되는 것이었다. ……(중략)…… 해방을 맞이하여 한국의 마음은 차츰 개인을 의식하는 데 격고擊鼓를 자못 받게 되었으며, 자연 인생의 내면성이 얼마나 중대한가를 알게 되었다. 말하자면 민주주의 사회에 있어서 인생의 문제성이었다.

인생의 문제 내지 그 문제의 세계성을 느끼고 분석하는 데는 벌써 시적 태도가 여태와는 달라야 했고, 우리 시인들은 한편 서구시가 가누어지는 경위에 절대의 관심을 가지게 되었다. 인간 사회의 영고적 면은 반드시 로맨틱할 수 없으며 오히려 가열하다. 엘리엇의 시 「J. 앨프레드 프루프록의 연가」는 이렇게 시작한다.

'수술대에 에테르로 마취당한 환자처럼' 이 한 구절 속에 새

---

36) 박태진, 「구미시와 한국시의 비교」, 『한국전후문제시집』(신구문화사, 1960) 참조.

티릭한 감상은 물론 시인의 의견을 볼 수 있고 표현의 임프레셔니즘을 찾아볼 것이다. 우리 시인들은 한편 과거, 현재, 문명의 양상을 야유하는 파운드의 시를 접독하였고, 오든의 성명적인 시와 새티리즘을 알게 되었다. 오늘의 시를 생각하고 발견하려던 우리 시인은 커다란 쇼크를 받아 깊은 영향을 받게 되었다. 혹자는 대담하게 영향을 받고 혹자는 모멘터스를 얻는 데 그쳤다. 혹자는 직접 영불시를 씹어 읽고 혹자는 일어 역에 의지하였다. 그러나 다같이 우리의 시어에 새로운 의의를 주려고 애썼고 시어의 한계를 넓히려고 노력을 했다. 이 움직임이 우리 시단에 뚜렷이 보이게 된 것은 6 · 25 전후라고 하겠다.

소위 모더니스트 또는 후반기 시인이라고 지탄을 받은 시인들이 바로 그들이다.

오늘도
성난 타자기처럼
질주하는 국제열차에
나의
젊음은 실려가고

—김경린, 「국제열차는 타자기처럼」에서

한잔의 술을 마시고
우리는 버지니아 울프의 생애와
목마를 타고 떠난 숙녀의 옷자락을 이야기한다
목마는 주인을 버리고 방울소리만 울리며
가을 속으로 떠났다. 술병에서 별이 떨어진다.

—박인환, 「목마와 숙녀」에서

모래밭에서

수화기

여인의 허벅지

낙지 까아만 그림자

—조향, 「바다의 층계」에서

이러한 작품을 놓고 『청록집』의 작품들과 비교하면 거의 대조적이라는 것을 알 수 있다. 우선 소재가 판이하다. 도시문명의 메커니즘이거나 의식의 미궁이 소재로 등장하고 있다. 박두진이 지적하고 있듯이 서구의 현대시의 영향을 물론 생각할 수 있으나 30년대의 김기림, 이상과도 연결이 된다. 물론 이런 현상은 한국의 시의 지평을 넓히기 위하여 환영해도 좋을 만하다. 한국의 시가 폐쇄된 서정으로부터 현대적 풍토인 국제적 지평으로 폭이 넓어지면서 국어에도 새로운 자극을 주게 된다.

인용한 작품들에서도 숱하게 눈에 뜨이는 '타자기', '국제열차', '목마', '수화기' 등 번역 용어들은 생경한 광물성이다. 국어의 순수를 캐고 그것을 지키는 일도 하나의 의의를 낳기는 하겠지만, 국어도 변천하면서 이질적 문명과 접촉해야 하는 것을 부정할 수 없다면, 또 그렇게 함으로써 국어의 빛깔을 다채롭게 할 수 있는 것이라면 우리는 이들 작품에 나타나고 있는 바와 같은 언어군도 언어로서 다스려가야 할 것이다.

박인환의 다음과 같은 위트는 구문을 보다 미묘하게 해주는 실마리가 될 수 있다. 동시에 언어가 새로운 차원을 개척하는 것이 된다.

……술병에서 별이 떨어진다.

'술병'과 '별이 떨어진다'의 과격한 연결은 자연발생적으로 유로流露된 구문이 아니고, 지적인 구성이 엿보이는 구문이다. 조향의 작품의 아까 인용한 부분도 구조가 박목월의 빈사를 생략한 행들과는 다르다. 조향의 경우는 자유연상으로 조직된 의식의 내면풍경인 동시에 포멀리즘을 보여주고 있다.

필자는 이들에 대하여 "미학에 있어 씨들은 약간은 사상파적이고, 약간은 초현실파적이다. 여기 인용한 조향 씨처럼 약간은 형태주의에 관심을 기울이기도 한 것이다. 요컨대 구미 현대시의 여러 과정을 융합시켜보려고 한 것이다. 자타가 '후반기' 동인들을 모더니스트라고 부르게 된 이유인 것이다. 그러나 씨들은 각기의 포지션을 지키지 않고 있는 것은 아니다. 인용한 3씨의 시만 하더라도 김경린 씨는 현대의 도시문명이 지닌 바 메커니즘에 신랄하지는 않으나 새티릭하게 그것(메커니즘)을 펼쳐 보여주고 있다. 박인환 씨는 현대생활의 우수를 보다 서정적으로 처리하고 있다. 조향 씨는 초현실파적 미학의 도식적 전개를 보이고 있다. 의식의 내면풍경을 심상화하고 있다"라고 말한 일이 있다.[37] 여기서 당사자들은 어떻게 말하고 있는가 하는 것을 소개하면 다음과 같다.

나는 불모의 문학자본과 사상의 불균정한 싸움 속에서 시민정신에 이반된 언어작용만의 어리석음을 깨달았다.

……시가지에는 지금은 증오와 안개 낀 현실이 있을 뿐……. 더욱 멀리 지난 날 노래하였던 식민지의 애가며 토속의 노래는 이러한 지구에 가라앉아 간다.[38]

---

37) 김춘수, 「전후 15년의 한국시」, 『한국전후문제시집』(신구문화사, 1960) 참조.

38) 김수영 · 박인환 · 김경린 사화집, 『새로운 도시와 시민들의 합창』(도시문화사, 1949)의 「후기」(박인환) 참조.

20세기의 시는 '진화'를 했다. '진보'는 '수정'이고 '진화'는 '혁명'이다. 진보만 알고 있던 시인이나 속상들은 이 진화를 보곤 꽤들 당황했다. 특히 한국의 풍토에선 지금도 한창 당황하고 있는 중이다.

시가 진보에 나간다는 것을 이상하게 못마땅하게 생각하는 사람들은 대뇌가 발달해 나간다는 것을 이상하게 생각하는 벽창호 씨가 아니면 혼돈 씨다. 인간 자체가 진화의 첨단에 놓여 있지 않는가![39]

'시민정신에 이반된 언어작용'이나 '증오와 안개 낀 현실'을 등진 시를 쓸 수 없다는 것이고 '진화'된 시를 시도한다는 것이다. 그러나 '후반기' 동인회는 30년대의 모더니즘이 시도한 실험시의 층계를 크게 넘어선 작품들을 남기지는 못했다. 그렇다고는 하지만 6 · 25 사변이라고 하는 세계사의 과중에서 맞게 된 한국적 현실 속에서 하나의 발언은 하고도 남음이 있었다. 해방 후 한국의 모더니즘의 추진은 이것이 하나의 계기가 되었기 때문이다.

그동안 《문예》가 산발적으로 발간되면서 신인들을 발굴해내고 있었다. 최인희, 이철균, 이종학, 최철락, 최두춘, 천상병, 박양균, 한성기, 김세익, 송영택, 이수복 등이 그렇다. 전봉건, 신동집, 김구용 등이 이 무렵에(1955년 1월 《현대문학》 창간까지) 신풍을 보여주었다.

비둘기가 있다고 하는 이야기가
피란민반장과 태평양을 거쳐 전쟁미망인 H여사의 소나무 껍데기 같은 손…
또
투하된 네이팜탄이 어느날

---

39) 조향, 「시의 발생학」(국어국문학 16호) 참조.

찬란하였던 지대의 어느 기슭 가까이 섰던 소나무 껍데기 같은 손바닥에 와 닿는 구호물질 나이론 양말처럼 거리에 부드러웠다.

—전봉건, 「어느 토요일」에서

가열한 전쟁이 낳은 '안개 낀 현실'이 이 작품에는 담겨져 있다. 그러나 이 시에서는 휴머니스틱한 호소력도 호소력이지만, 기법에 있어 비상한 재능을 볼 수 있다. 필자는 "인위적으로 폭력적으로 연상상 거리가 먼 것들을 결합케 한다는 이른바 초현실주의적 미학이 기법으로 잘 다루어져 있다. 이러한 기법이 제재와 아울러 리얼리티를 자아내는 것이다. 훌륭한 테크니션이다. '후반기' 동인 중의 누구와 통하는 데가 있으나 전봉건 씨의 시는 현실에 보다 밀착돼 있다"라고 말한 일이 있다.[40] 서구 현대시의 특색있는 기법의 하나가 '후반기' 동인들보다는 훨씬 잘 소화되어 있는 것 같고, 봉건의 카메라의 눈은 사변직후의 현실의 이모저모를 보다 적절하게 보충하고 있는 것 같다.

싯뻘겋게 타 오르는 체내에 하얀 세균들이 불가해한 뇌를 향연하고 있다. 신음과 고통의 뜨거운 호흡으로 자아의 시초이었던 하늘까지가 저주에 귀결되고 그 결화의 생명에서 이즈러지는 눈

—김구용, 「뇌염」에서

알베르 카뮈Albert Camus의 『페스트』를 연상케 하는 장면이다. '뇌를 향연'하는 이 '세균'은 이를테면 '전쟁의 신'을 상징하고 있는지도 모른다. 카뮈의 『페스트』가 그것이었던 것처럼 이 장면은 하나의 비판이라고 하기보다는 인간조건에 대한 하나의 항

40) 김춘수, 「전후 15년의 한국시」, 『한국전후문제시집』(신구문화사, 1960) 참조.(편주)

의인 듯도 하다. 역시 카뮈의 『페스트』가 그런 것이었던 것처럼.

구용은 이상 이후 산문시에 손을 대어 몇 편의 성공한 작품을 남긴 최초의 시인이다. 인용한 이 작품도 그 중의 하나라고 할 수 있다. 산문에서 시가 굴복하고 있다고 하는 견해도 있기는 하지만 비전에 따라서는 산문시가 더 적당한 경우도 있다. 이 작품과 같은 것은 그 내용이 표현 이전에 벌써 시의 차원으로 여과된 상징을 지니고 있었다.

무엇인가 무거운 것이 내립니다.
나는 내리는 그 아래 서 있습니다.
잎이 가지에서 떨듯이
나는 땅 위에 떨며 서 있습니다.

—신동집, 「잎이 가지에서 떨듯이」에서

서정이 그대로의 유로가 아니고, 반성—존재론적 반성이 엿보인다. 라이어 마리아 릴케의 영향을 볼 수 있다. 서정의 존재론적 처리라 할까. 존재론의 서정적 처리라 할까. 그러한 뉘앙스가 있다. 이런 경향은 한동안 파급되었다,

기타 이 기간(50년에서 54년까지)에 활약한 시인은 김상대, 이동주, 이원섭, 한성기, 유정, 김남조, 박남수, 양명문, 성윤수, 이상로 등이다. 고원, 장호, 이민영 등은 사화집 『시간표 없는 정차장』으로 등장하였다. 이들 중 이원섭은 시집 『향미사』로, 김남조는 역시 시집 『목숨』으로 이른바 인생파의 목청을 돋구었고, 한성기와 유정이 조용하나 은밀한 서정을 읊었다. 시사의 흐름으로 볼 때는 어느 쪽도 고독한 위치에 비껴서 있는 폭이 된다.

눈이 오고

비가 오고……

아득한 선로 위에
없는듯 있는듯
거기 조그마한 역처럼 내가 있다

—한성기, 「역」에서

하루해가 끝나면
다시 돌아드는 남루한 마음 앞에
조심된 손길이
지켜서 밝혀 놓은 램프
유리는 매끈하여 아랫배 불룩한 볼류움
시원한 석유에 심지를 담그고
기쁜듯 타오르는 하얀 불빛
——쪼이고 있노라면
서렸던 어둠이
한켜 한켜 시름없는 듯 걷히어 간다

—유정, 「램프의 시」에서

너무 조용한 사람은 잊혀지기 쉽듯이 이런 모양으로 조용조용히 읊조리는 시는 별로 관심을 끌지 못할는지 모른다. 그러나 특히 유정의 경우 이것은 벌써 청년 객기의 서정이 아니다. 그러나 개인적 심정토로에서 그쳐버리고 있는 점 역시 고풍한 시다. 잘 이해되고 음미될 수 있을 듯하면서도 조병화의 경우처럼 대중적이 못 되는 것은 모던한 무드를 빚지 않고 있는 데에 그 원인이 있을는지도 모른다.

9. 전통파

한국의 고유한 서정, 그것은 박두진이 지적하고 있듯이 '자연에 대한' 중요한 일면을 차지하고 있다. 그리고 역시 그가 말하고 있듯이 '그 시성은 인생의 허무감으로 하여 앙양되는' 그런 것이다. 물론 자연을 발랄한 생명감으로 대하고 있는 경우가 간혹 있기는 하지만.

동백꽃은
훗시집간 순이 누님이
매양 보며 울던 꽃

—이수복, 「동백꽃」에서

령넘어 구름이 가고.
먼 마을 호박잎에 지나가는 빗소리.

—이철균, 「한낮에」에서

이런 것들은 '인생의 허무감'에서 오는 하나의 수동적인 서정임에 틀림없다. 그리고 여기서도(인용한 두 작품) 볼 수 있는 바와 같이 이러한 서정에 등장하는 배경(소재)들은 거의가 토착적인 그것이고 도시보다는 전원이다.

여기 잠시 솔바람 소리도
낮잠이 든 산등성 푸른 잔디 위에
양식 자루며 메고 온 보재기랑 내려 놓고
옷끈 끌르고 땀을 씻으며 쉬노라면

—김상대, 「한폭 그림같이」에서

고이 쓸어논 뜰 위에 꽃잎이 떴다.

당신의 신발.

—이동주, 「뜰」에서

이 두 편의 작품에서 보는 바와 같은 세트며 대소 도구들은 거의 자연화된 것이다.

이상 네 편의 작품들을 두고 볼 적에 사회성이나 비판적 의식이 완전히 거세되고 있는 것을 알 수 있다. 동시에 자아에 대한 의식도 거세되고 있음을 본다. 인생에의 능동적인 참여와 의식의 고뇌가 보이지 않는다. 이동주의 작품에서 겨우 건질 수 있는 것이 있다면 그 우아한 심미의식 정도다. 한국의 전래의 서정이 이처럼 수동과 회귀의 길을 걸어왔다고 하면, 여기서 국어를 이러한 패배주의에서 사생케 하는 일은 일조일석에 되는 것은 아니겠으나 그 노력은 마땅히 있어야 하겠다.

순이야. 영이야. 또 돌아간 남아.

굳이 잠긴 잿빛의 문을 열고 나와서
하늘ㅅ가에 머무른 꽃봉오릴 보아라.

한없는 누에실의 올과 날로 짜 늘인
채일을 두른 듯, 아늑한 하늘ㅅ가에
뺨 부비며 열려 있는 꽃봉오릴 보아라

순이야. 영이야. 또 돌아간 남아.

저,

가슴같이 따뜻한 삼월의 하늘ㅅ가에

인제 바로 숨쉬는 꽃봉오릴 보아라

—서정주, 「밀어」

이 작품에서 말하고 있는 바와 같은 민족의 신생과 함께 국어의 신생이 있어야겠다. 여기서 우리는 잠시 또 박두진의 몇 편을 기억해둘 필요가 있을 것 같다.

해야 솟아라 해야 솟아라. 말갛게 씻은 얼굴 고운 해야 솟아라. 산 넘어 산 넘어서 어둠을 살라먹고. 산 넘어서 밤새도록 어둠을 살라먹고 이글이글 애띈 얼굴 고운 해야 솟아라

—박두진, 「해」에서

이렇게 힘차고 긍정적인 국어(순혈)의 광맥을 발굴하여 '율조의 고도한 음악적 전개'[41]를 보인 메로포에이아를 그러나 아직껏 아무도 계승하여 발전시키지는 못하고 있다.

그러나 국어의 순화는 6 · 25 사변 이후의 신진들의 노력에 의하여 훨씬 치밀해지고 뉘앙스가 짙어져갔다.

눈물인들

또 머흐는 하늘의 구름인들

오롯한 이 자리

어이 따를손가?

서려서 슴슴히

희맑게 엉긴 것이랑

41) 박두진, 『시와 사랑』(신흥출판사, 1960) 「자작시 해설」 참조.

여민 입
은은히 구을른 부풀음이랑
둥글르는 바다의
둥긋이 웃음지은 달이랗거니

—구자운, 「청자수병」에서

이 작품에 등장한 소재는 월탄이나 조지훈의 그것들과 같은 것이다. 아르케이즘이다. 어느 쪽이냐 하면 그 관조의 눈이 지훈만큼 치밀하나 국어의 혈통을 순화시키고 있는 그 국어의 순화에 대한 배려의 조심성은 지훈보다도 더한 것 같다. 이러한 작품을 대하면 그 작의가 언어에 더 있었지 않았나 싶어진다. 또 다음과 같은 경우는 어떨까?

누님의 치맛살 곁에 앉아
누님의 슬픔을 나누지 못하는 심심한 때는
골목을 빠져나와 바닷가에 서자.

비로소 가슴 울렁이고
눈에 눈물 어리어
차라리 저 달빛 받아 반짝이는 밤바다의 질정할 수 없는
괴로운 꽃 비늘을 닮아야 하리.

천하에 많은 할 말이 천하의 많은 별들의 반짝임처럼
바다의 밤물결 되어 찬란해야 하리.
아니, 아파야 아파야 하리.

이윽고 누님은 섬이 떠 있듯이 그렇게 잠드리.

그때 나는 섬가에 부딪치는 물결처럼
누님의 치맛살에 얼굴을 묻고
가늘고 먼 울음을 울음을
울음 울리라.

—박재삼, 「밤바다」에서

소월과 서정주의 작품 「목화」의 계보를 잇고 있다는 것을 짐작할 수 있다. 이 경우는 아르케이즘이나 우아한 딜레탕티즘이 아니라, 고전적 한국인의 심정세계에 육박하고 있다. 그것은 '한' 이나 '애哀' 로 부를 수 있는 그것이다. 이 세계는 고려가요로부터 면면히 흘러온 한국적 서정의 근간이었고, 소월이 그 생애를 걸었던 그것이었고, 정주가 한때 머물다 간 그것이다. 정주의 영향이 가장 개화를 본 것은 재삼에게서다. 왜냐하면 재삼은 정주가 한때 스쳐간 장소를 붙들고 그곳에 보다 섬세한 음영을 비쳐주고 있는 동시에 두진처럼 힘차지는 못하나 토착어의 밝고(긍정적이고)그윽한 부분을 캐내고 있기 때문이다.

우리가 소시적에 우리까지를 사랑한 남평문씨 부인은, 그러나 사랑하는 아무도 없이 한낮의 꽃밭 속에 치마를 쓰고 찬란한 목숨을 풀어헤쳤더란다.

확실히 그때로부터였던가 그 둘러썼던 비단치마를 새로 풀며 우리에게까지도 설레는 물결이라면

우리는 치마 안자락으로 코훔쳐 주던 때의 머언 향내 속으로 살달아 마음달아 젖는단것가

—박재삼, 「봄바다에서 (2)」에서

바다를 이러한 이미지로 보여준 시가 따로 또 있었을까? 이

작품은 재삼의 「진달래꽃」에 해당한다. 여기서는 한국적 서정의 패배주의가 어떻게 변신하여 조용히 남몰래 승리하고 있는가 하는 그 비밀을 은밀히 그것을 볼 수 있는 사람들의 눈에만 보여주고 있다. 그것은 따로 도리가 없다. '한'과 '애'에 철하는 그 길밖에는 없다. 재삼이 정주가 지나쳐간 장소를 붙들고 늘어진 보람이 여기에 있다. 국어의 순화와 신생은 이렇게 은밀한 곳에서 개발하고 있다.

오늘
이 나라에 가을이 오나보다
노을도 갈앉은
눈 먼 우화는 끝났다더라

한 색 보라로 칠을 하고
길 아닌 천리를
더듬어 가면……

푸른 꿈도 한나절 비를 맞으며
꽃잎 지거라
꽃잎 지거라

산넘어 산넘어서 네가 오듯
오늘
이 나라에 가을이 오나보다.

—이형기, 「비 오는 날」

봄비 속에

너를 보낸다.

쑥순도 파아란히
비에 젖고

목매기 송아지가
울며 오는데

멀리 돌아간 산구빗길
못 올 길처럼 슬픔이 일고

산비
구름 속에 조는 밤

길처럼 애달픈
꿈이 있었다.

—황금찬, 「보내 놓고」

이 두 편의 작품에 담긴 감상은 소월적인 그것이다. 미국의 분석비평가들의 말을 듣건대, 감상적인 태도란 여러 가지 경험 중 어느 하나를 위하여 억지로 다른 것들을 죽이며 그 하나만을 과장하는 태도라고 비난하고 있다. 사실이 그럴는지는 모르되 이 비난을 액면 그대로 받아들이면 이른바 서정시라는 것의 입장은 아주 난처해진다. 현대정신의 상황하에서는 체험의 다양함을 억지로 단순화한다는 것은 무의미한 일이기 때문에 순전한 서정시라는 것은 현대에 있어 더욱 난처한 입장에 서게 된다. 그러한 난점을 이 작품들 역시 가지고 있기는 하나 한국적 현실하에서는 소극적일는지는 모르지만 어떤 작용을 할 수가 있다. 그 중요한 이유의 하나는 시는 언어로 씌어진다는 사실에 있다. 현실이 앞서가고 있고 언어가 그 뒤를 쫓고 있는 현실하에서는 언어의 무잡성을 시로써 컨트롤하기란 쉬운 일이 아닌 동시에 그 토착어가 현실에 저항을 하게 된다. 이리하여 때로 시는 반동적 시대착오를 저지르는 수가 있다. 이 반동이 또한 현실과 함께 가려고 용을 쓰는 이른바 실험적인 시어에 어떤 반성을 주는 수도 있다.

이와는 반대로 현실이 토착어에 반성을 주는 수도 있다. 다음과 같은 시인들의 경우를 보라.

고향, 고향, 고향이랬지
거덜난 쑥대밭

푸른 불! 붉은 불!
칼춤을 춘다.

빗장은 하나인데
열 도적이 여수고

제 짝이 아니라도
예사로 정을 튼다.

꽃처럼 무데기로 저버린 청춘이
다박솔 음지에서 피를 쏟으면
(뻐꾹, 뻐꾹, 뻐뻑꾹)

만취한 진달래사

귀막고 잔다.

하늘도 멍청해진
나의 품안엣것

—이동주, 「산조 · 2」

가난한 이들의 웅성거림이여
노상 부대끼는 일년 열두달을
물리지도 않고 헤매이는
굶주린 이들의 일터 사냥이여.
공원의 적은 벤취에 엎으러져서
가랑잎 이불에 감기 들리는
빈 털털이의 백성들이여.
그 목소리는 지금
그들을 펼쳐 바다로부터 오다.
동냥 바라는, 천한
허리 구부러진 더러운 시늉
때 투성이 손은, 욕망의
입을 벌려 수리개 발톱으로
움켜 쥐는 듯……

—구자운, 「바다로부터 오다」에서

더 앞에서 인용한 이 시인들의 작품과 비교해볼 때 이러한 작품들은 현실에 많은 관심을 기울이고 있는 것을 볼 수가 있다. 이에 따라 토착어가 전연 다르게 다루어지고 있다. 동주의 경우는 사뭇 풍자적으로, 자운의 경우는 사뭇 자연주의적으로 다루어지고 있다. 토착어의 빛깔이 상당한 변화를 입고 있다. 작품으로서의 성취는 고사하고 이것은 하나의 실험적 경향이라고 할 수 있을 것이다.

불교와 유교의 소양을 바탕으로 토착어를 특수하게 다루면서 국어의 순화에 공헌하고 있는 경우가 있다.

하늘 아래, 손사래로
내 지은 옛을 가린다 해도
다 아쉬운 바람귀 두려워 오니
어디만큼이뇨 노을을 사고.
그리하여 시름을 마치
비 긋는 숨으로 쉬듯
눈 감은 다음 보아라.
이내 어릴 적 저녁
무지개의 허리여.

—고은, 「향수」

선문답과 같은 난해한 작품이다. 이러한 난센스의 시도 역시 하나의 실험적 경향이라고 볼 수는 있겠으나 국어의 어휘의 폭을 넓히는 데는 아무런 플러스를 못하고 있다.

신라적 모양리의 손순이는 효자다.
운조라는 홀에밀
내외가 힘을 다해 받들어 모시다가
쑥국새 우는
그러니까 이른 봄
은혜로운 바람 속에 다북솔빛 푸르른
햇빛 밝은 날 열한 점쯤 쳤을까.

—김관식, 「석종」에서

이 작품의 작자의 말을 잠시 들어보기로 한다.

나는 원래 서구의 박래사조에 전혀 감염되거나 침범당하지 않은 순수 동양의 전통적 사상과 감각과 정서와 예지와 풍류를 이 나라 민족운율의 기반 위에서 다시 말하면 노래하는 정신을 상실하지 않은 토대 위에서 얼핏 보기에는 무잡하고 치졸한 듯하면서도 창경고아蒼勁古雅한 시풍을 입법해 보고자 한 것이 나의 강력한 주안점이요 치열한 의욕이었다.[42]

'민족운율'을 정형의 그것으로 본다면 이 작품은 운율을 가졌다고 할 수는 없다. 그리고 다음과 같은 긴 사설의 센턴스가 끼이기도 하여 '노래하는 정신'이 활용되어 있다고도 볼 수가 없다.

무심한 줄로만 알았던 하늘로도 청댓잎같이 맑은 마음씨 앞에서야 차마 그대로는 볼 수 없든지 마침내 녹슬은 석종이라도 한 개 마련해 두지 않고서는 못 배겼단 말인가.

다만 '전통적 사상'이 활달하게 거침없이 다루어지고 있음을 본다. 이 경우에도 국어의 어휘에 새로운 지평선을 열어주지 못하고 있음은 물론이다.

『귀촉도』 이후 서정주와 『청록집』 이후의 조지훈은 그들 자신의 전개를 통하여 전통적 서정에 신국면을 개척하면서 특히 정주는 특이한 관념의 세계로 들어서게 되었다. 이러한 경향의 시초라고 볼 수 있는 동시에 알레고리가 이 계통의 다른 어느 작품보다도 관념과 밀착되어 있는, 따라서 제1급의 시로서 성공한 것은 다음에 드는 작품이다.

42) 김관식, 「나는 동양인」, 『한국전후문제시집』(신구문화사, 1960) 참조.

한송이 국화꽃을 피우기 위해
봄부터 소쩍새는
그렇게 울었나보다

한송이의 국화꽃을 피우기 위해
천둥은 먹구름 속에서
또 그렇게 울었나보다

그립고 아쉬움에 가슴 조이던
머언 먼 젊음의 뒤안길에서
인제는 돌아와 거울 앞에 선
내 누님같이 생긴 꽃이여

노오란 네 꽃잎이 필랴고
간밤엔 무서리가 저리 내리고
내게는 잠도 오지 않았나보다

—서정주, 「국화 옆에서」

10. 실험파

한국의 시에 새로운 국면을 열어주기 위한 실험은 한국전쟁 사변 전에 사화집 『새로운 도시와 시민들의 합창』에서 움텄으며 본격적으로 추진된 것은 '후반기' 동인회 이후라고 할 수 있을 것이라는 것은 이미 말한 바 있다. 이 실험에 참여하여 의의 있는 작품을 남겼다고 보아지는 시인들을 들면 다음과 같다.

김수영, 송욱, 박남수, 박목월, 전봉건, 김구용, 전영경, 민재식, 신동문, 정공채, 성찬경, 고원, 신동집, 김광림, 주문돈, 김종문, 김종삼, 임진수, 이흥우, 강위석, 이창문, 이제하, 호영송, 김영태, 이동연, 문덕수, 성춘복, 이중, 허유, 권일송, 이수익, 이탄, 이근배 등이다.

적다고는 할 수 없는 이 시인들은 거의 구미 현대시의 영향하에서 각자의 길을 찾았고, 지금도 찾고 있는 중이다. 여기서는 아직도 모색의 과정에 있는 시인은 언급을 후에 미루기로 하고, 그 실험이 일단 끝났거나 궤도에 오른 시인들만을 추려서 언급키로 한다. 대상이 되는 시인들은 다음과 같다.

박남수, 박목월, 김수영, 전봉건, 김구용, 전영경, 민재식, 신동문, 성찬경, 신동집, 김광림, 김종문, 문덕수—이들을 또한 몇 개의 유형으로 갈라볼 수가 있을 것 같다.

——포수는 한 덩이 납으로
그 순수를 겨냥하지만,

매양 쏘는 것은
피에 젖은 한 마리 상한 새에 지나지 않는다.

—박남수, 「새 · 1」의 3

도마 위에서
번득이는 비늘을 털고
몇 토막의 단죄가 있은 다음
숯불에 누워
향을 사르는 물고기

—김광림, 「석쇠」에서

정지용의 계보를 잇고 있으나, 그 미학이 보다 미묘하다. 두 편이 다 순수 이미지를 노린 것이다.

박남수의 작품은(여기 소개한 작품에 한하여 말하면) 아이러니컬한 논리 위에 서 있다. 그것(아이러니컬한 논리)이 공간에 구축한 조형성—즉 이미지에 작품의 전 중량이 달려 있다. 남수는 매양 이러한 경향의 작품을 시도하고 있는 것은 아니지만, 근래에 나온(1964년 12월 간행) 시집 『신의 쓰레기』에 수록된 몇 편은 이러한 시도를 하고 있고, 그것이 또한 가장 실험적이다.

김광림의 이 작품에서는 '단죄'와 '향을 사르는'의 두 대목이 괄목할 만하다. 이 두 대목은 비유가 아니면서 그것을 가장하고 있다. 이것들이 비유라고 한다면 '물고기'는 우스운 것이 된다. '물고기'를 두고 종교적인 결단(단죄)과 의식(향을 사르는)을 생각한다는 것은 이치(외연으로서의 의미)에 닿지 않기 때문이다. 이렇게 되면 이미지가 훨씬 뉘앙스를 가지게 된다. 이러한 경향의 순수시는 남수와 함께 한국의 시에서는 충분히 새로울 수가 있다.

나는 모래에 관한 기억을 가진다.
모래의 기억, 밟고 선 여자의 젖은 발.
모래의 기억, 여자는 전신을 흔들어서 물방울을 떨쳤다.
모래의 기억, 그래도 태양은 여자의 등허리에 젖고,
모래의 기억, 벌렁 두 다리 사이에서 이글거리고 뒤차기고……바다는

—전봉건, 「속의 바다 (10)」에서

어떤 주의를 위해서
유방이 생겨난 건 아니다.

은혜는 내일이 있듯이
감사하지 않아도 좋을 정도였다.
누구나 앞뒤로 언덕을 거느리고
불안만큼씩, 자라오르는 나무들
민요는 식어 드는데
생각이 패자 없는 승리로 흐른다.

—김구용, 「삼곡」에서

석고를 뒤집어 쓴 얼굴은 어두운 층간.
한발을 만난 구름일수록 움직이는 각.
나의 하루살이떼들의 시장.
짙은 연기가 나는 싸르뜨르의 뒷간.
죽음 일보직전에 무고한 「마네킹」들의 화장한 진열창.
사산.
소리 나지 않는 완벽.

—김종삼, 「12음계 층층대」

찢어진다.
떨어진다.
거미줄처럼 짜인
무변의 강사
찬란한 꽃 강사 우에
동그만 우주가
달걀처럼
고요히 내려 앉다.

—문덕수, 「선에 관한 소묘 (1)」에서

이러한 작품들에서는 뚜렷이 초현실주의의 영향이 보인다. 의식의 흐름이 수법에 의하여 내면을 추출케 하고 있다. 구용과 종삼의 작품에서 의미의 단절은 봉건과 덕수보다 훨씬 심한 것이 눈에 뜨인다. 논리의 통제를 받지 않고 거의 자동적으로 이미지가 움직이며 연결되고 있는 듯이 보인다. 그만큼 전 2자의 작품은 난해하고 보다 초현실주의적이다.

봉건에 대하여 필자는 "이 시가 쉬르의 시인만큼 이미지는 순수하다. 그런데 왕왕 쉬르의 시에서 보는 당돌한 이미지와 이미지의 충돌 내지 단절을 이 시에서만 볼 수가 없다. 적당히 합리화되고 있다. '여자', '태양', '바다' 등 이 시의 메인 이미지를 이루는 부분들이 어느 정도만큼 논리적으로 연결되어 있다. 그만큼 두드러진 리얼리티를 느낄 수는 없으나 이해하기에는 쉽도록 되어 있다. 전봉건 씨의 특기의 하나일는지도 모른다. 알맞게 물을 타서 쉬르의 알코올 분을 덜어 주어 마시기에 좋도록 해주는 재능—이 재능은 쉬르의 주독을 주독인지도 모르고 들이키고 있는 딱한 사정들에 비하면 얼마나 구원이 되고 있는지 모른다"[43] 라고 말한 일이 있다.봉건의 작품이 다소 설명적인 데 비하면 종삼은 훨씬 기능적이다. 그리고 덕수의 여기 인용한 부분 같은 것은 살바도르Salvador Dali 달리의 그림처럼 환상적이다. 그러나 이것이 19세기적 환상과 구별되는 점은 심리의 짙은 그림자가 스며 있는 데에 있다.

신동집과 성찬경의 경우는 그 아이디어에 있어 전기 시인들과는 상당한 거리에 있는 것 같다. 동집과 찬경은 다같이 딜란 토머스Dylan Thomas의 영향을 입고 있는 듯이 보이나 찬경의 경우가 시의 실험에 있어 훨씬 과격하다.

---

43) 김춘수, 「문제를 찾아서」(『문학춘추』, 1964년 7월호) 참조.

비가 오나 눈이 오나
거룩한 지붕에 구멍이 뚫어지나
그렇지
오장육부에 그늘이 짙어오나
그 사람은 여전
딴전도 볼 새 없이……
어찌다 뒷모습에 보아 달려가 보면
거기엔 의례
빈 시원만 남아 있을 뿐
그 사람이 피우는
죽음 없는 꽃송이의 내부에서
춘하추동은 하염없이 돌고 있어도
어느 바람 짙은 소망의 둘레 안에서
모순의 물은
포도주로 변하고 있을까.

—신동집, 「모순의 물」

천사와 악마의 혼인 잔치에서 새어 나오는
법열에 흐느끼는 모성의 갈래갈래.
보라. 바다 위에서 타는 불이 하늘을 사른다.
영혼은 달아날 궁리를 하고 육체는 아플수록 띠를 죈다.
끝없는 싸움의 무답. 금실 좋은 자웅.
핥으며 빨며 물어 뜯고 달래며 속삭이며 쓰다듬는다.
뇌수와 정액. 해골과 자궁이 서로 꼬리를 문다.
무덤 속에서 나비가 화화花火처럼 뛰어 나오고
부뚜막 속으로 꺼낸 유성이 뛰어 든다.

—성찬경, 「태극」에서

신동집의 이 작품은 별로 난해하지도 않고 구성에 파탄이 있는 것도 아니다. 그리고 발상도 비교적 단순하다. 이 작품에서 우리가 관심할 것은 팽창된 생명감이다. 토머스에서는 보다 복잡한 미궁을 뚫고 보다 격렬하게 이것(생명감)이 샘솟는 듯하고 있으나, 동집은 토머스의 미궁(과정)은 슬쩍 피하여 그 결과만을 자기 것으로 하고 있는 듯하다. 그러니까 거의 기법도 토머스처럼 미묘하지가 않고, 어느 쪽이냐 하면 솔직한 편이다. 토머스의 영향은 한국의 시에 새로운 낭만적 생명 긍정의 빛을 열어줄 수 있을는지?

성찬경은 훨씬 더 토머스의 미궁(과정)에 관심하고 있는 듯이 보인다. 따라서 작품으로서는 보다 토머스를 연상케 한다.

……머리에 개똥벌레를 지닌 빼개진 유령들

(중략)

넓적다리 사이의 촛불이
젊음과 씨를 데우고, 늙은이의 종자들을 태운다.

(중략)

(—성찬경 옮김)

토머스의 작품인 「태양이 안 비치는 곳에 빛이 터진다」는 이 부분의 이미지는 찬경의 인용한 작품의 끝머리 2행의 이미지끼리의 충돌과 흡사하다. 말하자면 불연속의 연속, 또는 기상적 결합이라고 할 것이다. 그리고 찬경의 이 작품은 토머스의 발상법과 같은 발상법을 가지고 있다. 그것은 변증법적 발상이라고 부르는 그것이다. '천사와 악마', '해골과 자궁'과 같은 대립을 생명이라고 하는 근간의 이미지를 바탕으로 이끌려간다. 이러한 운동이 생명을 풍요하게 하고 있는 동시에 시를 미묘하고 난해한 것으로 만들게 된다. 찬경의 이러한 토머스적인 실험을 통하여 한국의 시사는 생명과 시의 음영의 다채로움 그리고 뭔가 격렬한 것을 경험하게 되는 것이다.

Neant——
No
노怒한다
박꽃으로 더불어 초가집들이
UN빌딩을 두루 날으다가
Cogito를 포격하고 항시 아리랑!
고개만을 넘으면 일전一錢 같은
일심一心으로 낱담배를 피워 물고

—송욱, 「하여지향 · 11」에서

어제 띄워버린 풍선은? 또 오늘 띄워 버렸던 풍선들은? 하고, 기름때 번질한 「스리핑빽」 속에서 가느다란 자신의 체온만을 의지하며 못내 궁금함을 못 참고 보채는 것은, 당신을 기다리는 것을……〈당신은 밝은 동자의 세계!〉……그것은 나를 기다리는 것이다. 날라가버린 것은 「날시스」의 습성처럼 탕진한 젊음도 아니고, 들장미를 꺾으려던 심서도 아니고 윤활유처럼, 24시간을 윤활유처럼 소모한 체격등위……. 그러나 나는 미구에 들려 올 기상나팔의 의미를 억울해 할 줄도 모르게 피로한 것이었다.

—신동문, 「풍선기 5호」

집도 많은 집도 소개터도 자동차도 많은 애비도 많은
우리들의 이웃도 많은데
낡은 기왓장을 아무렇게나 줏어 올린 복덕방
처마 밑에서
분명 가을은 좋다는데
소리없이 지는 낙엽 때문에
나도 울고 너도 울고 우리 모두 다 울다가도
붉게 타는 나무랑 꽃이랑 꺾어 들고
밤마다 별마다 가슴을 밟고 다가온
하늘이 자꾸 높아진다는 것은
그 무슨 생각이 필경 높은데 있기 때문인가

—전영경, 「우미관 근처」에서

우리들의 적은 늠름하지 않다.
우리들이 적은 카크 다그라스나 리챠드 위드마크 모양으로 사나웁지 도 않다
그들은 조금도 사나운 악한이 아니다
그들은 선량善良하기까지도 하다
그들은 민주주의를 가장하고
자기들이 양민이라고도 하고
자기들이 선량選良이라고도 하고
자기들이 사회원이라고도 하고
전차를 타고 자동차를 타고
요리집엘 들어가고
술을 마시고 웃고 잡담하고
동정하고 진지한 얼굴을 하고
바쁘다고 서두르면서 일도 하고

원고도 쓰고 치부도 하고
시골에도 있고 해변가에도 있고
서울에도 있고 산보도 하고
영화관에도 가고
애교도 있다.
그들은 말하자면 우리들의 곁에 있다.

—김수영, 「하……그림자가 없다」에서

이런 모양으로 이 네 시인의 작품을 소개하는 것은 온당치 않은 것 같기도 하다. 왜냐하면 이 시인들이 현역인 동시에 늘 이런 모양의 작품을 내놓고 있는 것은 아니기 때문이다. 그러나 비교적 이러한 경향에 머물러 있었던 시기가 길었고, 또한 이러한 경향들이 문제성을 띠고 있다.

송욱은 이러한 작품을 통하여 새로운 압운을 실험하고 있다. 그것은 편이다. 인용한 부분만 하더라도 'No' 와 '노한다', '일전' 과 '일심' 등이 그렇다. 풍자에 이 편이 이용될 때 효과적이라고 할 수가 있고, 또 이처럼 편을 최대한으로 이용한 풍자시를 한국에서는 볼 수가 없었다. 그리고 '아리랑!' 에서 행을 끊고 '고개' 로 넘어가는 식의 행 구분법에서 위트를 본다. 풍자가 생동하고 있다.

숱한 유행의 시정어를 거침없이 쓰기도 하고, 그런가 하면 대조적인 고풍한 토착어를 병치함으로써 익살을 부리고 있다. 가령 인용한 부분 중 다음과 같은 대목을 보라.

박꽃으로 더불어 초가집들이
UN빌딩을 두루 날으다가

(방점 필자)

송욱의 작품이 리얼리스틱하면서 한편 문명 비평적인 요소를 지니고 있는 거와 같이 신동문, 전영경, 김수영 등 모두 다소간에 그러한 경향으로 흐르고 있다.

신동문의 이 산문시는 김구용의 경우와도 또 다른 하나의 견본을 보여주고 있다. 구용의 성공한 산문시는 발상에 있어 하나의 뚜렷한 환상을 지니고 있었는 듯하다. 그것을 서술만 하면 결과에 있어 하나의 상징성을 얻게 된다. 그러나 동문의 경우는 환상이 아니라 발상에 있어 하나의 비평적인 정열이 도사리고 있었는 듯하다. 그것(비평적인 정열)이 논리적인 구문을 요구하는 나머지에 이러한 형태를 얻게 된 것 같다. 잠시 박두진의 줄글과 비교해보면, 동문의 산문시가 훨씬 산문시다운 발상과 문체를 획득하고 있음을 짐작할 것이다. 두진의 줄글은 메로포에이아가 되고 있다. 시가 멜로디에 몸을 기댄다는 것은 산문의 밀도를 흐리게 할 위험이 많다.

전영경의 리얼리즘은 그 취급된 소재에 많이 힘을 입고 있다. 현대사회의 온갖 잡동사니와 온갖 찌꺼기가 다 등장하고 있다. 이것은 분명히 소재면의 확대라고 볼 수가 있다. 영경의 경우는 무대장치만 훑어보아도 하나의 익살과 풍자가 되고 있다.

김수영의 이 작품은 터치가 대단히 거칠고 도도한 웅변을 토하고 있으나 시로서는 하나의 스테이트먼트에 그치고 있다. 끄트머리 한 행이 겨우 함축을 보여주고 있다. 그러나 수영은 상당히 다양한 제스처를 가진 시인이다.

나는 아이들을 가르치면서
우리 나라가 종교국이라는 것에 대한 자신을 갖는다.
절망은 나의 목뼈는 못 자른다 겨우 손마디 뼈를

새벽이면 하아프처럼 분질러 놓고 간다.
나의 아들이 머리가 나빠서가 아니다 나쁜 것은 선생, 어머니 I.Q다
그저께 나는 빠스깔이 「머리가 나쁜 것은 나」라고 하는 말을 들었다.

—김수영, 「우리들의 웃음」에서

여기서는 당돌한 의미의 행들이 끼이고 있음을 본다. 그것은 패러독스가 아이러니로 나타나고 있다. 이리하여 몹시 시니컬한 표정을 짓고 있는 것을 본다. 쉬르의 기법을 소화하고 있는 흔적이 있다.

수영은 W. H. 오든처럼 시에 스피치를 도입하고 있다. 대담한 시도라고 할 것이다.

김종문도 이 계열에 넣을 수 있는 시인의 한 사람이다.

돌아설 출항지도
가야할 입항지도
보일 리 없고
바다 한복판에 기항한
현재의 공간.
물과 불의 세례가
결정되며
피는 꽃
하늘에 비치며,
「헨델」의 「아리오소」가 들려 오지만
입항지가 있는 대안은
멀어간다.

—김종문, 「인간조형 3」에서

이 작품에 대하여는 박태진이 적절한 해석을 내리고 있다. 다음에 그의 해석을 적어둔다.

이데아를 가진다는 의미에서 서구시의 영향을 직접적으로 받은 시인의 한 사람이다. 그리고 자기의 내적 이미지가 이미 누리고 발전하는 동안에 시어를 고르는 엘리엇의 바탕을 따른다. 시인 자신의 위치를 검토한다는 것은 시작 도상에 있어 에모우셔널리즘을 컨트롤하는 결과가 된다. 시에 내의되는 이데아는 윤기를 지운 것이어야 하는데 이러한 뜻에서 이 시인은 오히려 아메리칸 모던의 영향을 받았다고 하겠다.[44]

엘리엇의 영향이라면 민재식을 빠뜨릴 수가 없을 것이다. 다음과 같은 작품은 「J. 앨프레드 프루프록의 연가」를 연상케 한다.

섭씨 삼십 몇도의 태양 아래
도시는 튀는 폽 콘.
밤이면 목마른 두견이 울
이 모지라진 가지 밑에 앉아서
끼니 때 연기나 기다려 볼거나.

공항에서 처음 울었었지요.
그리곤 행복이 뭔가를 알았어요.
그러나 눈물도 사치였지 뭐예요.
도무지 살고 싶지 않았고요.
그리고 그것이 또 죽고 싶다는 이야기도 아니겠어요.
홍수 때에도 혼이 난 도시.

---

44) 박태진, 「서구시와 한국시의 비교」, 『한국전후문제시집』(신구문화사, 1960) 참조.

방탕한 후예들이 사랑을 팔고 간
이 모지라진 가지 밑에 앉아서
공장의 굴뚝이나 헤아려 볼거나.

—민재식, 「불협화음」에서

「J. 앨프레드 프루프록의 연가」에서처럼 장면이 우울할 뿐 아니라, 장면이 추상적인 것을 구체화하기 위한, 이른바 객관적 상관물로서 설정되고 있다. 끄트머리 두 행은 유명한,

I have measured out my life with coffee spoons;

이 행과 흡사하다. 앞 행에서는 예사롭게 말을 해놓고 끄트머리 이 두 행에서 당돌한 말이 튀어나오면서 독자의 눈을 아연 긴장케 하는 수법 말이다.

박목월은 몇 가지의 실험을 계속하고 있다. 어떤 것은 온건하면서도 독특한 개성을 보여주고 있다.

병원으로 가는 우회로
달빛이 깔렸다.
밤은 에델로 풀리고.
확대되어가는 아내의 눈이
달빛이 깔린 긴 우회로.
그 속을 내가 걷는다.
흔들리는 남편의 모습.
수술은 무사히 끝났다.
메스를 카아제로 닦고……
응결하는 피.

—박목월, 「우회로」에서

이 작품에서는 김광림의 경우와는 반대의 것을 볼 수가 있다. 이미지가 서술적으로 순수한 듯하면서 그러나 배후에 어떤 관념을 거느리고 있다. 실은 그것은 생활에서 오는 감회와 같은 것이다. '병원으로 가는 우회로', '응결하는 피' 등은 아무래도 의미가 그것만으로 그치고 있지 않는 듯이 보인다. 이 작품은 더블 이미지로 구성되고 있기 때문에 더욱 그렇게 느껴지는지도 모른다.

> 뚝한 얼굴이 짧은 발을 어기적거리며 내게로 다가온다. 통성명을 하자는 것일까, 인사를 하기에는 내 얼굴 피부가 너무 투명하고 외면하기에는 그의 얼굴이 너무나 심정적이다……
>
> —박목월, 「하마」

이 작품에 대하여 김종길은 다음과 같이 말한 바 있다.

> 여기서 주의를 끄는 것은 씨의 정신이 '하마'라는 대상 앞에서 동시에 양면으로 움직이고 있다는 점이다. ……(중략)…… 씨의 이러한 대립관계의 새로운 발족은 아직 '채광'의 단계를 넘지 못한 듯한 느낌이다.[45]

이 작품에서 보는 바와 같은 '대립관계'는 이미 지적해둔 성찬경의 그것과는 현격한 차이를 가진다. 찬경의 경우에는 그 '대립관계'의 밑바닥에 독립하고 있는 것들을 다같이 흡수하고 있는 근간의 아이디어와 이미지가 있었지만 여기서는 대립에 대한 한갓된 서술이 있을 뿐이다.

60년을 넘기자 쏟아져나온 사화집의 대다수는 신진들의 서클운동의 기관이 되고 있다. 이러한 사화집들 중 중견들이 가담하

45) 김종길, 「실험의식과 작품의식」(『문학춘추』, 1965년 1월호) 참조.

고 있는 『현대시』와 여류시인들의 발표기관이 되고 있는 『돌과 사랑』과 『여류시』를 제외하고는 거의가 실험적 어떤 트레이닝을 하고 있는 듯하다. 이들 중 가장 멤버도 고르고 가장 오래 지속되고 있는 것은 『60년대 사화집』이다. 이 사화집에 대하여 필자는 그 특색을 말한 바 있다.[46)] 전기된 세 개의 사화집을 제외하고 나면 그 성격은 거의 비슷비슷하다.

11. 중도파

김종길은 다음과 같이 말한 일이 있다.

> 실험의식도 물론 가져야 한다. 그러나 한편 그것에 못지않게 시인들에게 요망되는 것이 작품의식이다. 의미있는 작품이란 실험의식과 작품의식이 알맞게 교차했을 때에 얻는 하나의 점과도 같다. 운동을 지향하는 것이 실험의식이라면 안정을 희구하는 것은 작품의식이다.[47)]

이러한 뜻에 있어서의 '안정을 희구' 하고 있는 듯한, 따라서 실험 단계를 이미 작품 속에서 충분히 소화하고 있거나 타인의 실험의 성과만을 교묘히 이용하고 있거나 실험을 무시하고 있는 듯한 시인들이 있다. 다음에 드는 시인들이 여기에 속할 것이 아닌가 한다.

---

46) 『60년대 사화집』에는 T. S. 엘리엇이 있고, W. H. 오든이 있고, 앙드레 브르통이 있고, 딜란 토머스가 살아 있다.
동시에 거기에는 정지용이 있고, 김기림이 있고, 이상이 있다. 뿐 아니라, '후반기' 동인회가 있고, 『청록집』이 있고, 서정주의 후기시도 있다. 그리고 한국 현대시 60년의 과정에서 얻은 변질된 한국어가 밑바닥에 깔려 있다.
『60년대 사화집』 제10집에 수록된 「현대시 반세기의 재편성 작업」 참조.

47) 김종길, 「실험의식과 작품의식」(『문학춘추』, 1965년 1월호) 참조.

유치환, 신석초, 김현승, 장만영, 박태진, 정한모, 박성룡, 허만하—이들은 비교적 실패를 저지르지 않고 있는 반면에 현대시로서의 추진력은 약한 듯하다.

언어는 본래
침묵에서부터 고귀하게 탄생하는
열매는 꽃이었던,
너와 네 조상들의
빛깔을 두르고,

내가 십이월의 광야에 가늘게 서 있으면
나의 마른 나무가지에 앉아,
굳은 책임에 뿌리 박힌
나의 나무가지에 호올로 앉아

—김현승, 「겨울 까마귀」에서

구성이 또렷하고 의미도 분명하다. 그러나

열매는 꽃이었던,
너와 네 조상들이
빛깔을 두르고.

와 같은 행들에서 자유연상에 의한 논리의 뒤틀림을 본다. 그러나 그것이 작품 전체의 구조 속에 놓일 때 밸런스를 깨뜨리고 있는 것은 아니다. 작품 전체의 논리에 의하여 잘 컨트롤되고 있다.

무녀. 예지의 사생녀여.

숱하고도 오랜 어둠이 너를 낳고
밤이 목마른 어둠이 너로 하여금
어지러운 미명의 숲속에서
을씨년스런 신화를 지어
내게 했고나
신들린 너의 사지, 사시남기처럼
떨리는 손길로
너는 무슨 광명의 불꽃을 가져 왔던가
네 기특한 슬기도 이젠 쓸모가 없어졌어라
아무도 네 발에 귀를 기울이려 하지 않고
아무도 네 얼굴을 믿지 않는다.
나의 태양이 잠든 가지는
재난과 상실의 안개에 덮여
희미한 전설의 내음으로 떠돈다.

—신석초, 「처용은 말한다 2」에서

이 작품은 설화가 가진 줄거리를 상징적으로 살려 그것을 철학(관념)의 전개에 원용하고 있다. 따라서 구성의 평면성이 상당히 커버되고 있다. 발레리의 장시가 연상된다. 이 작품에 동원되고 있는 비유들은 래디컬한 충격을 주는 것은 아니지만, 손질이 잘 되어 있다. 가령 다음과 같은 것들을 음미해보라.

'상실의 안개', '전설의 내음', '태양이 잠든 가지'—원관념(여기서는 '안개', '내음', '가지' 등)이 보조관념의 이미지에 의하여 그 의미가 적절하게 구체화되고 있다. 이런 일들은 석채의 균형잡힌 센스에 속할 문제일는지 모른다.

싫은 것은 싫은 대로

좋은 것은 때가 오면
능금처럼 말라 빠질테지
가로수에 부딪치는
바람결에 말라굳은
이른바 교양을
화려한 꽃이라고 하기에는
내일은 실은 약속이 아니지만

—박태진, 「리듬」에서

이 작품에는 제3행에 아이러니가 있고, 제4 · 5행이 제6행에 연결됨으로써 시니시즘을 보이고 있으나, 이를테면 송욱과 김수영 등에 비하여 이러한 요소들이 훨씬 서정적으로 처리되고 있다. 따라서 예각적이거나 자극적인 느낌을 주지 않고 있을 뿐 아니라, 어떤 포즈를 피하고 있는 것 같은 인상이다.

달이 나를 뒤따라 멎고가든
어렸을적 발길을
하늘 어덴가 검은 길을
나는 멀리 잊혀진 밤과
밤을 이어온 가교
기억 한줌 두줌의
그 위에 경화병에 걸린듯
풋잠 들었었겠지

—박태진, 「여름밤」에서

과거와 현재가 더블 이미지로 오버랩되고 있다.
'가교' 니 '경화병' 이니 하는 모던어가 섞여 있으나 특히 후자는 신선한 이미지를 환기케 하고 있다.

태진은 현대 서구시의 몇 과정을 충분히 소화하고 있되, 그것을 국어가 십분 용납하는 한도 내에서 기교화하고 있다.

태진에 대하여 김종길은 다음과 같이 말하고 있다.

박태진 씨가 『신동아』 10월호에 발표한 「무교동」은 씨에 있어서는 주목할 만한 전기를 보여주는 작품이었다.

씨의 해이에 가까울 호흡 태도가 형태적인 긴장을 보였기 때문이다.

인생은 짧다뿐 잘못은
짧아서 초조하다뿐
속는 것도 즐거움인 줄을
그도 미처 몰랐다고

이것은 확실히 씨의 종래의 시에서도 볼 수 없던 우리말의 마스터를 보여준 것이라 할 수 있다.

이러한 형태와 어조와 관점은 차라리 근년 철을 만난 영국의 노시인 로버트 그레이브즈의 시풍을 연상케 한다.[48)]

박성룡은 수사의 능수다. 괄목할 만한 신국면을 타개하여 보여주는 일은 없으나, 여간하여 작품에서 실수하지 않는 시인이다.

꽃포기에 비하면 그 입술가에
물방울을 튀기는 튜립이거나, 앉은뱅이
천체에 비기면 문득 어느 아침
세수대야 같은 것에나 와 뜨는 하얀 낮달

48) 김종길, 「실험의식과 작품의식」(『문학춘추』, 1965년 1월호) 참조.

연상대가 이 시인에게 있어서는 늘 한정되어 있다. 그것은 자연이다. 그러나 그 자연은 이 작품에서도 보이고 있는 바와 같이 『청록집』의 시인들이나 서정주하고도 사뭇 다른 빛깔을 띠고 있다. 상당히 모더나이즈한, 그리고 보편성을 획득한 그것이다.

이 작품에서도 보는 바와 같이 잘 손질을 한 양질의 모포를 만지는 느낌을 주는 능숙한 수사력을 지니고 있다. 다음에 드는 작품 같은 것은 성룡으로서는 질이 떨어지고는 있으나 앞에 인용한 작품과 비교하여 크게 차이를 느낄 수가 없다.

보석들 모양
작고 큰 융홍을 계속하다 보면
거기엔 어느듯
놋대접만큼씩한 황국만이 남아 피는
동양의 가을 그 대낮의 꽃밭은 온통
순금의 폐허였다.

—박성룡, 「꽃밭에서」

이 작품에서의 연상대도 앞에 인용한 작품의 그것과 동계라고 하겠다. 작품의 안정성과 질의 유지는 여기에 그 비밀이 있었는지도 모른다.

허만하는 보기에 따라서는 하나의 실험을 하고 있다고도 하겠으나 적어도 완성된 작품상으로 볼 때는 그런 티를 보이지 않고 있다.

Made in U.S.A.
무슨 용량을 담아왔던 것일까.

한때는 록키산맥의 지하의 어둠에서
무구한 잠에 취해 있었을
이 무기한 광물질의 빈 형해形骸.
지금은 부끄럼없이 썩어가도 대퇴부를 들어내고
극동의 어늬 박행한 반도
그 한많은 역사의 흙 속으로 삼투해가고 있는
너, 신원 모를 이국인이 내어민 악수여.

—허만하, 「깡통 소묘」에서

소재와 용어의 면으로 볼 때 일종 모던한 요소가 없는 것은 아니다. 그러나 60년대의 한국의 현실을 취급하려면 자연 이만한 정도의 모던한 요소가 섞이기 마련이다. 그러니까 우리의 시는 한국의 현실이 어디만큼 와 있는가를 인식해야 할 것이지만, 시의 모더니티란 소재나 용어에만 있는 것이 아니라, 보다도 그것들을 다루는 방법에 있다. 그렇다면 이 작품과 같은 것은 일단 실험적인 계열로부터는 물러서야 하겠다. 가령 이 작품의 끝 행을 보아도 알 수 있는 '내어민 악수여' 하는 아이러니컬한 호소가 전연 새로운 어떤 방법론에 서서 발해지고 있지가 않다. 이 역시 송욱의 경우와 비교해보면 더욱 그런 점이 뚜렷해진다.

이 작품에서는 수사의 능력이 두드러지게 과시되고 있다. 의미의 전개-구조도 형식논리를 한치도 떠나지 않고 있다. 그만큼 의도가 명료하게 드러나고 있다. 이상의 몇 시인들은 해방 후의 20년 시사의 흐름에 어떤 작용을 하였다고는 보이지 않으나, 전통파와 실험파의 어느 쪽에도 기울어지지 않고, 중도를 지킴으로써 작품의 질을 유지할 수 있었다고 할 것이다.

사족—해방 후의 것에 있어 중점적으로 다룬 것은 전통과 새로운 모색의 문제였다.

이 두 개의 경향만으로서만 언제까지나 평행해갈 것인가, 그렇잖으면 어느 시점에서는 교차로에 나설 수 있을까하는 것은 쉽게 이야기 될 수 있는 성질의 것은 아니다. 그러나 한 가지 말할 수 있는 것은 '중도파'에 속하는 한둘 시인들의 작품에 나타나게 된 그 좀 색다른 빛깔이다. 그것은 전통파로부터서나 실험파로부터서나 다같이 무엇인가를 취하려고 하고 있는 그 희미한 노력이 보여주는 그러한 빛깔이다. 그러니까 이러한 시인들은 전연 다른 차원의 실험을 또 하고 있는 셈이 된다. 실험의식이란 그것이 객관화될 적에 인정이 되는 것이지만, 따라서 어떤 전통파에 속하는 시인이라 할지라도 그 시인의 주관 내부에 있어서는 하나의 실험의식을 지닐 수가 있다. 다만 그것이 객관화되어 인정을 받기가 어렵다는 것뿐이다. 그것(실험의식)을 재빨리 발견하여 객관화시키는 일은 비평이 해야 할 일이다. 이러한 뜻으로도 비평을 이 글에서는 마땅히 취급해야 했으나, 지면 관계로 그것은 감당할 수 없는 일이 되고 말았다. 그러나 한둘 안목있는 평가의 몇 종류의 글을 초록함으로써 특히 전통과 실험의 문제에 어떤 암시를 던져본 셈이다.

제3장 시인론

자유시의 전개[49]

이상화론—「나의 침실로」를 중심으로[50]

김소월론—「산유화」를 중심으로

유명한 「진달래꽃」이 발표된 것은 1922년의 일이다.

한국 고유의 정한을 또한 한국 고유의 민요조로 노래한 그의 작품 세계에 대해서는 새삼스레 사족을 가할 필요가 없을는지 모른다.

—이형기

그는 자연에서 만족과 행복을 느껴본 일이 없다. 설음, 이별, 눈물 등의 감상적 정한은 이러한 한계의 산물이다. —문덕수

그의 특성은 민요적 리듬에 있다. 우리의 서정은 아직도 7 · 5조로 감도는가. 어쨌든 시에 있어서의 귀는 눈보다 성미가 질기다는 숙명적 원리를 소월은 증언해준다. —원형갑

---

49) 이 논문은 『의미와 무의미』(문학과지성사, 1976)에 전문 재수록되었으므로 여기서는 본문을 생략한다. 이 전집 557쪽을 볼 것. 이 논문 속에서 「조지훈의 경우—온건한 안식」은 『시의 표정』(문학과지성사, 1979)에 「지훈 시의 형태—온건한 안식」이란 제목으로 독립돼서 다시 한 번 재수록되었다.(편주)

50) 이 논문은 『시의 표정』(문학과지성사, 1979)에 「상화의 문제작—나의 침실로」를 중심으로 이란 제목으로 재수록되었으므로 여기서 본문을 생략한다. 이 전집 2권 26쪽을 볼 것.

우리는 그의 시에서 의미의 깊은 충절을 기대할 수 없다. 우리는 그저 정감의 솔직한 토로에 감염하는 것으로 족한 것이다. —박철희

이상의 말들을 요약하면 소월은 한국 고유의 정서를 아주 음악적으로 솔직하게 노래하듯 시로 읊었다는 것이 된다.

그러나 아주 보편성을 띤(세계성을 띤) 시도 소월은 쓰고 있다. 한국 고유의 정서라든가, 노래하듯 솔직하다든가 하는 말만으로는 설명이 안 되는 오히려 '의미의 깊은 충절'을 기대할 수 있는 그러한 시를 한편으론 쓰고 있다.

유명한 「산유화」가 그러한 계열의 시라고 할 수 있다. 그 전문은 다음과 같다.

산에는 꽃 피네
꽃이 피네
갈 봄 여름없이
꽃이 피네.

산에
산에
피는 꽃은
저만치 혼자서 피어 있네

산에서 사는
작은 새여
꽃이 좋아
산에서 사노라네.

산에는 꽃이 지네
꽃이 지네
갈 봄 여름없이
꽃이 지네.

이 시는 아주 리드미컬하고 간단한 표현이다. 그러나 소월의 많은 시에서 볼 수 있는 바 일정한 음수율을 가지고 있지 않다. 얼른 보면 두운과 각운을 밟고 있는 듯하나, 실은 그렇지도 않다. 원래 운이라는 것은 동음이자同音異字가 구의 첫머리나 꼬리에 규칙적으로 배치될 적에 쓰이는 말이다. 그런데 한시나 영독英獨 시와는 달리 언어의 성격상 한국어로 된 시는 동음이자를 구의 머리나 꼬리에 규칙적으로 배치하기가 퍽 어렵다. 그래서 운을 밟고 있는 듯한 시도 대개가 동음동자로 되어 있다. 「산유화」도 그렇게 되어 있다.

이상으로 보아 아 시는 말의 반복을 통하여 아주 리드미컬한 효과를 내고는 있으나 정형시에서 보는 운율(정형률)의 음악성과는 약간 다른 음악적 분위기를 느낄 수 있다. 그리고 이 시의 문제점은 그 의미에 있다. 얼른 보면 아주 그 의미가 단순한 듯도 하지만, 자세히 음미해보면 그렇지가 않다. 아주 심각한 의미의 내포를 가지고 있다.

논리학에서 쓰는 용어에 외연外延과 내포內包라는 것이 있다. 외연이란 밖에 나타난 그대로의 의미, 즉 사전적 의미를 말함이요, 내포는 속에 감추어진, 글을 쓴 사람이 참으로 말하고 싶었던 의미를 말함이다. 가령 「산유화」에서 제2연의 끝 행을 보면 알 수 있다.

이 행의 외연으로서의 의미는 아주 단순하지만, 소월이 참으로 말하고 싶었던 의미는 그렇게 단순하지가 않았다고 해야 할 것이다.

김동리 씨는 그의 「소월론」에서 이 대목의 내포로서의 의미를 '청산과의 거리'라는 말로써 설명한 일이 있다.

그럼 '청산과의 거리'란 무슨 말일까? 이 말을 다시 설명하면 아주 심각한 문제가 거기서 도출된다.

실존주의 철학에서는 존재양식을 두 가지로 보고 있다. 그 하나는 즉자적 존재요, 다른 하나는 대자적 존재다. 광물이나 식물 같은 것은 그 존재양식이 즉자적이라고 한다면, 인간은 그 존재양식이 대자적이라고 할 것이다, 광물이나 식물 따위는 자기의 현존에 별로 불만을 느끼는 일이 없다. 말하자면 순전히 물리적인 자기외적 힘에 의하여 변화를 일으키는 그러한 존재다.

거기 비하여 인간은 자기의 현존에 늘 불만을 느끼며 당위를 위하여 실존주의자의 말을 빌리면 미래에로 자기를 투기投企하는 그러한 존재다. 말하자면, 물리적인 자기외적 힘에 의하여서만 변화를 일으키는 그러한 존재가 아니라, 자기내적 힘 즉 자유의지에 의하여 새로운 자기를 자기 스스로 창조해가는 그러한 존재다. 장 폴 사르트르Jean Paul Sartre는 인간에게 이러한 자유가 있기 때문에 고통을 짊어진 존재라는 의미의 말을 하고 있다. 즉 자유는 인간이 이 세상에서 불가피적으로 짊어지게 된 십자가라는 것이다. 인간은 제 힘으로 제 미래를 개척해고 건설해가야 한다. 인류가 남긴 문화란 항상 뭔가를 창조하고 파괴하고 또한 건설하지 않고는 배길 수 없었던 흔적이라고 할 것이다.

그럼 「산유화」의 '저만치 혼자서 피어 있네'라는 구절의 내포로서의 의미는 무엇일까? 김동리 씨가 '청산과의 거리'라고 설명한 그것은 무엇일까? 일단 즉자와 대자와의 존재양식의 차이라고 말할 수 있다. 이 말을 더 풀어서 말하면 다음과 같이 되지 않을까?

꽃은 인간과는 항상 일정한 거리를 두고(저만치) 인간의 희노애락과는 관계 없이(인간의 입장으로 보면 아주 고독하게 혼자서) 피어 있다. 그것은 영원히 메울 수 없는 거리다. 그런데 이상하게도 인간은 그가 짊어진 자유 때문에—그것의 고통 때문에 오히려 차원이 다른 즉자적 존재(이 시에서는 꽃)에 대한 동경이 있다. 차라리 돌이 되고 싶고, 꽃이 되고 싶다는 것이다. 지그문트 프로이트Sigmund Freud에 의하면 인간은 죽고 싶은 충동을 가지고 있다는 것이다. 자기의 일을 자기가 판단하고 자기가 처리해야 하는 자유라는 것의 고통을 감당하기 어려울 때 우리는 차라리 죽고 싶어진다. 자살이란 것은 인간에게만 있는 사건이다.

실존주의자라고 할 수 있는 작가 카뮈도 철학의 가장 중요한 문제로 자살을 든 일이 있다(카뮈는 대학에서 철학을 전공했다).

소월이 「산유화」에서 꽃을 두고 '저만치 혼자서 피어 있네'라고 하였을 때 이미 말한 것처럼 그는 꽃(즉자적 존재)에 대한 동경을 말한 것이다. 즉 차라리 꽃이 되고 싶다. 다시 말하면, 인간적 존재의 차원을 떠나고 싶다는 말이 된다. 또는 인간적 존재의 차원을 떠나고 싶으나 떠날 수 없다는 어떤 체념을 말하고 있다고도 하겠다.

그리고 이 시의 제1연과 끝 연은 의미의 당착을 일으키고 있다. 제1연에서는 가을, 봄, 여름없이 꽃이 피고 있다고 했다가 끝 연에서는 가을, 봄 여름없이 꽃이 진다고 하고 있다.

실지도 그렇기도 하다. 자세히 보면 산에 꽃이 피는 계절은 봄만이 아니고, 가을에도 핀다. 그리고 산에 꽃이 지는 계절은 가을만이 아니다. 봄에도 지는 꽃은 있다.

그러니까 사계절 모두 꽃은 피고 꽃은 지는 것이다. 그러니까 이 시의 제1연과 끝 연은 만물의 변전을 말한 것이다. 일종의 무상관의 표현이다. 꽃을 피는 쪽으로만 바라보면, 산에는 사계절

늘 무슨 꽃이든 피어 있다고 해야 하겠고, 꽃을 지는 쪽으로만 바라보면, 산에는 늘 무슨 꽃이든 지고 있다고 해야 할 것이다.

그런데 소월은 개화의 양면을 동시에 보고 있다.

이것은 단순한 발견인 듯하지만, 실은 아주 투철한 인식이라고 하겠다.

이상으로 이 시에는 두 가지의 투철한 인식이 깃들어 있다고 해야 하겠다. 존재양식에 대한 그것과 만물변전萬物變轉이라는 무상관이 그것이다. 겉으로 얼른 보면 아주 단순한 의미밖에는 없는 듯한 시지만 조금만 살펴보면 아주 깊이 있는 의미들을 시는 간직하고 있다. 그리고 이러한 이 시의 내용(의미)은 동서고금을 막론한 보편성을 띠고 있다 할 것이다.

앞에 든 소월을 말한 몇 문학 비평가들의 말을 증명하는 작품들이 물론 소월의 시에는 많이 있다. 「산유화」는 오히려 소월의 작품으로는 이례적이라고 해야 할 것이다. 「산유화」의 특색을 좀더 드러내기 위하여 소월의 시에서 가장 흔하게 볼 수 있는 요소들을 갖춘 몇 편을 들어보겠다.

그립다
말을 할까
하니 그리워

그냥 갈까
그래도
다시 더 한번

—「가는 길」의 제1~2연

이 시는 3 · 4(7) · 5, 4 · 3(7) · 5의 음수율을 가지고 있다. 원래

7 · 5조라는 것은 우리의 전통적 운율은 아니다. 일본에서 건너온 것이다. 1900년대에 육당이 창가가사에서 처음으로 시도한 이후 안서 등 시인의 손으로 차차 우리말에 어울리도록 다듬어져갔다. 그런데 이 시는 형태적으로 보아 새로운 시험을 한 흔적이 엿보인다.

운율의 한 단위를 음보라고 한다. 가령 이 시의 경우를 예로 하여 말하면, '그립다 말을 할까/하니 그리워' 와 같이 제1연은 2음보로 되어 있다.

그런데 한 음보가 2행을 이루는 경우란 소월 이전의 시에는 없었다.

살으리 살으리 랏다.
청산에 살으리 랏다.
머루랑 다래랑 먹고
청산에 살으리 랏다.

—「청산별곡」 제1연

이몸이 죽고 죽어 일백번 고쳐 죽어
백골이 진토되야 넋이라도 있고 없고
임 향한 일편단심이야 가실 줄이 있으랴.

고려가요인 「청산별곡」은 3 · 3 · 2로 3음보가 한 행이 되어 있고, 시조는 3 · 4 · 3 · 4로 4음보가 한 장이 되어 있다. 그런데 소월의 「가는 길」에서와 같이 한 음보를 2행으로 구분하고 있는 것은 순전히 우리말의 운율상의 단점을 커버하기 위함이다.

운율의 종류에는 다음의 세 가지가 있다. 그 하나는 음수율이요, 그 둘은 음위율이요, 그 셋은 음성률이다. 음수율은 음절(글자)의 수를 일정하게 되풀이하는 것이요, 음위율은 구의 첫머리나 중간이나 끝에 동음이자를 배치하는 이른바 압운을 말함이요, 음성률은 음의 강약이나 고저를 규칙적으로 배치하는 것을 말함이다.

그런데 한국어는 대개가 음수율을 가지기가 곤란하다. 그래서 한국어로 된 정형시는 대개가 음수율로만 되어 있다. 앞에서 예를 든 시조나 「청산별곡」이나, 소월의 「가는 길」이 모두 그렇다. 그러나 한시나 영독의 시들은 그렇지가 않다. 운율을 이루는 3종, 즉 음수율, 음위율, 음성률을 다 갖추고 있다. 이리하여 한시나 영독의 정형시는 그 음악성에 있어 교향악을 듣는 느낌이라고 한다면 한국의 정형시는 독주나 독창을 듣는 느낌이 없지 않다. 한시나 영독의 그것은 여러 가지 음질이 다른 악기를 함께 연주함으로써 조화를 이루는 그러한 웅장하면서도 다채로운 음의 세계를 보여줄 수 있는 데 비하여 한국의 그것은 악기 하나만으로(음수율만으로) 끝까지 곡을 들어야 하기 때문에 단조롭고 평면적인 음의 세계를 보여줄 뿐이다. 이러한 단점을 행의 구분을 적절히 함으로써 커버해보겠다는 것이 소월의 의도인 듯하다.

「가는 길」의 내용은 님과 이별하여 님의 곁을 떠나는 심정의 치밀한 움직임을 캐치한 그런 것이다. 마음속으로는 아직도 미련이 있어 그립다는 말을 마음속으로 해볼까 말까 망설이다가 말을 해보니 더욱 그리워진다—이것이 제1연의 내용의 구체적인 설명이 될 것이다. 그냥 아무 말도 하지 말고 가버릴까? 그러나 도저히 그럴 수는 없어 마음속으로 다시 더 한번 그립다는 말을 해본다—이것이 제2연의 내용의 구체적인 설명이 될 것이다. 이러한 치밀한 내용들을 가장 적절하게 알리기 위하여는 다채롭고 변화있는 음율이 필요하겠는데 그것을 한국어로서는 부릴 수가 없다. 그래서 행의 구분을 통하여 보충하려고 한 것이다.

시에 있어서의 행의 기능을 세 가지로 생각해볼 수가 있다.

그 하나는 의미의 단락이요, 그 둘은 리듬(호흡)의 단락이요, 그 셋은 이미지(영상)의 단락이다. 이 시를 두고 분석해보면 다음과 같이 된다.

그립다
말을 할까
하니 그리워

이렇게 행을 끊으면, 우선 의미에 있어 각 행이 똑같은 중량을 지니게 된다. 말하자면 '그립다' 와 '말을 할까' 와 '하니 그리워' 의 세 개의 말들이 똑같은 비중으로 의미가 강조된다. 우리는 회화 때에도 의미를 강조하고 싶은 말을 앞에 내세우는 수가 있다. 가령 '서울로 가자' 라고 해야 우리말의 조립상 순리가 되겠는데도 서울로 간다는 것은 기정사실이 되어 있고, 다만 언제 가느냐가 문제가 되어 있을 때, '가자, 서울로' 라고 동사를 앞에 내세울 수도 있다. 이렇게 되면 앞으로 나온 동사인 '가자' 의 의미가 한층 강조된다. 이와 같이 이 시의 이 부분은 세 개의 말들을 하나하나 똑같이 의미강조를 해야만 효과적이라고 생각한 나머지에 3행 구분을 한 것이다.

그래서 이처럼 유례없는 형태를 가지게 된 것이다.

그리고 호흡에 있어서도 이렇게 자주 호흡을 가다듬는 것(호흡의 단락)이 심정의 미묘한 전환을 적절하게 알리는 데 효과적이다.

이 시에서는 그러나 이미지는 그다지 문제가 되지 않는다.

정형시의 형의적形意的 시도로서 획기적인 의의를 가졌다 할 것이다.

그 다음 이 시의 내용을 보면, 이미 말한 것처럼 심정의 어떤 미묘함을 말해주고 있는 것은 사실이라 하더라도 그 내용에 외연으로서의 의미와 내포로서의 의미가 따로 있는 것은 아니다. 말하자면 내용, 즉 이 시의 의미는 평면적이고 글자 그대로의 의미에 그치고 있다. 다시 말하면, 이 시에는 내포로서의 의미는 없고 외연으로서의 의미만이 있다. 그러니까 의미의 면으로 이 시를 볼 때 이 시는 깊이를 전연 가지고 있지 않다. 그리고 이 시는 개인의 어떤 정서를 그대로 토로하고 있는 데 머물렀을 뿐, 「산유화」처럼 인식의 투철함을 아무 데서도 찾아볼 수가 없다. 소월의 많은 시들은 대개가 이와 같다.

봄가을 없이 밤마다 돋는 달도
「예전엔 미처 몰랐어요」

이렇게 사무치게 그리울 줄도
「예전엔 미처 몰랐어요」

달이 암만 밝아도 쳐다 볼 줄을
「예전엔 미처 몰랐어요」

이제금 저 달이 서름인 줄은
「예전엔 미처 몰랐어요」

—「예전엔 미처 몰랐어요」

이 시에도 어떤 인식 비슷한 것이 깃들어 있지 않는 것은 아니지만, 그러나 보다 더 이 시에는 실연에서 오는 감상이 토로돼 있다. 이 시도 역시 이별의 심정을 노래한 것이다.

그것이 아무리 한국적이라 하더라도 개인의 정서에 머무르고 있다. 「산유화」와 비교해보면 대상—「산유화」에 있어서는 꽃이고, 이 시에 있어서는 달이다—을 바라보는 태도가 전연 다르다. 「산유화」에서는 꽃의 생태를 냉정하게 객관적으로 보고 있지만, 여기에서는 달이 소월의 주관(감상)으로 하여 흐려져 있다. 말하자면 달의 생태를 아주 특수하게 캐치하고 있다고 할 것이다.

그리고 이 시도 외연으로서의 의미만을 가지고 있을 뿐, 내포로서의 의미를 가지고 있지 않다. 표면에 나타난 글자 그대로의 의미만 해득하면 이 시의 의미(내용)는 파악됐다고 할 것이다.

사족—「산유화」에서도 형태상의 시도가 엿보인다. 특히 형태주의적 시도가 엿보인다.

그럼 형태주의란 어떤 것일까? 이것부터 먼저 말해보기로 한다.

형태주의는 1910년대에 프랑스에서 일어난 시 운동의 하나다.

형태주의는 문자의 속성 중 형태를 가장 중요시한다.

문자에는 의미와 음과 형태가 있다. 이 세 가지 중 의미와 음은 이미 과거의 시들이 다룰 대로 다루어왔지만 형태만은 그렇지가 않다는 것이다. 그래서 이들 형태주의자들은 인쇄시 잉크의 빛깔을 여러 가지로 해본다든가 활자의 호수를 여러 가지로 변화있게 사용한다든가 또는 활자배열을 별나게 한다든가 하여 순전히 시각적인 효과를 노린 시를 썼다. 가령 꽃밭을 시의 오브제(대상)로 할 때는 잉크 빛깔을 여러 가지로 사용함으로써 각색의 꽃을 연상케 한다든가 도시의 빌딩을 대상으로 시를 쓸 때는 창窓이라는 글자를 여러 개 일렬종대로 배열하되 위로 갈수록 호수가 많은 즉 작은 활자를 배열하여 창이 위로 갈수록 작아 보이는 실지의 고층건물을 연상케 한다든가, 다음과 같이 활자를 배열함으로써 시각을 통하여 독자의 심리나 정서에 어떤 영향을 끼치도록 한다든가 하는 조작을 부렸다.

비
 비
  비
   비
    비
     비
      비
       비

'비' 라는 글자 하나를 이렇게 배열함으로써 비가 바람에 비스듬히 쓸리고 있는 모양을 시각적으로 받아들일 수가 있다.

이 시각으로 받아들인 인상이 독자의 심리에 작용하는 것이다.

형태주의는 의미하고는 아무런 관계가 없다. 순전히 활자의 모양이나 잉크의 빛깔이나 활자의 배열이 주는 효과를 노린 것이다. 어떻게 보면 말초적 장난 같기도 하지만, 시에서는 이런 것도 중요한 구실을 하는 때가 있다. 그러나 이것을 함부로 마구 쓰면 물론 싱거운 것이 될 것임은 두말할 나위가 없다. 「산유화」의 제2연 제1행과 제2행은 이 형태주의를 소월 자신이 그것을 의식하고 사용했건 의식하지 못하고 사용했건 간에 아주 적절하게 사용하고 있다.

산에
산에

이렇게 활자배열을 하고 있다. 물론 여기서는 산이라는 말의

의미를 강조하고 싶은 의도가 있어서 그랬다는 것을 쉽게 짐작할 수 있지만,

산에 산에

이렇게 달아 쓰는 것보다 여기도 저기도 산이 있다는 느낌을 시각적으로 환기시켜준다. 소월은 또 그런 것, 즉 사방에 있는 산을 생각하고

산에
산에

라고 활자배열을 했을 것이다. 그렇다면 이 활자배열은 효과적이라 아니 할 수 없다. 이쪽에도 저쪽 산에도 하는 느낌을 우리는 시각적으로 대번에 캐치할 수가 있다.

형태주의를 말하는 마당에 한 마디 덧붙일 것은 시에서 한자를 없앨 수 있느냐 하는 문제다. 한자를 써야만 효과적인 경우가 있다. 시는 원래 정서의 미묘함이나 인식의 미묘한 부분까지를 그대로 드러내는 것이 그 목적이라고 할 수 있기 때문에 단순한 의미전달에만 그쳐서는 안 된다. I. A. 리처즈는 『의미의 의미』라는 책에서 의미에는 네 가지가 있다고 하였다. 그 하나는 사전적 의미, 흔히 우리가 의미라고 부르는 그것—그는 이것을 센스sence라고 하고 있다—이 있고, 다음에는 말하는 사람의 감정—그는 이것을 필링feeling이라고 하고 있다—이 있고, 그 다음은 어조—그는 이것을 톤tone이라고 하고 있다—가 있고, 그 다음에는 의도—그는 이것을 인텐션intention이라고 하고 있다—가 있다고 하였다. 보통 우리는 의미라고 할 적에 첫째로 든 센스만을

생각하기 쉬우나 특히 시에서의 의미는 아주 미묘하다. 그러니까 한자를 써야 할 때 한글로 써놓으면, 의미의 미묘함이 즉 시각을 통하여 우리의 심리에 미치는 영향에 있어 미묘한 차이가 생기는 수가 있다.

벽공碧空에 사과알 하나를 익게 하고

이와 같은 구절에서 '碧空'을 '벽공'으로 써도 센스에는 관계가 없겠지만, 이 두 글자가 환기시켜주는 정서에 있어서는 미묘한 차이가 없다고는 할 수 없을 것이다.

시에서는 글자 하나의 모양에도 신경을 써서 시작하여야 하고 감상하여야 할 것이 아닌가 한다. 소월은 그런 면에 있어서도 상당히 예민한 시인이었다고 할 것이다.

박남수론—시집 『신의 쓰레기』를 중심으로[51)]

51) 이 논문은 『의미와 무의미』(문학과지성사, 1976)에 박남수와 시집 『신의 쓰레기』라는 제목으로 재수록되었으므로 여기서는 본문을 생략한다. 이 전집 577쪽을 볼 것.

의미와 무의미

1976년, 문학과지성사 발행

| 차 례 |

자서自序

약 10년 가까이 나는 내 시작에 대한 해설 비슷한 글을 많이 써왔다. 생각건대 내 시작의 의도에 대하여 독자 측의 오해가 있을까봐 그랬는 듯하다. 독자 측의 오해를 스스로 예측할 만큼 나는 약 10년 가까운 세월 동안 매우 아슬아슬한 실험적 태도를 고집해왔다. 이른바 '무의미의 시'라는 것이 그것이다. 나는 내가 하는 일에 대한 지적 관심을 버릴 수가 없었다.

매미는 그냥 울 수밖에는 없을는지 모르나, 사람은 생리적인 것만으로는 살아갈 수가 없다. 사람은 단순한 생물학의 대상은 아니지 않은가? 나는 내가 하는 일에 지적 반성을 다하지 않을 수 없다. 이번의 시론집은 바로 그러한 의도의 소산이다.

만촌동 남촌재에서
김춘수 씀

I

거듭되는 회의

일제 말(30년대 말에서 40년대 초) 나는 일본 동경에서 학생의 몸으로 습작을 하고 있었다. 하숙방에서 좋이 2, 3년 습작을 했고, 그 중의 두세 편은 고국의 신문 학예란에 투고 게재되기도 했다. 그때의 습작 뭉치가 상당한 부피의 것이었으리라고 생각되는데 어떤 사건으로 요코하마 헌병대 감방과 세타가야 감방 등으로 전전하면서 약 반 년쯤 감방생활을 하는 동안 그때의 그 습작 뭉치는 거의 압수당하여 다시는 되찾아낼 길이 없어지고 말았다. 만약 그것이 지금껏 남아 있었다고 하면 나에게는 매우 기념될 만한 물건이 아닐 수 없다.

해방 후 고향에서 처음으로 청마 유치환 선생을 뵙게 되었다. 시우 배 모와 함께 사모님께서 경영하고 계신 유치원으로 찾아갔다. 마침 사택에서 술을 하고 계시는 자리에 우리가 들어서게 되었다. 그때의 인상은 이상야릇했다. 선생은 마루에 퍼질러 앉아서 농군처럼 큰 사발로 막걸리를 하고 계셨다. 시인은 술을 할 때도 여느 사람들보다는 좀 다른 데가 있어야 하지 않을까 하는 막연한 이미지(시인에 대한)를 이분은 완전히 깨뜨리고 계셨다.

청마선생의 주선으로 조향, 김수돈 등 그때 마산에 살고 있었던 신진들과 알게 되었고, 46년 세모에는 우리 세 사람이 동인이 된 시지(사화집이라고 하는 것이 더 적당하다) 『노만파』 제1집을 내게 되었다. 이때는 조향 씨도 아주 토속적인 소재를 서정적으로 다루고 있을 때다. 제2집부터는 김수돈 씨가 탈퇴하고, 주로 조향 씨의 진력으로 2인 사화집으로 꾸미게 되었다. 제3집이 마지막이 되었다. 물심의 노고를 조향 씨가 혼자서 도맡아 한 셈이다. 지금 보면 그때의 작품들은 글자 그대로의 습작품에 지나지 않는다. 작시의 방향설정도 제대로 하지 못하고 있는 그런 것들이다.

청마선생께 시고 뭉치를 보이고 그분의 서문을 얻어낸 처녀시집 『구름과 장미』는 몇 분의 눈에 뜨이게 되었다. 그것이 47년의 일이던가? 박목월 씨가 신문에 간곡한 신간평을 해주었고, 조지훈 씨가 병상에서 아주 재미있게 보았다는 엽서를 보내주었다. 이리하여 50년대로 접어들면서 비로소 시작의 방향설정에 대한 어떤 자각이 싹트기 시작했다. 매우 늦은 셈이다. 30을 바라보면서 시작된 일이니 말이다. 이때에 그동안(약 10년 간) 잠재해 있었던 릴케의 영향이 고개를 들게 되었다. 릴케 스타일이라고 할 수 있는(나대로 그렇게 생각한) 몸짓을 하게 되었다. 꽃을 소재로 하여 형이상학적인 관념적인 몸짓을 하게 되었다. 이런 상태가 한 10년 계속되다가 60년으로 들어서자 또 어떤 회의에 부닥치게 되었다. 내가 하고 있는 몸짓은 릴케 기타의 시인들이 더욱 멋있게 하고 간 것이 아닌가, 남의 조강을 핥고 있는 것이 아닌가, 또 하나 중요한 문제는 관념이란 시를 받쳐줄 수 있는 기둥일 수 있을까 하는 회의였다. 이러한 회의는 지금도 하고 있는 중이지만, 그때는 아주 심각했다. 그래서 어쩔 수 없이 나는 눈을 딴 데로 돌리게 되었다.

내 앞에는 T. S. 엘리엇의 시론과 우리의 옛노래와 그 가락들이 나타나게 되었다. 그 중에서도 나는 아주 품격이 낮은 장타령을 붙들고, 여기에다 엘리엇의 이론을 적용시켜보았다. 새로운 연습의 시작되었다. 40대로 접어들면서 나는 새로운 시험을 내 자신에게 강요하게 되었다.

이 무렵, 국내 시인으로 나에게 압력을 준 시인이 있다. 고 김수영 씨다. 내가 「타령조」 연작시를 쓰고 있는 동안 그는 만만찮은 일을 벌이고 있었다. 소심한 기교파들의 간담을 서늘케 하는 그런 대담한 일이다(여기 대해서는 따로 자세한 글을 쓰고 싶다). 김씨의 하는 일을 보고 있자니 내가 하고 있는 시험이라고 할까 연습이라고 할까 하는 것이 점점 어색해지고 무의미해지는 것 같은 생각이었다. 나는 한동안 붓을 던지고 생각했다. 그러자 《한국문학》이란 계간지가 발간되면서 나에게 그 집필 동인이 되어달라는 청이 왔다. 동인 중에는 김씨가 끼여 있었다. 나는 여기서 크게 한번 회전을 하게 되었다. 여태껏 내가 해온 연습에서 얻은 성과를 소중히 살리면서 이미지 위주의 아주 서술적인 시 세계를 만들어보자는 생각이다. 물론 여기에는 관념에 대한 절망이 밑바닥에 깔려 있다. 현상학적으로 대상을 보는 눈의 훈련을 해야 하겠다는 생각이다. 아주 숨가쁘고 어려운 작업이다. 그러나 나는 나대로 이 작업을 현재까지 계속하고 있다.

도피의 결백성

어려서 내가 두려워한 부류는 두 개다. 하나는 시인이요, 또 하나는 지식인이다. 나는 어려서 시를 좋아하고 생각하는 것을 좋아했기 때문이다. 나는 어려서부터 시인과 지식인 앞에서는 열등의식을 버릴 수가 없었다. 나이 40이 넘도록 이 상태를 계속되었을 뿐 아니라, 어느 모로는 지금도 계속되고 있는지도 모른다. 그러나 나는 지금 나이 쉰둘이나 되었으니까 시인과 지식인에 대한 공연한 공포심에서부터 어느 정도는 벗어나야 될 것이 아닌가? 이 땅에서 내가 겪은 한에서 그들은 전연 기대 밖이었고, 시시했다. 그들에 대한 내 열등의식은 부질없는 것이었다. 조금은 자신을 가져도 좋을 듯하다. 이 땅의 시인, 지식인들이야말로 참으로 어이없는 친구들이다. 때로는 내 자신 한때 그렇게도 어깨에 붙여보고 싶었던 시인과 지식인이란 레테르를 지금 누가 나에게도 붙여주고 있는 것이 아닌가 하는 생각이 문득 들 때 얼굴이 붉어지고 내 자신에게 우선 공연히 미안해진다.

짜증 1

병원에서 퇴원하자 문상 온 친구 중 누가 심심풀이로 읽으라고 종합잡지를 한 권 놓고 갔다. 며칠 동안은 읽을 기력도 흥미도 없어 내버려두었다. 며칠 뒤에 목차를 훑어가다가 끝머리쯤에 모 인의 시집(신간)에 관한 좌담이 나 있는 것을 보게 되었다. 종합잡지로서는 좀 이례적이라 위선 그 흥미로 거기를 펼치게 되었다. 한두어 면 읽어가다가 눈에 거슬리는 말이 보이자 나는 책장을 덮고 말았다. 다시 펴보고픈 정이 영영 가시고 말았다. 거기에는 '우리'란 말이 나오고 있었고, 그것을 강조하면서 그 좌담은 주제를 거기다 두어야겠다고 용을 쓰고 있는 듯한 그런 인상을 강하게 풍겨주고 있었다. 나는 짜증이 났다. 내 입장에서 본다면 '우리'는 괄호 안의 '우리'일 뿐이다. 즉 관념이 만들어낸 어떤 추상일 뿐이다. 관념이 박살이 날 수밖에는 없는 어떤 절박한 사태를 앞에 했을 때고 '우리'를 말할 수 있는 사람에게만 괄호를 벗어난 우리가 있게 된다. 우리는 '우리'와는 달라 리얼리즘이다. 그러나 나는 병원의 침대(수술 후의)에서도, 일제 때의 유치장의 콘크리트 위에서도 우리를 보지 못했다. 있는 것은 죽음의 공포에 떨고 있는 나뿐이요, 기아지옥에 떨어져 목에서 손을 내밀고 있는 나뿐이었다. 남을 생각할 여지는 한 뼘도 없었다. 이러고도 나는 우리란 말을 쓸 수 있을까? 나는 내 자신에게 부끄러워 그런 짓을 못한다. 시와 시인을 생각할 때의 내 결백성이다. 이 점 좀 보수적이다.

그 좌담회에 참석한 사람들은 분명히 나보다는 나이가 조금씩 어린 사람들인데 그 중의 누구는 나하고는 아주 딴판의 경험과 식견을 가지고 있는 듯이 말하고 있다. 그 자신에 압도될 뿐이지만, 나로서는 믿을 수가 없다. 한 가지 비교해서 상대적으로 말해볼 수 있는 것은(내 입장에서) 결백성의 밀도다. 나보다는 분명히 훨씬 엷은 밀도에서 그는 말을 하고 있다. 어떤 절박한 사태(관념이 박살이 날)를 염두에 두고 있는 것 같지가 않다. 내 눈에는 그야말로 한가한 관념의 유희 같이만 보인다. 어떤 절박한 사태를 예견, 또는 경험하고도 그렇게 말할 수 있었다고는 믿기지 않는다. 어찌하여 그처럼 자기 자신에게 대하여 낙관적일 수가 있을까 싶다. 시의 차원에서는 어떤 절박한 사태를 놓친 그런 차원에서의 참여가 실은 도피보다는 덜 성실하다는 그 역설을 왜 모르는 체하는가? 여기에는 내가 새삼 말할 필요도 없는 서재적 지식인의 자기만을 선반에 얹어놓고, 자기만을 특별시하는 그 허영과 야만이 있다. 그런 구린내가 물씬 풍긴다. 이럴 때 나는 코를 막을 수밖에 없다.

짜증 2

버스를 타면 흔히 겪는 일이다. 비행기나 타고 유학차 미국에나 갔다오고, 갔다와서는 자가용을 타고 다니는 실한 신경을 가진, 이른바 호령하면서 사는 사람들은 모르는 일이다. 타고 내릴 때 뭣 때문에 그러는지 꼭 사람 몸에 손을 댄다. 빨리 오르고 빨리 내리라는 건지도 모른다. 이럴 때 그러지 말라는 어떤 시늉이라도 하면 그 10대의 차장 아가씨로부터 호되게 변을 당해야 한다. 어떤 때는 입에도 담지 못할 욕설까지 듣고도 이쪽은 벙어리가 되어야 한다. 도무지 알 수 없는 일이다. 내가 이런 변을 당했을 때는 물론 남이 당하는 것을 목격했을 때도 나는 10대 차장의 입장을 생각해줄 수가 없었다. 짜증뿐이었다.

거리로 나가 한번 의식하면서 간판들을 바라보면 그 무취미, 또는 악취미에 눈앞이 아찔해진다. 건물들을 바라보면 역시 그렇다. 보통 때는 그것들이 있어도 없는 듯이 그냥 스쳐가니까 그런 대로 구원이 되지만, 그걸(건물, 간판) 의식하는 순간은 이쪽이 비참해진다. 그때 나는 정말로 외치고 싶다. 그 간판은 내 것이 아니요, 저 건물은 나와는 아무런 관계도 없소. 나는 저것들을 미워하오. 저런 데서 낄낄거리며 사는 저런 무신경한 사람들과는 도저히 어울릴 수가 없소. 저들 속에 나는 끼여들지 못하오.

'우리' 라는 관념의 의미상의 한계를 어떻게 잡아야 할까? 한국인 · 일본인……으로 잡는다면 그 한계는 민족주의에 가 부닥치게 된다. '우리' 를 무산계급 · 유산계급으로 잡으면 그 한계는 사회주의에 가 부닥친다. 좌우간에 '우리' 는 그 한계를 따지고 들 때 이데올로기, 즉 관념에 부닥친다. 그러나 실감으로서의 구체적인, 아주 리얼리스틱한 우리는 내 입장으로는 친구 정도의 말이 될 수밖에는 없다. 친구는 민족도 아니요 계급도 아니다. 나는 친구가 될 수 없는, 민족으로부터 계급으로부터 도피하고 싶을 뿐이다. 관념(이데올로기)의 감성에 사로잡힐 수는 없다. 이것이 또한 시를 생각할 때의 나의 결백성이다. 민족에게 계급에게 시를 내줄 수는 없다.

도피의 두 가지 유형

어디선가 읽은 기억이 있지만, 어쩌면 착각일는지도 모른다. 사실이 그렇건 그렇지 않건 다음에 드는 예는 하나의 알레고리로 봐주면 된다.

타조는 사막의 새다. 새니까 날개가 있고, 날개가 있으니까 원래는 하늘을 날았겠지만, 그 날개가 기능적으로는 퇴화하여 지금은 한갓 장식의 구실밖에는 더 못하고 있다. 닭의 경우와 같다. 그러나 닭은 날지도 못하고 달음박질도 그다지 능숙하지 못하지만 타조는 날개의 기능을 잃은 대신 다리가 발달하여 아주 날쌔게 뛸 수가 있다. 사냥꾼이 뒤를 쫓으면 빠른 걸음으로 달아난다. 그런데 이 새는 너무 소심해서 그런지 달리다가 자꾸 뒤를 돌아본다. 사냥꾼이 쉬지 않고 뒤를 쫓고 있는 것을 보면 어느 서슬에 정신이 아찔해지는 모양이다. 어느 지점에 가서는 모래밭에 머리를 파묻고 서버린다. 그가 보지 않으면 사냥꾼도 그를 보지 못할 것이라는 착각, 아니 자기위안에 빠지는 모양이다. 그래서 숨이 좀 가쁘더라도 사냥꾼은 뒤를 쫓아가기만 하면 어느 지점에 선가는 반드시 타조를 산 채로 잡을 수가 있다고 한다. 참 어리석은 새다. 현실도피란 이런 엄청난 결과를 가져오게 한다. 이것이 도피의 하나의 유형이다. 그러나 내가 생각하는 시에서의 현실도피는 이런 유형과는 다른 어떤 유형이다.

그 타조의 경우, 자기의 빠른 걸음으로 사냥꾼이라는 나쁜 현실로부터 글자 그대로 달아나버린다면 이것이 바로 내가 생각하는 시에서의 현실도피가 된다. 우리에게 어쩔 수 없는 나쁜 현실은 얼마든지 있다(어떤 것이 더 절박하느냐는 사람에 따라 다르겠지만). 어쩔 수 없는 것을 어쩔 수 있다고 생각하는 사람은 앞에 든 좌담회에서의 '우리'를 말한 그 지식인과 같은 사람이다. 나는 생각한다. 그 차장 아가씨와 나와는 어쩔 수 없다. 절망이다. 그러나 그쪽에서는 그런 따위 사치스런 생각은 아예 가지고 있지도 않다. 내가 그녀로부터 떠날 수밖에는 없다. 그녀는 그녀의 세계에서 살고 나는 내 세계에서 살 수밖에는 없다. 이것이 또한 리얼리스틱하게 사는 방법이다. 도피의 시적 · 적극적 의의가 여기에 있다고 생각해본다. 완전을 꿈꾸고 영원을 꿈꾸고, 불완전과 역사를 무시해버린다. 아주 아프게 무시해버린다. 그걸 견딜 수 있을까? 나는 시를 쓰면서 나에게 물어본다. 그걸 견디지 못하면 산문을 쓰라!

가벼운 것 · 무거운 것

무엇이 가볍고, 무엇이 무거운가? 정신의 문제에 있어서는 여기 대한 객관적인 기준이 없다는 것은 뻔하다. 말을 공적으로 하면 중량이 나가고 사적으로 하면 중량이 떨어진다는 것일까? 또는 객관적으로 개념적으로 말을 하면 중량이 나가고, 주관적으로 비유적으로 말을 하면 중량이 덜 나간다는 것일까? 어떤 사람들은 대학교수식으로 말을 하면 중량이 나가지만, 안방에서 할아버지가 하는 식으로 하면 아무도 노트하는 사람도 없으니 중량이 안 나간다고 믿고 있다. 이 경우 중량은 두말할 나위도 없이 가치의 다른 이름이다. 그러나 내 입장에서 본다면 대학교수에게 위험성이 더 있다고밖에는 할 수 없다. 대학교수라는 직함상, 학문이라는 권위를 생각해서라도, 엘리트라는 허영을 위해서도(듣는 사람의 입장에서도 이런 긴장이 서리게 된다) 무엇인가 보편타당한 말이 있는 것처럼 말을 해야 한다. 논리의 앞뒤가 닿아 있어야 한다. 그러나 그 어느 것도 자기의 실감에서 나온 것이 아니기 때문에 말하는 사람의 실존이 거세되고 없다. 있는 것은 논리고 체계다. 그럴싸할 뿐, 그것이 인생과 세계의 그럴싸한 도식일 뿐이라는 것을 촉각으로 짐작하고 있는 사람의 눈에는 할아버지의 안방 담화보다는 때로 훨씬 더 난센스가 되기도 한다. 어쩌자고 저러는가 싶을 때도 있다.

외출용의 말, 듣기 좋은 말, 이런 말들은 중량이 나가겠지만, 중량이 나가지 않는다고 생각되는 자기 혼자 있을 때의 앞뒤가 잘 맞지 않는, 듣기에 매우 거북한 말들은 남(대중) 앞에서는 많이 위축될 뿐 아니라, 그런 말을 입 밖에 내기조차 두려워하고 어색해한다. 대중 앞에서 '나'는 없고 '우리'만이 있다고 그럴싸하게 말해준다면 얼마나 듣기에 좋은가? 그러나 그럴싸한 것은 그럴싸한 것이지 '그것'은 아니다. 그것은 그럴싸한 것과는 다르다. 그럴싸한 것을 나는 미워한다. 나는 시를 쓸 때 그럴싸한 거짓보다는 그럴싸하지 않다고 사람들이 생각하는, 그러나 바로 '그것'을 드러내고자 한다.

한밤에 우는 겨울바다

낙엽은 지고
눈이 내린다
잠들기 전에 너는
겨울 바다가
우는 소리를 듣고
꿈에 너는 동백의
푸른 잎을 보리라
동백의 푸른 잎을 보고 잠을 깨면
너는 네 손발의 따스함을 느끼리라.

「낙엽은 지고」라는 제목의 이 시는 한 4, 5년 전에 씌어진 것으로 기억한다. 그러나 이 시에 나오는 장면들은 아득한 유년시절에 내 고향에서 겪은 것들이다.

내 고향은 한반도의 최남서에 위치한 작은 항구다. 봄에는 귤과 탱자가 익는 고장이다. 근래에는 밀감을 재배하게 되었다는 소식이다. 한려수도가 그림처럼 펼쳐진 온난한 고장이긴 하지만, 내가 어릴 때만 하더라도(그러니까 한 45, 6년 전만 하더라도) 겨울에 한 번쯤은 무르팍까지 빠질 정도로 눈이 내리곤 하였다. 눈 개인 다음날은 설청의 그 하늘 깊이 산유화가 지고 있었고, 바다가 눈부신 빛깔로 제 살을 드러내곤 하였다. 이런 겨울날 나는 한밤에 잠을 설치는 때가 있었다. 멀리서 바다가 우는 소리를 나는 듣곤 하였다. 그건 무섭고 외롭고 슬픈 소리지만, 한없이 그리운 소리이기도 하였다. 십수 년을 바다가 없는 대구에 와서 살게 되었지만, 요즘도 간혹 대낮이고 한밤이고 할 것 없이 저 멀리서 바다가 우는 소리를 환청으로 듣는 때가 있다. 무섭고 외롭고 슬픈 속성들은 다 바래지고 요즘에 환청으로 듣는 겨울바다의 울음소리는 그지없이 그리움만 자아내준다. 누군가의 살 속을 언제까지나 파고드는 그러한 느낌이다. 얼굴을 묻고 비비고 싶은 충동을 자아낸다. 50이 넘으면 인생이란 결국 그런 것인가 보다.

꿈에 나는 동맥의 푸른 잎을 보고, 아침에 눈을 뜨자 내 손발의 따스함을 새삼 느껴본다. 그것은 무엇과도 바꿀 수 없는 내 생의 진실이다.

시작 및 시는 구원이다

등산이나 낚시나 바둑이 구원이듯이 시작도 구원이다. 구원이란 말을 너무 무겁게, 또는 비장하게 생각하는 것은 로맨티스트의 나쁜 버릇이다.

시작이 구원이 된다고 해서 하루 왼종일 시작에만 몰두하고 있을 수가 없다. 그러나 그렇게 해야 되는 것처럼 생각하면서 생활을 멸시하고, 소시민이니 속물이니 하고 백안시하는 것은 또한 로맨티스트의 나쁜 버릇이다. 아니, 악덕이다. 이런 경우 시작은 오히려 구속이 되어 그의 인생을 망치게도 되지만, 위대한 시를 남긴 사람들 중에서도 이런 일들이 있었다. 물론 인생도 망치고 시도 남기지 못한, 그야말로 로맨티스트의 수는 더할 나위 없이 많은 것이지만—시와 생활을 구별하지 못하는 사람을 나는 로맨티스트라 부른다. 시작이 생활의 전부가 아니라는 것을 괴테는 질풍노도기를 겪으면서 깨달았다. 그러나 딜란 토머스라든가 김수영은 훌륭한 시를 남긴 로맨티스트다. 이 두 시인에게 시작은 숙명이었다. 그들의 죽음까지가 시작의 연장선상에 있다.

누구는 은행의 행원이면서 일급의 시를 쓰고, 만년에는 출판사의 중역을 지내기도 하면서 시작을 했다고 하지만, 이런 비전문가적 처신은 시를 생의 구원이게 한다. 시작은 생활로부터의 해방이기 때문이다. 그런가 하면, 말라르메처럼 '지성의 축제'(폴 발레리)를 유일한 생의 보람으로 삼으면서 시작을 '지성의 축제'의 으뜸으로 여기는 태도도 구원이다.

시작은 하나의 장난game이지만, 프리드리히 횔덜린Friedrich Hölderlin과 같은 로맨티스트에 있어서는 이 장난 위에 형용사 '위험한'이란 말이 붙어 있었다. 내 경우에는 '위험한'이란 이 로맨틱한(비장한) 형용사 대신에 '오묘한'이란 형용사를 붙이고자 한다.

나에게 있어 시작은 생활로부터의 도피가 되고 있는 듯하다. 이것을 긍정적으로 말하면, 시작은 생활로부터의 해방이 된다는 뜻이 된다. 다시 말하면 비전문가적 처신을 할 때 시작은 생의 구원이 된다는 뜻이다. 운동선수는 운동경기가 오히려 지옥일는지도 모른다. 지옥이란 말이 과장된 말이라고 한다면 생의 가장 강렬한 구속이라고 해도 된다. 비전문가란 생활과 시작을 구별하는 사람이니까 시작은 구속이 아니라 해방이 된다.

시에서 뭔가 구원을 노래함으로써 어떤 시적 결론을 얻게 되는 그 과정이 구원이 아니라, 시를 쓴다는 어떤 과정 그 자체가 구원이고, 나에게 있어서는 이 세상에 시가 있다는 그 사실 자체가 구원일 수도 있다. 마치 하늘이 있고 아름다운 노을이(내 의지와는 관계없이) 있다는 그 사실이 그대로 구원이 되듯이 말이다.

두 번의 만남과 한 번의 헤어짐

18세 때의 늦가을이다. 나는 일본 도쿄 간다의 대학가를 걷고 있었다. 그 거리는 한쪽 편이 왼통 고서점으로 구획져 있었다. 나는 그때 서울의 경성중학을 5학년에서 졸업을 불과 몇 달 앞두고 자퇴하고, 북경으로 갈까 하다가 도쿄로 건너가 어딘가 적당한 고등학교를 목표로 영수학원에서 수험준비를 하고 있었다. 선친께서도 그런 생각으로 계셨고, 나도 법과를 생각하고 있었다. 그런데 운명은 드디어 나에게로 다가왔다.

즐비한 고서점들의 어느 하나의 문을 들어서자 서가에 꽂힌 얄팍한 책 한 권을 나는 빼어들었다. 서책들에서 풍기는 퀴퀴한 냄새와 크고 부피있는 유럽의 사전류에 압도되어 나는 그 아주 가벼운 중량의 책을 빼어들었을 것이다. 잘 보지도 않는 그 책을 나는 몇 10전으로 사들고는 무안을 당한 사람처럼 상기된 얼굴을 하고 어서어서 밖으로 빠져나왔다는 그런 기억이다. 하숙집에서 포장을 풀고 내가 사온 책을 들여다보았다. 라이너 마리아 릴케라는 시인의 일역 시집이었다. 내가 펼쳐본 첫 번째 시는 다음과 같다.

사랑은 어떻게 너에게로 왔던가
햇살이 빛나듯이
혹은 꽃눈보라처럼 왔던가
기도처럼 왔던가
——말하렴!

사랑이 커다랗게 날개를 접고
내 꽃피어 있는 영혼에 걸렸습니다.

이 시는 나에게 하나의 계시처럼 왔다. 이 세상에 시가 참으로 있구나! 하는 그런 느낌이었다. 릴케를 통하여 나는 시를(그 존재를) 알게 되었고, 마침내 시를 써보고 싶은 충동까지 일게 되었다. 이것이 릴케와의 첫 번째 만남이다. 나는 다른 사정도 있고 하여 법과를 포기하고, 문학, 그것도 예술대학의 창작과를 택하게 되었다.

나는 한동안 릴케를 잊고 있었다. 일제 말의 그 숨막히는 압력 하에서는 시를 생각할 조그마한 마음의 틈도 좀처럼 생겨나지 않았었다. 나는 쫓겨다니는 생활을 3년 가까이 하다가 마산 처가에서(거기서 올빼미처럼 숨어서 살았다) 8·15 해방을 맞았다. 그 흥분으로 해방의 한 해는 보내고, 46년경에 비로소 나는 또 마음의 여유를 얻어 릴케를 다시 읽게 되었다. 도쿄에서 가지고 온 책들의 대부분을 나는 쫓겨다니는 생활 끝에 잃고 있었다. 그러나 그런대로, 릴케의 초기 시와 「말테의 수기」는 새로운 감동을 다시 불러일으켜주었다. 나는 또 시를 쓰게 되었다.

그러나 나는 살로메의 릴케를 읽고, 또 나이 40에 가까워지자 릴케로부터 떠날 수밖에는 없게 되었다. 나는 릴케와 같은 기질이 아니라는 것을 깨닫게 되었고, 특히 그의 관념과잉의 후기시는 납득이 잘 안 가기도 하였지만, 나는 너무나 비밀스러워서 접근하기조차 두려워졌다. 나는 일단 그로부터 헤어질 결심을 하고, 지금까지 그를 늘 먼발치에 둔 채로 있다.

터미널로지의 허망

터미널로지로서의 이미지에 대하여는 정설이 있을 것 같지가 않다. 없는 것이 당연하다. 로만주의 시대(19세기)에 확립된 상상력imagination과 공상fancy의 개념에 대하여 T. E. 흄은 자기의 새로운 견해를 밝히고 있다. 말하자면 19세기에 멸시되었던 공상에 새로운 의미부여를 함으로써 공상이 새로운 의의를 띠게 되었다. 그것은 단순한 터미널로지에 국한되는 문제는 아니다. 문학상의 새로운 감수성이 열리는 것을 그것은 뜻하는 것이 된다.

이미지를 어떻게 생각하느냐 하는 문제는 그것에 해답하는 사람의 입장과 부즉불리의 관계에 있다 할 것이다. 그러니까 이미지에 대한 해석의 정확성 여부와는 관계가 없는 것이 된다. 그건 그 방면의 전문가들의 분석벽에 맡겨두면 된다. 문학을 위하여는 그건 하나의 난센스에 지나지 않을 것이다.

이미지를 이념의 반영으로 본다면, 나는 내 시에서 이미지를 가지지 못한다. 이념이 나에게는 없기 때문이다. 더 이상 이미지에 대한 이야기는 지금은 삼가고 싶다.

'고오히이' 와 '커피'

아주 어렸을 때의 일이다. 외가에 가서 들었다. 무슨 말끝에 어머니가 외할머니더러 '동경' 이란 말을 했던 모양이다(외사촌 형이 동경으로 유학하고 있었다. 아마 그 형의 얘기를 하고 있었는지도 모른다). 외할머니의 약간 못마땅한 듯한 소리가 들려왔다(실은 어머니가 한 소리는 잘 들리지가 않았었고 외할머니의 목소리만이 들려왔다. 외할머니의 목소리가 그만큼 격에 어울리지 않게 컸었다는 증거이기도 하다). '여자가 너무 바른 말을 쓰는 것이 아니다. 듣기도 싫고……' —외할머니는 어머니가 '동경' 이라고 발음한 것을 듣기 싫어한 것이리라. 그 뒤에 나는 외할머니의 발음에 귀를 기울이게 되었다. 외할머니는 '딘겡' 이라고 소리를 냈다. '통영' 도 보통 그녀 또래의 노인들은 '토영' 이라고 했는데도 그녀만은 유별나게 '퇴영' 이라고 소리를 냈다. 내 귀에 매우 낯선 느낌이기는 했으나 듣기 싫지는 않았다. '통영' 이라고 정확하게 발음하는 경우를 어쩌다 당하게 되면 오히려 이쪽이 어색해지고 귀를 막고 싶은 그런 심정이 되기도 했다. 그런 정확한 발음을 하는 일은 대개가 타관 사람들의 입에서 나올 때였다. 그렇게 발음하는 그 사람들의 거동까지가 어쩐지 우리와는 달라 보였다. 역시 '통영' 은 '토영' 이라야만 했다. 이런 일을 나는 하나의 풍토(지방)감각이라고 하고 싶다. 어떤 특수한 발음 속에는 어느 시대 어느 곳에서의 생의 현장성이 짙게 깔려 있다.

'통영' 을 '토영' 이라고 하고, 심지어는 '퇴영' 이라고도 하고, '동경' 을 '딘겡' 이라고 하면서 정확한 발음을 외면하고 산 세대들은 이제는 다 이승을 뜨고 말았다. 내가 고향에 한참만에 가보고 느낀 가장 섭섭했던 감정은 바로 이것이었다('통영' 이 아니라 지금은 '충무' 로 이름이 바뀌었지만). 그들만큼 강한 풍토감각을 지금은 어떤 거부현상에서 찾아볼 수 있을까? 약 반세기 정도의 거리를 두고 보니까 내 외할머니가 그때 나에게 들려준 그 발음은 참으로 신선하게 다가온다. 남망산이며 한려수도가, 획일화된 현대문명의 저쪽에서 자기들 개성을 여실히 드러내준다. 그들은 어떤 정확한 발음도 거부하면서 자기들을 여전히 '토영' 이나 '퇴영' 으로 불려지기를 바라고 있다.

최근에 와서 기차의 식당이나 호텔의 차실 같은 장소에서 뜻밖에도 '고오히' 라는 소리를 듣는 일이 있다. 정말 뜻밖의 일이다. 허를 찔린 듯한 기분이다. 이 소리는 30년의 세월을 갑자기 일깨워준다. 그동안 이 소리는 몹시도 생소한 것이 되고 말았다. 아마 재일교포들의 입에서 나온 소리가 아닐까도 하지만, 이 소리는 문득 그동안 완전히 잊고 있었고 씻어내고 있었다고 생각하고 있었던 30년 전의 내 자신의 어떤 모습을 되살려준다. 재일교포와 같은 그때의 그 처지는 두말할 것도 없이 풍토상실의 한 표본이다. '고오히이' 라는 소리는 자기가 지워져가고 있는, 침범당하는 하나의 비명이다. 중학교에 갓 들어가서 일본인 교사로부터 처음으로 영어를 배웠다. '잣도 리토루 아 토리That little a tree' —이 소리가 신기하기는 했으나 사립학교에서 한국인 교사로부터 영어를 배운 보통학교 동기의 발음을 듣고, 내가 하는 앵무새 발음이 얼마나 엉터리인가 하는 것을 알게 되어 굴욕감 때문에 손이 부들부들 떨릴 정도였다. 나는 지독한 거부심리를 안고 무한한 고통 속에서 영어시간의 수업을 치루어야 했다. 지금도 나는 영어회화를 못하고 회화를 해야 될 어쩔 수 없는 경우에 부닥치게 되면 수치심부터 앞선다. 나는 내가 받아들인 이 '고오히이' 의 때를 벗어버리려고 무진 애를 썼다. 그러나 그것이 나에게 씌워준 수치심으로부터는 끝내 벗어나지 못하고 있었다. 그러니까 그 소리를 지금 다시 듣게 되자 정신이 다 아찔해진다. '고오히이 근대성', '고오히이 문화'—그동안 잠잠했던 이런 따위의 유령들이 내 속에서 들고 일어난다. 나는 지독한 거부심리에 사로잡힌다.

거리의 다방에서나 어디서나 우리는 흔히 '커피'란 소리를 듣는다. 이 소리에도 나는 상당한 저항을 느낀다. 이 소리가 영어로서 정확한 발음이 되고 있는지의 여부는 고사하고라도 이 소리를 내는 사람의 심리상태는 '고오히이'라는 소리에 대한 심한 반발을 안고 있는 듯이 보인다. 그 점에서는 나도 별로 할 말이 없기는 하지만, 그 반발이 또 하나 다른 대상 속으로 자기를 지워가는 일이 되고 있다면 그건 '고오히이'나 매한가지가 아닐까? 정확한 발음은 아닐는지 모르나 '코오피' 정도가 내 자신의 경우는 풍토감각을 채워준다. 뭣 때문에 음료와 같은 하찮은 것의 발음에까지 신경을 써야 할까? 그것은 자심감의 척도이기도 하다.

II

비평의 모럴

비평의 역사를 더듬어보면 대략 다음의 세 가지 형의 비평이 있어 왔다는 것을 알 수 있다. 즉, 그 하나는 해석적 비평texlual criticism이요, 그 둘은 감상적 비평appreciative criticism이요, 그 셋은 판단적 비평judicial criticism이다.

해석적 비평의 대표적 예로는 신비평(분석비평)을 들 수 있을 것이다. 감상적 비평의 예로는 19세기 후반의 영국 비평가들의 비평—매튜 아놀드Matthaw Arnold, 왈터 호라티오 페이터Walter Horatio Pater, 오스카 와일드—을 들 수 있을 것이다. 판단비평의 예로는 만년의 톨스토이의 비평을 들 수 있을 것이다. 그런데 이들의 비평태도나 방법에는 이들대로의 형이상학이 배경으로 있는 것 같다.

신비평의 형이상학은 심미주의에 있다. 이들이(신비평가들) 문학의 매제가 되는 언어에 깊은 관심을 기울이면서 그것들(언어와 언어)의 결합관계를 치밀하게 분석함으로써 작품의 질을 식별하고 평가하는 태도는 문학을 사회나 역사나 철학이나 논리로부터 분리시키고 있다는 점에서 형식주의이기도 하다.

왈터 호라티오 페이터나 오스카 와일드의 비평태도는 신비평에 비하면 훨씬 자의적이다. 따라서 이들의 비평에는 개성주의라는 형이상학을 볼 수 있다. 그리고 이들은 쾌락주의hedonism라고 하는 유미적 색안경을 통하여 자기들의 개성을 과시하고 있다는 점에서 일면 유미주의의 배경을 가지고 있다. 그러나 이들은 작품을 분석하는 것이 아니라, 향수한다는 점에서, 그리고 미美를, 언어를 분석함으로써 실증하는 것이 아니라, 소재를 통하여 미를 향수한다는 점에서 신비평의 심미주의와는 그 비평의 배경이 아주 다른 빛깔을 띠고 있다.

톨스토이는 만년에 인도주의라고 하는 신념으로 작품을 보고 있었는 듯하다. 그의 「예술이란 무엇이냐?」라는 논문을 보면 저간의 소식을 알 수 있지만, 그는 이러한 신념으로 사정없이 작품을 재단하고 있다. 퍽 자의적인 태도이기는 하나 비평의 배경이 되고 있는 것을 들여다볼 적에 앞의 두 개의 비평의 유형에 대한 하나의 도전이 될 수도 있다. 그리고 톨스토이식의 재단비평은 어떤 사회환경에 있어서는 아주 진지한 발언이 될 수도 있다. 김수영 씨의 최근의 시 월평들은 약간 이러한(톨스토이식의) 색채를 띠고 있는 듯하다.

비평의 모럴이 아니라, 모럴을 비평에서 강조한 대표적 예를 우리는 또 매튜 아놀드에서 볼 수 있다. 톨스토이와는 사뭇 다르기는 하지만, 그는 '시는 인생의 비평' 이라고 하였다. 즉, 이 작품에서 어떤 교훈을 보고 그것을 비평으로 강조하려고 할 때 그는 두말할 것도 없이 '모럴로서의 비평' 을 하고 있는 셈이 된다. 비평을 크게 구별하면, 이 '모럴로서의 비평' 과 '심미로서의 비평' 으로 이분될 것이다. 서구에서는 플라톤의 시인 추방론과 아리스토텔레스의 시인 옹호론 이래로 되풀이되고 있는 비평의 흐름이다. 진부한 얘기라고 가볍게 치부할 수는 없다.

비평의 모럴은 그러나 '모럴로서의 비평' 과는 아무런 관계가 없다. 전연 차원이 다른 얘기다. 비평의 모럴이란 어떤 비평이 어떤 배경에서 나오고 있느냐 하는 것과 관계되는 얘기다. 모럴이 없는 비평은 아류의 비평일 수밖에는 없다. 왜냐하면 그가 하는 비평이 어떤 뿌리(배경—형이상학)에서 뻗어나온 것으로 보이지는 않기 때문이다. 꺾어다놓은 화병의 꽃일 수밖에는 없다고 남의 눈에 보이기 때문이다. 아무리 화려하다 하더라도 그것은 잠깐 동안 눈의 위안이 되어준다는 것뿐이다. 언어분석을 어느 정도 할 수 있다 하더라도 형식주의나 심미주의 형이상학을 배경으로 가지고 있지 않을 때 그는 모럴이 없는 비평가가 되고 말 것이다. 이런 뜻으로 그 비평가는 어느 때든 한 번은 자기의 형이상학을 공개해야 할 것이다. 작품의 향수도 제대로 못하면서, 또는 하지도 않으면서 언어에 메스를 들이대는 일은 작품을 죽이는 결과밖에는 남는 것이 없을 것이다. 형이상학이 없는 비평은 방향을 알 수 없는 비평이라서 작품의 향수를 어디다 포인트를 두고 했는지를 분석하지 못하게 된다. 작품의 향수란 향수의 포인트를 어디다 두느냐 하는 문제가 될 것이다. 따라서 모든 향수자(작품의)와 비평가는 자기의 그 포인트를 선명히 또는 유리하게 보여줘야 한다는 점에서 상대적 입장에 서고 있다고 할 것이다.

우리 비평에서 흔히 볼 수 있는 아류 신비평(분석비평)보다는 톨스토이의 망발이 훨씬 성실할 뿐 아니라, 비평의 한 형을 부각시키고 있다 할 것이다. 그에게는 모럴이 있기 때문이다. 마찬가지로 오스카 와일드의 비평에도 모럴이 있다. 그들의 문장에서 번지고 있는 열정과 집념을 보면 알 수 있을 것이다.

우리의 비평은 아직도 비평의 트레이닝을 하고 있는 인상이다. 앞뒤가 맞지 않은 지식의 나열에 그치고 있거나, 구미비평의 도식적 적용이거나 싱거운 감상담이거나에 그치고 있는 것이 대체로 말할 수 있는 실정이 아닐까?

비평은 그 밑바닥에 있어 문학에 대한 뜨거운 열정이 있어야 할 것이지만, 이 열정은 지성의 단련 끝에 이어질 수 있는 그런 성질의 것일 것이다. 아직도 우리의 비평이 지적 호기나 현학취미의 단계에 머무르고 있다고 하면, 그만큼 문학에 대한 뜨거운 정열—하나의 형이상학을 도출해낼 수 있는—이 결핍되고 있다는 증좌가 될 수는 없을까? 비평의 모럴은 바로 여기(정열)에서 우러나올 것이다. 거칠더라도 자기의 목청을 우리의 비평가는 가지게 될 것이다.

한국 현대시의 계보—이미지의 기능면에서 본

1

이미지를 그 기능면에서 볼 때 두 가지로 대별할 수가 있다. 그 하나를 서술적descriptive 인 것이라고 한다면 다른 하나를 비유적metaphorical 인 것이라고 할 수 있다. 가령 "엘리엇, 단테 등을 읽는 재미라는 것은 은유의 세계만의 재미로서 충분하다. 알레고리의 대상이 되고 있는 단테의 사고나 사상이 어떠한 것인가를 아는 것은 필요하지 않다"(니시와키 준사부로)고 할 때, 이는 분명히 '은유의 세계'가 지닌 이미지만을 보고 있는 것이 된다. 말하자면 이미지의 기능을 그 자체로서 보고 있는 것이 된다. 분명히 관념을 목적으로 하고 있는 경우라 하더라도 이처럼 관념을 무시하고 '은유의 세계'가 지닌 이미지만을 볼 수도 있다.

시 작품을 해석(또는 음미)하는 입장과는 다른 경우인 시 작품을 제작하는 입장에 있어서도 이미지를 위와 같이 다룰 수가 있다. 이러할 때 그 다루어진 이미지는 순수한 것이 된다. 다시 말하면 이미지 그 자체가 목적인 이미지가 된다. 이와는 달리 이미지가 어떤 관념을 위하여 쓰여지는 경우가 있는데, 이러할 때 이미지는 불순한 것이 된다. 이미지가 관념의 도구 또는 수단이 되고 있기 때문이다. 전자를 서술적 이미지라고 불러두고 후자를 비평적 이미지라고 불러두고자 한다.

하나의 난점은 이미 말한 대로 분명히 관념을 위하여 씌어진 비유적 이미지인데도 관념을 보지 않고 이미지만을 보려는 경우가 있듯이, 분명히 이미지만을 위하여 씌어진 이미지인데도 관념을 보려고 하는 경우가 있을 수 있다는 그 사실이다. 그러나 전자는 특수한 개인의 취향에 따른 해석(또는 음미)의 방법이고, 후자는 해석(또는 음미)의 미숙이나 지나친 관념벽에서 나온 과산증 현상이라고 해야 할 것이다. 전자의 경우에는 시를 시로서 대한다는 하나의 입장이 될 수가 있지만, 후자의 경우는 산의 분비가 너무 지나쳐 종내는 시 그것을 갉아먹게 되어 시를 병들게 할 위험이 있다. 제작자의 의도가 관념을 무시하고 있을 때 시 해석도 관념을 말하지 말아야 한다. 그러나 제작자의 의도가 관념을 무시하고 있다고 하여 그 제작자의 그러한 제작의도까지를 어떤 관념에 맞추어 말하지 말라는 것은 아니다. 한 편의 작품 속에 담긴 관념의 유무를 판별하는 일과 시인의 제작의도를 어떤 관념에 맞추어 해석해본다는 것과는 다른 차원의 과제이기 때문이다.

한국의 현대시를 이미지의 기능면을 중심으로 해서 살펴볼 때 두 개의 유형으로 그 계보가 대별된다. 그러나 이 유형들은 다시 또 세분될 수 있고, 그것은 세대의 문제와도 매우 긴밀한 관련을 맺고 있다. 그리고 한국 현대시의 계보는 이미지의 기능이라는 측면에서만 살펴볼 수는 없다. 몇 가지 측면의 고찰이 더 있어야 한다. 그러니까 여기서의 계보는 앞으로 더 복잡해질 가능성을 지닌 계보에 의한 단계적 계보가 될 것이다.

또 하나 미리 밝혀둘 것은 시간의 순서에 따른 전개적인 고찰을 하지 않았다는 점이다. 그럴 필요가 없었을 뿐 아니라, 그렇게 해서는 오히려 일을 그르칠 우려가 있었기 때문이다. 이미지에 대한 뚜렷한 자각은 30년대에 들어서서의 일이다. (나중에 작품으로 예증될 것이다.) 이리하여 여기서는 중간 연대인 30년대를 핵으로 하여 위로 올라갔다가 아래로 내려갔다가 하는 방식을 따를 수밖에는 없었다. 그것이 가장 효과적이라고 생각되었기 때문이다.

2

지리교실 전용지도는
다시 돌아와 보는 미려한 칠월의 정원.
천도열도부근 가장 짙푸른 곳은 진실한 바다보다 깊다
한가운데 푸른 점으로 뛰어 들기가 얼마나 황홀한 해학이냐?
의자 위에서 다이빙 자세를 취할 수 있는 순간 교원실의 칠월은
진실한 바다보담 적막하다.

—정지용, 「지도」

제3행과 제6행에 각각 '보다', '보담'의 보조형용을 매개로 하여 '깊다', '적막하다' 등의 상태를 '바다'에 비교하는 비유(직유)를 쓰고 있다. 그러나 이것들은 수사적인 기교일 따름이고 이 시에는 관념이 없다. 장면의 감각적인 인상이 있을 뿐이다.

해와 하늘빛이
문둥이는 서러워

보리밭에 달 뜨면
애기 하나 먹고
꽃처럼 붉은 울음을 밤새 울었다.

—서정주, 「문둥이」

이 시에는 끝 행의 비유가 한 곳 보이지만 그 외는 없다. 그러나 수사적인 비유는 없지만 이 시 전체가 비유가 되고 있다. 앞의 시와는 반대다. 그리고 각 연이 각각 하나씩 비유로 되고 있다. '해와 하늘빛이/문둥이는 서러워'는 장면의 감각적인 인상은 아니다. 이때의 '서러워'란 설명어는 「지도」에서의 '깊다'란 설명어와는 다르다. 그것은 어떤 인상의 강조가 아니라, 형이상학적인 암시를 알리고 있다. '보리밭에 달뜨면/애기 하나 먹고'도 어떤 장면의 그대로의 제시가 아니다. 이 처절한 이미지의 목적은 이미지 그 자체에 있지 않다. 이미지는 하나의 표현이 되고 있다. 30년대의 시에서 예시한 이 두 편의 시는 이미지의 기능면에서 날카롭게 대립하고 있다.

흰 달빛
자하문

달안개
물소리

대웅전
큰보살

바람소리
솔소리

부영루
뜬 그림자

흐는히
젖는데

흰 달빛
자하문

바람소리
물소리

—박목월, 「불국사」

제6연에 설명어가 한 곳 나오는 외는 모두 명사(주어)로 끝나고 있다. 이 시 전체가 몇 개의 장면제시에 그치고 있다. 설명이 없으니까 인상의 강도 같은 것도 알 수 없다. 서술적 이미지로 된 아주 극단의 경우다. 빈사의 생략은 의미론의 입장으로는 판단의 유보상태를 뜻하게도 되지만, 피지컬 포에트리physical poetry의 전형이기도 하다. "물物을 강조하여 그 이외의 것은 되도록 배제하려는 시를 나는 피지컬한 시라고 부르려고 한다"고 존 크로 랜섬John Crowe Ransom은 말하고 있다.

40년대의 시도 이미지의 기능면에서 날카로운 대립을 보이고 있다.

해야 솟아라 해야 솟아라. 말갛게 씻은 얼굴 고운 해야 솟아라. 산 넘어 산 넘어서 어둠을 살라먹고. 산 넘어서 밤새도록 어둠을 살라먹고 이글이글 앳된 얼굴 고운 해야 솟아라.

—박두진, 「해」 일부

이 시에서의 '해'는 시인의 관념의 비유가 되고 있다. 이 '해'

를 피지컬하게 받아들일 사람은 없을 것이다. 플라토닉 포에트리platonic poetry의 전형이라고 하겠다. "관념의 시를 나는 플라톤적인 시라고 부르겠다"고 랜섬은 말하고 있다. 앨런 테이트의 말을 빌면 이런 유형의 시는 '의지의 시poetry of the will'라는 것이 된다. "실천적인 의지를 원동력으로 하는 태도인데, 17세기까지의 시에 있어서는 이 태도는 도덕적인 추상개념과 알레고리에 의지하고 있었다. 지금은 과학의 영향을 받아 피지컬한 관념에 호소하고 있다"라고 그는 말한다. 매우 피지컬한 전개를 하고 있지만, 결국 이 시는 '관념'이 '실천적인 의지를 원동력'으로 하고 있다는 것을 알 수 있다. 말하자면 무엇에 도달하고자 하는 의지가 이 시의 발상의 밑바닥에 깔려 있다. 여기서 우리는 단순하지 않은 문제에 부닥치게 된다. 「문둥이」의 경우와 「해」의 경우가 이미지의 기능면에서 볼 때 같은 유형으로 묶이게 되지만, 그 발상은 서로 다르다. 「문둥이」의 경우는 어떤 의지를 보이고 있는 것은 아니다. 생에 대한 하나의 인식을 보여주고 있을 뿐이다. 이러한 발상의 뉘앙스 차는 이미지를 서술적으로 순수하게 쓰고 있는 시들 사이에도 있다.

벌판한복판에꽃나무가하나있오. 근처에는꽃나무가하나도없오. 꽃나무는제가생각하는꽃나무를열심으로생각하는것처럼열심으로꽃을피워가지고섰오. 꽃나무는제가생각하는꽃나무에게갈수없오. 나는막달아났오. 한꽃나무를위하여그러는것처럼나는그런이상스러운흉내를내었오.

—이상, 「꽃나무」

30년대의 「지도」나 40년대의 「불국사」는 모두 외부의 장면들의 감각적인 인상만을 배열하고 있다. 그러나 이 시에서의 「꽃나무」는 관념은 아니지만, 심리적인 어떤 상태의 유추로서 쓰이고 있는 듯하다. 심리적인 어떤 상태를 이렇게 밖에는 말할 수 없을 때 그것은 이미지 그 자체가 되어버린 심리적인 어떤 상태인 것이다. 그런 뜻으로 이 시의 이미지는 서술적이라고 할 수 있다. 같은 30년대의 「지도」와 비교하면 이미 그 사생적 소박성을 잃고 있다. 40년대의 「불국사」와 비교해보더라도 사정은 마찬가지다. 같은 서술적 이미지라 하더라도 사생적 소박성이 유지되고 있을 때는 대상과의 거리를 또한 유지하고 있는 것이 되지만, 그것을 잃었을 때는 이미지와 대상은 거리가 없어진다. 이미지가 곧 대상 그것이 된다. 현대의 무의미 시는 시와 대상과의 거리가 없어진 데서 생긴 현상이다. 현대의 무의미 시는 대상을 놓친 대신에 언어와 이미지를 시의 실체로서 인식하게 되었다고 할 수 있다. 그 가장 처음의 전형을 우리는 이상의 시에서 본다.

꽃가루와같이 부드러운 고양이의 털에
고운 봄의 향기가 어리우도다.

금방울과같이 호동그란 고양이의 눈에
미친 봄의 불길이 흐르도다.

고요히 다물은 고양이의 입술에
포근한 봄 졸음이 떠돌아라.

날카롭게 쭉 뻗은 고양이의 수염에
푸른 봄의 생기가 뛰놀아라.

—이장희, 「봄은 고양이로다」

20년대에도 이러한 시가 있었다는 것은 특수한 기질의 시인이 있었다는 증거가 되겠지만, 이미 보아온 「지도」나 「불국사」와 같은 30년대 이후 흔히 보게 된 그러한 유형의 소박한 서술적 이미지의 시다.

50년대 60년대에 씌어진 서술적 이미지의 시들은 한결같이 사생적 소박성을 잃고 있다. 이상을 기질의 시인으로 볼 수도 있을지는 모르나, 50년대에 들어서면 세대를 느끼게 된다.

춤을 춘다
아직도 나는 춤추고 있어
나는 맨발이지
모래는 자꾸 반짝이면서 뜨겁다
물새가 난다

—전봉건, 「속의 바다 (21)」 일부

——포수는 한 덩이 납으로
그 순수를 겨냥하지만,

매양 쏘는 것은
피에 젖은 한 마리 상한 새에 지나지 않는다.

—박남수, 「새 · 1」 3

천정에 붙어 있는
흰 헝겊이 한 꺼풀씩
내리는 무인경의 아침——
아스팔트의 넓이는, 산길의 뒷받침하는
호수쪽 푸른 제비의 행동이었다.

—김종삼, 「올페의 유니폼」 일부

나는
시들어 떨어진 꽃에서
어느 아기 어머니를 보았다.
그 꺼칠한 길에
이상한 해무리가 떠있었다.

—김구용, 「어느날」 일부

도마 위에서
번득이는 비늘을 털고
몇 토막의 단죄가 있은 다음
숯불에 누워
향을 사르는 물고기

—김광림, 「석쇠」 일부

꽃 속에 작은 꽃 속에 작디작은
자주꽃 속에 보이지 않는
숨소리도 들린다
우리 동네 편물점에 염색된 실처럼
내장을 모두 빼어버린 것들도 보인다

—김영태, 「자주꽃 속에」 일부

허름한 처마 아래서 밤
열두시에 나는 죽어,
나는 가을
비에 젖어 펄럭이는 질환이 되고
한없이 깊은 층계를

굴러떨어지는 곤충의
눈에 비친 암흑이 된다.

두려운 칼자욱이 된다.

—이승훈, 「사진」 일부

찢어진다.
떨어진다.
거미줄처럼 짜인
무변의 강사
찬란한 꽃 강사 우에
동그만 우주가
달걀처럼
고요히 내려앉다.

—문덕수, 「선에 관한 소묘 (1)」 일부

——왜 그러십니까?
　　모래밭에서
수화기
　여인의 허벅지
　　　　낙지 까아만 그림자

—조향, 「바다의 층계」 일부

이상 9인의 9편의 시를 인용해보았다. 이 정도라면 이것은 충분히 하나의 경향으로 봐야 한다. 이 시들에서는 대상이 무엇인가 하는 것을 알 수 없다. 대상이 없는 것같이 보인다. 있는 것은 언어와 이미지의 배열뿐이다. 대상이 없을 때 시는 의미를 잃게 된다. 독자가 의미를 따로 구성해볼 수는 있지만, 그것은 시가 가진 의도와는 직접의 관계는 없다. 시의 실체가 언어와 이미지에 있는 이상 언어와 이미지는 더욱 순수한 것이 된다. 「지도」나 「불국사」나 「봄은 고양이로다」에서의 이미지도 순수하지만, 그것들은 그러나 상대적으로 순수할 뿐이다. 비유적 이미지에 비하여 순수하다는 것뿐이다. 이미지가 대상을 가지고 있는 이상 대상을 위한 수단이 될 수밖에는 없다는 뜻으로는 그 이미지는 불순해진다. 그러나 대상을 잃은 언어와 이미지는 대상을 잃음으로써 대상을 무화시키는 결과가 되고, 언어와 이미지는 대상으로부터도 자유로운 것이 된다. 이러한 자유를 얻게 된 언어와 이미지는 시인의 바로 실존 그것이라고 할 수 있다. 언어가 시를 쓰고 이미지가 시를 쓴다는 일이 이렇게 하여 가능해진다. 일종의 방심상태인 것이다. 적어도 이러한 상태를 위장이라도 해야 한다. 시작의 진정한 방법과 단순한 기교의 차이는 이 방심상태(자유)와 그것의 위장의 차이라고 할 수 있을 것이다.

수사적으로 볼 때 위의 시들은 공통영역common territory 이 아주 좁은 것들끼리 결합되고 있는 경우가 많다. '아스팔트의 넓이는……푸른 제비의 행동이었다' (김종삼), '숯불에 누워/향을 사르는 물고기' (김광림), '비에 젖어 펄럭이는 질환이 되고' (이승훈), '찬란한 꽃 강사 우에/동그란 우주' (문덕수), '모래밭에서/수화기' (조향) 등이다. 이러한 당돌한 결합은 역시 자유에 그 원인이 있다고 봐야 한다. 자유는 경험세계의 폭을 넓혀주고, 다양한 경험을 폭넓게 수용할 수 있게 한다. 그러나 이러한 당돌한 종합이 어느 정도의 공감과 호소력을 가질 수 있느냐 하는 문제는 다른 성질의 문제이기 때문에 여기서는 언급을 피할 수밖에는 없다.

위와 같은 수사상의 문제는 50년대 이후는 이미지를 비유적으로 쓰고 있는 시들에서도 얼마든지 볼 수 있다. 역시 세대를 느끼게 한다.

영혼은 달아날 궁리를 하고 육체는 아플수록 떠를 쥔다.
끝없는 싸움의 무도. 금실 좋은 자웅.
핥으며 빨며 물어뜯고 달래며 속삭이며 쓰다듬는다.
뇌수와 정액. 해골과 자궁이 서로 꼬리를 문다.
무덤 속에서 나비가 화화花火처럼 뛰어나오고
부뚜막 속으로 꺼낸 유성이 뛰어든다.

—성찬경, 「태극」 일부

주제(관념)은 영혼과 육체, 생과 사의 긴장관계에서 빚어지는 생명감인 듯하다. 20년대나 30년대나 또는 40년대에 비하여 그러나 이러한 주제의식은 많이도 은폐되고 있다. 「문둥이」의 경우처럼 비유로 쓰인 이미지들이 신선하고 적확하기 때문이다. 첫머리 두 행의 설명부분이 없었더라면 이미지들의 신선함과 적확함에 압도되어 잠시 그것들이 비유라는 것을 잊을 정도다.

풀, 여름풀
대대목들의
이슬에 젖은 너를
지금 내가 맨살로 사뿐사뿐 밟는다.
애인의 입술에 입맞추는 마음으로.
참으로 너는 땅의 입술이 아니냐?

—남궁벽, 「풀」 일부

거룩한 분노는

종교보다도 깊고
불붙는 정열은
사랑보다도 강하다.
아, 강낭콩꽃보다도 더 푸른
그 물결 위에
양귀비꽃보다도 더 붉은
그 마음 흘러라

— 변영로, 「논개」 일부

이것은 소리없는 아우성.
저 푸른 해원을 향하여 흔드는
영원한 노스탈쟈의 손수건.

—유치환, 「깃발」 일부

꿈을 아느냐 네게 물으면,
플라타너스,
너의 머리는 어느덧 파란 하늘에 젖어 있다.

—김현승, 「플라타너스」 일부

이상 4인 4편은 20년대 30년대의 경향을 드러낸 시들이다. 이미지가 비유로 쓰이고 있다는 것이 곧 드러난다. 여기에는 두 가지 이유가 있다. 이미지들이 적확하기는 하나 이미지에 쏠린 만큼의 신선함이 부족하다는 것이 그 하나의 이유가 되겠고, 경험의 폭이 좁기 때문에(수사상으로는 공통영역이 아주 넓은 것들끼리 결합되고 있다) 또한 이미지들이 관념을 압도하지 못하고 있어 자연 관념이 표면에 뚜렷이 드러나게 되었다는 것이 다른 또 하나의 이유가 되겠다.

Neant——

No

노怒한다

박꽃으로 더불어 초가집들이

UN빌딩을 두루 날으다가

Cogito를 포격하고 항시 아리랑!

고개만을 넘으면 일전一錢 같은

일심一心으로 낱담배를 피워물고

—송욱, 「하여지향 · 11」 일부

나는 아이들을 가르치면서

우리나라가 종교국이라는 것에 대한 자신을 갖는다.

절망은 나의 목뼈는 못 자른다 겨우 손마디 뼈를

새벽이면 하아프처럼 분질러놓고 간다.

—김수영, 「우리들의 웃음」 일부

섭씨 삼십 몇도의 태양 아래

도시는 튀는 폽 콘.

밤이면 목마른 두견이 울

이 모지라진 가지 밑에 앉아서

끼니 때 연기나 기다려 볼거나.

—민재식, 「불협화음」 일부

이상 3인 3편의 시는 뚜렷한 대상을 두고 씌어진 시다. 그것은 사회다. 사회를 그대로 묘사하고 있는 것이 아니라, 3편이 다 사회에 대하여 무엇인가 말을 하고 있다. 게다가 매우 짙은 현실감각을 보이고 있다. 말하자면 대상(현실 · 사회)으로부터 심한 구속을 받고 있다. 자유롭지 못하다. 그러니까 유희의 기분(방심상태)이 되지 못하고 매우 긴장되어 있다. 그 긴장은 근본적으로는 도덕적인 긴장이긴 하나, 시의 방법론적 긴장이 서려 있기도 하여 이미지에 뉘앙스를 빚어주고 있다. 전형적인 관념시들인데도 비유적 요소가 표현에는 덜 드러나고 있다.

사족—"원시적 심성에 있어서는 자아는 외계로부터 또렷하게 떨어져 있지 않다. 외계의 인상과 그 성질의 포로다. 따라서 자발성을 배제하고 외계의 인상과 그 성질과를 기계적으로 재현하게 된다. 서술적 이미지는 이러한 사정 속에서 발견되어져야 할 것이다"(무라오카 이사무村岡勇)라고 하는 소박한 의견은 현대시에서는 그대로 받아들일 수가 없다. 이미지를 서술적으로 다룬 시들 중에는 대별하여 두 개의 유형이 있다. 그 하나는 대상의 인상을 재현한 그것이고 다른 하나는 대상을 잃음으로써 대상을 무화시킨 결과 자유를 얻게 된 그것이다. 이 후자가 30년대의 이상을 거쳐 50년대 이후 하나의 경향으로서 한국 시에 나타나게 된 무의미의 시다. 그러니까 시사적으로 한국의 현대시가 50년대 이래로 비로소 시에서 자유가 무엇인가를 경험하게 되었다고 하겠다. 그러나 이 경우에도 완전한 자유에 도달하였다고 말하기는 어려울 것 같고, 비교적 자유에 접근해간 경우가 있었다고 해야 할는지 모른다. 자유를 위장해서라도 대상으로부터 자유로워지고 싶어하는 그런 경우가 훨씬 더 많을는지도 모른다. 이런 사정들을 식별하기란 매우 어려운 일이다. 그것은 시인의 창작심리와 밀접한 관계가 있기 때문이다.

한편, 이미지를 비유적으로 다룬 시들 중에도 아주 소박한 것과 심리적인 굴절을 안고 있는 것들이 있다. 그러나 이 경우는 이미지를 서술적으로 다룬 경우와는 다른 데가 있다. 이 경우는 대상을 놓치고 있는 것은 없다. 자유라는 측면에서 바라볼 때, 대상을 놓친 서술적 이미지의 시와 모든 비유적 이미지의 시는 양극이라고 할 수 있고, 대상을 가지고 있는 서술적 이미지의 시는 그 중간에 자리한다고 할 수 있다. 왜냐하면 그는 대상을 가지고 있는 그만큼 자유롭지는 못하나, 그러나 대상에 대하여 판단중지(대상을 괄호 안에 집어넣고 있다)의 상태에 있기 때문에 하나의 방관자적 입장에 설 수 있다.

대상 · 무의미 · 자유—졸고 「한국 현대시의 계보」에 대한 주석

같은 서술적 이미지라 하더라도 사생적 소박성이 유지되고 있을 때는 대상과는 거리를 또한 유지하고 있는 것이 되지만, 그것을 잃었을 때는 이미지와 대상은 거리가 없어진다. 이미지가 곧 대상 그것이 된다. 현대의 무의미 시는 시와 대상과의 거리가 없어진 데서 생긴 현상이다. 현대의 무의미 시는 대상을 놓친 대신에 언어와 이미지를 실체로서 인식하게 되었다고 할 수 있다.

—《시문학》 9호 10쪽.

'대상과의 거리'가 유지되고 있는 동안은 시인은 항상 자기의 인상을 대상에 덮어씌움으로써 대상에 의미부여를 하고 있는 것이 된다. 모든 사생화가 그것을 증명한다. 인상파의 그림에서처럼 개성이 어떻게 다르든 그것과는 상관없이 대상은 현실의 대상 그대로 재현되고 있다(나무가 개로 둔갑하는 일이 없다). 그러면서 그 대상은 조금씩 달라져 있다(나무가 어둡게도 보이고 밝게도 보인다).

대상이 있다는 것은 대상으로부터 구속을 받고 있다는 것이 된다. 그 구속이 긴장을 낳는다. 긴장이 몹시 팽팽해질 때 반 고흐의 풍경들이 된다. 그것들은 물론 풍경(대상)이긴 하지만, 풍경 이상의 그 무엇이다. '무의미'라고 하는 것은 기호논리이나 의미론에서의 그것과는 전연 다르다. 어휘나 센텐스를 두고 하는 말이 아니라, 한 편의 시작품을 두고 하는 말이다. 한 편의 시작품 속에 논리적 모순이 있는 센텐스가 여러 곳 있기 때문에 무의미하다는 것은 아니다. 그런 데가 한 군데도 없더라도 상관없다(그러나 '무의미 시'에는 실지로 논리적 모순이 있는 센텐스가 더러 끼이고 있다). 그러니까 이 경우에는 '무의미'라는 말의 차원을 전연 다른 데서 찾아야 한다. 다시 말하면, 이 경우에는 반 고흐처럼 무엇인가 의미를 덮어씌울 그런 대상이 없어졌다는 뜻으로 새겨야 한다(왜 이런 일이 생겼는가는 나중에 언급하기로 하고, 여기서는 잠시 접어두기로 한다). 대상이 없으니까 그만큼 구속의 굴레를 벗어난 것이 된다. 연상의 쉬임 없는 파동이 있을 뿐 그것을 통제할 힘은 아무 데도 없다. 비로소 우리는 현기증 나는 자유와 만나게 된다.

언어가 시를 쓰고 이미지가 시를 쓴다는 일이 이렇게 하여 가능해진다. 일종의 방심상태인 것이다. 적어도 이러한 상태를 위장이라도 해야 한다. 시작의 진정한 방법과 단순한 기교의 차이는 이 방심상태(자유)와 그것이 위장의 차이라고 할 수 있을 것이다.

—《시문학》 9호 12쪽.

대상이 없어졌으니까 그것과 씨름할 필요도 없어졌다. 다만 있는 것은 왕양한 자유와 대상이 없어졌다는 불안뿐이다. 시에는 원래 대상이 있어야 했다. 풍경이라도 좋고 사회라도 좋고 신이라도 좋다. 그것들로부터 어떤 구속을 받고 있어야 긴장이 생기고, 긴장이 있는 동안은 이 세상에는 의미가 있게 된다. 의미가 없는데도 시를 쓸 수 있을까? '무의미 시'에는 항상 이러한 의문이 뒤따르게 마련이다. 대상이 없어졌다는 것을 짐작하고 있으면서 이 의문에 질려 있고, 그러고도 시를 쓰려고 할 때 우리는 자기를 위장할 수밖에는 없다. 기교가 이럴 때에 필요한 것이 된다. 그러니까 이때의 기교는 심리적인 뜻의 그것이지 수사적인 뜻의 그것이 아니다. 그러나 그 위장이라고 하는 기교가 수사에도 그대로 나타나게 되는 것은 어쩔 수 없는 일이다.

모차르트의 〈C단조 교향곡〉을 들을 때 생기는 의문은, 그는 그의 자유를 어찌하여 이렇게 다스릴 수 있었을까 하는 그것이다. 시는 음악보다는 훨씬 방종하다는 증거를 그에게서 보곤 한다. 그에게도 대상이 없다는 것은 분명하데 그의 음악은 너무나 음악이다. 음의 메커니즘에 통달해 있었기 때문일까? 그러나 한편 생각하면 우리는 언어의 속성에 너무나 오래도록 길이 들어 있어 그것으로부터 벗어나지 못하고 있기 때문이 아닌가도 한다. 시는 진보하는 것이 아니라 진화한다는 것이라는 가설이 성립된다고 한다면, 어떤 시는 언어의 속성을 전연 바꾸어놓을 수도 있지 않을까? 언어에서 의미를 배제하고 언어와 언어의 배합, 또는 충돌에서 빚어지는 음색이나 의미의 그림자나 그것들이 암시하는 제2의 자연 같은 것으로 말이다(이런 시도를 상징파의 유수한 시인들이 조금씩은 하고 있었다). 이런 일들은 대상과 의미를 잃음으로써 가능하다고 한다면, '무의미 시'는 가장 순수한 예술이 되려는 본능에서였다고도 할 수 있을는지 모른다. 그러나 여기서 한 가지 제동을 걸어야 할 것 같다.

말하자면 대상(현실 · 사회)으로부터 심한 구속을 받고 있다. 자유롭지 못하다. 그러니까 유희의 기분(방심상태)이 되지 못하고 매우 긴장되어 있다. 그 긴장은 근본적으로는 도덕적인 긴장이긴 하나 시의 방법론적 긴장이 서려 있기도 하여……

—《시문학》 9호 14쪽.

무엇이든 오랜 관습에서 벗어나려고 할 때 우리는 불안해진다. 전연 낯선 세계에 발을 들여놓아야 하는 그 불안과 함께 아직도 많은 사람들이 거기서 안주하고 있는 곳을 떠나야 한다는, 소외된다는 그 불안이 겹친다. 이러한 불안은 두말할 것도 없이 가치관의 공백기에 생기는 불안이다. 가치관의 공백이란 말은 그것을 의식하는 사람들에게는 허무란 말이 된다. 회의를 모르는 소박한 사람들이 그대로 제자리에 주저앉아 있을 때, 예민한 사람들이 있어 그들이 성실하다고 한다면 이 허무 쪽으로 한 발짝 내디딜 수도 있다. 허무는 글자 그대로 모든 것을 없는 것으로 돌린다. 나무가 있지만 없는 거나 같고, 사회가 있지만 그것도 없는 거나 같다. 물론 그가 그렇게 생각한다고 실지의 나무와 실지의 사회가 없어지는 것은 아니겠지만, 그의 의식 속에서는 어떤 가치도 가지지 못한다. 즉 허무는 자기가 말하고 싶은 대상을 잃게 된다는 것이 된다. 그 대신 그에게는 보다 넓은 시야가 갑자기 펼쳐진다. 이렇게 해서 '무의미 시'는 탄생한다. 그는 바로 허무의 아들이다. 시인이 성실하다면 그는 그 자신 앞에 펼쳐진 허무를 저버리지 못한다. 그러나 기성의 가치관이 모두 편견이 되었으니 그는 그 자신의 힘으로 새로운 뭔가를 찾아가야 한다. 그것이 다른 또 하나의 편견이 되더라도 그가 참으로 성실하다면 허무는 언젠가는 초극되어져야 한다. 성실이야말로 허무가 되기도 하고, 허무에 대한 제동이 되기도 한다. 이리하여 새로운 의미(대상), 아니 의미가 새로 소생하고 대상이 새로 소생할 것이다. '도덕적인 긴장'이 진실로 그때 나타난다.

여기서의 '유희의 기분'이란 이마누엘 칸트Immanuel Kant의 유희설과 근본적으로는 같은 것이지만, 약간 더 부연할 것이 있다. 노동의 여가에 사람은 그 남은 정력을 유희에 쏟는다고 이마누엘 칸트는 말하고 있지만, 진실은 그렇지가 않을는지도 모른다. 노동의 여가가 없고, 남아 있는 정력이 없다고 하더라도 사람은 노동 그것을 유희로 만들어버릴는지도 모른다. 그것이 불가능하다면 노동이 그대로 유희하는 환상을 만들어낼는지도 모른다. 유희는 그 자체 하나의 해방(자유)이기 때문이다. 유희야말로 대상이 없는 유일한 인간적 행위가 아닌가? 유희에 대상이 끼여들 때, 그때 유희는 유희 아닌 것이 되고 만다. 국가의 명예가 눈앞에 있을 때 그 100미터 경주는 유희이기를 그만둔 셈이다. 국가의 명예라는 대상이 경주자의 자유를 구속한다. 국가의 명예가 경주자를 긴장케 한다. 그것이 바로 100미터 경주라는 것의 의미가 되겠지만, 우리는 그런 대상과 그런 의미로부터 자기를 구하고자 한다. 유희의 긍정적인 뜻이 여기에 있다. 그러나 이러한 유희를 끝내 감당할 만큼 우리는 용감하지도 품위가 있는 것도 아니다. 화투놀이에 돈이 끼여들고, 우리는 곧 그 돈의 구속을 받아 자유를 잃게 된다. 그렇다고는 하지만, 이 유희의 경지를 또한 허무로 받아들일 만큼 우리의 능력은 한정돼 있고, 구속을 자초해야만 안심이 되기도 하기 때문에 유희의 경지에 도달한 예술을 인정하지 않으려고 하고, 그것에 겁을 먹기도 한다. 유희는 우리에게 있어 영원한 실낙원이기 때문에 이 오욕의 땅 위에서는 유희(허무)는 초극되어져야 하는 것인지도 모른다. 신의 영역을 사람이 침범할 수는 없지 않는가?

한국의 현대시가 50년대 이래로 비로소 시에서 자유가 무엇인가를 경험하게 되었다고 하겠다. 그러나 이 경우에도 완전한 자유에 도달하였다고 말하기는 어려울 것 같고, 비교적 자유에 접근해간 경우가 있었다고 해야 할는지 모른다. 자유를 위장해서라도 대상으로부터 자유로워지고 싶어하는 그런 경우가 훨씬 더 많을는지도 모른다.

—《시문학》 9호 14쪽.

이상의 시를 보면 내던진 듯한 방심상태에서 씌어지지 않았나 생각되는 것이 있는가 하면, 분명히 치밀한 계산 아래 씌어지고 있는 것도 있다. 유희 · 자유 · 방심상태 등의 낱말들은 방법론적으로는 자동기술을 가리키는 것이 된다. 그런데 이 자동기술이란 것을 액면 그대로 믿을 수가 없다. 무의식이란 전연 감추어진 세계고, 그것이 어떻게든 말로써 기록되는 이상은 의식의 힘을 입게 된다는 것이 프로이트 이후의 정신분석학이 밝혀준 상식이다. (물론 우리는 과학이고자 하는 정신분석학 자체의 그동안의 성과에도 의심을 품을 수가 있긴 하지만) 우선 이 상식에 따라 말을 하자면, 글자 그대로의 자동기술이란 없다고 해야 하겠다. 그러면서도 우리가 이상을 드는 것은 이 땅에서는 그래도 그가 처음으로 시를 하나의 유희로서 써보려고 한 사람이 아니었던가 하는 그 점에서다. 그의 소설 「날개」에는 '아내' 라는 대상을 놓친 '나' 가 그녀가 없는 그녀의 방에서 휴지를 돋보기 광선으로 태운다든가, 화장품 냄새를 맡는다든가, 벽에 걸린 치마를 보고 그녀의 지체를 연상한다든가 하는 따위 장면이 나온다. 정신분석학에서는 이런 것을 대상행위라고 하고 있는 모양이지만, 그런 것이 아닐는지도 모른다. '나' 에게는 욕망이라는 것이 처음부터 없다. 그러니까 대상행위도 있을 수가 없다. 대상을 놓친 '나' 가 그냥 그러고 있는 유희에 지나지 않는다. '나' 는 그에게 부닥쳐온 자유에 압도되고 있을 뿐이다. 이상의 시의 어느 것은 바로 이런 것이다. 이상과 같은 시기에 《삼사문학》 동인들이 시를 쓰고 있었지만, 그들의 창작심리가 어느 정도로 이상을 닮고 있었는지는 매우 의심스럽다. 이상은 다행히도 소설과 수필, 특히 그의 생활을 통하여 그렇게 말할 수 있는 그의 창작심리의 비밀을 보여주고 있다.

초현실주의는 초현실주의자들이 말하고 있듯이 시의 문제가 아니라 인간의 문제라고 한다. 시의 혁명이라기보다 인간의 혁명을 위한 시(또는 예술)를 수단으로 선택했을 뿐이다. 그러나 결과적으로 그것이 시에 새로운 계기를 만들어주게 되자 냉철한 사람들은 그것(초현실주의)을 하나의 교양으로 받아들이게 되었다. 사람으로서는 초현실주의자와는 먼 거리에 있으면서도 시의 입장으로서만 초현실주의자가 된 시인이 세계의 도처에서 생겨난 것이다. 매우 아이러니컬하지만 이리하여 자동기술이 하나의 기교로서 유행을 보게 된다. 30년대 이래로 한국에서도 우리는 이러한 시 지상주의적 초현실주의자들을 낳게 했다고 보아진다. 시를 위하여는 그러나 많은 것들을 익히게 했고, 특히 기교의 새로운 국면을 열어 보여주었지만 그것들이 모두 위장된 자유인 것만은 틀림없다.

의미에서 무의미까지

나의 작시 역정

자기가 해온 일을 스스로 회고해보는 것은 그 자신에게 있어 의의 있는 일이 될는지도 모른다. 그러나 그것을 남 앞에 공개한다는 것은 자칫하면 허영같이 보일 염려도 있고 하여 쑥스러운 일이 아닐 수 없다. 쑥스러움을 무릅쓰고라도 자기를 남 앞에 내놓고 싶어하는 그런 허영을 참지 못할 만큼 나는 아직 어리지는 않다. 내가 이 글을 쓰는 것은 나의 작시 과정이 남과 어떤 대화를 나눌 수 있는가를 알고 싶어서다. 이것마저 허영이라고 한다면, 나는 시에 대하여 일체의 말을 삼가야 하고, 시를 쓰는 일까지도 그만두어야 한다. 그러나 그것은 너무나 쓸쓸한 일이다. 그 쓸쓸함을 참을 수 있을 만큼은 나는 지금 어른이 돼 있지도 못하고, 용감하지도 못하다.

나는 이 글에서 나의 시작 과정을 그냥 회고하는 것이 아니라, 지금의 나의 입장에서 과거의 나의 시작을 다소 비판적으로 따져보려는 것이다.

구름과 장미

1947년에 낸 나의 첫 시집의 이름이 『구름과 장미』다. 이 시집명은 매우 상징적인 뜻을 지니고 있다. 구름은 우리에게 아주 낯익은 말이지만, 장미는 낯선 말이다. 구름은 우리의 고전시가에도 많이 나오고 있지만, 장미는 전연 보이지가 않는다. 이른바 박래어다. 나의 내부는 나도 모르는 어느 사이에 작은 금이 가 있었다. 구름을 보는 눈이 장미도 보고 있었다. 그러나 구름은 감각으로 설명이 없이 나에게 부닥쳐왔지만, 장미는 관념으로 왔다. 장미도 때로 감각으로 오는 일이 있었지만, 양과자를 먹을 때와 같은 '손님이 갖다주는 선물'로 왔지, 제상에 놓인 시루떡처럼 오지 않았다. 장미를 노래하려고 한 나는 나의 생리에 대한 반항으로 그렇게 한 것이 아니라, 그것은 하나의 이국 취미에 지나지 않았다. 나는 반항의 자각을 지니지 못했다. 몇 년 뒤에 그것은 관념에의 기갈과 함께 왔다. 그때로부터 나는 장미를 하나의 유추로 쓰게 되었다.

산은 모른다고 한다.
물은 모른다 모른다고 한다.

내가 기다리고 있는 것을
내가 이처럼 너를 기다리고 있는 것을

산은 모른다고 한다.
물은 모른다 모른다고 한다.

—「모른다고 한다」

경이는 울고 있었다.
풀덤불 속으로 노란 꽃송이가
갸우뚱 내다보고 있었다.

그것뿐이다.
나는 경이가 누군지를 기억치 못한다.
구름이 일다 구름이 절로 사라지듯이
경이는 가 버렸다.

바람이 가지끝에
울며 도는데
나는 경이가 누군지를 기억치 못한다.

경이,
너는 울고 있었다.
풀덤불 속으로 노란 꽃송이가
갸우뚱 내다보고 있었다.

—「경이에게」

너도 아니고 그도 아니고, 아무것도 아니고 아무것도 아니라는데……꽃인 듯 눈물인 듯 어쩌면 이야기인 듯 누가 그런 얼굴을 하고 간다, 지나간다. 환한 햇빛 속을 손을 흔들며……

아무것도 아니고 아무것도 아니고 아무것도 아니라는데, 온통 풀냄새를 늘어놓고 복사꽃을 울려 놓고 복사꽃을 울려만 놓고……환한 햇빛 속을 꽃인 듯 눈물인 듯, 어쩌면 이야기인 듯 누가 그런 얼굴을 하고……

—「서풍부」

이것들은 모두 내 촉각이 더듬어가며 짚어가며 암중에서 씌어진 시들이다. 내 체질의 빛깔은 원색이 아니고 중간색인 듯하다. 방법을 정립하지 못하고 거의 촉각 하나를 밑천으로 시를 쓰고 있었다. 그러니까 말(의미)보다 먼저 토운이 있다. 나의 무의식에는 베를렌과 미당이 있었는 듯하다. 이 무렵 내 가까이에 늘 청마가 계셨지만 청마의 말은 나에게는 너무 무겁고 거북하기만 하였다.

유추로서의 장미

나의 사춘기는 너무 늦게 온 것이 아니라 너무 일찍 와서 너무도 오래 머물다 간 것 같다.

나이 서른을 넘고서야 둑이 끊긴 듯 한꺼번에 관념의 무진 기갈이 휩쓸어왔다. 그와 함께 말의 의미로 터질 듯이 부풀어올랐다. 나는 비로소 청년기를 맞은 모양이다. 나의 '자기 내 세계'의 시절이다.

나는 나의 관념을 담을 유추를 찾아야 했다. 그것이 장미다.

이국취미가 철학하는 모습을 하고 부활한 셈이다. 나의 발상은 서구 관념철학을 닮으려고 하고 있었다. 나도 모르는 사이 나는 플라토니즘에 접근해간 모양이다. 이데아라고 하는 비재가 앞을 가로막기도 하고 시야를 지평선 저쪽으로까지 넓혀주기도 하였다. 도깨비와 귀신을 나는 찾아다녔다. 선험의 세계를 나는 유영하고 있었다.

세상 모든 것을 환원과 제1인으로 파악해야 하는 집념의 포로가 되고 있었다. 그것이 실재를 놓치고, 감각을 놓치고, 지적으로는 불가지론에 빠져들어 끝내는 허무를 안고 뒹굴 수밖에는 없다는 것을 눈치챈 것은 50년대도 다 가려고 할 때였다. 30대의 10년 가까이를 나는 그런 모양으로 보내고 있었다. 어떻게 보면, 청년기를 보내는 사람들이 흔히 겪는 하나의 사치요 허영이었는지도 모른다. 그러나 그러한 겉도는 체험 끝에 사람은 또한 뭔가를 조금씩 깨달아가는지도 모른다.

나는 시방 위험한 짐승이다.
나의 손이 닿으면 너는
미지의 까마득한 어둠이 된다.

존재의 흔들리는 가지 끝에서
너는 이름도 없이
피었다 진다.

눈시울에 젖어 드는 이 무명의 어둠에
추억의 한 접시 불을 밝히고
나는 한밤내 운다.

나의 울음은 차츰
아닌밤 돌개바람이 되어 탑을 흔들다가
돌에까지 스미면 김이 될 것이다.

……얼굴을 가리운 나의 신부여,

—「꽃을 위한 서시」

이데아로서의 신부의 이미지는 릴케와 평계 이정호의 시에서 얻은 것이다. 이 비재(신부)는 끝내 시가 될 수 없는 심연으로까지 나를 몰고 갔다. 그 심연을 앞에 하고는 어떤 말도 의미의 옷이 벗겨질 수밖에는 없었다. 평계의 침묵을 단지 나는 그의 게으름으로만 돌리지 못한다.

나는 이 시기에, 어떤 관념은 시의 형상을 통해서만 표시될 수 있다는 것을 눈치챘고, 또 어떤 관념은 말의 피안에 있다는 것도 눈치채게 되었다. 나는 관념공포증에 걸려들게 되었다. 말의 피안에 있는 것을 나는 알고 싶었다. 그 앞에서는 말이 하나의 물체로 얼어붙는다. 이 쓸모없게 된 말을 부수어보면 의미는 분말이 되어 흩어지고, 말은 아무것도 없어진 거기서 제 무능을 운다. 그것은 있는 것(존재)의 덧없음의 소리요, 그것이 또한 내가 발견한 말의 새로운 모습이다. 말은 의미를 넘어서려고 할 때 스스로 부서진다. 그러나 부서져보지 못한 말은 어떤 한계 안에 가둬진 말이다. 모험의 그 설레임을 모른다. 나는 그 설렘에 몸을 맡겨보고 싶은 충동이 팽팽해졌지만, 간헐적으로 반동이 일어나 말을 아주 제구실의 가장 좁은 한계 안으로 되돌려보내곤 하였다. 「부다페스트에서의 소녀의 죽음」과 같은 시가 일종 그런 것이다.

늦은 트레이닝

아이들이 장난을 익히듯 나는 말을 새로 익힐 생각이었다. 50년대의 말에서부터 60년대의 전반에 걸쳐 나는 의식적으로 트레이닝을 하고 있었다. 데생 시기라고 해도 좋을 듯하다. 「타령조」라고 하는 시가 두 달에 한 편 정도로 씌어지게 되었다. 일종의 언롱이다. 의미를 일부러 붙여보기도 하고 그러고 싶을 때에 의미를 빼버리기도 하는 그런 수련이다.

이 시기의 부산물로서 「샤갈의 마을에 내리는 눈」, 「겨울밤의 꿈」 등이 있다.

저녁 한동안 가난한 시민들의
살과 피를 데워 주고
밥상 머리에
된장찌개도 데워 주고
아버지가 식후에 석간을 읽는 동안
아들이 식후에
이웃집 라디오를 엿듣는 동안
연탄가스는 가만가만히
주라기紀의 지층으로 내려간다.
그날 밤
가난한 서울의 시민들은
꿈에 볼 것이다.
날개에 산호빛 발톱을 달고
앞다리에 세개나 새끼 공룡의
순금의 손을 달고
서양 어느 학자가
Archaeopteryx라 불렀다는

주라기의 새와 같은 새가 한 마리
연탄가스에 그슬린 서울의 겨울의
제일 낮은 지붕 위에
내려와 앉은 것을,

—「겨울밤의 꿈」

묘사의 연습 끝에 나는 관념을 완전히 배제할 수 있다는 자신을 어느 정도 얻게 되었다. 관념공포증은 필연적으로 관념 도피에로 나를 이끌어갔다. 나는 사생을 게을리하지 않았다. 이미지를 서술적으로 쓰는 훈련을 계속하였다. 비유적 이미지는 관념의 수단이 될 뿐이다. 이미지를 위한 이미지—여기서 나는 시의 일종 순수한 상태를 만들어볼 수가 있을 것으로 생각했다. 그래서 나는 이러한 의도상의 기대를 글로써 공개하기도 하고, 작품도 만들어보았다. 그러나 그 처음 나타난 결과는 실패였다.

눈 속에서 초겨울의
붉은 열매가 익고 있다.
서울 근교에서는 보지 못한
꽁지가 하얀 작은 새가 그것을 쪼아 먹고 있다.
월동하는 인동 잎의 빛깔이
이루지 못한 인간의 꿈보다도
더욱 슬프다.

—「인동 잎」

이 시의 후반부는 관념의 설명이 되고 있다. 관념과 설명을 피하려고 한 것이 어중간한 데서 주저앉고 말았다. 매우 불안한 상태다. 나의 창작심리를 그대로 드러내주고 있다. 여태까지의 오랜 타성이 잠재 세력으로 나의 의도에 저항하고 있었다는 사실을 알게 되었다. 갈등의 해소책을 생각 아니 할 수 없게 되었다. 나는 의식과 무의식의 시작에서의 상관관계를 천착하게 되었다. 타성(무의식)은 의도(의식)를 배반하기 쉬우니까 시작 과정에서나 시가 일단 완성을 본 뒤에도 타성은 의도의 엄격한 통제를 받아야 한다.

사생에 열중하다 보면 자기도 모르는 사이에 설명이 끼이게 된다. 긴장이 풀어져 있을 때는 그것을 모르고 지나쳐버린다. 한참 뒤에는 그것이 발견되는 수가 있다. '이드id'는 '에고ego'의 감시를 교묘히 피하고 싶은 것이다. '에고'는 늘 눈 떠 있어야 한다. 이러한 트레이닝을 하고 있는 동안 사생에서 나는 하나의 확신을 얻게 되었다.

폴 세잔Paul Cézanne이 사생을 거쳐 추상에 이르게 된 과정을 나도 그대로 체험하게 되고, 사생은 사생에 머무를 수만은 없다는 확신에 이르게 되었다. 리얼리즘을 확대하면서 초극해가는 데 시가 있다는 하나의 사실을 알게 되고 믿게 되었다.

사생이라고 하지만, 있는(실재) 풍경을 그대로 그리지는 않는다. 집이면 집, 나무면 나무를 대상으로 좌우의 배경을 취사선택한다. 경우에 따라서는 대상의 어느 부분을 버리고, 다른 어느 부분은 과장한다. 대상과 배경과의 위치를 실지와는 전연 다르게 배치하기도 한다. 말하자면 실지의 풍경과는 전연 다른 풍경을 만들게 된다. 풍경의, 또는 대상의 재구성이다. 이 과정에서 논리가 끼이게 되고, 자유연상이 끼이게 된다. 논리와 자유연상이 더욱 날카롭게 개입하게 되면 대상의 형태는 부서지고, 마침내 대상마저 소멸한다. 무의미의 시가 이리하여 탄생한다.

타성(무의식)은 매우 힘든 일이기는 하나 그 내용을 바꿔갈 수가 있다. 무슨 말인가 하면, 말을 아주 관념적으로 비유적으로 쓰던 타성을 극복하기 위하여 즉물적으로 서술적으로 써보겠다는 의도적 노력을 거듭하다 보면, 그것이 또 하나 새로운 타성이 되어 낡은 타성을 압도할 수가 있게 된다는 그 말이다. 이렇게 되면 이 새로운 타성은 새로운 무의식으로 등장할 수도 있다. 이것을 나는 전의식前意識이라고 부르고자 한다. 60년대 후반쯤에서 나는 이 전의식을 풀어놓아보았다. 이런 행위는 물론 내 의도, 즉 내 의식의 명령하에서 생긴 일이다. 무의미한 자유연상이 굽이치고 또 굽이치고 굽이치고 나면 시 한 편의 초고가 종이 위에 새겨진다. 그 다음 내 의도(의식)가 그 초고에 개입한다. 시에 리얼리티를 부여하는 작업이다. 전의식과 의식의 팽팽한 긴장관계에서 시는 완성된다. 그리고 (말할 필요도 없는 일일지도 모르나) 나의 자유연상은 현실을 일단 폐허로 만들어놓고 비재의 세계를 엿볼 수 있게 하겠다는 의지의 기수가 된다.

「처용단장 제1부」는 나의 이러한 트레이닝 끝에 씌어진 연작이다. 여기서 나는 인상파풍의 사생과 세잔풍의 추상과 액션 페인팅을 한꺼번에 보여주고 싶었으나 내 뜻대로 되어졌는지는 의문이다.

눈보다도 먼저
겨울에 비가 오고 있었다.
바다는 가라앉고
바다가 있던 자리에 군함이 한 척
닻을 내리고 있었다.
여름에 본 물새는 죽어 있었다.
죽은 다음에도 물새는 울고 있었다.
한결 어른이 된 소리로 울고 있었다.

눈보다도 먼저
겨울에 비가 오고 있었다.
바다는 가라앉고
바다가 없는 해안선을
한 사나이가 이리로 오고 있었다.
한쪽 손에
죽은 바다를 들고 있었다.

—「처용단장 제1부」에서

허무, 그 논리의 역설

자각을 못 가지고 시를 쓰다보니 남은 것은 톤뿐이었다. 이럴 때 나에게 불어닥친 것은 걷잡을 수 없는 관념에의 기갈이라고 하는 강풍이었다. 그 기세에 한동안 휩쓸리다 보니, 나는 어느새 허무를 앓고 있는 내 자신을 보게 되었다. 나는 이 허무로부터 고개를 돌릴 수가 없었다. 이 허무의 빛깔을 나는 어떻게든 똑똑히 보아야 한다. 보고 그것을 말할 수 있어야 한다. 의미라고 하는 안경을 끼고는 그것이 보여지지가 않았다. 나는 말을 부수고 의미의 분말을 어디론가 날려버려야 했다. 말에 의미가 없고 보니 거기 구멍이 하나 뚫리게 된다. 그 구멍으로 나는 요즘 허무의 빛깔이 어떤 것인가를 보려고 하는데, 그것은 보일 듯 보일 듯하고 있다. 그래서 나는 「처용단장 제2부」에 손을 대게 되었다.

이미지란 대상에 대한 통일된 전망을 두고 하는 말이라면 나에게는 이미지가 없다. 이 말은 나에게는 일정한 세계관이 없다는 것이 된다. 즉 허무가 있을 뿐이다. 이미지 콤플렉스 같은 것은 두말할 나위도 없이 나에게는 없다. 시를 말하는 사람들이 흔히 이미지를 수사나 기교의 차원에서 보고 있는 것은 하나의 폐단이다.

나에게 이미지가 없다고 할 때, 나는 그것을 다음과 같이 말할 수 있다. 한 행이나 또는 두 개나 세 개의 행이 어울려 하나의 이미지를 만들어가려는 기세를 보이게 되면, 나는 그것을 사정없이 처단하고 전연 다른 활로를 제시한다. 이미지가 되어가려는 과정에서 하나는 또 하나의 과정에서 처단되지만 그것 또는 제3의 그것에 의하여 처단된다. 미완성 이미지들이 서로 이미지가 되고 싶어 피비린내나는 칼싸움을 하는 것이지만, 살아남아 끝내 자기를 완성시키는 일이 없다. 이것이 나의 수사요 나의 기교라면 기교겠지만 그 뿌리는 나의 자아에 있고 나의 의식에 있다. 서도書道나 선禪에서와 같이 동기는 고사하고, 그러한 그 행위 자체는 액션 페인팅에서도 볼 수가 있다. 한 행이나 두 행이 어울려 이미지로 응고되려는 순간, 소리(리듬)로 그것을 처단하는 수도 있다. 소리가 또 이미지로 응고하려는 순간, 하나의 장면으로 처단되기도 한다. 연작에 있어서는 한 편의 시가 다른 한 편의 시에 대하여 그런 관계에 있다. 이것이 내가 본 허무의 빛깔이요 내가 만드는 무의미의 시다. 폴록Pollock의 그림에서처럼 가로세로 얽힌 궤적들이 보여주는 생생한 단면—현재, 즉 영원이 나의 시에도 있어주기를 나는 바란다. 허무는 나에게 있어 영원이라는 것의 빛깔이다.

불러다오.
멕시코는 어디 있는가,
사바다는 사바다, 멕시코는 어디 있는가,
사바다의 누이는 어디 있는가,
말더듬이 일자무식 사바다는 사바다,
멕시코는 어디 있는가,

사바다의 누이는 어디 있는가,
불러다오.
멕시코 옥수수는 어디 있는가.

—「처용단장 제2부」에서

말에 의미가 없어질 때 사람들은 절망하고 말에서 몸을 돌린다. 그러나 절망의 몸짓을 참으로 보고 사람들은 그러는가? 팽이가 돌아가는 현기증나는 긴장상태가 바로 의미가 없어진 말을 다루는 그 순간이다. 사람들은 그것을 말의 장난이라고 하지만 폴록은 그러는 그 긴장을 이기지 못해 자기의 몸을 자살로 몰고 갔다.

'말의 긴장된 장난' 말고 우리에게 또 남아 있는 행위가 있을까? 있을지도 모르지만, 내 눈에 그것은 월하의 감상으로밖에는 비치지 않는다. 고인이 된 김수영에게서 나는 무진 압박을 느낀 일이 있었지만 지금은 그렇지도 않다.

관념 · 의미 · 현실 · 역사 · 감상 등의 내가 지금 그들로부터 등을 돌리고 있는 말들이 어느 땐가 나에게 복수할 날이 있겠지만, 그때까지는 나의 자아를 관철해가고 싶다. 그것이 성실이 아닐까? 그러나 나는 언제나 불안하다. 나는 내 생리 조건의 약점을 또한 알고 있기 때문이다. 벌써 나의 이 생리 조건이 나의 의도와 내가 본 진실을 감당 못하고 그 긴장을 풀어달라고 비명을 지르고 있다. 나의 생리 조건에 나는 동정한다. 다음과 같은 나의 근작에서 그것은 잘 나타나고 있다.

세브린느,
오후 두 시에서 다섯 시 사이
네 샅은 열린다.

비가 내리고
비는 꽃잎을 적신다.
꽃잎은 시들지 않고 더욱 꽃핀다.
——이건 사랑과는 달라요.
세브린느,
네 추억은 너를 보지 못한다.
세브린느 세브린느,
부르는 소리 등 뒤로 흘리며
오후 다섯 시
네 살은 시들고
사랑을 찾아
너는 비 개인 거리에 선다.
너 보고 싶은 마음
안개 속에 있고 진흙 속에 있다.
희멀건 하늘에 있고
연못 바닥에 모로 누워있다.
세브린느,
너 꽃잎으로 피었다 지면서
바람 부는 날 코피 쏟고
눈 감으면 또 아침과 만난다.
눈이 눈을 덮고 겨자씨를 덮는
그런 겨울밤에
나는 죽는 꿈을 꾸었지만
죽음은 없고, 없는 것이 너무 좋아
갈잎에 듣는 이슬방울을
세브린느,
나는 그만 꿈에서 보고 만다.

—「두 개의 꽃잎」

이 시는 나의 생리 조건과 나의 의도, 또는 의식과의 타협 끝에 생긴, 나로서는 매우 불성실한 제품이다. 나로서는 말의 장난이라고 하는 긴장상태를 견디어내는 데 있어 생리적인 압박을 느낀다. 변비가 도졌다가 설사를 하다가 한다.

말에다 절대자유를 주고 보니, 이번에는 말이 나를 놓아주지 않는다. 말이 그러한 자유에 길들지 못했기 때문에 불안해지고, 불안하니까 나를 자기의 불안 속에 함께 있자고 했다. 노예에게 자유를 주어서는 안 된다. 주인이 봉변을 당하게 된다. 말은 수천 년 동안 자유를 모르고 살아왔다.

허무가 나에게로 오자 나는 논리의 역설을 경험하게 되었는지도 모른다.

이미지의 소멸

이미지스트가 이미지의 특효를 선전하기 훨씬 이전에 동양에서는 이미지를 자각하고 있었다. 한시와 일본의 하이쿠가 그렇다. 특히 하이쿠는 이미지의 보석이다. 대표적인 하이쿠 작가의 한 사람이 선승이듯이 하이쿠는 일본 문화의 선적인 일면을 전형적으로 반영하고 있다. 그 철저한 탈관념성과 즉물성에 있어서 그렇다. 이미지스트의 이미지는 그들의 전통으로는 희랍의 서정시와 연결될 것이다. T. E. 흄이 고전주의를 선언한 것은 우연이라고는 볼 수 없다. 동서의 서정시가 20세기의 10년대인 영미의 이미지즘에 이르러 서로 접선하게 되지만, 그 배경들은 매우 다르다. 한쪽은 희랍적 명증성이라고 하는 인식론적 세계를 배경으로 하고 있다고 한다면, 한쪽은 선불교나 노장적 윤리세계를 배경으로 하고 있다. 그런데도 둘이 다 그 시각성(조형성)에 있어 통하고 있다.

牀前看月光
疑是地上霜
擧頭望山月
低頭思故鄕

이백의 이 5언절구는 분명히 이미지즘을 의식하고 씌어진 정지용의 다음과 같은 시와 흡사하다. 결구를 뺀 나머지 세 구는 지용의 경우처럼 설명이 없는 그만큼 아주 이미지가 순수하다. 이미지는 비유로 쓰고 있지 않기 때문에 관념의 침해를 면하고 있다.

골짝에는 흔히
유성이 묻힌다.

황혼에
누리가 소란히 쌓이기도 하고

꽃도
귀양 사는 곳

절터더랬는데
바람도 모이지 않고

산그림자 슬펏하면

사슴이 일어나 등을 넘어간다.

지용의 이 경우보다 더욱 철저한 이미지 위주의 시가 있다.

흰 달빛
자하문

달 안개
물 소리

대웅전
큰 보살

바람 소리
솔 소리

부영루
뜬 그림자

흐는히
젖는데

흰 달빛
자하문

바람 소리
물 소리

박목월의 이 시는 설명어를 거의 쓰지 않고 있다. 명사에서 끊어지고 있다. 이른바 판단 중지의 상태에 있다. 판단의 유보, 판단을 괄호 안에 넣어두고 현상학적 망설임을 보이고 있다. 이미지가 일종의 묘사라고 한다면, 설명(판단-관념)이 끼여들어서는 안 된다. 철저한 묘사는 이미지의 제시에 그쳐야 한다. 순전한 시각 예술에서는 그것이 가능하겠으나 언어 예술에서는 언어 사용의 관습을 무시하거나 새로운 문장어를 만들지 않고는 불가능하다. 포멀리즘도 그 하나의 방법이다.

박목월의 이런 시는 즉물주의라고 하기보다는 서정적 사실주의라고 할까? 서정시가 이를 수 있는 한의 객관주의에 이르고 있다. 만약 이 시에서 서정정성이 바래진다면 반소설의 그 사실주의와 흡사한 객관주의에 이르게 된다. 이 시에서의 설명어의 배제는 반소설에서의 이야기의 배제와 맞먹는 기능을 가진다.

지용이나 목월의 앞에 인용한 시들이나 수많은 한시와 대부분의 하이쿠에서 볼 수 있는 이미지를 나는 서술적 이미지라고 부르고 있다. 이미지 그 자체가 목적인 이미지다. 여기 비하면 이미지를 아주 불순하게, 말하자면 이미지를 수단으로 하고 있는 경우가 있다. 이미지가 유의로 쓰이는 경우다. 이런 경우의 이미지를 나는 비유적 이미지라고 부르고 있다.

그럼 우리 갑시다.
수술대 위에 에테르로 마취당한 환자처럼
저녁 노을이 하늘에 퍼지거든

T. S. 엘리엇은 여기서 그의 '객관적 상관물'을 보여주고 있다. 현대문명에 대한 그의 진단은 우울하고 절망적이다. 이런 판단

(관념)을 두 개의 장면(이미지)로 펼쳐 보인다. '처럼' 으로 연결된 앞뒤의 장면들은 따로따로 떼어놓고 보면 아주 선명하지만, 그러나 왜 이들이 연결되는지 아득해진다. 공동영역(유사성)이 아주 좁아 보이기 때문이다. 그의 '객관적 상관물' 의 이론은 일종의 묘사의 이론이지만, 이미지의 연결은 이 경우처럼 매우 당돌하여 난삽하다. 그것이 현대적이라고 하는 것은 당돌한 연결 그것이 넓은(새로운) 경험의 폭을 보여줄 수 있기 때문이다.

이 두 개의 장면(이미지)은 배경에 관념이 있다. 그러니까 '객관적 상관물' 이다. 그 관념의 두 가지 다른 묘사지만, 관념은 물론 하나다.

이미지를 기능면에서 볼 때 서술적인 것과 비유적인 것으로 구별할 수 있다. 어느 쪽의 이미지를 즐겨 쓰느냐 하는 것은 원칙적으로는 그 사람의 세계관과 관계된다. 그러나 단순한 기호, 또는 기교로서 쓰이는 때도 있다.

서술적 이미지가 순수하고, 비유적 이미지가 불순하다는 것은 기능상 그렇다는 것이지, 가치의 우열을 뜻하는 것은 아니다. 그러나 같은 서술적 이미지면 이미지, 또는 비유적 이미지면, 이미지라도 어느 것을 더 좋아하고 어느 것을 덜 좋아하기도 한다. T. S. 엘리엇의 아까 인용한 대목 중 앞 장면이 이미지로서는 매우 현대적이라고 하여 역사주의의 입장으로는 아주 리얼리스틱한 이런 것을 반길는지 모르나 나로서는 별로 반길 만한 것이 못 된다. 되려 이백의 것을 나는 반긴다. 이들 둘을 다 반기지 않는 사람도 물론 있을 것이다.

낙엽은 포오란드 망명정부의 지폐
포화에 이즈러진

도룬시의 가을 하늘을 생각케 한다.
길은 한 줄기 구겨진 넥타이처럼 풀어져
일광의 폭포 속으로 사라지고
조그만 담배 연기를 내어 뿜으며
새로 두 시의 급행열차가 들을 달린다.

김광균의 이 시에서 제1행의 이미지는 제2행과 제3행이 보여주는 이미지에 비하여 질이 떨어진다. 제4행의 '넥타이' 부분은 인용한 행들 중에서 가장 떨어진다. 제6행과 제7행은 그 다음으로 저질이다. 전체적으로 이 시의 이미지들은 아까 인용한 지용의 시에서의 이미지들보다는 흥미가 별로 일지 않는다. 이것은 내 느낌이지만, 이와는 반대도 있을 것이라는 것은 두말할 나위가 없다.

염불을 외우는 것은 이미지를 그리는 것일까? 이미지가 구원에 연결된다는 것일까? 아니다. 염불을 외우는 것은 하나의 리듬을 탄다는 것이다. 이미지로부터 해방된다는 것이다. 탈脫이미지고 초超이미지다. 그것이 구원이다. 이미지는 뜻이 그리는 상이지만 리듬은 뜻을 가지고 있지 않다. 뜻으로부터 우리를 해방시켜준다. 이미지만으로는 시가 되지만, 리듬만으로는 주문이 될 뿐이다. 시가 이미지로 머무는 동안은 구원이 아닐는지도 모른다. 어떻게 하면 좋을까?

이미지를 지워버릴 것. 이미지의 소멸—이미지와 이미지의 연결이 아니라(연결은 통일을 뜻한다), 한 이미지가 다른 한 이미지를 뭉개버리는 일. 그러니까 한 이미지를 다른 한 이미지로 하여금 소멸해가게 하는 동시에 그 스스로도 다음의 제3의 그것에 의하여 꺼져가야 한다. 그것의 되풀이는 리듬을 낳는다. 리듬까지를 지워버릴 수는 없다. 그것은 무無의 소용돌이다. 이리하여 시는 행동이고 논리다. 동양인의 숙명일는지 모른다.

대상의 붕괴

그렇게 살고 싶었는데 여러 가지 제약 때문에 실제로는 그렇게 살 수가 없었다. 그러니까 그렇게 살고 싶었다는 것은 하나의 꿈일 수밖에는 없게 된다. 이 꿈을 나는 나의 시라고 생각한다. 나는 때로 이 꿈을 따라가기 위하여 내 힘에 겨운 억지를 부린 때도 있었고, 내 기질과 싸우면서(거역하면서)까지 고집을 세운 일도 있었다.

나는 기질적으로 관념적인 데가 있다. 따라서 생활도 매우 단조롭고 교제(대인관계)도 매우 범위가 좁다. 말하자면 생활인으로서는 영양실조의 상태에 있다. 술도 제대로 못하고(생리적인 문제이긴 하지만), 최근에는 유일한 기호물이던 담배도 끊었다(위의 고장 때문이다). 남들은 이 단연에 대하여 매우 놀랍다는 듯이 말하지만, 나로서는 단지 서글플 따름이다. 이 세상에서 가장 맛있는 담배를 피우고 싶은 것이 내 꿈이다. 꿈은 나에게 있어 이처럼 구체적인 그 무엇이다.

내가 생활에서 내 기질을 내쫓고 나에게 부족하다고 생각되는 부분을 보충해보고 싶은 것이 내 꿈이지만 꿈은 꿈인 채로 여간해서 실현이 잘 안 되는, 그러면서 나에게 꼭 필요하다고 생각되는 것을 나는 내 시에서 실현시켜보고 싶고, 이미 말했듯이 그것이 바로 내 시고, 시작의 가장 큰 동기가 된다. 나는 시에서는 충분히 구체적이고 싶다. 맛있는 담배를 실컷 피우고 싶다. 관념을 말하고 싶지 않다. 배제하고 싶을 뿐이다. 그대로의 주어진 생을 시에서 즐기고 싶다. 관념 과잉상태인 실제의 내 생활에 어떤 환기장치, 또는 어떤 균형감각을 회복시켜주는 그런 역할을 담당하고 있는 것이 내가 만드는 시가 아닐까 하고 생각한다.

관념을 배제하기 위하여 이미지를 서술적으로 쓰자. 순수 이미지, 또는 절대 이미지의 세계를 만들어보자. 그것은 일종의 묘사절대주의의 경지가 된다. 설명을 전연 배격한다. 설명은 관념의 설명이기 때문이다. 이렇게 되면 가치관의 입장으로는 일종의 회의주의가 되기도 하고, 현상학적 망설임(판단 중지, 판단 유보)의 상태, 판단을 괄호 안에 집어넣는 상태가 빚어진다. 묘사된 어떤 상태만을 인정하되 그 상태에 대한 판단(관념의 설명)은 삼가키로 한다. 어떻게 보면 철저한 실재주의의 입장 같기도 한다. 반反소설가들의 입장과 일맥상통한다고 나는 생각한다.

눈 속에서 초겨울의
붉은 열매가 익고 있다.
서울 근교에서는 보지 못한
꽁지가 하얀 작은 새가
그것을 쪼아먹고 있다.
월동하는 인동 잎의 빛깔이
이루지 못한 인간의 꿈보다도
더욱 슬프다.

—「인동 잎」

이 8행의 단시는 전반부 제5행까지가 내 뜻에 어울리고 있고 후반부인 제6행부터 제8행까지는 내 뜻에 어긋나고 있다. 전반부의 이미지는 서술적이다. 말하자면, 어떤 상태의 묘사일 뿐, 관념의 비유로서 이미지가 쓰이고 있지 않다. 이미지가 이미지 그 자체를 위하여 쓰이고 있다는 관점으로는 이미지가 순수하다고 할 수 있다. 후반부는 '슬프다'는 용언이 말하고 있듯이 관념의 설명이 되고 있다. 상징주의의 시에서 종종 이런 대목을 보게 된다. 이렇게 앞뒤가 서로 엇갈리는 상태를 두고 찰스 체드윅Charles Chadwick이란 사람은 그의 「상징주의」라는 글에서 한 편의 14행시 중 12행이나 13행까지가 어떤 상태를 암시하는 이미지의 연속이다가(거기서 시가 끝나버리면 서술적 이미지로 된 시라고 할 수 있을 것이다) 끝머리 한두어 행의 설명 부분이 붙음으로써 그 이미지들의 군집은 별안간 비유의 빛깔을 띠게 된다고 하고 있다. 그러나 내 경우는 앞뒤가 전연 다른 장면(관련성이 없는 두 개의 다른 내용을 지닌)으로 갈라지고 있어 상징주의에 대한 이런 해설과는 상관이 없을는지도 모른다. 말하자면 내 시의 전반부는 후반부를 위한 도입부가 되고 있는 것은 아니다(특히 후반부의 견해 진술을 위한). 그러니까 나로서는 이 시는 실패작일 수밖에는 없다. 후반부도 전반부와 같이 이미지가 서술적으로 나갔어야 했던 것이다. 관념을 죽이는 것이 나에게 있어 얼마나 힘드는 일인가 하는, 이것은 그 하나의 증거가 되는 시다.

남자와 여자의 아랫도리가
젖어 있다.
밤에 보는 오갈피나무,
오갈피나무의 아랫도리가 젖어 있다.
맨발로 바다를 밟고 간 사람은
새가 되었다고 한다.
발바닥만 젖어 있었다고 한다.

—「눈물」

이 시는 어떤 상태의 묘사일 뿐이다. 관념이 배제되고 있다. 그 점으로는 일단 성공한 시다. 그런데 하나의 통일된 이미지를 찾아내기란 퍽 힘이 들는지도 모른다. 즉 이 시의 의도를 찾아내는 데에는 많은 곤란을 겪어야 하리라. 우선 제2행까지와 제4행까지로 이미지는 두 갈래로 갈라져 있다는 것을 알게 되는데 그게 납득이 안 될 것이다. '남자와 여자'와 '오갈피나무'가 무슨 상관일까? 이것은 하나의 트릭이다. 시가 통속소설의 줄거리처럼 도입부에서 전개부로 전개해가다가 절정에서 대단원으로 끝을 맺는 정석적인 순서를 밟게 되면 그 자체 여간 따분하지가 않다. 또 어떤 진실을 위하여는 그런 따위 허구가 뜻이 없는 것이 되기도 한다. 이 시의 경우는 이 두 가지 이유를 다 가지고 있다고 해야 할 것이다. 허구는 진실을 놓치는 수가 있다. 반소설에서는 그래서 허구(줄거리)를 배격한다. 허구란 실은 그것을 만드는 사람의 관념의 틀에 지나지 않는다. 관념이 필요하지 않을 때 허구는 당연히 자취를 감춰야 한다.

이 시의 제5행부터 끝 행까지는 전반부와 비교하면 전연 또 다른 국면을 보이고 있다. 물론 하나의 트릭이지만, 이 트릭은 이미 말한 대로 어쩔 수 없는 하나의 작시 의도를 대변해주고 있다. 결국 이 짤막한 한 편의 시는 세 개의 다른 이미지에다 두 개의 국면을 보여주고 있다고 할 것이다. 말하자면 이 시는 몇 개의 단편의 편집이다. 나의 작시 의도에서 보면 그럴 수밖에는 없다. 뚜렷한 하나의 관념을 말하려는 것이 아니다. 관념은 없다. 내면 풍경의 어떤 복합상태—그것은 대상이라고 부르기도 곤란한—의 이중사에 지나지 않는다. 그저 그런 상태가 있다는 것뿐이다. 관념으로부터 떠나면 떠날수록 내 눈앞에서는 대상이 무너져버리곤 한다. 속이 시원하기도 하고, 때로는 불안하기도 하다. 이 불안 때문에 언젠가는 나는 관념으로 되돌아가야 하리라.

그걸 생각하면 나는 몹시 우울해진다. 그러나 사람에게는 어떤 한계가 있는 모양이다. 절대란 하나의 지향의 상대일 뿐 거기에 오래 머물 수가 없다.

바보야,
우찌 살꼬 바보야,
하늘수박은 올리브빛이다.
바보야,
바람이 자는가 자는가 하더니
눈이 내린다 바보야,
하늘수박은 한여름이다 바보야,
올리브열매는 내년가을이다 바보야,
우찌 살꼬 바보야,
이 바보야,

—「하늘수박」에서

나는 여기에 이르러 이미지를 버리고 주문을 얻으려고 해보았다. 대상의 철저한 파괴는 이미지의 소멸 뒤에 오는 것으로 생각하게 되었다. 이미지는 리듬의 음영에 지나지 않는다. 물론 그 이미지는 그대로의 의미도 비유도 아니라는 점에서 난센스일 뿐이다. 그러니까 어떤 상태의 묘사도 아니다. 나는 비로소 묘사를 버리게 되었다.

어떤 사람들은 나의 이러한 시편들을 두고 고급의 장식이라고 말하고 있다. 물론 거기에는 부정적인 음영이 깃들여 있다. 장식이란 공리적으로는 유용하지 못한 것을 말함이요, 예술적으로는 본격적이 못 된다는 말일 것이다. 그러나 나로서는 숨막히는 긴장으로 이런 짓을 하고 있는 것만은 틀림없는 사실이다.

나는 지금 허무를 앓고 있다. 이 말은 허무에 대하여 뭔가를 생각하고 있다는 뜻이 아니다. 아니 그런 태도를 배격하고 싶다. 나는 그대로 허무이고자 한다. 아니, 허무라는 글자를 의식하지 않는 상태—교외별전教外別傳의 상태에 들어가고 싶다. 그것이 내 꿈이다. 그 꿈이 바로 내 시라고 한다면 그런 뜻으로의 관념이 내 시의 밑바닥에는 깔려 있다. 매우 역설적이다. 이 이상 더 쉽게 말할 수는 없다.

둘째 번에 인용한 시의 후반 3행은 예수를 염두에 두고 있었다. 제목으로 「눈물」을 달게 된 것은 「바다」와 「맨발」과 또는 「발바닥」과 「아랫도리」와의 관련에서 그렇게 한 것이다. 모두가 물이고 보이지 않는 부분(발바닥과 아랫도리)이지만, '눈물'이 들어서(개입하여) 하나의 무드(정서)를 빚게 해줄 수가 있었다. 모두가 트릭이다. 그러나 좋은 독자는 이런 트릭 저편에 있는 하나의 진실을 볼 수 있어야 하리라.

한 마리의 나비가 나는 데에도

『콜롬비아 바이킹 편집부 백과사전』 626쪽에는 '이미지'에 대한 다음과 같은 설명이 보인다.

빛이 물체로부터 발한 것이 거울에 반사되거나 렌즈에 굴절될 때 대상과 비슷한 것이 생기게 된다. 진짜 이미지는 어떤 물체에서 빛이 발하여 나오는 것과 어떤 이미지가 생기기 전에 한 점 모임으로써 한 형태가 이루어진다. 스크린 위에 이동될 수 있다. 허상의 이미지는 빛의 연장으로써 이루어지는 것이므로 스크린 위에 이동될 리가 없다. 예를 들면 평면거울에서의 이미지. 이미지의 크기는 바로로서든지 거꾸로서든지, 진상이거나 허상이거나 렌즈 같은 것을 사용하거나 거울을 사용하거나 렌즈로부터의 거리에 좌우된다.

이상은 이미지를 주로 물리학의 입장에서 설명하고 있다는 것을 알 수 있다. 이미지의 현상면에 대한 이해가 되겠지만 그 생태면이라든가, 기능면에 대한 이해는 이것으로는 전연 손에 닿지 않는다. 이것들은 따로 심리학적 검토가 있어야 하고, 이 심리학적 검토가 시와 어떤 관련을 맺게 된다고 할 수 있다. 시를 두고 생태면으로 이미지를 바라볼 때 "어떤 말이 우리 마음속에 불러일으키는 모습(상)"이라고 할 수 있다. 이것은 하나의 심리현상이다. 물리현상의 경우와는 달라서 개인차가 매우 심하다. 가령 '나무'란 말이 불러일으키는 모습은 사람에 따라 다르다. 거의 뚜렷한 모습을 불러일으키지 못하는 경우도 있다. 그러나 '나무'라고 했을 때는 개인차는 훨씬 줄어드는 듯이 보인다. 밤나무에 대한 인식에 착오가 없는 한 마음의 스크린에 그려지는 밤나무는 한가지라고 우선은 말할 수가 있다. 그러나 이 경우도 사람의 마음을 카메라의 눈처럼 하나의 기계로 보았을 때 그렇다는 것이지 실지로 사람의 마음은 기계가 아니니까 마음의 스크린에 그려지는 밤나무에는 개인차가 여전히 있다. 말을 떠나서 실지 그대로 밤나무를 볼 때도 사정은 마찬가지다. A와 B가 동시에 같은 장소에서 밤나무를 보고 있다고 하더라도 그 밤나무는 서로 다른 밤나무일 수밖에는 없다. A와 B가 대상(밤나무)을 바라볼 때의 정서의 상태(마음)가 다르기 때문이다. 밤나무란 말이 우리의 마음속에 불러일으키는 모습은 이리하여 각양각색이라고 해야 할 것이고, 여기서 우리는 이미지의 생태적 다양성 및 다의성을 보게 된다. 이건 물리적 현상과는 전연 다르다.

훨씬 주관적이고 자의적이다. 시와 물리라고 하는 영원히 평행할 수밖에는 없는 두 개의 차원이다.

시를 한 편 보기로 한다.

梅嶺花初發
天山雪未開
雪處疑花滿
花邊似雪廻
因風入舞袖
雜紛向妝臺
匈奴幾萬里
春至不知來

당 고종 때의 시인 노조린盧照鄰의 5언율시 「매화락梅花落」이다. 끝의 두 행을 빼고는 나머지 여섯 행이 모두 이미지(생태면으로 본)로 되어 있다. 요컨대 '매화', '설', '무수', '분', '장대' 등이 그리는 정경은 아주 화려하고 관능적이다. 이 '화려'와 이 '관능'을 서로 느낄 수 있다고 하더라도 그 느낌의 음영은 사람에 따라 다 다르다. 성을 달리할 때, 또는 연령차가 심할 때 그 '느낌의 음영'은 많은 차가 생긴다고 봐야 한다. 사춘기의 소녀의 느낌과 그녀의 70 노부의 느낌과는 같을 수가 없다. 이러한 느낌의 차이는 느낌 이전의 문제인 센스의 문법적 정확한 파악을 전제로 한다(시의 문장은 경우에 따라서는 센스의 문법적 정확한 파악을 거의 불가능케 하는 수도 있긴 하지만).

이러한 이미지의 생태적 다양성 및 다의성은 산문의 진술이 가지는 정확성과 비교할 때 매우 반反산문적임을 또한 곧 알 수 있고 따라서 개념 전달(산문의 경우처럼)과는 전연 다른 어떤 것이라는 것도 곧 알 수 있다. 즉 '이미지의 생태적 다양성 및 다의성' 은 시의 것이다. 시는 이리하여 개념을 넘어선, 사물의 생생한 개성적 파악을 위하여 이미지로서 말을 해야 한다. 시는 곧 이미지(생태면으로 본)라고도 할 수 있다. T. S. 엘리엇이 말하는 객관적 상관물의 이론도 결국은 시에서의 이미지의 역할을 말한 것에 지나지 않는다.

Let us go then, you and I
When the evening is spread out against the sky
Like a patient etherised upon a table;

엘리엇의 유명한 「J. 앨프레드 프루프록의 연가」의 첫머리다. 'like' 로 연결되는 두 개의 장면은 하나의 개념의 두 개의 이미지다. '수술대 위에 에테르로 마취당한 환자' 는 어떤 '위기' 의 객관적 상관물(구체적 장면)이고, '저녁 노을이 하늘에 퍼질 때' 도 어떤 개념의 객관적 상관물이다. 저녁 때 서녘하늘을 물들이는 노을은 아름답지만, 그건 곧 밤의 암흑이 삼켜버릴 그 직전의 아름다움이다. 이 장면도 따라서 하나의 '위기' 를 말한 것이다. 다 같이 위기를 말하는 두 개의 이미지(생태면으로 본)를 통하여 우리는 위기라고 하는 개념을 두 개의 구체적인 체험으로서 다양하게 파악하게 된다.

아시아는 밤이 지배한다. 그리고 밤을 다스린다
밤은 아시아의 마음의 상징이요, 아시아는 밤의 실현이다
아시아의 밤은 영원히 밤이다. 아시아는 밤의 수태자이다
밤은 아시아의 산모요, 산파이다
아시아는 실로 밤이 나아준 선물이다
밤은 아시아를 지키는 주인이요, 신이다

아시아는 어둠의 검이 다스리는 나라요, 세계이다.

오상순의 「아시아의 마지막 밤」의 첫머리다. '밤', '수태자', '산모', '산파', '어둠' 등의 비유는 이미지다. 그러나 구나 절이 이미지를 보이고 있지 않아, 결국은 하나의 산문적 진술이 되고 있다. 거의 개념의 전달에 그치고 있다. 구체적이고 개별적(개성적이라고 해도 된다)인 정서의 환기를 체험할 영역이 아주 좁아지고 있다.

이미지는 결국, 그 생태면이나 기능면에서 볼 때 '한 마리의 나비가 나는 데에도 전우주가 필요하다'(폴 클로델Paul Claudel)는 그 감각 및 그 상상력과 잇닿아 있다는 것을 알 수 있다. 동양인은 그 감각 및 그 상상력을 보다 서정적으로 말한다. 즉 '낙엽 한 잎에 우주의 가을을 느낀다'고.

III

자유시의 전개[1)]

시의 형태를 편의상 두 방면으로 고찰해보는 것이 좋을 듯하다. 그 하나는 문체의 면이요, 그 둘은 구조의 면이다.

구조라는 말은 미국의 신비평가들이 쓰고 있는 스트럭쳐structure와 혼동되기 쉬우나 여기서 필자가 말하고자 하는 구조는 신비평가들의 스트럭쳐와 다르다(여기 대하여는 나중에 곧 설명될 것이다).

형태상으로 시를 구분하면 정형시 · 자유시 · 산문시의 세 가지가 된다. 정형시는 문체에 있어 운문을 쓰고 있지만 자유시와 산문시는 모두 산문을 쓰고 있다. 그런데 정형시에 있어서의 운문이나 자유시에 있어서의 산문이나 간에 행이나 연의 구분 여하에 따라 그 효과상의 음영은 사뭇 달라진다. 가령 다음과 같은 경우를 보면 알 수 있다.

이몸이 죽고 죽어 일백번 고쳐 죽어
백골이 진토되어 넋이라도 있고 없고
임 향한 일편단심이야 가실 줄이 있으랴 ①

살으리 살으리 랏다

---

1) 『시론—시의 이해』(송원문화사, 1971)에 수록된 것을 여기서 재수록했다. 특히 「조지훈의 경우」는 따로 떼어 이후 『시의 표정』(문학과지성사, 1979)에 또다시 수록되었다.(편주)

청산에 살으리 랏다
머루랑 다래랑 먹고
청산에 살으리 랏다 ②

그립다
말을 할까
하니 그리워

그냥 갈까
그래도
다시 더 한번 ③

①은 3 · 4 · 3 · 4/3 · 4 · 4 · 4/3 · 6 · 4 · 3으로 4음보 1행으로 되어 있다. 이것을 다음과 같이 고쳐보면 그 효과상의 음영은 사뭇 달라질 것이다.

이몸이 죽고 죽어
일백번 고쳐 죽어

백골이 진토되어
넋이라도 있고 없고

임향한 일편 단심이야
가실 줄이 있으랴

이 시조의 초 중 종의 각 장은 내구 외구로 두 음보씩 호흡이 끊어지면서 의미도 조그마한 단락이 지고 있다. 그러면서 내구

외구를 합하여 하나씩의 운율을 이루고 있고 의미도 또한 기승전결(종장은 전과 결이 합해진 것)의 큰 단락을 지으면서 극적(변화있게)으로 전개되고 있다.

이러한 호흡이나 선율, 또는 의미의 전개를 보다 뚜렷하게 하기 위하여는 3장 6구를 3연 6행으로 시각상으로도 그대로 보여주는 것이 훨씬 효과적임은 두말할 나위가 없다.

②는 각 행 3/3/2의 3음보로 각 행이 그대로 호흡이나 의미의 단락을 잘 보여주고 있기 때문에 더 이상 행을 세분할 필요가 없다. 그러나 ③은 보통의 정형시에 비교하여 훨씬 미묘한 행 구분을 하고 있는 그만큼 정형시로서는 아주 파격적이다. 제1연은 3/4/5로 되어 있고, 제2연은 4/3/5로 되어 있다. 이 시의 운율이 훨씬 미묘하게 드러나고 있는 것을 볼 수 있다. 이처럼 같은 운율이라도 행의 구분 여하에 따라 그 효과의 음영은 달라진다.

이상에서 보아온 바와 같이 문체와 행 내지 연은 원래 떼어놓을 수 없는 것이지만 편의상 떼어놓고 고찰을 한다고 하면 행과 연은 필자가 여기서 말하려는 구조에 해당한다 할 것이다.

왜 이렇게 행과 연을 구조라는 말로서 문체와 떼어서 고찰하려고 하느냐 하면 가령 육당이나 춘원의 이른바 신체시 중의 어떤 것들은 문체는 산문을 쓰고 있으면서 각 연의 행 구분은 일정한 그런 것들이 있기 때문이다. 유명한 육당의 「해에게서 소년에게」나 춘원의 「말듣거라」와 같은 것들이 그 대표적인 예들이다. 이런 일은 심리적으로나 논리적으로나 다 함께 부자연스럽기 때문에 시를 그 효과의 음영에 있어 죽이고 있다.[2)]

---

2) 『시론—시의 이해』(송원문화사, 1971) 수록시에는 이하 3행이 계속되는데 재수록하면서 저자 자신이 이 부분을 삭제했다. "이 경우도 운문과 정형시의 관계와는 또 다른 산문과 자유시 내지는 산문시는 그들 문체와 그들 구조가 상호보완적 내지는 유기적 관련하에 있다는 것을 간과한 결과의 착각이라고 생각된다."(편주)

자유시는 행 구분이 있어야 한다. 시에서의 행의 기능을 세 가지로 볼 수 있다. 그 하나는 리듬(호흡이라고 해도 무방할 것임)의 단락을 알리는 일이요, 그 둘은 의미의 단락을 알리는 일이요, 그 셋은 이미지의 단락을 알리는 일이다. 그러니까 정형시에서와 같이 행의 구분은 엄격하게 말하여 그대로 문체의 한 부분이라고 봐야 한다. 아니, 자유시의 경우 정형시에서보다는 행의 구분은 훨씬 덜 기계적이고 훨씬 더 개성적인 만큼 더욱 그렇게 봐야 한다. 산문시에서는 자유시와는 달리 행의 부분이 없다. 영시의 프루즈prose라는 말에는 어원에 있어 '일직一直'이라는 뜻이 있다고 한다. 일직이란 문장의 체제로는 줄글을 뜻한다.

자유시가 쓰는 산문과 산문시가 쓰는 산문은 이 점에 있어 다르다. 그러니까 산문시는 시와 대립되는 문학들이 쓰는 문장 체제를 그대로 자기 것으로 한다. 그리고 사문이란 원래 시와는 대립되는 개념이다. 자유시가 쓰는 산문은 그러니까 심리적으로는 산문이 아니라고 해야 할 것이다. 단지 운문이 아닌 산문일 뿐이다. 시에 대립되는 산문은 아니다. 이렇게 보면 산문시의 걸작이란 세계적으로도 아주 적은 수를 헤아릴 수 있을 뿐이다.

신시사상 엄격하게 말하여 자유시는 「불놀이」 이후의 주요한과 황석우 등 《창조》, 《폐허》의 동인들에 의하여 개척이 되어 지금에 이르렀다 할 것이다. 30년대의 말에 시단에 등장한 박두진, 박목월, 조지훈은 신시사상에서도 아주 세련된 자유시를 남겨놓고 있다. 그러나 그들에게도 이따금 착오와 문체와 구조 사이의 언밸런스가 없는 것은 아니다.

박두진의 경우—묘한 굴절

1939년 5월 《문장》에 추천작으로 게재된 「향현」의 전문은 다음과 같다.

아랫도리 다박솔 깔린 산넘어 큰산 그넘엇 산 안 보이어 내마음 둥둥 구름을 타다

우뚝 솟은 산 묵중히 엎드린 산 골골이 장송 들어 섰고, 머루 다랫넝쿨 바위 엉서리에 얼켰고 샅샅이 떡갈나무 옥새풀 우거진데 너구리, 여우, 사슴, 산토끼, 오소리, 도마뱀, 능구리 등 실로 무수한 짐승을 지니인,

산, 산, 산들! 누거만년 너희들 침묵이 흠뻑 지리함즉 하매

산이여! 장차 너희 솟아난 봉우리에 엎드린 마루에 확 확 치밀어 오를 화염을 내 기다려도 좋으랴?

피ㅅ 내를 잊은 여우 이리 등속이 사슴 토끼와 더불어 싸리ㅅ순 칡순을 찾아 함께 즐거이 뛰는 날을 믿고 길이 기다려도 좋으랴?

이 시는 보는 바와 같이 산문시의 형태로 되어 있다. 그런데 문장은 퍽 리드미컬하다. 열거법과 반복법을 자주 쓰고 있고 조사의 생략이 많기 때문에 그렇다. 보통의 산문에서는 잘 볼 수 없는 현상이다. 그리고 구두점도 보통의 산문에서는 볼 수 없는 독특한 방법으로 찍고 있다. 따라서 이 시는 음악적인 음영을 의식적으로 노리고 있다는 것을 쉬이 짐작할 수 있다.
가령 산문시의 체제로서 훨씬 더 격에 어울리는 다음과 같은 것들과 비교해보면 그 특색이 더 잘 드러날 것이다.

가재도 기지 않는 백록담 푸른 물에 하늘이 돈다. 불구에 가깝도록

고단한 나의 다리를 돌아 소가 갔다. 쫓겨 온 실구름 일말에도 백록담은 흐리운다.

나의 얼굴에 한나잘 포긴 백록담은 쓸쓸하다. 나는 깨다 졸다 기도조차 잊었더니라.

—정지용, 「백록담」에서

나는거울없는실내에있다. 거울속에서나는역시외출중이다. 나는지금거울속에나를무서워하며떨고있다. 거울속에나는어디가서나를어떻게하려는음모를하는중일까.

—이상, 「시 제5호 · Ⅰ」

시 「향현」은 이로써 리듬을 의식하고 씌어졌다는 것이 재확인되었다. 그러니까 시로서는 산문시의 형태를 취하고 있는 것이 어딘가 어색한 느낌이다. 왜 그러냐 하면 시에 대립되는 산문(줄글로서의 산문)은 원래가 정확하고 의미의 암시적인 음영을 되도록 죽이려는 것이 그 성격임으로 「향현」에서처럼 리듬을 의식하고 씌어진 문장은 의미가 암시적인 음영을 드러내기 마련이다. 따라서 이 시는 행을 적절히 구분하는 것이, 즉 자유시로 쓰는 것이 훨씬 그 의도를 드러내는 데 효과적이 아니었을까 한다.

구두점을 독특한 방법으로 찍고 있는 것은 퍽 심리적인 묘미를 보이고 있다고 하겠다.

해야 솟아라. 해야 솟아라. 맑앟게 씻은 얼굴 고운 해야 솟아라. 산 넘어서 어둠을 살라먹고 산 넘어서 밤 새도록 어둠을 살라먹고 이글이글 애띈 얼굴 고운 해야 솟아라

달밤이 싫여, 달밤이 싫여, 눈물 같은 골짜기에 달밤이 싫여, 아무도

없는 뜰에 달밤이 나는 싫여……!

해야. 고운 해야. 늬가 오면 늬가사 오면 나는 나는 청산이 좋아라. 훨훨훨 깃을 치는 청산이 좋아라. 청산이 있으면 홀로래도 좋아라.

사슴을 따라. 사슴을 따라. 양지로 양지로 사슴을 따라. 사슴을 만나면 사슴과 놀고

칡범을 따라 칡범을 따라 칡범을 만나면 칡범과 놀고…….

해야. 고운 해야. 해야 솟아라. 꿈이 아니래도 너를 만나면, 꽃도 새도 짐승도 한자리 앉아 애띄고 고운 날을 누려 보리라.

—「해」

교묘한 반복법을 쓰고 있다. 이것을 산문(시에 대립되는)의 문장으로 옮긴다면 불과 몇 줄도 되지 않을 것이다. 이 시에서 느끼는 미감은 오직 그 리듬과 선율의 아름다움에 있다. 보통의 산문으로 썼다면 그 의미의 진폭도 훨씬 줄어들고 의미의 암시성과 함축은 훨씬 더 한정될 것이 뻔하다. 박두진의 시가 한동안 이러한 묘한 산문시의 형태를 취하기는 하였으나 물론 이러한 형태만을 취한 것은 아니다. 그의 두 번째의 추천작인 「낙엽송」은 자유시다. 그 전문은 다음과 같다.

가지마다 파아란 하늘을
받들었다.
파릇한 새순이 꽃보다 고웁다.

청송이래도 가을 되면
훌훌 낙엽진다 하느니,
봄마다 새로 젊은
자랑이 사랑옵다.

낮에 햇빛 입고
밤에 별이 소올솔 내리는
이슬 마시고,

파릇한 새순이
여름으로 자란다.

—「낙엽송」

이 시를 보면 훨씬 음악적인 분위기가 감추어져 있음을 알 수 있다. 따라서 의미가 음악적인 분위기로 하여 그 음영이 미묘해지고 있는 것을 거의 느낄 수가 없다. 이것은 이상한 일이다. 보통의 경우와는 반대다. 줄글이 되면 리듬이나 선율이 죽기 마련이요, 행이 구분되면 그것이 살아날 가능성이 많은데 박두진의 경우는 그렇지가 않다.

이 시는 낙엽송의 생태를 그대로 그리고 있을 뿐 별다른 의도를 느낄 수 없는 그만큼 훨씬 더 산문(시에 대립되는)의 모습을 보이고 있다. 이러한 묘한 굴절이 정상을 회복한 예를 그의 초기 시에서 들면 「도봉」과 「설악부」 등과 같은 것이 있다.

산새도 날라와
우짖지 않고,

구름도 떠가곤
오지 않는다.

인적 끊인 곳,
홀로 앉은
가을 산의 어스름.

호오이 호오이 소리높여
나는 누구도 없이 불러 보나,

울림은 헛되이
빈 골 골을 되돌아 올 뿐.

산그늘 길게 느리며
붉게 해는 넘어가고

황혼과 함께
이어 별과 밤은 오리니,

삶은 오직 갈사록 쓸쓸하고,
사랑은 한갓 괴로울 뿐.

그대 위하여 나는 이제도 이
긴 밤과 슬픔을 갖거니와,

이 밤을 그대는 나도 모르는
어느 마을에서 쉬느뇨.

—「도봉」

나는 눈을 감아본다. 순간 번뜩 영원이 어린다.……인간들!

지금 이 땅 우에서 서로 아우성치는 수많은 인간들 인간들이 그래도 멸하지 않고 오래 오래 세대를 이어 살아갈 것을 생각한다.

우리 족속도 이어 자꾸 나며 죽으며 멸하지 않고 오래 오래 이 땅에서 살아갈 것을 생각한다.

언제 이런 설악까지 왼통 꽃동산 꽃동산이 되어 우리가 모두 서로 노래치며 날뛰며 진정 하로 화창하게 살아볼 날이 그립다. 그립다.

—「설악부」에서

「도봉」에서는 「낙엽송」에서와는 달리 전반부에서 산을 묘사한 다음 후반부로 접어들면서 심정토로로 초점이 바뀐다. 전반부의 산의 묘사는 실은 이 후반부의 심정토로를 위한 준비에 지나지 않았다는 것을 알 수 있다. 말하자면 이 시의 의도는 후반부에 있었다는 것을 알 수 있다. 그러한 추이가 짧은 호흡의 행 구분을 통하여 잘 드러나 있다. 만약 이 시를 줄글로 썼다고 하면 아주 평판의 맥빠진 글이 되었을는지도 모른다. 「설악부」는 작자 자신이 자작시 해설에서 "나는 단순한 자연의 설악미나 단순한 일시적인 서정을 원하지도 지향하지도 이때는 않았다. 궁극적이고 처절할 수 있으면 처절하고 인류와 인간과 멸할지도 모르는 겨레에 대한 강인한 애착, 그 불멸에 대한 신념을 주제로 하고 싶었다"고 말하고 있듯이 아주 강렬한 의지를 보이고 있다. 박두진의 시가 대체로 그렇듯 이른바 '의지의 시'의 한 전형적인 예라고 할 것이다.

이 시에서는 열거법도 반복법도 쓰지 않고 있을 뿐 아니라 구두점도 아주 정상적이다(종연의 한두어 부분을 빼고는). 따라서 음악적인 분위기를 별로 느낄 수 없다. 그만큼 의미의 음영도 단순하고 암시성도 거의 없다. 오직 정확하고 논리적인 산문(줄글)을 대하고 있다는 느낌뿐이다. 게다가 비유도 전혀 쓰지 않고 있다. 아주 직접적이다. 이러한 범상의 줄글이 시가 되고 있는 것은 오직 그 관념과 의지에 있다 하겠다. 어떤 제재는 그 자체로서 시적일 수가 있다고 한다면 이 경우가 그런 것이 아닐까? 그러나 이런 태도는 퍽 로맨틱한 태도라고 하겠다.

박두진은 그러나 근년에 와서는 이러한 줄글의 산문시를 버리고 오직 자유시만을 취하고 있다. 형태에 있어 그의 오랫동안의 심리적인 묘한 굴절을 그 자긴 심리적으로 청산하고 있는지 모를 일이다.

박목월의 경우—변화 잦은 시도

강나루 건너서
밀밭 길을

구름에 달 가듯이
가는 나그네

길은 외줄기
남도 삼백리

술익는 마을마다
타는 저녁 놀

구름에 달 가듯이
가는 나그네

—「나그네」

박목월의 초기 시는 이 시에서와 같이 정형이다. (제2연의 숫자가 약간 어긋나 있지만 나머지는 7·5조로 되어 있다.) 7/5로 1음보 1행 구분이다. 아주 간결하면서 음악적이다.

그의 초기 시 중에서 한두어 편 더 인용한다.

송화가루 날리는
외딴 봉우리

윤사월 해 길다
꾀꼬리 울면

산직이 외딴집
눈 먼 처녀사

문설주에 귀 대이고
엿듣고 있다

—「윤사월」

안개는 피어서
강으로 흐르고

잠꼬대 구구대는
밤 비들기

이런 밤엔 저절로
머언 처녀들……

갑사댕기 남끝동
삼삼 하고나,

갑사댕기 남끝동
삼삼 하고나,

—「갑사댕기」

이 두 편의 시가 각각 한두어 연씩 어긋나는 데가 있기는 하나 대체로 7 · 5조이자 7/5로 1음보 1행 구분이 되어 있는 점 「나그네」와 한가지다. 따라서 그 음악적인 효과도 거의 동일하다. 소재도 이상 세 편이 다 토속적인 그것들이다. 그리고 특기할 것은 그 선명하고 적절한 시각적 이미지다. 상징주의에서처럼 이미지가 비유로 쓰이고 있지 않고 그 자체로서 목적이 되고 있는 이른바 서술적 이미지로 쓰이고 있다. 가령 다음과 같은 것과 비교하면 이 점이 더욱 뚜렷해질 것이다.

봄바람이 휘몰아
꽃이 필 때면

다시 곰곰 옛 생각

지낸 세월 모두 다
뜬 구름에라

붙잡을 길 없으니.

아쉬운 이내 심사
버릴 곳 없어

꽃을 잡고 우노니

—김억, 「봄바람」

각 연 7/5/7로 된 정형이다.

음악적이라는 점에서 박목월의 경우와 같다. 그리고 음수율이 정돈돼 있는 품으로는 오히려 박목월의 경우보다 더하다. 그러나 이 시는 정서의 어떤 상태를 거의 설명만 하고 있을 뿐이다. 만약 이 시를 음수율을 풀고 줄글로 썼다고 하면 그래도 시가 될 수 있을는지 의문스럽다. 박목월의 경우는 음수율을 풀고 줄글로 썼다 하더라도 시가 된다. 선명하고 적절한 시각적 이미지가 정서의 어떤 상태의 설명을 대신하고 있기 때문이다. 이처럼 박목월에게 있어서는 시각과 청각이 아울러 비상하게 예민할 뿐 아니라 잘 조화되고 있다고 하겠다.

흰 달빛
자하문

달안개
물소리

대웅전

큰보살

바람소리
솔소리

부영루
뜬 그림자

흐는히
젖는데

흰 달빛
자하문

바람소리
물소리

—「불국사」

이 시는 제6연을 제외하고는 표상암시에만 그치고 있다. 말하자면 주사(명사)만 있지 빈사(동사나 형용사)가 거의 없다. 의미론에서는 이런 것을 판단중지라고 하고 있는 모양이다. 장면이나 정경의 제시뿐이다. 그러니까 여기서 절대적인 역할을 하는 것은 시각적 이미지다. 그리고 그것이 또한 서술적 이미지로 되어 있다. 이런 점으로 볼 때 이 시는 음악성이 별로 고려되지 않고 있는 듯하지만 실은 그렇지가 않다. 이미지가 거의 각 행마다 전환되고 있다. 말하자면 같은 간격을 두고 이미지가 전환하고 있기 때문에 이러한 이미지의 전환에서 우리는 리듬을 느낄 수 있다. 그리고 각 연은 서로 대구를 이루는 형식으로 배치되고 있기 때문에 시 전체가 하나의 선율을 이루고 있다. 그 위에 이 시는 3/3으로 행이 구분되고 있다. 이렇게 이 시에서 우리는 아주 미묘한 음악적 분위기에 젖어볼 수 있다. 박목월의 초기 시에서 볼 수 있는 특색을 아주 도식적으로 보여주는 시가 바로 이런 시일 것이다.

그는 또 자유시에 있어서도 그 형태상의 특색을 예민하게 캐치하여 그것을 좀 지나치리만큼 과시하고 있는 경우도 있다.

눈이
오는데
옛날의 나즉한 종이 우는데

아아

여기는
명동
성 니코라이 사원 가까이

하얀
돌층계에 앉아서
추억의 조용한 그네 위에 앉아서

눈이 오는데
눈 속에
돌층계가 잠드는데

—「폐원」에서

이 시의 형태로서의 미묘한 점을 해설해보면 다음과 같다.

'눈이' 에서 끊고 '오는데' 로 행을 따로 내고 있는데, 눈이 펑펑 쏟아지고 있는가? (혹은 있었던가? 이 시는 과거를 추억하는 것인데 이 정경이 현재의 그것과 엇갈리면서 전개된다. 그러니까 지금 오고 있는 눈은 과거에 오던 눈과 서로 포개지는 것이다. 영화의 오버랩과 같다고 생각하면 된다.) 또는 눈보라가 휘몰아치고 있는가? (또는 있었던가?)하는 데 대하여 단숨에 말해버릴 수 없는 어떤 망설이는 심정이 잘 나타나 있다. '눈이' 다음의 공간에 그만한 심정이 감춰져 있다. '눈이' 란 말은 그만한 심정의 함축을 지녔다는 말이다. 그러나 눈은 펑펑 쏟아지고 있는 것도 아니고(또한 있었던 것도 아니고), 눈보라가 휘몰아치고 있는 것도 아니고(또한 있었던 것도 아니고), '눈이' 조용조용히 지금 오고 있듯이 그때에도 오고 있었다는 정경을 행을 짧게 부러뜨려놓음으로 잘 나타내 보여주고 있다. '오는데' 를 '눈이' 에서 끊지 않고 달아서 한 행으로 하였다면 호소력이 약해진다. '오는데' 를 강조하여야만 정경이 한층 살아나는 것이다. 행으로 끊은 까닭이 여기에 있다.

만약 이것이 회화의 경우라면 '눈이' 에서 말을 쉬고 얼굴 표정을 통하여 과거를 더듬는 듯 망설이는 기분을 상대편에 알리고 다음 좀 소리를 세게 내든지 하여 '오는데' 란 말을 절실하게 감동적으로 전달시키려고 할 것임에 틀림없다. 그러나 '눈이' 와 '오는데' 의 두 행의 미묘한 정경에 비하다면 다음 행인 '옛날의 나즉한 종이 우는데' 는 그대로(절로) 잇달아나와야 할 한 토막의 정경이다. 이미지로서도 한 토막으로 충분하다.

여기서 연이 바뀌면서 '아아' 라는 감탄사가 그것만으로 한 연을 차지한다. 자유시에서는 이런 일은 얼마든지 있다. 이 감탄사는 많은 의미와 이미지를 속에 간직하고 있는 몇 개의 센텐스의 역할을 하고 있다. 이른바 일종의 단어문의 역할을 하고 있다.

이 시의 이 대목은 과거와 현재가 분간하기 어려운 미묘한 심정에 한때 놓였다가 꿈 속에서 풀려나온 사람처럼 현실로 돌아서려는 순간의 심정을 알리려는 그런 대목이기 때문에 긴 말을 늘어놓을 수도 없거니와 '아아' 라는 감탄사 하나로 절박한 심정을 잘 보여주고 있다. 앞뒤에 배치된 연들을 통하여 독자인 우리에게는 그것이 짐작된다. 그러니까 다음 연에서는 현실에 차츰 돌아가는 심정이 여실히 나타나 있구나 하는 것도 충분히 짐작된다. '여기는' 하면서 깜짝 놀라며 눈을 비비고 보니까 '명동' 이다. 명동의 어디쯤일까? '성 니코라이 사원 가까이' 다. 이처럼 필름의 한장면 한장면이 돌아가듯 선명하게 작자의 심정이 파악된다.

한 연을 사이에 두고 다시 '눈이 오는데' 라고 하고 있는데 여기서는 행을 둘로 내지 않았다. 이미 그럴 필요가 없어진 것이다. 작자의 심정도 그렇거니와 독자들도 다 알고 있는 사실인데 새삼 먼저와 같은 그런 것을 되풀이할 필요가 있겠는가? 만약 여기서 또다시 행을 둘로 부러뜨려놓았다면 너무 기계적이 되어 싱거워질 것이다.

이상과 같이 이 시는 특히 행의 기능(자유시에 있어서의)을 잘 살리고 있는 예라고 할 것이다. 또 다음과 같은 것도 있다.

관이 내렸다.
깊은 가슴 안에 밧줄로 달아내리듯.
주여
용납하옵소서.
머리맡에 성경을 얹어주고

나는 옷자락에 흙을 받아
좌르르 하직했다.

그후로
그를 꿈에서 만났다
턱이 긴 얼굴이 나를 돌아보고
형님!
불렀다.
오오냐. 나는 전신으로 대답했다.
그래도 그는 못 들었으리라.
이제
네 음성을
나만 듣는 여기는 눈과 비가 오는 세상.

—「하관」에서

행은 저마다 리듬과 의미와 이미지의 중량을 지니고 있다고 하면, 그 중량을 밸런스가 잡히는 그런 것이어야 할 것이다. 어느 한쪽에 부담이 너무 커지거나 하여 저울대가 기울게 되면 시 전체의 분위기를 깨뜨리게 된다. 이 시의 제1연의 제1행에서 제4행까지는 그런 것들을 생각하게 한다.

제1행과 제2행을 비교하면 우선 그 호흡에 있어 밸런스가 잡히지 않는다. 그 언밸런스를 다른 것으로 보충할 수 있을까? 제1행은 그 의미의 중량에 있어 대단히 크다는 것을 짐작할 수 있다. '관이 내렸다'는 이 한 마디의 중량을 설명하는 데는 긴 말이 필요하다. 아니면 묘한 비유가 있어야 한다. 제2행인 '깊은 가슴 안에 밧줄로 달아내리듯'이란 정도만큼은 그 길이나 비유의 묘가 있어야 한다. 이리하여 이 제1행과 제2행 사이의 호흡의 장단의 차도 어느 만큼은 메꾸어지게 된다.

제3행의 '주여' 와 제4행의 '용납하옵소서' 를 끊어놓은 것도 그 의미의 중량 때문이라고 해야 할 것 같다. '주여' 란 말은 아주 무겁고 그것만으로 하나의 공간을 충분히 차지할 수 있는 그런 말이다. 호흡으로서도 여기서 일단 끊고 음성을 가다듬는 것이 좋을 법하다.

이 시도 박두진의 산문시에처럼 독특한 방법으로 구두점을 찍고 있다. 이 경우는 콤마가 아니고 피리어드다. 제4행까지의 각 행의 의미상의 중량은 대단하다. 그러나 이런 식의 피리어드는 지나치게 기계적이다. 이 부분들이 만약 줄글로 되어 있었다면 모르기는 하되 행 구분을 통하여 이미 말한 대로 그들의 중량은 제각기 인정되고 있다. 그 중량들은 이중으로 강조하고 있는 느낌이라 새삼스럽지가 않다.

제2연의 제4행에서 제6행까지는 그러나 사정이 좀 다른 것 같다.

형님!
불렀다.
오오냐. 나는 전신으로 대답했다.

'형님' . '불렀다' , '오오냐' 의 행 구분은 적절하다. 호흡으로나 의미로나 이건 그래야만 할 것 같다. 아주 숨가쁜 대목이기 때문이다. 그리고 이 때의 피리어드들은 호흡으로나 의미로나 완전한 세 개의 종지를 알려야 할 대목이기에 효과적이라고 하겠다.

이러한 자유시 외에도 박목월은 이따금씩 산문시를 쓰기도 한다. 그것은 그것대로 대체로 격에 어울리고 있다.

너무나 긴 목 위에서 그것은 비지상적인 얼굴이다. 그러므로 늘 의외의 공간에서 그의 얼굴을 발견하고 나는 잠시 경악한다. 다만 비스켓 낱을 주워 먹으려고 그것이 천상에 내려올 때 나는 다시 당황일까 누추하고 비굴한 본능일까 확실히 타조는 양면을 가졌다.

소년처럼 순진한 얼굴과 벌건 살덩이가 굳어버린 이기적인 노안과……그리고 이 괴이한 면상의 주금류가 오늘은 나의 눈을 응시한다.

—「타조」

타조의 생태를 알레고리컬하게 그려 보여주고 있는 데 그치고 있다. 줄글의 산문으로 다루기에 알맞다 하겠다. 알레고리가 살아 있느냐의 여하에 시로서의 성패가 달려 있다고 하겠으나 형태로서는 무리나 부자연스런 데가 없다. 음악적인 암시성을 조심스럽게 피하고 있는 동시에 논리의 비약(자유시에서 흔히 볼 수 있는 바와 같은)도 억제하고 있다. 그러나 박목월에 있어 이러한 줄글의 형태는 하나의 시도에 머물러버린 그런 느낌이다.

조지훈의 경우—온건한 안식[3)]

박남수와 시집 『신의 쓰레기』[4)]

플라톤이 그의 공화국에서 시인을 추방한 사실은 두고두고 쟁

---

3) 이 부분은 『시의 표정』(문학과지성사, 1979)에 「지훈 시의 형태」란 제목으로 다시 재수록되었으므로 본문을 생략한다. 이 전집 2권 58쪽을 볼 것.(편주)

4) 『시론—시의 이해』(송원문화사, 1971)에 수록한 「박남수론—시집 『신의 쓰레기』를 중심으로」를 개제改題, 여기서 재수록했다.(편주)

의의 재상이 되어왔다. 오늘날에 있어서도 아리스토텔레스의 시인 옹호론과 함께 그 형이상학적 문제성이 활발히 논의되고 있는 실정이다.

어느쪽이냐 하면, 현대시는 '시는 인생의 비평'이라고 하는 뿌리깊은 플라토니즘을 거부한 데서부터 출발하고 있다. 말라르메나 발레리의 후기 상징주의로부터 초현실주의에 이르는 프랑스 계통의 현대시가 그렇고, T. S. 엘리엇으로 인해 개막된 영미 계통의 현대시—적어도 엘리엇의 초기 비평을 통해 본 그 자신의 시관은 그러하였다. 말하자면 시는 미학의 세계라는 것이다. 그러나 이들 계통의 시라고 하여 그것들은 논리학이나 철학으로써 접근할 수가 없다든가 접근해서는 안 된다는 말이 아니다(이들 방면에서 접근하여 훌륭한 논문을 쓴 사람들도 있다). 또 이들 계통의 시에는 윤리나 철학이 없다는 것은 물론 아니다. 다만 전기한 바와 같이 미학을 전면에 내세우면서 이들 계통의 시가 출발하였다는 사실로 하여 현대시는 그 출발에 있어 시작의 방법면으로 이전의 시가 잘 몰랐던, 형의상학적 의미부여를 할 수 있게 되었고, 그것을 밑받침으로 하여 여러 가지 혁신적인 시의 작법이 안출되었다는 것을 알리고 싶을 따름이다. 그러니까 이들 계통의 현대시는 다분히 그 시관에 있어 순수시의 쪽으로 기울어진 것도 하나의 숨길 수 없는 사실이다. 기술비평을 위주로 하는 미국의 분석비평이 T. S. 엘리엇의 초기 비평에서 많은 암시를 받았다는 것은 널리 알려진 사실이다. 말하자면 분석비평과 같은 미학비평이 득세할 수 있을 만큼 시관의 변천이 이미 있어왔던 것이다.

현대시의 중요한 흐름이 이와 같은 것이었다 하더라도 이미 말한 대로 논리학과 철학이 시에서 거세된 것이 아닌 이상, 플라토니즘은 언제든 고개를 들 기회를 엿보고 있었다고 할 수 있을 것이다. 30년대의 영국과 프랑스에서의 뉴 컨트리파의 몇몇 초현실주의자들의 공산당에의 접근은 시의 논리적 입장이 시의 미학적 입장을 누르고 전면으로 나선 호예라고 할 것이다. 이러한 시는 기술비평이라고 하는 미학비평의 척도에 자기를 맡기는 것을 달갑게 생각하지 않을 것은 더 말할 나위도 없는 일이다.

당면한 박남수 씨의 시집 『신의 쓰레기』에 수록된 작품들은 미학적 배려가 뚜렷이 보이는 반면, 논리적(철학은 제쳐 두고) 배려는 희박하다(여기서 논리적이라고 한 것은 역사적 상황에 대처하는 시인의 태도를 두고 한 말이다). 따라서 분석비평의 방법을 빌어 작품들을 분석해봄으로써 작품들의 질과 그 의의를 밝혀보는 것이 적당하지 않을까 한다. 말하자면 이들 작품이 가지는 미학의 질과 그것의 사적 의의을 밝혀보는 것이 박남수 씨의 시집 『신의 쓰레기』를 말하는 데 있어서는 적당하지 않을까 하는 것이다.

새는 울어
뜻을 만들지 않고
지어서 교태로
사랑을 가식하지 않는다.

「새」라고 하는 제목의 연작시 중 1의 2다. 격언이 되고 있기는 하나, 하나의 평범한 진술에 그치고 있다. 만약 이 부분만으로 끝나 있다고 하면, 시로서는 글자 그대로 난센스다. 그러나 「3」으로 이어지면서 이 시 전체(「새 · 1」)의 시적 체모가 뚜렷이 서게 된다.

——포수는 한 덩이 납으로
그 순수를 겨냥하지만,

매양 쏘는 것은
피에 젖은 한 마리 상한 새에 지나지 않는다.

이 부분도 하나의 격언으로 받아들이려면 들일 수도 있다. 그러나 작자의 의도는 격언을 생각하고 있었던 것이 아닌 듯하다. 작자의 의도를 묻기 전에 독자로서 나는 훨씬 시를 감수한다. 이 경우 단순한 격언을 넘어서고 있는 것은 발상에 있어서의 아이러니에 있다. '포수', '한덩이 납', '순수', '피에 젖은', '상한 새' 등 어휘들을 구문에서 떼어놓고 보면 이들 어휘들은 뒤에 어떤 비유(철학)를 거느리고 있는 듯이 보인다. 그러나 이들 어휘가 구문 속에서 제자리를 차지함으로써 그 비유성은 훨씬 악센트가 약해지고, 대신에 뒤틀어놓은 논리의 심리적 경위가 뚜렷해진다. 「새 · 2」의 직선적인 논리와 대조될 적에 그 아이러니컬한 발상이 더욱 선명해진다. 이러한 논리가 부리는 미학 위에 이 작품이 서 있는 것이지만, 만약 아이러니컬한 세계관을 의도하고 있었다고 말하는 독자가 있다고 하면, 그것은 또 그것대로 어쩔 수 없는 일이다.

시인은 말에 기대할 수밖에 없는 경우가 있다. 시작 도중에서 말이 빗나가면, 처음 생각과는 엉뚱한 작품이 되기도 한다. 이러한 비밀을 두고 '한 편의 시가 완성되기 전에는 시는 아무데도 없다'고 한다. 그러니까 시 속에 들어온 말은 무상한 것이 되고 순수해지면서 무엇에 봉사한다는 목적을 상실하는 수가 있다. 말하자면, 어떤 철학이나 세계관을 대변하는 것을 거부하고 그 자신 그것으로 존재할 따름인 경우가 있다.

이른녘에
넘어오는 햇살의 열의를
차고,
산탄처럼 뿌려지는 새들은
아침 놀에
황색의 가루가 부신 해체
머언 기억에
투기된 순수의 그림자

「새 · 2」의 전문이다. 이 작품은 바로 말 그것의 결합체에 지나지 않는다. 물론 시를 전개시키고 있는, 시 이전의 아이디어가 없는 것은 아니다. 그것은 아주 간단하다. '새는 순수하다. 모든 목적의식에서 해방되어 있다' 고 하는 그것인 듯하다. 그러나 그러한 아이디어란 이상할 것도 없고, 새삼스런 것도 아니다. 그리고 이렇게 작품이 완성된 뒤에 시 이전의 아이디어를 이렇게 말해볼 수도 있다는 것이지, 작품이 완성되기 전에 시 이전의 이러한 아이디어가 있었는지의 여부는 알 수가 없다. 말하자면, 한 작품의 의도—독자로서 내가 감수하기에는—는 말 그 자체에 보다 있었는 듯이 보인다. 말이 어떻게 해주겠지 하는 기대에 넘쳐 있다. 그렇지 않고, '투기된 순수의 그림자' 라고 설명된 이 마지막 한 행을 위하여 말들이 이처럼이나 헌신할 필요가 있었겠는가? 다시 말하면 이 마지막 행과 그 바로 앞의 짧은 행은 두 개가 다 사라져 없어지는 것이 이 작품의 다른 말들을 위하여 훨씬 효과적이 아니었겠는가 한다. 이 두 개의 생을 빼어버리면 작자의 의도가 훨씬 살아날 것이다. 시가 훨씬 이 작품에서 말의 무상(순수)을 누릴 수가 있게 된다. 시 이전의 아이디어는 혹종의 독자의 추리에 맡기면 된다. 미학의 설계에 있어 이러한 에러가 더러 눈에 뜨인다. 무슨 철학 비슷한 것을 덧붙이려는, 그것(철학)을 시에서 끝내 못 죽이는 불안이 있어 독자인 나에게 해방감(철학으로부터 세계관으로부터—한 말로 관념으로부터)을 주지 못하고 있다. 미학세계가 어중간하다.

시집 『신의 쓰레기』 속에 동원되고 있는 말들은 빛이 밝고, 비도시적이고 비문명적인 것들이다. '새', '음악', '악기', '바람', '꽃' 등이 자주 등장한다. 빛이 밝은 말들을 동원하고 있는 점 르누아르를 연상케 한다. 아이디어보다도 말이 중요한 구실을 하고 있는 시에서는 말 그것이 빚는 그대로의 빛깔과 냄새에 독자도 민감해질 수밖에는 없다.

삭풍의 칼이
짜르면
살이 묻어나는 다사한 온난.
온난 끝에
영그는 부스럼이
터지고,

연녹의 눈이 열리면
세상은 꽃.

「해토 · 2」 중의 「해토 · 1」의 전문이다. 겨울에서 봄으로 옮겨가는 계절의 변화를 그대로 적고 있지만, '살이 묻어나는', '부스럼이 터지고' 등은 새로운 차원으로 말을 옮겨주고 있는 동시에 시에 용해된 말 그것의 빛깔이 어떻다는 것을 보이고 있다. 그리고 말은 이미지를 빚는 법이다. 이 작품에서는 빛깔은 피에르 오귀스트 르누아르Pierre Auguste Renoir의 황색을 연상케 하는 밝고 따스한 그것이다. 작품으로서는 안정과 균형을 얻고 있긴 하나, 특히 주목할 만한 방법상의 시도는 보이지 않는다. 이 작품은 그러나 말들이 순수(관념을 배제)하게 쓰이고 있다. 같은 정도로 안정과 균형을 얻고 있고, 별다른 방법상의 시도를 하지 않고 있으면서 말들이 어떤 목적(관념)에 의지하고 있는 경우의 작품들도 더러 있다.

국화에 묻히어
나도 지금 한 가지의 국화가 되어 간다

어지러운 티끌에 오양된 머리를 바래고
내가 지금 국화 앞에서 그 황홀한 빛깔 속으로 들어간다.

지금 뜰에는 국화가 한창이다.

「국화 · 3」의 후반부다. 여기에 동원된 이미지는 어떤 관념을 설명하기 위한 간접적인 역할을 맡고 있다. 독자의 눈이 관념에 쏠리기 쉽다. 특히 미숙한 독자일수록 그 위험성은 커진다. 이 작자의 시에 있어서의 의도나 독자에게 알리고 싶은 것은 이런 것이 아닌 듯하다는 것은 이미 말한 바와 같지만, 그것이 확고한 미학 위에 정립되어 있지 않기 때문에 종종 이 작품과 같은 설명이 나타나게 되는 듯하다. 그리고 이 계열의 작품들이 수록 작품들 중에서 생채를 내지 못하고 있는 것 같다. '어지러운 티끌에 오염된 머리를 바래고' 와 같이 내포와 외연의 거리가 너무 가깝기 때문에 의미의 긴장도가 얕다. 거의 산문에 가까워지고 있다. 가령 엘리엇의 「J. 앨프레드 프루프록의 연가」의 첫머리인,

수술대 위에 에테르로 마취당한 환자처럼
저녁 노을이 하늘에 퍼지거든

과 비교해보라. 이러한 과격한 이미지의 연결방법은 현대시의 방법상의 한 패턴이 되어 있다. 이 방법은 경험의 단순함과 경험을 시로 처리할 때의 감상성(감상이란 경험의 복잡함을 단일화하기 위하여 경험만을 끝내 끌고 가려는 태도라고 할 수 있으니까)을 경계하는 지적인 방법이다. 이런 면으로 볼 때, 이 작자의 이 계열의 시는 퍽 소박하다고 하겠다. 그것은 세계관의 문제와도 관련이 된다.

날카로운 언어감각을 때로 보여주고 있는 이 작자가 의외로 세계관이나 철학은 소박한 것 같다. 세계관이나 철학, 즉 관념을 담고 있는 작품들의 그 관념들이 예외없이 소박하다. 이런 뜻으로서도 이 작자의 본령은 감각의 세계—감각 위에 세워진(관념의 배제된) 미학에 있다고 하겠다. 즉 관념에 때묻지 않은 순수한 이미지를 구축하는 것과 그것들의 연결에 있어 시적 논리를 참신한 방향으로 시도해 보는 일에 그 미학적 입지가 있다고 하겠다. 이러한 미학적 입지는 20년대의 고월 이장희와 30년대의 정지용에게서도 뚜렷이 나타나고 있다.

어두운 북향 방에
환히 한 오리의 별이 들어
누웠는 눈이 부시다.
벽에 걸어논 면도용 거울의 장난.
가끔은 불의의 별이라도 들어
어처구니 없는 밝은 마음으로

더부룩히 자란 수염을 다듬어보는
뚜우가 우는 밝은 정오.

「밝은 정오」라는 제목의 작품이다. 완전할 정도로 관념은 배제되고, 있는 것은 감각의 무늬뿐이다. 그러니까 이 작품에서는 외연만으로 의미가 성립되고 있다. 그만큼 이미지가 순수하고 투명하다. 마지막 1행은 사족이자 의성음 '뚜우'는 기능을 충분히 살리지 못하고 있다. 제목이 「밝은 정오」니까 이 한 행은 없애는 것이 어떨까 한다.

이러한 감각의 무늬를 짜는 한편, 묘하고도 참신한 연상을 붙들어, 이미지끼리의 연결에 고차원의 논리를 보여주고 있는 것도 있다.

뜨는 메주 냄새가 매키한
평 가옷 어둔 방에는

사방 마을 어린 것들이
뺘루지의 붉은 꽃을 쓰고
구실이 한창 창궐하고 있다.

「미열」의 끝머리 5행이다. 앞 2행과 뒤 2행은 소위 불연속의 연속으로 이어져 있다. 연결방법이 과격하여 기지를 보이고 있다. 고월에게서는 물론 지용에게서도 극히 희미하게밖에는 볼 수 없었던 현상이다.

순수감각이 시에서 되살아나고 있는 예는 고월과 지용 이후 박목월 씨의 몇 편의 작품과 김광림 씨의 수년 동안의 의식적인 시작에서 그것을 볼 수 있을 뿐이다. 자동기술이나 의식의 흐름 수법을 통한 이미지의 순수성과는 또 다른 이미지만의 순수시를 빚어내고 있다. 이것이 이 작자의 지향인 듯하다. 의식적으로 논리를 뒤틀어놓기도 하고, 또는 단절의 도랑을 파기도 하면서 감각과 이미지를 즐기고 있다. 아니 그것들과 싸우며 즐기고 있다고나 할까? 그러나 이 작자의 시가 현대문명의 제양상과는 무관하게, (초현실주의의 시가 내면적으로 현대문명과 밀착되어 있는 것과는 달리) 생의 고민없이 다분히 백치상태로 순수해지려는 경향을 보이고 있는 것은 불안하다.

하얀 육신이 으깨지고
입속 그득히 담기는 싱그러운 자연
식도에서 한 줄기,
찬 시냇물이 되는 구름 저쪽의 세계.

「접시에 놓인 자연」의 제2연이다. 후반 2행은 설명이 되고 있는데 (그만큼 이미지가 순수성을 잃고 있다), 이 작자의 지향하는 바를 스스로 말해주고 있는 듯하다. 그것은 도피적인 자세인 듯도 하다. '구름 저쪽의 세계'는 인간과 문명을 떠난 곳이다. 어쩌면 허무의 세계일 듯도 한, 이 작자가 지향하는 곳은 그런 곳인지도 모른다.

이 경지도 역시 하나의 아웃사이더의 길이기는 하겠지만, 윤리적이 생채가 전연 거세된 그것이다. 현대문학에 등장하는 아웃사이더들의 그 각박한 분위기는 전연 보여주지 않고 있다.

어떤 방향으로든지 순수해진다는 것이 이방인이나 국외자가 된다는 것을 의미한다면, 그만큼 준엄해진다는 것을 또한 의미하게 되는 것이니까 시인인들 거기 늘 머무르고 있을 수는 없다.

시인이란 말을 다루는 사람이고, 말은 또한 원래가 '실용을 위하여 도구로서' 생긴 것이기 때문에 그러한 말의 기능을 끝내 무용한 것으로만 추구해가기가 숨가쁘기도 하다. 이리하여 이 작자의 시에도 불순한 것—이를테면 관념과 같은 것—이 때때로 끼어들어 그 미학적 입지를 흐려놓는 일이 있는 것은 어쩔 수 없는 일일는지는 모르나, 이러한 현상이 어떻게 보면 이 작자가 방황하며 모색하고 있는 듯한 인상을 주기도 한다. 다음과 같은 작품들을 보면 형태주의적 시도도 하고 있지만, 과격할 정도는 아니다.[5]

나의 내부에도
몇 마리의 새가 산다.
은유의 새가 아니라,
기왓골을
쫑,
쫑,
쫑,
옮아 앉는
실재의 새가 살고 있다.

하늘의 병풍 뒤에
뻗은 가지, 가지 끝에서
포롱
포롱

---

5) 『시론—시의 이해』 수록시에는 이하 1행이 계속되는데 재수록시 저자가 삭제했다. "어디에 집착을 못하는 이 작자의 자질을 보여주는 일면이라 하겠다."(편주)

포롱
튀는
천상의 악기들.

앞의 것은 「새 3」의 제1연이고 뒤의 것은 「종달새」의 제1연이다. '쫑, 쫑, 쫑'은 의태어이지만 의성어를 겸하고 있다. '포롱 포롱 포롱'도 마찬가지다. 새가 세로로 옮아앉는 모습과 종달새가 하늘로 날아오르는 모습을 형태적으로 파악한 것이다. 양쪽 다 양모음을 조화시키고 있기 때문에 새와 종달새의 동작이 한층 선명하다.

청각적이건 시각적이건 형태주의는 일면 구체음악과 통하는 데가 있다. 자연음을 그대로 녹음하여 편집하는 것이 구체음악이다. 시의 형태주의도 의미 이전의 음과 문자형을 기능적으로 살리는 것이다. 이리하여 대상을 직접 대했을 때 일으키는 정서를 독자에게 일으키게 한다. 일종 의미의 해체 구실을 하고 있다고 하겠다. 그러나 이 작자의 경우 예시한 바와 같이 말의 의미를 완전 해체에로 이끌어갈 만큼 과격하지가 않다. 가벼운 시도 내지는 국부적 응용 정도에서 그치고 있다.

이상, 이 작자의 지향은 시의 미학적 구축에 있음을 주로 말한 것이지만, 이러한 지향은 초기 시에서도 볼 수 없었던 것은 아니다.

외로운 마을이
나긋나긋 오수에 조올고,

넓은 하늘에
솔개미 바람개비처럼 도는 날

뜰안 암탉이
제 그림자 쫓고
눈알 또락또락 겁을 삼킨다.

「마을」이라는 제목의 작품 전문이다. 한 풍경이 심미적으로 처리되고 있다. 이미지가 순수하고 동시에 투명하다. 이러한 반상징주의적인 경향은 이미 말한 대로 시집 『신의 쓰레기』 중의 많은 작품들에서 발견되고 있고, 한층 치밀해지고 조형적으로 견고해지면서 작시법에 실험성마저 띠게 되었다. 그러니까 이 작자의 독특하다고 할 수 있는 미학세계는 실은 상당한 시일 동안 차츰차츰 전개되어왔고 성숙되어왔다고 할 수 있을 것 같다.

시가 미학의 쪽에 서야 하느냐 윤리학의 쪽에 서야 하느냐 하는 문제는 되풀이되는 문제이기는 하나 꼭 어떤 결론을 얻어야 할 것은 아닌 듯하다. 왜냐하면 시는 미학의 쪽에 더 가까이 설 수도 있고 윤리학의 쪽에 더 가까이 설 수도 있겠으나 어느쪽에 더 가까이 서든 그 사실만으로는 시가 되기도 하고 안 되기도 할 것이기 때문이다. 그러나 시인의 지향하는 바에 따라 각기 다른 종류의 카타르시스를 체험한다는 것은 기억해둘 필요가 있을 듯하다. 어느쪽이냐 하면, 윤리학의 쪽에서는 시인에게 있어서는 시작은 행동으로 해야 할 것을 다른 대상행위를 통하여 충족시킨다는 것이 되지만, 미학의 쪽에 서는 시인에게 있어서는 시작은 대상행위가 없는 자기충족적 행위가 된다. 심리적으로는 말은 전자에 있어서는 수단이나 도구가 되지만, 후자에 있어서는 수단이나 도구의 단계가 배제되고 직접적인 것이 된다. 무상하고 순수한 말이란 이런 것이다.

현대시—현대 예술 전반이라고 해도 좋다—가 추상화의 경향으로 흐르면서 절대를 추구하게 된 것은 19세기 휴머니즘의 거부이자 생명적인 것 인간적인 것의 거부인 것이다. 이 입장은 상대적으로 유전하는 상으로 세계를 보지 않고 절대적으로 운명적으로 세계를 받아들이는 것이다. 이리하여 역사나 문명의 정열에서 물러서서 절대에 참여하는 것이리다

시집 『신의 쓰레기』의 작자의 지향이 감각 위에 선 미학의 절대경에 있는 것 같이 보일 때 이미 말한 바와 같이 소극적으로는 하나의 도피, 하나의 안이한 허무가 되기도 하겠고, 적극적으로는 시의 영원한 갈망이던 절대에의 참여에 있어 하나의 길잡이가 될 수도 있을 것이다. 아직은 시를 쓴다는 행위에 대한 형이상학적 의미부여를 우리 시단은 못하고 있다. 기교(엘리엇식으로 말하면 예술작용)가 인생에 직결된다는 적극적인 의미를 아직 절실하게는 자각 못하고 있을 때, 미학으로서의 시는 그 소극적인 면만이 드러나고 동시에 그것은 어떤 비장하나 피상적인 인생론에 의하여 배척되는 것이다.

'후반기' 동인회의 의의

서언—하나의 추억

지내놓고 보면 그것이 역사였던가 하고 새삼스럽게 생각이 되살아나는 일이 있다.

51년 봄인가, 나는 전시 수도 부산의 번화가를 걷고 있었다. 번화라고 하면 너무 평화스럽고 화려하게 들린다. 피란민의 물결을 헤치며 잡답 속을 더듬거리고 있었다고 하는 것이 알맞는 말이 될 것이다. 저만치서 나를 목표로 이봉래가 걸어오고 있었다. 그는 눈웃음을 짓고 있었다. 그의 곁에는 그와 비슷한 또래

의 군복 청년이 따르고 있었다. 우리는 어딘가 가까운 다방으로 들어갔다. 그 군복 청년은 김경린이었다. 그때 우리의 화제는 '후반기' 라는 그들이 만든 동인회에 관한 것이었다. 동인은 조향, 김규동, 박인환, 김차영, 김수영 등과 자기들을 합치면 7, 8명이 된다고 하였다. 함께해볼 생각이 없느냐는 그런 눈치를 보였지만 나는 애매한 대답을 하고 헤어진 뒤로는 우리들 사이에 두 번 다시 '후반기' 동인회에 관한 이야기는 없었다. 조향과는 고 김수돈과 함께 『로만파』라는 동인지를 낸 일도 있고 하여 비교적 가까운 사이였다고 할 수 있었지만, '후반기' 동인회에 관한 이야기는 서로 나눈 일이 없었다.

그들이 서울로 다 돌아가고(조향 혼자만 부산에 처졌다), '후반기' 동인회도 유야무야가 되어 사람들의 기억에서 사라져가고 있을 무렵, 그러니까 50년대도 후반으로 접어들었을 때, 문득 나는 깨닫게 되었다. 그것이 바로 역사의 얼굴이다 하고—20대의 후반(조향이 가장 나이 많았으리라고 생각된다. 그는 30대의 전반에 있었을 것이다)에 있던 몇 젊은이들이 전시의 북새통 속에서 허름한 차림으로 이 다방 저 다방을 기웃거리며 뭔가 그들 스스로도 잘은 모르는 소리를 책임은 질 생각도 없이 짜증스런 어조로 시부렁거리기도 하고, 주워들은 지식 나부랭이를 여기저기 활자화하기도 하였다(그들은 그들의 기관지를 가지지 못했다. 《국제신보》에서 낸 《주간국제》와 일간지가 그들의 주된 발표무대였다). 그리고 그들 중 몇은 그들 자신의 그러한 언동을 곧 잊어버렸다. 50년대 후반의 가을 어느날, 나는 서울 명동에 자리잡은 어떤 널찍한 다방에서 배가 불거져나오고 앞이마가 벗겨진 한 신사와 마주앉아 있었다. 그가 몇 년 만에 대하게 된 이봉래였다. 그는 영화감독으로 신작의 여배우를 찾고 있었다. 보지는 못했지만, 서울시청의 수도과 과장인가 계장인가를 지내면서 시인들과는 잘 만나지도 않는다는 것이 김경린에 관한 내가 그때 들은 소문이었다.

역사란 어쩌면 그것을 꾸민 당사자들의 의사가 아닐는지도 모른다. 역사란 하나의 과도기를 말함이요, 질과는 관계가 없다는 것을 나는 문득 깨달았다. 오비이락의 그 타임을 맞추는 것이 문제지만, 인력으로 반드시 되는 것이 아니라는 것도 나는 아울러 깨닫게 되었다.

1

① 나는 불모의 문학자본과 사상의 불균정한 싸움 속에서 시민 정신에 이반된 언어작용만의 어리석음을 깨달았다.

……시가지에는 지금은 증오와 안개낀 현실이 있을 뿐……, 더욱 멀리 지난날 노래하였던 식민지의 애가며 토속의 노래는 이러한 지구에 가라 앉아간다.[6]

② 20세기의 시는 '진화'를 했다. '진보'는 '수정'이고 '진화'는 '혁명'이다. 진보만 알고 있던 시인이나 속상들은 이 진화를 보곤 꽤들 당황했다. 특히 한국의 풍토에선 지금도 한창 당황하고 있는 중이다.

시가 진화해 나간다는 것을 이상하게 생각하는 사람들은 대뇌가 발달해나간다는 것을 이상하게 생각하는 벽창호 씨가 아니면 혼돈 씨다. 인간 자체가 진화의 첨단에 놓여 있지 않는가.[7]

---

6) 박인환, 사화집, 『새로운 도시와 시민들의 합창』(도시문화사, 1949)의 후기.
7) 조향, 「시의 발생학」(국어국문학 16호).

문맥으로 보아 ①은 '시민정신'은 '시가지에는 지금은 증오와 안개낀 현실이 있을 뿐'이라는 사실을 잘 인식하고 그것을 극복하는 방향으로 비판해야 한다는 것이 된다. 그렇잖으면 이 글의 끝부분인 '지난날 노래하였던……'은 뜻이 없는 것이 된다. 이 ①의 문맥은 다음과 같은 글과 정확히 대응한다.

③ 한국 시는 전통적으로 자연에 대한 시였다. 그리고 그 특성은 인생의 허무감으로 하여 앙양되는 것이었다. ……(중략)…… 인생의 문제 내지 그 문제의 세계성을 느끼고 분석하는 데는 벌써 시적 태도가 여태와는 달라야 했고, 우리 시인들은 한편 서구시가 가누어지는 경위에 절대의 관심을 가지게 되었다. ……(중략)…… 우리 시인들은 한편 과거 현재 문명의 양상을 야유하는 파운드의 시를 접독하였고, 오든의 성명적인 시와 새타이어리즘을 알게 되었다. 오늘의 시를 생각하고 발견하려면 우리 시인은 커다란 쇼크를 받아 깊은 영향을 받게 되었다. ……(중략)…… 이 움직임이 우리 시단에 뚜렷이 보이게 된 것은 6·25 전후라 하겠다.[8)]

'6·25 전후'란 김수영, 박인환, 김경린 등의 사화집『새로운 도시와 시민들의 합창』이 나온 49년과 전시 수도 부산에서의 '후반기' 동인회의 활동 시기를 두고 한 말이라고 생각된다. 그렇다면 '후반기' 동인회 동인들은 ③에서 언급되고 있는 바와 같은 새로운 한국의 기수가 되었다는 것이 된다. 그 새로움이란 '시민정신'의 각성이라고 할 수 있고, 더 구체적으로는 '문명의 양상을 야유하는 파운드의 시'와 '오든의 성명적인 시와 새타이어즘'이라고 할 수 있다. 비로소 한국의 시가 개인의 감정토로에서 벗어나 사회와 문명에 대하여 어떤 적극적인 자세를 가누게

---

8) 박태진,「구미시와 한국시의 비교」,『한국전후문제시집』(신구문화사, 1960).

되었다는 것이 된다. 그러나 이러한 자기선언(①의 경우)과 해석(②의 경우)을 어느 정도 호의로 받아들인다 하더라도 전적으로 시인할 수는 없다. '후반기' 동인들의 시 작품을 보면 된다.

주말 여행
낙서……낙엽
낡은 여행가의 설음에 맞추어
피폐한 소설을 읽던 소녀.

이태백의 달은
울고 떠나고
너는 벽화에 기대어
담배를 피우는 숙녀.

카푸리 섬의 원정
파이프의 향기를 날려보내라
이브는 내 마음에 살고
나는 그림자를 잡는다.

세월은 관념
독서는 위장
그저 죽기 싫은 예술가.

오늘이 가고 또 하루가 온들
도시의 분수는 시들고
어제와 지금의 사람은
천상유사를 모른다.

술을 마시면 즐겁고
비가 내리면 서럽고
분별이여 구분이여.

수목은 외롭다
혼자 길을 가는 여자와 같이
정다운 것은 죽고
다리 아래 강이 흐른다.
(이하 2연 생략)

—박인환, 「센치멘탈 · 짜—니」

강을 건너는
헤리콥타의 푸로페라 소리는
어느 흑인의 애가인가.
눈에 뵈지 않는 황색 테—프를 뿌리며
아기자기한 기계는
푸른 건반의 하늘에 날고,
우거진 숲,
흑석동의 원경은
가느다란 슬픔에 홀로 젖는다.

물결에 씻기우는 체온들은
가슴속 어느곳에
아픈 기억이며 쓰라린 회상이 있음으로
더욱 소리내어 웃으며
어두운 강면에 뛰어드는 것이리.
전쟁을 겪고

또한 전쟁을 위하여 흘러가는 강江.

다감한 언덕에
구리빛 피부를 하고
나는
강이 놓고 가는
전쟁의 이야기를 줍기 위하여
이렇게 잠시 화석이 되어 버려도 좋은 것이다.

—김규동, 「2호의 시」 후반부

대학교수와의
대담마저가
몹시도 권태로워지는 오후이면
하나의 〈로직크〉는
바람처럼
나의 피부를 스치고 지나 간다
포도 위에
부서지는 얼골의 파편들이
나와 나의 가족들의
슬픈 마음을 알어 줄 리가 있어
손수건처럼
표백된 사고를 날리며
황혼이
전신주처럼 부푸러 오르는
가각을 돌아
〈푸라타나스〉처럼
푸름을 마시어 본다

—김경린, 「태양이 직각으로 떨어지는 서울」의 후반부

이 세 편의 시에 흐르고 있는 정서는 '인생의 허무감으로 하여 앙양되는' 아주 소극적인 것이다. 아무리 눈을 씻고 보아도 '문명의 양상을 야유하는 파운드' 나 '오든의 새타이어리즘' 은 보이지 않는다. 사회와 문명에 대하여 어떤 적극적인 자세를 가누게 되었다기보다 개인의 감정토로에 그치고 있다. 종래의 순전한 서정적인 시—이를테면 김소월의 시와 다른 점은 소재가 도시(그것도 전시의)로 되어 있고, 그 소재들은 어떤 이국풍정을 풍겨주고 있다는 그것이다. '주말 여행', '카푸리 섬의 원정', '파이프', '도시의 분수' 등의 소재는 50년대 전반 무렵의 한국의 어느 도시에서도 거의 실재하지 않았던 이국풍정이다. 그리고 이러한 소재의 처리 또한 매우 사적(개인적)이고 거의 감상적이기까지 하다. '정다운 것은 죽고/다리 아래 강이 흐른다' 와 같은 행들에서 특히 그렇다. 귀욤 아폴리네르의 「미라보다리」의 '하루가 가고 한 주일이 가고/가버린 때도/옛날의 사랑도 다시는 돌아오지 않는다./미라보다리/밑을 세에느가 흐른다.'[9]와 같은 널리 알라진 감상적인 행들의 패러디가 아닌지 모르겠다.

'헤리콥타', '흑인', '황색 테—프', '기계', '푸른 건반' 등의 소재는 전시의 도시 풍경을 잘 드러내주고 있다. 그러나 이런 비정의 소재들도 '흑석동의 원경은/가느다란 슬픔에 홀로 젖는다' 와 같은 서정적(감상적) 처리 때문에 그 사회성 및 문명의 양상에 대한 비판의 눈을 잃고 있다.

「태양이 직각으로 떨어지는 서울」과 같은 시도 그 좀 거창한, 물기(서정성)를 뺀 듯한 기하학적인 제목에도 불구하고 감정토로라고 하는 사적인 세계에 갇혀 있다는 것을 곧 알 수 있다.

이상의 3편은 1954년 유치환 · 이설주 공편 『연간시집』(문성당판)에서 뽑은 것이다, 같은 해에 발표된 세 사람 '후반기' 동

9) 김춘수 편, 『세계명시선』.

인회 핵심 동인들의 작품들이다. 54년을 전후해서 '후반기' 동인회는 동인회로서의 기능을 상실한다. 조향은 부산에서 단독으로 '현대문학연구회'를 주관하고 있었고, 박인환은 요절하고, 이봉래와 김경린은 시작을 멀리한다. 이런 사정을 앞에 할 때 이 54년도 『연간시집』에 수록된 전기 3편은 동인회 멤버로서는 마지막 발표작들이 되는 셈이다. 이봉래는 54년에는 시작이 없었다(이 『연간시집』에는 그의 발표작이 보이지 않는다). '후반기' 동인회의 작시 경향의 일면을 이로써 짐작할 수가 있다.

'후반기' 동인회의 작시 경향의 다른 일면을 대표하는 시인은 조향이다.

낡은 아코오뎡은 대화를 관뒀읍니다.

——여보세요?

폰폰따리아
마주르카
디이젤 엔진에 피는 들국화

——왜 그러십니까?

　　모래밭에서
수화기
　여인의 허벅지
　　　　낙지 까아만 그림자

비들기와 소녀들의 랑데뷰

그 위에
손을 흔드는 파아란 깃폭들

나비는
기중기의
허리에 붙어서
푸른 바다의 층계를 헤아린다

—조향, 「바다의 층계」

이 시는 두드러지게 심리적이다. 말하자면 내면풍경의 묘사다. 알레고리라고는 볼 수가 없다. '디이젤 엔진'과 '들국화'의 결합은 당돌하다. 어떤 언밸런스와 불안을 느끼게 된다. '수화기'와 '여인의 허벅지'와 '낙지 까아만 그림자'의 결합도 당돌하다. 이 소재들이 환기케 하는 세계를 개념화하면, 메커니즘(수화기)과 에로티시즘(여인의 허벅지)과 그로테스크한(낙지 까아만 그림자)의 복합이라고 할 수 있다. 이것은 콜라주의 방법을 통한 일종의 심리분석이라고 할 수 있다. 그리고 제3연에서 보는 바와 같이 형태주의적 배려도 볼 수 있다. 의식의 농도(층계)를 활자배열의 고저로 보여주려고 한 것이다. 그렇게 해설할 수가 있다.

조향의 견해인 인용문 ②에 의하면, '진보'는 '수정'이고 '진화'는 '혁명'인데 자기는 '혁명'인 '진화'의 길을 가고 있다고 말하려는 듯이 보인다. 상기 작품을 예로 하여 볼 때 일면 타당한 것 같기도 하지만, 그렇지 않기도 하다. 김소월의 시로서 대표되는 전형적인 서정시의 계열에 대하여는 일면의 타당성을 지니지만, 30년대의 전통에 잇대어볼 때 이것은 거의 눈에도 잘 안 뜨이는 조그마한 '수정'에 지나지 않는다.

다음과 같은 30년대의 시 한편은 그것을 실증한다.

해저에가라앉는한개닻처럼소도小刀가 그구간속에멸형하여버리더라 완전히닳아없어졌을때완전히사망한한개소도小刀가위치에유기되어있더라.

—이상, 「정식 · 1」(《가톨릭청년》 1935년 23호)

서술적 이미지의 나열과 심리 내면풍경의 묘사는 훨씬 더 치밀하고 도식을 벗어나 있다. 띄어쓰기의 무시는 형태주의의 심리를 반영하고 있다고 할 수 있다. 이렇게 볼 때, 조향은 한국의 오랜 전통으로 내려온 전형적인 서정시의 계열에 대하여 이상까지도 염두에 두고 '진화와 '혁명' 이란 말을 했는지도 모른다.

2

① 혹자는 직접 영불시를 씹어 읽고, 혹자는 일어역에 의지하였다. 그러나 다같이 우리의 시어에 새로운 의의를 주려고 애썼고 시어의 한계를 넓히려고 노력을 했다.[10)]

② 재래의 시, 특히 『청록집』으로 대표되는 한국적인 시에 대한 정력적인 반발을 시도하였다. 반드시 1930년대의 모더니즘이 그 이전의 시가 지닌 감상에 대하여 거역의 돌을 던진 것과 같다고는 할 수 없으나, 그 때의 반발과 거의 같은 대상이었고……[11)]

인용문 ①은 액면 그대로 '후반기' 동인회의 동인들의 시를

10) 박태진,「구미시와 한국시의 비교」, 『한국전후문제시집』(신구문화사, 1960).
11) 정한모, 『한국시선』(한국 신시 60주년 기념사업회 편).

두고 받아들일 수가 있다. 소재의 확대는 필연적으로 시어의 확대를 가져오기 마련이기 때문이다. 소재나 시어면에서 재래적(전형적) 서정시는 되도록 도시(서구적)와 문명용어 및 문화용어와 추상어(개념어)를 피해왔다. '후반기' 동인회의 동인들은 그것들을 거침없이 다루었다. 이 점에 있어 30년대의 모더니즘에 연결되고 있다. 소재나 언어의 처리(시적 발상태)에 있어서는 30년대보다도 훨씬 더 사적, 감상적으로 흐르고 있어[12] 오히려 조항을 빼고는 그 시적 발상태는 전형적인 서정시에 더 가깝다고 할 수 있다. 인용문 ②에서 말하고 있지만, 『청록집』에 대립한 '후반기' 동인회의 사적 의의와 30년대의 모더니즘이 그 이전의 시에 대립한 사적 의의는 전자가 후자만 못하고, 악센트가 매우 약하다고 해야 하겠다. '후반기' 동인회의 최대의 약점은 사적으로 볼 때 잠깐 잊혀지고 있었던 문제를 다시 제기하여 이목을 어느 정도 끌게 했다는, 이른바 선언적 역할에 그쳤지, 실(질이라고 해도 되겠다)에 있어 30년대를 능가하지 못했을 뿐 아니라, 이미 말한 대로 시적 발상태에 있어서는 그들 자신의 선언(의도)와는 달리, 전통적 발상태에 머물고 있었다는 데 있지 않을까 한다.

김종삼과 시의 비애

마르틴 하이데거Martin Heidegger가 19세기 로만주의 시기의 독

12) 가령 다음과 같은 김기림의 시와 비교해보면 곧 알 수 있다.
"도무지 아름답지 못한 오후는 꾸겨서 휴지통에다 집어넣을까?
그래도 지문학의 선생님은 오늘도 지구는 원만하다고 가르쳤다니 갈릴레오의 거짓말쟁이."
—「오후의 꿈은 날 줄을 모른다」

일 시인 횔덜린을 대상으로 시의 본질을 구명하고 있다(『횔덜린과 시의 본질』). 그것은 다분히 독일시의 신비주의적 전통을 배경으로 하고 있는 듯이 보인다. 물론 하이데거의 존재론을 위한 하나의 시도인 것은 말할 나위조차 없는 일이지만……. 따라서 하이데거에 있어서 시의 본질을 밝히는 일은 존재의 빛을 밝히는 것 외의 다른 것이 아니었다. 말하자면 하이데거는 존재론의 측면에서 시를(또는 시인을) 바라본 것이다.

하이데거는 횔덜린이 그의 어머니에게 보낸 편지 속에 적은 '시작詩作은 모든 행위 중에서 가장 죄없는 일' 이란 말에 주목하면서 거기 대하여 다음과 같은 해석을 내리고 있다. 즉 "시의 창작은 우선 놀이(풍류)라는 모습으로 나타난다. 어느 무엇에 의하여도 얽매이지 않고 자기 세계를 여러 가지 형상으로 창조하며 머릿속에 그린 사물의 영역에 꿈결같이 잠겨 있다. 따라서 언제나 그 어떤 방식으로든지 책임이 따르는 엄숙한 결단에서 벗어나 있다. 그러므로 그것은 전혀 새로운 일이 될 수 없다. 동시에 현실에 작용하는 기능도 갖고 있지 않다. 왜냐하면 그것은 언제나 단지 사물에 대하여 말하고만 있으니까, 따라서 직접 현실 속에 뛰어들어 그것을 변화시키는 행동과는 아무런 관련도 없다. 시는 꿈결 같은 것으로 어디까지나 현실이 아니며 언어의 유희일망정 진지한 행동은 아니다. 시는 무기력하고 무해하다." (최현 옮김)—이처럼 시작을 하나의 '풍류', 하나의 '유희' 로 본다. 그러나 이것은 횔덜린에 있어서나 하이데거에 있어서나 시의 본질을 구명하는 시발에 지나지 않는다. 하이데거는 횔덜린의 노트에서 "모든 재보財寶 중에서 가장 위험물인 언어"라는 말에 다시 주목한다. 시는 두말할 나위 없이 언어로 씌어진다. 시의 모체는 언어다. 그런데 그 언어는 하나의 '재보' 이면서 '위험물' 이라는 것이다. 시작이 '모든 행위 중에서 가장 죄없는 일' 이라고 한 말과는 모순된다. 여기 대하여 하이데거는 다음과 같이 해석하고 있다. 즉 "언어가 위험 중에서도 가장 위험한 것은 무엇보다도 그로 인하여 위험의 가능성이 조성되기 때문이다. 위험이란 존재가 존재자에 의하여 위협을 받고 있는 것을 말한다. 그런데 인간은 대체로 언어의 기능에 의하여 비로소 그 정체가 드러나 보이게 되며, 그것은 존재자로서는 인간을 그 현존재에서 위협하고 자극하며 비존재로서는 인간을 기만하여 환멸에 빠지게 한다. ……(중략)…… 언어가 있는 고장에만 세계가 있다. 다시 말하면 결단과 활동, 행위와 책임 또는 방종과 소란 타락과 공란의 끊임없이 변전하는 세계가 있게 된다. 그리하여 이 세계가 있는 것에 역사가 있다. 그러므로 말은 보다 근원적인 의미에서 하나의 재보이다."(최현 옮김)—이처럼 언어를 존재를 위협하는 '위험물'로 보는 동시에 언어가 없으면 세계도 없는 것이 되니까 언어를 우리가 가진 재보들 중의 하나의 '재보'로 본다. 시작과 언어의 이상과 같은 변증법적 운동은 그것들이 지양되어 마침내 하이데거의 시의 본질인 '시란 언어에 의한 존재의 건설'이 된다.

하이데거에 있어 시는 존재자에 의하여 가리워진 존재의 빛을 드러내는 일이다. 그렇다면, 이때의 존재란 무엇인가? 하이데거는 명확하게 말을 하고 있지는 않으나, '고향'이란 매우 시적인 비유(?)를 쓰고 있다. 현대란 존재의 빛으로부터 멀어져 있는 시대, 고향상실자들의 시대라고 한다. 가장 시에서 멀어져 있으면서 가장 시를 바라고 있는 시대가 현대가 아닐까 하는 역설이 가능해진다.

불교에서는 제행무상諸行無常이란 한마디로 존재자의 덧없음임을 밝히고 있다. 그것은 역시 하이데거에 있어서와 같이 존재(고향)의 빛에 대한 갈망을 내포로 지니고 있는 하나의 외연이라고 할 수 있다. 이 외연(존재자-제행무상)과 내포(존재)의 긴장이 훌륭한 시를 낳게 하겠지만, 두말할 것도 없이 시인은 내포를 보고 있다.

한국의 현대시인(현역 시인이기도 하다) 김종삼의 시의 어떤 것을 대하면 존재자로서의 일상인(제행무상)의 슬픔(또는 덧없음)이 절실히 다가온다.

내용 없는 아름다움처럼

가난한 아희에게 온
서양 나라에서 온
아름다운 크리스마스 카드처럼

어린 양들의 등성이에 반짝이는
진눈깨비처럼

—「북치는 소년」

이 시는 일상적인 세계의 장막이 완전히 벗겨져 있다. 효용의 면에서 바라보면, 거기 무상성이 있을 뿐이다. 사회적 논리적 측면으로는 완전할 정도로 동결돼 있다.

'내용 없는 아름다움' 이란 아무런 효용성이 없는 순수한 감동 그것인데 요컨대 '가난한 아희에게 온/서양 나라에서 온/아름다운 크리스마스 카드' 와 같은 것이다. 그리고 '어린 양들의 등성이에 반짝이는/진눈깨비' 와 같은 것이다. 이 두 개의 장면은 아름다움이 하나의 진실의 세계라는 것을 보여준다. 그것은 일상적 협잡물의 저편에 있다. 이런 아름다움이(무상의 아름다움이) 우리에게 다가올 때 우리는 우주적 연대감을 느끼게 된다. 그리고 그것은 동시에 역으로 일상성의 덧없음을 느끼게 해준다(제행무상). 그때 우리에게 슬픔이 온다. 우리는 평시에는 느끼지 못한 우리 자신을 존재자로서 느끼기 때문이다.

시는 그러니까 슬픔을 일깨워주어 종교적 차원의 심정을 빚어준다. 하이데거의 존재란 말의 철학적 · 개념적 속성이 어떤 명명할 수 없는 기분이나 분위기 속으로 녹아내린다. 하이데거 자신 선불교에 많은 관심을 기울이고 있는 듯하지만, 논리를 끝내 버리지는 못했다. 시는 원래가 불립문자不入文字 교외별전敎外別傳이다. 논리를 뛰어넘으려는 충동이다. 하이데거가 휠덜린의 「축제」와 같은 시편을 그의 산문을 해석하듯이 해석하고 있는 것은, 그의 철학을 위하여는 도움이 될는지 모르나 시를 위해서는 하이데거의 권위 때문에 더욱 유해로울는지도 모른다.

어린 양들의 등성이에 진눈깨비가 내려, 어린 양들의 등성이에서 반짝이고 있다는 것은 아름다움에 대한 설명이 아니다. 아름다움 바로 그것이다. 직접적이다. 노자는 '도가도비상도道可道非常道'라고 하였다. 무엇을 설명하려고 할 때 언어는 그 대상의 진상을 놓친다. 그렇다면 하이데거가 '언어가 있는 곳에 세계가 있다'고 하여 언어를 '재보'라고 한 것은 잘못일까? 이에 대한 대답은 지금은 피하기로 한다.

김종삼의 시를 한 편 더 보기로 하자.

그해엔 눈이 많이 나리었다. 나이어린
소년은 초가집에서 살고 있었다.
스와니강이랑 요단강이랑 어디메 있다는
이야길 들은 적이 있었다.
눈이 많이 나려 쌓이었다.
바람이 일면 심심하여지면 먼 고장만을

생각하게 되었던 눈더미 눈더미 앞으로
한 사람이 그림처럼 앞질러 갔다.

—「스와니강이랑 요단강이랑」

하이데거가 세잔의 그림「농화」에 대하여 적은 아름다운 글이 생각난다. 그 글은 물론 존재론의 부연이다.

다 헤진 농부의 구두. 그것은 겨울의 추운 들판과 여름의 뜨거운 햇살을 알려준다. 가을 바람과 봄의 푸르름을 알려준다. 추수의 기쁨과 노동의 괴로움을 알려준다. 그것은 결국 한 켤레의 신발, 즉 존재자의 장막을 벗겨놓은 존재 그것의 모습이다. 이상이 하이데거의 설명이다. 김종삼의 시편도 그렇게 볼 수가 있을까? 그러나 그것은 세잔의「농화」보다도 더욱 덧없음(존재자의)을 알려준다. 존재가 존재자를 역습하는 모습이다.

이 시편은 작자 자신의 유년시절의 회상이다. 김종삼의 고향은 황해도 은율이다. '스와니강이랑 요단강이랑' 이 세상 어딘가에 있다는 이야기를 들은 적이 있다. 그런 강들은 단순한 이국정조가 아니다. 유년의 꿈의 전부라고 할 수 있다. 그 꿈 속에서 진짜 그 자신은 살고 있다. 나이 들어 어른이 되어 돌아갈 수 없게 된 현실의 고향을 두고(제쳐두고), 작자의 회상은 '스와니강이랑 요단강이랑' 달리고 있다. 어릴 때 꿈꾸던 그 고향이 바로 그의 고향이다. 그 꿈은 고향과 함께 아직도 퇴색하지 않고 있다. 그것을 찾아내는 것이 바로 시다. '눈이 많이 나려 쌓이' 면 '먼 고장만을' 생각하게 되고, 그 고장에는 실은 '스와니강이랑 요단강이랑' 흐르고 있다. 아니 '스와니강이랑 요단강이랑', '어디메 있다는' 그 존재성은 더욱 확실해진다. 이것이 바로 일상성 속 깊이 잠재해 있던 진실(존재)의 모습이다. 작자가 황해도 은율에 가 있었다고 하더라도 '스와니강이랑 요단강이랑' 은 여전히 하나의 진실의 빛깔일 수밖에는 없다. 그것을 깨달을 때 존재자로서의 일상은 그 무상성을 여실히 드러낸다. 그때 우리에게는 슬픔이 온다.

시의 본질은 비애에 있는지도 모른다. 하이데거는 시를 '언어에 의한 존재의 건설'이라고 하였지만, 존재를 건설한 다음, 아니 존재의 건설과 함께 오는 존재자의 슬픔—그것은 시의 본질이 가진 어떤 음영일는지도 모른다.

나는 그동안 배꼽에
솔방울도 돋아
보았고

머리위로는 모쓸 버섯도 돋아
보았읍니다 그러다가는
「맥월」이라는
노의의 음성이

자꾸만
넓은 푸름을 지나
머언 언덕가에 떠오르곤 하였읍니다

오늘은
이만치하면 좋으리마치
리봉을 단 아이들이 놀고 있음을 봅니다

그리고는
얇은

파아란
페인트 울타리가 보입니다

그런데
한 아이는
처마 밑에서 한 걸음도
나오지 않고
짜증을 내고 있는데

그 아이는
얼마 못 가서 죽을 아이라고

푸름을 지나 언덕가에
떠오르던
음성이 이야길 하였읍니다

그리운
안니 · 로 · 리라고 이야길
하였읍니다.

—「그리운 안니 · 로 · 리」

이 시는 끝에 가서 꼭 한 번 종지부를 찍고 있다. 왜 그랬는지 잘 모르겠다. 작자의 의도가 석연히 전달돼오지 않는 그런 특색을 이 시는 지니고 있다. 그런 것을 특색이라고 한 것은, 이 시 전편에 흐르는 분위기는 느낄 수가 있는데, 도저히 논리적 해석이 불가능하기 때문이다. 분위기는 아주 슬픈 빛깔이다. 논리가 석연치 않다는 것은 이 시가 의미에 개의치 않고 있다는 것이 된다.

시는 어떤 분위기를 전달하여 암시를 주면 되는 것이 아닐까? 시는 말하자면 불립문자의 극한지대에까지, 그 한계선과 아슬아슬하게 접하고 있는 그 무엇이라고 할 수는 없을까? 김종삼의 이 시는 거듭 말하지만, 하나의 분위기로 우리에게 전달되어올 따름이다. 그러면서 감상을 훨씬 넘어선 존재자의 근원적 슬픔을 보여준다. 그 슬픔은 역시 존재의 빛을 드러낼 수 있었을 때 느낄 수 있는 그것이다. 가장 효용이 약한 듯이 보이는 김종삼의 시편들에서 시의 가장 근본문제를 발견하게 되는 것은 우연이라고는 할 수가 없다.

IV

작품평을 대신하여

나는 소박이란 말을 별로 좋아하지 않는다. 청결이란 말을 좋아한다. 기교란 말을 별로 좋아하지 않는다. 기술이란 말을 더 좋아하지만, 그보다는 방법이란 말을 더욱 좋아한다.

소박한 사람들은 지금도 기교란 말을 쓰고 있다. 시를 수사학의 차원에서 바라보고 있기 때문이다. 시를 무엇의 수사라고 생각하고 있기 때문이다. 이런 사람들은 또한 시의 내용주의자들이다. 그 무엇(그것이 정서건 사상이건)을 말하기 위하여 시가(시라는 형태가) 있다고 생각한다. 그 형태가 그 무엇을 알리는데 적확하다고 생각되는 정도에 따라서 시의 주관적 등차가 있게 된다. 매우 편리한 방법이다. 그러나 옛날부터 이러한 시는 있지도 않았다. 시를 보는 어떤 미숙하고 무지한 주관 속에서만 있어왔을 뿐이다.

나는 또 감정이란 말을 근래에 와서 덜 좋아하게 되었다. 심리란 말에 더 관심이 쏠리고 있다. 잠언이란 말도 좋지 않다. 이것보다는 그래도 논리란 말에 얼마큼 호감이 더 가진다. 시를 사춘기의 감정발산이나 어떤 감정의 흥분상태—이러한 센티멘털을 시의 핵심으로 아직도 생각하고 있는 사람들이 없지 않다. 그런가 하면, 무슨 인생훈이나 잠언의 몇 개를 이어 놓으면 감격해버리는 소박한 사람들이 우리 시단에는 있다. 어느 철학자는 자기 책에서 철학을 무슨 처세훈이나 죽음에 대한 60세의 저항 따위로 생각하는 경향은 실은 철학과는 아무런 관계도 없는 생각들이라고 치부하고 있는 것을 보았는데, 시에 있어서도 사정은 마찬가지다. 어느 노시인이 오랜 생활체험 끝에 담담한 어조로 인생이나 우주에 대한 어떤 감회를 적은 것을 보고 일급의 시라니 하고 곧 감격해버리는 사태는 좀 어떨까 한다. 대체로 우리 시단에는 아직도 인생이나 우주를 말하면 그 자체에 현혹되어 흥분해버리는 센티멘털한 유풍이 살아 있는 듯하다. 소박한 소재주의의 입장이다. 돌멩이 하나를 말하되 그것을 인생이나 우주와 같은 큰 덩어리와 연관을 지어주면 곧 감격해버리는 과도의, 그러나 유치한 민감성이 뒤를 끊지 않고 있다. 시란 무엇이냐 하는 이 물음에 항상 되돌아가야 하리라.

시의 내용주의자들을 나는 소박한 사람들이라고 생각한다. 이런 사람들은 시에 대한 고민—말하자면 관념과 체험의 상호관계에 대한 고민이 없는 사람, 있다 하더라도 아주 가벼운 정도로 있는 사람이 아닌가 나는 그렇게 생각한다. 이런 문제에 대하여 고민할 필요가 별로 없는 시대가 있었는지는 모르지만 지금은 그렇지가 않다고 생각된다. 많은 말을 할 필요없이 우리의 현실과 우리의 관념을 생각하면 될 것이다. 이러한 문제에 둔감할 때 우리는 뜻 아니게 도피자가 되고 만다. 현실에 참여한다고 하여 무엇이 문제인지도 분간을 못하고 감정의 흥분만을 드러내놓는다면 그때 그 자신 소박한 사람이 될 뿐이다. 이러한 소박이 무슨 논리성이나 사회 양심과 착각되는 일이 있는 것은 우리 시단이나 우리 사회가 센티멘털하다는 것 외의 아무것도 아니다.

시를 시로서만 말하는 일에 나는 지쳐 있다. 어떤 시가 월평에 올라 그 한두어 구절이 어떻게 감동적이고 감동적이 아니고, 무슨 유파의 무슨 방법을 따르고 있느니 없느니 하는 말들에 지쳐 있다. 사회와 문화에 대한 비전을 가지고, 적어도 그러한 안목에서 시는 얘기되어야 할 것 같다. 초현실주의가 유행하고 있는 듯하지만, 그것이 시작의 기교의 일종으로 이해되고 실천되고 있는 동안은 우리 시는 아류를 벗어나기는 어려울 것이다. 하나의 스타일이 생에 대한 어떤 발상을 보여주고 있는가? 기술과 산업의 시대에 있어 우리는 그 기술과 산업의 국제적 폭풍에 쓰러지지 않기 위하여 어떠한 발상을 가져야 할까? 60년대 이후의 세대들에게서 그러한 모색의 흔적을 본다. 그것은 우리 시의 희망이다.

『에스프리』와 『70년대』

20대나 30대초의 세대와 40대나 50대, 또는 그 이상의 세대와는 확실히 의식구조에 차이가 있는 것 같다. 동인지 『에스프리』와 『70년대』를 두고 볼 때 그런 점이 특히 느껴진다. 시의 모더니티란 말은 상당히 오래 전부터 이야기되어왔지만 그것을 입에 올리는 사람들의 숨은 의도 속에는 오기와 허영의 충족이 도사리고 있었다고 할 수 있다. 30년대의 기림이나 50년대의 '후반기' 동인들의 경우를 두고 하는 말이다. 그러나 60년대나 70년대의 세대들에게는 그것(모더니티라는 말)이 아주 진부해지고, 그런 말을 새삼 뇌까리는 것이 오히려 수치스런 것으로 치부되고 있는 듯도 하다. 말하자면, 모더니티는 그들의 의식구조에서 자연스럽게 배어나온 땀방울과도 같은 것인 듯하다. 새삼스럽게 모더니티니 뭐니 해야 할 여지가 없는 것같이 보인다.

영미보다는 특히 유럽 대륙의 현대 시인들이 보여준 모더니티는 다분히 회의적이고 파괴적이면서 미학에 있어 문학의 한계를 뛰어넘으려는 정열에 사로잡혀 있었다. 플라톤이나 헤겔철학을 모체로 하는 고전미학이 따를 수 없는 깊이를 보여주기까지 하였다(랭보의 '견자見者'의 입장이나 초현실주의의 입장). 시는 이때부터 독자를 잃기 시작했다. 그러나 랭보와 초현실주의는 감정이나 수사학의 차원을 벗어난 곳에서 미지의 생의 한 국면을 보여주었다. 오히려 문학보다는 심리학이나 신비학의 대상이 될 법한 세계를 열어주었다. 그러나 랭보와 초현실주의 이후 그것들을 부정하건 긍정하건 그것들을 아무도 무시할 수는 없게 되었다. 무시하기에는 엄청난 유혹이었기 때문이다. 속히 점잖아지고 싶어지거나 모험을 싫어하는 사람들은 그것들을 피해갈 수는 있었지만 그것들의 존재를 모른다고는 말하지 못했다.

30년대의 이상이 한국에서는 한 사람의 랭보라고 할 수 있을는지 모른다. 물론 그에게는 선도자가 유럽대륙과 일본에 있었다. 그러나 그것을 따진다면 랭보에게도 보들레르가 있지 않은가? 요는 그가 그의 시를 숙명으로 받아들이고 시관에 변화를 줄 만한 모험을 철저히, 그리고 끝내 끌고 갔다는 데 문제는 있다. 30년대의 시인 중에서 이상은 교양으로 시를 쓰지 않은 단 한 사람의 시인이라고 할 수 있다. 그런 점으로도 그는 한국에서는 처음으로 문학과 수사학을 멸시한 사람이다.

30년대나 50년대의 대부분의 시는 교양만 있으면 판독할 수 있고, 따라서 그들의 시는 도식적이고 경박하다. 그러나 60년대, 70년대의 시들은 그렇지가 않다. 60년대의 한 시인이 그들을 대변하여 '햄릿적 딜레마'라는 말을 했을 때 그는 그들의 의식구조를 아주 선명하게 비유했다고 할 수 있다. 그들은 회의적이다. 말하자면, 의식구조가 단순하지 않다는 것이다. 그러니까 그들의 시에는 판단이 따르지 않는다. 구겨지고 금이 간 의식에 비친 구겨지고 금이 간 세계를 다만 그릴(묘사) 뿐이다. 묘사가 한국시에서 20대나 30대초의 시인들에게서처럼 중대한 사건이 된 일은 일찍 없었다. 이미지가 일체의 장식성을 벗어던지고 생 그 자체로서 벌거숭이로 드러난다. 나는 그것을 『현대시』 동인들과 지금 말하고자 하는 『에스프리』와 『70년대』의 동인들에게서 여실히 보고 있다. 그러나 이들 중 한 사람의 이상을 우리는 아직도 발견하지 못하고 있다. 그것은 이미 그만큼 이상은 그들의 의식 속에 용해돼 있다는 증거이기도 하다. 그들은 모두 조금씩은 이상이다. 그들에게 부족함이 있다면 재능이 아니라 100퍼센트 이상이 되지 못하는 그 아쉬운 용기일는지도 모른다. 그들의 작은 용기는 그들을 망설이게 하고 그들을 또 한 번 문학과 수사학의 쪽으로 데리고 가고 있다. 지금 이 시기에 무엇인가 하나의 결단이 필요하다면 그것은 젊은 세대가(그들의 전부라고는 하기 어려우나) 문학과 수사학에 너무 신경을 쓰지 말아야 한다는 것이 아닐는지?

『에스프리』와 『70년대』는 재능있는 두 개의 집단이다. 그러나 자기들 중에서 한 사람의 선수를 내보낼 수 있을까가 의심스럽다. 『에스프리』의 권기호, 『70년대』의 택지현은 참으로 아름다운 몇 편의 시를 보여주고 있다. 그러나 그것들이 이전에 잘 보지 못한 새로운 아름다움이라고 하더라도 그것들은 여전히 문학의 아름다움이지 생의 하나의 충격은 아니다. 그것을 기대한다. 세상의 점잖은 중용주의자들이 기교파니 유희파니 하더라도 그 유혹에 쉽게 자기를 가장하지 말기를 바랄 따름이다. 모험가에게 그들이 말하는 따위의 유희가 있지 않다는 것은 이미 잘 알려진 사실 아닌가?

화술과 알레고리

조창환의 「두보에게」(《현대시학》)는 시가 화술이라는 것을 재확인케 한다. 물론 주제에 시가 있을 수도 있고, 소재에 시가 있을 수도 있다. 그러나 그것들이 곧 시의 전부, 아니 시의 핵심이라고 생각할 때 우리는 잘못하면 삼류의 사상가로 떨어지게 된다. 말하자면 어떤 사상을 시로 착각할 때, 그 사상 자체도 전문적인 사상가의 입장에서 볼 때는 중학생의 푸념 같은 것이 되기도 한다. 시의 허울을 썼다고 사정이 달라지는 것은 아니다. 그러나 물론 독자적인 훌륭한 사상가도 시인 중에는 있다. 릴케 같은 예가 그렇다. 그러나 그렇다 하더라도 릴케는 산문작가는 아니다. 말하자면 사상에 수사의 허울을 씌운 그런 사람은 아니다. 그에게는 독자적인 화술이 따로 또 있었다. 만약 그것이 없었다면 그는 시인이 아니라 사상가일 따름이다.

이 「두보에게」의 작자는 고은의 화술을 많이 닮고 있다. 어떤 한 가지 내용의 알레고리를 위한 여러 이미지들의 변화라든가 그것들이 자꾸 포개지면서 빚어내는 선율이라든가, 그런 것들 때문에 때로 내용(사상)이 오히려 불투명해지는 그런 투의 화술말이다. 여기서는 순전히 그러한 화술 외는 아무것도 없다. 만약 이 시에서 어떤 사상을 꼭 끌어내야 한다면, 그건 아주 따분하고 극히 상식적인, 말하자면 화젯거리가 될 수 없는 그런 것임이 뻔하다.

이태수의 「그림자의 그늘 · 4」(《월간문학》)를 이 곁에 나란히 세워놓고 보면 시(예술)에서는 개성이 스타일(화술)과 어떤 관계에 있는가 하는 것이 곧 짐작이 된다. 이 경우는 이미지가 서술적으로 쓰이고 있어 사상이 처음부터 그림자마저 감추고 있다. 이런 시일수록 스타일 그 자체에서 인식의(사물에 대한) 밀도를 보게 된다. 이런 시에서는 시는 말하는 방법이다. 즉 말을 어떻게 쓸까? 말의 기능은? 등이 주제가 된다. 이 경우는 「두보에게」서보다는 훨씬 시각적이고 명결하다. 그런 이미지나 구문이 얼마만큼 호소력을 가지느냐(리얼리티를 간직하고 있느냐)는 독자의 개성이나 기호에 따라 반응이 다를 수밖에는 없다. 당연하다.

이달에는 《심상》 지의 시란이 고른 것 같다. 「소설집」란의 김후란, 전재수, 오세영, 김종철의 작품은 이달의 수준작들이다. 지면관계로 특히 인상적인 부분들만 추려서 간단히 언급하기로 한다.

김후란의 「미사에 늦지 않으려고」는 심상풍경이지 사상은 아니다. 매우 심리적인 어떤 기미를 보여주고 있다. 마지막 두 행은 알레고리로 이 시를 처리하려고 한 것이 아닌가 하는 오해를 받을 우려를 자아낼 듯도 하다. 그만큼 마무리가 애매하다. 마지막 행의 '그림 속으로 들어섰다' 의 불투명한 서술 때문에 특히 그렇다. 그리고 그런 오해(알레고리로 처리하려고 한 것이 아닌가 하는)를 피할 수 있는 독자에게도 '그림' 이란 어휘는 약간 속되게 비치지 않을까?

전재수의 「포덕을 노래함」은 연작인데 (1)을 취한다. '지엄' 한 어떤 섭리 또는 윤회, 나아가서는 운명애 같은 아주 큰 내용을 이 시는 담고 있다. 주제가 뚜렷하고 그것이 선명하게 잘 드러나고 있다. 물론 그것이 문제일 수는 없다. 아무리 큰 내용도 또 그것이 아무리 선명하게 드러났다고 하더라도 시로서는 얼마든지 따분할 수가 있다. 그러나 이 경우는 '바람' 과 '물' 과 '꽃' 들이 어울려 하나의 시적 질서(윤회)를 획득하고 있을 뿐 아니라, 이미지들의 리듬이 적당한(어울리는) 선율을 이루고 있다. 제6행의 '누구' 는 '누' 로 고쳐야 하리라.

오세영의 소품 5편 중에서 「질그릇」을 취한다. 관념이 완전히 배제되고, 유추가 아주 폭넓게 자리하고 있다. 아무렇게나 주워 모은 듯한 인상이다. 그러나 그런대로 시인의 직관은 잘 살아 있어 대상(질그릇)이 몇 조각으로 분열되면서 역학적 균형을 유지한다. 반反형태주의의 일종이지만, 독자에 따라서는 심한 반발을 일으킬 수도 있을 것이다. 시가 순수해지는 것은 어쩔 수 없는 일이기도 하지만, 백치상태로 유미적이 되는 것은 이 시대의 아픔이나 그것의 극복을 저버리는 것이 된다.

김종철의 3편 중 「곰인형」은 산문시의 형태를 취하고 있다. 형태에 어울리는 구문이다. 논리의 비약이 거의 없고 리듬도 가능한 한 죽이고 있다. 어떤 위기의식 내지는 불안의식을 담고 있는 듯이 보인다. 그건 그렇다 하고 조금 덜 선명하기는 하지만 「곰인형」이 하나의 우화를 꾸리면서 스스로 그 주인공이 되려고 하고 있다. 이 경우도 역시 알레고리의 시다. 성공하지는 못하고 있지만, 화술을 가지고 있다. 만약 이 시인이 좀더 뚜렷하게 주제를 파악하고 있었다고 한다면, 이만한 화술이면 시는 훨씬 더 호소력을 가질 수 있지 않았을까? 이 시에서의 화술은 요컨대 다음과 같은 것들이다.

……(전략)……

아내와 내가 어쩌다가 곰인형을 한번씩 손질하던 날, 한강 근처 우리가 살고 있는 아파트에는 산 그늘이 한 번도 내려오지 않는 것을 알게 되었어요.

이 글의 전반부와 후반부의 연결방법은 매우 과격하다. 어딘가 좀 선명하지 못하기는 하지만, 그러나 다음과 같은 경우는 매우 함축적이다.

56동이 찾을 말까지 우리집의 눈을 다 보고 우리집의 귀를 다 듣고 있어요.(상점 필자)

몇 가지 유형

어느 유명한 문화인류학자의 책을 보니까 요리에 관한 얘기를 하고 있었다. 같은 재료를 가지고 구워 먹으면 귀족적이고, 국을 끓여 먹으면 서민적이라는 것이다. 구워 먹는 것은 남과 갈라먹지 않겠다는 어떤 특권의식의 발로가 되겠고, 국을 끓여 먹는 것은 이것저것 많이 섞어서 우선 양을 늘려 갈라먹겠다는 동류의식의 발로가 된다는 듯이 말하고 있다. 어디다 근거를 두고 이런 따위 말을 하고 있는지는 모르나, 한 가지 재미있는 사실을 발견하게 되었다. 그것은 어느 것이 좋다는 것이 아니라, 인류사에 되풀이 나타나는 두 개의 문화양식이라는 것이다. 우리는 이러한 두 개의 양식이 있다는 것만 이해하면 될 일이지 어느쪽의 편을 들게 되면 그것은 편견이 되고, 잘못하면 감정에 떨어지는 일이 된다. 이것은 우리가 일차적으로 이데올로기로부터 자유로워지는 길이다. 그 다음 우리가 생각할 수 있는 것은 미각의 문제다. 구워 먹는 것이 맛이 있을 수도 있고 국을 끓여 먹는 것이 맛이 있을 수도 있다. 어느쪽을 더 좋아하느냐 하는 것은 사람마다의 미각에 달려 있다. 아무도 강요할 수는 없다. 이 경우는 문화의 두 개의 양식이란 구조주의적 문화인류학의 입장(요컨대 클로드 레비 스트로스Claude Lévi-Strauss와 같은)은 우스운 것이 된다. 귀족도 쇠고기를 국으로 끓여 먹는 것을 좋아하지 말라고 할 수는 없다. 그러나 법으로 그걸 금지할 수는 있을는지 모른다.

귀족이 아니면 쇠고기는 구워 먹어서는 안 된다고—그러나 문화를 가진 사회에서 아직 이런 일은 있지 않았다.

우리가 시를 말하고 있는 글들을 볼 때 편견에 사로잡혀 있거나 감정에 치우쳐 있는 경우를 대하게 된다. 어느 것이 좋고 어느 것이 나쁘다는 식의 아주 간단한 분류법 말이다. 쉽게 쓰는 것은 좋고 어렵게 쓰는 것은 나쁘다. 현실도피는 나쁘고 현실참여는 좋다. 즉 시는 '우리'의 문제에 더 관심을 기울일수록 훌륭하다. 논리보다는 미에 더 민감한 것은 부르주아적이다(이때의 부르주아적은 최대한의 멸시를 뜻하고 있다). 이런 따위가 이성적인 발언이 아님은 누구도 쉽게 알 수 있는 일인데도 아무런 뉘앙스도 없이 마구 발설되고 있다. 문화의 양식이건 미각이건 간에 한발짝 물러서서 사심(또는 사심邪心) 없이 보는 것이 이성적이다. 내가 좋아하지 않는다고 상대가 나쁘다고 할 수는 없다. 문화인류학적 전망을 가지고 시를 대할 수는 없을까? 이것은 내 자신에 대한 다짐이 될는지도 모른다.

시의 구조는 이성적이라야 한다는 편견이 있다. 미국의 신비평가들이 형이상학파 시인들의 작품을 시의 가장 이상적인 모델로 설정한 데서 생긴 폐단이 아닌가도 싶다. 형이상학파 시인들의 작품처럼 또렷한 주제가 있을 때는 주제의 전개가 또렷할수록(이성적 구조를 가질수록) 효과적이고 호소력도 커질 수가 있겠지만, 주제를 가지지 않는 경우는 다르다. 요컨대 초현실주의 계열의 의식의 흐름이나 선시禪詩의 비논리적 기미 같은 것들 말이다.

권국명의 「귀면언」(《심상》) 4편은 이성적 구조의 이론이 무색해질 수밖에는 없다. 거의 무가에 가까운 난센스도 눈에 뜨인다. 의식의 흐름이 언어판단에 가까운 내적 독백으로 달리고 있다.

현대적 하나의 살풀이가 될 수 있을까? 그 심리적 프리즘을 통한 리듬과 이미지의 엇갈림—요컨대 언어의 디오니소스적 도취가 말이다.

홍신선의 「간척장에서」와 「불볕」(《현대문학》)은 대조적으로 주제가 아주 뚜렷하고 구조가 논리적이다. 매우 건실한 모범작품이다(모범생의 모범과 같은 뜻임). 두 편 다 민중이 가진 은근한 삶의 의지 같은 것이 구체적으로 그려져 있다. 이른바 관념(민중이 가진 은근한 삶의 의지)의 피지컬한 전개에 성공하고 있다. 「불볕」은 고 김수영의 가작 「풀」과 흡사한 주제 전개를 보이고 있다, 사회성(논리성)이 강한 작품이다. 심리성이 강한 작품보다는 어딘가 문학으로서는 상식적인 인상을 벗지 못하고 있는 것은 어쩔 수 없는 일일는지 모른다.

박용래의 「원운」(《문학사상》)은 전기한 권 · 홍 두 시인과 거의 같은 소재다. 말하자면 농촌의 재래식 풍물이 다루어지고 있다. 권의 경우는 소재가 심리적으로, 홍의 경우는 사회적(윤리적)으로 다루어지고 있다면, 박용래의 경우는 아주 서정적으로 처리되고 있다. 그에게는 심리적인 어떤 카오스나 윤리적인 비판 같은 것이 없다. 소재 그것에 훨씬 더 밀착돼 있다. 이런 특색이 물론 화제가 안 될 것은 아니지만, 시적 센스가 소재를 얼마만큼 시의 빛(광명) 속으로 드러내었는가가 문제일 것이다. 그 점에 있어 이번의 작품은 너무 직접적인 방법을 취한 것 같다. 음영이 많이 죽어 있다. 그러나 단순한 설명에 떨어지지 않은 점, 역시 이 시인의 안목을 알리고 있다.

김차영의 「덧단 지라의 부피」(《한국문학》)와 이유경의 「더욱 멀리 가라」(《한국문학》)는 밀도를 보인 작품들이다. 김차영은 그 태도가 매우 심각하다. 거기 비하면 이유경은 활달하고 경쾌한 느낌마저 준다. 그러나 어느쪽도 대상을 스케치하는 식으로 보고 있지 않다. 날카로운 비판의 눈이 깔려 있다. 그것이 언어에 밀도를 주고 있는 듯이 보인다. 김차영의 경우는 훨씬 더 서술적이고, 이유경의 경우는 훨씬 더 비유적이다. 기질의 차이랄까? 그러나 그 시선들은 심리적이라기보다는 논리적이다. 사회나 양상을 보고 있다.

두 편의 시

《한국문학》 4월호에 실린 고은의 「황사 며칠」과 《창작과비평》 봄호에 실린 조태일의 「빗속에서」의 두 편은 아주 대조적인 양상을 드러내고 있다.

고은은 서술적이다. 거기 비하면 조태일은 상징적이다. 따라서 조태일의 경우는 중심되는 어휘가 있다. 말하자면 본의(원관념)가 있다. 전문을 인용해본다.

누워서 앉아서 기다리면 되나
서서 기다려도 도무지 오지 않는
소식 만나고파서

머리 위에서 내리쏟고
발바닥 근처에서 치솟는
빗속을 허우적이며 뛰어갔으나

그 소식 영 보이지 않고
젖은 산들만 눈 속에 가득 고여서
눈먼 채로 그 산들 훔쳐내며

혹은 밀어 앉히며
빗속을 처벅처벅 걸어갔으나

그 소식 영 보이지 않고
발아래는 내 젖은 그림자 가득 안고서
강물만 출렁이네.

제1연 끝 행 첫머리와 제3연 첫 행 첫머리와 제5연 첫 행 첫머리에 놓인 '소식' (그러니까 세 번 나온다)은 분명히 본의가 되고 있다. 그러니까 이 세 번 되풀이되는(격연으로 되풀이 되고 있다) 낱말 '소식'을 위한 나머지 모든 부분은 유의(보조관념)의 구실을 하고 있다. 한용운의 시들을 보는 느낌과 같다. 한용운의 경우는 그러나 '님'이라고 하는 어떤 한계를 그을 수 있는 의미망이 이미 주어져 있지만 이 경우는 그렇지가 않다. 그래서 애매성은 훨씬 더해진다. 그러나 그렇기 때문에 의미의 폭은 훨씬 넓어지고 다양해진다. 조태일이라는 시인에 대하여 알고 있는 독자는 그 선입견으로 이 시를 바라볼 수도 있다. 그러나 시는 어떤 선입견도 개입할 틈이 없는 유일목적이라는 시관이 다른 한편에 또 있다. 어느쪽에 서서 이 시를 보느냐 하는 것은 보는 사람의 자유의사에 달렸다고밖에는 할 수 없다. 내가 보기에는 조태일이라는 시인의 시역詩歷(요컨대 시집 『국토』와 같은)을 유력한 단서로 해서 이 시를 본다면, 이 '소식'이라는 낱말은 사회성을 띠게 된다. 그러나 그렇게 볼 때 이 시는 나로서는 별로 흥미 없는 것이 된다. 상당히 감상적인 멜로드라마가 되고 만다. 그러지 말고 이 시를 조태일이라는 시인의 역사에서 떼어서 독립된 하나의 작품으로 바라볼 때, '소식'이라는 낱말은 시적 트릭이 된다. 그건 상당한 내포를 지닌 암시성을 가지게 된다. 사실 시적 트릭이란 인생의 또는 우주의 불가사의에 대한 하나의 재치(기교)에 지나지 않는 것이 된다. 그러나 이 시의 경우는 암만해도 조태일이라는 시인의 영상이 눈앞을 왔다갔다 한다. 그런 것을 느끼게 한다. 여기 비하면 고은은 아주 직설이다.

겨우 우리 봄이 개나리꽃 진달래꽃 슬픈 진달래꽃을 피우려 하는데
무엇하러 청도 장산 부황한 바다 건너
우리에게까지 무더기 몰려오는가
우리 봄이 어떤 봄인지 아는가
어떤 봄 어떤 아이들인지 아는가
한 되 술 차라리 마시지 않고 가슴팍에 퍼부어서 울었느니라.

이상화의 유명한 「빼앗긴 들에도 봄은 오는가」를 연상케 한다. 여기 등장하는 장면들도 모두 비유성이 바래지고 있다. 거의 그대로의 묘사가 되고 있다. 애매함을 느끼지 못한다. 시로서는 반드시 제1급의 방법일까 하는 의문은 남지만 정공법이 되고 있다.

조태일의 경우는 실은 아주 호흡이 긴 문장이지만(종지부가 시가 끝나면서 찍혀 있다. 꼭 한 번뿐이다. 그러니까 이 시 전체가 하나의 센텐스로 되어 있는 셈이다), 그것을 별로 느끼지 못한다. 행 구분이 짤막짤막하게 돼 있기 때문이고, 수사도 아주 간결하기 때문이다. 고은은 행의 길이가 길고, 한 행이 리듬을 되풀이하면서 멜로디를 이루고 있다. 매우 동적이다. 그러면서 전체적으로는 의미의 악센트나 핵심되는 부분이 없다. 의미나 이미지가 확산되어 있어 고루고루 안배되어 있다는 느낌이다. 그것들의 총화가 그대로 이 시의 의미가 되고 있다. 본의와 유의의 구분이 없다. 말하자면, 시로서는 어떤 트릭을 전연 느낄 수 없다. 아주 평면적이고, 문장의 동적 모션만 빼어버린다면 그대

로 리얼리즘이 될 것이다.

심상풍경과 선율

김종삼의 「발자국」(《시문학》)은 생에 대한 많은 선입견을 다 벗고 있다. 하나의 환시를 나타내고 있다. 여기 나오는 사자는 북청 사자놀이에 나오는 그 사자를 닮고 있다. 바보스런 표정이지만(멍청한 표정이지만) 볼 것을 다 보고 있다. 조금 권태로운 빛깔이다. 그리고 조금 황량하다. 도저한 리얼리즘을 본다. 설명도 없고 심상풍경이 그대로 키메라의 눈에 붙들려 있다. 같이 실린 「장편」도 그렇다. 끝 행인 '계단과 복도와 엘리자베스 슈만의 높은 천정을 느낀다'는 근래 보기 드문 하나의 경지를 내보이고 있다.

강희근의 「어둠을 풀어 이개다」외 4편(《시문학》)도 괄목할 만하다. 그러나 김종삼의 경우보다는 작의가 노출되어 있고, 즉 인생적인 면이 많이 가시어지고 있다. 유추의 묘에 훨씬 더 열중돼 있는 듯하다. 「논개사당의 단청」(《시문학》)의 다음과 같은 후반부는 매우 아름답다.

하늘을 갈아 끼다
손가락 열이 열 번을
바꾸어 갈아 끼자 백일홍 꽃빛
단청이 되어 들보의
몇 군데 그려져 남다

「산문」이라고 돼 있는 시작 노트를 보면, "나로서는 내 작품들

속의 '흐름'을 사랑한다. 즉 시라는 팽팽한 줄을 리듬이 이어놓고, 그 리듬은 전체의 '흐름' 속에서 이미지와 어울린다"라는 말이 보인다. 자기 시의 특색을 적절히 지적해주고 있다.

성혜연의 「도고온천」(《시문학》)은 상의 전개과정(구조)에서 하나의 유추를 얻고 있다. 온천과 병, 이런 형이하의 연결이 사랑과 치유로 이중사가 되어 발전한다. 이리하여 모든 물질적인 세계는 그 자신을 초월한다. 즉 다른 곳으로 운반되어 의미의 차원을 달리한다. 앞의 강희근의 경우하고는 여러 가지 면에서 대조적이다. 리듬을 죽이고 있는 점, 이미지가 비유가 되고 있는 점, 특히 그렇다.

이태수의 「산 그늘에 접히는」(《현대문학》)은 소품이다. 소품이란 양의 문제이기도 하지만, 입체감의 문제이기도 하다. 그냥의 사생에 머무르고 있다. '얕은 일행의 그늘일 뿐'이라고 한 감각은 매우 신선하다. 그러나 전체적으로 초점이 잡히지 않는다. 같이 실린 「물소리 되어서」는 리듬과 리듬이 어울리어 선율을 이루고 있다. 아름답다. 정희성의 「꿈」(《현대문학》)도 소품이고 아름답다. 이 경우의 아름다움은 발상의 그것이다. 이태수와는 다르다.

박목월의 「선반」(《한국문학》)은 참으로 오랜만에 보게 된 이분의 작품이다. 전반 7행과 후반 6행은 설명이 되고 있다. 이 코멘트는 꼭 필요했을까? 독자를 위하여 하나의 친절이 될는지는 모르나, 독자는 따라오지 못하면 버리고 가면 되지 않을까?

작열하는 어떤 맹목의 의지의 상사물. 즉, 선반은 처절할 뿐 어떤 비판도 거절하고 있다.

별이여.

타오르는 돌.

여기서 두 번 종지부가 찍힌다. 그 다음 8행까지는 호흡이 끊어지지 않고 숨가쁘게 연체형으로 달린다. 8행째에 와서

듈류민의 갈증,

하고, 그건 정말 갈증을 축이듯 끊어진다. 선반이 회전하는 속도와 매우 근사한 선율을 보여주고 있다. 그것은(선반의 회전은) '별이여' 이고, '타오르는 돌' 이다. 이 8행이 보여주는 선율은 완전히 이미지를 삼키고 있다. 이미지들이 말하려는 유추의 적합 여부는 그 다음의 문제가 된다. 그처럼 나에게는 이 선율은 충격적이다.

"전쟁고발과 쓰린 상흔에 시적 기교나 메타포가 무슨 필요가 있겠는가" 라고 신기선은 《독서생활》 5월호의 시작 노트에서 말하고 있다. 이런 말들은 흔히 듣는다. 절박해지면 말이 다듬어지지가 않는다는 것이리라. 그건 그것대로 틀린 말이라고는 할 수 없다. 그러나 기교나 메타포는 수사학의 차원에서만 이해할 수는 없는 일이다. 그것들은 시의 속성이기도 하다. 메타포란 그 어원이 말하다시피 그것은 부단히 자기의 현재를 초월하려는 의지에서 나타나는 어떤 현상(언어적 현상)이다. 그것은 곧 창조를 뜻한다. 예술작품이란 전체적으로도 하나의 메타포가 되어야 하겠거니와 부분적으로도 메타포는 필수적이다. 시의 기교란 바로 초월에의 한 방편을 두고 하는 소리라야 한다. 요컨대 초현실주의에 있어서의 자동기술과 같은 것이다. 그것은 곧 방법론에 연결돼야 한다. 신기선의 '메타포가 무슨 필요가 있겠는가' 고 한 그 자신의 발언과는 달리 그의 시 「추풍령」은 메타포가 되고

있다. 끝의 한 연만 인용해본다.

화약내음이 없는 산을
파편에 녹슬지 않는 산을
풋내기 풀잎과 나무 뿌리들이
추풍령을 지금 만들고 있다.

사상과 시

정현종의 「한 고통의 꽃의 초상」(《한국문학》)은 정연한 논리 전개를 하고 있는 산문시다. 우리가 익히 알고 있는 세계적인 산문시집들, 이를테면 아르튀르 랭보의 『지옥에서의 한 계절』이나 샤를 보들레르의 『파리의 우수』나 이반 투르게네프Iran Turgene의 『산문시집』 등과 비교해보면 이것은 그 어느 것과도 혈육이 닿아 있지 않은 듯하다. 랭보의 경우는 한 사람의 타자je est un autre를 본다. 그것은 그가 고등중학 시절의 수사학 교사이던 이잠바르에게 보낸 편지에서 말했듯이 모든 감각의 착란 끝에 보게 된 그 무엇이다. 이것은 초현실주의와 정신분석학에 연결된다. 정현종의 산문시는 얼른 보아 보들레르의 그것과 닮은 데가 있다고도 할 수 있을는지 모른다. 환상적인 이미지들과 그들이 빚는 비유적인 분위기와 문장의 음악적인 톤 등을 닮은 점으로 들 수 있을는지 모른다. 그러나 보들레르의 『파리의 우수』는 발상이 아주 어둡다. 이상에 대한 절망적인 동경, 즉 역설과 피로감이 있다. 말라르메가 노래한 '모든 책은 다 읽었노라. 육은 슬프도다' 라는 그러한 권태감이 깔려 있다. 그것이 싸늘하게 굳어지면서 말라르메나 발레리의 무관심(체념)으로 전개된다. 그러나 정현종의 발상은 하나의 축제가 되고 있다. 어쩌면 니체적인 생긍정으로 나아갈 가능성마저 보여준다. 투르게네프의 저 소박한 인도주의와 외연만이 노출된 서술과는 거리가 멀다. 그러나 논리적인 전개과정은 랭보보다도 보들레르보다도 투르게네프를 닮아 있는 듯이 보인다. 결국 정현종은 그동안의 그의 과제이던 '고통과 축제'라고 하는 고통과 축제의 변증법을 논리정연하게 다시 또 부연하고 있는 데 지나지 않는다. 그리고 이 한 편의 산문시의 도처에 새겨진 이미지들이 펼쳐보이는 비유의 세계는 그것이 적확하면 할수록 나에게는 한갓 수사로밖에는 보이지 않는다. 말하자면 그 이미지들은 시의 차원으로까지 도달하고 있지 않다는 느낌이다. 논리에 입혀진 옷이 아닐까 하는 느낌이다. 정지용의 「백록담」이나 이상의 산문시들과 비교하면 이 점이 특히 드러난다. 내가 보기에는 정현종의 산문시는 아까 든 세계적으로 유명한 산문시집들 중의 가장 비非시적인 투르게네프와 같은 차원의 것이 아닐까 한다. 그러나 이 달의 시들 중에서는(내가 본 한도 내에서) 사색의 흔적이 가장 잘 드러나 있다. 사상을 못 가진(시의 어느 차원에서는 사상이란 반드시 필요한 것은 아니지만) 우리 시단에서 독자성을 유지하고 있는 것은 틀림없는 사실이다.

김영태의 「이중섭 화첩」(《세대》)에 대하여 말해보고 싶다. 정현종과는 대조적이다.

연꽃 잎사귀에
두 동자가 걸터 앉았다
생각보다
연못은 깊고
하늘은 더 넓다

아버지의 생각도 그만큼 따뜻하다.

이 시의 끝 행은 코멘트(사상)라고는 할 수가 없다. 하나의 유추라고 해야 할 것이다. 말하자면 하나의 우주를 재구성해 보여주고 있을 뿐이다. 인생론을 담으려고 한 것이 아니다. 불연속의 연속이란 말이 있다. 연상상 거리가 먼 것들끼리 결합하여 하나의 새로운 통일을 보여준다. 그러니까 시는 곧 창조가 된다. 그 효용을 미리 생각하고(결정해놓고) 쓰는 시는 실은 대수로운 것이 아니다. 시는 써가면서 이미지에 도달하고, 유추를 얻게 되면서 그 자신을 스스로가 완성하게 된다. 시작의 과정은 이런 모양으로 전개될 수도 있다. 논리(사상)를 먼저 설정해두는 정현종의 경우와는 정반대다.

이달에는 이상 두 분의 두 편 외는 별로 인상에 남는 것들이 없다. 이달에 받아본 동인지와 시집 중에서 하나만 언급해보고 싶다. 『자유시』 제1집이다. 동인들은 박정남, 박해수, 이경록, 이기철, 이동순, 이태수, 이하석, 정호승 등 8인이다.

목연밭을 지나와서
누가 못물에 어른거리며 쓰러진다.
희고 향기로운 것과 절망의 물과 사내의 性이
몸을 섞어 피를 흘린다.
누가 목연의 문을 열고 부르나.
다시는 아무 것도 오는 것 없고
쥐었다 풀고 쥐었다 풀고
놓아주지 않는다. ①

떨기나무에 불붙어 타노니

빛나는 모습이 그 속에 있다
나무의 사리도 거기 놓이어
맨가슴으로 푸른 숲을 받았다
빈 숲에는 낯선 모기들이 마구 흩어지고
너 비록 약하나 일어서리
마른 황토의 무덤가에
저 홀로 생겨나는 그림자 ②

눈부신 거울 앞
핀을 부러뜨렸어요.
결정적인 편지
당신께서 읽고 있을 시간. 지중해의 바다.
눈 깜짝할 사이 장미꽃들은
소란스레 울렁거렸어요. ③

①은 이하석의 「사월의 문」이고, ②는 이동순의 「할미꽃」이고, ③은 박정남의 「핀」이다. 연상의 묘, 경험의 폭 등을 생각게 한다. 이하석의 '희고 향기로운 것과 절망의 물과 사내의 성'으로 대변하고 있는 이들의 의식의 복합 상태는 매우 착잡하다. 그리고 그 밑바닥에는 '어른거리며 쓰러진다'고 하는 좌절감이 깔려 있다. 이러한 공통분모 위의 그들 각자의 분자인 각자의 몫(기호 · 자질 · 환경)이 얹혀져 있다. 박정남의 경우가 가장 섬세하다. 이때의 섬세하다는 말은 연상이 아주 현미경적으로 미세하다는 것이 된다. 육안으로밖에는 볼 줄 모르는 거친 안목으로는 놓치기 쉬운 행과 행의 연결이다. 제4행 끝머리 '지중해의 바다'는 설명적이다. 떼었으면 한다. 실은 아까 인용한 이하석의 '희고 향기로운……'도 설명이다. 연상의 난조는 이동순이 가장 심

하다. 이것은 의식의 가두리 때문에 그런 것은 아닌 것 같다. 기교상의 억지가 작용하고 있지나 않을까?

이들에게 공통적으로 나타나고 있는 또 하나는 경험의 폭이 아주 좁다는 그것이다. 이미지가 거의 한정된 테 안을 맴돌고 있다. 그러나 이 경험의 폭이 좁다는 것은 그 자체가 시인의 흠이 되는 것은 아닐 것이다.

V

「처용 · 기타」에 대하여

처용

인간들 속에서
인간들에 밟히며
잠을 깬다.
숲 속에서 바다가 잠을 깨듯이
젊고 튼튼한 상수리나무가 서 있는 것을 본다.
남의 속도 모르는
새들이 금빛 깃을 치고 있다.

봄바다

모발을 날리며
오랜만에 바다를 바라고 섰다.
눈보라도 걷치고
저 멀리 물거품 속에서
제일 아름다운 인간의 여자가
탄생하는 것을 본다.

인동 잎

눈 속에서 초겨울의
붉은 열매가 익고 있다.
서울근교에서는 보지 못한

꽁지가 하얀 작은 새가
그것을 쪼아먹고 있다.
월동하는
인동 잎의 빛깔이
이루지 못한 인간의 꿈보다도
더욱 슬프다.

1

시는 언어를 떠나서는 제 구실을 할 수가 없다. 이것은 상식이다.

언어는 제 자신의 질서와 세계를 가지고 있다. 그러니까 "한 편의 시가 씌어지기 전에는 시는 아무데도 없다"고 한 시인의 말은 그의 경험에서 나온 실감있는 말이다. 생활에서 하는 체험이 그대로 시가 될 수 없음은, 그것(생활에서 하는 체험)이 언어의 질서와 세계 속으로 들어갈 때는 어떤 굴절을 일으키거나 방향감각을 잃는 일이 예사이기 때문이다. 이리하여 '시를 쓴다는 행위는 다른 또 하나의 경험의 세계에 들어서는 일이 된다'고 한 시인의 말 또한 옳은 말이라 아니할 수 없다. 왜 그럴까?

시작은 어떤 시인에게 있어서는 흐르는 강이고, 다른 어떤 시인에게 있어서는 벽돌을 쌓아 올리는 건축의 일종이다. 어느쪽이건 일순에 이루어지는 일은 거의 없다고 단언해도 좋다. 그러니까 시작은 강물처럼 흐르면서, 혹은 벽돌을 쌓아 올리듯 순간순간을 연결하는 일이 된다. 이때에 시인은 실은 언어체험을 한다. 언어는 사물을 지시하면서 세계를 형성하는 기능적 · 창조적 그 무엇이지만, 생활에서의 체험은 다만 체험일 뿐이지 기능적 · 창조적은 아니다.

시작은 세계를 개시開示하는 하나의 의식이다. 그 의식은 흐르는 수도 있고, 머뭇거리며 계산하는 수도 있기는 하지만—생각해보라. 언어의 세계에 참여하는 사람치고 어찌 언어의 질서를 무시할 수 있다는 것인가? 꽃이라고 누가 발음하면 거기에는 수십 개의 다른 언어가 모여들어 그것(꽃)과 어떤 관계를 맺고자 한다. 이상적인 관계는 시인이 맺어준다. 더 정확하게 말한다면, 시인의 의식이 맺어준다. 그러나 시인에게 언어는 언어 그 자체의 질서가 있다는 데 대한 이해와 그것(언어는 언어 그 자체의 질서가 있다는)에 대한 감동이 없을 때 언어와 언어는 이상적인 관계를 맺지 못한다.

2

나의 경험으로는 "시를 쓴다는 행위는 다른 또 하나의 경험의 세계로 들어서는 일이 된다"는 말을 액면 그대로 받아들일 수도 없다. 왜냐하면 그 대답은 간단하다. 나는 인간이기 때문이다. 시작은 인간적 행위이기 때문이다. 다르게 말하면, 나의 시작은 나의 체험의 총화요 종합이기 때문이다. 시작은 이리하여 언어 체험이 생활에서 하는 체험에 겹치는 일이요 새로운 차원으로 생활에서의 체험을 이끌어주는 일이 된다. 아니, 나의 경우, 나의 시작은 나의 생활에서의 체험이 언어를 불러 언어의 질서 속으로 자기를 변용케 하려는 노력이 되고 있다는 것을 의식한다. 시작하면서 나는 나의 인격을 본다. 그렇지 않다면 나는 시작과 같은, 공리와는 인연이 먼 무상의 행위를 훨씬 이전에 포기했을 것이다. 나는 나의 시작을 통하여 나의 현재를 보고, 나의 과거와 미래도 본다. 내가 얼마나 하잘것없는 엉터리인가 하는 것을 똑똑히 보는 동시에 인간이 얼마나 지혜로운 생물인가 하는 것도 뚜렷이 본다. 그리고 언어 하나에 인류의 유구한 꿈이 서려 있다는 것도 아울러 절실히 느끼게 된다.

3

처용

이 시는 내가 오래 전부터 장시로 쓸 것을 생각해오다가 이런 모양의 것이 되고 말았다. 이 시에서 독자들은 스토이시즘을 알아볼 수가 있을까? 아마 없을는지도 모른다. 내 자신 생각해보아도 그것이 선명하게 나타나 있는 것 같지가 않다. 제3행과 제4행에서 내가 보기에도 상이 흐려져 있기 때문이다. 제4행은 처음에는 다음과 같이 되었던 것을 고쳤다.

늙고 병든 상수리나무가 서 있다.

이것을 '젊고 튼튼한' 이라고 하고, '서 있는 것을 본다' 로 한 데 대한 이유를 내 자신 뚜렷이 의식하지 못하고 있다. 이 부분에서 나의 의식은 계산하고 있었던 것이 아니라, 흐르고 있었는지도 모른다.

봄바다

제3행에서 상당히 망설였다. 처음에는 다음과 같이 되어 있었다.

마지막 흩뿌리던 꽃눈보라도 걷치고

그러나 생각 끝에 다음과 같이 고쳐보았다.

꽃눈보라도 걸치고

그러나 '꽃눈보라'의 '꽃'이 또한 속된 느낌이라 이것을 떼어 버렸다. 훨씬 청결해졌다고 생각한다. 이 시는 이 부분 외는 퇴고를 하지 않았다. 자연스럽게 씌어졌다고 하겠다. 끝의 두 행인

제일 아름다운 인간의 여자가
탄생하는 것을 본다.

는 베고니아의 꽃잎과 같은 빛깔을 연상하면서 썼다. 이 부분이 이 시의 결론이라고 하기보다는 이 부분을 위한 다른 행들은 전주곡 역할을 하고 있다고 나는 생각한다.

인동 잎

이 시는 상당히 시일을 두고 고심 끝에 된 시다. 일단 완성이 되었다고 생각되었던 몸꼴을 여기 소개하면 다음과 같다.

거기까지 가는데 나는
발가락의 티눈에 신경을 쓰며
등골에 땀도 좀 흘려야 했다.
눈 속에서 초겨울의
붉은 열매가 익고 있었다.
서울근교에서는 보지 못한
꽁지가 하얀 작은 새가
그것을 쪼아먹고 있었다.

저녁상을 물리고
초저녁에 잠깐 눈을 붙이고 나니
기다리고 있었는 듯
내가 묵은 집의 젊은 아낙은
아무것도 대접할 것이 없다면서
맹물에 잘 물이 든
인동 잎을 한 잎
띄워 주었다.

그러나 이렇게 써놓고도 안심은 되지 않았다. 두고두고 생각하던 끝에 서술적인 부분을 싹 깎아버렸다. 그래놓고 보니 제4행에서부터 제8행까지의 다섯 행만이 남게 되었다. 이것만으로는 한 편의 완성된 작품치고는 역시 불안했다. 그러나 더 이상 서둘지 않고 한동안 덮어두었다. 얼마 뒤에 다시 이 시의 제목인 「인동 잎」을 생각하다가 끝머리 4행을 얻어 완결을 짓게 되었다.

월동하는
인동 잎의 빛깔이
이루지 못한 인간의 꿈보다도
더욱 슬프다.

처음과는 사뭇 다른 내용의 것이 되어버렸다. 그러나 하는 수 없는 일이라고 나는 생각하고 있다. 이 끝머리 4행은 철학 비슷한, 어떻게 보면 현학적인 느낌까지 줄는지는 모르나, 내 자신에게 있어서는 정서의 표현이었을 뿐이다. 정서의 표현으로는 좀 설명이 지나쳤는지도 모른다.

4

비교적 단형인 시 세 편을 모아보았다. 그리고 가장 자연스럽게 내 자질이 드러나고 있는 듯이 나에게는 여겨진다. 기교면에서도 그렇고, 취미나 인생을 보는 눈에 있어서도 그렇다. 나는 어느쪽이냐 하면, 이중인격적이고 인격분열적인 데가 있다. 시에서 그것이 가장 잘 나타난다. 이번의 이 세 편에도 그것을 볼 수가 있다. 이미지를 상징으로 사용하고 있는 데가 있는가 하면, 순수하게 사용하고 있는 데도 있다. 이미지를 상징으로 사용하는 것은 피안의식이 작용하고 있는 증거라고 할 것이다. 즉, 사물의 의미를 탐색하는 태도다. 이미지를 순수하게 사용하는 것은 사물을 그 자체로서 보고 즐기는 태도다. 이 두 개의 태도가 나에게 있어서는 석연치가 않다. 혼합되어 있다. 나는 그것을 의식한다. 이러한 자의식은 시작에 있어 나를 몹시 괴롭히고 있다. 이러한 자의식이 없는 시인이 있다면 그는 행복한 사람이다.

현실에 대한, 역사에 대한, 문명에 대한 관심이 한쪽에 있으면서 그것들을 초월하려는 도피적 자세가 또 한쪽에 있다. 이것들이 또한 내 내부에서 분열을 일으킨다. 이 현상을 나는 심리적으로 고찰해봐야 하겠지만, 지금은 추세에 맡기고 있다.

때로 나는 시에서 발산을 못한 울분을 산문으로 하는 수가 있고, 시로써 발산을 하고 나면 그 다음 얼마 동안은 산문에는 별로 그런 면이 나타나지 않는다. 현실에 대한, 역사에 대한, 문명에 대한 관심은 나에게 있어서는 지적 · 비평적이라고 하기보다는 감정적이다. 더 정확하게 말하면, 감정이 비평을 가장한다고나 할까—나쁜 버릇이지만 울분을 나는 이런 모양으로 발산한다. 그러나 이번의 세 편의 시에는 그것(울분 · 발산)이 전연 보이지 않는다. 그렇다고는 하지만 얼마 전에 발표한 한두어 편의 시는 순전히 그것을 위하여 이어졌던 것이다.

나에게 있어 거듭 말하거니와 시작은 인격의 발견이요 인격의 형성이요 또한 그 파괴요 재형성이기도 하다.

「유년시」에 대하여— 고독의 삼부곡

1

호주아이가
한국의 참외를 먹고 있다.
호주 선교사네 집에는
호주에서 가지고 온 뜰이 있고
뜰 위에는 그네들만의
여름하늘이 따로 또 있는데,

길을 오면서
행주치마를 두른 천사를 본다.

2

누군가의
돌멩이를 쥔 주먹이 어디선가
나를 노리고 있다.
꿈 속에서도 부들부들 몸을 떨면서
한껏 노리고 있다.
은전 두 개를 다 털어
나는 용서를 빈다.

3

그해의

새 눈이 내리고 있다.

눈은 산다화를 적시고 있다.

산다화는

어항 속의 금붕어처럼

입을 벌리고 있다.

산다화의

명주실 같은 늑골이

수없이 드러나 있다.

또 시가 짧아졌다. 하는 수 없는 일이다. 무리해서 길게 쓸 것은 없다.

이번의 세 편은 비교적 단시일에 씌어졌고, 퇴고도 그다지 하지 않았다. 이러한 단형의 트레이닝이 어느 정도 손에 익어가고 있는 모양이다.

제1장은 주위의 사물에 대하여 경이의 눈을 뜨게 되는 그런 시절의 한 스냅을 찍어본 것이라고 생각될는지 모르나, 그러나 이러한 경이의 눈은 시인이면 언제까지나 간직하고 있어야 할 것이라고 생각한다. 항상 사물을 신선하게 받아들일 것—이것은 시가 주는 하나의 해방감일 수 있다.

제1행의 첫머리 '호주아이'를 처음에는 '서양아이'라고 했다가 고친 것과 시제를 과거로 했다가 현재형으로 고친 것 외는 달리 손을 본 데는 없다. 마지막 2행은 상당히 당돌하고 비약돼 있는 느낌일 것이다. 그러나 이 2행은 첫머리 2행과 대응한다. 호주아이가 한국의 참외를 먹고 있는 장면은 신기한 일일 수 있고, 천사가 행주치마를 두르고 있다는 것도 그렇게 말할 수 있다. 마지막 2행을 연으로 구분한 것은 바로 앞의 행과의 의미상의 비약을 고려하여 한 것도 있지만 시로서도 하나의 경이감을 주기 위함이다. 혹은 긴장감이라고 해도 될 것이다.

제2장은 피해의식—존재를 위협하고 있는 정체불명의 것으로부터의—을 다룬 것이다. 그것(피해의식)은 무형의 폭력이라는 형태로 다가온다. 이러한 피해의식은 보다 근원적인 것이라서 시에서 늘 취급해온 주제이기도 하다. 이 시에서도 마지막 2행이 당돌한 느낌일 것이다. 이 2행에 이 시의 악센트가 놓여 있다. '은전 두 개'는 소유의 전부를 의미하는 동시에 욕망과 그것의 충족을 의미한다. 그런 것들을 희생하고도 위협으로부터 피하고 싶은 것이다. 이렇게 되면 인생이란 플러스 마이너스이지만, 인간에게는 죽고 싶은 충동도 있다고 어느 정신분석학자로부터 듣고 있다. 이 2행도 제1장에서와 같이 시에 어떤 긴장감을 주기 위한 작법상으로는 한 트릭이기도 하다. 이 시는 초고 때보다는 몇 행이 깎이어 있다. 제2행에 이어,

돌아보면 그것은
뒤로 와서 있다.

이런 시들이 끼여 있었고 '나를 노리고 있다'가 처음에는 '나의 뒷통수를 노리고 있다'로 되어 있었다. 그리고 이 시도 처음에는 시제가 과거형으로 되어 있었다.

제3장은 처절할 정도로 '생에의 욕구'—이런 것을 느낀 순간을 미시적으로 풀어본 것이다. 눈을 맞아 산다화가 입을 벌리고, 그럴 때 그 가냘픈 늑골이 드러난다는 이미지가 그것을 말하려고 한 것이다. 이러한 순간을 경험할 때 '고독'이란 말이 실감으로 다가서는 것은 아닌지?

이 시도 시제가 과거형으로 되어 있었던 것을 현재형으로 고쳤다. 제3행에 이어 처음에는,

하나님이 없는 이반 카라마조프처럼 옆구리로 기침을 하고 있었다.

이렇게 돼 있었던 것을 지금 모양으로 고쳤다. 너무 차가워 보였기 때문이고, 그 다음의 행들과 어울리기도 어려울 것으로 생각되었기 때문이다.

사족—이 3편의 시는 과거의 어떤 사실들의 모사가 아니다. 그럴 수는 없다. 시에는 언제나 현재만이 자기를 주장한다. 과거가 현재와 포개져 있는 것도 아니다. 과거는 나에게는 알 수 없는 어둠일 따름이다. 제목을 「유년시」라고 한 것은 하나의 제스처에 지나지 않는다. '고독의 삼부곡'이라고 한 부제가 이 경우 참의 제목으로 의미상으로는 훨씬 더 어울릴 것이다. 그러나 이것을 그대로 제목으로 내세우는 것은 너무 촌스러울 뿐 아니라, 시의 장난을 모르는 것이 된다. 그렇다고는 하지만, 제스처가 시의 차원에까지 올라서야만 한다. 이 3편의 시가 제목을 그렇게 끌어올리고 있는지의 여부는 스스로 단정할 수는 없는 일이다.

인생을 산다는 것은 고독을 되씹는다는 것이다. 이것은 유년이고 청년이고 노년이고 가릴 것 없이 그러리라. '호주아이'는 나에게 끝없는 고독을 안겨준다. 그들의 가정과 그들의 '여름하늘'과 그들의 '뜰'은 나의 영원한 고독에 연결될 적에 비로소 무슨 의미를 가지게 된다. 나를 위협하는 힘이 나를 또한 더욱 고독에 빠뜨린다. 나를 응시케 하고 나에게 어떤 의미를 준다. 산다화 한 송이가 얼마나 그의 고독한 의지에 따라 피었다가는 지고 있는가? 물리적인 힘으로만 그가 이 세상에 태어났다면 그는

아무것도 아니고 앞으로도 그 무엇일 수는 없다. 진화론의 대상이 될 뿐이다.

아무리 군중을 말하고 사회를 말하더라도 말하는 그 사람은 고독이다. 노동자는 고독을 모른다고 한다. 이 말은 나에게는 수수께끼와도 같은 말로 들린다. 그럴 수가 있을까?

죽음이 없다고 하더라도 인간은 고독할 것이다. 갈 데가 없다는 것은 얼마나 무서운 고독인가? 갈 데가 있고, 갈 날이 있다는 것은 인간의 고독에 어떤 해방감을 준다. 이리하여 죽음은 그의 고독의 산 증거가 된다. 아무리 평범한 죽음일지라도 한 죽음은 가지가지의 영상을 남기고 간다. 그것들이 우리의 고독을 더욱 실감케 한다. 한 혈육의, 한 벗의, 한 애인의 죽음을 생각해보라. 얼마나 모든 것이 나의 고독과 연결되어 있는가를 알 것이다.

이 단시 세 편을 따지고 들면 엄청난 관념을 내포하고 있을 것이다. 그러나 제2장을 제외하고는 전연 그 관념이 밖으로는 고개를 내놓지 않고 있다. 시가 하나의 전달방법이라고 한다면, 나는 이런 현상에 불안해진다. 나의 의도(관념)를 독자에게도 알리고 싶기 때문이다. 그러나 시를 대하는 나의 안목이 관념을 시에서 완전히 배제해버리는 것을 좋다고 생각하는 쪽으로 점점 기울어져가고 있다. 극단의 경우 시는 난센스가 되어도 좋을 것으로 생각하고 있다. 그러나 그런 짓을 나는 대담하게 시에서 하지 못하고 있다. 나의 시의 밸런스는 이러한 모순에 오히려 있는지도 모른다.

《현대시학》 7월호에 내가 잘 모르는 폴 스데라는 사람의 말로 다음과 같은 시에 대한 의견이 나 있었다.

"가장 높은 철학적인 시에 있어서도 본래의 시적인 매력은 의미 속에 존재하지 않는다. 더욱이 나는 플로베르와 더불어 '아무

것도 의미하지 않는 아름다운 시구는 무엇인가를 의미하는 보다 아름답지 않는 시구보다 낫다'는 사실을 인정한다. 따라서 나는 어떤 시구가 무의미하기를 바라는 것이 아니고, 다만 어떤 시구를 시적인 것으로 만드는 것은 그 시구가 표현하는 의미가 아니라는 것을 결론한다."

여기서의 '의미'는 내가 말하는 관념과 그대로는 통할 수 없는 말이지만, 시에서 '무의미'가 차지하는 중량을 잘 지적해주고 있다고 하겠다. 그러나 시는 다양할 수가 있고, 그 경향이 다양할수록 시의 체격을 튼튼하게 할 것이다. 하나만의 경향을 절대시하는 것은 시의 샘을 마르게 할 우려가 없지 않다. 나의 시에 대하여는 나의 과제일 것이지만, 나의 기대이기도 하고—보다는 즐거운 기대이기도 하다.

「처용삼장」에 대하여

1

그대는 발을 좀 삐었지만,
하이힐의 뒷굽이 비칠하는 순간
그대 순결은
형이 좀 틀어지긴 하였지만,
그러나 그래도
그대는 나의 노래,
나의 춤이다.

2

유월에 실종한 그대,

칠월에 산다화가 피고
눈이 내리고, 난로 위에서
주전자의 물이 끓고 있다.
서촌마을의 바람받이 서북쪽
늙은 홰나무,
맨발로 달려 간 그날로부터 그대는
내 발가락의 티눈이다.

3
바람이 인다. 나무잎이 흔들린다.
바람은 바다에서 온다.
생선가게의 납새미 도다리도
시원한 눈을 뜬다.
그대는 나의 지느러미,
나의 바다다.
바다에 물구나무 선 아침하늘,
아직은 나의 순결이다.

처용의 설화와 처용이 읊은 한 곡의 노래와 처용을 모델로 한 또 한 곡의 노래—이런 것들을 재료로 장편 서사시를 구상해본 것은 벌써 7~8년이나 전이다. 그동안 이 재료를 잊고 있었던 것은 물론 아니다. 뿐 아니라, 2년 전에는 이 재료를 현대의 상황 속에 풀어놓고 장편소설을 시도한 일도 있다. 그 첫머리 약 100매를 발표까지 하였다.

고려가요인 「처용가」에는 처용을 '라후라처용羅喉羅處容아비' 라고 하고 있다. '라후라羅喉羅' 는 범어 Rahula의 차음인 듯한데, 그것은 인고행忍苦行의 보살을 의미하는 듯하다. 역신에게 아내를 빼앗기고도 되려 춤과 노래로 자기를 달랬다는 설화의 주인공을 고려의 불교가 그렇게 받아들이고 명명했다는 것은 당연한 일이다. 그리고 이 처용설화가 실린『삼국유사』의 저자가 승 일연인 이상 포교나 설교의 뜻을 은연중 가미했으리라는 것도 짐작할 수 있다.

내가 이 재료에 관심을 가지게 된 동기는 윤리적인 데 있다. 즉, 악惡의 문제—악을 어떻게 대하고 처리해야 할 것인가에 있었다. 그러나 이 문제는 날이 갈수록 나에게는 벅차기만 하고, 어떤 해결의 실마리조차 쉬이 얻어지지 않았다. 그동안 단편적으로—소설형식으로, 혹은 시로 표현하여 세상에 내놓은 일은 있다.

이번의 이「처용삼장」은 각각 독립된 세 편의 시로 씌어진 것이다. 물론 거기 어떤 유기적 관련이 없다는 것은 아니다. 처용을 두고 내가 생각해 온 한둘의 생각을(그러니까 동일체의 이질적인 면) 정리해본 것이다.

제1장은 순결을 잃은 자와 순결을 빼앗은 자를 함께 놓고 양쪽의 입장을 서로 비교해보려고 처음에는 생각했던 것이지만, 잘 되어지지가 않아서 지금 모양으로 순결이 무엇을 의미할 수 있을까 하는 측면으로 각도를 돌렸다. 순결을 잃는다는 것은, 특히 그를 사랑하는 사람에게 커다란 인간적인 고뇌를 안겨준다. 실상 처용의 아내의 배신은 육체적으로는 조그마한 하나의 사건에 지나지 않는다. 이 시의 제1행부터 제4행까지가 그것을 말하려고 한 것이다. 그러나 제3행과 제4행은 단순히 육체적인 사건만을 지적하여 말한 것이라고는 볼 수 없다. 정신의 아픔이 비유되고 있기도 하다. 마지막 두 행에서 나의 의도는 드러나고 있다고 하겠지만, 이것까지 밝힌다는 것은 시를 너무 전라로 벗기는 것이 된다. 그렇게까지 철면피가 되고 싶지는 않다. 다만 한 가지

밝혀둘 것은, 이 마지막 두 행은 괴테의 서정시에서 따온 것이라는 그것이다. 이 패러디가 살았는지 죽었는지? 그리고 이 부분은 처용이 아내의 추행을 목격한 뒤에 취한 행동과 오버랩되지만, 심리적인 차원은 전연 다르다.

제2장은 처음부터 처용을 염두에 두고 쓴 것은 아니다. 제목도 「서촌마을의 서부인」으로 되어 있었다. 같은 제목의 시를 한 편 이미 발표한 일이 있지만, 처음에는 그것의 연작으로 씌어진 것이다. 그러나 이 시의 주제가 상실감에 있고, 그것을 단순하게 드러내놓고 있다고 한다면, 내가 생각한 「서촌마을의 서부인」(이 시는 오히려 사회비평적인 냉소적인 요소를 상당히 염두에 둔 것이다)과는 어딘가 어울리지가 않는다. 그래서 이번의 이 제1장과 제3장 사이에 끼어보니까 훨씬 시로서 생기를 얻고 있는 듯하다. 이 시는 초고 때는 전반부, 즉 제4행까지와 후반부의 순서가 거꾸로 되어 있었다. 어느쪽이 더 효과적일지? 이 시에서 드러난 감정은 단순할는지 모르나 기교면에서는 결코 단순하지가 않았다는 것을 밝혀두는 것은 사족이 될까?

제3장의 첫머리는 말라르메 시의 1절이 연상되어 좀 어떨까도 했으나 그냥 두기로 했다. 이 부분도 일종 패러디가 될는지? 상처의 치료를 말하려고 한 점에서 이 시는 제1장과는 그 의도가 다르다. 얼른 보아 거의 같은 의도를 느낄는지 모르나 아주 다르다. '바다'는 물론 상징으로 쓰인 것이고, '순결'이란 마지막 행에 보이는 낱말은 의도를 설명해주고 있는 것 같은 느낌이라 내 자신 안심이 안 되기는 하나, 이 낱말을 빼어버리면 시의 긴장이 상당히 죽을 것 같기도 하다.

사족—순수시를 쓰려면 쓸 수 있을 것인데 나는 끝내 그것(순수시)에 안심이 안 된다. 관념은 증발하든지 배설되든지 하여 투명한 어떤 정경만이 원고지 위에 전개되어가는 일에 불안해진다. 그러니까 나의 시는 비유가 되는 일이 많다. 부분적으로도 그러하거니와 전체적으로도 그렇다. 이른바 텍처와 스트럭처가 다 그렇다는 말이다. 끝내 휴먼한 것을 떠나지 못한다는 말이 되겠다. 그러나 이 휴먼한 것을 벗어나고 싶은 이를테면 해방되고 싶은 원망은 늘 나에게 있다. 말하자면 꿈과 같은 상태—라고 해도 정확한 기술은 못 된다—즉, 꿈에서 현실적인 의미를 공제해버린, 그런 상태에 대한 원망이 있다. 시가 완전히 난센스가 되어버린 그러한 상태—초현실주의의 어떤 시에서 그런 상태를 본 일이 있다. 한 시인의 관념과 인격과 학식과 경험이 한 줄의 정경 속에 서술적으로 용해되어 있는 그러한 시를 쓰고 싶으나 되어질 듯하면서 끝내 잘 되어지지가 않는다. 하잘것없는(아주 초라한) 설명이 붙거나 한다. 세계와 인생을 정경을 통하여 추구하고 음미하는 것이 아니라, 문자를 통하여 혹은 사변을 통하여 추구하고 있는지도 모르는 일이다. 한때 폴 발레리를 읽고 깜짝 놀란 일이 있다. 그의 시가 순수하지 못했기 때문이다. 도도한 사변의 대하였기 때문이다. 그는 자기의 시와 시론의 틈바구니에 끼여 괴로운 변명을 하고 있는 듯하나(순수시는 도달해야 할 목표지, 도달할 수는 없는 것으로 치부한다), 순수시는 있다.

「처용단장」은 이상과 같은 나의 원망과 나의 실상이 잘 드러나 있을 것으로 생각한다. 이 말은 시가 잘 되었다든가 못 되었다든가 하는 말과는 아무런 상관이 없는 말이다. 「처용삼장」이 시인으로서의 나의 포인트를 다른 시인들과 비교하여 찍어본다면 그렇다는 이야기에 지나지 않다는 그만 정도의 의미로 한 말이다. 그러나 두말할 것 없이 한 시인이 자기를 어떻게 인식하고 있느냐 하는 것은 당사자에 있어서는 가볍게 취급될 일은 아니다. 따라서 나는 나대로 언제나 심각해왔고 지금도 심각하다. 제

1장의 제5행에,

잘 익은 사과알이 벽공에서 떨어지듯
떨어지는 것은 때로
멋일 수가 있다.

이런 구절을 삽입했다가 깎아버린 것이라든지, 그 다음,

그대 발목에 붕대를 감는
나의 손은
그러한 손이고 싶다.

이러한 구절까지 삽입했다가 깎아버린 것은, 이것들이 모두 구차스런 설명이 되겠기 때문이었다. 말하자면, 이러한 구절들에 나타난 정경들이 지나치게 관념의 노예가 되어버린 듯한 인상이었기 때문이다. 만약 이러한 구절들을 처리하지 못했다고 하면 이 시는 가장 좋지 못한 관념시가 되지나 않았을까 하는 두려움이 있었다. 그리고 의미의 함축과 긴장도 관계가 있다고 생각했다. 이런 모양으로 관념의 설명이 시에서 머리를 들려고 할 때, 나는 최대한으로 경계를 한다. 시의 긴장상태를 위태롭게 하지 않는 한도 내에서 설명을 붙이기로 한다. 이미 말한 바 있는 제3장의 끝머리 '순결'과 같은 낱말이 그 예가 될 것으로 생각한다.

관념이 노출되기 쉬운, 또는 설명을 해야 될 그러한 시일수록 단형이 되어가는 이유도 이상에서 밝힌 셈이 되겠다. 이런 경향은 오래 전부터 나에게는 있었던 듯하다. 관념적인 경향이 지금보다 훨씬 더 심했던 10수 년 전의 시들을 보면 거의가 평시조 한 수의 자수에 미칠까 말까 한 정도의 것들이다. 그러나 앞으로

는 이러한 트레이닝을 졸업하고 보다 더 장형이면서도 시의 긴장이 흐려지지 않는 대작을 써야 할 것이 아닌가 한다.

처용에 관한 재료는 두고두고 다루어볼 작정이지만, 원컨대 단편적이 아닌 한 편의 통일된 장시를 얻었으면 한다.

「수박」에 대하여

네가 뿌리고 간 씨앗은 자라
채송화가 낮에는 마당을 덮고 있다.
가장 키큰 해바라기 하나는
해가 다 질 때까지
네 있는 쪽으로 머리를 박고 있다.
수박은 잘 익어 살이 연하다.
바다로 눈을 씻고
오늘밤은 반딧불을 보고 있다.

—「수박」

'의도의 오류'란 말이 있다. 작자의 의도와 작품에서 독자가 받아들이는 그 작품 자체의 의도와는 다를 수가 있는데, 그것을 달라져서는 안 된다고 우기는 것은 잘못이란 뜻이다. 미국의 신비평가들이 하고 있는 말이지만 이제는 너나할 것 없이 다 알고 있는 말이기도 하다. 독자란 천차만차의 식별능력을 가지고 있기 때문에 어떤 독자(비평가)가 자기 작품을 두고 무슨 말을 했다고 하더라도 심한 경우가 아니라면 묵살하는 것이 좋다. 한편, 훌륭한 독자는 작자가 모르고 한 일까지 지적해주어 작자에게 어떤 암시와 자극을 주는 법이다.

나는 누구에게 긴 편지를 쓰고 싶은 심정이었다. 한 15매 정도로 말이다. 그러나 그렇게 길게 쓰자니 자꾸 긴장이 풀어져가는 듯한 느낌이었다. 누구는 길게 쓰는 것은 정격적이고 짧게 쓰는 것은 체력이나 정신력이 허약해서 그런 것처럼 여기고 있는 듯하지만 내 경험으로는 그렇지가 않다. 짧게 쓰는 것이 더 체력과 정신력을 갉아먹는다. 왜냐하면 내 경우는 처음부터 짧게 쓰는 것이 아니기 때문이다. 처음에는 길게 썼다가 자꾸 깎아내고 보면 몇 줄 안 되는 글이 되고 만다. 길게 쓰는 사람은 길게만 쓰면 되지만, 나는 한 번 길게 썼다가 그 대부분을 깎아버려야 하기 때문에 그 깎아버리는 시간만큼 체력과 정력이 소모된다. 이런 일을 해본 사람이면 알 것이다. 나는 되도록이면 침묵하고 싶은지도 모른다. 요설은 내 성미에 안 맞는지, 내 논리에 안 맞는지 모르지만 나에게는 달갑지가 않는 모양이다. 웅변도 삼가키로 한다. 간결하고 단순한 것—그러나 결과가 이렇게 되기까지에는 복잡한 의식의 과정을 겪어야 한다—에 이르려고 한다. 베토벤보다는 모차르트를 나는 좋아한다. 모차르트처럼 나는 때로 일상생활에서 아주 요설이 되는 수가 있다. 작품에서 깎아버린 부분을 생활에서 지껄이게 된다. 그러나 생활에서도 되도록이면 말을 적게 하려고 한다. 말을 많이 하다보면 그것처럼 공허한 일도 없기 때문이다.

이 시의 장면은 다음과 같다. 내가 지금 바다에 와 있다. 내 생가에 머무르고 있다. 거기서 멀리 떨어져 있는 아내나 누구를 생각하면서 편지를 쓴다. 물론 이것은 실지가 그렇다는 것이 아니다. 허구의 한 장면일 따름이다. 이 허구의 한 장면을 위하여 나는 많은 것을 썼다가 지워버렸다. 여름 바다의 생채와 그에 따른 내 심리의 음영을 상대방의 반응을 생각해가면서 묘사를 지리하게 해갔지만 바다(내-이쪽)와 그 반응(너-저쪽)에 있어 좀처럼 하나의 대위법에 이르지 못할 것을 깨달았다. 사정없이 깎아버리고 오히려 바다를 죽이면서 바다를 살리는 방법을 따랐다. 바다가 제7행에 잠깐 등장할 정도로 바다를 멀리 밀쳐버리고 말았다. 그러나 이것이 오히려 악센트가 되고 있지 않나, 나는 나대로 그렇게 생각한다.

「수박」이라는 제목은 좀 당돌한 느낌일지는 모른다. 내가 제목을 이렇게 붙일 때 내 스스로 어떤 장난기를 느낀다. 독자와 더불어 수수께끼풀이 같은 장난을 해보고 싶은 그런 심정이다. 시를 쓰는 재미의 하나, 시를 음미하는 즐거움의 하나가 여기에 있다. 이 당돌한 제목이 한 편의 시 속에서 어떤 작용을 하고 있으며, 어떠한 연상으로까지(시에서는 얼굴을 드러내놓고 있지 않는) 이끌어갈 수 있는가? 생각하면 참 즐거운 일이 아닐 수 없다. 제목이 시의 설명이 되어서는 따분하다. 제목도 시의 한 부분이고, 보다는 시 속의 가장 강한 악센트가 되기도 한다. 두말할 것도 없이 시의 리얼리티와 굳게 손을 잡고 있어야 한다.

이 시에는 다섯 개의 대상이 나오고 있다. 채송화, 해바라기, 수박, 바다, 반딧불이 그것들이다. 어촌이 곧 연상될 것이다. I. A. 리처즈는 시의 의미를 잘못 파악하는 경우를 열 가지나 들고 있는데 그 중의 하나에 "과거의 기억에 방해되어 시의 의미를 잘못 파악하게 되는" 일이 있다고 한다. 수박을 먹을 때는 대개 여럿이 모여 있게 된다. 그때의 분위기 여하에 따라 오래 기억에 남는 장면도 있고 기억에서 사라져가는 것도 있다. 이 시는 수박을 중심으로 반딧불과 바다와 해바라기와 채송화가 모여들고 있다. 잘 익은 수박의 살이 연하다는 미각에 대한 서술은 이미 말한 대로 수박이라는 과일을 사이한 몇 개의 정경을 어쩔 수 없이 가져오게 한다. 여름의 낮과 밤이 기억 속에서 한 장면의 광체로 떠오르게 된다. 이때 작자는 실제로 수박을 먹고 있지 않아도 된다. 아니, 먹고 있을 필요는 없다. 수박 그 자체가 기억 속에서 떠오른 하나의 광체일 것이니까……. 독자는 이 시의 장면을 독자의 기억에 따라 읽을 것이지만, 따라서 해바라기나 반딧불이 환기케 하는 감각이나 정서의 질량은 서로 다르겠지만, 해바라기가 독자의 어느 때의 특수한 체험의 기억과 어울려 해바라기의 속성에서는 벗어난 연상을 가져오게 한다면(이 시에서는 별로 그런 일은 없겠지만) 이 시를 잘 읽지 못한 것이 된다. 그러나 그러한 착각이나 비약이 그 시보다도 훨씬 더 아름다울 수도 있고, 더 좋은 시가 될 수도 있다. 좋은 독자는 오히려 얼마큼씩 빗나가게 시를 읽는 사람일는지도 모른다. 말하자면 시에서 결하고 있는 점을 보완해주는 사람일는지 모른다. 보들레르가 에드거 앨런 포를 옳게 읽지 못했다는 것은 매우 다행한 결과를 가져오기도 했다.

시를 쓰는 일이 매우 괴로울 때가 있다. 시에 대한 신념, 시를 어떻게 써야 하나에 대한 올바른 자세가 서 있지 않을 때, 말하자면 시에 대한 회의를 거듭하고 있을 때 그렇다. 요즘 내 눈에는 모든 시가 다 시로 보이기도 하고 모든 시가 하나같이 시 아닌 것으로 보이기도 한다. 이 회의를 뚫기 위하여 나는 시 그 자체를 써보려고 한다. 이 시에도 얼마큼 그런 데가 있다.

덧없음에의 감각

바람아 불어라,
서귀포에는 바다가 없다.
남쪽으로 쓸리는
끝없는 갈대밭과 강아지풀과

바람아 네가 있을 뿐
서귀포에는 바다가 없다.
아내가 두고 간
부러진 두 팔과 멍든 발톱과
바람아 네가 있을 뿐
가도 가도 서귀포에는
바다가 없다.
바람아 불어라.

—「이중섭」

제주도에는 수년 전에 학생들을 데리고 이른바 수학여행이란 것을 다녀온 일이 있다. 바다의 물빛이 매우 아름답고, 해안선 도처에 깔려 있는 유채화 꽃밭이 인상적이었다. 제주시의 어느 다방에서 고씨 성의 이국적인 풍모를 한 여주인과 부산을 얘기하면서(그녀는 부산에서 수년을 살면서 내가 알고 있는 부산의 몇 인사들과도 손님으로 사귀고 있었는 듯하다) 가벼운 향수를 달래기도 하고, 학생들의 부주의로 유사 실종사건을 빚어 경찰과 보도기관을 긴장케 한 일이 있었을 뿐, 제주도는 기대한 만큼의 관광효과도 별로 거두지를 못했었다. 제주도의 생선은 크기만 했지 맛이 없었다. 생선을 좋아하는 나로서는 이 점에 있어서도 기대 밖이었다.

서귀포는 눈여겨보지도 못한 듯하다. 깎은 듯한 벼랑이 바다에 뿌리를 내리고 있고 갈매기떼가 한가로이 날고 있었다는 기억뿐이다(어쩌면 이 기억은 다른 때에 다른 곳에서 본 다른 기억과 엇갈리고 있는지도 모른다). 밀감 밭도 내 눈에는 보이지 않았다. 벼랑 위 풀밭에 초옥 한 채 짓고 가보고 싶을 때에 거기서 파도소리나 들으며 지냈으면 하는 그런 생각을 막연히 해봤는지도 모른다.

뱀 사蛇 자가 붙은 무슨 굴인가 하는 곳을 다녀오다가 툭 트인 바다를 보게 되어 거기 백설 같은 모래사장에서 한나절을 났다는 기억이 지금 되살아난다. 거기서(모래사장) 보는 물빛은 3층으로 층이 져 있었다. 가장 가까운 곳은 담록색, 중간층이 청색, 가장 먼 곳이(수평선 가까이) 짙은 남빛(검은 빛이 도는)이었다. 그야말로 지도의 바다 빛깔을 보고 있는 듯하였다. 나는 고향에서의 어린 시절을 생각하곤 하였는지도 모른다. 나에게 문득 지질학적 감각이 살아났었는지도 모른다. 모래사장에 수없이 깔린 자갈과 조개껍질의 파편들을 주워 손바닥에 얹어놓고 하염없이 바라보면서 나는 유구한 시간의 물결에 잠겨 있었는지도 모른다. 내 한 몸의 덧없음과 그 덧없음의 슬픔을 전신으로 느끼고 있었는지도 모른다.

서귀포는 온통 갈대밭이 뒤덮고 있었는지도 모른다. 멀리서 보면 갈대밭 사이로 구름이 몇 점 흐르고 있었는지도 모른다. 그런 느낌이다. 미크로네시아의 열렬하고 슬픈 피(혈통)가 서귀포의 어딘가에 서려 있을 것이다.

화가 이중섭이 한때 서귀포에서 살았다고 한다. 한국의 화가 중에서는 지질학적 감각 및 구조를 화면에 보여준 유일인자라고 나는 생각하고 있다. 그의 순수와 그의 슬픔은 역사적으로는 효용가치가 없는 것이지만, 지질학적인 어떤 패턴을 간직하고 있다. 따라서 누구의 그것보다도 훨씬 더 견고하고 본질적이다. 지층에 선명하게 드러난 어떤 화석을 보는 듯하다. 그런 덧없음과 덧없음의 슬픔이 순수하게 다가온다. 원천적으로 나는 그를 예술가라고 믿고 있다. 그의 생애 자체가 그것의 좋은 자료이기도 하다. 구조주의(특히 문화인류학이나 사회인류학의 측면에서의)는 이런 형의 예술가들에게서 많은 시사를 받아야 하리라. 그들에게는 문명(역사)에 대한 감각이 없다. 이중섭을 소재로 나는 세 편의 연작시를 지금까지 썼다. 이것은 그 중의 하나다.

서술적 심상과 비유적 심상—두 편의 시를 예로 하여

흰 달빛
자하문

달안개
물소리

대웅전
큰보살

바람소리
솔소리

부영루
뜬 그림자

흐는히
젖는데

흰 달빛
자하문

바람소리
물소리

—박목월, 「불국사」

이 시의 각 행은 제6연의 두 행을 제외하고 모두 명사(주어)에서 끊어지고 있다. 빈사(술어)가 생략되고 없다는 것은 이 시의 대부분의 행들이 심상의 제시에만 그치고 있다는 증거가 된다. 의미론적으로는 빈사가 생략되고 없다는 것은 판단중지를 뜻하게 된다. 현상학적 망설임이라고 하겠다.

—김춘수, 『시론』에서

T. S. 엘리엇도 『단테론』에서 단테의 시를 심상으로서만 즐길 일이지, 사상을 읽지 말라고 하고 있다. 『신곡』을 읽으면서 사상이 염두에 있는 사람은 토마스 아퀴나스Thomas Aquinas를 직접 읽는 것이 훨씬 더 유익하다는 충고까지 하고 있다. T. S. 엘리엇의 『단테론』은 시를 읽는 데 있어 가장 핵심되는 문제를 건드리고 있다.

시에 등장하는 심상을 우리는 자칫하면 비유로 생각하기 쉽다. 만해의 모든 시와 상화의 「나의 침실로」나 심지어는 이상의 「시 제1호」와 같은 시들을 조국이나 민족의 알레고리로 읽고, 조국이나 민족에 대한 어떤 사상을 끄집어내려는 태도는 시를 대하는 가장 나쁜 태도일는지도 모른다. 이런 사람들은 시를 주로 센스의 차원에서 보고 있는 사람들이다. 센스를 정밀하게 파악하기 위하여 이상으로 내포를 천착하고들 때, 센스를 되려 죽이게 된다. 위선은 외연에 밀착하여 그것(외연)이 보여주는 심상을 잘 음미하고, 그 다음에 내포가 있으면 그것을 확인한 뒤 내포(사상—관념)를 파악해도 되겠지만, 원칙적으로는 T. S. 엘리엇처럼 시는 미적인 음미(사상이 있다 하더라도 오히려 심상이나 기타 시의 미적 요소인 어조 · 음향 · 리듬 등을 더 중요시하는)가 앞서야 한다. 하물며 처음부터 내포가 없는(사상—관념을 배제하고 있는) 시, 즉 외연만으로 되어 있는 시에서 억지로 사상(내포)을 찾아내려는 과잉노력은 시의 이해를 그르치게 한다.

인용한 박월목의 시는 빈사가 생략되고 없으니까 그만큼 어떤 판단을 중지하고 있는 꼴이라고 앞에서 말한 바 있지만, 사상(관념)도 완전히 배제되고 있다.

센스의 입장에서 말한다면 이 시에는 내포가 없다. 그러니까 이러한 시에서는 외연이 보여주는 심상만 음미하면 된다. '대웅전'이며 '흰 달빛'이 무엇을 뜻하는(내포하는) 것이 아니라, 그것들이 자족적으로, 즉 두 개의 심상으로서만 거기 있을 뿐이다. 말하자면, 이 두 개의 심상은 비유가 아니고, 다만 서술일 따름이다. 이럴 때 이 두 개의 심상은 심상으로서는 아주 순수해진다. 이리하여 이 한 편의 시는 심상의 입장으로는 순수시라고 할 수 있다.

해야 솟아라. 해야 솟아라. 말갛게 씻은 얼굴 고운 해야 솟아라. 산 넘어 산 넘어서 어둠을 살라먹고 산 넘어서 밤 새도록 어둠을 살라먹고 이글이글 앳된 얼굴 고운 해야 솟아라.

달밤이 싫어, 달밤이 싫어, 눈물 같은 골짜기에 달밤이 싫어, 아무도 없는 뜰에 달밤이 나는 싫어……!

해야, 고운 해야, 늬가 오면 늬가사 오면 나는 나는 청산이 좋아라. 훨훨훨 깃을 치는 청산이 좋아라. 청산이 있으면 홀로래도 좋아라.

사슴을 따라, 사슴을 따라, 양지로 양지로 사슴을 따라, 사슴을 만나면 사슴과 놀고,
칡범을 따라 칡범을 따라 칡범과 만나면 칡범과 놀고…….

해야, 고운 해야, 해야 솟아라. 꿈이 아니래도 너를 만나면, 꽃도 새도 짐승도 한자리 앉아 앳되고 고운 날을 누려 보리라.

—박두진, 「해」

이 시에서의 '해'는 '산 넘어서 어둠을 살라먹고', '이글이글 앳된 얼굴'의 '고운' 모습을 하고 솟아나야 할 그런 '해'다. 그러니까 이 '해'는 괄호 안에 넣어두어야 하는, 말하자면 시인의 관념을 대변하는 비유로서의 '해'라는 것을 곧 알 수 있다. 이리하여 이 시에서의 모든 심상은 이 '해'라고 하는 하나의 관념에 봉사하는 노예로서 있을 뿐이다. '해'가 없는 다른 심상들은 그 의의를 잃게 된다. 목월의 시 「불국사」와는 대조적이다. 「불국사」에 동원된 심상들은 그 하나하나가 모두 자주적이다. 주도적 역할을 하는 심상이 없다. 한 편의 시 속에서 심상들이 이런 모양으로 자리하고 있을 때 그 심상들을 비유적metaphorical이라고 할 수 있을 것이다. 이 경우에는 심상들이 관념에 봉사하고(관념의 수단 또는 도구로서 이용되고 있다) 있기 때문에 심상의 입장으로는 불순해진다. 이러한 시에서는 독자는 시인의 사상(관념)까지를 받아들여야 하겠지만(센스를 외연과 내포의 양면에서 정밀하고도 적확하게 파악해야 한다) 시의 미적 음미를 고친 다음에 그렇게 하는 것이 시를 읽는 원칙임은 이미 말한 바 있다.

사족—에즈라 파운드는 잘 알려진 「어떻게 읽을 것인가」라는 글에서 시를 다음의 세 가지 유형으로 나누고 있다.

1. 메로포에이아melophoeia

2. 패노포에이아phanophoeia

3. 로고포에이아logophoeia

이 세 가지 유형 중 가장 현대적인 것을 세 번째 것으로 보고 있다. 첫번째 것은 가장 낡은 것으로 보고 있다. 첫번째 것은 음악성이 승한 것, 두 번째 것은 심상 위주의 조형적인 것을 가리켜 붙인 이름인데 이 두 번째부터 현대적인 것으로 취급하고 있다. 박목월의 시 「불국사」는 이 유형으로 묶는다면 첫번째의 요소를 상당히 지닌 두 번째에 해당한다고 할 수 있다. 에즈라 파운드는 서양의 시를 염두에 두고 이런 구분과 시의 모더니티를 말한 것이지만, 그렇다고 하더라도 이러한 구분법은 매우 엉성하다. 아래와 같은 시는 당 고종 때의 시인 노조린의 5언율시지만 매우 조형적이다.

梅嶺花初發
天山雪未開
雪處疑花滿
花邊似雪廻
因風入舞袖
雜粉向妝臺
匈奴幾萬里
春至不知來

끝의 두 구를 제외하고는 모두가 서술적 심상들이다. '매화', '설', '무수', '분', '장대' 등이 그리는 정경은 매우 화려하고 관능적이지만, 그 어느 것도 주도적 심상이 되고 있지 않다. 말하자면 주도적 심상이 없다. 한시와 일본의, 특히 하이쿠 같은 것은 음악성도 음악성이지만, 매우 조형적이다. 이러한 경향의 시를 존 크로 랜섬과 같은 신비평가는 '피지컬 포에트리physical poetry'라는 이름으로 부르고 있다. 영미계통으로는 이미지즘의 시, 앞에 든 수많은 한시와 하이쿠, 정지용 · 김광균 등의 신들은 모두 이에 속한다.

한편 박두진의 「해」와 같은 시를 존 크로 랜섬은 피지컬 포에트리라고 하고 있고, 앨런 테이트는 '알레고리컬 포에트리 allegorical poetry'라고 부르고 있다. '피지컬'이라는 것은 '관념적'이라고 해석하면 된다. 시 「해」는 알레고리가 어떤 목적을 위하여 봉사한다는 알레고리 본래의 기능에 머무르고 있다. 따라서 이 시에는 관념을 알려야 하겠다는 의지가 제1의적으로 작용하고 있다. 존 크로 랜섬은 또 이러한 시를 '의지의 시'라고도 부르고 있다. 우의성 및 교훈성이 대체로 승하다. 「해」가 전형적으로 그런 성질을 보여주고 있다.

김춘수 전집.2

김춘수 시론전집 I

초판 1쇄 펴낸날 2004년 2월 3일
초판 2쇄 펴낸날 2018년 8월 24일

지은이 김춘수
펴낸이 김영정
편집자문위원 오규원

펴낸곳 (주)현대문학
등록번호 제1-452호
주소 06532 서울시 서초구 신반포로 321(잠원동, 미래엔)
전화 02-2017-0280
팩스 02-516-5433
홈페이지 www.hdmh.co.kr

ISBN 89-7275-302-5 04810
ISBN 89-7275-300-9(세트)

* 책값은 뒤표지에 있습니다.